GESICHTER DES TODES
STILLE TODE

Drei Psychothriller im Sammelband

Eva Lirot

Copyright © 2016 Eva Lirot
Buderusstr. 18, 65556 Limburg
All rights reserved.
ISBN: 1539788318
ISBN-13: 978-1539788317

Lektorat/Korrektorat: Otto von Kubritz
Covermotive © pixabay.de

Das Werk ist urheberrechtlich geschützt. Jede Verwertung bedarf der ausdrücklichen Zustimmung der Autorin.

Handlung und Figuren in diesem Roman sind frei erfunden. Ähnlichkeiten mit lebenden oder verstorbenen Personen wären zufällig. Alle Angaben als fiktiv zu verstehen. Zudem wurden landschaftliche Gegebenheiten überall dort verändert, wo es für den Handlungsfluss zweckmäßig erschien.

Seelennot:
EINE MUTTER DREHT DURCH

PROLOG

> *Wer den Dampfkessel platzen lässt,*
> *zerstört die Lokomotive*

Sie hatten das nicht nötig. Keiner von denen, die sie bisher beobachtet hatte. Oftmals fuhren sie dicke Schlitten. Trugen Anzüge. Teuer aussehende Lederschuhe. Weniger nobel waren nur die Kerle ohne Auto. Für eine warme Jacke reichte es aber auch. Sie fragte sich, wie man es bloß ohne aushielt in dieser Novembernacht. Ohne anständige Kleidung. Immerhin boten diese Kästen Schutz vor dem Sprühregen, der einen bis auf die Knochen auskühlte, wenn man nicht richtig angezogen war. So wie die Frauen. Nein, Mädchen. Die meisten jedenfalls. Frau war man ihrer Meinung nach erst ab zwanzig. Frühestens. Gesetz hin, Gesetz her. High Heels, knappste Röcke, Hotpants, Bustiers und Nylons. Das war die spärliche Verpackung der »Ware«. Die solange vor den Boxen herumzustolzieren hatte, bis sich eines der zweibeinigen Tiere heranpirschte und die leichte Beute mit sich in den Verhau zerrte, um sie dort zu vernaschen.

Sie spürte, wie ihre Magensäfte zu brodeln begannen, das schmerzhafte Ziehen, das stärker werdende

Hämmern hinter ihrer Stirnwand. Als nächstes würde es überall lodern, tief in ihr drin. Und dann ... *Nein!* Sie senkte den Kopf, schloss die Augen, ganz fest, ballte die Fäuste und biss die Zähne so sehr zusammen, dass ihr Zahnfleisch pochte. Es war wichtig, dass sie gelassen blieb. Damit sie ruhig und durchdacht vorgehen konnte.

Sie hatte schon zu oft versagt. In den letzten beiden Wochen. Seit dem Tag, an dem sie begriffen hatte, dass ihr niemand mehr würde beistehen können. Sie war allein. Allein wie nie zuvor in ihrem Leben. Bäder in Selbstmitleid lösen aber keine Probleme. Im Gegenteil, sie wurden dadurch nur größer. Sie musste handeln. *Jetzt!*

Sie entspannte ihre Kiefermuskeln, riss die Augen auf und den Kopf wieder hoch. Ihre Fäuste blieben geballt, als sie das Gelände sondierte. Mit kaltem Blick.

Heute Nacht würde sie nicht versagen. Durfte sie nicht versagen! Jede weitere Stunde, die sie tatenlos verstreichen ließ, zog sie nur tiefer hinab inmitten dieses Treibsands der Hoffnungslosigkeit, in dem sie mehr als knietief feststeckte. Und stetig sank sie ein bisschen weiter. Stetig und unerbittlich. Bis sie sich eines nicht mehr allzu fernen Tages tatsächlich nicht mehr würde bewegen können und dann qualvoll erstickte. An ihrem Kummer.

Sie umschloss den Griff des Werkzeuges in ihrer Jackentasche. Kalt war er, der Griff. Kalt wie ihr Herz wurde, wenn sie an das Scheusal dachte. Kalt wie

Gletschereis, obwohl ihre neue Daunenjacke sie gut vor den unwirtlichen Temperaturen hier draußen abschirmte. Auf diesem kargen Gelände. *Tristesse pur* ...

Sie schlang ihre Arme eng um sich, versuchte sich so vor dem Frost zu schützen, der sich Stückchen für Stückchen in ihrem Körperinneren ausbreitete. Und vor dem sie kein Mantel dieser Welt schützen konnte. Schwarz war sie. Ihre Daunenjacke. Nachtschwarz, rabenschwarz! Wie ihre Gedanken, die Gefühle, die sie wie eine haushohe Welle zu ertränken drohten in diesem stürmischen Meer aus Hass.

Sie widerstand. Der inneren Flut. Beobachtete den Lüstling in dem roten Porsche, der gemächlich über das Gelände rollte, die Scheibe heruntergekurbelt zur besseren Ansicht der Frischfleischauslage vor den Boxen.

Das Rennen um die Gunst des brünstigen Kerls machte die große Rothaarige in den pinkfarbenen Hotpants aus Latex. Ihr mit weißen Perlen und Strass-Steinchen üppig besetzter Push-Up funkelte wie ein Piratenschatz und war nur minimal verdeckt durch den rosafarbenen Schal aus Plüsch, den sie um ihre Schultern drapiert hatte. Alles saß akkurat, ihre Erscheinung war perfekt. In dieser Szenerie. Obwohl sie erst vor wenigen Minuten wieder ins Freie gestöckelt gekommen war. Nach der Abfertigung des Fahrers eines Kombis der Marke mit dem Stern. Hatte stark nach Familienkutsche ausgesehen, der Wagen. Und der Insasse war offensichtlich pflegeleicht. Mit wenig zufrieden. Konnte keine Viertelstunde gedauert haben, sein Boxenstopp.

Wieso die große Rothaarige mit der Alabasterhaut sich gleich wieder feilbot, also praktisch ohne Pause, in der sie die sanitäre Einrichtung wenigstens mal kurz hätte aufsuchen können, verstand sie nicht. Hatte das Mädchen keine Angst vor Krankheiten? Oder war es etwa schon infiziert?

Sie verzog ihre rissigen Lippen. War doch alles bloß leeres Geschwätz für die Öffentlichkeit, das mit der Besorgnis um die Gesundheit der Mädchen. Wohlfühlparolen für die Wahlbürger. Von denen es sowieso kaum einen interessierte, dass solche Gelände wie dieses hier überhaupt existierten. Schön abseits gelegen. Und nicht überwacht von irgendwelchem privaten Personal im Auftrag der Stadt. Das hätte sie gemerkt.

Nein, hier wachte nur sie. Die dritte Nacht infolge. Wartete. Auf eine Gelegenheit. Doch damit war jetzt Schluss. Man wartet nicht auf Gelegenheiten, man nutzt Möglichkeiten. Das hatte ihre Mutter immer gesagt. Ihre Mutter ...

Sie spürte, wie Tränen in ihr hochstiegen und schüttelte wild den Kopf. Zum Heulen war später Zeit, nun war Zeit zum Handeln!

Sie zog ihre mit Fell besetzte Kapuze tief in die Stirn, streifte sich die übergroßen Gummihandschuhe mit den extra langen Schäften über und holte das Werkzeug aus ihrer Jackentasche. Gemächlich schritt sie über das auf einmal verwaist wirkende Gelände. Die Boxen waren wohl alle in Betrieb. Sie drehte sich um, schaute nach den Containern. Ebenfalls vollzählig belegt, wie es aussah. Jedenfalls lungerte im Moment keines der Mädchen davor herum. Zudem befand sich kein Freier in Warteschleife. Motorengeräusche, die auf die Ankunft neuer Fahrzeuge hindeuteten, hörte sie auch nicht.

Jetzt oder nie! Mit dem Gesicht nach unten und unter dem Schutz ihrer Kapuze sprintete sie los.

Die Geräusche, die aus dem Inneren des roten Porsches drangen, waren eindeutig. Stöhnen. Wohlige Seufzer. Und das Schmatzen. Von der Rothaarigen. Durch die noch immer offene Scheibe des Wagens sah sie deren Kopf im Schoß des Fahrers. Dessen Unterleib sich hob und senkte. Immer heftiger, sodass der Schädel der Rothaarigen ein paar Mal gegen das Lenkrad stieß. Bald würde es soweit sein …

Sie entsicherte das Werkzeug. Leise. Mit sparsamer Bewegung. Die beiden Hälften der frisch geschliffenen Gartenschere klappten auseinander. Der Mann stöhnte lauter, er hatte die Augen weit offen. Und sah trotzdem nichts. Sein Blick war starr auf das Autoinnendach gerichtet. Die Rothaarige ließ ihren Kopf kreisen, setzte zusätzlich ihre rechte Hand ein und gab auch Töne der Lust von sich. Vermittelte glaubhaft den Eindruck, dass sie ebenfalls auf ihre Kosten kam. Doch das spielte keine Rolle.

Für sie.

Sie schlich noch näher heran. Legte die Hand an den Griff der Fahrerseite. Und machte sich bereit. Bereit, die Tür mit einem Ruck aufzureißen. Das Überraschungsmoment für sich zu nutzen. Eiskalt. Und ohne Gnade. Ihre Nasenflügel bebten, als sie abermals tief Luft holte. *Drei – zwei – eins ...*

Das panische Gebrüll und hysterische Gekreische auf dem Gelände nahm sie nicht mehr wahr. Im Lauf riss sie den rechten ihrer mit Blut besudelten Handschuhe herunter, stopfte ihn in die Jackentasche zur Gartenschere und rieb sich übers Ohr. Der Schrei des Porschefahrers hatte ihr fast das Trommelfell zerrissen. Immer schneller rannte sie in den Wald hinein, verschwendete dabei nicht einen einzigen Blick nach hinten. *Bloß nicht langsamer werden ...* Sie hatte aber nicht das Gefühl, dass ihr jemand folgte.

Nicht mehr menschlich hatte er geklungen, dieser Schrei, befand sie und verringerte ihr Lauftempo. Blieb schließlich stehen, ließ ihren Oberkörper locker herabhängen und wartete, bis sie wieder zu Atem kam. Nun war sie zufrieden. Mit sich.

1

Er dürfte nicht hier sein.

Er wusste, dass er noch nicht soweit war. Und es vielleicht nie wieder sein würde. Irgendwas hatte sich verändert. Hatte *ihn* verändert. Er saß zwar am gleichen Schreibtisch in vertrauter Umgebung und doch war alles anders. Ganz anders. Er war wieder hier. Aber dennoch nicht *da*. Hatte Konzentrationsprobleme. Seine Gedanken, sie drifteten immer wieder ab. In allen möglichen und leider auch unmöglichen Situationen. Ging gar nicht in diesem Job. Wobei Nachdenken an sich schon nötig war. Draufgänger oder einen schießwütigen Cowboy wie in den einschlägigen Fernsehfilmen brauchte hier kein Mensch, das war klar. Aber ein von Selbstzweifeln geplagter Mann, der einen Großteil des Tages mit seiner Schau nach Innen verbrachte, gehörte bestimmt nicht zu den wünschenswerten Alternativen.

Schießwütiger Cowboy ...

Er strich sich über das kurze, graumelierte Haar und stieß hörbar die Luft aus. Am Schlimmsten war die Erkenntnis gewesen, dass das, wovor er Angst hatte, und sogar eine Heidenangst, wenn er ehrlich war – dass das etwas war, das tatsächlich in ihm selbst lauerte. Noch an diesem kohlrabenschwarzen Tag hatte er das begriffen. Diesem Tag im letzten Winter, an dem er sich beinahe um seine Zukunft geballert hatte.

Geballert, genau. Schießen war etwas anders. Kultivierteres. Maßvolleres. Rumballern ist ein Merkmal von blinder Aggressivität. Oder Wahnsinn.

War er wahnsinnig? Geworden? Oder schon immer gewesen? Trug er das in sich? Und konnte man so etwas kontrollieren? Auch dann noch, wenn es schon mal hervorgebrochen war? Oder war die Gefahr allein dadurch eklatant erhöht, dass es wieder soweit kommen könnte? Dass er sich erneut Bahn brach, der Wahnsinn? Und was würde es dann sein, das ihn hervorlockte? Ein noch schlimmerer Anlass?

Er schauderte. Hauptsächlich deshalb, weil er sich außerstande sah, sich einen noch schlimmeren Anlass vorzustellen. Und er konnte sich viel vorstellen, allein aufgrund seines Berufes. Den man aber nur ausüben sollte, wenn man sich selbst unter Kontrolle hatte. Hatte er das? Wieder? Oder war es vielmehr jederzeit möglich, dass doch noch mal etwas passieren würde in seinem Leben, das den Schalter zur Aktivierung seines Wahnsinns umlegt? Und er erneut die Kontrolle verlieren würde? Über sich?

Das waren die Fragen, die er sich ständig stellte. Seit Monaten. Seit fast einem Jahr, um genau zu sein. Wobei ihn die Fragen nicht wirklich beschäftigten. Im Sinne des Findens von Antworten. Er hatte noch nicht eine einzige parat. Es erschien ihm auch eher so, dass er sich diese Fragen nicht wirklich stellte, sondern ihrer gedachte. Dass sie wie ein Mahnmal auf seiner Seele ruhten und er nichts weiter tat, als die

Erinnerung zu pflegen. So als würde er die Blumen auf einem Grab gießen. In dem er seine Schuld beerdigt hatte.

Exakt das war es, was ihn am meisten schreckte. Die emotionale Kälte, mit der er seine Amoktat vor sich selbst längst abgetan hatte. Seine fast schon bürokratische Art, die Besorgnis im Zaum zu halten, die sich in seinem Inneren dazu entfaltet hatte. Es genügte ihm, sich immer wieder dieselben Fragen ins Gedächtnis zu rufen wie ein naiver Gläubiger, der mehrmals täglich immer dasselbe Ritual vollzog, um seinem Gewissen Genüge zu tun. Neuer Tag, neues Spiel. Fortschritte? Keine.

Was war mit ihm passiert? Stumpfte er ab? Nach all den Jahren? Konnte es wirklich sein, dass sein Fass, bis oben hin voll mit unliebsamen Erinnerungen, endgültig übergelaufen war? An diesem Tag im letzten Winter? Da unten in dem Keller, als er es das erste Mal in seinem Leben zugelassen hatte, dass sein verwundetes Herz die alleinige Regie über sein Tun übernahm? Ein Tun, das er zutiefst bereuen sollte – doch wenn er ehrlich mit sich selbst war, es genau das war, was er nicht tat? Nicht tun konnte?

Er schüttelte unwillig den Kopf. Realisierte erst jetzt, dass er schon wieder jede Menge Zeit mit dieser Grübelei vergeudet hatte, die weder ihm noch irgendeinem anderen Menschen auf diesem Planeten etwas bringen würde.

Er saß wieder hier. In diesem Büro. Auf demselben Stuhl. Was keine Selbstverständlichkeit war. Und nur dadurch ermöglicht wurde, weil es noch immer Menschen gab, die an ihn glaubten. Ihm vertrauten. Also war es seine gottverdammte Pflicht, das fruchtlose Kreisen um sich selbst bleibenzulassen, solange er im Dienst war, und stattdessen zu funktionieren. Voll und ganz!

Der Mann am Schreibtisch stieß abermals hörbar die Luft aus. Er griff nach einer der neuen Fallakten, schlug sie auf und begann zu lesen. Runzelte die Stirn. Betrachtete das erste Foto und verzog das Gesicht, als verspüre er schwere körperliche Schmerzen. »*Oh, my goodness ...*«

2

Das herrlich warme Wasser prasselte auf ihren Körper. Cremiger Duschschaum schillerte auf ihrer Haut, es duftete nach Honig und Vanille. Sie genoss das leise Plätschern, schloss die Augen und ließ sich Zeit. Ganz viel Zeit. Es wartete keiner auf sie. Das Haus war friedlich und leer. Niemand störte ihr Bad in der Stille, zu dem sie nur selten kam. Zumindest war das während der letzten zwanzig Jahre so gewesen.

Sie stellte die Brause ab, drückte die Tür der Duschkabine auf und betrat vorsichtig den nass glänzenden Boden. Der Läufer war verrutscht, und sie hatte vergessen, ihn in die richtige Position zu schieben, bevor sie in die Duschkabine eingestiegen war. *Solange es nur das ist ...* Sie lächelte schmal, nahm eines der großen Handtücher, rubbelte sich ab und griff nach ihrem gemütlichen Frottee-Schlafanzug. Sie schlüpfte hinein und tappte zum Spiegel. Er war noch angelaufen. Vom Wasserdampf. Mit dem Ärmel rieb sie eine größere Fläche des Glases frei. Und schaute die Frau, die ihr daraus entgegenblickte, interessiert an.

An sich hatte sie damit gerechnet, dass sie sich schlecht fühlen würde. So unmittelbar danach. Die Frau, die ihr aus dem Stück Spiegel offen ins Gesicht schaute, sah aber nicht aus, als ob sie sich schlecht fühlen würde. Sie sah aus wie immer.

Es war auch alles wie immer. Es gab ein Problem. Mal wieder. Und sie war dabei, es zu lösen. Mal wieder. Schlecht fühlen konnte man sich nur, wenn man an die Größe des Problems dachte. Was aber nicht hilfreich war. Ganz im Gegenteil. Hilfreich war es, wenn sie ihren Job machen würde. Gründlich. Und vor allem: fehlerfrei.

Um die Gartenschere hatte sie sich gleich gekümmert, als sie nach Hause gekommen war. Noch in der Jacke war sie in die Küche geeilt und hatte das Werkzeug akribisch gereinigt. Die besudelten Handschuhe mit den langen Schäften durchliefen das Programm in der Maschine unten im Waschraum. Sie hatte extra gewartet mit der Buntwäsche. Dann hätte sie sie einfach dazu gestopft. Leider hatte ihre neue Daunenjacke aber auch einiges abbekommen. Also hatte sie einen separaten Waschgang gestartet. Auf der schwarzen Jackenoberfläche sah man zwar so gut wie nichts, trotzdem war es ihr lieber, sie wieder makellos hinzukriegen. Wenn man gleich reagierte und das Textil mit dem richtigen Mittel behandelte, ließen sich auch Blutflecken relativ gut entfernen.

Wie einfach doch alles sein kann ... wenn man sich das Heft nicht kampflos aus der Hand nehmen lässt ...

Sie nahm ihre Zahnbürste, drückte einen Streifen Paste darauf, putze rund zwei Minuten und spülte ihren Mund mehrmals aus. Dann cremte sie sich die rissigen Lippen dick ein und kämmte ihr kinnlanges, lockiges Haar. Sie hielt kurz inne und sah auf, traf erneut den Blick der Frau im Spiegel. Deren Lippen weiß glänzten wie die Nivea Creme. Und deren Antlitz der Hauch eines Lächelns umspielte.

Sie nickte. Zufrieden. Für den Moment.

Sie hatte noch keinen Grund, sich zu freuen. Und wenn sie alle Freier dieser Welt auf einmal entmannen könnte, selbst das würde sie ihren Verlust nicht vergessen lassen.

3

»EG Eunuche?«

»Also nee, weißte!« Tatjana Kartans Schalk im Blick strafte ihre Empörung Lügen.

Sascha Grafert grinste. »Zur SOKO reicht's nicht, richtig? Deshalb EG wie Ermittlungsgruppe und ...«

»Ich finde das sehr makaber und vor allem respektlos«, ließ sich Leila Voist vernehmen, mit ihren fünfzig Jahren die Zweitälteste im Raum. Und die Vernünftigste. In der ganzen Abteilung. »Das müssen doch unvorstellbare Schmerzen gewesen sein.« Sie deutete ein Kopfschütteln an, zauberte ein Tuch aus der Eingriffstasche ihres schmalen Rocks und polierte die Gläser ihrer Brille.

»Da hege ich null Zweifel«, bestätigte Grafert, nahm seine Hand aus der Sakkotasche und packte sich theatralisch in den Schritt.

»Also echt!« Kartan schien nun wirklich verärgert. Sie hatte sich aufgerichtet, saß fast stramm auf dem Stuhl, spielte nicht mehr mit einer Strähne ihres dunklen Haares. »Du übertreibst mal wieder maßlos, Sascha. Wir sind hier doch nicht in einer Comedy-Sitcom.«

»Ach, nein?« Grafert, das jungenhafte Gesicht zur Stan-Laurel-Grimasse verzogen, schaute der Kollegin betont naiv entgegen. »Kommt mir aber oft so vor.«

»Kommt hier auch noch mal was zum Mitschreiben, oder wollt ihr weiter nur vor euch hinfrotzeln?«, fuhr Regina Tamm mit ihrer resoluten Stimme dazwischen. »Falls nicht, würde ich gern wieder rüber gehen. Ist ja nicht so, dass ich sonst nichts zu tun habe.«

»Weia«, machte Grafert und duckte sich spielerisch weg unter dem Zorn der langjährigen Angestellten im Fachkommissariat für Tötungsdelikte, die mit der Protokollführung der Sitzung zu dem neuen Fall beauftragt war.

Nur einer im Raum bekam von alledem anscheinend nichts mit. Er saß mit am runden Tisch, den Blick aus den dunklen Augen starr auf die Yucca-Palme gerichtet, die beim Meeting-Point seines Büros ihren Platz gefunden hatte. Hauptkommissar und Dienststellenleiter Jim Devcon hing seinen Gedanken nach. Gedanken, die um einen Gerichtsprozess kreisten, der zwar schon einige Monate zurücklag, der aber einen nachhaltigen Eindruck in Devcons Erinnerungen hinterlassen hatte. Weil es um ihn selbst gegangen war. Um ihn und seine Zukunft. Und es war keineswegs sicher gewesen, dass er mit einer dermaßen heilen Haut aus diesen Verhandlungen herausspazieren würde.

Roland Berger, der zuständige Staatsanwalt, hatte den Fall gleich abgegeben. Was Devcon ihm nicht verübeln konnte. Sie waren befreundet, sind es noch. Und obwohl Berger schon einiges mitgemacht hatte in Devcons alles andere als vorbildlichen Karriere bei der Mordkommission in Frankfurt am Main – was an diesem grauenhaften Tag im letzten Winter vorgefallen war, das war selbst Berger zu viel gewesen. Viel zu viel.

Devcon war bekannt als Raubein, machte den Klischees über sein Herkunftsland alle Ehre. Nicht nur wegen des immer noch starken Akzents des Texaners, der jeden vergessen ließ, dass Devcon bereits seit über zwanzig Jahren in Deutschland lebte. Vorschriften waren für ihn oft nur Richtlinien, die er nach eigenem Gutdünken verbog und sogar ignorierte, wenn es der richtigen Seite diente. All die Jahre im Polizeidienst hatte er nur deshalb überdauern können, weil er ein verdammt gutes Gespür für das Richtige hatte, wie man über ihn erzählte. Und weil Polizeipräsident Norbert Fringe zu seinen besten Freunden zählte. Bei dem es nun aber den Anschein hatte, dass er ihn als einen solchen verloren hatte. Eine andere Erklärung hatte Devcon nicht parat für die private Eiszeit, die seit diesem Tag im letzten Winter zwischen ihnen herrschte. »Jim! Bitte rede mit mir«, hatte Fringe verlangt. Geradezu flehentlich verlangt. Wieder und wieder. Doch Devcon schwieg. Weil es nichts zu reden gab. Für ihn. Und womöglich war das der wahre Grund für Fringes Rückzug. Was nichts änderte an Devcons Sprachlosigkeit zu diesem Thema.

Zu einer Anklage wegen Mordes war es nicht gekommen. Das wäre auch absurd gewesen. Ein Mörder ist, »wer aus Mordlust heimtückisch oder grausam oder mit gemeingefährlichen Mitteln einen Menschen tötet.« Auszug aus Paragraph 211, Strafgesetzbuch.

Eine Definition, die zweifellos für den bis heute nicht gefassten Psychopathen galt, der Devcons Frau, eine Nichte Fringes, getötet hatte. Vor rund zehn Jahren. Mit einem Messer.

Eine Dienstpistole konnte zwar auch schnell zum »gemeingefährlichen Mittel« werden. Sie durfte aber benutzt werden, wenn der Beamte in Notwehr handelte. Eine Anklage gegen Devcon wegen Totschlags nach Paragraph 212 war somit auch schnell vom Tisch gewesen.

Nicht vom Tisch gewesen war die kritische Bewertung seiner Tat. Von der ersten bis zur vorletzten Stunde der knapp eine Woche dauernden Verhandlungen war Devcons Notwehrhandlung als deutlich überzogen, sogar »bar jeder Ratio« bezeichnet worden. Diktum der Staatsanwältin. Dem der Angeklagte, Hauptkommissar James Lloyd Devcon, nicht widersprochen hatte.

Alles in allem hatte er während der gesamten Dauer der Verhandlungen ohnehin nur sehr wenig gesprochen.

Er hatte sich gehen lassen. Völlig. War wie im Rausch gewesen. Das stand auch für ihn selbst vollkommen außer Frage. Zu klären war lediglich, ob das, was vorgefallen war, das, was den Blackout seiner Ratio hervorgerufen hatte, nach Auffassung des Gerichtes gravierend genug war, die Tat Devcons zu rechtfertigen. Was hätte er dazu noch sagen sollen?

Geredet haben dann andere. Auch seine Mitarbeiter aus der K11. Die engsten. Reggie hatte geweint.

Konnte gar nicht mehr aufhören, sodass die Staatsanwältin die Befragung seiner langjährigen Büroassistentin schließlich abgebrochen hatte. Leila Voist und Jost Kellermann schafften es besser, ihre Betroffenheit in der Öffentlichkeit des Gerichtssaals zu verbergen. Doch auch sie hatten zu Protokoll gegeben, dass sie nicht begreifen konnten, was an diesem Tag im letzten Winter geschehen war.

Zu zusätzlichen Belastungen war es aber nicht gekommen. Alle hatten sich geschlossen hinter Devcon gestellt, sogar Sascha Grafert. Der coole Grafert, der keinen Hehl daraus machte, dass er scharf auf Devcons Position war. Nicht ansatzweise so abgebrüht wirkend wie sonst hatte er auf dem Zeugenstuhl gesessen und seine Loyalität mit dem ungeliebten Chef bekundet. Letzteres hatte er ehrlicherweise hinzugefügt. Und Devcon dabei offen in die Augen gesehen. Was der ihm hoch angerechnet und noch im Gerichtssaal kommuniziert hatte durch das Andeuten eines Nickens.

Devcon merkte nicht, wie seine Kiefer zu malmen anfingen, während sein Blick noch immer auf der Yucca-Palme haftete wie mit Sekundenkleber fixiert.

Als letztes war sie aufgerufen worden. Tatjana Kartan. Wenn er die Macht dazu gehabt hätte, Devcon hätte es verboten, sie in den Zeugenstand treten zu lassen. Lieber wäre er in den Knast gegangen. Was sie hatte erdulden müssen an diesem gottverfluchten Tag im letzten Winter ... und auf dem Zeugenstuhl noch einmal hatte durchleben müssen ... vor aller

Augen ... Devcon schauderte es, auch wenn er nur kurz daran dachte. Und es würde ihn immer wieder schaudern. Ganz gleich, wie viele Jahre vergehen würden.

Sie war im vierten Monat schwanger gewesen. Und sie verlor das Kind. Nachdem dieses Monstrum in Menschengestalt sie brutal getreten hatte. Ihre Stimme hatte gezittert, war leiser und leiser geworden, als sie den Moment der Attacke schilderte. Devcon hatte stocksteif dagesessen und sich auf die Zunge gebissen. Bis sie blutete. Nur so hatte er sich erfolgreich seine nächste Amoktat verkneifen können: aufspringen und die Staatsanwältin durch einen gezielten Schlag außer Gefecht setzen, damit diese Quälerei endlich aufhörte!

Sie war sehr behutsam vorgegangen. Die Staatsanwältin. Wühlte nicht tiefer als nötig und gestand Kartan genügend Pausen zu. Devcon zollte ihr dafür seinen Respekt. Später.

Das Verfahren hatte zu der Zeit noch auf der Kippe gestanden. Hinsichtlich des Strafmaßes. Zu einem Ergebnis war man schon gekommen: Notwehr-Exzess.

»War der Totschläger ohne eigene Schuld durch eine einem Angehörigen zugefügte Misshandlung von dem getöteten Menschen zum Zorn gereizt und hierdurch auf der Stelle zur Tat hingerissen worden, so ist die Strafe Freiheitsstrafe von einem bis zu zehn Jahren.« Auszug aus Paragraph 213, Strafgesetzbuch.

Tatjana Kartan war keine Angehörige Devcons. Sie

war die Mutter seines toten Kindes. Und »Zorn« war in dem Fall die Untertreibung des Jahrhunderts. Hass! Was da in Devcon gelodert hatte, das war der blanke Hass auf dieses Monstrum, das ihnen das angetan hatte.

Er bekam ein Jahr. Auf Bewährung. Weil er »die Grenzen der Notwehr aus Verwirrung, Furcht oder Schrecken« überschritten hatte. Paragraph 33, Strafgesetzbuch. Und weil Tatjana Kartan in der Beantwortung einer wesentlichen Frage bewusst vage geblieben war. Die Frage, in der es darum gegangen war, ob Devcons erster Schuss auf das Monstrum bereits tödlich gewesen war. Er selbst hätte am liebsten ausgesagt, dass er selbstverständlich gleich einen Volltreffer gelandet hatte, ihn das in diesem Moment aber einen Scheißdreck interessiert hatte! So viel Restverstand hatte er dann doch noch gehabt, um zu wissen, dass sowohl die Staatsanwältin als auch der Richter in dem Fall nicht mehr anders gekonnt hätten, als ihn unverzüglich aus dem Verkehr zu ziehen. Also war er dem Rat seines Anwaltes gefolgt und hatte den Mund gehalten. Auch nach der Vernehmung des Gerichtsmediziners, der die Obduktion des Leichnams durchgeführt hatte: Hans Dillinger. Chef des Zentralen Rechtsmedizinischen Institutes im Klinikum der Goethe-Universität. Ein weiterer langjähriger Weggefährte Devcons. Er hatte die eindeutigen Ergebnisse aus der Ballistik zumindest teilweise entkräften können durch seinen sehr beredten Verweis auf den Fall Phineas Gage – Vorarbeiter einer amerikanischen

Eisenbahngesellschaft, dem sich bei einer Sprengung eine dicke Eisenstange von unten nach oben durch den Schädel gebohrt hatte. Trotz schwerster Läsionen im orbitofrontalen und präfortalen Kortex war Gage bei Bewusstsein geblieben und später sogar noch in der Lage gewesen, über den Hergang des Unfalls zu berichten, der sich im Jahre 1848 ereignet hatte. Demzufolge könne man selbst bei einem Kopfschuss nicht grundsätzlich ausschließen, dass der Getroffene dennoch zu einer Handlung fähig bleibt.

Tatjana Kartan hatte nur noch ergänzen müssen, dass sie definitiv nicht sagen könne, ob Devcons erster Schuss tödlich gewesen sei. Sie habe dann ja auch schnell das Bewusstsein verloren.

Was stimmte. Letzteres. Wegen des Schusses hatte Devcon sie schon kurz nach der Katastrophe gefragt: »Wie viel musstest du mit ansehen?« Kartan hatte eine Weile ins Leere gestarrt. Und dann nur dieses eine Wort gesagt: »Genug.«

Seither haben sie nicht mehr darüber gesprochen. Über das Ganze. Auch nicht während der Verhandlungstage. Kartan hatte ihre Aussage aus freien Stücken gemacht ohne sich mit irgendjemandem vorher abzustimmen im Hinblick auf einen für Devcon positiven Ausgang des Prozesses. Der unter Ausschluss der Öffentlichkeit stattgefunden hatte. Andernfalls wäre so viel Goodwill ihm gegenüber nicht möglich gewesen, darüber war sich Devcon im Klaren. Außerdem wusste er, dass der durchaus faire Preis, den er dafür zu entrichten hatte, der war, das Vertrauen, das sein Team in ihn gesetzt hatte, gottverdammtnochmal nicht zu enttäuschen ...

»Erde an Devcon«, riss ihn Tatjana Kartans helle Stimme zurück in die Gegenwart. »Was ist jetzt, Cheffe? Bleibt's tatsächlich dabei?«

»Wobei?«

»Na, beim Namen für den neuen Fall. EG Eunuche.«

4

Große Maschinen.

Schon als Kind hatte er große Maschinen gemocht. Ihr Mann. Wahrscheinlich, weil er vom Bauernhof kam. Und schon früh mit dem Vater auf dem Traktor gesessen hatte. Als dessen einziger Sohn. Er wurde dann Baggerführer, konnte und wollte sich nie etwas anderes vorstellen. Genauso wenig, wie er sich ein Leben ohne Familie hatte vorstellen können. Doch jetzt ...

Sie starrte ins Leere, ohne die Tränen zu realisieren, die ihr in den Augen standen. Sie verstand das alles nicht. Was war bloß schiefgelaufen?

Sie wusste es nicht. Und würde es wohl nie wissen. Obwohl sie ihre Gewalttouren hinauf auf den Berg der Erkenntnis längst nicht mehr zählen konnte. Doch sie kam einfach nicht raus aus den dunklen Felsen, erreichte nie eine Höhe, von der aus sie klar sah.

Schwer seufzend mühte sie sich ab, ihre düsteren Gedanken zu vertreiben, griff nach dem frisch gespülten Frühstücksbrettchen, sortierte es in der Schublade ein und drapierte das feuchte Geschirrtuch über der Stuhllehne. So würde es schneller trocknen. Sie nahm ihre Teetasse, stellte sie aber gleich wieder hin. Krümmte sich leicht, stützte sich mit beiden Händen auf der Tischplatte ab. *Mist* ... Da war es wieder, dieses Rumoren. In der Magengegend. Darunter hatte sie schon als kleines Mädchen gelitten. Immer dann, wenn etwas geschah, was so gar nicht in ihr Konzept passte. Sie hatte es noch nie besonders gut vermocht, sich spontan auf neue Situationen einzustellen. Überraschungen waren nicht ihr Ding. Sie plante lieber. Generalstabsmäßig.

Ihr Blick fiel auf die große Küchenuhr an der Wand. Bald zehn. Sie schaltete das Radio ein, drehte die Lautstärke etwas höher und wartete. Auf die Nachrichten. War gespannt, ob etwas gebracht werden würde zu dem Vorfall in der letzten Nacht.

Angst verspürte sie nicht. Alles war so gelaufen, wie sie es hatte haben wollen. Fast. Ein erstes Ziel hatte sie dennoch erreicht, dessen war sie sich absolut sicher. Das Scheusal würde ab sofort nicht mehr so ruhig schlafen!

Mit einem grimmigen Lächeln auf ihren spröden Lippen setzte sie sich an den Küchentisch, nahm das kleine Messer zur Hand und fing an, die Kartoffeln zu pellen. Zwischendurch stückelte sie den Speck, die Kartoffeln waren noch sehr heiß, und gab alles in eine große Schüssel. Die Familienschüssel. Sie bereitete immer die gleichen Mengen zu. Wenn sie allein war, so wie derzeit, aß sie eben mehrere Tage davon.

Sie stand auf, trug die Schüssel zur Küchenanrichte und begann mit dem Würzen, schmeckte die Salatsoße mehrmals ab. Nickte zufrieden. Dieser ganze Fertigkram würde ihr niemals ins Haus kommen, da konnte man ihr sagen, was man wollte. Ihre Meinung:

Wenn etwas sorgsam und mit Liebe gemacht wurde, hatten alle mehr davon.

Sie schmunzelte, während sie die Kartoffelschalen zusammenklaubte und in dem Behältnis für Lebensmittelabfälle unter der Spüle entsorgte. Irgendwie kam ihr gerade ihr erstes Mal in den Sinn. Mit ihrem Mann. Verheiratet waren sie da noch nicht gewesen. Doch er hatte sie unbedingt schon vorher in sein Bett kriegen wollen. Zwar nicht mehr Jungfrau hatte sie zu der Zeit dennoch keine Pille gehabt. Sie hatten sich erst zweimal getroffen, für sie war es also sehr überraschend gekommen, dass auch die körperliche Liebe zwischen ihnen so schnell ein Thema werden konnte. Sie erinnerte sich noch genau an ihre Heidenangst davor, gleich schwanger zu werden. Falsch, es war keine Angst, sie hatte es *gewusst*. Tief innen drin hatte sie gewusst, dass aus dieser ersten Nacht mit ihm ein Baby entstehen würde. Ein Baby der Liebe.

Auf ihrem sonst von den Sorgen zerfurchten Antlitz machte sich abermals ein Lächeln breit. Ein glückseliges Lächeln.

So war es dann auch gekommen. Ihre Regel blieb aus, keine vier Wochen später hatte sie die Gewissheit, dass sie sein Kind unter ihrem Herzen trug. Und dass nun so schnell wie möglich geheiratet werden musste. Er war zu der Zeit noch beim Bund gewesen. Jeder Tag ohne Trauschein kostete also richtig Geld. Geld, das ihnen fehlen würde für die Haushaltsgründung und das Baby.

Sie ging zum Kühlschrank und öffnete ihn, nahm

den Inhalt in Augenschein und erstellte im Geiste die neue Einkaufsliste. Von Anfang an war sie es gewesen, die die organisatorischen Zügel rund um ihre Ehe fest in der Hand hielt. Was ihm stets recht gewesen zu sein schien. Bis vor kurzem jedenfalls. Genauer gesagt bis zu dem Moment, als das Scheusal angefangen hatte, sich mehr und mehr breit zu machen in ihrem Leben! »Nein, nein, nein«, schalt sie sich selbst, schloss fix die Augen, presste die Hände an die Schläfen und versuchte so, alles Finstere zu verbannen, das über den Bildschirm ihres Gedächtnisses flimmerte. Um Platz zu schaffen für die schönen Momente ihres Lebens.

»Oh, wie herrlich, das freut mich aber sehr!«, hatte ihre Mutter damals ausgerufen, als sie erfuhr, dass ihre Tochter guter Hoffnung war. Die Reaktion auf der anderen Seite der Familie war demgegenüber recht verhalten ausgefallen.

Sie registrierte die Kälte, die ihr aus dem Inneren des offenen Kühlschranks entgegenschlug. Eine intensive Kälte. Wie die, mit der ihr die zukünftige Schwiegermutter begegnet war. Mit offener Ablehnung hätte sie besser umgehen können. Selbst sehr verletzende, aber klare Worte hätte sie eher ertragen. Doch diese Frau sagte: nichts. Ihr Sohn wurde Vater! Würde heiraten. Und sie? Schwieg.

Sie schloss den Kühlschrank und atmete tief ein, merkte nicht, wie sehr sie die dunklen Erinnerungen in ihrem Kopf fesselten. Es sollte keine große Feier werden. So hatte sie gelautet, die Absprache. Das

Baby kam bald, als nächstes war der Hausbau zu stemmen. Da blieb nichts übrig für ein rauschendes Fest. Was ihr nichts ausgemacht hätte. Für sie hatte nur die Zeremonie selbst gezählt. Die auch offizielle Vereinigung mit ihrem Mann. Mag sein, dass es in den Städten schon damals niemanden mehr interessierte, ob ein Trauschein vorlag oder nicht. Draußen auf dem Land hatte man zu der Zeit noch kaum Verständnis für wilde Ehen gehabt. Erst recht nicht, wenn bereits Nachwuchs unterwegs war.

Nur die Eltern und Geschwister waren eingeladen gewesen. Und ihre beste Freundin. Als Trauzeugin.

Sie bekam gar nicht mit, wie sie ein Loch in den Notizblock riss, auf dem sie die einzukaufenden Sachen notieren wollte, so fest setzte sie die Kugelschreibermine auf das dünne Papier. Bei der Erinnerung an diesen Tag im Mai.

Alle hatten sie dort gestanden. Vor dem Standesamt. Fein herausgeputzt und mit Blumen in der Hand. Die drei Schwestern als auch sämtliche Nichten und Neffen ihres Mannes. Und alle hatten sie gestrahlt. Wie die Maisonne. Und sie? Sie hatte aufpassen müssen, dass sie ihren Brautstrauß nicht zerstörte, so sehr, wie sich ihre Finger um die zarten Blumenstängel gekrampft hatten. Keine große Feier, na klar. Oh, wie sie es hasste, wenn man sie derart belog! Und als sie dann hatte hören müssen, wie eine seiner Schwestern zur anderen sagte, dass sie den Kuchen ins Haus der Schwiegermutter gebracht habe, wo es im Anschluss an die Trauung den Kaffee geben sollte, setzte auch noch das Rumoren im Magen ein. Ein sehr schmerzhaftes Rumoren. Am schönsten Tag ihres Lebens. Der dann tatsächlich im kleinsten Kreis gefeiert worden war. Was ihre Familienseite betraf. Die Verwandtschaft von der Seite ihres Mannes war vollzählig da gewesen.

Von ihrer Seite hatten nur ihr Bruder und ihre Mutter teilgenommen, die mit Engelszungen auf sie hatten einreden müssen, damit sie die Feier nicht platzen ließ.

Sie habe gleichzeitig auch den Muttertag feiern wollen. So hatte die Schwiegermutter mit der ihr eigenen, gleichgültigen Art es gewagt, ihr am Tag danach diese absurde Gästeliste zu erklären.

Sie riss das zerlöcherte Notizblatt ab, zerknüllte es und warf es mit Schwung in Richtung Spüle. Treffer!

Sie sah es heute noch vor sich, das von erstaunlich wenigen Falten durchzogene Pokergesicht dieser Frau. Deren blaugraue Augen, die auf ihr geruht hatten. Und in denen sie nicht die Spur von Wärme hatte entdecken können. An keinem einzigen Tag.

Sie beugte sich über den Notizblock, legte den Stift dann aber weg, nahm sich ein Papiertaschentuch und putze sich gründlich die Nase. Schnaubte. Bis es ihr selbst in den Ohren dröhnte.

Ausrede. Das mit der gleichzeitigen Muttertagfeier, es war nichts anderes gewesen als eine Ausrede. Und dafür hatte man in ihrer eigenen Familie noch nie etwas übrig gehabt. Ausreden waren ein Indiz für Heuchelei. Bei ihnen zuhause gab es keine Heuchelei.

Konflikte lösten sie geradlinig. Auseinandersetzungen wurden zwar nicht gesucht, aber auch nicht gescheut. Nichts ließ man schwelen. Also konnten sich auch über die Zeit keine Löcher in das empfindliche Familienfundament fressen. Nur so hatte sie in Ordnung bleiben können, ihre kleine Welt.

Sie stand auf. Ging zur Spüle, nahm das zerknüllte Blatt und legte es in die Kiste neben dem Mülleimer, in der sie das Altpapier sammelte.

Ordnung war nicht selbstverständlich. Für Ordnung musste man kämpfen. Jeden Tag. Auch dann, wenn es unbequem war. *Gerade dann!*

Sie nickte entschlossen, schnappte sich das noch feuchte Handtuch von der Stuhllehne, nahm die Gartenschere aus dem Geschirrhalter und polierte die beiden blitzsauberen Schneidehälften. Machte ihr Werkzeug bereit. Für den nächsten Einsatz.

5

»Wo ist Jost Kellermann?«

Devcon wunderte sich über die erstaunten Blicke seiner Mitarbeiter. Doch bevor Kartan, Grafert oder Voist den Mund aufmachen konnten, patschte der Hauptkommissar sich mit der flachen Hand vor die Stirn. »Rechtsmedizin, stimmt. Ich habe ihn selbst dort hingeschickt.« Er rang sich ein gequält wirkendes Lächeln ab. Aussetzer dieser Art hatte er nie gehabt vor seinem D-Day. Dem Tag seiner Landung. Der Landung in der inneren Unsicherheit.

»Also, dann.« Er setzte sich gerade hin, legte die Hände gefaltet auf den runden Tisch, und zauberte sich einen geschäftsmäßigen Ausdruck auf das markante Gesicht. Regina Tamm, seine Schreibkraft, schlug ihren Block auf und blickte gespannt drein. Ihren Laptop hatte sie, wie immer bei Devcons Team-Besprechungen, in ihrem Büro stehen lassen. Ständiges Tastaturklappern machte ihren Chef schnell nervös. Für Tamm, die im letzten Monat ihren zweiundfünfzigsten Geburtstag gefeiert hatte, kein Problem, sie konnte Stenografie.

»Wo fangen wir an, was sind die nächsten Schritte?« Devcon trommelte auf die Tischplatte. »Hopp, hopp, Herrschaften, fassen wir erst mal zusammen, was wir haben.«

»Eine Leiche«, meldete sich Grafert zu Wort, der

mehr auf seinem Stuhl lag als saß und sich mit Zeigefinger und Daumen über den Bartflaum an seinem Kinn strich. »Bisher. Männlich. Und unbemannt.«

»Das stimmt doch so gar nicht«, widersprach Tatjana Kartan. »Das Teil war noch dran. Halbwegs jedenfalls.« Sie deutete ein verunglücktes Grinsen an.

Devcon kratzte sich am Hinterkopf. »Fakt ist, dass der arme Kerl noch am Tatort verblutet ist. Korrekt?«

»Richtig«, schaltete sich Leila Voist ein und blickte dem Dienststellenleiter der K11 aus ihren frisch polierten Brillengläsern entgegen. »Noch im erigierten Zustand schoss das Blut ja quasi wie in Fontänen ...«

»Leila! Hör auf, mir wird schlecht!«, protestierte Tatjana.

»Die Details dazu stehen in der Akte.«

»Danke, Reggie, ich weiß.« Devcon zog seine Lesebrille aus der Hemdtasche und fing an zu blättern. »Schwerste Verletzungen ... Tatwaffe, ein scherenähnliches Werkzeug ... nicht sichergestellt ...« Sein Murmeln wurde leiser, selbst einzelne Worte waren nicht mehr zu verstehen. Weiter vor sich hin nuschelnd, schlug er die nächste Seite auf und sah sich mit einem Foto konfrontiert, das er schon einmal gesehen hatte und nie wieder sehen wollte. »*Holy Shit!*«

»Ja. Echt widerlich«, sagte Tatjana dazu und wurde immer kleiner auf ihrem Stuhl. »Ein ganz fürchterlicher Albtraum!«

»Berufsrisiko«, meinte Sascha Grafert nur und steckte sich einen Kaugummi in den Mund.

»Berufsrisiko? Sag mal, spinnst du?« Die Stimme

seiner Kollegin überschlug sich fast.

»Ruhig!«, befahl Devcon und bedachte Kartan mit einem warnenden Blick.

»Nun, ich stimme Tatjana ausdrücklich zu und teile ihre Einschätzung, dass es im Normalfall nicht zu den kalkulierbaren Risiken von Prostituierten gehört ...«

»Dass einer der von ihnen zu lutschenden Schwänze auch mal abgesäbelt werden könnte mitten im Blow-Job. Soweit so gut, das war aber kein Normalfall, liebe Leila, sonst wäre der Freier nicht tot.« Grafert schickte ein Stirnrunzeln in die Runde und schmatzte vernehmlich mit seinem Kaugummi.

Devcon nahm seine Lesebrille ab und rieb sich die Augen.

»Die arme Frau! Die tut mir echt leid, die ist doch sicher total traumatisiert.« In Tatjanas Mimik stand es deutlich zu lesen wie in einem Buch, wie sehr es ihr graute bei der Vorstellung des Geschehens.

»Das steht außer Frage.« Leila Voist nickte. »Ich habe vor einer Stunde mit der Ärztin telefoniert. Die Patientin steht nach wie vor unter Schock, ist also noch immer nicht vernehmungsfähig.«

»Ob sie wohl Anspruch auf eine Berufsunfähigkeitsrente hat?«, fragte Grafert todernst. Und fing sich ein weiteres, gereizt klingendes Schnauben von Tatjana ein. Regina Tamm musterte ihn tadelnd und schüttelte ihren derzeit ziegelsteinrot gefärbten Bubikopf.

»Wie sieht's mit Zeugen aus? Negativ, nehme ich

an?« Devcon hatte die Lesebrille wieder auf und blätterte weiter in der Akte. »Im Auto saßen nur das Opfer und das Mädchen, das ist mir schon klar, das Gelände war aber doch überwacht ...«

»Offiziell, ja.«

Devcon hob den Blick und fixierte Grafert über den Rand seiner Brille. »Was soll das heißen?«

»Das soll heißen, dass das mit dem Wachdienst beauftragte, private Sicherheitsunternehmen nicht nur an diesem Tag seiner Verpflichtung aufgrund eines durch Krankheit bedingten Personalmangels nicht nachgekommen war.«

»Was soll das heißen?«, fragte Devcon wieder, seine tiefe Stimme in der gleichen sachlichen Tonlage und den Kaugummi kauenden, jungen Kommissar weiterhin von unten herauf anschielend.

»Nun, laut Aussage der Mädchen ist das anscheinend mehr die Regel als Ausnahme.« Grafert zuckte die Achseln. »Der Panikknopf würde aber regelmäßig gewartet, hieß es.«

»Na, prima! Und wer soll dann damit alarmiert werden im Falle eines Falles, wenn nie einer da ist von der Sicherheit, hä?« Tatjanas Stimme vibrierte vor Empörung.

Grafert wandte sich ihr zu, seine sonst glatte Stirn abermals kraus gezogen. »Wieso regst du dich so auf? Dass im Rotlichtgewerbe grundsätzlich nicht die Sicherheitsstufe eins herrscht, ist doch allgemein bekannt, oder?«

Tatjana schnaufte wie ein Stier kurz vorm Angriff

auf den Torero. »Mag sein! Aber damit haben uns diese Luden von der Regierung dieses Boxen-Konzept doch verkauft!«

Devcon konnte sich ein Grinsen über die »Luden von der Regierung« nicht verkneifen. Er wurde aber gleich wieder ernst. »Tatjana hat recht, zu solchen Ausfällen beim Sicherheitspersonal dürfte es dort eigentlich gar nicht kommen.« Er rückte die Lesebrille gerade, fischte einen Computerausdruck aus dem Papierwust, der sich rund um seine lederne Schreibtischunterlage angesetzt hatte wie Bauchfett und las vor: »Verrichtungsboxen wurden erstmals 2001 in Deutschland zur Verfügung gestellt mit dem Ziel, den Straßenstrich auf ein kontrolliertes Gelände zu verlegen ...«

»Pah!«

»Tatjana, bitte.« Devcon sah auf. Kartans sogar für ihr Temperament heftige Reaktionen erschienen ihm ebenfalls merkwürdig. Zu emotional. Und allenfalls damit zu rechtfertigen, wenn sie das Opfer oder die Prostituierte persönlich gekannt hätte. Was aber wohl nicht der Fall war. Devcon fixierte Tatjana und überlegte, sie aus der Ermittlungsgruppe abzuziehen, wischte diese Idee jedoch gleich wieder raus aus seinem Kopf. Er wollte vor sich selbst nicht in Verdacht geraten, Gespenster zu sehen. Kartan ärgerte sich über die Regierung, beschloss er. Punkt.

Devcon räusperte sich, richtete seinen Blick wieder auf den Computerausdruck und fuhr an alle gewandt fort: »Bisher gab es diese Verrichtungsboxen ...«

»Allein das Wort!«, maulte Tatjana.

»...ausschließlich in Nordrhein-Westfalen. Köln, Bonn, Essen und Dortmund. Hier in Frankfurt wurde im Juni dieses Jahres das hessische Pilotprojekt gestartet ...«

»Herzlichen Glückwunsch!«

Devcons Faust sauste auf den Tisch. »Tatjana, es reicht! Wenn dir dieser Fall so wenig passt, dann mach einen offiziellen Vermerk dazu und ich teile dich umgehend woanders ein. Die Mordkommission ist zwar kein Wunschkonzert, aber es gibt in der Tat noch genügend andere Arbeit, also bitte, nur zu.«

Tatjana senkte den Blick, verbarg so das angriffslustige Funkeln in ihren Augen. Grafert tätschelte ihr die Schulter und nickte. Regina Tamms Blick wirkte besorgt. Leila Voist schaute Devcon an. Und er hätte mehr als einen Penny dafür gegeben, um zu erfahren, was sie in diesem Moment dachte. Er gab ein kurzes Schnaufen von sich und zitierte dann weiter frei aus dem Bericht zum Thema Verrichtungsboxen. »Zumindest in Deutschland werden diese Anlagen regelmäßig behördlich kontrolliert, wenn man die offiziellen Verlautbarungen dazu liest.«

»Papier ist geduldig«, nuschelte Tatjana.

Devcon rang sichtbar mit seiner Geduld. »Die Anbahnungsgespräche auf einem angrenzenden Straßenabschnitt ...«

»Haben wir hier nicht.« Grafert.

Devcon legte den Computerausdruck hin und nahm die Brille ab. »Und wieso nicht?«

»Weil das Gelände so angelegt wurde, dass es von selbst gefunden wird und somit allein durch die Mundpropaganda floriert.«

»Was?«

Grafert schaute Devcon gleichmütig entgegen. »Die Lage ist verkehrstechnisch sehr günstig.«

»Ja. Unweit der Autobahn«, ergänzte Tatjana in bemüht ruhigem Tonfall. »Nach dem bewährten Drive-thru-Prinzip von McDonalds entworfen, schätze ich mal. Speziell am Wochenende gibt's aber ständig Staus vor den ... äh, Boxen. Wenn die Brummifahrer wie die Horden da einfallen. Lecker, was?«

Devcon sagte nichts. Schaute Tatjana nur an.

»Nein, das ist kein Scherz.«

»Na, gut.« Devcon lehnte sich zurück. »Und wieso weiß ich nichts davon, wenn das doch so gut klappt mit der Mundpropaganda?«

»Äh ... was?«

Devcon sah Tatjana, die ihm völlig verdutzt entgegenblickte, noch immer an.

Grafert versuchte, nicht zu grinsen und gab ein Räuspern von sich. »Es gab Flyer-Aktionen. Die letzte erst vor ein paar Wochen. Ziemlich groß angelegt.«

»Wie?« Tatjanas Mienenspiel wechselte zurück in den Modus einer offenen Empörung. »Und was war der Anlass? Einladung zum Eröffnungsfick?«

»Nein, sie hatten es anders formuliert«, erwiderte Grafert seelenruhig.

»Wer sind *sie*?«, wollte Devcon wissen.

»Irgendeine dafür zuständige Abteilung des Landes

Hessen, nehme ich an. Und nein, Frau Kollegin, ich war nicht da!«

Tatjana musterte Grafert argwöhnisch. »Wie bist du an diesen Flyer gekommen?«

»Ich? Gar nicht.« Er fläzte sich wieder in seinen Stuhl, schlug die Beine übereinander und fuhr mit der Bearbeitung seines Kaugummis fort. »Jürgen hatte mir davon erzählt. Kumpel von mir. Arbeitet als Fahrer für eine Spedition.«

»Zielgruppengerechte Werbung, jawoll. Prächtig organisiert, das alles, da hat man sich echt nicht lumpen lassen, was? Na, wenn das Budget aus Steuergeldern es hergibt.« Tatjana zog ihren Zopf straff. Mit dem Ergebnis, dass das dünne Haargummi riss. »Verfluchter Mist!« Sie fuhr sich mit beiden Händen durch die in alle Richtungen abstehenden Strähnen und kreierte ungewollt die perfekte Out-of-bed-Frisur.

»Moment mal, bitte«, schaltete sich Devcon ein. »Habe ich das richtig verstanden? Die Inbetriebnahme dieses Geländes wurde aktiv beworben von der Regierung unseres Landes?«

»Yep.« Grafert. »Ist doch nur konsequent.«

»Was?«

»Die primäre Zielsetzung bei landesstaatlich geführten Verrichtungsboxen ist, die Prostituierten vor der Ausbeutung durch Zuhälter und Drogenhändler zu schützen ...«

»Und die Asche selbst einzustreichen, schon klar!«

Grafert hob die Mundwinkel minimal und zwinkerte Tatjana zu. »Speziell hier werde ich dir nicht widersprechen.«

Devcon, der seine Brille wieder aufgesetzt hatte und mit dem Lesen des Restes auf dem Computerausdruck beschäftigt war, zitierte einen dazu passenden Absatz: »Bedingung für die Nutzung der Boxen ist, dass die Prostituierten des Straßenstrichs eine Sexsteuer in Höhe von zehn Euro pro Nacht zu entrichten haben.«

»Da, seht ihr! Von wegen fürsorglich! Auf'm Straßenstrich sind zehn Euro auch schon Geld, das sage ich euch. Und wetten, dass diese Geier genauestens kontrollieren, dass auch wirklich jede zahlt? Dafür haben sie bestimmt immer genug Leute«, giftete Tatjana.

»Automat«, erwiderte Grafert. »Da steht ein von der Stadtverwaltung umgebauter Parkscheinautomat, aus dem die Mädchen ihre Steuer-Tickets ziehen.«

Tatjana klappte buchstäblich die Kinnlade runter. »Also, ehrlich. Ich kotz hier echt gleich ab!«

Devcon entschied im Stillen, sich vorerst noch nicht wieder aus der Ruhe bringen zu lassen. Den Blick starr auf dem Ausdruck belassend, fuhr er fort: »Drei Jahre nach der Einführung von Verrichtungsboxen meldete die Stadt Köln, dass es dadurch zu einer deutlichen Zunahme bei der Gesundheitsvorsorge gekommen sei und die Prostituierten gleichzeitig kaum noch Opfer von Gewaltverbrechen würden.«

»Gut, dann ist ja alles bestens. Auch hier bei uns. Attackiert wurde der Freier, nicht die Prostituierte, machen wir also Feierabend.« Tatjana tat so, als wolle sie sich erheben. Regina Tamm, die links neben ihr saß, legte die Hand auf Tatjanas Unterarm, beugte sich zu ihr herüber und raunte: »Bleib sitzen, Herzchen, und kühl lieber mal wieder runter.«

»Meine Meinung dazu«, ergriff Leila Voist das Wort. »Ich halte dieses Konzept« – sie betonte den Begriff als stünde er für eine neue Geschlechtskrankheit – »auch für mehr als fragwürdig, um nicht zu sagen, frauenfeindlich.«

»Danke, Leila!«, rief Tatjana und applaudierte.

Devcon nickte. Er legte das Blatt Papier weg, lehnte sich zurück und verschränkte die Arme vor der Brust. »Ich kann euch verstehen. Nutzt aber nichts. Unser Job ist es nicht, das Land Hessen zu rügen, und sei die Kritik auch noch so angebracht. Wir haben einen Tatort. Bei dem es keine Rolle spielen darf, was wir persönlich von dieser Art Einrichtungen halten.«

»Danke, Chef.« Grafert klatschte.

»Wir haben einen mutmaßlichen Mordfall zu klären, nicht mehr und nicht weniger.« Devcon griff nach einem weiteren Blatt, dieses Mal ein Faxausdruck. »Das aber mit aller gebotenen Eile, da die Anlage bis auf weiteres geöffnet bleiben muss.«

»Was?«, riefen Kartan, Voist und Grafert im Chor.

Devcon knirschte mit den Zähnen. »Ja, Herrschaften, so sieht's aus. Außerdem herrscht der Öffentlichkeit gegenüber eine strikte Sprachregelung vor. Damit der Betrieb nicht gestört wird. Order aus dem Innenministerium. Begründung: Da auch das Bundesland Hessen beabsichtigt, bei seinen Verrichtungsboxen mit einer positiven Bilanz zu glänzen ...«

Tatjana sprang auf. Ihr Stuhl ging mit einem dumpfen Geräusch zu Boden. »Okay, ich geh jetzt mal schnell aufs Klo. Und überlege mir ernsthaft, ob ich hier wirklich noch mitmachen will.«

6

Die Augen des Mädchens waren leer. Stumpf. Sie hatte sie nur scheinbar direkt angeschaut. In Wahrheit hatte sie durch sie hindurchgesehen wie bei einem Geist. War völlig teilnahmslos weiter zu ihrer Box geschlichen.

Ja, geschlichen! Wie ein Lämmchen, das zur Schlachtbank geführt wurde.

Schlachten würde man sie nicht, die Kleine. Aber dennoch töten. Innerlich. Wieder und wieder. Sie bekamen nie genug Frischfleisch, diese Tiere. Auch wenn das ihnen servierte Wild schon waidwund gestoßen war.

Sie wagte sich minimal aus der Deckung hervor, die ihr die Rückwand der letzten Box auf dem Gelände bot. Sie grenzte unmittelbar an den Wald an. Von hier konnten zwar auch Tiere kommen. Aber nicht die auf zwei Beinen. Also keine, die die Mädchen fürchten mussten. Es waren die aufrecht umherstolzierenden Tiere, die gewissenlos und blind ihrem Trieb folgten. Von ihnen drohte die Gefahr. Nur ihnen war es zu verdanken, dass es solche Gelände wie dieses hier überhaupt gab.

Ein Auto rollte langsam heran. X-Klasse. Sie verschwand hinter ihrer Wand, presste sich dicht an sie, spürte wie ihr Herzschlag sich beschleunigte. Das Brummen des Motors war gleichmäßig. Leerlauf. Das

Vieh am Steuer überlegte wohl noch. Sie biss sich auf die rissige Unterlippe.

Die konnte man nicht umerziehen, diese Tiere. Die konnte man nur anbinden. Oder noch besser: kastrieren.

Sie lächelte böse. Wagte sich abermals ein Stück weit aus ihrer Deckung und sondierte die Lage, die rechte Hand bereits in der Jackentasche, in der sie die Gartenschere verbarg.

Sie musste vorsichtig sein. Ein wenig. Durfte nicht in eines der gleißenden Scheinwerferlichter geraten. Ansonsten schirmte sie ihre schwarze Daunenjacke in der tiefschwarzen Novembernacht gut genug ab.

Fünfzehn? Ob sie wohl schon so alt war, die Kleine mit den dunkel umrandeten Augen, die vor dieser letzten Box auf Kundschaft warten musste? Vor *ihrer* Box? Make-up musste das nicht unbedingt sein, was sie um die Augen herum hatte. Möglicherweise waren es auch Veilchen. Schwer zu sagen bei der Dunkelheit. Und auf die Entfernung. Jedenfalls war sie viel zu leicht bekleidet bei der Witterung, die Kleine. Ihr vom stetigen Sprühregen durchnässtes Minikleid klebte am dürren Körper, der lange Schal aus schwarzen Federn hing traurig herab.

Was den Tieren egal war. Die nicht nur auf rundes, wohl proportioniertes Fleisch standen. Andernfalls hätte man diese Kleine erst gar nicht ins Regal gestellt. Sie sollte den Geschmack der Kundschaft mit pädophiler Neigung bedienen, wetten? Was eindeutig ungesetzlich war. Sie spie auf den Boden. *Egal, erlaubt ist, was gefällt!* Ihre Finger krampften sich um den Griff der Gartenschere in ihrer Jackentasche.

Sie dachte an die Mutter. Der Kleinen. Versuchte, sich die Frau vorzustellen. Die mit Sicherheit von nichts wusste. Sich fragte, wo ihr kleines Mädchen wohl abgeblieben war. Und jeden Tag ein bisschen mehr verzweifelte bei der Suche nach ihr. Monat um Monat. Jahr für Jahr. Bis sie irgendwann nicht mehr die Kraft haben würde, weiterzusuchen.

Sie schaute nach oben. In den von Regenwolken verhangenen Himmel, an dem kein Stern leuchtete.

Konnte man das? Als Mutter? Aufhören zu suchen nach der Tochter? Nach dem eigenen Fleisch und Blut? Sie rührte sich nicht. Stand stocksteif da, den Blick starr in die Schwärze der Nacht gerichtet. *Nein. Unmöglich!*

Für sie.

Sie linste hinter der Rückwand der Box hervor, nachdem sie bemerkt hatte, dass die X-Klasse sich in Bewegung setzte. Rückwärtsgang. Schonfrist für die Kleine. *Ihre* Kleine. Heute Abend.

Lange würde das Mädchen nicht unbehelligt bleiben, da machte sie sich keine Illusionen. Es war mal wieder viel Verkehr hier. In den Boxen. Wie immer an Samstagen. Vorn an der Auffahrt hatte sich sogar eine Warteschlange gebildet, die die zwei Kerle von der »Sicherheit« managten. Mittels der Schranke, die sie an solchen Tagen bedienten. Es war wie im Parkhaus. Wenn alle Lücken besetzt sind, musste gewartet werden, bis einer herausfuhr. Ohne es zu merken, kaute sie auf ihrer rissigen Unterlippe herum.

Sie hatte sich mit voller Absicht für diese Nacht entschieden. Je mehr Trubel herrschte, desto länger würde es dauern, bis *danach* jemand reagierte, weil alle beschäftigt waren. So lautete ihre Lehre vom letzten Mal. Wo alles glatt gegangen war. Was aber auch leicht hätte anders ausgehen können. Allein wegen ihres Sprints quer über das Gelände. Sie hätte nur stolpern müssen. Oder noch schlimmer, wenn sie, ohne es zu merken, unter Beobachtung geraten wäre ...

Sie hatte pures Glück gehabt. Und würde es nicht ein zweites Mal herausfordern. Die letzte Box war taktisch die klügste Wahl. Maximale Entfernung von den zwei Heinis vorne an der Schranke, die sich nur dafür interessierten, dass keiner der wartenden Freier die Geduld verlor und vorzeitig wieder abfuhr. Das Busenwunder, das sie immer wieder durch die Reihen schickten, sollte die Kerle bei der Stange halten. Im wahrsten Sinne des Wortes. Gejohle, Gehupe, Pigalle am Frankfurter Waldrand.

Hier hinten, wo sie lauerte, war es demgegenüber fast schon idyllisch ruhig. Auf dem letzten Regalplatz. Mit dem Spezialangebot für Tiere, die nur ganz junges Fleisch fressen wollten. Sie beugte sich vor, krümmte sich. Ihr Magen schien in Flammen zu stehen, es tat so weh, dass sie nicht mehr gerade stehen konnte. Sie atmete nur noch flach, zwang sich zurück in eine aufrechte Position. *Nicht daran denken ...* Sie schloss die Augen und konzentrierte sich. Dachte an Bäume. Wiese. Blumen. Ihren Garten. Sie atmete tief ein und stellte erleichtert fest, dass das Stechen im Bauch weniger wurde.

Sie sah wieder nach ihrem Mädchen. Der Kleinen vor der Box. Sie stand da im Sprühregen, verloren wie ein Kätzchen, das nicht wusste, wohin es laufen sollte.

Tränen traten ihr in die Augen. Und sie wagte es, über ihr Magenleiden zu jammern. Ein Luxusschmerz im Vergleich zu dem, was diesem Mädchen bevorstand. Preisgabe ihres ohnehin schon geschundenen Körpers. Nacht für Nacht. In den Puffs auf vier Rädern, die diesen Holzverschlag ansteuerten. Sie hatte es selbst beobachtet. Wieder und wieder. Die Orgien der Tiere. Die vor Wollust laut stöhnten. Die Mädchen wimmerten. Die Schwachen. Die Starken hatten gelernt, mitzuspielen. Nahmen Hilfsmittel. Crack. Crystal Meth. Auf das man *ihre* Kleine auch schon gesetzt hatte? Die dunklen Schatten rund um ihre Augen, der stumpfe Blick, ihr dürrer Körper, alles sprach dafür. Und auch, dass sie nicht bibberte. Normalerweise müsste sie doch frieren in ihren viel zu dünnen und längst klammen Sachen. Dass sie noch neu war in diesem Fleischregal, dafür sprachen die scheuen Bewegungen, ihre zurückhaltende Art. Fast schien es ihr, als wolle das Mädchen sich am liebsten unsichtbar machen. Vermutlich war sie gerade erst frisch *zugeritten* worden …

Sie spürte, wie Übelkeit in ihr hochstieg. Allein dieser Begriff! Und das hämische Grinsen des widerwärtigen Maules, aus dem sie das Wort zum ersten Mal in ihrem Leben hatte hören müssen.

Sie schniefte leise, wischte sich mit dem Handrücken die Nase trocken und schaute wieder zu dem Kätzchen hin, das noch immer apathisch mitten im Sprühregen stand. Dass die Kleine nur in Begleitung eines Freiers ins Innere der Box durfte, die sie wenigstens ein bisschen vor dem Regen geschützt hätte, war ihr offensichtlich schon eingeprügelt worden.

Weg, weg, weg!, versuchte ihre innere Stimme die tiefschwarzen Gedanken zu verscheuchen. Sie schlug beide Hände vors Gesicht, konzentrierte sich darauf, ihren Atem wieder zu verlangsamen. Deutlich zu verlangsamen. Für das, was sie vorhatte, brauchte sie kaltes Blut. Präzision. Gefühlsduselei stand beidem hinderlich gegenüber.

Das vom Regen durchnässte Mädchen noch immer im Blick, umschloss sie mit fester Hand den Griff der Gartenschere in ihrer Jackentasche. Vielleicht hatte sich tatsächlich noch keines dieser nimmersatten Tiere an dem Kätzchen da draußen vergangen. Und ja, sie würde sie sehr gerne retten. Schon morgen würde jedoch ein anderes Mädchen an genau derselben Stelle stehen. Das sie erneut retten müsste. Und übermorgen das nächste. Es gab auf der Welt nun mal genug Nahrung für diese Tiere. Dafür sorgten sie, diese *Umstände*. Die ein einzelner Mensch nie würde ändern können. Aber einzelne Tiere quälen, das ging. Solche wie das am Steuer der dunklen Karosse, die langsam auf die Box zurollte, vor der *ihre* Kleine mit den Veilchen ihrem Martyrium entgegenharrte.

Sie zog die Gartenschere aus der Jackentasche, verbarg sie hinter ihrem Rücken. Öffnete den Sicherheitsverschluss. Nein, sie konnte die Welt nicht retten. Aber dieses Mädchen. Wenigstens für die heutige Nacht.

7

»Was gibt's, Prinzessin?«

Es war lange her, dass er Tatjana Kartan so genannt hatte. Möglicherweise gehörte das aber noch zu dem Traum, aus dem Devcon durch sein rappelndes Diensthandy gerissen worden war. Aus dem Lautsprecher kam nichts, er nahm den Apparat vom Ohr und linste mit schläfrigem Blick auf das Display. Die Verbindung war stabil.

»Ich glaube, es ist besser, wenn du herkommst«, hörte er Tatjanas von einem ständigen Hintergrundrauschen verzerrte Stimme. »Verstehst du mich? Ich habe nur einen Balken.«

»In welchem Funkloch steckst du?« Devcons Augenlider waren noch immer halb geschlossen, seine Worte murmelte er mehr, als dass er sie sprach. »Wo bist du, ist was passiert?«

»Das kann man wohl sagen. Schlechte Neuigkeiten in Sachen Straßenstrich-Vorzeigeprojekt.«

»Was?« Devcon wuchtete sich von der Couch hoch. Blinzelte durchs Zimmer. Der Fernseher war an, es tobte eine Schlacht zwischen Vampiren und Werwölfen. Genau die Art Film, den er sich freiwillig nie anschauen würde. Im Gegensatz zu Tatjana. Die aber nicht da war. Sonst wäre sie kaum am Telefon.

»Ich verstehe nicht ...« Devcon, noch immer benommen, fragte sich, wie lange er schon fest geschlafen hatte. Er sah auf die Standuhr, die in der Ecke gegenüber der Couch ihren Platz hatte: zehn nach eins.

»Neuer Kastrationsversuch. Mehr oder weniger erfolgreich verlaufen. Da fällt selbst Dillinger nix mehr zu ein«, vernahm er Tatjanas Stimme nun etwas deutlicher und realisierte erst jetzt, dass sie ihn aus der Mordbereitschaft heraus anrief. Er kratzte sich am stoppeligen Kinn, während sich der Schleier des Schlummers langsam hob und ihm den Blick freigab auf die vergangenen Stunden.

Nach der Sitzung in Sachen EG Eunuche – Spaßvogel Grafert hatte die Akte tatsächlich unter diesem Namen im System angelegt – war Devcon Tatjana das letzte Mal in der winzigen Küche des Kommissariats begegnet. Sie hatte einen Schokoriegel gemampft und ihn finster dabei beobachtet, wie er sich eine Tasse von der lauwarmen Filterkaffeebrühe einschenkte. Ob ihre Missbilligung dem Kaffee galt, oder ob sie noch immer mit dem Verrichtungsbox-Thema haderte, hatte Devcon nicht gefragt. Insgeheim stimmte er ihr ja zu. Sowohl, was den schlechten Filterkaffee betraf, als auch im Hinblick auf die Rolle der Landesregierung beim neuen Straßenstrich-Konzept. Beides hatte einen fiesen Nachgeschmack. Tee mochte Devcon aber noch weniger, und ein Tatort war ein Tatort. Ende der Diskussion.

Nach Dienstschluss war er nach Hause gefahren. Inklusive eines Umweges über den Sulzbacher Friedhof. In letzter Zeit besuchte er es wieder häufiger, das Grab seiner Frau. Seiner dritten Frau, die er vor rund fünfundzwanzig Jahren geheiratet hatte, und die ihn seinerzeit dazu bewegte, nach Deutschland zu immigrieren. Fünfzehn gemeinsame Jahre waren ihnen vergönnt gewesen, dann war dieser Irre gekommen und hatte sie massakriert. Devcon musste noch heute hart schlucken, wenn er nur daran dachte. Die Zeit heilte nicht alle Wunden, er hatte nie aufgehört, ihre letzte Ruhestätte regelmäßig zu besuchen. Aber nicht so häufig wie in den vergangenen Monaten. Rund einmal die Woche stand er jetzt dort. Mindestens. Und besprach die Dinge mit seiner toten Frau, die er Tatjana gegenüber nicht ansprechen konnte. Nicht ansprechen wollte. Um ihr so die Möglichkeit zu geben, diesen Albtraumtag im letzten Winter so schnell und so gründlich wie es nur ging, zu vergessen. Ob das so richtig war? Das wusste Devcon nicht. Die Antwort seiner verstorbenen Frau dazu stand noch immer aus.

»Hallo! Bist du noch dran? Oder schläfst du schon wieder? Jetzt sag doch mal was!«

Tatjanas Stimme aus seinem Diensthandy riss Devcon endgültig aus Morpheus' Umklammerung. »Verstanden. Neuer Tatort auf dem Gelände mit den Verrichtungsboxen. Nichts anfassen, ich bin gleich da.«

»Also, weißte ...«

Devcon beendete das Gespräch und grinste.

Die Scheibenwischer am Fenster seines silbernen BMW taten souverän ihren Dienst. An ihnen lag es also nicht, dass der Hauptkommissar dennoch Mühe hatte, das Bild, das sich ihm bot, klar zu erfassen. Die Zufahrt zum Gelände war blockiert durch zwei LKW und einen querstehenden Reisebus, der durch ein missglücktes Wendemanöver offenbar in diese missliche Parklage geraten war. Es ging nichts mehr vor und nichts mehr zurück. Das Hupen wurde immer wilder. Drei Männer in Schutzpolizeiuniform versuchten mit viel Gestik zu regeln, was nicht mehr zu regeln war.

Devcon legte den Rückwärtsgang ein und steuerte seinen Wagen in eine Lücke, die die beiden Einsatzfahrzeuge von der Spurensicherung gelassen hatten. Und das sicher auch nur aus Versehen. Devcon öffnete die Tür so weit wie möglich und quetschte sich aus dem Auto. Er schlug den Mantelkragen hoch und schickte einen grimmigen Blick in den Nachthimmel, von wo aus Petrus anscheinend gerade zu verstärkten Wasserspielen aufrief. Aus dem Sprühregen war Platzregen geworden, und die durch den Schwerverkehr verursachten Löcher im Schotterbelag des Geländes liefen zusehends voll. Trotz der grellen Scheinwerfer zur Tatortausleuchtung übersah Devcon eine der Pfützen, trat hinein und versank bis zum Knöchel im Wasser. »*Goddamn* ...« Er zog den Fuß wieder heraus und unterdrückte den Rest seines Fluches. Abgelenkt durch einen auf ihn zueilenden, bulligen Kerl, der ihm schon von weitem entgegenbrüllte, »dass es sich hier erst einmal ausgevögelt hat«. Devcon zog seinen Dienstausweis aus der Innentasche seines klatschnassen Mantels, hielt ihn dem eloquenten Menschen in der Bomberjacke direkt vor dessen kahl rasierten Schädel und fragte sich zeitgleich, wieso er bloß so dämlich gewesen war, ohne Schirm aufzubrechen.

»Ach so, Entschuldigung«, kommentierte Kahlkopf die Legitimierung. »Aber ich dachte, Sie gehören auch zu der Truppe in der Karre da drüben.« Er deutete auf den querstehenden Bus. »Sie ahnen ja nicht, was hier los ist!«

»Doch«, erwiderte Devcon trocken. »Es gab einen weiteren Mordversuch.«

»Ja, das auch«, winkte Kahlkopf ab. »Ich rede aber von den Kumpels da drüben aus'm Ruhrpott. Über dreißig Mann. Firmenausflug. Versicherungszunft, glaube ich. Ich dachte immer, für solche kommen nur piekfeine Clubs in Frage, aber nee. Pauschalbuchung von fünf Boxen für zwei Stunden. Weigern sich strikt, wieder zu fahren ohne abgeladen zu haben. Sie verstehen?« Er zwinkerte Devcon zu, machte eindeutige Zeichen mit seiner Zunge, deren Spitze sich hinter seiner Wange bewegte.

Devcon starrte ihn nur an, den Mund offen und das Regenwasser nicht mehr bemerkend, das sich durch seinen Mantelkragen einen Weg bahnte und an seinem Rücken herabrann.

»Gruppenbeglückung, Chef zahlt. Jetzt klar?«, erklärte Kahlkopf, dem deutlich anzusehen war, dass er diesen Kriminalbeamten für arg begriffsstutzig hielt. »Also wollen sie warten, bis ihr hier fertig seid. Die zwei Brummifahrer haben sie auch auf ihre Seite gezogen, was willste da machen? So kommt natürlich auch der Abschleppdienst nicht mehr ran.«

Devcon war noch immer sprachlos. Was das Interesse des Kahlkopfs an ihm zusehends erlahmen ließ.

»Aber Sie wollen zur Leiche, richtig? Dann mal los, das ist ganz dahinten, letzte Box.« Er streckte den Arm aus.

Devcon stapfte stumm an ihm vorbei und sah nach links zu der kopulationswütigen Horde, die sich auch durch die bewaffnete Beamtenschar, die sie in Schach hielt, nicht die Stimmung trüben lassen wollte. Es wurde gesungen, es wurde gelacht. Und Devcon wäre sehr gern aufgewacht aus diesem bizarren Traum, der aber leider keiner war.

»Hi, Cheffe«, begrüßte ihn Tatjana Kartan, der zumindest das Wetter dank ihres schwarz glänzenden Regenhuts, der wattierten langen Regenjacke und des großen Schirms wenig anhaben konnte. »Dillinger ist noch da drin, ich brauch aber mal 'ne kurze Pause. Hier.« Sie hielt ihm den Schirm hin.

»Lass nur«, lehnte Devcon dankend ab. »Sieh zu, dass du trocken bleibst, bei mir ist's sowieso zu spät.«

Tatjana lächelte schief, Devcon nickte ihr zu und trat ins Innere der Box, deren durchlässiger Holzverschlag den Regen alles andere als gründlich abhielt. Es war ein blauer VW Touran, vor dessen Fahrerseite sich eine größere Blutlache befand. Unweit davor erkannte Devcon die Fußabdrücke eines linken Schuhs, der in der Lache gestanden haben musste. Die Spur führte aus der Box heraus. Wurde mit jedem Schritt undeutlicher. Vom Regen weggewaschen.

»Wurde das schon fotografiert?«, rief Devcon in Richtung Tatjana und deutete mit dem Zeigefinger auf die Schuhabdrücke. Sie drehte sich um. Und Devcon blieb abermals der Mund offen stehen, als er die Zigarette sah. *Seit wann raucht Tatjana?*

»Reg dich ab, ich hör ja bald wieder auf, versprochen.« Sie nahm einen tiefen Zug. Fing an zu husten. »Und klar wurde das fotografiert. Hältst du mich für blöd?«

Im Moment? Ja!, dachte Devcon mit Blick auf die Zigarette, die er ihr am liebsten entrissen und zertreten hätte. Er selbst hörte seit rund vierzig Jahren »bald wieder auf« und hatte beschlossen, sich erst dann als *clean* zu bezeichnen, wenn er es ein Jahr am Stück schaffen würde, ohne Glimmstängel auszukommen. Davon war er derzeit noch gute acht Monate entfernt.

»Hallo Jim«, hörte er hinter sich eine vertraute Männerstimme. Er wandte sich um und erblickte Hans Dillinger, der mit jedem Jahr mehr nach gütigem Märchenonkel aussah anstatt nach dem Rechtsmediziner, der er tatsächlich war. Viele Lachfältchen zierten das Gesicht des Anfang Sechzigjährigen, der über seiner Kleidung ein langes Regencape trug. Er untersuchte die Toten. Und die Lebenden blühten auf in seiner Gegenwart. Sogar Jim Devcon, der dem Professor freundlich entgegenlächelte. Trotz des düsteren Anlasses ihrer Begegnung. »Ich bin hier so weit fertig.« Dillinger deutete mit dem Kopf in Richtung Fahrerseite des VW Touran, zog sich das Regencape zurecht und setzte die Kapuze wieder auf, die er bei der Anschau des Toten abgenommen hatte. »Wenn du es dir ansehen möchtest, bitte.«

»Lass es lieber«, erklang von hinten Tatjanas vom Husten unterbrochene Stimme. »Absolut widerlich. Echt!«

»Junge Dame, wenn Sie mir die Bemerkung gestatten, das Rauchen scheint Ihnen gar nicht zu bekommen. Meine Empfehlung, zwingen Sie das Gift nicht mit aller Gewalt in Ihren Körper, das hat er doch sicher nicht verdient, oder?«

»Ja, ja, ja, war eh nur geschnorrt, hab nicht mal eigene.« Tatjana kam wieder näher und offenbarte es im Ausdruck ihres Gesichts, dass sie sich gerade selbst ziemlich bescheuert vorkam.

Danke, Hans!, dachte Devcon, machte einige Schritte und riskierte einen kurzen Blick ins Wageninnere. Einen sehr kurzen. »Das darf doch nicht wahr sein ...«

»Genaues kann ich natürlich noch nicht sagen«, unterbrach ihn Dillinger, der sich die Schutzhandschuhe abzog und sie in einen Beutel fallen ließ, den ihm ein junger Mann aus dem Team der Spurensicherung hinhielt. »Fakt ist, dass auch dieser arme Teufel aufgrund seiner schweren Unterleibsverletzung verblutet ist. Und fraglich bleibt weiterhin, ob es sich bei den beiden Angriffen *nur*« – der Professor dehnte das letzte Wort – »um äußerst stümperhafte Kastrationsversuche handelt, oder um vorsätzliche, aber misslungene Tötungsabsicht.«

»Du meinst, jemand versucht, diese Männer auf eine möglichst grausame Art zu ermorden, kriegt es aus irgendeinem Grund aber nicht sauber hin? Weil ihm das Knowhow dazu fehlt?«, mutmaßte Devcon.

»Wäre denkbar.« Dillinger sah ihm aus seinen mit Wassertropfen besprenkelten Augengläsern entgegen. »Ich fürchte aber, dass ich euch bei der Lösung dieses Rätsel auch nach der Obduktion nicht sehr behilflich sein kann.«

»Wieso bist du eigentlich selbst rausgekommen?«, wollte Devcon wissen, der es nicht gewöhnt war, den Leiter des Zentralen Rechtsmedizinischen Institutes persönlich an einem Tatort anzutreffen. Außer, man bat ihn darum.

»Ich habe ihn angerufen«, sagte Tatjana.

Devcon drehte sich zu ihr um. »Ach, ja? Und wieso das?«

»Wieso was?« Tatjana bedachte ihn mit einem Blick, als warte sie auf die Auflösung eines Witzes, über den sie garantiert nicht würde lachen können.

»Das ist schon in Ordnung, Jim«, meinte Dillinger und klopfte ihm auf die Schulter.

»Nein, das ist es nicht«, erwiderte Devcon, ohne Tatjana aus den Augen zu lassen. »Der Ablaufprozess ist klar vorgegeben. Es kann zwar nach freiem Ermessen jemand hinzugezogen werden, das ist kein Problem. Aber es war nicht korrekt, die an sich zuständige Person schlichtweg zu übergehen. Unser Job funktioniert im Team. Es geht also nicht, dass einer macht, was er will.«

Tatjana schnappte nach Luft. »DAS sagt der Richtige!«

»Jim, bitte ...«

»Nein, Hans.« Devcon hob die Hand in Dillingers Richtung ohne sich zu ihm umzudrehen. Er hielt weiterhin Tatjana im Blick. »Also gut. Dann erklär's mir. Nenn mir wenigstens einen plausiblen Grund für dein Vorgehen.«

»Wie? Was ist denn das für eine dämliche Frage? Soll das ein Quiz werden, oder was? Dieser Fall ist enorm wichtig! Das ist doch wohl Grund genug!«

Devcon trat einen Schritt zurück, so sehr überraschte ihn Tatjanas ungewohnt heftig aufflammende Wut. »Okay. Was habe ich verpasst? Warst du es nicht, die noch vor wenigen Stunden ernsthaft überlegen wollte, unsere Ermittlungsgruppe wieder zu verlassen?«

»Du spinnst doch total!«, fauchte sie ihn an wie eine Löwin, deren Junges er fressen wollte. »Einen Teufel werde ich tun! So, und jetzt reicht's mir. Hier, bitte.« Sie hielt ihm ihren Schirm hin. »Mein Job ist getan, ich fahr jetzt heim.«

Devcon, den Schirm über das Autodach statt über sich selbst haltend, starrte Tatjana völlig perplex nach und überlegte ernsthaft, bei seiner eigenen Fahrt nach Hause noch einmal am Friedhof zu stoppen. Zum kurzen Zwiegespräch mit seiner toten Frau. Thema, weibliche Logik.

8

Scheiße, Scheiße, Scheiße!
Sie hieb auf das Lenkrad ein, bis ihre Fäuste schmerzten. Was hatte sie sich dabei bloß gedacht! Sie ließ sich gegen die Rückenlehne des Fahrersitzes ihres roten Corsa fallen und merkte erst jetzt, dass die Scheibenwischer noch immer liefen. Obwohl sie längst in ihrer Garage stand.

Sie betätigte den Hebel, das erbärmliche Quietschen verstummte. Stille. Im Wageninneren. In ihrem Schädel dröhnte es. Hämmerte es. Als wollte eine Armee aus Stimmen ihr ihre Dummheit entgegenschreien.

Was für ein bodenloser Leichtsinn. Nur, weil sie nicht hatte warten können. Weil sie es zugelassen hatte, dass ihr mütterlicher Beschützerinstinkt die Macht übernahm. Über sie. Und ihr Tun.

Speckig war er gewesen, der Fahrer des VW Touran. Speckig, schütteres Haar und mit einem feisten Grinsen auf den wulstigen Lippen. Das Klischee eines Konsumenten von Kinderpornos, hatte sie gleich befunden. Und es dann nicht abwarten können, bis ihre Kleine das bestimmt auch noch ungewaschene Teil dieses Ekelpakets im Mund hatte. Damit sie *sie* nicht zu früh entdecken konnte und das Stück Vieh hinterm Steuer eventuell warnte. Konnte man doch nie voraussehen, die Reaktionen von den ohnehin schon verängstigten Mädels. Bei Annabelle hatte früher das Knacken eines Astes gereicht, und sie fing an zu rennen. *Annabelle* ...

Sie drosch erneut auf das Lenkrad ein, dieses Mal mit flachen Händen. Wie hatte sie sich nur dazu hinreißen lassen können, so ein Risiko einzugehen. Das Risiko, dass die Kleine laut losschreien und das Vieh hinterm Steuer *sie* gepackt hätte. Und dann? Was hätte sie dann gemacht? Oder noch machen können?

Nichts mehr, ganz genau! Sie wäre es gewesen, die man verhaftet hätte. Das Scheusal würde weiterhin unbehelligt frei herumlaufen und das Verderben unter die Leute bringen.

Sie wuschelte sich durch ihr vom Angstschweiß noch feuchtes Haar, es klebte ihr noch immer im Nacken. Ihre Augen brannten. Sie blinzelte, schaute aus dem Fenster der Fahrerseite. Sah die Garagenwand mit dem Regal, in das sie ihre Blumentöpfe nach Größe einsortiert hatte. Nahm aber nichts davon wahr.

Sie verstand nicht, was mit ihr los war. Wo sie doch genau wusste, dass es allein an ihr hing, zumindest die Dinge innerhalb ihrer kleinen Welt wieder gerade zu rücken. *Hilf dir selbst, dann hilft dir Gott!* Diese Lektion hatte sie früh gelernt. Ganz besonders aber in den letzten zwölf Jahren. Jeden Tag. Als das mit dieser seltsamen Hautkrankheit anfing. Bei ihrem Mann. Vorher waren es nur die Probleme im Rücken gewesen. Damals schon, als sie mitten im Hausbau gesteckt hatten. Bei dem fast alles selbst gemacht worden war. Abends. Nach der Arbeit. Gemeinsam mit den drei Kumpels. Anfangs. Weil die dann aber auch mit dem eigenen Bauen anfingen, musste meistens jeder für sich werkeln. Von nichts kam nichts. Dieses Wissen hatte man ihr in ihrer Familie schon früh vermittelt. In seiner Familie war eher gehätschelt worden. Vor allem er. Ihr Mann. Als der einzige Sohn. Das ganze Glück ihrer Schwiegermutter.

Sie starrte noch immer an die Garagenwand, merkte nicht, wie sie tiefer und tiefer in ihre düstere Gedankenwelt abrutschte. Von der Familie ihres Mannes war keine Hilfe zu erwarten. Damals nicht. Und heute erst recht nicht. Wehmütig verzog sie das Gesicht bei der Erinnerung, wie sehr sie ihre eigene Mutter vermisst hatte, besonders während der Zeit des Hausbaus. Hochschwanger mit dem zweiten Kind war sie gewesen, und das erste noch zu jung für den Kindergarten. Von Tagesstätten für Kleinstkinder war zu der Zeit noch keine Rede gewesen. Schon gar nicht draußen auf dem Ort.

Nierenkrebs hatte es gelautet, das Todesurteil, das der Arzt über ihre Mutter sprach. Fünf Monate später war sie gestorben, gerade einmal sechsundvierzig Jahre alt.

Sie saß noch immer reglos auf dem Fahrersitz. Weinte stille Tränen. Ihre Mutter hätte helfen können, wäre befähigt dazu gewesen. Heute so wie damals. Doch so hing alles an ihr. Wieder einmal. Und wie schon die ganze Zeit über.

Schleppen und Handwerken hatte er gemusst. Ihr

Mann. Knochenarbeit war für eine Schwangere strikt tabu. Er hatte froh sein können, dass es zu der Zeit nur sein Rücken gewesen war, der ihn quälte. Mit kaputten Händen wäre das alles sicher nichts geworden. Nachdem der Rohbau gestanden hatte und es an den Innenausputz gegangen war, hatte sie bei den leichteren Arbeiten helfen können. Weil die Schwiegermutter wenigstens ab und an nach dem Kleinen schaute. Wahrscheinlich, nachdem sie befunden hatte, dass er nicht nur äußerlich mehr nach ihrem Sohn kam als nach seiner Frau. Bitternis stieg in ihr hoch. Wie ein voll aufgepumptes Schlauchboot auf dem Seegrund vertäut, das zurück an die Wasseroberfläche schoss, sobald man es losmachte. *Egal!* Sie hatten es geschafft, nur das zählte.

Sie löste ihren Blick von der Garagenwand und schaute auf die Verbindungstür, die zum Hausinneren führte. In ihre kleine private Welt. Die auf eine Art und Weise angegriffen worden war, mit der sie in ihren schlimmsten Träumen niemals gerechnet hatte. Obwohl sie nicht nur aus dem Fernsehen und der Zeitung wusste, dass es schon immer Scheusale gab und geben würde, die zu allem fähig waren.

Sie krallte ihre Finger ums Lenkrad des parkenden Wagens, als müsse sie ihn jeden Moment durch eine halsbrecherische Kurve steuern. Ein Stich in der Bauchgegend ließ sie zucken. Sie lockerte ihren Griff und atmete vorsichtig ein. Magengeschwüre. Ganz bestimmt. Die immer schmerzhafter wurden. Und wuchsen. Und irgendwann Metastasen bilden werden, die sie töten. Wie ihre Mutter. Das war es, was ihr blühte, wenn sie noch lange weiterlitt. *Reiß dich zusammen*, rief sie sich stumm zur Ordnung. *Zum Glück sind auch Scheusale verwundbar, also bleib gefälligst am Ball!* Sie schloss die Augen, senkte den Kopf, presste ihre Kiefer so fest aufeinander, dass es knirschte. *Denk positiv!*

Alles in allem war es trotz ihrer Fehler recht gut angelaufen. Ihre rissigen Lippen verzogen sich zu einem bösen Lächeln. Zwei Abszesse am Arsch des Rotlichtmilieus hatte sie erfolgreich entfernt. Die Krankheit ganz ausrotten, nein, das konnte sie nicht. Aber einen ihrer Bazillenherde ausschalten, das konnte sie. Und würde sie! Zur Rettung ihrer eigenen kleinen Welt.

Sie öffnete die Augen, schaute entschlossen nach vorn. In die Zukunft. Sauber, präzise, fehlerfrei. So würde sie ab sofort arbeiten. Ohne sich emotional durch was auch immer ablenken zu lassen. Einen imaginären Panzer aus Eis würde sie angelegt haben, wenn sie das nächste Tier angriff. Der sie vor sich selbst und ihrem viel zu weichen Herz schützen würde.

Sie sah nach hinten. Zur Rückbank. Da lag sie und schlief tief und fest. Ihre Kleine. Hatte von alldem, was sich ereignet hatte auf dem grausigen Gelände kaum etwas mitbekommen. Wegen ihres Zustandes. Sie beugte sich herab, rüttelte sanft an der Schulter des Mädchens. Dessen Martyrium nun vorbei war. Dafür würde sie sorgen.

9

Devcon hockte zuhause am Küchentisch mit einer Tasse Kaffee, die im Vergleich zu dem Spülwasser-Gesöff in der Küche des Kommissariats mundete wie mit kostbarsten Edelbohnen gebraut. Die klatschnassen Sachen hatte er ausgezogen und sich frisch gekleidet. An Schlaf war für ihn nicht mehr zu denken, in knapp zwei Stunden war die Nacht sowieso vorbei. Da zog er es vor, lieber extralang zu frühstücken. Ein würziger Duft aus Richtung Herd stieg ihm in die Nase. In der Pfanne brutzelten Eier mit Speck. Er hatte nur eine Portion für sich bereitet. Tatjana schlief noch, und er hielt es für eine ausgezeichnete Idee, es dabei zu belassen.

Er trank einen Schluck Kaffee und blätterte in Dokumenten, die Jost Kellermann ihm gestern kurz vor Dienstschluss in die Hand gedrückt hatte. Sie enthielten Antwort aus dem nordrheinwestfälischen Landeskriminalamt auf eine offizielle Anfrage aus der EG Eunuche. Der Name stand tatsächlich noch so im System. Spaßvogel Grafert hatte es nach wie vor nicht geändert. Devcon hatte wissen wollen, inwieweit es bisher auf diesen für den Straßenstrich abgeschirmten Parkplätzen zu »Auffälligkeiten von krimineller Bedeutung« gekommen sei. Er hatte wahrhaft lange wegen dieser Formulierung grübeln müssen, da er aufgrund der strikten Vorgaben aus dem hessischen

Innenministerium nicht konkret werden durfte. Sein Blick wurde grimmig. Mit diesen ministerialen Spielchen würde Schluss sein, sobald die Regierungsvögel Kenntnis davon erhielten, dass in Dillingers Totenreich Leichnam Nummer zwei, ihre EG betreffend, ruhte. Devcon sah auf seine Armbanduhr. Vier Uhr dreißig. Also in spätestens dreieinhalb Stunden.

Er konzentrierte sich wieder auf die Dokumente, legte den Wisch aus dem LKA beiseite, in dem von »keinen nennenswerten Vorkommnissen« die Rede war, und las noch einmal, was Kellermann über das interne Netzwerk der Mordkommissionen in Erfahrung hatte bringen können. Der ruhige Jost Kellermann. Eindeutig das stillste Wasser in seinem Team. Und das Tiefste. Die Kontakte, die der Dienstälteste der K11 im Laufe seiner Karriere angesammelt hatte, waren mit keinem noch so genialen Fachwissen aufzuwiegen. Nur deshalb konnte Devcon aus den Notizen, die Kellermann sich während des Telefonats mit einem Kollegen aus der KK12 der zentralen Kriminalitätsbekämpfung in Bonn gemacht hatte, deutlich herauslesen, dass es auch in der glänzenden Bilanz zu den Verrichtungsboxen des Bundeslandes Nordrhein-Westfalen dunkle Flecken gab. Dunkle Flecken in der Form, dass nicht alle Verrichtungsboxen, die dort existierten, auch legal waren. Überwachen und auswerten konnte man aber nur die, von denen man wusste, wo sie verortet waren. Was nichts anderes hieß, als dass in der Erfolgsbilanz aus NRW exakt diese dunklen Posten komplett fehlten. Dunkle

Posten, die das strahlende Ergebnis ohne Zweifel beträchtlich verfinstern würden. Von Mordfällen hatte der Kollege aus Bonn zwar nichts zu berichten gewusst. Was Devcon aber nicht weiter überraschte. Wer ganze Parkplatzanlagen vor den Behörden verbergen konnte, konnte sicher auch Leichen verschwinden lassen.

Er ließ die Dokumente sinken, kratzte sich am noch immer unrasierten Kinn. Dieser Freak mit der großen Schere, den Fortunas Laune ausgerechnet in sein Zuständigkeitsgebiet getrieben hatte, machte demgegenüber einen wenig professionellen Eindruck. Was Devcon auf einen schnellen Ermittlungserfolg hoffen ließ. *Falls Fortuna nicht wieder querschießt ...*

Er rieb sich die Schläfen, seine Kiefer malmten. Wusste er doch jetzt schon, dass sein Gegner nicht nur der Freak mit der Schere war. Sobald die Nachrichtensperre aufgehoben sein würde, würde der Boulevard sich auf diesen Fall stürzen wie Geier auf den Kadaver. Und den Freiern damit die Lust nehmen, dem gefährlichen Gebiet am Frankfurter Waldrand einen Besuch abzustatten. Was keine große Rolle spielte, da das Gelände ohnehin bis auf weiteres gesperrt bleiben würde. Und genau das war es, worüber sich Devcon nicht freuen konnte.

Er stöhnte leise, fuhr sich mit beiden Händen durch sein übermüdetes Gesicht. Aus Kellermanns Notizen hatte er klar herauslesen können, was als nächstes passieren würde. Neue Verrichtungsboxen würden aufgestellt. An einem anderen Ort. Und illegal. In solchen Kreisen florierte die Mundpropaganda, wenn der Kundenstamm eine gewisse Größe erreicht hatte. Was bei der Lokation am Frankfurter Waldrand eindeutig so war. Und niemand wusste, wer diese »dunklen Posten« dann betrieb. Eine Mafia? War das möglich, wenn es sich doch ursprünglich um ein Regierungsprojekt handelte? Und falls ja, welche Mafia? Balkan? Russen? Chinesen? Mädchenhandel war ein internationales Geschäft, da hatte keine der Bandenethnien das Monopol.

Devcon schüttelte den Kopf und fuhr sich durch sein vom vielen Regenwasser, das er abbekommen hatte, noch immer feuchtes Haar. *Mission impossible* ...

Wo sollten sie in so einem Fall mit den Ermittlungen beginnen? Welche Möglichkeiten gab es, den illegalen Standort einer solchen Anlage herauszubekommen? Ob Kellermann, der eingefleischte Junggeselle und passionierte Stubenhocker auch ein paar gute Bekannte in seinem Netzwerk hatte, die gern mal auf Freiersfüßen wandelten? *Wohl kaum.* Doch ein anderer Lösungsansatz fiel ihm dazu beim besten Willen nicht ein. Sein einziger Trost: Scherenfritze stand vermutlich vor demselben Problem. Weitere Kastrationsfälle mit Todesfolge blieben somit erst einmal aus. *Hoffentlich!*

Ohne, dass er es verhindern konnte, sah er in seinem Kopf Bilder der beiden übel zugerichteten Opfer. Devcons Mimik verzerrte sich, er wand sich wie ein Wurm, passte nicht auf, und fast fiel ihm die noch halbvolle Kaffeetasse vom Tisch.

Was trieb diesen Irren bloß an? Wer kam auf die Idee, Freier zu kastrieren? Und machte es dann auch noch auf so eine grauenhafte Art und Weise? Ein Sadist? Der zu dem wurde, was er ist, weil er in seiner Kindheit missbraucht worden war? Ein Junkie im Drogenrausch, der zu viele schlechte Filme gesehen hatte? Würde für die stümperhafte Ausführung sprechen.

Devcon brummte, nahm die Tasse und trank die inzwischen eiskalte Brühe aus. Fischen im Trüben. Mehr war es nicht, was er hier machte. Seine neue Passion, wie es schien. Beim Lösen der Fallakte Jim Devcon kam er ja auch nicht weiter. Was ihn seiner einstigen Sicherheit mehr und mehr beraubte. Jeden Tag. Da war kein Glauben mehr. An sich selbst. Es stand nur noch die Fassade. Innen drin tobte das Chaos. Unordnung. Unsicherheit. Es fühlte sich an, als bestünde Devcon aus lauter begonnenen Baustellen und das Hauptproblem dabei war, dass er sich partout nicht mehr erinnern konnte, was er überhaupt hatte bauen wollen.

Er war in den Polizeidienst eingetreten, um Verbrecher zu jagen. Seit dem Tag im letzten Winter musste er folglich auf der Jagd nach sich selbst sein. Konnte nicht funktionieren. War in etwa so effektiv wie das, was ein Hund tat, wenn er versuchte, seinen eigenen Schwanz zu fangen.

Er hatte sich dennoch entschieden, im Polizeidienst zu bleiben. Vorerst. Ebenso wie er entschieden hatte, Tatjana Kartan bei sich zu halten. Auch vorerst.

Wenn er nur das leiseste Anzeichen bemerken würde, dass er ihr schaden oder im Dienst erneut versagen könnte, dann würde er ... ja, was denn? Endlich loslassen, was er längst hätte loslassen müssen?

Er schlug sich mit beiden Fäusten vor die Stirn, so als wollte er diese Fragen mit Gewalt aus seinem Schädel heraushämmern. *Das bringt doch nichts, verdammt noch mal!*

Man muss seinen Garten bestellen. Hatte Voltaire gesagt, mahnte ihn die Stimme seiner toten Frau. Tief drinnen in seinem Kopf. Devcon nickte. Und nahm sich fest vor, dass es nun wirklich das letzte Mal gewesen war, dass er sich so gehen ließ und sich freiwillig in die Sackgasse sinnierte. Den Garten beackern und pflegen, das war die Aufgabe. Nicht herumhocken und das Phänomen des Gartens an sich begrübeln. War doch gar nicht so schwer, oder?

Devcon atmete etwas befreiter. Zum ersten Mal in diesen langen Monaten hatte er das Gefühl, dass es für ihn doch noch eine Chance gab, sich aus seiner inneren Starre zu lösen.

»Was riecht hier so verbrannt?« Tatjana, noch im Pyjama und wirr um den Kopf liegenden Haaren, stand im Türrahmen und zog die Nase kraus.

»*Shit!*« Devcon sprang vom Küchenstuhl hoch und hechtete zur Pfanne mit den kohlrabenschwarz gebratenen Eiern.

10

Sie ließ die Zeitung sinken. »Ja!« Sie reckte die Siegerfaust und schlug aufs Dach ihres roten Corsa, ein triumphales Grinsen in ihrem von der Anstrengung der letzten Tage gezeichneten Gesicht. Sie hatte nicht warten können, bis sie zuhause gewesen wäre, hatte sich das Blatt aus ihrem randvollen Einkaufswagen geschnappt und gleich zu lesen begonnen.

Dicht gemacht. Sie hatten diesen Hort der Grausamkeit geschlossen. Den Frischfleischbetrieb lahmgelegt. *Endlich!* Sie musste sich schwer beherrschen, ihrem Impuls, über den Supermarktparkplatz tanzen zu wollen, nicht nachzugeben. Dass die beiden Freier ihren Angriff nicht überlebt hatten, jede ärztliche Hilfe zu spät eingetroffen war – *Schicksal!* Je weniger Tiere da draußen herumliefen desto weniger Fleisch würde gerissen. *Ganz einfache Rechnung!* Ja, an ihren Händen klebte Blut. Doch sie sah sich nicht als Mörderin. Sie rückte Dinge gerade. Nahm den Kampf dort auf, wo der offizielle Schutz schon lange versagte. *Weil die schlimmsten Teufel es geschafft hatten, sich als Engel zu tarnen!*

Nein, das würde ihm gar nicht gefallen. Dem Scheusal. Und »gutem Freund«. Dem sie misstraut hatte. Von Anfang an. Da war etwas in seinem Blick. Aber er hatte davon nichts hören wollen. Ihr Mann. Der ohnehin nur mit sich selbst beschäftigt war. Seit das mit diesen Pusteln an seinen Händen angefangen hatte. Nässende kleine Bläschen, die höllisch schmerzten, sobald sie aufgingen. Was sie andauernd taten. Unschön als Baggerfahrer. Und mit Ausbesserungen am Haus brauchte sie ihm auch kaum noch kommen, wenn er abends heim kam und sich den ganzen Tag gequält hat in seinen Arbeitshandschuhen, die das Platzen der Bläschen noch begünstigten.

Kontaktallergie. Das war die Diagnose der Betriebsärztin gewesen. Später in der Uniklinik waren sie zu dem gleichen Ergebnis gekommen. Sei eine Berufskrankheit. Also ab in die Reha. Und nicht nur einmal. Sondern wieder und wieder. Vier Wochen am Stück. Manchmal sogar sechs.

Urlaub auf Krankenschein, dachte sie in ihren dunklen Momenten. Wenn es in ihrem Schädel rauschte und der Stress ihr von innen gegen die Bauchwand trat. Allein gelassen mit zwei Kindern, dem Haushalt, dem Alltag und ihrem Job. Den sie damals noch hatte. Physiotherapeutin war sie gewesen. Halbtags. Während die Kleinen im Kindergarten waren. Nein, stimmt nicht, Annabelle war dort gewesen. Jens, ihr Großer, hatte bereits die Grundschule besucht.

Wie mechanisch nahm sie den Einkaufszettel, ging jeden Posten noch einmal durch, während der größere Teil ihrer Aufmerksamkeit der Vergangenheit galt.

Die Behandlungskosten für ihren Mann trug zum Glück die Berufsgenossenschaft. Die Kreditraten fürs Haus fraßen alles auf, seit die Bank urplötzlich eine Finanzierungslücke entdeckt und den monatlichen

Rückzahlungsbetrag bis an ihre finanzielle Schmerzgrenze angehoben hatte.

Arschlöcher! Sie riss den Kofferraum ihres Corsa auf und zerrte den großen Einkaufskorb heraus.

Es packte sie jedes Mal blanke Wut, wenn sie an diese blasierte Ziege im adretten Kostümchen dachte. Allein, wie sie sie angesehen hatte. Auf sie herabgesehen hatte und mit jedem ihrer hochgestochenen Worte keinen Zweifel daran gelassen hatte, dass eine Zwangsversteigerung für ihr Institut eine gute Option sei. Am liebsten wäre sie aufgesprungen und hätte diesem Brechmittel mit Busen, das sowieso die ganze Zeit über betont zu ihrem Mann gesprochen und sie gekonnt ignoriert hatte, in ihr bemaltes Gesicht gespuckt.

Sie hatte sich beherrscht. Und noch strenger gespart. Leistete sich selbst so gut wie nichts mehr. Doch das war es wert gewesen. Ihr kleines Paradies, das mit jedem Tag, jedem Monat und jedem Jahr schöner wurde. Ihren Wintergarten hatte sie mit zwei Freundinnen fertig gezimmert. Als ihr Mann wieder mal auf gelbem Urlaub war. Andere fuhren an die Riviera, er in die Reha. Gingen nicht weg, diese brennenden, nässenden Pusteln. Grässliche Dinger! Und sehr schmerzhaft. Sie hatte ihn nie weinen sehen. Vorher. Dann aber immer öfter.

Alle zwei Jahre fuhr er in so eine Reha. Die ihm stets nur kurz Linderung brachte. Anfangs sogar nur solange, wie er sich in besagter Reha befand. Kaum war er zurück, ging es von vorne los. Erst Pusteln.

Dann Risse. Regelrechte Wunden. Die nässten und nässten, aber nicht heilten. Am Tag der Einschulung ihres Großen hatte er auf der Couch gesessen und laut geheult. Wie ein Schlosshund. Sie wusste noch, sie hätte am liebsten geschrien. Hatte sich Jens geschnappt und war alleine losgefahren. Annabelle, die kleine starke Annabelle, war bei ihm geblieben, hatte ihr Bestes versucht, dieses Riesenhäufchen Elend, das mittlerweile aus ihrem Vater geworden war, zu trösten.

Das war gut so. Denn so hatte sie keine Angst haben müssen, dass er sich etwas antat, solange sie mit Jens in der Schule war. Sie war so froh gewesen, dass sie sich auf ihr kleines Mädchen verlassen konnte. Annabelle war wie sie. Willensstark. Sagte frei heraus, was sie dachte. Ließ sich nicht einwickeln von der Schwiegermutter und den Tanten, die sie mit billiger Schokolade ködern wollten. Annabelle nahm sie. Und aß sie. Wurde dick. Sonst nichts. Sie selbst war auch nicht die Schlankste, kein Wunder also.

Sie schmunzelte, stapelte den abgepackten Käse, die Butter, frisches Brot, den Salatkopf, Essig und das Olivenöl in den Einkaufskorb und legte die Schachtel mit den Eiern vorsichtig oben auf. Die Hülle war unwichtig. Auf das Innere kam es an. Das hatte ihre Annabelle früh begriffen. Und sich von niemandem beirren lassen. Schon gar nicht von der Schwiegermutter, über deren pompösen Kleidungsstil ihre Kleine sich ständig lustig gemacht hatte.

Hatte ihr imponiert. Jens, ihr Großer, hätte das nie

gewagt. Er war wie sein Vater. Ein regelrechtes Harmoniedepot. Begegnete allem und jedem mit einer stoischen Ruhe. Die sein Vater im Laufe seiner Krankheit mehr und mehr verlor. Jens war es auch, der am besten mit den depressiven Phasen ihres Mannes klar kam. Sein Geheule machte sie aggressiv. Seine pessimistische Art. Ja, es war schlimm, was er durchmachen musste mit dieser Krankheit, die anscheinend keiner kannte und auch keiner mal richtig kurierte. Es tat ihr sehr leid, wenn sie ihn, den einst zupackenden Kerl, der Arbeit nie gescheut hatte, so hilflos auf dem Sofa liegen sah. Die kaputten Hände in der Luft, seine Augen, ein Tränenmeer.

Aber sie zeigte es ihm nicht. Ihr Mitleid. Wollte ihn nicht noch bestärken, in seinem Jammertal zu verweilen. Eine Heilung findet immer auch im Kopf statt. Predigte sie stattdessen. Wieder und wieder.

Was zwecklos war.

Sie schlug den Kofferraumdeckel über ihren Einkäufen zu, riss die Fahrertür auf, schwang sich hinters Steuer, startete den Wagen und ließ den Motor aufheulen.

Ihr Mann verstand nicht, dass sie ihm nur helfen wollte, wieder gesund zu werden. Sie brauchte ihn doch! Die zweite Garage bestand noch immer nur aus dem Bretterverschlag, den sie schon vor fünf Jahren errichtet hatten. Die Einliegerwohnung war nicht fertig. Der Garten sah zu weiten Teilen weniger nach einem gepflegten Grundstück als vielmehr nach Dschungel aus. Sie konnte nicht alles alleine stemmen, die starken Hände ihres Mannes waren gefragt. Hände ohne Risse und aufplatzende Bläschen.

Sie fuhr los, gab Gas und trat auf die Bremse. Hätte den von rechts kommenden Kleinbus beinahe übersehen.

Und wenn sie mal kurzzeitig gesund waren, diese Hände, war es lange Zeit so gewesen, dass sie sofort von der Schwiegermutter mit Beschlag belegt worden waren. Die Männer der Schwestern? Fehlanzeige. Waren nie greifbar. Schoben alles Mögliche vor. Und waren damit durchgekommen. Nur er nicht. Ihr Mann.

Die Ampel wurde grün, sie fuhr los, die Reifen quietschten. Der einzige Sohn, der wie eine Marionette an den Fäden dieser Frau hing! Und später an denen des ach so guten Freundes. Der gleichzeitig auch sein Chef war. Und so viel Verständnis für seine Situation heuchelte. Um ihn skrupellos für seine privaten Arbeiten einspannen zu können. Ohne jedes Maß fürs Erträgliche. Mit dem Ergebnis, dass er immer schneller wieder krank wurde. Und null Zeit mehr übrig blieb für die eigenen Belange. Die Sonderschichten an den Wochenenden und Feiertagen auf den schwarzen Baustellen seines sauberen Herrn Chefs saugten das letzte bisschen Kraft aus ihm heraus.

Sie sah auf die Uhranzeige im Armaturenbrett. *Schon wieder so spät* ... Sie reckte den Hals, suchte nach einer Möglichkeit, den uralten Mercedes und dessen Fahrer mit Hut zu überholen, der mit einer Geschwindigkeit von unter dreißig Stundenkilometern vor ihr herkroch. Wenn sie noch länger hinter dem bleiben musste, wäre es Essig mit ihrem Besuch im Krankenhaus. Den müsste sie dann auf morgen vertagen. *Ungern!* Sie hupte den Hutträger wütend an.

Ferienappartements hatten es werden sollen. Angeblich. Auf den schwarzen Baustellen des Chefs. Hatte sie gleich nicht geglaubt. Sie wusste zwar, dass im Bausektor viel geschummelt wurde, damit es sich für den Unternehmer überhaupt noch rechnete. Die Billiglöhner drückten die Preise, es gab fast immer jemanden, der für noch weniger Geld arbeitete. Immer mehr Unternehmen waren gezwungen, draufzuzahlen, um die Auftragslage wenigstens einigermaßen stabil zu halten, und gingen daran über kurz oder lang pleite. »Ferienappartements« direkt an der Autobahn, unweit des Frankfurter Kreuzes, mitten im Hoheitsgebiet des drittgrößten europäischen Flughafens waren aber von vornherein eine Fehlinvestition, das sagte ihr der gesunde Menschenverstand. Nachhaken hatte sie nicht dürfen, um den ach so verständnisvollen Herrn Chef bloß nicht ungnädig zu stimmen.

Nichts auf der Welt ist umsonst. Noch eine Lektion, die ihr Mann nie gelernt hatte. Wobei sie ihm aber anrechnete, dass er, der sich stets nur an das Gute im Menschen klammerte, niemals hätte ahnen können, was der wahre Zweck dieser »Appartements« war, in deren Entstehung er sein letztes bisschen Gesundheit investiert hatte.

Flatrate-Bunker.

Sie trat auf die Bremse, spürte, wie ihr die Hitze bis hoch in den Kopf stieg, wäre dem Benzfahrer fast hinten auf die Stoßstange geknallt. Busweise fielen sie dort ein, die nimmersatten Tiere, zahlten jeder zwanzig Euro und konnten dafür die Mädchen rannehmen, solange und so oft sie wollten. Stießen sie wund bis aufs Blut, störten sich auch nicht daran, wenn die »Ware« nur noch apathisch auf den schmutzigen Matratzen lag. Beschwerten sich sogar noch, wenn »die Weiber fertig waren«.

Sie hatte es mit ihren eigenen Augen gesehen. Sehen *müssen*. Vor rund sechs Monaten schon. Im Fernsehen. Investigativer Journalismus. Eine mutige Reporterin hatte sich als »Ware« getarnt und wäre dabei beinahe selbst missbraucht worden.

Und das Scheusal? Sie lachte bitter. Überholte den Benzfahrer endlich und schoss die Straße entlang bis zur Einfahrt zum Krankenhaus. Das Scheusal hatte natürlich dementiert. Und vor laufender Kamera geschworen, dass es sich persönlich dafür einsetzen werde, »für die sofortige Schließung dieses Etablissements zu sorgen«. Was ihr Mann, der gute Mensch, nur allzu gern hatte glauben wollen. Genauso, wie er auch geglaubt hatte, dass sein sauberer Chef von nichts gewusst habe.

Das Etablissement war tatsächlich geschlossen worden. Für rund einen Monat. Ausreichend, um aus dem medialen Fokus zu geraten. Der Boulevard lechzte längst nach dem nächsten Reißer. Die Halbwertszeit bei solchen Themen war deutlich geringer, weil weniger publikumsbindend – anders als das Infotainment rund um den royalen Nachwuchs in England. Oder die Ablösesumme von Fußballstars.

Sie parkte den Wagen, schmiss die Fahrertür zu, drückte den Knopf zur Verriegelung und lief die Treppen zum Eingang des Hospitals hoch. Und was hatte das Scheusal daraus gelernt? Ihr Bauch brannte, schien regelrecht in Flammen zu stehen. Das Scheusal hatte gelernt, dass es unbehelligt weitermachen konnte. Was weder sie noch ihr Mann zunächst mitbekommen hatten. Sie fand es erst heraus, als es zu spät war. *Viel zu spät!*

Sie tippelte durch das gläserne Rondell, konnte nicht abwarten, bis die automatische Drehtür sie endlich in den Flur des Krankenhauses entlassen würde. Sie hatte ohnehin nur noch eine halbe Stunde, dann musste sie zurück und ihren Beobachtungsposten wieder aufnehmen. Ihren Beobachtungsposten, in dessen Fokus das Scheusal höchstpersönlich stand. Solche Leute hörten niemals auf. *Sie* aber auch nicht! Mochte sein, dass sie diesem Abschaum noch immer nichts nachweisen konnten. Mochte auch sein, dass er in der Position war, dafür zu sorgen, dass die Polizei nichts tat. Über *sie* hatte er jedoch keine Macht. *Niemals!*

Zweiter Stock, erster Gang links, Zimmer sieben. Da hatten sie ihre Kleine heute früh aufgenommen. Ihr war keine andere Wahl geblieben. Weil das Mädchen partout nicht hatte wieder einschlafen wollen, nachdem sie es von der Rückbank ihres Wagens geholt hatte, und das Zittern und die Schweißausbrüche von Stunde zu Stunde heftiger geworden waren. *Kalter Entzug*, hatte ihre laienhafte Diagnose gelautet. Eine kleine Christiane F. fachgerecht zu begleiten, hatte sie sich dann aber doch nicht zugetraut und die Kleine lieber ins Hospital gebracht.

Sie nickte der Schwester zu, die sie fragend anschaute, klopfte an der Zimmertür und trat ein. Die beiden Betten im Raum waren leer, eines frisch desinfiziert und von Plastik umhüllt. Sie ging hinaus, lief zur Stationsrezeption, warf einen hektischen Blick auf ihre Armbanduhr. *Nein* ... Sie machte kehrt, sprang durchs Treppenhaus und rannte zum Auto. *Die eigene Tochter geht vor*, dachte sie, als sie vom Parkplatz fuhr. So bekam sie nicht mit, dass das namenlose Mädchen schon kurz nach ihrer Einlieferung wieder aus dem Hospital verschwunden war.

11

»Rotlicht-Oskar ist aktiviert.«

Devcon ließ den Telefonhörer sinken und sah Tatjana Kartan fragend entgegen, die durch seine offenstehende Bürotür im Fachkommissariat hereinkam. Sie rückte sich einen der beiden Besucherstühle zurecht, die vor seinem Schreibtisch platziert waren, nahm Platz und hielt Devcon eine Tüte mit Naschwerk hin. Er schüttelte den Kopf, legte den Telefonhörer in die Gabel des Hausapparates. Tatjana stopfte sich ein paar Gummibärchen in den Mund, fing an zu kauen und ergötzte sich am Anblick ihres Chefs, der aus ihrer Information offensichtlich die falschen Schlüsse zog.

»Nein, wir haben nicht bei der Fraktion der Linken im saarländischen Landtag um Amtshilfe ersucht.« Tatjana kaute weiter und grinste. »Obwohl«, sie hielt den Zeigefinger hoch, »für seine Holde wäre unser Verrichtungsboxen-Thema bestimmt ein gefundenes politisches Fressen. Die ist zwar ultralinks, hat das Herz aber erstaunlich oft am rechten Fleck. Sieht zumindest so aus.« Tatjana nickte und schaufelte sich die nächste Ladung Gummibärchen rein.

»Wessen Holde?«

»Mh«, Tatjana deutete auf ihren vollen Mund und aß schneller, um Devcon ihre Anspielung auf Oskar Lafontaine und Sahra Wagenknecht erklären zu können. Nicht schnell genug.

»Was soll's«, winkte er ab. »Wie weit seid ihr bei den verdeckten Ermittlungen, ist da schon jemand im Einsatz?«

»Na, davon rede ich doch gerade«, nuschelte sie mit noch immer halbvollem Mund. Sie verschluckte sich hustend. Devcon beugte sich der Länge nach über seinen Schreibtisch, nahm Tatjana die Tüte ab und deponierte sie außerhalb ihrer Reichweite auf einem der Akteneinbände, die auf seinem Schreibtisch herumlagen. Wie hingeworfen.

»Der heißt auch Oskar, unser V-Mann«, fuhr Tatjana fort, griff sich Devcons Kaffeetasse, trank einen Schluck und verzog das Gesicht. »Ein richtiger Glücksgriff, der Kerl. Bringt jede Menge eigene Kontakte ins Rotlichtmilieu mit«, plapperte sie weiter als säße sie beim Friseur und berichte vom Klatsch in der Nachbarschaft. »Bin gespannt, was dabei so rauskommt. Ich kann mir nicht vorstellen, dass die in der Taunusstraße das mit den Fickboxen toll finden. Macht denen doch die Preise total kaputt und zieht jede Menge Klientel ab. Immerhin gibt's kein Parkplatzproblem bei diesen Bretterverschlägen. Mitten in Frankfurts Innenstadt sieht das natürlich ganz anders aus ...«

Devcon, den Kopf in beide Hände gestützt, schaute Tatjana nur an. Hörte nicht zu, ließ sich von seinen Gedanken treiben. Sie hockte dort vor ihm auf dem Stuhl, ihr Haar zum obligatorischen Zopf gebunden. Der schwarze Pullover, den sie zur grauschwarz karierten Leggins trug, war mindestens zwei Nummern zu groß, ihr Gesicht ungeschminkt. Bis auf den Lidstrich. Keineswegs ungeschminkt erschien Devcon ihre Art. Seit diesem Tag im letzten Jahr, an dem sie auf brutalste Weise ihr Kind verloren hatte. Und seins. Wie es wohl gewesen wäre – er als Vater? Schnell verdrängte er diese Frage. Wie stets. Merkte nicht, wie sich seine Augenbrauen tief über der Nasenwurzel zusammenzogen.

War nicht vielmehr er der Maskierte? Der seine Gefühle verbarg, weil er sich derer nicht mehr sicher war? Nicht mehr sicher sein durfte? Weil er Angst hatte, dem Mädchen in irgendeiner Form zu schaden? Und wieso überhaupt Mädchen? Tatjana war achtunddreißig, da sprach man in der Regel doch von einer Frau. War sie für ihn eine Frau? Oder spielte er die Rolle einer Vaterfigur für sie? Sorgte er sich tatsächlich, dass er viel zu alt für sie war? Oder nahm er an, dass sie das dachte – und hatte genau davor Angst? Devcon bekam nicht mit, dass seiner Kehle ein unwilliges Knurren entfuhr. *Go like the devil!*

Wenn er so wenig sicher wusste – war er es ihr dann nicht zuallererst einmal schuldig, ihr genügend Zeit zu geben, das alles zu verdauen? Zeit, die er nicht hatte? Mit fast sechzig? Und konnte man so etwas überhaupt »verdauen«? Oder war es wie ein tiefer Riss in der Seele, der sich nie wieder ganz schließen würde? Und was musste er dabei tun, um alles richtig zu machen? Wenn er sich doch bloß nicht so hilflos fühlen würde ...

»Sag mal, hörst du mir überhaupt zu oder rede ich

gerade mit deiner Bürowand?«

Tatjana saß nach vorne gebeugt auf ihrem Stuhl und funkelte Devcon an wie eine Großkatze unmittelbar vor dem Sprung.

Devcon holte tief Luft. Den prüfenden Blick nicht von Tatjana abwendend. Dünn war sie geworden. Er kannte sie nur mit ihrer sehr zierlichen Figur, ihre Wangen erschienen ihm aber eingefallener. Und blasser. Nein, es war nicht zu übersehen, dass es ihr noch immer nicht wieder gut ging.

»Was ist? Sprachzentrum defekt? Kehlkopf eingerostet?«

Devcon holte noch einmal Luft: »Es tut mir leid.«

»Was?«

Er schaute Tatjana offen entgegen. »Ich kann es nicht mehr totschweigen.«

»Was?« Sie lehnte sich brüsk zurück.

Devcon rührte sich nicht, sah sie nur an. »Sag mir, was ich machen soll. Ob ich dir helfen kann. Und falls ja, wie. Aber bitte denk nicht eine Sekunde lang, dass es für mich vorbei ist. Das, was passiert ist, meine ich. Denn das wird es nie sein.« Er sah die Tränen, die in Tatjanas Augen zu schimmern begannen. »Ich weiß nicht, was ich tun kann, damit es leichter für dich ist.« Er zuckte die Achseln, sprach mit leicht brüchiger Stimme weiter. »Soll ich den Mund halten? Oder möchtest du darüber reden?«

Tatjana schüttelte kaum merklich den Kopf, während ihr immer mehr Tränen in die Augen stiegen. Devcon fiel es unendlich schwer, sitzenzubleiben, er hatte das Gefühl, als würde sein Herz auf immer größerer Flamme geröstet, je mehr er sah wie sie litt. Er räusperte sich die belegte Stimme frei und versuchte, die Zuversicht auszustrahlen, die er sich wünschte. Aber nicht hatte. »Wenn es irgendwas gibt, womit ich es erträglicher für dich machen kann, lass es mich wissen. Egal was es ist.« Er hob beide Arme, die Handflächen nach außen gewinkelt. »Soll ich den Kerl noch mal abknallen? Kein Problem, wenn es hilft. Dafür exhumiere ich das Dreckstück gerne auch mit meinen bloßen Händen.«

Tatjana lächelte verhalten und schniefte. Sie fischte ein zerknülltes Papiertaschentuch aus einer der beiden Eingriffstaschen ihres überdimensionierten Pullovers und schnäuzte sich die Nase.

»Schlechter Scherz beiseite.« Devcon biss sich auf die Unterlippe. »Was ich damit sagen wollte.« Er erhob sich aus seinem Schreibtischsessel. Schritt langsam nach vorne. Ging vor Tatjana in die Hocke. Sah zu ihr auf. »Mir ist alles recht. Wirklich. Wir können auswandern, wir können hier bleiben. Wir können drei Wochen durch Texas touren, das wolltest du doch gerne, damit du dir ein Bild machen kannst, woher ich komme. Das hattest du jedenfalls mal gesagt.« *Vor etwa zwei Jahren ...*

»Brauchen wir dafür echt drei Wochen?«

Devcon, der froh war, dass er Tatjanas Gedanken nur irgendwie woanders hinlenken konnte, verkniff es sich, sie ausgerechnet jetzt wissen zu lassen, dass Texas rund doppelt so viel Fläche hatte wie das wiedervereinigte Deutschland.«Oder möchtest du lieber im Trott bleiben? Und die Feierabende anders gestalten? Von mir aus gern. Ich geh auch mit dir einkaufen, stundenlang. Oder esse freiwillig kalten Fisch aus Japan.«

»Du meinst Sushi«, sagte Tatjana und grinste unter Tränen. Devcon tippte ihr gegen die Stupsnase. »Was du willst, Prinzessin. Hauptsache, du lachst wieder.« Er sah immer noch zu ihr auf mit einem sich wieder leicht umwölkenden Blick. »Nur diese eine, theoretisch auch mögliche Option, die muss vom Tisch, ja?«

»Welche denn?«

Er nahm ihre Hände und umschloss sie mit sanftem Druck. Schaute nach unten, während er weitersprach. »Wenn du meinst, dass du Zeit für dich brauchst – sag es. Das Haus ist groß, und ich kann mich auch gut alleine beschäftigen. Du kannst dein eigenes Zimmer haben, kein Problem. Aber bitte«, er sah sie geradewegs an und in seinen dunklen Augen schien es zu brennen, »bitte lauf nicht wieder weg.«

Tatjana schluchzte, fing an zu heulen. Sie sprang vom Stuhl auf und fiel Devcon in die Arme, klammerte sich an ihm fest.

Regina Tamm, mit der Unterschriftenmappe in der Hand und seit etwa einer halben Minute an der Schwelle zu Devcons Büro, senkte ihren Blick, zog die Tür heran und schloss sie. Leise.

12

Eine Mülldeponie?

Was hier so roch und sich penetrant in ihrer Nase festsetzte, das war der erbärmliche Gestank, der von der Sammelstelle für Müllreste herüberwehte. Dort drüben in Sichtweite. Trotz Nebel. Sie griff sich mit beiden Händen an den Kopf, raufte sich ihr von der Luftfeuchte gewelltes Haar. War es das, was die Mädchen für das Scheusal waren? Abfall? Biologischer Sondermüll, den man noch irgendwie verramschen konnte auf dieser grausamen Resterampe, die nur von den widerwärtigsten Tieren aufgesucht wurde? Einzeln. Oder in Scharen. Der leere Bus mit dem Offenbacher Kennzeichen bot ihr Deckung, solange die Viecher der Wollust frönten.

Sie spie auf den Boden. Matschig war er. Aus Lehm. Unbestellt. Und groß wie ein Fußballfeld. Ein nicht mehr genutztes Gelände, auf dem früher ein Zirkus gastieren konnte. Jetzt standen hier zwanzig Parkboxen, lieblos aus Brettern zusammengezimmert. Und Container. Fürs Fußvolk. Wie viele, hatte sie nicht genau gezählt. Fünf oder sechs mussten es sein. Die Objekte mied sie ohnehin, weil sie untauglich für ihr Vorhaben waren. Das Freiersvieh, nicht zwischen dem Steuer und Sitz eines Autos fixiert, hatte dort deutlich mehr Bewegungsfreiheit. Zu riskant also.

Sie kämpfte noch immer mit dem Schock, dass sie sich so schnell auf einer weiteren »Anlage« wiederfand. Das Scheusal selbst hatte sie hergelotst. Vor zwei Tagen erst, als sie ihm in ihrem roten Corsa gefolgt war. In sicherem Abstand. Was nicht ganz einfach gewesen war, als es von der Autobahn runter und dann über eine ruhige Landstraße durch ein langes Waldstück gegangen war. Kein Gegenverkehr, kaum Straßenbeleuchtung. Mehr und mehr hatte sie sich zurückfallen lassen müssen, um nicht von ihm entdeckt zu werden. Das Scheusal kannte ihren Wagen. Schließlich hatte sie ihn sogar ganz aus den Augen verloren und schon befürchtet, ihre Verfolgungsfahrt ergebnislos abbrechen zu müssen. Sie hatte ja keine Ahnung gehabt, wo er hinwollte. Und warum. War ihm einfach nur nachgefahren. Weil es nichts anderes gab, was sie hätte tun können.

Sie war noch eine Weile unterwegs geblieben. Auf dieser einsamen Straße. Bis sie das Leuchten eines Scheinwerfermeers erspäht hatte. Irgendwo auf der linken Seite. Sie war dann weitergefahren. Bis zur nächsten Ausbuchtung. Ein kleiner Weg, der in den Wald führte. Den roten Corsa hatte sie unmittelbar vor der Schranke geparkt, die eine Durchfahrt für Unbefugte verhinderte. Schlimmstenfalls hätte sie den Förster oder einen der Jäger blockiert. Nicht weiter tragisch, die Ausrede von der Wagenpanne wäre ihr spielend über die Lippen gekommen. Das war nichts, worüber sie sich wirklich Sorgen gemacht hatte.

Entsetzliche Sorgen machte ihr demgegenüber, was sie hatte entdecken müssen, als sie die einsame Landstraße zu Fuß zurückging und der Querstraße folgte, die zu dem Scheinwerferlichtermeer führte.

Die Anlage war nicht neu. Konnte nicht neu sein. Dafür war entschieden zu viel los. Sie hatte dagestanden, im Schutze einer großen Eiche, und geschluckt. Hatte gespürt, wie sie am ganzen Körper zu zittern begann. Wie bei einem schweren Fieberanfall. Oder aufkommender Panik. Unmöglich, dass es bei der Errichtung des Boxenbetriebs auf diesem Gelände mit rechten Dingen zugegangen war. Oder offiziellen.

Am Tag darauf bestätigte sich ihr unheilvoller Verdacht. Mit unterdrückter Rufnummer hatte sie die Pressestelle der Landesregierung kontaktiert und sich selbst als Journalistin ausgegeben, die einen Artikel über »die gelungene Modernisierung des Straßenstrichs« in Auftrag habe, bei der auch die »Projekte des Bundeslandes Hessen Erwähnung finden sollten«. Der Herr am anderen Ende der Telefonleitung war auf einmal sehr wortkarg geworden und hatte sich nur noch den Verweis darauf abringen können, »dass ein derartiges Projekt auf hessischem Boden bis vor kurzem zwar in Betrieb gewesen war, es derzeit aber nicht genutzt werden kann« und »im dafür zuständigen Bereich der Landesregierung noch darüber befunden werden muss, ob und falls ja, wann die Voraussetzungen für eine Fortführung dieser Einrichtung gegeben sind«. Sie hatte sich artig bedankt, wobei es ihr schwer gefallen war, ihre Unruhe zu verbergen. Und ihre Angst. Angst vor der neuen Kriminalitätsstufe, auf der ihr Gegner sich nun zu bewegen schien.

Sie hatte ein Schwarzes Loch entdeckt. Ein weiteres Schwarzes Loch im Universum des Mädchenhandels.

Schockiert, wie sie gewesen war, hatte sie darüber sogar vergessen, nach der Kleinen im Krankenhaus zu sehen. Unverzeihlich, wie sie selbst befand. Manchmal erkannte sie sich kaum noch wieder. Die Sorge um ihre Tochter Annabelle fraß offenbar nach und nach auch an ihrer Menschlichkeit.

Im Schutze des leeren Busses aus Offenbach, der strategisch günstig mit der linken Seite zum Waldrand hin parkte, holte sie eine Skimaske aus der Tasche ihrer schwarzen Daunenjacke, zog sie sich über und dann ihre Kapuze auf. Dieses Mal würde sie nicht erst etliche Nächte vergeuden, bevor sie zur Tat schritt. Und dieses Mal würde sie auch nicht zulassen, dass sie irgendjemand wiedererkennen würde. Auch vor den Mädchen musste sie sich schützen. Doch sie gab ihnen keine Schuld. *Im Gegenteil!* Da wurden hilflose Wesen zu Billigstprodukten gemacht und gefügig gehalten mit Drogen. Welches Mädchen würde diese Option freiwillig wählen? Welche Notlagen wurden hier schamlos ausgenutzt von diesen Teufeln, und das auch noch im Namen des Volkes, das diese skrupellosen Ausbeuter angeblich wählte? Oh, wie sie diese verlogene Rhetorik hasste! Vor der Wahl: das Versprechen. Nach der Wahl: das Verbrechen. Egal, wo sie hinschaute.

Sie ließ den Gedanken nicht zu, dass sich unter den Mädchen auf dieser Anlage auch ihre Annabelle befinden könnte. Allein die Vorstellung würde sie augenblicklich lähmen. Zu einem Opfer degradieren, das niemanden mehr retten könnte, sondern selbst Hilfe brauchen würde. Sie legte die schwarzen Schutzhandschuhe an und zählte langsam bis zehn. Sie musste aufhören, sich immer so hineinzusteigern und sich beruhigen. Sie zählte noch einmal. Bis zwanzig. Kontrollgriff in die rechte Jackentasche. Schere, einsatzbereit.

Sie huschte am äußeren Rand der Boxen entlang, deren Rückseite zum Waldrand hin aufgestellt waren. Vor der letzten stoppte sie. Stellte fest, dass sie ungeeignet war. Zu viel freies Gelände. Dahinter. Tiefschwarze undurchdringliche Nacht, durch die sie nicht hindurchsehen konnte. Und in die sie besser auch nicht hineinlief, da sie nicht wusste, was dort lauerte. *Mist!*

Sie machte kehrt, schritt die einzelnen Bretterverschläge an deren Rückseite ab, spähte vorsichtig durch die Ritzen. Fast alle Boxen waren besetzt. Meistens lief der Automotor. Zwei Grad und Nebel. *Da kann man sich leicht verkühlen, nicht wahr, ihr Schweine?* Sie verzog ihre rissigen Lippen unter der Skimaske und spürte einzelne Hautfetzchen, die dabei am Stoff hängenblieben. Sie schnitt Grimassen, wodurch sie sich wieder lösten.

Schneller als gedacht war sie zurück an der ersten Box. Ganz vorne. Ein LKW rollte heran. Wurde immer langsamer. Unter dem Zischen der Bremsen. Der Fahrer legte den Rückwärtsgang ein. Hatte wohl Angst, in dem vom Regen der letzten Tage aufgeweichten Boden steckenzubleiben. *Berechtigte Angst.*

Ein ungutes Gefühl beschlich sie, ließ sie im Schutz der Rückwand von Box eins verharren. *Nicht leicht, die Aufgabe heute ...*

Männer von irgendeiner Sicherheit hatte sie bisher zwar keine gesehen. Aber einfach an der Boxen-Front entlangspazieren konnte sie trotzdem nicht. In ihrem Aufzug. Wenn nicht ein Freier, so würde auf jeden Fall eines der umherstolzierenden Mädchen auf sie aufmerksam werden. Ein Mädchen, dessen Reaktion sie nicht kalkulieren konnte.

Sie drehte sich um, lehnte sich mit dem Rücken an den Holzverschlag und starrte zum Nachthimmel empor. Wenn das Wolkenband aufriss, ließ sich der Mond sehen und tauchte das Gelände in ein fahles Licht. *Auch das noch ...*

Schlecht vorbereitet. Das Ganze. Im krassesten Gegensatz zu ihren guten Vorsätzen. Ihr Bauch schmerzte und hinter ihrer Stirn schien ein Specht gefangen zu sein, der sich mit aller Kraft ins Freie hacken wollte. *Abbruch!*, schrie alles in ihr.

Sie linste durch die Ritzen des Bretterverschlages, als sie hörte, wie der Wagen in Box eins begann, langsam herauszurollen. Sie drückte sich eng ans Holz. Drehte den Kopf und verfolgte, wie der Wagen, irgendein SUV, sich vom Gelände entfernte, die Rücklichter immer kleiner wurden. Das fahle Mondlicht leuchtete. Sie starrte zur Einfahrt. Eine Schranke gab es nicht. Der Bus war inzwischen auch weg und kein weiteres Gefährt in Sicht. Sie fühlte sich unsicher in dieser seltsamen Ruhe. Das Gelände erschien ihr auf einmal wie leer gefegt. Lag es daran, dass es ein Mittwoch war? Und sie vielleicht zu spät ihren Posten bezogen hatte?

Zwanzig vor elf war es bei ihrer Ankunft gewesen. Sie hatte nicht früher von daheim aufbrechen können, da Jens und seine Freundin unverhofft einen Tag früher aus dem Urlaub zurückgekommen waren. Schlechtes Wetter in Österreich, alle Pisten am Gletscher bis auf weiteres gesperrt. Gottseidank hatten sie ihr aber nur kurz Hallo sagen wollen. Übernachtet wurde bei der Freundin. Wie so häufig in den letzten Monaten.

Sie hörte Schritte. In der Box. Schuhe mit hohen Absätzen, auf denen deren Trägerin wieder nach draußen stolzierte. Oder vielmehr stolperte. Der Gang klang sehr unsicher.

Sie wagte sich nach vorn, hielt sich noch immer eng an die Boxenwand gedrückt. Hoffentlich ging es ihr gut, der Kleinen. Wer weiß, was das Stück Vieh in dem SUV mit ihr angestellt hatte. Das Mondlicht verschwand hinter den Wolken, als das Mädchen wieder Position auf dem Präsentierteller vor dem Holzverschlag bezogen hatte. Die Silhouette ließ auf ein schmales Geschöpf schließen. *Und viel zu dünne Kleidung!* Sie pirschte sich näher heran, achtete darauf, unsichtbar zu bleiben für die Kleine. *Vorerst ...*

Das Mädchen drehte sich seitlich, und der Nachthimmel erhellte sich abermals. Das Mädchen schaukelte in ihrem Schuhwerk, summte ein Lied und spielte mit ihrem Schal.

Sie vergaß das Luftholen, die Augen tellerweit aufgerissen unter der Skimaske. Der Schal, sie kannte den Schal. Aus schwarzen Federn. *Nein* ...

Sie ließ alle Vorsicht fahren und rannte los. Floh! Vor ihrer eigenen Ohnmacht, die sie zu umfangen drohte wie ein schwerer Sack, den jemand über sie warf. Der Matsch unter ihren Füßen spritzte, sie registrierte die kleinen Atemwölkchen vor ihrem Mund. Hörte ein Rufen, blendete alles aus und lief immer weiter. In die Schwärze der Nacht hinein. Und ohne die beiden Männer zu bemerken, die ihr folgten.

13

Die Tür zu seinem Schlafzimmer knarzte beim Öffnen. Vorsichtig lugte sie durch den Spalt. Der kleine Lichtstrahl, der aus dem Flur hereinleuchtete, erhellte den komplett abgedunkelten Raum kaum. Sie erkannte dennoch, dass das Bett unbenutzt war. Mit ihren zitternden Händen zog sie die Tür wieder zu.

Gottlob war sie allein im Haus. Jens nächtigte tatsächlich bei der Freundin. Und mit ihrem Mann hatte sie sowieso nicht rechnen müssen. Der befand sich seit zwei Wochen in der Obhut einer neuen Klinik, in der ein auf Psychologe machender Weißkittel Gruppentherapie verordnet hatte. Bitte, wenn er meinte. Ihr Mann. Sie hielt das alles für Getue, Phrasen, passiven Quatsch, Beschäftigungstherapie, die niemandem wirklich half, sondern nur betäubte. Er sah das natürlich anders. Und Jens hielt ihm noch bei. Wollte anscheinend ebenfalls nicht wahrhaben, dass es den ganzen Quacksalbern nur noch ums Geldverdienen ging. Sonst hätten sie ihren Mann doch längt geheilt. Einen so treuen Patienten, der über die Jahre zum sicheren Abnehmer für teure Klinikplätze geworden war, verlor man aber nur ungern, logisch. Von wegen Patient, Kunde war die treffendere Bezeichnung, wie sie fand. Woraufhin Jens ihr vorgeworfen hatte, dass sie eine Zynikerin sei. Was er denken würde, wenn er jemals herausfand, was sie im Moment trieb – darüber dachte sie lieber gar nicht erst nach.

Sie schlich die Treppe zum Parterre runter, als käme es dennoch darauf an, besonders leise zu sein. Im Dunkeln betrat sie die Küche, setzte sich auf einen Stuhl, verschränkte die Arme auf dem Tisch und ließ ihren Kopf herabsinken, noch in ihrer schwarzen Daunenjacke und mit der unbenutzten Gartenschere in der Tasche.

Versagerin. Eine komplette Versagerin. Das ist es, was sie war. Nichts hatte sie mehr im Griff. Alles, was sie anpackte, zerbröselte unter ihren unfähigen Händen. Sie machte nur Mist, war zu dumm. Das Scheusal würde gewinnen. Sie wollte nicht weinen. *Das hilft keinem!* Konnte aber nicht anders.

Allein. Sie fühlte sich so unendlich allein. Ausgelaugt und schwach wie ein überladenes Nutztier, dessen Glieder zitterten durch die schwere Last, so dass es sich kaum noch bewegen konnte ohne zu stürzen. Sie hatte schon wieder einen Fehler gemacht. Einen? Ach, was. Mehrere! Unbedarft wie ein junger Gaul war sie zu dem für sie neuen Gelände galoppiert. Und hatte vor Hindernissen scheuen müssen, die sich ohne ausreichende Vorbereitung nicht souverän überwinden ließen.

Aber das war nicht das Schlimmste gewesen.

Sie richtete sich auf, zog die Nase hoch, wischte sich die Augen und starrte in die Dunkelheit in ihrer Küche. Und in ihrem Herzen.

Nachlässigkeit.

Wie eine Feuerbrunst loderte das Wort in ihrem

Verstand hoch. Und wälzte sich wie ein breiter Lavastrom durch ihr Gemüt. Sie hatte die Kleine vernachlässigt. Die Kleine, die sie erst gerettet und dann praktisch gleich wieder vergessen hatte. Schnell und bequem hatte sie sie ins Krankenhaus entsorgt, wo sie doch genau wusste, dass es in diesen Institutionen nicht erst seit gestern vorne und hinten an Personal fehlte. *Hilf ihr selbst, dann hilft ihr Gott ...*

In jeder Apotheke hätte sie die bei Drogenentzug notwendigen Arzneien bekommen können, es war doch alles nur eine Frage des Preises. Schlafmittel wären ausreichend gewesen. Vitaminpräparate. Dann, Stückchen für Stückchen, vernünftiges Essen. Unter strenger Bewachung. Was kein Problem gewesen wäre. Das Gästezimmer hätte sie in den ersten Tagen, wenn es besonders hart für die Kleine geworden wäre, auch mal abschließen können, wenn sie sie hätte alleine lassen müssen.

Nun stand das Mädchen wieder im Fleischregal. Vollgepumpt mit synthetischen Giften, die sie ruhig stellten. Und gefügig hielten. Weil *sie* sich nicht gekümmert hatte. Wie schon bei ihrer eigenen Kleinen. Annabelle. Bei der sie auch viel zu nachlässig geworden war.

Ein Schmerzenslaut drang ihr über die Lippen. In ihrem Bauch schienen unzählige Kämpfer ein mörderisches Gefecht mit frisch geschliffenen Schwertern auszutragen. Ohne Rücksicht auf die Umgebung. Stöhnend erhob sie sich, torkelte gekrümmt zum Lichtschalter, drückte drauf und quälte sich zur

Schublade weiter, in der sie ihre Magentabletten aufbewahrte. Sie nahm die Schachtel heraus und schluckte gleich zwei Tabletten. Ohne Wasser. Es waren ihre letzten. Gleich morgen früh würde sie losziehen und neue besorgen. Es waren die einzigen Präparate, die ihre Schmerzen im Zaum halten konnten, wenn sie sie schon nicht heilten. Auch sie war nun Kundin. Patienten gab es nicht mehr, dieser Begriff gehörte ihrer Meinung nach abgeschafft.

Sie schlich wieder zur Sitzecke in der Küche, wollte sich auf der Eckbank niederlassen, als sie ein Geräusch hörte. Es kam aus dem Flur. Klang, als stünde jemand an der Haustür. *Mitten in der Nacht?* Fast halb zwei zeigte die große Uhr an der Wand über der Sitzbank an.

Sie merkte, wie sie zu schwitzen begann. Ihr wurde schwindlig. Sie vergaß ihre Bauchschmerzen, stand stocksteif und kerzengerade da und wagte es nicht, zu atmen. Ein Klappern. Abermals aus Richtung Haustür. Einbrecher? Sie hechtete zur Küchenanrichte und schnappte sich eines der Fleischmesser, das größte von allen. Umklammerte den Griff mit bebender Hand. Ihr Herz hämmerte. Schweiß rann ihr von der Stirn, brannte ihr in den Augen. Blieb ihr denn gar nichts erspart?

Sie sprang zum Schalter, löschte das Licht und verharrte still. In der Dunkelheit. Lauschte. Betete, dass es nicht mehr als ein Kerl war, der da draußen an der Haustür hantiert hatte. Mit einer Bande konnte sie es nicht aufnehmen. Und zum Hilfe holen war es zu spät.

Auf Zehenspitzen bewegte sie sich zum Ausgang der Küche, riskierte einen Blick in den dunklen Flur. Verzog das Gesicht, als sie ein Knirschen vernahm. Es kam von ihrem eigenen Schuhwerk. Ansonsten war alles ruhig. Sie nahm keine Geräusche mehr wahr, erkannte keinen Schatten, der auf eine Person vor der Haustür schließen ließ.

Sie entspannte sich nur mühsam. War es nur Einbildung gewesen? Eine Täuschung, produziert von ihrem mit Stresshormonen überfluteten Gehirn?

Sie wagte nicht, das Licht wieder anzumachen. *Erst ganz sicher sein* ... So leise wie möglich näherte sie sich der Haustür. Hielt sich seitlich an der Flurwand, damit sie ihr eigener Schatten nicht verriet, für den Fall, dass da draußen doch jemand lauerte. *Oder mehrere* ... Ihr Herzschlag beschleunigte sich abermals. Mit der linken Hand drehte sie den Haustürschlüssel. In der rechten das lange Fleischmesser. Einsatzbereit. Sie blickte zu Boden, wollte noch einmal tief Luft holen, bevor sie die Tür aufriss.

Sie ließ den Türgriff los, als sie den Zettel entdeckte. Der hatte bei ihrer Heimkehr nicht dort gelegen. *Oder?* Sie ging in die Hocke und hob das Blatt auf. Schlicht weiß war es. Und dünn wie Druckerpapier. Allerdings nur halb so groß. Für eine Werbesendung entschieden zu unauffällig. Sie nahm allen Mut zusammen, richtete sich wieder auf und zog die Haustür auf. Spähte in alle Richtungen. Doch da war nichts zu sehen. Und auch nichts zu hören. Nicht mal ein Rascheln. Nur der Ruf eines Käuzchens unterbrach die tiefe Ruhe dieser Novembernacht.

Mit ihrem Fund in der Hand begab sie sich in die Küche zurück, traute sich, wieder Licht zu machen, ließ sich auf die Sitzbank gleiten. Schaute auf den Zettel. Und erstarrte. Die krakeligen Buchstaben begannen zu schwimmen vor ihren Augen. Ihr Puls beschleunigte sich derart schnell, dass ihr regelrecht übel wurde. Wie im Schraubstock fixiert konnte sie keinen Muskel mehr rühren und stierte auf den Zettel. In der Hoffnung, die mit schwarzem Filzstift geschriebene Nachricht würde verschwinden. Doch die Wörter blieben stehen und stachen ihr in die Augen wie grellstes Neonlicht.

»Willst du Annabelle noch in diesem Leben wiedersehen, Alte? Dann halt bloß die Füße still!«

Polizei!, lautete ihr erster Impuls. *Jetzt muss ich zur Polizei!*

14

Devcon saß auf einer Bank am Teich des Frankfurter Palmengartens und ließ die Krümel seines Brötchens ins Wasser rieseln. Sehr zur Freude der Enten, die schnell heranschwammen. Außer ihnen war kein Lebewesen in seiner Nähe. Das Wetter lud auch nicht zum längeren Verweilen im Freien ein. Der Novembernebel hing noch am Mittag wie dichter Smog über der Landschaft. Die Temperatur lag bei höchstens fünf Grad. Devcon biss beherzt in sein Stück Fleischwurst und beobachtete die Entenschar beim Balgen um sein für sie zerteiltes Brötchen.

An sich hatte er wie immer keine Zeit für ein Stündchen der Ruhe mitten am Arbeitstag. Aber er musste mal raus aus dem strengen Takt der Bürokratie, dem Amtsmoloch, der auch vor der Mordkommission längst nicht mehr Halt machte und immer mehr Zeit gierig verschlang, die bei der eigentlichen Arbeit fehlte. Gute Zeiten für das Verbrechen, wenn dessen Verwaltung wichtiger wurde als dessen Aufklärung. Devcon lächelte schmal und biss wieder in seine Fleischwurst. Der neue Mordfall, der sich am vergangenen Abend ereignet hatte, passte prima in dieses Bearbeitungskonzept. Weil der Täter so entgegenkommend gewesen war und sich noch am Tatort hatte verhaften lassen. Dankenswerterweise mit der benutzten Tatwaffe in der Hand. Devcon zog eine

Grimasse und schalt sich innerlich für seinen Sarkasmus, der sich gerade mal wieder Bahn brach wie Wasser beim Öffnen des Staudammes. Doch gerade dieser Fall lud den Hauptkommissar sehr dazu ein, der nicht erst seit gestern meinte, dass es oftmals auch die Umstände waren, die dringend mit auf die Anklagebank gehörten.

Der Täter war über den Garten bis zur Terrasse eines Hauses in der Nachbarschaft vorgedrungen und hatte sich Zutritt zum Wohnraum verschafft, in dem er ein Fenster mit einem großen Stein eingeschmissen und das Loch mithilfe des Gewehrkolbens geweitet hatte, sodass er schnell einsteigen konnte. Danach hatte er seine Schrotflinte wahllos auf jedes bewegliche Ziel gerichtet, den Schwager der Frau erschossen und zwei der Kinder verletzt, bevor der Ehemann und ein weiterer Bruder ihn hatten überwältigen können. Hintergrund der Amoktat: Bei dem Schützen und Vorsitzenden eines Jagdvereins waren schlichtweg die Sicherungen durchgebrannt. Erst hatte ihn seine Frau verlassen. Für ihn völlig unerwartet, weil er in seinem sich immer schneller drehenden Karussell aus Überstunden und dem zeitintensiven Hobby im Jagdverein, durch das er vom Jobstress entspannen konnte, nicht mitbekommen hatte, wie unglücklich seine Frau offenbar gewesen war. Vor sechs Monaten war er eines Abends von einer mehrtägigen Dienstreise zurückgekehrt und hatte das Haus leer vorgefunden. Mitsamt Kind und dem Gros der Möbel war seine Frau zu ihrem Freund gezogen. Von der Existenz des rund zwanzig Jahre jüngeren Mannes ohne Job und Geld, dafür aber mit viel Zeit, hatte er bis dahin nichts gewusst. Seither zahlte er Alimente. Und für die Pacht der Jagd reichte es nicht mehr, seit die Leitung des Firmenkonzerns beschlossen hatte, die Niederlassung, in der er seit fünfzehn Jahren die Geschäfte führte, quasi von jetzt auf gleich zu schließen. Der Mann griff zur Flasche. Ließ niemanden mehr an sich heran und verwahrloste zusehends. Äußerlich als auch innerlich. Auslöser seiner Amoktat war, dass ein Besucher der »Schwarzfußfamilie«, die »sogar an ganz normalen Werktagen schon mittags lärmte und grillte«, mal wieder seine Garageneinfahrt blockiert hatte.

Devcon hätte die original restaurierte Polizei-Harley, die sein Wohnzimmer schmückte, persönlich demoliert, wenn er die Macht gehabt hätte, zu verhindern, dass diese Aussage des Täters an die Öffentlichkeit ging. Er brauchte keine hellseherischen Fähigkeiten, um zu wissen, dass dies die Gemüter vieler Menschen zum Kochen bringen wird. Krawalle durch rechts Gesinnte. Die wiederum Gegenkrawalle hervorrufen. Angeheizt durch die Berichterstattung der Boulevardblätter zur Erhöhung der Auflage. Devcon hätte am liebsten gleich gekotzt. Auch die Privatisierung des Krieges verlief erfolgreich, es war nicht mehr nötig, ganze Länder für irgendwas zu mobilisieren. Die Destabilisierung des Einzelnen im Alltag war völlig ausreichend zur Schaffung immer neuer Krisengebiete. Genau das wäre ihm möglicherweise herausgerutscht bei der Pressekonferenz zu dem Fall, die zur Stunde noch lief. Weshalb er es im Interesse aller vorgezogen hatte, solange lieber die Enten zu füttern.

Er lehnte sich zurück und sah in das diffuse, vom Nebel verzerrte Novemberlicht. Dachte an den anderen, ebenfalls noch sehr aktuellen Fall, der zudem den Nachteil aufwies, dass der Täter noch immer frei herum lief. Der Scherenfritze war dank des Amokläufers mit der braunen Ausdrucksweise nun erst mal raus aus dem Fokus der Presse, so viel war sicher.

Aber nicht aus meinem, dachte Jim Devcon, erhob sich und trat den Rückweg zum Präsidium an.

15

Sie war durch das Haus gelaufen. Über Stunden. Keine Minute hatte sie schlafen können. Ihr Körper stand wie unter Starkstrom. Sie konnte nicht mal ruhig sitzen. Hatte angefangen, zu putzen. Wieder aufgehört und im Keller Konserven sortiert. Was sie auch nicht fertig gemacht hatte. Wieder und wieder hatte sie ihr Weg zurück in die Küche getrieben. Zu diesem furchtbaren Zettel, der wie festgeklebt auf dem Tisch lag. Ein Menetekel, das nicht verschwinden wollte. Ganz gleich, wie sehr sie es sich wünschte. Damit die Angst um Annabelle sie nicht vollständig auffraß. Ihre Kleine in den Händen von ... *Nein!* Sie durfte das nicht zu Ende denken. Sonst würde sie schier verrückt. Und das half niemandem.

Sie musste endlich zur Polizei. Konnte aber nicht. Weil sie davor ebenfalls Angst hatte. Nicht um sich selbst. Obwohl ihr bewusst war, dass sie sich damit unweigerlich auch für ihre Taten verantworten musste. Wenn die bei der Kripo nicht ganz doof waren, hätte sie kaum eine Chance, ihre Schuld zu verbergen.

Sie war fast am Ende ihrer Kräfte. Und die entsetzliche Botschaft auf dem Zettel raubte ihr gerade den Rest. Bis zur konkreten Vorstellung, wegen Mordes angeklagt zu werden, war sie noch gar nicht gekommen aufgrund ihrer Angst, dass auch die Polizei nichts würde ausrichten können. Weil das Scheusal mächtiger war. Eine düstere Vorahnung, die wie eine schwere Gewitterwolke über ihr hing. Jetzt stand sie im Wohnzimmer, mitten in dem großen Raum, den die üppige Couchgarnitur dominierte, und wusste weder vor noch zurück. Ihr Blick blieb an dem aus Eichenholz gefertigten, reich verzierten Wohnzimmerschrank hängen. Ein Erbstück ihrer Mutter. Wie auch die Römergläser in der Vitrine. Und der barock anmutende Bilderrahmen, der eine abstrakte Landschaftsmalerei schmückte. Die Familienfotos hatte sie in den drei Regalfächern neben der Vitrine aufgestellt.

Sie ging hin, nahm eines der Bilder zur Hand. Das Hochzeitsfoto. Sie in ihrem langen, weißen Kleid, er in seinem festlichen, schwarzen Anzug. Sie starrte wie gebannt auf die Aufnahme und weinte lautlose Tränen. Was hatte sie falsch gemacht? Wann fing das an, dass ihr alles, woran ihr lag, mehr und mehr abhanden kam? War es während der Zeit, als sie bei ihrem Bruder gelebt hatte? Oder war alles Glück schlicht untergegangen im Sumpf der Krankheit ihres Mannes?

Carpe Diem. So hieß diese Studie, in die sie ihn mit hineingenommen hatten, nachdem auch die fünfte Reha außer einer kurzzeitigen Linderung nichts gebracht hatte. Sein Martyrium mit den kaputten Händen ging ins zehnte Jahr, und seit ein paar Monaten waren auch noch seine Füße betroffen. Dieselben Bläschen. Brennend und schmerzhaft, bis die Haut platzte. Fast ein Unding, so überhaupt noch in die Arbeitsschuhe zu kommen. Trotzdem schleppte er sich fast täglich hoch auf den Bagger. Wenn er nicht zur Nachuntersuchung nach Heidelberg fahren musste. Drei bis vier Mal im Monat. Da blieb für nichts anderes mehr Zeit. Auch nicht für ein Gespräch wegen Annabelle. Um die sie sich schon länger gesorgt hatte. Die Noten in der Schule waren schlechter geworden. Viel schlechter. Und mit der Anwesenheit bei den Unterrichtsstunden nahm ihre Tochter es auch nicht mehr so genau. Phase der Rebellion, normal mit sechzehn, hatte sie sich selbst beruhigt. War bei ihr nicht anders gewesen. Ihrer Mutter hatte es bestimmt auch keine Freude bereitet, als sie damals zur Lehrerin zitiert worden war, weil ihr Töchterlein wiederholt nicht am Unterricht teilgenommen hatte. Sie erinnerte sich noch gut an die Zeit, in der sie und ihre Freundinnen lieber shoppen gegangen waren und sie die Versetzung in diesem Schuljahr nur knapp geschafft hatte. Und das auch nur, weil ihr damaliger Freund nicht nur ihre Hausaufgaben für sie erledigt, sondern sie auch bei den Klassenarbeiten unterstützt hatte. Was besonders leicht bei den Multiple Choice-Arbeiten gewesen war, da hatte sie das Kreuz noch nicht einmal selbst setzen müssen, weil sie die Blätter einfach vorbereitet und ausgetauscht hatten. Nach einer Weile hatte sie sich wieder gefangen. Und bei ihrer Annabelle würde das zweifellos nicht anders sein. Hatte sie gedacht. Und ihren Mann außen vorgelassen.

Ihr Mann, den sie immer seltener sah, weil er entweder in Behandlung war oder auf der Baustelle.

Bei seinem Chef und »guten Freund«, der ihn trotz seiner vielen Ausfälle nicht fallen ließ. Auf ewig verpflichtet sei er ihm, wiederholte er immer wieder. Manchmal so oft, dass sie die Beherrschung verlor und ihn anblaffte, wieso er bloß so dämlich sei und nicht merkte, dass er für diesen »großartigen Mann« längst zum willfährigen Sklaven geworden war. Jeder andere hätte ihn doch längst entlassen, blaffte er dann zurück. Dass er damit alles riskierte, wenn ihn mal irgendwer erwischen würde bei den illegalen Arbeiten auf schwarzen Baustellen, davon wollte er nichts hören. Er humpelte dann aus dem Raum und ließ sie einfach stehen.

Inzwischen wusste sie, dass er nichts dafür konnte. Für seine Blindheit. Einer seiner Ärzte hatte ihr erklärt, dass es durchaus möglich sei, dass sein Urteilsvermögen schon länger getrübt worden war durch sein dauerhaftes Leiden. Es war ja nicht nur die Krankheit selbst, die ihn so quälte. Bei diesen Tabletten für das Immunsystem bekam er sofort Durchfall, wenn er nur mal eine Flasche Bier trank. Abgesehen davon, dass auch diese Präparate nicht hielten, was die Ärzte ihrem Mann versprochen hatten.

Es war nicht zu leugnen. Spätestens, seit seine Füße auch in Mitleidenschaft gezogen wurden von dieser rätselhaften und anscheinend unheilbaren Krankheit, steuerte er auf ein neues Tief zu. Landete nicht nur körperlich, sondern auch psychisch ganz unten. Ging privat kaum noch vor die Tür. Fühlte sich wie ein Aussätziger. »Igitt, was haben Sie denn da?«, hatte so ein junges Ding an der Supermarktkasse gekreischt, als sie seine Hände gesehen hatte. Alle hatten sie geguckt, ihre neugierigen Nasen gereckt, um einen Blick auf die Bläschen und Wunden erhaschen zu können. Das Geld, was er der Kassiererin hinhielt, hatte die natürlich nicht mehr annehmen wollen. Angst vor Ansteckung. Es war der pure Ekel gewesen, der der jungen Frau ins Gesicht geschrieben stand. Gottlob war sie dabei gewesen und hatte die Szene schnell beenden können, indem sie ihr Portemonnaie gezückt und die Rechnung beglichen hatte. Auf seinen kaputten Füßen war er gebeugten Hauptes nach draußen gehumpelt. Und hatte den ganzen Tag kein einziges Wort mehr gesprochen.

Vielleicht war es ihr Fehler, dass sie ihn bei so etwas zu sehr sich selbst überließ? Dass es zu wenig war, so viel wie möglich von ihm fernzuhalten, damit er nicht auch noch durch das Familienmanagement eine Belastung erfuhr? Doch sie hatte sich nicht anders zu helfen gewusst. Er war schwer krank. Und sie am Limit. Ständig. Weil alles an ihr hing. Restlos alles. Haushalt, Handwerk, Finanzierungsfragen, der Dauerleidende und die Kinder.

Mit Jens gab es zwar kaum Probleme, er stand kurz vor dem Abitur und hatte schon konkrete Pläne für die Zeit danach. Erst ein soziales Jahr im Altenheim, dann studieren. Soziologie. Oder Umwelttechnik. Da war er sich noch nicht ganz sicher. Sicher war aber, dass auch das bezahlt werden musste. Das Studium. Zusätzlich zu den Raten fürs Haus. Vom

Krankengeld ihres Mannes würde das nicht möglich sein. Eine weitere Sorge, die sie quälte, aber nicht aussprach.

Für die teuren Medikamente kam zum Glück die Berufsgenossenschaft auf. Allein das Alitretinoin-haltige Präparat zur Behandlung schwerer chronischer Handekzeme kostete sechshundertachtzig Euro. Im Monat. Wenn es nur helfen würde, das Teufelszeug. Sie hatte sich den Beipackzettel mal durchgelesen, drei Kreuze geschlagen, dass sie den Kram nicht schlucken musste und in der Nacht darauf furchtbar schlecht geträumt. Kein Wunder. Bei weiblichen Patienten war sogar Empfängnisverhütung unbedingte Pflicht. Selbst bei kürzester Einnahme könnte es andernfalls zu kongenitalen Missbildungen beim Fötus kommen: Gesichtsdeformität, Anomalien oder Fehlen der Ohren, Gaumenspalte ... Jeder Regisseur eines Horrorfilms wäre begeistert gewesen, wenn er die Bilder gesehen hätte, die sie in ihrem Albtraum dazu hatte ertragen müssen. Unglaublich, womit die Pharmaindustrie Geld machte. Und nein, ihr Vertrauen in das Gesundheitssystem wurde durch solche Lektüre ganz sicher nicht gestärkt.

Irgendwie musste ihr im Hamsterrad ihres Alltags aber etwas Entscheidendes entgangen sein. Was das Leben ihrer Tochter betraf. Dass Annabelle sich schon seit einiger Zeit von der Familie zurückzog, hatte sie gemerkt. Sogar ziemlich früh. Aber das war doch normal in der Pubertät. Die Clique rückte ins Zentrum, Annabelle suchte, wie die meisten ihrer

Altersgenossen, verstärkt Kontakt zu Gleichgesinnten. Gut, natürlich hatte sie es lieber gesehen, als ihre Kleine noch der ruhige Bücherwurm war. Annabelle hatte wirklich alles verschlungen, ihr eReader lief praktisch ständig. Nur die Trilogie dieser Britin, *Fifty Shades of Grey*, Kult bei Annabelle und ihren Freundinnen, stand als Druckausgabe im Zimmer ihrer Kleinen. Gehütet wie ein kostbarer Schatz. Selbstverständlich hatte sie einen Blick darauf geworfen, allein aus Interesse daran, was ihre Tochter derart hatte begeistern können. Und sie gab zu, dass sie zuerst sehr schockiert gewesen war, als sie die Buchstaben SM beim Blättern entdeckte. Las ihre Tochter etwa Sado-Maso-Ratgeber? Flugs hatte sie sich das Werk gegriffen, alles andere ruhen lassen und zu lesen begonnen. Weiter als bis Seite fünfzig war sie aber nicht gekommen. Dann hatte sie das Buch schmunzelnd zurück an seinen Platz gestellt. In den Videos diverser Popsängerinnen, die ihre Tochter sich regelmäßig auf Youtube anschaute, ging es auch nicht unzüchtiger zu. Es war der Zeitgeist dieser Popkultur, die nicht erst mit Rihanna, sondern Madonna, der Heldin ihrer eigenen Jugend, begonnen hatte, immer freizügiger zu werden.

Wie es dazu gekommen war, dass ihre Tochter anfing, ausgerechnet mit Robert loszuziehen, dem schnöseligen Sohn des »guten Freundes«, hatte sie nicht mitgekriegt. Von dieser Verbindung erfuhr sie erst, als Annabelle schon unterwegs war auf dem Weg in ihr Verderben.

16

Devcon schnaubte gereizt, als er in die Taunusstraße einbog. Zu Fuß. Tatjana Kartan hatte richtig gelegen, an einen Parkplatz war nicht zu denken. Schon gar nicht um diese Uhrzeit. Es war kurz vor neun am Abend.

Das hätte er sich auch nicht träumen lassen, dass er ausgerechnet zur Hochbetriebszeit mal über die Hauptstraße des Frankfurter Rotlichtviertels flanieren würde. Um sich mit Norbert Fringe zu treffen. Dem Polizeipräsidenten. Privat, wie dieser ausdrücklich betont hatte. Worüber Devcon sehr überrascht gewesen war. Wo doch schon seit einigen Monaten absolute Funkstille zwischen den ehemals engen Freunden herrschte. Kommuniziert wurde nur noch beruflich. Und schuld war er, Devcon. Er und seine Sprachlosigkeit, diesen schwarzen Tag im letzten Winter betreffend.

Er bahnte sich seinen Weg durch die Passanten, meistens jüngere Männer, und richtete seinen Blick konzentriert zu Boden als er den City Kiosk passierte. Insgeheim war er froh, dass er seine Dienstwaffe bei sich trug, weil er es an dem Abend noch nicht bis nach Hause geschafft hatte. Seit der City Kiosk existierte, war die Taunusstraße bekannt als neuer Hauptumschlagplatz für Drogen. Gut versorgt mit Bier und weitaus Härterem zogen die Dealer los und offerierten ihre Cracksteine an jeder Ecke. Wenn sie sich nicht gerade gegenseitig bekriegten. Mit dem Alkoholpegel stieg die Aggressivität. Was für die Geschäftsleute im ganzen Viertel mehr und mehr zur Katastrophe ausartete, weil auch die Zahl ihrer Kunden wuchs, die die Gegend mieden. Devcon beneidete die Kollegen aus dem Bereich der Kriminalinspektion 60 nicht, die sich mit dem Organisierten Verbrechen und der Drogenkriminalität herumschlagen mussten. Mit dem Kampf gegen eine Hydra verglich Kollege Ingolf Mosert die Arbeit in dessen Fachkommissariat. Zerschlug man eine Bande, besetzten zwei neue das Revier. Mindestens. Restlos hatte Mosert seine Verzweiflung offenbart, als er sich in einem Anflug von Galgenhumor ausgerechnet die Hells Angels als Ordnungsmacht im Rotlichtbezirk zurückwünschte. Die waren in ihren Kutten einmal durch das Viertel gefahren und schon war Ruhe gewesen. Seitdem das Hessische Innenministerium die Charter Frankfurt und Westend wegen deren Verstöße gegen Strafgesetze verboten hatten, wüteten die Bulgaren und Marokkaner. Mehr oder weniger unbehelligt.

Devcon marschierte weiter, ignorierte hartnäckig einen besonders dreisten Dealer, der ihm entgegentaumelte und einen seiner Cracksteine buchstäblich unter die Nase hielt. Unauffällig bleiben, hatte Norbert Fringe ihm eingeschärft. Und jeden Nachfrageversuch Devcons rigoros abgewürgt. Mit dem Ergebnis, dass der Hauptkommissar sogar kurz in Erwägung gezogen hatte, auf dieses seltsame Treffen zu pfeifen. Dass er trotzdem hier war, speiste sich aus der langjährigen Freundschaft zu Fringe, die nur wegen Devcon selbst noch immer auf Eis lag.

Er passierte das SEX INN, das mit »Zimmer frei« und »Neue Girls« warb und stand schließlich vor Frankfurts Eros Center, wo »das sündige Herz Mainhattans« schlug. »Open 24 hours«. *Na prächtig*, dachte Devcon und kratzte sich am Hinterkopf. Dort, wo sein Haar etwas schütter wurde. Häuser dieser Art gehörten definitiv nicht zum Ambiente, in dem der Polizeipräsident sich freiwillig bewegte. So viel konnte Devcon in all den Jahren, die er Fringe kannte, gar nicht verpasst haben, dass ihm eine solche Neigung hätte entgehen können. Wieso, um alles in der Welt, wollte Fringe sich also ausgerechnet in dieser Schmuddelhütte mit ihm aussprechen? Was war auf einmal verkehrt mit dem Italiener in einer Seitenstraße der Freßgaß, den sie sonst immer aufgesucht hatten?

Es kostete Devcon, der sich in diesem Moment am liebsten laut und vernehmlich selbst gefragt hätte, was zum Teufel er eigentlich hier machte, große Überwindung, das Etablissement zu betreten. Seine Stimmung hellte sich nur unwesentlich auf, als er sah, wie Norbert Fringe ihm in dem in schummriges Rot getauchten Eingangsbereich entgegeneilte.

»Hallo Jim, danke, dass du gekommen bist, geh'n wir.« Fringe, etwas kleiner als Devcon, dafür fülliger, packte den Hauptkommissar am Arm, um ihn mit sich zu ziehen. Devcon rührte sich keinen Meter.

»Wohin gehen?«, fragte er und musterte seinen fast ehemaligen Freund wie ein Detektiv, der nach unauffälligen Spuren suchte, die ihm verrieten, welcher seltsame Film hier gerade ablief. Fringe sah aus wie immer. Beiger Columbo-Mantel, braunes Schuhwerk, keine Veränderungen im rundlichen Gesicht des Polizeipräsidenten. Soweit Devcon das in der Puffbeleuchtung ausmachen konnte. »Jetzt sag bloß nicht, dass du mir irgend so eine Lola hier reserviert hast ...«

»Sag mal, spinnst du?«, rief Fringe und vermittelte den Eindruck, als wolle er dem Hauptkommissar am liebsten eine scheuern. Woraufhin Devcon im Stillen konstatierte, dass auch in Sachen Temperament bei Fringe anscheinend alles beim alten war.

»Wir sind dienstlich hier, und jetzt setz deinen Hintern in Bewegung und folge mir! Bevor wir unnötig Aufmerksamkeit erregen.« Fringe blickte sich besorgt um.

»Ja, aber was ...«

»Klappe halten und mitkommen!«

Devcon machte den Mund zu und linste im Vorbeigehen zu den Bildern an der Wand, die leichte Mädchen zeigten. Er registrierte eine Bürotür anhand des entsprechend beschrifteten Schildes und trottete hinter Fringe ins ebenso rot beleuchtete Haus 1. Gemeinsam stiegen sie die Treppe hoch. Vor einem der Zimmer blieb Fringe stehen und bedeutete Devcon mittels Handzeichen, einzutreten.

»Also wirklich, Norbert, wenn das ein Scherz sein soll ...«

»Wäre ich überglücklich! Und du auch gleich, mein Lieber!«

Devcon starrte Fringe an. »Also gut.« Er wandte sich dem Zimmer zu, spähte hinein und sah rot. Überall. Der ganze Raum war in dieses diffuse Licht getaucht, sodass er bestenfalls die Konturen des Mobiliars erkennen konnte. Da half auch keine Brille. Er setzte einen Fuß in das Zimmer herein. Schaute zum Bett, es sah unbenutzt aus, und dann zu dem großen Spiegel direkt an der Wand gegenüber. Der eine Gestalt erkennen ließ, die auf einem Stuhl hockte. *Im toten Winkel* ...

Devcon zögerte nicht. Er fuhr herum und hatte seine Dienstpistole, die im Holster unter seinem offenstehenden Mantel steckte, schneller in der Hand als Clint Eastwood in seiner besten Westernszene.

»Steck die Waffe weg, du Hornochse!«, zischte Fringe und schloss eilig die Tür. »Das darf doch nicht wahr sein, was ist bloß mit dir los?«

Devcon ließ die Pistole sinken, sicherte und verstaute sie wieder, etwas von einer Falle murmelnd, die er spontan vermutet hatte.

»Du siehst Gespenster, mein Bester«, hörte er Fringe sagen, während sich der Mann auf dem Stuhl erhob. Oder vielmehr hochquälte. Devcon stierte ihm mit aufgerissenen Augen entgegen, um möglichst gut in dem tiefroten Schummerlicht sehen zu können. Und kam sich mehr und mehr vor wie in einem surrealen Traum, aus dem er hoffentlich gleich aufwachen würde.

Die Gestalt humpelte ihm entgegen. Ein aufrechter Gang schien nicht möglich. Der Mann kam näher. Und näher. Und mit jedem seiner Schritte weiteten sich Devcons Pupillen ein bisschen mehr. Der Mann streckte die Hand aus. Eine zittrige Hand.

»Komm, lass gut sein, Oskar«, kommentierte Fringe und geleitete den Schwerverletzten zurück auf seinen Stuhl. Das Gesicht bestand nur noch aus Wunden. Messerschnitte. Die Hände waren geschwollen. Alle weiteren Blessuren konnte Devcon, der hart schluckte, nicht ausmachen durch die Kleidung des übel zugerichteten Opfers.

»Euer V-Mann ist aufgeflogen«, sagte Fringe. Er wandte sich dem Schwerverletzten zu und versprach, dass das alles gleich vorbei sein würde. Dann nahm er Devcon ins Visier. Der stocksteif dastand und ihm mit offenstehendem Mund entgegenstarrte.

»Dieses Treffen wird beobachtet«, fuhr Fringe mit einer betont sachlich klingenden Stimme fort.

»Nur beobachtet oder wird auch mitgehört?«, platzte es aus Devcon heraus.

»Ich weiß es nicht.«

»Der Mann muss sofort ins Krankenhaus!«

Fringe nickte. »Alles Notwendige dafür ist bereits veranlasst worden. Ein Wagen der Ambulanz müsste jeden Moment unten vor der Tür stehen.« Er trat näher an Devcon heran. So nah, dass der Hauptkommissar trotz des diffusen Rotlichts das Flackern in den Augen seines ehemaligen Freundes sah. Fringe senkte die Lautstärke seiner Stimme auf ein Flüstern herab. Ein Flüstern, das Devcon nur unter größten Mühen verstehen konnte. »Jim, auch wenn unser Verhältnis in den letzten Monaten nicht das Beste war, bitte hör mir jetzt genau zu. Und tu dann ausnahmsweise mal sofort und widerspruchslos das, was ich dir sage.«

»Norbert, was ...«

»Pst!« Der eindringliche Blick aus Fringes Augen ließ Devcon verstummen. Er merkte deutlich, wie mühsam es für den Polizeipräsidenten sein musste, sich zu beherrschen und mit sehr leiser Stimme wieterzusprechen. Für den Fall, dass tatsächlich jemand mithörte. »Wir haben nicht die Zeit für Diskussionen. Weil ihr in ein Wespennest gestochen habt!« Fringe flüsterte immer schneller, sodass Devcon ihm kaum noch folgen konnte. »In ein Wespennest der politischen Mafia mit unglaublichem Einfluss! Innerhalb und außerhalb des Milieus.« Fringe deutete nur mit seinen Augen in Richtung des Schwerverletzten auf dem Stuhl. »Das war nur eine Warnung. Die du auch sehen musstest, damit du den Ernst der Lage begreifst. Sie hätten euren V-Mann auch töten und dann auf Nimmerwiedersehen verschwinden lassen können.«

»Aber Norbert ...«

»Hör zu, Jim! Ich sage dir das nur einmal und meine es nicht als Vorschlag, sondern als konkrete Anordnung. Die Fallakte unter dem Namen EG Eunuche muss geschlossen werden. Und zwar sofort!«

17

Sie hatte es sich bisher nicht vorstellen können. Nicht vorstellen *wollen*, dass Annabelle tatsächlich etwas Ernsthaftes zustoßen würde. Oder dass ihre Kleine womöglich längst ...

Sie würgte. Rannte ins Bad, riss den Toilettendeckel hoch und übergab sich. Bis sie nur noch Galle spuckte. Sie tastete nach Papier, tupfte sich den Mund ab und ließ sich auf die kalten Bodenfliesen sinken. Fühlte sich leer. Körperlich als auch seelisch.

Es hatte keinen Zweck, die Augen vor der Wirklichkeit zu verschließen. Damit schützte sie sich selbst. Aber nicht Annabelle. Die sich, naiv wie sie war, zu tief in den Dunstkreis des Scheusals begeben hatte. Weil sie ausgerechnet mit dessen Sohn um die Häuser ziehen musste. Ein Sohn, der genauso ein Verbrecher war wie sein fürchterlicher Vater.

Und sie? Was hatte sie getan, als diese unheilvolle Liaison begann? Eine Auszeit genommen und sich um sich selbst gekümmert. Hatte alles andere kurzzeitig ausgeblendet. Und somit als Mutter vollständig versagt.

Ihr Herz begann zu hämmern, drohte in ihrer Brust zu zerspringen wie dünnes Fensterglas. Ein Wimmern löste sich aus ihrer Kehle. Sie nahm es schon nicht mehr wahr. Fast in den Wahnsinn trieb sie die Angst um ihr kleines Mädchen. Und ihre eigene Lähmung. Fast zwanzig Stunden waren vergangen, seit sie diesen Zettel mit der grauenhaften Botschaft gefunden hatte. Und was hatte sie bisher unternommen? Nichts. Wie in einem Kerker inhaftiert, hielt sie sich noch immer im Haus auf und ging die einzigen beiden Optionen durch, die sie noch hatte. Und die sie jedes Mal wieder verwarf.

Der Polizei vertraute sie nicht mehr als den Medizinern. Auch Männer mit Dienstmarke waren käuflich, und das nicht nur im Fernsehen. Hinzu kam, dass sie nicht nur eine Hilfesuchende, sondern jetzt auch Täterin war. *Eine Mörderin* ...

Sie starrte auf die Badfliesen, die Karos in einem warmen Beigeton lackiert. Beige mit winzigen Mustern in Form von etwas dunkleren Blättern. Die sich vor ihren Augen in Blutstropfen zu verwandeln schienen. Und in Rinnsalen an den Kacheln herabbrannten. Sie saß reglos da, ließ diese Wahrnehmung zu. Realisierte zum allerersten Mal, was sie getan hatte. Und bekam Angst. Vor sich. Weil sie keinen inneren Schmerz fühlte. Kein Mitleid empfand. Es war ihr schlichtweg: egal. Sie hatte niedere Lebensformen kastriert. Und dadurch deren Tod verursacht. Nicht schön. Aber hinnehmbar. Oder? Sie kniff die Augen zusammen und versuchte sich zu konzentrieren. Darauf zu konzentrieren, einen Rest Mensch in den beiden von ihr getöteten Wesen zu entdecken. Es gelang ihr nicht. Sie sah nur diese widerwärtigen Kreaturen, die sich als Menschen tarnten, um sich an Schwächeren rücksichtslos gütlich zu tun. Und ihre Waffe war ihre Gier. Ihre unersättliche Gier. Nach Mädchenfleisch. Solche Wesen kannten keine Gnade und würden sich niemals anders verhalten. Weil sie, taub und blind für alles andere, nur ihrem Trieb folgten. *Fressen! Oder gefressen werden ...*

Sie öffnete die Augen, starrte wieder auf die Kacheln in ihrem Bad. Nein, sie bereute nichts. Und sie war auch nicht gewillt, sich vor irgendeinem Beamten, der pflichtgemäß in ihr nur eine weitere Schuldige sehen würde, zu rechtfertigen. Ganz im Gegenteil. Möglicherweise war es nun sogar ihre beste Option, Jagd auf die Kreaturen zu machen, bis das Scheusal bereit war, ihr ihre Annabelle zurückzugeben. Und dann trotzdem nicht damit aufzuhören ...

Sie zuckte zurück wie bei einem leichten, elektrischen Schlag. Erschrocken von ihrem eigenen, kaltblütigen Gedankengut. Was war bloß aus ihr geworden? Seit wann verhielt sie sich so abgebrüht? Sie, die noch mit neunzehn drei Tage heulend im Bett gelegen hatte, weil sie auf einem schmalen und für Autos verbotenen Weg am Flussufer versehentlich zwei Entenküken totgefahren hatte? Deren winzige, verkrümmte Leiber sie noch immer deutlich vor Augen hatte. Wie ein für alle Zeiten in ihr Gedächtnis eingebranntes Mahnmal, dessen Anblick ihr jedes Mal wieder einen Stich im Herzen versetzte. Die Bilder der beiden Kreaturen auf diesem Gelände, die sie ursprünglich ebenfalls versehentlich getötet hatte, ließen sie demgegenüber kalt.

Sie kaute auf ihrer Unterlippe, biss auf den Hautfetzchen herum, spürte ein leichtes Brennen. Im Moment half auch kein Eincremen, weil sie gar nicht mehr merkte, wie sie die kleinen Wunden immer weiter malträtierte. Besonders dann, wenn sie in einem ihrer Gedankenkreisel rotierte.

Lag es an den Menschen? Als Spezies? War es möglich, dass sie nur ihresgleichen gegenüber so rasant abstumpfte in Sachen Mitgefühl? Der Mensch ist des Menschen Wolf, hatte doch mal irgendein kluger Mann gesagt. Also waren sie Raubtiere. *Fressen oder gefressen werden ...*

Sie nickte, den Blick wie apathisch auf die Kacheln fixiert. Auch sie war eine Wölfin. Die ihr Junges retten wollte. Eine Wölfin, vom Rudel verlassen. Keine Familie, wenn der Ehemann seine Rolle als Beschützer nicht mehr wahrnahm. *Fossiles Gedankengut*, schalt sie sich selbst. Heute war jeder für alles gut, hatte flexibel jede Position auszufüllen, je nachdem, wie es sich gerade ergab.

Sie biss sich auf den Finger, um die in ihr hochsteigende Wut im Zaum halten zu können. Ihre Wut, eine andere Option betreffend, die in Wahrheit doch nie existiert hatte.

Ihr Mann fiel aus, er war nicht flexibel. Nie gewesen. Bei ihm war immer alles kompliziert. Richtig oder falsch kannte er kaum, er wog ständig alles ab. Wahrscheinlich wegen der Halbwahrheiten, mit denen er groß geworden war. Stets unter dem bedingungslosen Schutz seiner Mutter. Keine Konsequenzen bei Fehlverhalten. Oder Versagen. In welcher Rolle sollte so jemand brillieren?

Sie griff wie in Trance nach einem Handtuch und verbarg ihr Gesicht darin. Zu hart traf sie die Erkenntnis, ihre eigene Blindheit betreffend. Es lag von Anfang an klar zu Tage. Doch sie hatte es vorgezogen, lieber nicht zu genau hinzusehen.

Seine jüngste Schwester litt seit dreißig Jahren an Depressionen. Die in der Mitte ruhte sich auf ihrer Hausstauballergie aus. Und die Älteste? Schien zwar halbwegs gesund, war aber ebenso wenig belastbar wie der Rest. Da gab es einen bestimmten Parkplatz vor der Praxis ihres Gynäkologen. War der besetzt, fuhr die Frau wieder heim. Termin hin oder her. Das Auto woanders hinstellen? Ausgeschlossen! Die Parklücke ganz rechts, direkt neben der Hecke, oder keine.

Sie nahm das Handtuch von ihrem Gesicht weg und schnaufte. Nein, da gab es nichts, worüber sie sich wundern musste. Sie traf keine Schuld. Außer der, dass sie es nicht hatte wahrhaben wollen, dass ihr Mann das Produkt eines Umfeldes war, das kein anderes Ergebnis zuließ: Er und seine Schwestern waren zur Krankheit geborene Geschöpfe. Aufgewachsen im Hort der früh verwitweten Übermama, die ihre Brut durch die Überdosis an Nachsicht und Güte an sich kettete und zur Lebensuntüchtigkeit verzog. Nein, ihr Mann war nicht gerne krank, das unterstellte sie ihm nicht. Aber ihm fehlte die Fähigkeit zur Genesung. Die entscheidende Fähigkeit. Willen. Ein Willen, den nur der entwickeln kann, der gelernt hat, auch mal für etwas zu kämpfen.

Sie rappelte sich auf und sah in den Spiegel. Betrachtete ihr müdes Gesicht. Die vom Weinen geröteten Augen. Die tiefe Zornesfalte über der Nasenwurzel. Die grauen Strähnen, die sich durch ihr dunkles Haar zogen. Jeden Tag mehr, wie es ihr schien. *Sie* hatte sie inne, die Rolle der Kämpferin. Er hockte im Nest seiner Krankheit und widmete sich seinen Blessuren. Sie hielt dem strengen Blick der Frau im Spiegel stand. Und stimmte ihr zu. Ja, sie war richtig. Ihre Sichtweise. Auch er war im Kampf um Annabelle keine Option. Ihr Mann.

Sie hörte es rauschen. Prasseln. Sie drehte sich um und sah, wie sich die Regentropfen gegen das kleine Badfenster stürzten. Immer schneller. Heftiger. Eine unwirtliche Welt, da draußen. Die auch nicht besser geworden war an dem Tag, als die Schwiegermutter starb. Letztes Jahr.

Sie wandte sich um und schaute erneut zu der Frau im Spiegel. Und gab ihr abermals Recht. Nein, sie konnte nicht sagen, dass es für sie ein trauriger Tag gewesen war. Der Ärger aus dieser Familienrichtung riss dennoch nicht ab. Im Gegenteil, zu ihrer Überraschung erreichte er seither sogar neue Höhen.

Sie hatte die depressive Schwester nicht einkalkuliert. Die weiterhin im Haus der Schwiegermutter lebte und ihren Plan, die anderen auszuzahlen und das Haus zwecks Altersvorsorge zu übernehmen, erfolgreich torpedierte. Tag für Tag führte die Depressive die Erbengemeinschaft vor, tyrannisierte und drangsalierte die Geschwister, dachte gar nicht daran, an einer einvernehmlichen Lösung für alle mitzuarbeiten.

Eines Abends war er zurückgehumpelt gekommen von so einem Gespräch mit der Terrorschwester. Ihr Mann. War auf der Couch in sich zusammengesunken und hatte geheult. Stundenlang. Ein Rätsel für sie, wie jemand soviel Flüssigkeit produzieren konnte, dass der Tränenstrom tatsächlich kontinuierlich floss. Bei ihr reichte es noch nicht mal für drei Minuten. Innerhalb weniger Sekunden brach sich ein regelrechter Sturzbach aus ihren Augen, dann tröpfelte es noch ein wenig und Schluss.

Sie hatte ihn in Ruhe gelassen. Das Gespräch erst gesucht, als er wieder ruhiger gewesen war. Im Garten am Teich hatte er gesessen mit seinen nackten und total kaputten Füßen und dem Frosch zugeschaut, den Nadja, die Freundin von Jens, dort hatte heimisch werden lassen. Sie hatte ihren Mann erst eine Weile beobachtet und sich dann genähert. Ins Gras gesetzt. Auf der anderen Seite des Teichs. Linus, der schwarze Labrador der Nachbarn, den sie während deren Urlaub in Pflege hatten, war angeflitzt gekommen. Mit einem Holzscheit im Fang. Und auffordernd wedelnd. Sie hatte ihm den Kopf gekrault. Woraufhin der Hund zu ihrem Mann herübergerannt und vor ihm stehengeblieben war. Mit den Vorderläufen hochhüpfend, hatte er seine Beute fallen lassen. Ihr Mann hatte den Holzscheit genommen und ein paar Meter geworfen. Der Hund war zeitgleich mit abgezischt und brachte ihn zurück. Ließ ihn abermals unmittelbar vor ihrem Mann ins Gras fallen, wedelte und bellte auffordernd.

Sie erinnerte sich nicht mehr genau, wie lange sie dagesessen und das Spiel der beiden beobachtet hatte. Sie weiß nur noch, dass sie irgendwann zu ihrem Mann gesagt hatte, dass es so nicht mehr weitergehen könne. An sich kein schlimmer Satz, wie sie auch jetzt noch fand. Was danach geschah, hatte sie vergessen. Sie wusste nur noch, dass er den Holzscheit nicht mehr nach hinten in den Garten geschleudert, sondern nach ihr geworfen hatte. Und sie an der linken Schläfe damit erwischte. Platzwunde.

18

Devcons Blick ruhte auf einem schmalen Akteneinband. In seinem Büro herrschte Stille. Fast wie bei einer Andacht. Sascha Grafert und Tatjana Kartan saßen zurückgelehnt und mit verschränkten Armen auf den beiden Besucherstühlen vor dem Schreibtisch ihres Chefs und wunderten sich. Über Devcons Starre. Besonders Tatjana musste schwer an sich halten, ihrem Unmut nicht laut Luft zu machen. Sie schmollte seit dem Vorabend und hätte am liebsten auch in Graferts Anwesenheit gefragt, wo genau Devcon in der Rekordzeit sein Schweigediplom erworben habe.

Er war noch nicht richtig zur Tür drin gewesen, da hatte sie schon gespürt, dass irgendetwas nicht in Ordnung war. Aber anstatt mit ihr zu reden, hatte er sie nur aus großen, hilflosen Augen angestarrt. Große, hilflose Augen. Bei Jim Devcon! Sie hatte einiges gesehen und miterlebt bei ihm, von lodernder Wut über kurz vor Wahnsinn bis hin zu fast schmerzender Kühle. Manchmal auch tröstliche Besonnenheit. Aber Hilflosigkeit? Selbst auf der Anklagebank bei seinem Prozess hatte er stellenweise zwar sehr besorgt, aber niemals so verloren gewirkt wie gestern Abend. Irgendwas war geschehen. Doch er weigerte sich, ihr anzuvertrauen, was. Und das machte sie traurig. Ziemlich. Und wütend. Sehr.

»Also gut, Herrschaften.« Devcon hob den Blick

und den schmalen Akteneinband. »Ich werde nicht lange drum herum reden. Ihr wisst, was das ist?« Er hielt den Einband noch höher.

»Na, unser aktueller Eunuchen-Fall«, versuchte Grafert zu flachsen, dem die angespannte Stimmung der beiden anderen im Raum nicht entgangen war.

»Falsch, junger Freund.« Devcon ließ die Akte aus seiner Hand gleiten als hätte er vergessen, dass er überhaupt etwas festhielt. »Den Fall gibt es nicht mehr. Die Akte wird hiermit offiziell geschlossen.«

»Soll das ein Witz sein?« Tatjana spielte ein Gähnen. Grafert sagte nichts. Wartete. Devcon fixierte erst ihn, dann Tatjana. »Nein, das ist leider nicht zum Lachen. Weitere Fragen dazu werden nicht beantwortet. Ihr braucht mir also erst gar keine zu stellen.«

»Sag mal, spinnst du?«, empörte sich Tatjana.

Devcon senkte die Augenlider, atmete hörbar aus. Den Blick an die Bürowand hinter den beiden Kommissaren gerichtet, fuhr er in einem gleichgültig klingenden Singsang fort: »Kollegin Voist werde ich persönlich informieren, wenn sie aus ihrer Ruhezeit zurück ist. Sie und Kollegin Kartan unterstützen ab sofort die SOKO Amok ...«

»Das kannst du vergessen!«

»Bleib doch mal ruhig«, murmelte Grafert und legte seiner Sitznachbarin die Hand auf die Schulter.

»Tu deine Pranke da weg!«

Grafert zog die Hand wieder zurück und funkelte Tatjana zornig an. »Hast du sie noch alle?«

»Tatjana, die Anweisung ist klar.« Devcons Stimme

klang nicht mehr ganz so gleichgültig. Aber noch immer erstaunlich ruhig. Müde. »Die Kollegen sind informiert und warten. Also bitte, mach dich auf den Weg.«

Tatjana schnappte nach Luft. Devcon hob die Hand und zeigte zur Tür. Tatjana blieb reglos sitzen, verlängerte so die drückende Stille im Raum. Als wäre alles Leben angehalten wie unmittelbar vor dem Moment, wenn die Druckwelle einer soeben detonierenden Atombombe mit ihrem Zerstörungswerk beginnen würde. Tatjana erhob sich. Betont langsam. Und ohne Devcon dabei aus den Augen zu lassen. Mit bitter klingender Stimme sagte sie: »Weißt du, was dein Problem ist? Dass du mir nicht vertraust. Du redest zwar ständig das Gegenteil, aber das sind eben nur Worte. Ich habe keine Ahnung, was für ein bescheuerter Film seit gestern Abend hier abgeht. Aber offensichtlich bin ich es nicht wert, involviert zu werden.« Tatjana stemmte die Hände in die Hüften und nickte, Devcons steinerne Miene fest im Visier. Ohne zu merken, wie jedes einzelne ihrer Wörter dem Hauptkommissar zusetzten wie in Gift getränkte Pfeile. Abgeschossen auf ohnehin schon waidwundes Fleisch. »Gut«, fuhr sie scheinbar gleichmütig fort. »Ich habe sie jetzt also endlich gelernt, die Lektion.«

»Was für eine gottverdammte Lektion?«, presste Devcon mühsam hervor.

»Die Lektion, dass du mir nie vertrauen wirst. Alles klar, hiermit abgehakt.« Tatjana wandte sich um und verließ den Raum, ohne den kopfschüttelnden Grafert zu beachten.

Falsch!, schrie Devcon ihr stumm hinterher. *Ich vertraue dir nicht nur, sondern schütze dich auch. Immer!* Er schloss seine Augen und massierte sich die Schläfen, als die Tür hinter Kartan krachend zuflog. »Sorry«, meinte er nur, ohne aufzuschauen.

»Schon in Ordnung.«

»Nein.« Devcon setzte sich gerade auf, holte tief Luft und sah Grafert offen entgegen. »Es ist nur manchmal sehr schwer, kühl zu bleiben, wenn man so gar nichts mehr begreifen kann. Es ist nicht ihr Fehler. Dieses Mal.« Devcon quälte sich ein Lächeln ab. Grafert war deutlich anzusehen, dass er im Moment ebenfalls rein gar nichts mehr verstand. Devcon wandte sich um, griff in die Innentasche seines Sakkos, das über der Chefsessellehne hing, holte ein Foto heraus und reichte es dem Kommissar. Grafert warf einen Blick darauf, runzelte die Stirn und pfiff durch die Zähne. Seine Art, den Schock zu verdauen, den das brutal zugerichtete Opfer auf dem Foto ihm verursacht hatte.

»Das ist Oskar«, sagte Devcon. Grafert schaute ihn fragend an. »Der von uns eingesetzte V-Mann in Sachen EG Eunuche«, fügte sein Boss tonlos hinzu. Grafert starrte wieder auf das Foto, Mund offen, seine linke Hand auf dem Kopf.

»Norbert Fringe musste mir den armen Kerl gestern live vorführen.«

Grafert sah ruckartig auf und seinen Chef an, als hege er den Verdacht, dass dieser ihn gerade auf eine äußerst makabre Art und Weise hochnehmen wolle. »Der Polizeipräsident, ja?«

Devcon nickte. Mit ernster Miene. »Ein schlagender Beweis dafür, dass der Druck von so weit oben kommt, dass es einem schon schwindelig wird, wenn man nur hochguckt, nicht wahr?«

Grafert verzog sein jungenhaftes Gesicht, wirkte wie ein Schüler, der seinem Lehrer die Antwort schuldig bleiben musste, weil er noch nicht mal die Frage kapiert hatte. Devcon entfuhr ein Schnaufen, er renkte seinen Unterkiefer hin und her, den Blick Richtung Decke. Dann nickte er abermals und wandte sich wieder Grafert zu. »Ich habe mir das gründlich überlegt. Im Rahmen der zur Verfügung stehenden Zeit, versteht sich.«

»Also, ich versteh noch immer nix, das nur mal fürs Protokoll«, unterbrach Grafert und lehnte sich lässig zurück. »Aber vielleicht habe ich ja Glück, und es kommt noch etwas Klartext.«

Devcons Grinsen wirkte nun nicht mehr ganz so gequält. »Klar dürfte schon mal sein, dass das mit der Schließung der Fallakte nicht meine Idee gewesen sein kann, richtig?«

Grafert schob die Unterlippe vor. »Vor allem so ganz ohne Erklärung wäre das mehr als gewöhnungsbedürftig, da stimme ich zu.«

Devcon beugte sich vor, die wachen dunklen Augen auf Grafert gerichtet. »Die Order kommt direkt vom Polizeipräsidenten, wie gesagt. Der sie mir wiederum erteilen *musste*. Und das inoffiziell und ohne weitere Begründung. Heißt: Wir sollen die Akte verschwinden lassen. Sofort und auf Nimmerwiedersehen.«

»Oha!«, machte Grafert.

Devcon lehnte sich wieder zurück. »Ich habe mir das nun also überlegt. In meiner derzeitigen Situation ist das sicher auch mehr als ratsam. Ich glaube nämlich nicht, dass ich bei der nächsten Verfehlung, die ich mir leiste, noch lange auf diesem Stuhl hier sitzen werde. Unabhängig von den Beweggründen.« Devcons Stimme triefte vor Sarkasmus. Wie das Wasser aus einem noch nicht ausgewrungenen Putzlappen. Der Hauptkommissar neigte sich abermals vor, die Hände gefaltet auf der ledernen Schreibtischunterlage. Und wunderte sich, dass er es erst in diesem Moment bemerkte, dass Grafert seinen Bartflaum am Kinn abrasiert hatte. »Es wird keine Rückendeckung oder gar Unterstützung von oben geben, wenn wir trotzdem weitermachen. Ganz im Gegenteil«, fuhr er fort. »Erschwerend kommt hinzu, dass wir gerade gesehen haben, dass die Politmafia im Rotlichtmilieu nicht lange fackelt.« Er deutete auf das Foto, das Grafert noch immer in der Hand hielt. »Schon gar nicht bei Frauen, deshalb will ich unser Hitzköpfchen auch nicht mehr an Bord haben bei der Sache hier. Je weniger sie weiß, desto besser. Haben wir uns da verstanden, junger Freund?«

Grafert parierte Devcons auf ihn fast schon drohend wirkenden Blick. »Seit wann habe ich hier einen Ruf als Klatschmaul?«

Devcon deutete ein Kopfschütteln an. »Wir kennen sie doch beide lange genug, oder? Gut genug, um zu wissen, dass wir es nicht riskieren können, sie mit irgendeiner ihrer brillanten Ideen, die sie zweifellos wieder haben wird, ausgerechnet auf diesem Terrain lospreschen zu lassen wie ein übereifriges Hauskätzchen im Gehege mies gelaunter Dobermänner. Sie hält sich manchmal zwar gerne für Lara Croft, ist es aber nicht.« Grafert hielt die Hand vor den Mund, in seinen Augen ein belustigtes Funkeln. Devcon zog eine Grimasse. »Ich wollte, ich könnte das auch witzig finden.« Er schickte ein Seufzen hinterher, rieb sich die Nase und sprach weiter. »Fakt ist, dass unser neuer Feind ganz offensichtlich eine Position innehat, die es ihm erlaubt, so unverfroren Druck auf unser Präsidium auszuüben.«

Auch Grafert war wieder ernst geworden. »Daraus folgt, dass es sich um eine Person ...«

»Oder Personen«, warf Devcon ein.

»Dass es sich also um Leute handeln muss, deren Platz sich in der Hierarchie über dem gesamten Polizeiapparat befinden muss.« Grafert schlug die Beine übereinander, den Zeigefinger an seine Unterlippe gelegt. »Meines Wissens nach hat selbst das Bundeskriminalamt nicht die Befugnis, die Schließung einer Akte ohne Angabe von Gründen zu verlangen.«

»Richtig, und ganz sicher würde auch niemand unserer Kollegen aus Wiesbaden einen unserer V-Männer derart in die Mangel nehmen lassen, um ihrer Forderung Nachdruck zu verleihen.«

»Ja, aber was ich nicht verstehe«, Grafert ließ seine Beine wieder auseinanderklappen, damit er sich mit den Ellenbogen auf seinen Oberschenkeln abstützen konnte, um Devcon von unten herauf anzuvisieren. »Wieso lässt sich unser Polizeipräsident auf so etwas ein? Der Angriff auf unseren V-Mann ist doch eindeutig eine kriminelle Handlung. Eine schwerkriminelle Handlung sogar.« Grafert richtete sich auf, wackelte mit dem Zeigefinger hin und her. »Bitte jetzt nicht falsch verstehen, Boss, es ist an sich nicht meine Art, Verdächtigungen in den Raum zu werfen, für die ich keinerlei Anhaltspunkte habe. Aber ich denke, wir müssen auch in Erwägung ziehen, dass sich unser Mann nur deshalb an unseren Polizeipräsidenten wenden konnte, weil er irgendetwas gegen ihn in der Hand hat. Sonst müsste er sich doch nicht auf so eine Art erpressen lassen. Oder?«

Devcon saß da wie aus Ton gegossen, starrte seinem Mitarbeiter aus scheinbar völlig reglosen Augen entgegen. Grafert hob beide Hände. »Ich habe nicht behauptet, dass es zwingend so sein muss, dass unser Polizeipräsident irgendwelchen Dreck am Stecken hat. Ich habe nur zum Ausdruck bringen wollen, dass ich Herrn Fringes Verhalten mit den rudimentären Informationen, die uns zur Verfügung stehen, nicht nachvollziehen kann.«

Devcon sagte noch immer nichts. Kalt erwischt von der Erkenntnis, dass er es bei seinen Überlegungen glatt versäumt hatte, auch Fringes Rolle bei dieser miesen Erpressung zu hinterfragen. *Schon wieder ein*

Fehler ... Er räusperte sich. Rutschte auf seinem Sessel hin und her. Nickte schließlich. »Wir müssen alles in Erwägung ziehen, da gebe ich dir recht. Das macht es für uns aber nicht besser. Ganz im Gegenteil. Falls tatsächlich auch Norbert Fringes Motivation bei dem ganzen Schlamassel eine eher fragwürdige ist ...« Devcon brach ab. Schüttelte den Kopf. »Was ich mir beim besten Willen nicht vorstellen kann. Und auch nicht will!« Er sah Grafert fest in die Augen. »Da spiele ich mit offenen Karten. Das heißt, ein Szenario mit Norbert Fringe auf der Seite der Verbrecher möchte ich mir erst dann vorstellen müssen, wenn wirklich gar nichts anderes mehr geht.«

Grafert hob wieder die Hände. »Gut, Chef, ist mir recht. Bin, ehrlich gesagt, auch nicht besonders scharf darauf, mit einer Realität konfrontiert zu werden, die das Niveau der Polizeiserien im Fernsehen noch bei weitem unterschreitet.«

Devcon seufzte wieder, fuhr sich mit beiden Händen durchs Gesicht, stützte sich mit verschränkten Unterarmen auf dem Schreibtisch ab. »Also gut, fassen wir zusammen. Wir wissen nicht, wer oder was diesen Druck auf unseren Polizeipräsidenten ausgeübt hat. Und wir wissen auch nicht, warum. Wir wissen allerdings, dass es sich um Leute handelt, für die auch Mord immer eine Option ist.«

Grafert nickte. »Exakt so würde ich die Sache mit unserem V-Mann ebenfalls interpretieren.«

»Folgerichtig halte ich es nicht für klug, sich über Fringes inoffizielle Anweisung hinwegzusetzen, da wir damit riskieren, eine weitere *Warnung*«, Devcon intonierte das Wort ironisch, »zu erhalten.«

»Bei der es zudem möglich sein könnte, dass wir diese Warnung dann in Form einer Leiche zugestellt bekommen«, ergänzte Grafert.

»Korrekt.« Devcon hob beide Hände, die Innenflächen zusammengepresst. »Also bleibt uns beim derzeitigen Status keine Wahl.«

Grafert, der sogar den Kaugummi vergessen hatte, den er sich sonst bei jeder Besprechung gleich in den Mund steckte, stieß ein bitter klingendes Lachen aus. »Na, super! Genau deshalb bin ich zur Kripo gegangen. Weil ich so gerne den Schwanz einziehe.«

»Das habe ich nicht gesagt.«

»Was?«

»Dass wir den Schwanz einziehen.« Devcons Mimik offenbarte keine Regung. Er sprach sachlich und nüchtern weiter, als zitiere er einen trockenen Gesetzestext. »Mag sein, dass Norbert Fringe die Hände gebunden sind. Mir nicht. Und ich denke nicht daran, ein Stück Scheiße herumliegen zu lassen, nur weil es mit feinem Zwirn umwickelt ist. Es stinkt trotzdem, richtig?«

»Richtig.« Graferts Miene hellte sich umgehend wieder auf. Devcon trommelte mit den Fingern auf der Schreibtischunterlage. »Also räumen wir den Unrat weg, bevor wir uns noch die Pest ins Haus holen.« Er schaute Grafert eindringlich an, seine Finger in Ruhestellung. »Ich mache darauf aufmerksam, dass es sich von nun an um eine Operation außerhalb unserer dienstlichen Kompetenzen handeln wird, bei der es aller Voraussicht nach nur wir sein werden, die sich an die Gesetze halten. Hinzu kommt, dass es auch im Erfolgsfalle weder eine Auszeichnung noch eine Beförderung geben wird, da wir offiziell gar nicht ermitteln. Trotzdem an Bord, junger Freund?« Devcon hielt Grafert die ausgestreckte Hand hin. Der junge Kommissar zögerte nicht und schlug ein. Devcon deutete ein Lächeln an. »Also gut, hier ist der Plan ...«

»Moment, Chef«, unterbrach Grafert. »Nur eine kurze Frage. Ist unser V-Mann vernehmungsfähig?«

Devcon nickte. Grafert strahlte.

»Und jetzt frag mich, ob ich weiß, in welchem Hospital er behandelt wird.«

Grafert strahlte nicht mehr.

»Sehen wir zu, was wir machen können.« Devcon bemühte sich um einen Zuversicht ausstrahlenden Tonfall. »Irgendein Ansatz wird sich sicher über die Betreiber von diesem Gelände mit den Verrichtungsboxen ergeben. Ich schlage vor, dass wir uns da erst einmal vortasten.«

»Mehr als Tasten wird auch nicht möglich sein, wenn wir unsere Daten-Highways nicht benutzen können.«

Devcon grinste schief. »Nicht vergessen, hier sitzt eines dieser Fossilien«, er deutete auf sich, »das schon in der Kriminalarbeit tätig war, als so mancher noch gar nicht wusste, was ein Computer überhaupt ist.«

Grafert guckte verblüfft und brauchte einen Moment, bis er schließlich sagte: »Hätte nicht gedacht, dass ich das mal als Vorteil werten würde, das gebe ich ehrlich zu.«

Devcon zuckte die Achseln. »Vielleicht schreibe ich mal ein Buch darüber, was ich so alles nicht erwartet hätte in meinem bisherigen Leben. Dürfte zumindest vom Umfang her problemlos mit der Krieg und Frieden-Schwarte mithalten können.«

»Ich warte dann auf den Film«, witzelte Grafert.

»Also los, an die Arbeit.« Devcon fischte einen kleinen, silbernen Apparat aus der Schreibtischschublade. »Ich diktiere Reggie den offiziellen Text zur Schließung der EG Eunuche und dann ...«

»Noch was, Chef«, rief Grafert, noch bevor er sich vom Stuhl erhob. Devcon blickte ihm fragend entgegen.

»Sie wird keine Ruhe geben. Tatjana, meine ich.«

»Ich weiß«, erwiderte Devcon düster und schaltete sein Diktiergerät ein.

19

Irgendwas war dabei kaputt gegangen. In ihr drin. Das Wurfgeschoss ihres Mannes hatte sie nicht nur äußerlich verletzt. Bis heute konnte sie nicht begreifen, wie es zu dem aggressiven Akt gegen sie hatte kommen können. Sie war doch immer auf seiner Seite!

Gewesen. Sie war ausgezogen. Noch am gleichen Tag. Jens hatte zwar versucht, sie abzuhalten. Mit vielen Worten. Zum Teil auch drohende. Beleidigende. Sie nahm es ihm nicht krumm, wusste, dass dies nur die reine Hilflosigkeit ihres Sohnes illustriert hatte. Sogar seine Freundin Nadja hatte sich engagiert, war rührend bemüht gewesen, sie von ihrem Vorhaben abzubringen.

Es half nichts. Sie war zu dem Zeitpunkt nicht mehr in der Lage, so weiter zu machen. Annabelle hatten alle schon seit drei Tagen nicht mehr gesehen, es waren Ferien, und sie wähnte ihre Tochter zu Gast bei ihrer Busenfreundin Doreen aus dem Nachbarort.

Dabei war sie unterwegs mit Robert. Dem scheußlichen Sohn des Scheusals. Kameramann sei er. Hatte Annabelle ihr mit aufgeregter Stimme am Telefon berichtet. Sie hatte sich gleich empört, weil ihre Tochter sie nicht um Erlaubnis gefragt hatte, mit »diesem Robert« wegzufahren. Was Annabelle umgehend mit dem väterlichen Segen konterte, der ihr dazu erteilt worden war. Geschickt, ihre Kleine! Die ganz genau gewusst hatte, dass die Mutter sie niemals hätte mitfahren lassen.

Sie hatte dann erst einmal nichts weiter dazu gesagt. Was auch? Via Telefon hatte sie ohnehin weder die Macht noch Mittel, Annabelle zurückzupfeifen – einen Teenager mit den für das Alter so typischen Träumen. Ein Star werden. Reich und berühmt sein. Wie Rihanna. Sie war schon froh, dass ihr Töchterlein wenigstens klug genug war, die vermeintlich schillernde Modelwelt als pure Fassade zu entlarven, hinter der auf die meisten Mädchen knallharter Drill und Erniedrigungen warteten. Sonst nichts. Der Umgang mit einer essgestörten Sechzehnjährigen blieb ihr somit erspart. Roberts glamouröser Inszenierung als »Mann vom Film« hatte ihre Kleine aber nicht widerstehen können, zu verlockend war die Aussicht auf exklusiven Zugang zur Welt der Promis. Naives Mädchen. Leichte Beute für diese zweibeinigen Tiere, die in Wahrheit nur eines im Sinn hatten ...

Sie stand am Küchenfenster und schaute ins trübe Sonnenlicht, das sich tapfer einen Weg bahnte durch den dichten Nebel, der an dem Morgen über der Landschaft hing. Träge, kalt und grau. Fröstelnd schlang sie die Arme um ihren Oberkörper. Half nicht. Genauso wenig wie die Wärme im Haus. Zwei durchwachte Nächte zehrten auch am robustesten Körper. Erst recht bei gleichzeitiger Mangelernährung. Sie nahm die Flasche Sprudel von der Anrichte, öffnete sie und trank ein paar Schlucke. Mehr konnte sie derzeit nicht zu sich nehmen ohne es sofort wieder zu erbrechen. Sie schlurfte zur Sitzecke zurück, kauerte sich auf die Küchenbank. Sie zitterte. Vor Kälte. Erschöpfung. Und Schmerz. Ihr Bauch ließ kaum noch einen aufrechten Gang zu. Möglicherweise war es soweit, und auch in ihr wütete sie nun, die Krankheit des Todes, der schon ihre Mutter erlegen war. Dachte sie so vor sich hin. Als handele es sich um einen unwesentlichen Nebensatz.

Das Nichtstun, es lähmte sie mehr und mehr. Quälte sie. Zerfraß sie. Von innen her. Sie spürte in jeder Stunde, wie das Abwarten ihr den letzten Rest ihrer Kräfte raubte. Da gab es nichts, was sich wieder auflud. Oder besser wurde. Klarer. Nach wie vor hockte sie tief drin in diesem finsteren Loch aus Ratlosigkeit. Schmerz. Und Angst. Wobei sie nicht einmal mehr realisierte, dass sie genau das tat, was der Anweisung auf dem grauenhaften Zettel entsprach: Sie hielt die Füße still. Kreiste um sich selbst. Und wurde davon ganz krank. Nicht anders als er. Ihr Mann. Der Dauerpatient.

Er hatte sich bei ihr entschuldigt. Für seine Wurfattacke. Noch am gleichen Tag. Noch am selben Abend ließ er sich vom Scheusal-Chef zu einem neuen Schwarzauftrag heranziehen. Wäre prima für die Haushaltskasse, und es sei doch wahnsinnig kulant vom »guten Freund«, stets zuerst an ihn zu denken trotz seiner vielen Ausfälle.

Sie wälzte sich auf der Küchenbank herum, stieß sich den Kopf an der Tischkante und wollte jetzt noch am liebsten laut schreien, wenn sie nur daran dachte! An die in Gutgläubigkeit ertränkte Miene ihres Mannes, den weichen und in ihren Ohren fast schon devot klingenden Tonfall seiner Stimme. Warum konnte er nie nein sagen? Warum ließ er sich so blenden, wieso sah er nicht, was sie sah? Und quetschte stattdessen seine blutenden Füße in die Arbeitsschuhe, quälte sich auf den Bagger? Notfall-Vertretung, nur für ein paar Stunden, es wäre jemand ausgefallen, und die fristgerechte Fertigstellung sei von persönlicher Bedeutung fürs Scheusal.

Sie hatte ihm hinterhergespuckt. Ihrem Mann. Weil sie zu der Zeit schon gewusst hatte, was in Wahrheit aus diesen »Ferienappartements« geworden war, für die er sich zuletzt seine Hände und Füße wundgeschuftet hatte. Es war sogar in der Zeitung darüber berichtet worden. Aber er, er hatte auch dafür eine Erklärung parat gehabt. Zugunsten des Scheusals. Dem man es nicht ankreiden könne, was die späteren Besitzer aus seinen Bauprojekten machen würden.

So ein Blödsinn! In der Position hat man Einfluss darauf, wer die Besitzer sein werden!

Hatte er nicht hören wollen, ihr Mann. Ignorierte er. Ebenso wie ihre Sorge um Annabelle. Jedenfalls sah es für sie so aus, weil er nicht viel dazu gesagt hatte, als sie davon anfing. Lag natürlich auch daran, dass der Umgang ihrer Tochter mit dem Sohn seines Chefs für ihn keine Bedrohung darstellte. Im Gegenteil, letztendlich hatte sie sogar den Eindruck gewinnen müssen, dass er es gut hieß. Das möglicherweise aber nur, damit sie ihn schnell wieder in Ruhe ließ. Generell war es zu dem Zeitpunkt sehr schwierig gewesen, überhaupt über irgendwas länger mit ihm zu reden. Wegen seines zusätzlichen Leids, das wie aus dem Nichts aufgetaucht war. Schmerzen beim Pinkeln. Höllische Schmerzen. Dasselbe im Rücken. Eingeklemmter Nerv zwischen Becken und Wirbelsäule, hatte der Urologe diagnostiziert. Und entsprechende Medikamente verschrieben. Medikamente, die aber auch einen neuen Schub verursachten in Sachen eitrige und blutige Bläschen. Sie konnte verstehen, wie verzweifelt er gewesen sein muss. Nicht verstehen konnte sie, warum er sich sogar an diesem Abend – dem Abend vor seiner neuerlichen Abreise in die Uniklinik – für das Scheusal so quälen musste.

Sie war zu ihrem Bruder geflohen. Hatte das Nötigste zusammengerafft, sich in ihren Corsa geschwungen und los. Und dann war es soweit gewesen. Dass sie geheult hatte. Erstmals wieder seit dem Tod ihrer Mutter. Also nach rund zwanzig Jahren. Weil sie gescheitert war. Mit allem. Voll und ganz. Ihr Sohn verstand sie nicht mehr, ihre Tochter spielte die Eltern gegeneinander aus, wenn es ihr opportun erschien, und ihre Ehe stand vor dem Aus. Ihr Mann und sie waren keine Liebenden mehr. Noch nicht einmal Partner. Sondern Gegner. Worüber sollte man da noch reden? »Es wird sowieso zu viel geschwätzt«, hatte sie zu ihrem Bruder gesagt. *Und das meiste davon drückt nichts aus ...* »Überstürze nichts!«, hatte ihr

Bruder ihr dennoch geraten. Nachdem er mit Jens und dessen Freundin Nadja gesprochen hatte. Besonders sie war wirklich großartig gewesen. Nadja. Hatte die Ferienreise mit ihren Eltern sausen lassen und war eingesprungen, unterstützte Jens. *Hoffentlich bereut das Mädel das nicht eines Tages.* So lautete der dunkle Gedanke, bei dem sie sich hatte ertappen müssen. Wie Gift war sie durch ihr Gemüt gewabert, diese Bitternis. Auch wegen Annabelle, die nicht mal mehr auf ihre Handy-Nachrichten reagiert hatte. »Geh aus, begib dich unter Leute, atme durch!«, hatte ihr Bruder ihr geraten.

Sie war seinem Rat gefolgt. Und war in der Kneipe am Ort einem ehemaligen Schulkameraden begegnet. Frisch geschieden. Und ziemlich oft betrunken. Laut Wirt. Egal. Um sie zu schnappen, hatte es keiner besonders charmanten Konversation bedurft und auch keiner Blumen. Ihr letztes Mal? Hatte zu dem Zeitpunkt vor über neun Jahren stattgefunden.

20

Es ließ ihm keine Ruhe. Das mit Norbert Fringe. Jim Devcon stand vor dem Garibaldi, das Ristorante in der Freßgaß, in dem er sich nicht zum ersten Mal mit dem Polizeipräsidenten traf. Es war einst ihr Stammlokal. Bis vor ein paar Monaten. Bis Devcons Sprachlosigkeit zu dem Vorfall im letzten Winter die engen Freunde entzweite.

Devcon trat ein, nickte dem Kellner zu, der ihn offensichtlich gleich wiedererkannte. Er übergab ihm seinen Mantel und folgte dem Mann in den hinteren Bereich des auch um die Mittagszeit gut besuchten Lokals. Fringe saß an einem Tisch unterhalb eines Gemäldes an der rot gestrichenen Wand und blickte Devcon entgegen. Neutral. Geschäftig. Zumindest kam es dem Hauptkommissar so vor. Gleichzeitig wusste er, dass seine Wahrnehmung ihn täuschen konnte, da er seinem ehemaligen Freund ebenfalls alles andere als unbefangen gegenübertreten konnte.

»Auch ein Bier?«, begrüßte ihn Fringe.

»Gern, alkoholfrei bitte.« Devcon nahm auf dem Stuhl Platz, den der Kellner ihm zurechtrückte. »Bin mit dem Auto hier«, ergänzte er Fringe gegenüber, dessen wie immer leicht gerötetes Gesicht Verwunderung ausdrückte.

»Du wirst auch immer fauler, Kerl.«

Devcon ließ Fringes Einwand unkommentiert,

hielt es nicht für klug, das für ihn ohnehin schon heikle Gespräch mit dem Hinweis zu eröffnen, dass die Arbeitsbelastung in seiner K11 schon lange keine zweistündige Mittagspause mehr zuließ. Was er hätte einkalkulieren müssen bei jeweils einer halben Stunde Fußweg. Pro forma warf er einen Blick in die Karte, schaute auf und fragte: »Wie immer?«

Fringe nickte und orderte zweimal *Piatto di salumi italiani*, dazu reichlich Pizzabrot. »Also dann, Jim.« Fringe lehnte sich zurück und verschränkte die Arme vor dem gewölbten Bauch. »Was verschafft mir die unerwartete Ehre deiner privaten Gesellschaft?«

»Tut mir leid, Norbert.« Devcon entledigte sich seines Sakkos, drapierte es über der Stuhllehne und lehnte sich ebenfalls zurück. »Aber zu einem nicht geringen Teil bin ich auch dienstlich hier.«

Fringe schürzte die Lippen. »In Ordnung, Jim. Ist es dir lieber, wenn ich jetzt so tue als sei ich überrascht, oder können wir aufs Schaukämpfen verzichten?«

Devcon ließ den Kopf sinken und schnaubte. »Ich will nicht mit dir kämpfen, Norbert. Ich möchte nur herausfinden, womit ich es zutun haben.«

»In Bezug auf was?« Fringe konnte oder wollte dem Hauptkommissar nicht folgen. Devcon schwieg. Schaute seinen ehemaligen Freund nur an. Realisierte die Wehmut, die in ihm hochstieg. Das Essen wurde gebracht. Norbert Fringe stopfte sich ein Stück Schinken in den Mund und brach sich etwas von dem warmen Pizzabrot ab. »Keinen Hunger?«, fragte er kauend.

»Die Fallakte ist deiner Anweisung gemäß offiziell geschlossen worden«, fing Devcon an.

Fringe nickte und kaute weiter. »Schön.«

Devcon schluckte. Er wusste, dass der Polizeipräsident deutlich sah, wie er innerlich mit sich rang. Doch Fringe ließ ihn schmoren. Sagte nichts und widmete sich einer größeren Scheibe Salami.

»Norbert ...« Devcon brach ab. Fringe nickte wieder. »Schönes Gefühl, nicht wahr?«

»Was?«

»Gegen so eine Schweigemauer anzurennen«, erwiderte der Polizeipräsident. »Irgendwie frustrierend, meinst du nicht auch?«

Devcon, der noch immer kein Stück von der italienischen Wurstplatte angerührt hatte, setzte erneut zur Antwort an. Und brachte abermals kein Wort heraus. Fringe trank einen Schluck Bier. »Na, das wird ja eine vor Esprit geradezu funkelnde Konversation, wie mir scheint.«

Devcon schob seinen Teller beiseite, um Platz für seinen Ellenbogen zu machen, mit dem er sich auf dem Tisch aufstützte. Wie ein Wachhund kurz vor dem Anschlagen sah er Fringe entgegen. »Willst du mich vorführen?«

»Nein«, entgegnete Fringe seelenruhig. »Hätte ich längst gekonnt, wenn ich gewollt hätte. Stichwort, Prozess. Na, klingelt's? Oder meinst du, es entspricht meinen inneren Werten, einen schießwütigen Cowboy zu protegieren, dem es beliebt, den Wortkargen zu mimen, sodass ich nicht einmal wissen kann, ob der Kerl sich auch tatsächlich wieder im Griff hat?«

Devcon, sichtlich getroffen, schluckte wieder. »Norbert, ich ...«, fing er mit leiser belegter Stimme an, »ich weiß nicht, was ich dazu sagen soll. Sagen kann. Natürlich hoffe ich, dass ich nie wieder in so eine Situation komme. Glaub mir, ich träume jetzt noch davon, und zwar jede Woche.« Devcon spürte wie Hitze in ihm hochstieg. Er atmete tief durch, bevor er weitersprach. Ruhig und beherrscht. »Was willst du von mir hören? Dass so etwas nie wieder passiert? Gut.« Devcon hob die Hände und ließ sie geräuschvoll auf den Tisch fallen. »Dann will ich vorher versichert haben, dass ich nie wieder in einen derartigen Ausnahmezustand geraten werde. ... Kannst du nicht?«, fuhr er fort, ohne Fringe die Möglichkeit einzuräumen, zu reagieren. »Genau das ist der Punkt. Also, was willst du von mir? Dass ich dich belüge? Mich belüge?« Devcon schüttelte heftig den Kopf, die rechte Hand glitt in seine Hosentasche. »Nein, ich denke, dann ist es wohl doch besser, wenn ich dir hier und jetzt meine Dienstmarke ...«

»Ich will deine Dienstmarke nicht, verdammt! Ich will wissen, ob ich mich noch auf dich verlassen kann! Und ob *du* dich noch auf dich verlassen kannst!«

Erste Tischnachbarn sahen sich verstört zu dem rotgesichtigen Mann um. Devcon nahm die Hand wieder aus der Hosentasche, schaute zu seinem unangerührten Teller. Durch ihn hindurch. Er hob den Kopf. Fixierte Fringe. »Ich arbeite daran. Hart. Jeden

Tag.«

Der Polizeipräsident griff nach seinem halbleeren Bierglas. Trank. Und sagte: »In Ordnung, Jim. Stell dir vor, das reicht mir schon. War doch gar nicht so schwer, oder? Und könntest du bitte endlich mal anfangen zu essen?« Fringe verzehrte das letzte Schinkenstück von seinem Teller, nahm seine Serviette und tupfte sich den Mund ab. Devcon griff zur Gabel und spießte ein Salamiröllchen auf, erkennbar noch damit beschäftigt, Fringes Zufriedenheit mit seiner für ihn selbst doch so unzureichenden Antwort nachzuvollziehen.

»So, Bursche.« Fringe sah auf die Uhr und runzelte die Stirn. »Da wir nicht ewig Zeit haben, also bitte, was ist dein Begehr?«

Devcon hielt mitten in der Kaubewegung inne.

»Du sagtest, du seist auch dienstlich hier. Wobei ich nicht verstehe, wieso du dafür um ein privates Treffen ersuchst. Also los, sprich.« Fringe saß bequem und locker nach hinten gelehnt und blickte Devcon gespannt entgegen. Der zunächst und in beeindruckender Geschwindigkeit mit der Abarbeitung des Wurstberges auf seinem Teller fortfuhr. Fringe winkte dem Kellner und bestellte sich einen Espresso.

»Norbert«, begann Devcon mit randvollem Mund, »auch auf die Gefahr hin, dass ich gleich wieder eine neue Eiszeit zwischen uns einläute, aber ich muss dich das fragen.« Fringe erwiderte nichts und wartete geduldig ab, bis Devcon in der Lage war, klar und verständlich weiterzusprechen. »Es geht um unsere geschlossene Fallakte.«

»Dachte ich mir.«

Devcon schluckte ein Stück Schinken herunter, nickte. »Gut, dann klär mich bitte auf. Was ist der Hintergrund? Und seit wann lässt sich das Polizeipräsidium erpressen?«

Fringe lächelte. Nachsichtig. »Nicht das Präsidium, mein Lieber.«

Devcon meinte, einen leichten Schlag in der Magengegend zu verspüren. Sollte Sascha Grafert tatsächlich richtig liegen mit seinem Verdacht und der Polizeipräsident selbst stellte die Schwachstelle dar? Fringe lächelte noch immer, sogar breiter. »Und nein, es geht hierbei auch nicht um eine persönliche Involviertheit meiner Person.«

»Ja, aber ...«

Fringe bedeutete Devcon mit einer Handbewegung, erst einmal zuzuhören. Er beugte seinen massigen Oberkörper vor und reduzierte die Lautstärke seiner Stimme auf ein Minimum. »Es geht um Politik. Nicht nur dem Klischee nach ein äußerst schmutziges Geschäft, wie du weißt.«

»Aha. Und seit wann sind wir mit unserem Polizeipräsidium in der Politik tätig? Habe ich gar nicht mitbekommen.«

»Und das so ziemlich als Einziger, ich weiß.« Fringe versuchte gar nicht erst, dem Eindruck entgegenzuwirken, dass er Devcon in dieser Hinsicht nach wie vor für einen ziemlichen Hornochsen hielt. »Hör zu, ich habe weder die Zeit noch Lust auf eine Grundsatzdiskussion dazu aus der Abteilung Elfenbeinturm. Ich erkläre es dir in einfachen Worten.«

Devcon sog zischend die Luft ein, er musste sich arg mühen, seinen aufkommenden Zorn im Zaum zu halten. Was Fringe durchaus sah, ihn aber nicht weiter störte. »Im kommenden Jahr sind Wahlen. Landtagswahlen.«

»Prima. Und?«

»Und? Ich brauche kein Orakel zu befragen, um zu wissen, wer als erstes einen Riesenterz veranstalten wird, wenn der personale Rotstift erneut gezückt werden sollte.«

»Okay, okay.« Devcon winkte ab. »Ich weiß schon, was du mir damit sagen willst ...«

»Nein, eben nicht!«, brauste Fringe auf, was ihm weitere stirnrunzelnde Blicke seitens der Tischnachbarn einbrachte. Deutlich leiser fuhr er fort: »Die derzeitige Regierung hat sich auf dem Gebiet des Personalabbaus im Beamtenapparat schon hinlänglich und auch pressewirksam ausgetobt, wie du bemerkt haben dürftest. Es liegt also in unser aller Interesse, wenn sie für eine weitere Periode im Amt bleibt.«

»Schön.« Devcon verzog die schmalen Lippen zu einem Strich. »Ich verspreche dir hiermit hoch und heilig, dass ich das Kreuz an der richtigen Stelle machen werde. Aber was, zum Teufel, hat das alles mit meiner gottverdammten Fallakte zutun?«

»So viel, dass es diskreditierende Fummelfilmchen von einer Person gibt, die bedauerlicherweise aus dem direkten Umfeld eines Menschen stammt, der ein bedeutendes Mitglied des derzeitigen Regierungsapparats ist.«

»Nicht schön. Und?«

»Gefilmt bei einer Orgie in einem der Etablissements, die einschlägig dafür bekannt sind, dass die Mädchen dort a) nicht alle freiwillig arbeiten und b) oft jede Menge Drogen mit im Spiel sind.«

»So wie vor einigen Jahren bei der Causa Friedman?«

»So etwas in der Art, ja. Nur, dass es hier nicht um einen Fernsehmoderator geht, sondern um den Sohn eines hochrangigen Politikers.« Fringe verringerte den Abstand zwischen seinem und Devcons Gesicht noch weiter, jede Furche des Lebens, die sich dort eingegraben hatte, war so kristallklar zu sehen. »Sicher kannst du dir vorstellen, was passiert, wenn ein solches Filmchen via Youtube, Facebook oder ähnlichem an die Öffentlichkeit gerät. Dann kann der Mann seinen Hut nehmen. Die Opposition verspeist die Reste seiner Regierung zum Frühstück und zieht nächstes Jahr triumphal in den Landtag ein. Gute Frage, wie lange es dann noch ein Fachkommissariat für Tötungsdelikte geben wird, oder ob die Damen und Herren des Rotstifts nicht irgendwelche Synergien mit der Sitte entdecken, mit der man euch zusammenführen könnte. Bei gleichzeitiger Reduzierung der Planstellen um rund ein Drittel, versteht sich.«

Devcon starrte Fringe entgegen, die Kinnlade heruntergeklappt. »Norbert. Willst du mir jetzt ernsthaft sagen, dass wir die Ermittlungen in zwei Mordfällen einstellen, damit im kommenden Jahr die für uns bessere Partei weiterregieren kann?«

Fringe lehnte sich wieder zurück. »Manchmal muss man zunächst das Falsche tun, um am Ende noch auf der richtigen Seite stehen zu können.«

»Was?«

»Jetzt führ dich nicht auf wie ein treudoofer Gutmensch, Jim, die Rolle passt nicht zu dir. Ja, der kastrationswütige Irre partizipiert. Im Moment! Aber überleg doch mal, wie viel Abschaum erst jubeln kann, wenn sie unser Personal noch weiter runterfahren!«

Devcon wandte den Blick nicht von Fringe ab. Und schwieg.

21

Er ging zu Fuß zum Präsidium zurück, bewegte sich durch das Spätherbstgrau der Großstadt, registrierte endlose Autoschlangen vor jeder roten Ampel. Er hörte es hupen, Martinshörner, dazu das Rauschen der unzähligen Motoren, die die Blechlawine über die Straßen bewegten. Devcon störte es nicht. Ebenso wenig wie die Luftfeuchte, die sich wie bei einem leichten Nieselregen auf seine Gesichtshaut legte und auch sein Haar binnen Minuten klamm werden ließ. An sich Mützenwetter. Doch Devcon fror nicht. Fühlte nicht. Er setzte einen Fuß vor den anderen und schritt gleichmäßig vorwärts. Wie ein Roboter.

Er musste dieses Gespräch mit Fringe aus seinem Schädel bekommen. Dieses Gespräch, das ihm unmissverständlich vor Augen geführt hatte, dass Gerechtigkeit mittlerweile wohl zu den Luxusgütern gehörte, die sich immer weniger Menschen immer seltener leisteten. Die Ermittlungen in einer Mordsache einstellen, um einen weiteren Stellenabbau zu vermeiden? Wie absurd war das? Und was kam als nächstes? Beihilfe zu einem politisch sinnvollen Mord direkt aus dem Fachkommissariat? Devcon, den Mantelkragen hochgeschlagen, beide Hände in den Taschen, merkte nicht, wie er unwillig den Kopf schüttelte. Wie seine Gedanken abermals um die für ihn so ungeheuerlichen Sätze des Polizeipräsidenten kreisten. In dessen

Miene Devcon nicht hatte ausmachen können, inwieweit Norbert Fringe bereits resigniert hatte. Vor diesen Umständen. Diesem Morast aus allgegenwärtiger Korrumpiertheit. Oder ob auch in Fringe wenigstens noch ein zartes Feuerchen des Widerstandes loderte.

Das Vibrieren seines Diensthandys entriss Devcon dem Gedankensumpf. Der Hauptkommissar blieb stehen, zog den Apparat aus der Manteltasche und nahm das Gespräch an.

»Grafert hier, wo biste, Chef?«

»Mitten im Nebel.«

»Nebel? Also, bei uns ist's weitgehend aufgeklart.«

Schön wär's, dachte Devcon und fragte: »Was gibt's, junger Freund?«

»Ich glaube, ich bin auf eine interessante Verbindung gestoßen, unseren nicht vorhandenen Fall betreffend.«

»Kannst du sprechen?«

»Äh ... «

Devcons Kiefer malmten. »Ob du allein bist.«

» ... Na, ja ... im Moment schon noch ...«

»Geh vor die Tür und ruf vom Handy aus an«, erwiderte Devcon nur, beendete das Gespräch und lief weiter. Kurz darauf vibrierte sein Telefon erneut.

»Da bin ich wieder«, hörte er Graferts Stimme, untermalt von Geräuschen, die Devcon darauf schließen ließen, dass er tatsächlich auf dem Präsidiumshof stand. »Also, hör zu, Chef, wie es aussieht, gibt es beim Betreiberkonsortium für diese Verrichtungsboxen eine interessante Übereinstimmung mit Personen, die ihre Finger auch noch in einem ähnlichen Etablissement mit drin haben.«

»Jetzt mach's nicht so spannend!« Devcon beschleunigte seine Schritte, ohne sich dessen bewusst zu sein.

»Es geht um diesen Flatrate-Bunker, der vor einigen Monaten in den Schlagzeilen war. Wegen der Journalistin, die sich dort eingeschmuggelt und ein paar üble Machenschaften in Sachen Mädchenhandel aufgedeckt hatte.«

»Der neue Kasten in der Nähe des Flughafens?«

»Genau. Kurzzeitig schien es, dass sogar Harald Kunther, der Schatzmeister der hessischen Regierungspartei, in diesem Schlamassel mit drinhängt. War dann aber schnell vom Tisch. Und jetzt halt dich fest, Chef!« Graferts Stimme überschlug sich fast, er klang wie der Kommentator eines Fußballspiels, bei dem jeden Moment damit zu rechnen war, dass ein Tor fiel. »Rate, wer auch bei den Verrichtungsboxen zu den Nutznießern in finanzieller Hinsicht gehört.«

Devcon stutzte. »Kunther? Aber das kann doch gar nicht sein ...«

»Doch. Das Objekt läuft unter einer Betreibergesellschaft. Mit beschränkter Haftung. Da lässt sich einer vom Steuerzahler seinen Puff bauen. Irre, oder?«

»Was?«

Grafert kicherte. »Börsennotiert ist er bisher aber nicht, unser neuer offizieller Straßenstrich.«

»Moment mal!« Devcon konnte kaum glauben, was er gerade hörte. »Ich dachte, es sind die Prostituierten, die dort Steuern zahlen.«

»Na und?« Obwohl sie nur telefonisch kommunizierten, konnte Devcon förmlich sehen, wie Grafert die Schultern zuckte. »Mit den paar Euro, die dadurch reinkommen, sind solche Leute doch nicht zufrieden. Die wollen ordentlich mitverdienen bei den Mädchen. Von wegen Schutz. Tatjana hatte von Anfang an recht. Der Lude in Lack und Leder wurde lediglich ersetzt durch Zuhälter in Nadelstreifen.«

»Uff!« Devcon fuhr sich mit der freien Hand durch sein klammes Haar und lief noch schneller. »Aber legal ist das trotzdem nicht.«

»Nein. Das fängt schon bei dieser Betreibergesellschaft an, ein undurchsichtiges Geflecht aus allerlei *Firmen*.« Graferts Betonung konterkarierte die eigentliche Bedeutung des Wortes deutlich. »Und das auch noch aus den verschiedensten Bereichen. Kunther tritt hier außerdem noch einmal hervor im Zusammenhang mit seinem Bauunternehmen, das seinerzeit den Auftrag hatte für das Gebäude, in dem dieser Flatrate-Bunker betrieben wird.«

»Ja, aber ... das stinkt doch alles bis zur Milchstraße!«

»Mindestens«, erwiderte Grafert trocken. »Die Kollegen aus der Kriminalinspektion 60 versuchen seit Monaten, Licht in dieses Firmendickicht zu bringen ...«

»Kommen aber keinen Schritt weiter«, murmelte Devcon.

»Was?«

»Nichts, schon gut.«, setzte er schnell hinzu. Ohne groß darüber nachzudenken, stand es für Devcon fest, dass er Grafert nicht über das ungeheuerliche Gespräch mit Fringe informieren wird. Was würde das mit einem aufstrebenden, manchmal sogar etwas zu ehrgeizigen Beamten machen? Wenn es bei einem alten Hasen wie ihm, der sich schon etliche Beulen beim Rennen gegen die bürokratische Wand geholt hatte, solche Emotionen auslöste? Emotionen der Art, gegen den drängenden Wunsch ankämpfen zu müssen, dass jemand das hessische Innenministerium samt Insassen abfackelt, und zwar bis auf den letzten Kieselstein? Konnte Devcon es in seiner Funktion als Dienststellenleiter der K11 verantworten, seinen jungen Mitarbeiter mit einer Realität zu konfrontieren, die den Sinn ihrer Arbeit ad absurdum führte? *Nein,* schrie alles in ihm. Vielmehr kam ihm die Aufgabe zu, Grafert vor exakt dieser Realität solange wie möglich zu schützen.

»Also gut, überlegen wir, was ein Drecksack wie Kunther mit unseren beiden Mordfällen zu tun haben könnte«, fuhr er Grafert gegenüber fort.

»Warum sollte der Freier ermorden oder ermorden lassen? Damit vermiest er sich doch selbst das Geschäft.«

Devcon, der an der letzten roten Fußgängerampel stand, die er auf seinem Rückweg ins Präsidium zu überqueren hatte, brummte zustimmend. »Der Täter ist eher im Kreis der Feinde eines solchen Mannes zu suchen, das denke ich auch.«

»Jemand, der ihm persönlich schaden will? Super, das wäre die komplette Opposition inklusive der Hansel aus der eigenen Partei, die scharf auf seinen Posten sind.«

»Infrage kommt auch ein Freund oder enger Verwandter eines der Mädchen, die in den Etablissements arbeiten.«

»Oder zur Arbeit gezwungen werden«, ergänzte Grafert. »Das wird ja immer besser. Zusätzlich zu den am hessischen Regierungsapparat beteiligten Personen müssen wir also auch im Umfeld der Mädchen ermitteln, die in den Verrichtungsboxen tätig sind.«

»Oder waren.« Devcon konnte den *Schwarzen Kasten*, die interne Bezeichnung für das Präsidiumsgebäude in der Addickesallee, bereits sehen. Was insofern gut war, da das Piepen seines Handys ihm signalisierte, dass der Akku jeden Moment schlapp machen würde. So wie Grafert, dessen Stimme sich anhörte, als hätte er den offiziell geschlossenen Fall ebenfalls aufgegeben. »Und das mit zwei Mann Ermittlungskapazität.«

Devcon sah es zudem an der gebeugten Haltung des jungen Kommissars, als er ihn auf dem Hof erspähte. Er ließ sein Handy sinken, war mit wenigen weiteren Schritten bei Grafert, tippte ihm auf die Schulter und nickte dem Überraschten zu. »Wir reden in meinem Büro weiter. Team-Besprechung in dreißig Minuten. Bis dahin habe ich für Verstärkung gesorgt.«

22

Zurückgekommen war sie, als sie hatte erfahren müssen, dass Annabelle schon seit ihrem letzten Ausflug mit Robert für niemanden mehr erreichbar war.

Keinem konnte ein Vorwurf gemacht werden. Jens und seine Freundin Nadja wähnten die »wohl gerade sehr durchgeknallte« Schwester nicht in Gefahr, die von den Reisen mit ihrem »Starregisseur« in die »Welt des Films« bisher stets wieder zurückgekehrt war. Mal früher, mal später. Sie verübelte es ihrem Sohn auch nicht, dass er es vorgezogen hatte, sich auf sein bevorstehendes Abitur und sein Leben zu konzentrieren, statt den Erziehungsjob zu übernehmen, den seine Eltern nicht machten.

Und er? Ihr Mann? Er verbrachte die ersten vier Wochen ihrer knapp zweimonatigen Auszeit von der Familie in der Uniklinik, war also ebenfalls nicht da. Nach seiner Rückkehr bekam er prompt den nächsten schweren Schub. Trotz neuer Behandlung. Und dann auch noch die Nachricht, dass die Berufsgenossenschaft nicht mehr zahlen würde. Weil die Uniklinik in ihrer Ratlosigkeit nun behauptete, dass das mittlerweile über ein Jahrzehnt andauernde Wuchern der eitrigen Bläschen, die seine Haut an den Händen und Füßen zum Aufplatzen brachten, rein psychisch bedingt wäre.

Für Sorgen um andere war bei ihm also wieder mal

kein Platz. Er klappte völlig zusammen, fühlte sich im Stich gelassen. Verständlicherweise. Hatte er über die Jahre doch brav alles gemacht, was die Ärzteschaft verfügt hatte. Geholfen worden war ihm trotzdem nicht. Und jetzt krönten sie ihr Versagen, in dem sie dafür sorgten, dass ihm der Geldhahn abgedreht wurde zur Finanzierung der höllenteuren Medikamente, die sie ihm noch immer verschrieben?

Sie hatte verstehen können, dass er sämtliche dieser Pillen mit den fürchterlichen Nebenwirkungen in seiner Wut sofort abgesetzt hatte. Die beste Entscheidung, die er jemals getroffen habe, hätte er gesagt. Laut Bericht ihres Sohnes.

Doch die Euphorie wähnte nur kurz. Bis zum Hausputz, den er wenige Tage später gestartet hatte, die mit den Bläschen übersäten Hände mit nagelneuen und stabilen Haushaltshandschuhen geschützt. Vermeintlich. Als er den Lappen auswrang, riss seine Haut an beiden Händen mehrfach auf. Es müssen höllische Schmerzen gewesen sein, besonders in dem Moment, als er die enganliegenden Plastikhandschuhe über seine offenen Wunden ziehen musste.

Sie war an dem Abend zu ihm gefahren. Nachdem Jens ihr am Telefon berichtet hatte, dass sein Vater seit Stunden auf der Couch lag und heulte. Nicht mehr ansprechbar war. Und dass er, Jens, große Angst habe. Davor, dass sein Vater sich dieses Mal nicht wieder fangen würde.

Die Begrüßung daheim war sehr frostig ausgefallen. Stumm hatte sie die nässenden und teilweise noch immer stark blutenden Hände ihres Mannes verbunden. Nachdem er aufgehört hatte, nach ihr zu treten. Als er müde genug geworden war. Sie hatte ihn eine Weile schlafen lassen. Und Jens und Nadja fort geschickt. Die beiden hatten an dem Abend ursprünglich auf eine Fete gewollt. Ob sie tatsächlich noch hingefahren waren oder sich in ihr Exil in Nadjas Elternhaus verflüchtigt hatten, wusste sie nicht.

Es war dann viel von Zukunftsängsten die Rede gewesen. Bei dem Gespräch mit ihrem Mann. Und dass er nicht mehr zu den Ärzten gehen wolle. Weil er sich wie ein Versuchskarnickel fühle. Das solange mit immer neuen Salben und Medikamenten traktiert werden würde, bis es endlich verendet sei. Sie hatte das im ersten Moment sehr erschreckt. Die Melodramatik in den Worten ihres Mannes. Letztlich war es ihr dann aber als das erschienen, was es zweifellos war: eine weitere unerwünschte Nebenwirkung seiner für das Wesentliche wirkungslosen Medikamente. Eine Nebenwirkung in Form einer ernst zunehmenden Gemütsschwäche. Wie bei manchen dieser Antidepressivas, die die Neigung einiger Patienten zum Selbstmord sogar noch verstärkten.

Von der Idee seines neuen Hausarztes, der zuerst einmal Widerspruch eingelegt hatte gegen den Zahlungsstopp der Berufsgenossenschaft, hatte ihr Mann erst gar nicht berichten wollen. Es ging um die Überweisung in eine Akut-Klinik auf Sylt, in der er nicht nur abermals auf neue Medikamente eingestellt, sondern auch psychologisch betreut werden sollte.

Erst da war sie endgültig wach geworden. Was ihren Mann und seine Krankheit betraf. Einerlei, ob das mit den eitrigen Bläschen und den blutenden Wunden an seinen Händen und Füßen als eine Berufskrankheit klassifiziert wurde oder nicht: Den Kampf gegen seine Krankheit hatte er verloren. Schon lange. Nach nunmehr zwölf Jahren. Fakt war vielmehr, dass er jetzt zusätzlich an einer schweren Depression litt. Was ja ohnehin in seiner Familie lag, hatte sie gleich gedacht. Es an dem Abend aber nicht gesagt. Nicht so direkt jedenfalls.

Es war weit nach Mitternacht geworden, bis sie ihn dazu hatte überreden können, einen letzten Versuch in dieser Akut-Klinik zu starten. Wobei sie sich eingestehen musste, dass sie sich ihrer eigenen Motivation, ihn in einem neuerlichen Glauben an helfende Ärzte zu bestärken, keineswegs sicher war. Wo sie selbst doch schon lange kein Vertrauen mehr hatte zu den ihrer Meinung nach zurecht gefallenen Halbgöttern in weiß. Aber für den Rest ihres Lebens an die Seite eines depressiven Schwerkranken gekettet – möglicherweise war es diese schauderhafte Aussicht, die sie zu der verzweifelten Hoffnung auf eine Begegnung mit dem für ihren Mann richtigen Arzt hatte bewegen können.

Scheidung war keine gangbare Lösung, das hatte sie das Intermezzo mit ihrem ehemaligen Schulkameraden gelehrt. Alkoholiker rochen nicht nur schlecht, sie waren auch unberechenbar. Launisch. Nicht Herr ihrer täglich mehr schwindenden Sinne, wenn sie im

Rausch über einen herfielen. Und sich rücksichtslos bedienten am Körper der Frau. Die tiefe Bisswunde um den Hof ihrer rechten Brustwarze herum brannte noch immer, sobald sie sie nur mit einem Hauch Duschwasser benetzte. Ganz abgesehen von dem Ekel, der in ihr hochstieg, selbst bei der kürzesten Erinnerung an das sexuelle Desaster. »Wer einen Engel sucht und nur auf die Flügel starrt, könnte auch einer Krähe aufsitzen.« Hatte ihre Mutter immer gesagt. *Nein, das war keine Krähe, Mama. Es war ein hässlicher Geier!*

Fast beiläufig hatte sie ihren Mann noch nach Annabelle gefragt, bevor sie sich wieder auf den Weg zurück zu ihrem Bruder hatte machen wollen. Seit drei Wochen hatte sie kein Sterbenswörtchen mehr gehört von ihrer Tochter. Wobei es zweifellos an ihr gewesen wäre, zu versuchen, den Kontakt zu Annabelle wieder herzustellen. Doch sie hatte auf den falschen Ratgeber gehört, hatte ihre Mutterrolle abgestreift wie ein lästiges Kleidungsstück und sich stattdessen dem nächstbesten, versoffenen Kerl an den Hals geworfen. Hatte sich aufgeführt wie eine dieser Schlampen aus den Sendungen im Nachmittagsfernsehen. *Billig ...*

Wie ein Embryo rollte sie sich auf der Küchenbank zusammen und schluchzte hemmungslos. Doch da war kein warmer, schützender Körper, der sie umhüllte. Und da war auch niemand, der ihr Trost spendete. Ihr wieder auf die Beine half.

Sie hätte nicht auf ihren Bruder hören dürfen. Der

es zwar gut gemeint hatte, als Junggeselle aber wohl kaum qualifiziert war bei solchen Angelegenheiten. Mag sein, dass er in seiner Welt Krisen löste, wenn er ausging und ein paar Bier trank. In ihrer Welt bedeutete Abwesenheit, dass die Konfliktherde weiterbrannten. Sich sogar ausbreiteten, wenn niemand mehr da war zum Löschen. Und sie war dumm genug gewesen, diese Gewissheit schlichtweg auszublenden. *Egoistisch genug ...*

Sechs Wochen. Zweiundvierzig Tage. Waren vergangen, seit ihr Mann das letzte Mal mit Annabelle gesprochen hatte. Am Telefon. Und auch nur zwei Minuten lang.

Sie hatte wie aufgebahrt im Sessel gegenüber der Wohnzimmercouch gehockt und ihren Mann angestarrt, nur noch wie aus der Ferne seinen erstaunten Gesichtsausdruck wahrgenommen. Und seine für sie kaum hörbare Stimme, die ihr die bizarre Botschaft übermittelte, dass laut Annabelles Informationen doch alles mit ihr abgesprochen sei.

Kleines Biest, hatte sie noch denken können, bevor diese Klaue aus Eis sich um ihr Herz gelegt hatte und erbarmungslos zudrückte.

23

»Komm rein«, rief Devcon auf das Klopfen an seiner Bürotür hin. Grafert saß auf einem der beiden knarzenden Besucherstühle vor dem Schreibtisch des Chefs, wandte den Kopf und machte große Augen. Tatjana Kartan, mit einer aus dem Getränkeautomaten gezogenen Cola in der Hand, hob nur die Brauen und steuerte den freien Stuhl an.

»Mach bitte wieder zu.«

Tatjana blieb stehen und musterte Devcon verdutzt, bevor sie seiner Aufforderung nachkam. »Oha, ganz neue Sitten.« Normalerweise stand die Tür zum Büro des Dienststellenleiters fast den ganzen Tag über offen.

»Ist jetzt nicht dein Ernst, Chef, oder?« Grafert deutete mit ausgestrecktem Finger auf die Kollegin, deren Blick auf der Tür ruhte, die sie soeben zuzog. Devcon ließ den Einwand unkommentiert und beachtete auch Graferts Mienenspiel dazu nicht. Er wartete, bis Tatjana saß. Sie stellte die Cola auf dem Schreibtisch ab und ließ den Hauptkommissar nicht aus den Augen. Wie eine routinierte Kartenspielerin, die gespannt war auf das Blatt eines Gegners, den sie nur schwer einschätzen konnte. Devcon nahm den Telefonhörer seines Hausapparates hoch, drückte die Taste Eins und sagte: »Reggie, keine Störung bis meine Bürotür wieder aufgeht. ... Nein, auch nicht, wenn das Präsidium brennt!« Er legte wieder auf und blickte in die fragenden Gesichter seiner beiden Kommissare. »Also, hört zu. Bevor wir in medias res gehen bei unserem geschlossenen Fall ...«

»Ach, was!«, entfuhr es Tatjana. »Jetzt bin ich auf einmal doch gut genug?«

»Ja, wundert mich auch«, setzte Grafert nach. Und beließ es dabei, als er in die beiden glühenden Kohlenstücke blickte, wo sich normalerweise Devcons braune Iris befand.

»Leute, das hier ist kein Schulhof und ich bin auch nicht euer Pausenclown.« Der Hauptkommissar sprach leise. Bedrohlich leise. »Ich mache euch in aller Form darauf aufmerksam, dass wir mit drastischen Konsequenzen zu rechnen haben, falls wir uns trotz des offiziellen Endes der Ermittlungen in Sachen EG Eunuche beim Ermitteln erwischen lassen. Ich kann und werde es also nicht zulassen, dass mehr Leute mit einbezogen werden, als unbedingt nötig ...«

»Zu dritt?«, fuhr Grafert dazwischen. »Wir sollen den hessischen Regierungsapparat zu dritt durchforsten auf der Suche ...«

»Nein«, unterbrach Devcon.

»Regierungsapparat?«, wiederholte Tatjana und schaute die beiden Männer abwechselnd an wie bei einem Tennismatch. Devcon schickte einen nach Hilfe suchenden Blick an die Decke und seufzte. Grafert sagte nichts und überbrückte den ihm unangenehmen Moment, in dem er die schneeweißen Schnürsenkel seiner rostroten Sneakers neu band.

»Gibt's die auch für Frauen?«, wollte Tatjana wissen und streckte ihr rechtes Bein näher an Graferts Schuhwerk heran, um zu prüfen, wie die Treter zu ihrer schwarzen Leggings mit dem Rautenmuster passten.

»Ich schmeiß euch gleich raus. Beide!« Devcon sah weder so aus, noch hörte seine dunkle Stimme sich an, als ob er bluffte. Tatjana und Sascha Grafert setzten sich anständig hin, nahmen fast so etwas wie Haltung an.

»Tatjana, fürs Erste erfährst du nicht mehr, als du unbedingt wissen musst.«

»Kannst du mal aufhören, mich wie ein kleines dummes Schulmädchen zu behandeln?«

»Aber gern!«, rief Devcon nicht weniger aufbrausend. »Sobald du aufhörst, dich wie eines zu benehmen! Und jetzt Schluss damit.« Devcon ließ die unnatürliche Stille noch etwas wirken, bevor er in versöhnlicherem Ton fortfuhr: »Es ist richtig, was Sascha angedeutet hat. Mit unserem geschlossenen Fall stecken wir mitten in einer Art Regierungsschlamassel.«

»Regierungsschlamassel, aha.« Tatjana bedachte ihren Chef mit einem Blick, als nehme sie an, er hätte getrunken. »Hat sich herausgestellt, dass die beiden Kastrierten irgendeinem Schattenkabinett angehörten, oder was?«

»Schlimmer«, raunte Grafert und fixierte wieder seine neuen Sneakers.

»Wie man's nimmt.« Devcon wiegte sein Haupt hin und her. »Da sich unsere diskreten Ermittlungen aber nicht auf diesen Kreis beziehen werden ...«

»Nicht?« Graferts nach unten geneigter Kopf schoss in die Höhe.

»Nein!« Devcon machte eine schroffe Handbewegung, die seinen Unwillen, in der Hinsicht auch nur irgendetwas zu diskutieren, kristallklar illustrierte. »Abgesehen davon, dass ich mich außerstande sehe, bei einem offiziell nicht mehr vorhandenen Fall ausreichend Personal für eine solche Herkulesaufgabe bereitzustellen, halte ich es für keine gute Idee, in diesem Hornissennest herumzustochern. Es ist nicht unsere Aufgabe, die internen Probleme der hessischen Landesregierung zu lösen. Zumal bei einer derart ungleichen Machtverteilung. Wenn denen was nicht passt, sind wir ganz schnell weg vom Fenster, da können wir unsere Dienstmarken also auch gleich im Main versenken, und zwar alle drei!« Devcons noch fast schwarze Augenbrauen hatten sich eng über der Nasenwurzel zusammengezogen, seine Finger waren fest ineinander gekrallt. »Unser Job ist es, diesen Kerl mit der Schere ...«

»Wieso bist du so sicher, dass es ein Mann ist?«

Devcon starrte Tatjana verblüfft an. Und auch Grafert fiel zunächst keine passende Bemerkung zum Einwurf der Kollegin ein.

»Na, überlegt doch mal.« Tatjana strich sich mit beiden Händen ihre ständig störenden, widerspenstigen Haarsträhnen aus der Stirn. »Wir sind uns wohl einig, dass man diese ... äh, Operationen an den beiden zu der Zeit noch lebenden *Herren*«, sie betonte das Wort, als spräche sie in Wahrheit von Ungeziefer, »nicht als besonders fachmännisch ausgeführt betrachten kann.«

Grafert zog die Stirn kraus. »Wir sind uns aber wohl auch einig, dass laut Statistik derartige Gewalttaten eher von Männern ausgeübt werden.«

»Statistik? Du willst einen Mordfall mit Statistik lösen?«

»*Well* ...« Devcons Blick ruhte noch immer auf Tatjana, die beinahe hören konnte, wie die Gedanken ihres Chefs durch seinen Schädel ratterten.

»So abwegig ist mein Einwand doch gar nicht, nicht wahr? Und möglicherweise war das Geschnippel nur deshalb so ein Desaster, weil die Hände der Täterin nicht kräftig genug waren.«

»Also, bitte.« Grafert spuckte ein Lachen aus. »Ebenso gut kannst du annehmen, dass der Gesuchte vielleicht auch nur vergessen hatte, das Tatwerkzeug vor der Benutzung ordentlich zu schleifen.«

»Warum gleich so stur, Kollege?« Tatjana wippte ungeduldig mit dem rechten Bein. »Und was soll an der Idee besser sein, lieber nach einem schlecht vorbereiteten Vollidioten Ausschau zu halten, statt zumindest die Möglichkeit zuzulassen, dass es sich bei der gesuchten Person auch um eine Frau handeln könnte?«

Grafert rieb sich die Augenlider, schüttelte nur den Kopf. An Devcon gewandt sprach Tatjana ruhig und gelassen weiter: »Im Zusammenhang mit der Dunkelziffer, also den unzähligen Tötungsdelikten, die

Jahr für Jahr unentdeckt bleiben, habe ich mir das schon öfter überlegt.«

»Was hast du dir überlegt?«

»Na, dass Frauen eventuell sogar die besseren Psychopathen sind.«

Darauf wusste Devcon nichts zu erwidern. Grafert ließ Geräusche hören, die nach einem Gemisch aus Husten- und Lachanfall klangen.

»Wäre doch denkbar.« Tatjana hob die Schultern, Ellenbogen und Handinnenflächen nach außen geklappt. »Wir Mädels bleiben grundsätzlich eher cool ...«

»Ja, ganz besonders du!« Jetzt lachte Grafert wirklich.

»Ich bin ja auch keine Psychopathin!«

»Über diese Brücke gehe ich noch nicht.«

»Idiot!«

»Gut, aber die Verstümmelung bei den beiden Opfern zeugen nicht gerade von einer besonders ruhigen Hand«, schaltete sich Devcon rasch in den Disput seiner beiden Kommissare ein.

»Ganz genau«, sekundierte Grafert in Tatjanas Richtung. »Aber wie dem auch sei«, beeilte sich Devcon fortzufahren, bevor Tatjana auch nur Luft holen konnte. »Fakt ist, dass es bisher zwei Leichen aber nur einen Tatort gibt. Weshalb ich zumindest fürs Erste geneigt bin, einen rein politisch motivierten Hintergrund für diese Morde auszuschließen.«

»Politisch motivierter Hintergrund?« Tatjana war deutlich anzusehen, dass sie nicht mitkam. Devcon ignorierte es schlichtweg. Er behielt allein Sascha Grafert im Blick und setzte hinzu: »Hierfür spricht ebenfalls, dass es in der Lokation in der Nähe des Flughafens bisher nicht zu solchen Angriffen gekommen ist. Es ging also nicht um die Männer als Personen, sondern um ihre Anwesenheit an diesem Ort, würde ich mal sagen.«

»Lokation in der Nähe des Flughafens?« Tatjanas Stimme klang immer gereizter.

»Könnte schon sein, Chef«, antwortete Grafert, der keineswegs überzeugt von Devcons Theorie war. Es gefiel ihm aber gerade, zu sehen, wie die Kollegin, die ihn in letzter Zeit zu oft geärgert hatte, ins Leere lief.

»Also gut, hier ist der Plan.« Devcon sprach wieder beide an, bemüht darum, sich von Tatjana nicht aus der Ruhe bringen zu lassen, deren Oberkörper sich auf dem Stuhl aufgerichtet hatte wie bei einer rasselnden Klapperschlange kurz vor dem Biss. »Wir konzentrieren uns zunächst auf die Mädchen, die in diesen Verrichtungsboxen tätig sind.«

»Wie, die sind wieder offen?« Tatjana blickte Devcon ungläubig an.

»Kein Fall, kein Tatort. Also gibt es auch keinen Grund, das Gelände weiterhin geschlossen zu halten.«

»Und so wurde es heimlich, still und leise wieder in Betrieb genommen?«

»Exakt. War nicht weiter schwer, das vorauszusehen, nicht wahr? Also dann. Beginnen wir am besten damit, die Hintergründe der dort tätigen Mädchen ...«

»So ein Schmarrn!«, Tatjanas Lieblingsfluch, Überbleibsel aus ihrer kurzen Zeit im Münchner Morddezernat. »Das dauert doch viel zu lange. Wer weiß, was für weit verzweigte Familiengeschichten und verschlungene Freundschaftspfade uns erwarten. Bis wir uns da durchgewühlt haben, kostet das mindestens zwei weitere Schwänze.«

Devcon und Grafert verzogen synchron das Gesicht.

»Oder unsere graue Eminenz erledigt die Angelegenheit auf seine Weise.«

»Was für eine graue Eminenz?«, fragte Tatjana prompt. Zur großen Freude Graferts, der sich verschmitzt grinsend wie ein kleiner Lausbub an seinem Wissensvorsprung der Kollegin gegenüber ergötzte.

»Hat jemand eine bessere Idee? Dann raus damit!«, fuhr Devcon dazwischen und wirkte wie ein frustrierter Dompteur, der die zwei Raubkatzen, mit denen er arbeiten sollte, als grobe Zumutung empfand.

»Ist doch ganz einfach, ich gehe rein.«

»Was? Wo rein?« Sascha Grafert fixierte Tatjana.

»Und genau deshalb wollte ich dich nicht dabei haben!«, polterte Devcon los. »Weil ich genau wusste, dass gleich wieder so eine bescheuerte Idee von dir kommt!«

»Aber ...«

»Unterbrich mich nicht!«

Tatjana klappte den Mund wieder zu und verfolgte verdutzt, wie Devcon sich aus seinem Chefsessel erhob, die Hände auf den Schreibtisch gestützt, seinen

Oberkörper nach vorne geneigt, einem unüberwindlichen Bergmassiv gleich. »Ich warne dich! Wehe, du preschst hier blindlings los, und ich muss dann zusehen, wie ich dich von wo auch immer heil wiederkriege!«

»Schon gut, schon gut.« Tatjana hob beide Hände.

»Um was geht's eigentlich?«, meldete sich Grafert zu Wort, dem der Rollentausch mit seiner Kollegin in Sachen Unwissenheit sichtlich missfiel.

»Gar nichts«, erwiderte Tatjana leichthin. Sie stand auf und redete in Devcons Richtung ohne ihn anzusehen. »In Ordnung, dann ist ja alles klar, fangen wir an mit der Zeitlupenermittlung. Vielleicht haben wir ja Glück, und die Täterin oder der Täter hat gerade seine Heckenschere verlegt.«

»Wieso glaube ich dir nicht?«, rief Devcon ihr hinterher, als sie die Bürotür aufzog. »Außerdem kann ich mich nicht erinnern, gesagt zu haben, dass wir hier fertig sind!«

Sie drehte sich halb um, zuckte die Achseln und schaute noch immer konsequent an ihrem Chef vorbei. »Bin gleich wieder zurück, muss nur mal schnell für kleine Mädchen.« Sprach's und war weg.

Devcon setzte sich wieder hin, mit sich bewegender Kiefermuskulatur. Grafert sah es. »Darf ich dazu was sagen?«

»Wenn's sein muss«, knurrte Devcon.

Grafert schielte zur Seite, wählte seine Worte mit Bedacht. »Es ist sicher nicht immer einfach, beruflich miteinander umzugehen, wenn man auch privat ...

Nein, falscher Ansatz.«

»Allerdings!«

Grafert ließ sich von Devcons giftigem Blick nicht beirren. »Ich meine aber schon, dass die Kollegin manchmal dazu neigt, sich etwas viel herauszunehmen.« Er brach ab, irritiert von Devcons süffisantem Grinsen. Und der Tatsache, dass er sich auch noch gemütlich wieder zurücklehnte, als säße er daheim im Fernsehsessel.

»Komm zum Punkt, junger Freund. Was willst du mir sagen? Dass ich Tatjana bevorzuge?«

»Nun ja ...«

»*Bullshit.*« Devcons wache dunkle Augen funkelten belustigt. »Und ich halte jede Wette, dass derartiges Geschwätz erst aufkam, seit unsere private Liaison öffentlich wurde. Also, denk nach, Sascha.«

Grafert schwieg. Parierte Devcons Blick mit verschlossener Miene.

»Gut, dann helfe ich dir auf die Sprünge. Frag mich, warum ich gerne mit dir arbeite.« Devcon setzte sich wieder etwas gerader hin, nachdem er nur schwer der Versuchung widerstanden hatte, seine Füße auf den Schreibtisch zu legen.

»Warum, Chef? Ziemlich beste Freunde sind wir ja nicht gerade.«

Devcon schüttelte milde den Kopf. »Darum geht es hier nicht. Es geht darum, das Richtige zu tun, und das in einem Umfeld, das mit jedem Tag schwieriger wird. Egal, wo man hinschaut.« Er verschränkte die Arme auf der ledernen Schreibtischunterlage und schaute Grafert offen entgegen. »Entgegen meines Rufes bin ich kein Rebell. Habe eine Vorschrift nie gebrochen, weil es mir Spaß macht. Aber leider wurde mit der Zeit nichts einfacher in unserem Job. Im Gegenteil, du erlebst es gerade selbst mit, dass wir uns auch in unserem Bereich eine simple Buchstabengläubigkeit auf keinen Fall leisten können, wenn wir auf der Seite der Guten bleiben wollen. Die Regeln, die die schlimmsten Verbrecher im Zaum hielten, sie brechen mit jedem Jahr mehr weg. Immer weniger hält die Skrupellosesten von allen auf, alles und jeden mit runter in ihren Morast zu reißen. Verstehst du, was ich meine?«

Grafert gab ein nach Bejahung klingendes Brummen von sich.

Devcon starrte auf seine gefalteten Hände und fuhr fort. »Ich habe eben selbst gesagt, dass wir die Probleme in unserer Landesregierung, die eher früher als später auch uns als Beamte und Bürger betreffen werden, nicht lösen können.« Devcon sah wieder auf. »Das ist de facto so, auch wenn uns das nicht passt. Es hat keinen Zweck, mit einem Küchenmesser bewaffnet gegen einen Gegner mit durchgeladenem Gewehr anzutreten, wenn ich das mal in übertragenem Sinne so formulieren darf.«

Grafert kratzte sich am Kinn, dort, wo bis vor kurzem sein Bartflaum spross, und sagte nichts.

»Wir sind nicht frei bei unseren Ermittlungen. Waren es vermutlich nie, sind es derzeit aber immer weniger. Das kann man hinnehmen. Oder auch nicht.«

Devcon tippte seine Fingerspitzen gegeneinander. »Letzteres bedeutet dann aber auch, dass die Grenzen zwischen legal und illegal zerfließen.« Er beugte sich mit einem Ruck nach vorne, fixierte Grafert mit dem Blick eines strengen, aber wohlmeinenden Vaters. »Was wir hier tun, ist vor dem Gesetz illegal. Aber notwendig. Um einen Verbrecher zu stoppen.«

»Doch die schlimmeren Verbrecher bleiben unangetastet.«

Devcon schwieg. Einen Moment. Schaute Grafert nur ausdruckslos entgegen. »Frustrierend, ich weiß. Kann einem schnell den Wind aus den Segeln nehmen, wenn man nicht aufpasst. Ich war schon ein paar Mal so weit. So weit, das alles hinter mir lassen zu wollen. Nicht nur damals, als dieser Abschaum meine Frau ermordet hat.«

Grafert versetzte es einen Stich, zu sehen, wie sehr es seinen Boss noch immer mitnahm, diesen Vorfall zu erwähnen. Ein Vorfall, der mittlerweile mehr als zehn Jahre zurücklag. Der in Devcons Herzen jedoch eine Wunde zu hinterlassen haben schien, die niemals heilen würde.

»Aber gut.« Devcon tat aufgeräumt, verlieh seiner Stimme einen härteren Klang. »Gehen wir's mal durch, das Hinschmeißen. Wer hat dann gewonnen?«

»Außer uns selbst so ziemlich jeder, oder?«, entgegnete Grafert lapidar.

Devcon nickte. »Zu dem Ergebnis bin ich auch gekommen. Also schlagen wir diese schlimmeren Verbrecher mit ihren eigenen Waffen. Denken wie sie.

Handeln wie sie. Wenn es der Seite des Guten nutzt.«

»Eine Gratwanderung.«

»In der Tat, junger Freund.« Devcon knirschte mit den Zähnen. »Denken und handeln wie sie ohne zu werden wie sie ist schwierig.« Sein Blick driftete ab. In ein Nirwana, das sich irgendwo hinter Grafert befand. Wo er sich selbst sah mit seiner Waffe in der Hand. Die er wieder und wieder auf einen bereits toten Körper abfeuerte ... Devcon räusperte sich und schüttelte die Angst vor sich, die seither in ihm hochkroch, erfolgreich ab. Für den Moment.

»Ich denke, das habe ich verstanden«, ließ sich Grafert vernehmen. »Gesetze schützen nur dann, wenn sich alle daran halten müssen.«

»Korrekt.« Devcons Miene wurde grimmig. »Ist dem nicht so, beginnt die dünne Fassade der Zivilisation von oben her zu bröckeln. Woraufhin sich die Risse weiter nach unten durchfressen und dabei ständig gröber werden, bis schließlich alles in sich zusammenfällt.«

»Und wir haben den Mörtel. Zum Schließen die Löcher, wo immer es geht.«

»Genau.« Jetzt strahlte Devcon fast. »Leider haben wir keine Leiter, auf der wir uns gefahrlos bis ganz nach oben begeben können, um unsere Arbeit zu machen. Aber das ist kein Grund, tatenlos dabei zuzusehen, wie auch die unteren Etagen zerbröckeln, in denen wir durchaus noch stabilisierend tätig werden können.«

»Wenn wir uns den Mörtel nicht aus der Hand

nehmen lassen«, ergänzte Grafert, dem das Gleichnis aus der Welt der Maurer anscheinend gut gefiel.

Devcon nickte wieder. »Für Reparaturarbeiten auf solchen Baustellen wie unserer geschlossenen Akte ist eine gewisse Risikofreude, gepaart mit einer ebenso wohl dosierten Menge an Kaltschnäuzigkeit gefragt.« Er streckte seine rechte Hand aus und zeigte auf Grafert. »Ich weiß, dass du jemand bist, der für seine Überzeugungen auch mal kämpft. Genau das ist es, was wir brauchen in diesem sich ausbreitenden Vakuum, in dem man Anweisungen von oben ignorieren muss, um dem Gesetz überhaupt noch Genüge tun zu können. Kadavergehorsam führt in so einer Welt direkt ins Verderben, da sind wir uns sicher einig.«

»Sind wir, Chef«, erwiderte Grafert im Kasernenton. Er verkniff sich die Geste zum Salutieren und grinste, wurde aber gleich wieder ernst. Rückte auf seinem knarzenden Stuhl herum. »Aber was ich nicht verstehe. Warum muss es ausgerechnet ...«

»Tatjana sein?« Devcon erkannte an Graferts Miene, dass er richtig geraten hatte. »Aus zwei Gründen, junger Freund. Erstens lässt sich bei ihr ebenfalls kein Übermaß an Autoritätsgläubigkeit feststellen ...«

»Das kann man wohl sagen!«

»Und zweitens vertraue ich ihr ebenso wie seinerzeit ihrem Bruder. Und das nicht nur aufgrund unserer besonderen Beziehung, falls es das ist, was du als nächstes fragen möchtest.«

»Wie kommt sie eigentlich damit klar?«

»Womit?« Devcon runzelte die Stirn. »Unserer besonderen Beziehung?«

»Nein, mit dem Tod ihres Bruders. Ist ja schließlich noch nicht so lange her.«

Devcon ließ sich Zeit mit der Antwort. »Wir reden nicht drüber«, sagte er dann nur. *Wie über so vieles nicht ...*

»Sind die beiden sich sehr ähnlich?«, wollte Grafert noch wissen, der nur ein paar Monate vor Michael Kartans Tod zum Team der K11 gestoßen war.

»Viel schlimmer«, raunte Devcon düster. »Ich schwöre bei allem, was mir heilig ist, dass ich nie im Leben damit gerechnet hätte, dass Tatjana ihren Bruder in Sachen Leichtfertigkeit sogar noch um Längen schlägt.« Er lehnte sich mit der Stirn in seine flache Hand. »Mir wird übel, wenn ich an die grandiose Idee denke, die sie eben meinte, gehabt zu haben. Am besten legen wir sie wie einen Hund an die Leine, damit sie bloß nicht wieder ausbüxt.«

»Soll ich sie überwachen?«, flachste Grafert.

Devcon hob den Kopf und blickte ihn todernst an. »Ja.«

24

Sie war noch zur selben Stunde zu ihrem Bruder gefahren und hatte ihre Sachen geholt. Also mitten in der Nacht. Bei ihrer Rückkehr rund eine Stunde später hatte ihr Mann noch immer auf der Wohnzimmercouch gelegen. Und geschlafen. Tief und fest. Sie war im Hausflur umhergeirrt. Im Dunkeln. Hatte überlegt. Ob sie vielleicht zu hysterisch reagierte. Was ihre Sorge um Annabelle betraf. Und wie sie sie bestrafen sollte. Ihre Tochter. Sobald sie sie wieder unter ihre Fittiche gebracht hätte.

Sie biss die Zähne zusammen, fest, dass es schmerzte. Wehrte sich so gegen das Brennen in ihrem Bauch. Mühselig rappelte sie sich von der Küchenbank hoch und schleppte sich zur Anrichte. Wasser. Ihr Mund kam ihr staubtrocken vor, als bestünde ihre Zunge nur noch aus einem Streifen Sandpapier. Sie schraubte die Flasche auf und trank. Gierig. Verschluckte sich und hustete, würgte die Flüssigkeit heraus, die ihr in die Luftröhre geraten war.

Bestrafen. Das Wort klebte in ihrem Verstand fest wie hässlicher dünner Schorf auf einer noch halb offenen Wunde. Sie konnte kaum fassen, dass es keine drei Wochen her war, als sie noch in den Kategorien Bestrafung und Erlaubnis dachte, was ihre verschollene Tochter betraf. Sie griff sich an den

Hals, zog an ihrer Haut. Das Gefühl ihrer Schuld schien sich in ein dickes Seil verwandelt zu haben, das sich um ihren Hals legte und drohte, ihr Stückchen für Stückchen die Luft abzuschnüren.

Am nächsten Morgen war sie zuerst zu diesem neuen Arzt gefahren. Mit ihrem Mann, der mit seinen noch immer stark nässenden Händen und Füßen kein Auto hätte bewegen können. Selbst dem Arzt war der Schrecken über den Zustand seines Patienten deutlich anzumerken gewesen. Er schaffte es noch in ihrer beider Beisein, die Aufnahme in diese Akut-Klinik auf Sylt für den Folgetag klarzumachen.

Auf der Fahrt von der Arztpraxis zurück nach Hause war es ihr gelungen, ihren Mann zu überreden mit dem Scheusal zu telefonieren. Seinem Chef. Um so herauszufinden, wo dessen Sohn mit ihrer Annabelle abgeblieben war. Erst hatte er nicht so recht gewollt, ihr Mann. War besorgt gewesen wegen des Eindruckes, den er bei seinem Chef hinterlassen würde, wenn er durchblicken lassen müsste, dass er noch nicht einmal seine eigene Tochter unter Kontrolle hatte. Ein guter Freund hat für so etwas Verständnis, erst recht, wenn er selbst Kinder hat, hatte sie dagegen gehalten. Bemüht, ihre wahre Meinung zu dem »guten Freund« nicht durch eine ungeschickte Betonung durchblicken zu lassen.

Gedanklich schon bei seiner Abreise am nächsten Tag, hatte ihr Mann sich relativ schnell breitschlagen lassen. Und in Erfahrung gebracht, dass Robert und Annabelle auf Ibiza unterwegs seien. Es sei also alles gut, hatte er dieses Ergebnis kommentiert. Mit einem ihrer Meinung nach fast schon debilen Grinsen. Wobei es sich auch um eine durch ihre aufkommende Wut verzerrte Wahrnehmung gehandelt haben könnte, da es ihr beim besten Willen nicht einleuchtete, was daran »gut« sein sollte, von Dritten erfahren zu müssen, wo sich ihre Tochter aufhielt. Sie hatte ihren Mann daraufhin gezwungen, gleich noch einmal beim Scheusal anzurufen, um sich Roberts Nummer geben zu lassen. Möglicherweise hatte Annabelle nur ihr Ladekabel vergessen und der Akku ihres Handys war leer. Was erklären würde, warum sie weder auf SMS noch auf die Nachrichten reagierte, die sie ihr zuhauf auf die Mailbox gesprochen hatte.

Nachdem sie Roberts Nummer hatte, war sie nach oben in ihr Bügelzimmer geeilt. Raus aus den Augen ihres Mannes, der stocksauer darüber gewesen war »wie sie sich aufführte« und ihr allen Ernstes geraten hatte, dass sie am besten wieder dahin verschwinden solle, wo sie am Abend zuvor hergekommen war. Den Wäscheberg, um den sich in ihrer Abwesenheit niemand gekümmert hatte, hatte sie ebenfalls nicht angerührt, sondern ihr Handy gezückt und Roberts Nummer gewählt.

Das Gespräch war sehr kurz gewesen. Und vom ständigen Rauschen der schlechten Verbindung gestört. Alles, was sie verstanden hatte war, dass Robert erst übermorgen wieder in Frankfurt landen würde. Ihre Frage nach Annabelle hatte er gar nicht gehört. Oder nicht hören wollen.

Sie hatte also wieder warten müssen. Schmoren müssen. Bis sie auf die Idee gekommen war, sich an ihren kleinen Laptop zu setzen, um herauszufinden, wann genau dieser Taugenichts am Flughafen ankommen würde. Das Ergebnis der Suche war mehr als ernüchternd gewesen: Ab Mittag landeten fast stündlich irgendwelche Maschinen aus Ibiza in Frankfurt am Main. Und da hatte sie noch froh sein können, dass sie den Flughafen in Hahn ausklammern konnte, dank Roberts eigener Aussage am Telefon.

Mit einer Thermoskanne voll Kaffee hatte sie sich an dem Tag seiner Landung auf den Weg gemacht, ihren roten Corsa in eines der Flughafenparkhäuser gestellt und an den jeweiligen Gates Position bezogen, aus denen die Passagiere herauspazierten, die von der Sonneninsel eingeflogen wurden.

Natürlich war es der letzte Flug gewesen. Draußen war es lange dunkel. Und ihr Kaffee längst alle, als die Brut des Scheusals mit einem bunten Sonnenhütchen auf dem Kopf um kurz vor acht aus der Schiebetür gewankt war. Als einer der letzten Reisenden dieses Air Berlin-Fluges. Sturzbesoffen. Und ohne ihre Annabelle.

Sie war auf Robert zugestürzt, hatte ihn in ihrer Verzweiflung geschüttelt, davon aber abgelassen, als sie feststellen musste, dass er kurz davor war, sich zu übergeben. Sie hatte den Taumelnden zu einer freien Reihe Wartestühle bugsiert, wo er sich, die letzten Tropfen aus seiner Bierdose in sich hineinschüttend, schwer hinplumpsen ließ wie ein zum Platzen prall gefüllter Koffer. Dann hatte Robert laut gerülpst und sie herausfordernd angesehen. Etwas von einem Taxi gelallt. War aber steif und stumpf auf dem Plastiksitz hocken geblieben. Breitbeinig. Die rechte Hand im Schritt.

»Wo ist Annabelle!«, hatte sie ihn angezischt. So leise wie möglich, um nicht die Aufmerksamkeit vereinzelter Reisender oder Flughafenangestellter zu erregen, die durch die mittlerweile weitgehend verwaiste Ankunftshalle liefen. Die Informationen auf der Anzeigetafel an der Wand gegenüber wechselten, sie hörte Robert kichern. Und als sie in seine vom Alkohol verzerrten Gesichtszüge blickte, wusste sie, dass es hämisches Gekicher war. »Die dumme kleine Schlampe«, hatte er genuschelt, die Augenlider halb geschlossen.

Sie stützte sich auf der Küchenanrichte ab, benommen vom aufkommenden Schwindel. Sie erinnerte sich noch zu gut daran, wie sie fast ohnmächtig geworden war von der Anstrengung, ihren Impuls zu unterdrücken, dem Kerl mit aller Kraft, die sie hätte aufbringen können, in sein widerliches Biergesicht zu schlagen.

Es war ihr gelungen, sich zu beherrschen. Wenn auch nur knapp. Möglicherweise war es sein fauliger Mundgeruch gewesen, der sie zusätzlich hatte auf Abstand halten können. Sodass sie nur dasaß und zuhörte. Ertrug, was aus dieser hässlichen Neureichenfratze als nächstes herausgepurzelt war. Etwas, das ihre schlimmsten Befürchtungen bei weitem in den Schatten gestellt hatte.

Er hätte »seine Verbindungen spielen lassen«. Für ein »Casting«, auf das »die kleine Landpomeranze so scharf war«.

Sie bekam jetzt noch Schmerzen in der Brust, wenn sie daran dachte, wie sich jedes dieser in reinste Verachtung getränkten Worte in ihr Herz gebohrt hatte. Wie ein langer rostiger Nagel. Der auch das Fleisch um die Eintrittswunde herum nach und nach mit entzündete.

Wochenlang hätte sie Robert damit in den Ohren gelegen. Ihre Annabelle. Und dann, als es soweit gewesen sei, hätte sie sich geziert, »die kleine fette Kuh.«

Sie wusste noch, wie gerne sie ihm über seinen unverschämten Mund gefahren wäre, aus dem er ihr nichts als Dreck entgegengeschleudert hatte. War aber außerstande gewesen, auch nur in irgendeiner Form zu agieren. Denn gleich danach war er gekommen, der Satz. Der wie eine Bombe in ihrem Inneren geruht hatte. Unentdeckt. Ungefährlich. Bis jemand den Zünder aktivierte. Und alles in ihr mit einer Wucht zerriss, dass sie einen Schmerz erlitt, der ihren Körper augenblicklich versteifte. Wie eine leblose Puppe muss sie dagesessen haben, nachdem das Balg vom Scheusal die sechs Worte auf sie abgefeuert hatte. »Weil es für einen Erotikdreh war.«

Roberts lallende Stimme klang jetzt noch irgendwie unwirklich für sie. Als könne sie nach wie vor nicht fassen, dass das alles tatsächlich Realität gewesen war. Sie musste sich konzentrieren, so stark, dass sie das Gefühl hatte, ihren Kopf mit beiden Händen an den Schläfen zusammenhalten zu müssen. Aus Angst, dass das darauffolgende Genuschel des Kerls, das sie viel zu gut verstanden hatte, ihren Schädel dieses Mal wirklich zum Platzen bringen würde.

Wäre doch logisch gewesen. Sei das Einstiegsgenre für völlig unbekannte Möchtegerndarsteller. Wäre auch nur ein Softporno geworden, mehr ginge eh nicht. War ja nicht gerade »ein Fest für die Augen, das pummelige Töchterchen«.

Wie auf Knopfdruck rutschten ihr ihre Hände über die Ohren und verschlossen sie. Als könne sie sich so vor dem widerwärtigen Gekicher schützen, das sich aus den Untiefen ihres Gehirns emporrankte wie giftiger Efeu und in ihrem Gehörgang festsetzte.

»Bisschen Schwanzlutschen, sich zweimal knallen lassen, fertig.«

Sie fing an zu schreien, schüttelte sich. Doch ihr Gedächtnis weigerte sich, diesen Satz, den ihr das Scheusal-Balg mit einer nahezu unglaublichen Gleichgültigkeit entgegengeschmissen hatte, aus dem Erinnerungsprotokoll zu entfernen.

»Die kleine Schlampe« hätte sich aber geweigert. Ihn bis auf die Knochen blamiert vor seinen »Kontakten«.

Die vom Alkohol stark beeinträchtigte Stimme hatte auf einmal ganz klar geklungen. Erschreckend klar.

Und sie würden es überhaupt nicht mögen, »wenn man sie verscheißerte!« Seine Kontakte. Also hätten sie sich Annabelle geschnappt, sie erst mal »zugeritten« und dann weggebracht. Als ginge es um irgendeinen zu entsorgenden Sperrmüll. So hatte der Kerl diesen Satz betont, der für eine Mutter das Ende der Welt einläutete. Dann hatte er die Nase hochgezogen und sie aus seinen rotgeäderten Trinkeraugen gemustert wie einen Braten, den er mit seinem übervollen Magen verschmähte.

Sie solle sich nicht so haben. Ihr »Pummelchen« sei ja in Kürze wieder zurück. Und noch bevor sich auch nur das leiseste Gefühl einer Erleichterung bei ihr hatte einstellen können, hatte er, wieder etwas stärker lallend, hinzugefügt: »Wenn sie die Zeit, die sie uns gekostet hat, brav abgearbeitet hat.«

Wobei sie auch jetzt nicht entscheiden konnte, worunter sie mehr litt: seinen Worten oder dem schmierigen Grinsen, das er dem Gesagten aufgedrückt hatte wie ranzige Mayonnaise auf eine Tüte Fritten.

Dann hatte sich sein schwankender Oberkörper zu ihr herübergebeugt. Sein ausgestreckter Finger war knapp an ihrem Gesicht vorbeigegangen, während er versuchte, ihr noch etwas entgegenzugrollen. Seine Zunge war mit jeder Minute schwerer geworden. Was ihm anscheinend auch selbst aufgefallen war. Schlaff hatte er sich wieder zurückgelehnt und neu Luft geholt. Unterlegt von einem Schluckauf. Sie war stumm geblieben, hatte ihn nur anstarren können wie eine bizarre Figur aus einem üblen Film, der hoffentlich bald vorbei sein würde. War er aber nicht. Das hatten ihr seine nächsten, vom immer stärker werdenden

Schluckauf verzerrten Worte unmissverständlich klar gemacht.

Die Augenlider zurück auf Halbmast, war es ihm noch einmal gelungen, sich näher an sie heran zu lehnen, so dass ihr sein nach Säure stinkender Odem in die Nase stieg. Sie solle jetzt bloß keine Dummheiten machen und zur Polizei gehen »oder eine ähnliche Scheiße«. Er habe »nämlich keinen großen Bock« auf Ärger mit seinem Alten. Wie um sich selbst zu bekräftigen, hatte er mehrfach genickt. Die leere Bierdose geschwenkt, als wolle er seine Aussage so noch einmal besiegeln. Im Moment sei doch alles in schönster Ordnung, sein Vater mache seins und »ich meins, hihihi«.

Mit einem Herzen, das wie ein Presslufthammer in ihrer Brust wütete, hatte sie zusehen müssen, wie sein Oberarm von der Stuhllehne abrutschte, woraufhin der widerliche Kerl seitlich in ihren Schoß plumpste. Zwei schwarze Buschvipern hätten keinen größeren Fluchtimpuls, mit Ekel gepaart, bei ihr auslösen können.

»Alles in Ordnung?«, hatte ein Flughafenpolizist gefragt, dessen Anwesenheit sie erst in diesem Augenblick gewahr worden war.

»Ja, Mama. Hihihi.«

Der Uniformierte hatte auf das so harmlos wirkende Bündel Mensch geschaut, ein Kopfschütteln angedeutet und sie freundlich aber bestimmt angewiesen, »Ihren Sohn jetzt wohl besser nach Hause zu bringen.« Dann hatte er sie sitzen lassen. Mit dem Reptilienschädel in ihrem Schoß. Der sich nur langsam wieder erhob.

»So, Mama, alles klar, ja?« *Hicks.*

Die leere Bierdose war ihm aus der Hand gefallen, ohne dass der Widerling es bemerkt hätte. Mit beiden Händen rotierend hatte er sich vom Sitz hochgerappelt, einigermaßen ins Gleichgewicht getaumelt und sich angeschickt, nach draußen zu wanken. Allerdings nicht, ohne noch einmal das undeutliche Wort an sie zu richten. »Wir sind uns dann einig, Mama.« Wieder hatte er mit dem ausgestreckten Finger auf sie gezeigt, dieses Mal von oben herab. »Du hältst die Füße still, dann kriegst du dein Pummelchen wieder.« Sie schauderte bei der Erinnerung, wie sich seine vom Speichel feucht glänzenden Lippen abermals zu diesem Grinsen verzogen hatten. »Im Moment weiß ich, wo sie ist. Also ärgere mich nicht. Könnte sonst sein, dass ich den Jungs sage, dass sie dein Dickerchen behalten können. Damit sie noch mehr Auslandserfahrung kriegt. Kennst das ja, Mama. Andere Länder, andere Titten, hihihi.«

Sie wusste noch, dass es dann sie gewesen war, die auf einmal das Gleichgewicht verloren hatte. Als sie in diesen Schlund herabgesunken war, der sich unmittelbar unter ihrem Sitzplatz aufgetan haben musste.

25

»Kommen Sie, ich helfe Ihnen hoch.«

Der Flughafenpolizist musste sie beobachtet haben. Mitverfolgt haben, wie sie sich übergeben hatte. Weil sie nicht mehr bis zu den Toiletten gekommen war. Im Gesicht des jungen Mannes war eine seltsame Mischung aus Abscheu und Mitleid zu erkennen gewesen. Wer weiß, welchen Reim er sich auf die Geschehnisse gemacht hatte. Mutter und Sohn-Tragödie vielleicht. Tragödie stimmte!

Mit einem den Umständen entsprechenden Restrespekt hatte er sie die wenigen Meter bis zu den sanitären Anlagen geleitet. Davor standen Putzeimer. Und das Schild, das auf eine vorübergehende Schließung wegen Reinigungsarbeiten verwies. Das zugehörige Personal war nirgends zu sehen gewesen. Also hatte sie sich hereingestohlen. Mit Billigung des Flughafenpolizisten, der wahrscheinlich froh gewesen war, die wimmernde Alte mit dem Allerweltsfamilienproblem wieder gut los zu sein.

Sie hatte eine Kabine besetzt und weiter gekotzt. Als ginge es darum, sich auf diesem Weg von allem Unrat, der sich um sie herum auftürmte, zu befreien. Was natürlich nicht funktioniert hatte. Ebenso wenig wie das Weinen. Nie hatte sie sich elender gefühlt. Doch aus ihren Augen kam: nichts. Als wären ihre Tränendrüsen ausgetrocknet wie das Bett eines Flusses nach Monaten der Hitze ohne einen Tropfen Regen.

Sie wusste nicht mehr, wie lange sie sich in dieser Toilettenkabine aufgehalten hatte. Oder wie sie es geschafft hatte, sich zu ihrem roten Corsa zu schleppen und die Fahrt nach Hause anzutreten. Sie hatte auch keine konkrete Erinnerung mehr an die Fahrt. Irgendwann musste die Betäubung eingesetzt haben. Eine Art Notprogramm ihres Geistes, das alle Systeme auf ein Minimum reduzierte, sodass sie auch vor ihren Gefühlen und Ängsten in Sicherheit war. Zumindest für eine kurze Zeit.

Die nächste Szene, die ihr aus dieser grauenhaften Nacht vor Augen stand, war die, wie sie auf dem Küchenboden gesessen hatte. In ihrem Nachthemd. Und mit dem langen Fleischermesser in der Hand. *Nur zwei kleine Schnitte, dann ist alles vorbei*, hatte die Stimme gesäuselt. Irgendwo in ihrem Kopf.

Sie war wie gelähmt gewesen, unfähig auch nur die Hand zu heben. Obwohl ihr Herz ihr Blut mit einer Frequenz durch ihre Adern jagte, dass sie Angst hatte, dass jeden Moment eine der Blutbahnen riss. Gleichzeitig tobten ihre Gedanken, prasselten auf sie ein wie die Schläge eines trainierenden Boxers auf den Punchingball.

Hätte sie den Flughafenpolizisten um Hilfe bitten sollen? Der ihr vermutlich kein Wort geglaubt hätte. Weil er sie für die Mutter eines alkoholisierten jungen Mannes hielt, die wahrscheinlich selbst unter dem Einfluss fragwürdiger Substanzen stand. Andernfalls hätte sie sich nicht auf dem glänzend polierten Boden der Ankunftshalle übergeben müssen. *Es gibt keine zweite Chance für einen ersten Eindruck.*

Aber wieso war sie nicht gleich zur nächsten Polizeistation gefahren? Weil ihre Angst größer gewesen war. Größer als alles andere! Ihre Angst, dass Robert tatsächlich in der Lage sein könnte, seine Drohung wahrzumachen. Und dafür sorgen würde, dass ihre Annabelle verschleppt werden würde, wenn sie sich nicht an die »Abmachung« hielt.

Annabelle. Ihr kleines Mädchen mit den großen Träumen. Womöglich in der Gewalt von zweibeinigen Tieren, in deren Wüste eine Frau weniger wert war als das Kamel, auf dem sie sich fortbewegten. Hätte sie das riskieren können? Dass ihre Tochter von sämtlichen Radaren verschwand, gefangen gehalten und ausgebeutet wie die vielen Mädchen aus den Krisengebieten, die für immer verloren gingen? Als verschollen galten? Und von keiner Polizeieinheit auf dieser Welt mehr gesucht wurden, weil die Aussicht auf Erfolg gleich null war? Ihre Annabelle, mit sechzehn aus dem vertrauten Leben gerissen und in eine Hölle verbannt, in der der Tod eine Gnade war verglichen mit dem, was sie dort zu erdulden hätte? Und selbst wenn das Wunder geschah und sie eines Tages ... *Nein! Es gibt keine zweite Lösung, wenn schon der erste Fehler tödlich sein kann!*

Also wen hätte sie einweihen können? Um Hilfe bitten? Ihren Mann? Der sich in der Akut-Klinik auf Sylt befand und bei einer Art Gruppentherapie »die

Hosen runterließ«, wie er es im Telefonat vor drei Tagen selbst genannt hatte? Nein, er wäre keine Hilfe gewesen. Und würde es auch jetzt nicht sein. Wenn er erfuhr, was hier los war, war die Wahrscheinlichkeit ungleich größer, dass er komplett zusammenklappen würde.

Nadja und Jens wollte sie auf keinen Fall mit hereinziehen, viel zu gefährlich. Und was ihr Bruder gesagt hätte und auch jetzt noch sagen würde, wusste sie sowieso: Geh sofort zur Polizei! Was zu einem ähnlichen Ergebnis führen würde, wie schon bei der Befolgung seines ersten Ratschlags: weitere Blessuren für sie bei gleichbleibender Sorgenlage.

Sie stieß sich von der Küchenanrichte ab, drehte sich auf den Spitzen ihrer in Wollsocken steckenden Füße und wandte sich dem Tisch zu, auf dem dieser Zettel lag. Mit der neuen Drohung. Die von Robert, dem Scheusal-Balg, selbst kam. Daran hegte sie keinen Zweifel.

Die zweite Warnung. Während ihre Annabelle vermutlich noch immer irgendwo auf Ibiza gefangen gehalten und, sie verschluckte sich fast an dem Kloß in ihrem Hals, *missbraucht wurde*. Und was hatte sie bisher getan? Zwei Männer getötet. Tiere eigentlich. Weil sie der Polizei nicht vertraute. Zu viel Angst davor gehabt hatte, dass der lange Arm des Scheusals auch bis dorthin reichen würde, wo es dann ohne zu zögern für seine ebenso missratene Brut intervenieren würde. Mit der Folge, dass Annabelle verloren wäre. *Für immer ...*

Jetzt war sie eine Mörderin. In den Augen der Polizei. Die die Verzweiflung und Wut einer so in die Enge getriebenen Mutter nicht mit Herz, sondern mit Paragraphen abhandeln würde.

Sie hatte das makabre Spiel verloren. Selbst der Tod der beiden Tiere hatte nicht dazu geführt, das Scheusal aus der Reserve zu locken. Weil der große Wirbel in der Öffentlichkeit ausgeblieben war. Der Tatort war geschlossen worden, die Leichen still bestattet, und das schmutzige Geschäft mit den Mädchen lief weiter. Auch die fremde Kleine, die sie ebenfalls nicht hatte schützen können, wurde wieder feil geboten.

Sie ging in die Knie. Den Rücken gebeugt, ihren Kopf in den Händen vergraben. Was hatte sie erwartet? Dass das Scheusal kapitulieren musste vor dem Druck der Öffentlichkeit, den es nicht gab? Und so auch die Machenschaften seines nicht minder grässlichen Sohnes ans Licht gezerrt worden wären? Und eine Spezialeinheit der Polizei ihr ihre Tochter zurückbrachte, wie es vielleicht in einer der amerikanischen Heldenserien passierte?

Sie verharrte in der Hocke, atmete. Doch sie spürte ihren Körper nicht mehr. Da war nur noch Kälte. Lähmende Kälte, die jede einzelne ihrer Zellen wie Blitzeis zu befallen schien. Nein, das hier war kein Fernsehen. Der Auftritt der Helden blieb aus. Die Wirklichkeit, sie war eher passiver Natur. Augenscheinliches wurde beachtet, der Blick hinter Fassaden vermieden. Zumal, wenn jemand die Fäden zog, der über genügend Einfluss verfügte, die Scheinwerfer in die gewünschte Richtung zu lenken. Wie ein glitschiger Aal hatte das Scheusal sich abermals herauswinden können, zwei tote Freier brachten so jemanden nicht ins Wanken. Das hätte sie wissen müssen. Und sie hatte es auch gewusst.

Sie atmete zittrig aus. Nur so war es zu erklären, dass sie tagelang nahezu reglos auf diesem Gelände mit den Boxen gestanden hatte, bevor sie endlich zum Angriff übergegangen war. Weil es diese Ahnung war, die sie in sich trug. Diese Ahnung, dass sie den Kampf gegen einen Gegner aufnahm, der sich ihr und allen anderen immer zu entziehen wusste. Ganz gleich, was geschah. Manche Menschen waren unbesiegbar. Standen über dem Gesetz, das anscheinend nur bei Leuten in den niederen Hierarchien griff. Leuten wie ihr.

Sie hob ihren Kopf. Langsam. Dachte an das lange Fleischermesser. In der Küchenschublade, ihr direkt gegenüber. Sie musste nur aufstehen, sie aufziehen und ...

Durch ihren Körper wälzte sich eine Woge der Wut, der Bitternis, es war, als hätte ihr Herz sich in einen Feuerball verwandelt, der ihr Blut zum Kochen brachte, sodass es auf dem Weg durch das Adernnetz Blasen schlug. Sie sah grell leuchtende Schlieren vor ihren Augen. Doch sie fühlte keinen Schmerz. Und keine Angst. Nur Trotz.

Sollte sie tatsächlich so in den Tod gehen? Sich heimlich, still und leise aus dem Leben schleichen und

Annabelle ihrem Schicksal überlassen?

Was würde sie ihm sagen, dem Wesen an der Pforte, das die neuen Seelen empfing?

Sie glaubte nicht an Gott. Einen Himmel. Die Hölle. Sie glaubte aber auch nicht, dass mit dem Tod tatsächlich alles vorbei wäre. Das konnte sie sich nicht vorstellen. Dieses Nichts. Dann wäre das Leben in der Tat sinnlos. Reiner Selbstzweck. Einerlei, ob man geboren wurde oder nicht. Weshalb dann diese Vielfalt? Würde doch ausreichen, wenn es nur eine Sorte Mensch gäbe, die friedlich vor sich hin existierte. Es musste einen Grund geben für die stetige Weiterentwicklung. Einen guten Grund. Die Natur ließ sich zwar nicht in die Karten schauen, aber an einen puren Zufall glaubte sie auch nicht. Das war ihr zu billig.

Das Leben *musste* einen Sinn haben. Jedes einzelne. Und jedes einzelne Wesen, dem es geschenkt wurde, hatte sich im Laufe der ihm zur Verfügung stehenden Zeit zu bewähren. Als Mikrobe. Maus. Mensch.

Ihr Blick fiel abermals auf den Zettel, der auf dem Küchentisch lag. Dieser Zettel mit der Botschaft, die ihr nun wie ein Angriffssignal erschien. Sie nahm das Stück Papier in die Hand. Und riss es in Fetzen. Sie atmete tief ein, spürte das erste Mal seit langem, wie der Sauerstoff ihre Lungen komplett auffüllte. Fühlte ansonsten aber nur marternde Leere. In ihrem Inneren.

Eine Familie, ein Haus. Ihr Fleckchen Glück. Mehr hatte sie nicht gewollt.

Trotzdem war ihr alles genommen worden.

Sie spürte, wie es erneut in ihr brannte. Wie es hinter ihrer Stirn zu lodern begann. Und in ihrem Bauch anscheinend gerade ein Inferno losbrechen wollte.

Sie lehnte sich gegen die Wand und krümmte sich soweit nach vorne, dass die Schmerzen in ihrem Leib erträglich blieben. Wo sollte sie hin mit all ihrer Enttäuschung? Ihrer Wut? Wer war schuld an diesem Desaster? Was war schuld? Die Krankheit ihres Mannes, die sich von Jahr zu Jahr immer tiefer in ihr Leben gefressen hatte? Die Unfähigkeit der Ärzte, diese Krankheit in den Griff zu bekommen? Oder war doch sie selbst das auslösende Moment gewesen, weil sie zu viel verlangt hatte von ihm? Ihrem Mann?

Er hatte das so nie gesagt. Nicht direkt. Nur hier und da angedeutet, dass ihm alles über den Kopf wachsen würde. Weshalb sie die Sache mit der Übernahme seines Elternhauses, in dem sich seine Terrorschwester verbarrikadiert hatte, offiziell verworfen hatte. Letzte Woche. Und wenn die Bank, wie in den Schreiben mehrfach angedroht, den Geldhahn tatsächlich abdrehen würde, weil das Krankengeld schon solange nicht mehr reichte, um die Raten stets pünktlich zu bedienen – nun, so sei es. Sie würde sich nicht mehr sperren. Mehr konnte sie nicht beitragen zur Genesung ihres Mannes.

Annabelle brachte das aber nicht zurück. Annabelle brachte niemand zurück. Für Annabelle gab es nur noch eine Hoffnung.

Ja. Sie hatte alles verloren. Aber sie war nicht besiegt. Konnte sich in ihrem Leben noch immer bewähren. Jetzt erst recht. Weil es nichts mehr gab, was man ihr noch hätte nehmen können. Außer Annabelle. *Halt durch, mein Schatz. Mama holt dich da raus!*

26

Tatjana Kartan war begeistert. Alles lief wie geplant. Wobei das Wort *improvisiert* es sicher besser treffen würde. Hastig zog sie die Tür zur Toilettenkabine zu und zerrte die mitgebrachten Kleidungsstücke aus ihrer großen Plastiktüte.

So ein Glück, dass Kollege Grafert mal wieder seinem Sendungsbewusstsein erlegen war und ihr brühwarm von Devcons Überwachungsauftrag berichtet hatte. Deshalb würde er ihr nun nicht mehr von der Seite weichen, hatte er mit einem anzüglichen Grinsen hinzugefügt. Selbst bis aufs Klo käme sie nicht mehr ohne ihn. Tatjana grinste und dachte: *Eitelkeit ist meine Lieblingssünde.* Ein Zitat des Schauspielers Al Pacino in seiner Rolle als Teufel.

Das Abendessen in Graferts Lieblingssushi-Zirkel war ihr Vorschlag gewesen. In der Gewissheit, dass er das niemals ablehnen würde. Die Rechnung würde er ja absetzen können, hatte er gewitzelt. Tatjana hatte brav mitgelacht, während sie eine SMS an Sibylle tippte. Einer der insgesamt drei Menschen außerhalb des Kommissariats, zu denen sie noch losen Kontakt pflegte. Von einem großen »Freundeskreis« hielt Tatjana nichts mehr seit es normal geworden war, nach der Wie-geht-es-dir-Floskel ohne Luft zu holen weiterzureden, um den eigenen Müll wenigstens verbal mal loszuwerden. Egal wann und wo. Und bei wem.

Mit Sibylle hatte sie eine Weile praktisch zusammengelebt. Fast jede Nacht in der Disco. Im Unterschied zu Sibylle, die noch heute keine Gelegenheit ausließ, die Nächte durchzutanzen, hatte Tatjana das Interesse daran schon früh wieder verloren. Und Sibylles Flexibilität in Sachen Männer hatte sie zwar nie verurteilt, aber auch nie geteilt. Dass der drahtige Grafert mit seinem Schelmenblick und dem leicht welligen Haar, das er schulterlang und zu einem Zopf gebunden trug, für sie ein »echtes Leckerchen« sein würde – nun, dafür hatte Tatjana nicht erst einen Blick in die Kristallkugel werfen müssen. Inwieweit Sibylle mit ihrer kastanienbraunen Naturkrause, dem großzügig dekolletierten Wollpulli und der Röhrenjeans in Graferts Beuteschema passte, würde der Abend erweisen. Abgeneigt schien er jedenfalls nicht. Sonst hätte er sich bestimmt darüber mokiert, dass sie sie bereits in der Sushi-Bar erwartet hatte. Fest stand ebenfalls jetzt schon, dass Sibylle ihm sowohl charmant als auch attraktiv genug erschien, um seinen Überwachungsauftrag, den er ohnehin nicht wirklich ernst nahm, erst einmal zu vergessen.

Tatjana fischte eine Nagelschere aus dem Sammelsurium in ihrer kleinen Handtasche und trennte die Preisschilder von den Waren ab, die sie vor knapp einer Stunde auf der Zeil bei H&M gekauft hatte. Mit Grafert im Schlepptau, dessen Gepfeife und blöde Bemerkungen sie tierisch genervt hatten. Gottseidank war er in der Kosmetikabteilung des Kaufhofs gleich in die Fänge einer gutaussehenden Promoterin für

Herrendüfte geraten, sodass sie sich ihre Make-up Utensilien ohne seine weitere Belästigung hatte zusammensuchen können.

Devcon hatte sie irgendwann, kurz bevor sie die Sushi-Bar geentert hatten, eine Nachricht übermittelt: *Komme später, bin beim BKA in Wiesbaden.* Woraufhin noch in derselben Minute zurückgekommen war: *Was zum Teufel machst du da?* Sie hatte nicht lange überlegt und getippt: *Habe dort eine Bekannte, die mir Recherche in Sachen Scheren-Täter ermöglicht.*

Und das war dumm gewesen. Von ihr. Da sie in dem Fall offiziell ja gar nicht mehr ermittelten. *Der Technik sei Dank,* hatte sie gedacht, froh, Devcons Reaktion lediglich mittels der neuen Distanz-Allzweckwaffe namens Smartphone spüren zu müssen. Anhand der Anrufe von ihm, die sie konsequent nicht annahm, konnte sie den Grad seines Zorns problemlos bestimmen: auf einer Skala von eins bis zehn eine eindeutige zwanzig. Für langatmige Richtigstellungen hatte sie im Moment aber weder die Zeit noch Muße. Wenn das alles vorbei sein würde, würde er sich ohnehin von selbst beruhigen. Und anerkennen, dass ihre Idee keineswegs so »bescheuert« war, wie er unterstellt hatte, ohne auch nur ein konkretes Wort dazu von ihr gehört zu haben. *Manchmal muss man den Chef eben zu seinem Glück zwingen,* dachte sie nur, trat aus der Toilettenkabine heraus, eierte auf ihren hohen Stiefelabsätzen zum Spiegel und musterte sich. Nickte zufrieden.

Mit ihren knapp vierzig war sie zwar schon etwas

alt für den Job, den sie vorgeben wollte zu haben, sah von Natur aus aber deutlich jünger aus. Erst recht nachts bei Straßenlampenbeleuchtung. Da musste sie sich schon mitten im Lichtkegel aufhalten, um ihre winzigen Lachfältchen sichtbar zu machen. Sie legte dunkellila glänzenden Lippenstift auf und einen ihrer Ansicht nach ebenso verrucht wirkenden Lidschatten aus Violett- und Silbertönen. Das Ganze krönte sie mit einer ordentlichen Ladung schwarzer Mascara. Ihr dunkles Haar wirtschaftete sie unter eine mit vielen Perlen und Glitzersteinchen besetzten Wollmütze. Auf eine Erkältung hatte sie nämlich überhaupt keine Lust. Deshalb auch der lange Mantel aus schwarzweißem Kuhfellimitat mit dem dicken Innenfutter.

Ziel ihrer Mission war es nicht, bei den Freiern zu punkten, sondern das Vertrauen der Mädchen zu gewinnen. Da konnte es nur von Vorteil sein, wenn sie den Männern nicht zu aufreizend erschien. Dann würden die Mädchen sie auch nicht als Konkurrenz wahrnehmen und wesentlich zugänglicher ihr gegenüber sein.

Tatjana ließ das Schminkwerkzeug am Waschbeckenrand liegen. Würde sie sowieso nie wieder benutzen. Sie befeuchtete ihre Zeigefinger und entfernte etwas von der Mascara. Sie hatte ein bisschen dick aufgetragen, es klebte ihr beinahe die Augen zu. Abgesehen davon würde das Regenwetter schnell für einen Marylin-Manson-Look sorgen. Und sie wollte schließlich niemanden erschrecken.

Mit ihren zivilen Kleidungsstücken in der großen

Plastiktüte stolzierte sie die Treppenstufen hoch. Eine junge Frau kam ihr entgegen. Musterte sie abschätzig. Und mit steil nach oben gewölbten Augenbrauen. Tatjana war zufrieden. Sie öffnete die Tür zum Restaurant. Spähte in Richtung Grafert. Der mittlerweile seinen Arm um Sibylles Schultern gelegt hatte.

Sehr gut! Mit großen Schritten bewegte Tatjana sich zum Ausgang hin und wandte sich noch einmal kurz um. Sibylle, anscheinend tief in das Gespräch mit Grafert vertieft, streckte von ihm unbemerkt ihren rechten Arm aus und hielt den Daumen hoch. Tatjana lächelte, trat nach draußen und machte sich auf den Weg.

27

Jede andere hätte er längst gefeuert. Vermutlich schon in der Probezeit. Und dieses Mal würde sie mit dem Verhalten nicht mehr bei ihm durchkommen. Das schwor er sich bei allen Heiligen und Unheiligen aus sämtlichen Mythologien. Devcon hieb mit der Faust auf den Wohnzimmertisch, merkte nicht, wie er sich die Handkante auf dem steinharten Material prellte. Mit wie im Fieber funkelnden Augen fixierte er sein stummes Handy. Noch immer keine Nachricht von Tatjana Kartan. Bei Grafert meldete sich auch nur die Mailbox.

Vielleicht waren sie zusammen irgendwo unterwegs, hatte Devcon ganz kurz versucht, sich die Situation schönzudenken. Da es bei den zwei derzeit aber ähnlich gut harmonierte wie im Haifischbecken bei der längst fälligen Fütterung, wären sie aller Wahrscheinlichkeit nach nicht mal bis zum Präsidiumsausgang gekommen, ohne dass sich einer brüsk wieder abgewandt hätte. Oder eine. Devcons Kiefer malmten, während er auf den schwarzen Bildschirm des Fernsehers starrte, der an der Wand gegenüber sein totes Dasein fristete.

Tatjana war nicht beim BKA. Da brauchte er gar nicht erst nachforschen. Er wusste es. Fühlte es. Weil seine innere Uhr Alarm schlug seit Tatjanas Nachricht. Und das Läuten war keineswegs leiser geworden, als er zudem hatte feststellen müssen, dass auch Grafert nicht mehr erreichbar war.

Devcon sprang auf, tigerte über das Wohnzimmerparkett. Nur seine Schritte waren zu hören. Und nur die Flurbeleuchtung, die er bei der Ankunft in seinem Haus im Frankfurter Stadtteil Sulzbach angelassen hatte, warf einen kleinen Lichtschein in den Raum. Der Hauptkommissar tappte im Dunklen. Wo war Tatjana wirklich?

Er konnte sich durchaus vorstellen, dass sie einen Weg gefunden hatte, Grafert ruhig zu stellen, ohne gleich zu Gewaltmaßahmen zu greifen. Frauen konnten bei so etwas sehr gerissen sein. Devcon erinnerte sich nur zu gut an *Anna Karenina*, wie die Gattenmörderin sich selbst genannt hatte, obwohl der Fall mittlerweile rund fünfundzwanzig Jahre zurücklag, also in die Zeit fiel, als Devcon noch *Detective* beim *San Antonio Police Department* in Texas gewesen war. Es war ein grandioses Schaustück weiblicher Verführungskunst, wie die zweifelsfrei der Schuld überführte Täterin es geschafft hatte, aus der Untersuchungshaft zu entkommen. Sie hatte einen der Wärter becirct, der ihr den Weg in die Freiheit öffnete und gemeinsam mit ihr auf Nimmerwiedersehen verschwand.

Tatjana war keine Mörderin. Und auch keine intrigante Person. Aber sie war bodenlos leichtsinnig. Und er ein Riesenidiot! Weil er sich ausgerechnet auf Grafert verlassen hatte, der vor nicht allzu langer Zeit auch privat gerne Devcons Platz eingenommen hätte. An Tatjanas Seite. Was sie ebenfalls wusste. *Ganz einfaches Spiel* ... Statt ihrer Streitlust zu frönen, müsste sie also nur nett zu Grafert sein.

Devcon setzte sich wieder auf die Couch, starrte ins Nichts und kaute auf seiner Unterlippe. Nach wenigen Sekunden sprang er auf und tigerte abermals umher. Fand keine Ruhe. Wenn Tatjana tatsächlich das vorhatte, was er befürchtete ...

Er schüttelte unwillig den Kopf. Das wäre kein Leichtsinn mehr, sondern Dummheit. Tatjana würde sich nicht offensiv mit Leuten anlegen, die die Schließung von Mordakten durchsetzen konnten, obwohl der zugehörige Täter noch frei herumlief. Und weitere Opfer somit nicht auszuschließen, wenn nicht gar wahrscheinlich waren. Was in so einem Umfeld passieren würde, wenn ein einzelnes Persönchen wie Tatjana in dieser längst nicht kalten Glut herumstochern würde ...

Devcon durchfuhr es heiß und kalt. Das war kein Schrillen mehr, was seine innere, für den Alarm zuständige Uhr da von sich gab. Es war das durchdringende Heulen einer Sirene. Er schnappte sich Holster und Mantel, griff sich sein Diensthandy vom Couchtisch und drückte die Taste Null.

28

Alles wird gut.

Von dieser Gewissheit durchströmt bewegte sie sich durch das dunkle Waldstück. Achtete auf herausragendes Wurzelwerk unter dem nassen Laub, damit sie nicht stolperte. Sehen konnte sie nicht viel. Der Himmel war pechschwarz, von dichten Regenwolken verhangen, die nicht das kleinste Sternenfunkeln durchließen. Nur die dürre Sichel des Mondes schien ab und an durch.

Doch das hinderte sie nicht. Die Lampen auf dem Gelände, das an das Waldstück angrenzte, leiteten sie zuverlässig wie das Licht die Motte. Nur, dass *sie* nicht verbrennen würde. *Alles wird gut.* Die drei Worte blitzten wie frische Leuchtraketen-Abschüsse in ihrem Verstand auf und hinterließen das warme Gefühl innerer Zuversicht.

Hinter einem der Büsche ging sie in Deckung und atmete tief ein. Bündelte ihre Kraft. Das Gesicht ihrer Tochter materialisierte sich vor ihrem geistigen Auge. *Annabelle* ... Wie sie freudig lachte. Beim letzten Weihnachtsfest, als sie ihr neues iPhone bekommen hatte. Wofür eigentlich kein Geld da gewesen war. Trotzdem hatte sie es gekauft. Neu. Ohne ihren Mann zu fragen, dessen Krankheit das Familienbudget schon viel zulange auffraß. Das Glitzern in den Augen ihres kleinen Mädchens war ihr die anschließenden Diskussionen wert gewesen. Mit ihrem Mann, der nur noch sich selbst und seine Medikamente im Kopf hatte.

Alles wird gut, blitzte abermals in ihrem Kopf auf, während sie reglos hinter dem Busch verharrte. Dann verzerrten sich die drei Worte. Wurden undeutlich. Verschwammen zu einer diffusen Masse, aus der sich ein neues Bild herauskristallisierte. Das Bild eines Mädchens in Nuttenkleidung. Mit pummeliger Figur. Und dem Gesicht ihrer Tochter. In dem sich ein von Rauschmitteln entstelltes, falsches Lächeln festgesetzt hatte.

Sie riss die Augen auf, schnappte nach Luft und konnte sich gerade noch halten. Beinahe wäre sie ins nasse Laub abgerutscht. Ein kalter Schauer durchlief sie. Sie starrte zu den Lichtern auf dem Gelände, das an das Waldstück angrenzte. Brauchte einen Augenblick, um sich zu erinnern, wo sie sich befand. »Alles wird gut«, flüsterte sie, ihre Hand in der rechten Tasche ihrer vom Regen feucht glänzenden, schwarzen Daunenjacke. In der sich ihr Werkzeug befand.

Sie hatte eine Aufgabe. Eine Mission. Die darin bestand, ihre Tochter zu retten. Egal, wie. Und egal, was mit ihr geschehen würde. Der Sinn eines jeden Lebens, er bestand darin, sich zu bewähren. Und genau das würde sie tun. Ganz gleich, wie viele der zweibeinigen Tiere getötet werden müssen, sie würde weitermachen, bis die wahren Verbrecher aus ihrer Reserve kommen und ihr ihre Annabelle zurückgeben. Eine Schuld fühlte sie nicht mehr. Das Leben, es war nicht schwarz oder weiß. Sondern grau. Und was gut oder böse war, wechselte. Ständig. Nichts war eindeutig. Es gab keine immer gültigen Gesetze, an die man sich halten konnte. Weil die Umstände stets anders wurden. Im Fluss waren, sich wandelten. Wie die Kulisse in einer düsteren Zauberwelt, in der niemand wusste, wer herrschte.

Du sollst nicht töten ... auch wenn deine Tochter stirbt? Was für ein vermeintlich barmherziger Gott würde so ein Gesetz erlassen?

Ihre Finger, sie schlossen sich fest um den Griff ihrer in der Jackentasche noch gesicherten Gartenschere. Nein, sie hatte keine Angst vor dem Urteil über sich und ihr Leben, das das Wesen an der Pforte ihr verkünden würde. *Alles wird gut* ...

Sie erhob sich. Zog die Kapuze tief in die Stirn. Pirschte sich heran an das Gelände und schlich sich, dicht an die Holzwand einer der Verrichtungsboxen gedrückt, so weit als möglich zum Zentrum vor. Sodass sie den Platz, auf dem die Freier in ihren Autos heranrollten, gut im Blick hatte. Ohne selbst entdeckt zu werden.

Ungewöhnlich ruhig war es. Die Boxen, in die sie einsehen konnte, standen fast alle leer. Der geschotterte Zufahrtsweg war unbefahren. Kein Motorengeräusch kündigte die Ankunft neuer Kunden an. Obwohl die Fleischregale gut bestückt waren. Sie zählte auf Anhieb fünfzehn Mädchen, die erbarmungswürdig leicht bekleidet im Novemberregen verharrten und darauf warteten, »benutzt« zu werden.

Sie verzog ihre rissigen Lippen. Und würde die

Sorte Mann, die sich hier bediente, wohl nie verstehen. Wollen.

Die Scheinwerfer eines Wagens in der Verrichtungsbox, die ihrer Position genau gegenüber lag, gingen an. Sie bewegte sich einige Schritte rückwärts und presste sich noch dichter an den derzeit unbesetzten Holzverschlag, dessen Außenwand ihr als Deckung diente. Ein silberner Kombi mit Münchener Kennzeichen rollte heraus und bog nach rechts Richtung Geländeausfahrt ab. Vermutlich irgendein Außendienstmitarbeiter, der einen heißen Tipp von einem seiner hiesigen Kollegen bekommen hatte. Oder von einem Kunden. Es gab sie in allen Hierarchien, die Sorte Mann, die sie nicht verstehen wollte.

Wieder senkte sich die nächtliche Ruhe auf das Gelände herab. Eine geradezu unheimliche Ruhe, wie sie empfand. Alles wirkte irgendwie leblos. Leere Holzkästen, vor denen die Mädchen wie unpassend gekleidete Trauergäste wirkten. Fast schon Friedhofsatmosphäre. Das Gefühl eines leisen Triumphes stieg in ihr hoch. Waren die beiden toten Freier vielleicht doch Grund genug gewesen, die widerlichen Sexgeschäfte zumindest auf diesem Gelände zum Versiegen zu bringen? Ihre Aufregung vermischte sich mit wachsender Freude. Obwohl die fehlende Betriebsamkeit ihr ihre Aufgabe zweifellos sehr erschwerte. Solange das Gros der Mädchen hier draußen herumlungerte, konnte sie keinen Angriff riskieren. Wenn auch nur eine sie zu früh entdecken und Alarm schlagen würde ... Ganz abgesehen davon, dass sie zunächst mal ein Opfer brauchte. Einen Freier, den sie aus dem Hinterhalt attackieren konnte. Mit ihrer Gartenschere.

Sie beugte sich vor, sondierte abermals das Terrain und zog die Stirn kraus. Irgendwas passte nicht. Die Stimmung an diesem Abend hier draußen, sie war äußerst sonderbar. Beinahe schon unwirklich. Nicht, dass es nicht vorkommen durfte, dass auch mal kaum »Verkehr« herrschte. Es war der Donnerstag vor dem ersten Advent und zudem keine acht Uhr. Möglicherweise standen die zweibeinigen Tiere noch im Feierabendstau. Oder schoben Überstunden. Shoppten in den geöffneten Läden der Mainmetropole.

Sie merkte nicht, wie sich ein Hautfetzchen von ihrer Unterlippe löste, auf der sie herumnagte. Registrierte es erst, als sie den winzigen Blutstropfen schmeckte. Es war nicht die Ruhe, die sie störte. Es war das Verhalten der Mädchen. Die, jede für sich, wie durch unsichtbare Trennwände isoliert, im kalten Nieselregen standen. Nicht miteinander schwatzten. Oder stritten. Wie sie es früher beobachtet hatte. Als sie damit begonnen hatte, das Gelände zu observieren, bevor sie zu ihrer ersten Tat geschritten war.

Sie wagte sich noch etwas weiter aus ihrer Deckung hervor, die Kapuze möglichst tief bis über die Stirn gezogen. Sie stand nun ganz vorne an der rechten Ecke der leeren Verrichtungsbox. Konnte so einen Blick über das ganze Gelände werfen. Sah die Dunststreifen des Regenwassers, das sich in den grell leuchtenden Lampen spiegelte, die an jeder linken Seite der garagenähnlichen Holzverschläge angebracht waren. Und sie sah die frierenden Mädchen in ihren Bustiers, Hotpants, knappen Röcken, Leggins, die Schultern meist nur mit einem grellbunten Schal bedeckt. Wie Untote staksten sie auf ihren Absätzen umher, die Arme eng um die Oberkörper geschlungen. Die leeren Blicke in irgendeine imaginäre Ferne gerichtet. *Zombieparade* ...

Warum standen sie alle hier draußen Spalier, obwohl nichts los war? Niemand kam, den sie bedienen konnten? Wieso wärmten sie sich nicht abwechselnd in den sanitären Einrichtungen auf, suchten Schutz vor der kalten Witterung? Und wieso sprachen sie nicht miteinander? Sie riskierte einen weiteren Schritt nach vorne. Gab ihre Deckung ganz preis. Ohne zu wissen, warum sie das tat. Ihre rechte Hand ruhte noch immer in der Jackentasche, in der sie die Gartenschere verbarg. Doch sie hielt den Griff nicht mehr umklammert. Ihr Herz pochte. Es war diese Frau, die auf einmal da war und sie sehr irritierte. Wie auf Knopfdruck geriet alles in Bewegung. Die Mädchen kreischten. Die Frau rannte auf sie zu und schrie ebenfalls. Mit einer Waffe in der Hand. Eine Pistole. Wollte sie sie erschießen? Aber warum?

Ich bin doch auf eurer Seite, war der letzte Satz, den sie denken konnte, bevor sie hart umfasst und nach hinten gerissen wurde – und dank des Schockmoments nicht mehr mitbekam, wie sich eine scharfe Klinge mit Wucht in ihre linke Brust bohrte.

29

Es waren zu viele. Tatjana verlor die Kontrolle. Kaum richtig angekommen auf diesem Gelände für Billigsex, dessen Tristesse ihr sofort aufs Gemüt geschlagen war, hatte sie sich nicht einmal mehr kurz umschauen können, als die Ereignisse sie schon überrollten. Eines der Mädchen fing an zu schreien, deutete mit ausgestrecktem Finger zu dem hölzernen Verhau ihr gegenüber. Tatjana folgte dem Blick und sah eine dunkle Gestalt. Von der Lampe angestrahlt, die am benachbarten Boxenkasten hing. Von kleiner Statur war sie, diese Gestalt. Mit Kapuze auf dem Kopf und schwarz wie die Nacht gekleidet. Das Wesen rührte sich nicht. Merkte nicht, wie eine weitere und ungleich größere Figur auftauchte. Dahinter. Etwas blitzte auf im Lichtschein der Lampe. Tatjana meinte, einen Flammenwerfer in ihrem Inneren zu spüren, sie riss ihre Pistole aus der rechten Tasche ihres Kuhfellmantels, zielte in Richtung des in Gefahr schwebenden Wesens und brüllte: »Polizei, keine Bewegung!«

Wieder hörte sie Schreie der Mädchen. Und dann erst mal nichts mehr. Der Schmerz explodierte bis in ihren Schädel hoch. Nur noch halbbewusst registrierte sie mindestens eine weitere große Gestalt, die sich unbemerkt an sie herangepirscht hatte. Tatjana sank auf die Knie. In den regennassen Schotter hinab. Realisierte nicht, wie jemand ihre Pistole aufhob. Ihr rechtes Handgelenk schien zu platzen, der Druck war unerträglich. Tränenblind und einer Ohnmacht nahe, bekam sie nicht mit, wie sich ihr weitere Gestalten näherten.

»Na, was haben wir denn hier für ein Pferdchen!«

Eine blechern klingende Männerstimme dröhnte gebrochen an ihr rechtes Ohr.

»Los, ab damit zum Container! Da reiten wir's erst mal zu!« Ebenso blechern klingendes Gelächter erschallte. Gemischt mit den Schreien der Mädchen.

»Was ...« Weiter kam Tatjana nicht. Es explodierte erneut etwas in ihrem Schädel. Dieses Mal aber direkt im Zentrum. Mit dem Rest ihres Bewusstseins, das einer langsam verlöschenden Kerze glich, beobachtete sie, wie ihr Körper dem einer leblosen Puppe gleich über den Kies geschleift wurde. An den Füßen voraus und in Rückenlage. Ein entsetzlicher Krach schien um sie herum zu wüten, den sie wie durch eine dicke Glasglocke abgeschirmt wahrnahm. Dann wurde es ganz ruhig. Warm. Und friedlich.

30

»Ich muss in meinem Bericht hier plausibel erklären, wieso ich einen nicht mehr existierenden Tatort mit einer halben Infanterie habe stürmen lassen. Sonst bin nicht nur ich meinen Job los. Irgendwelche Ideen?«

Tatjana, in ihrem Krankenbett auf der Station des Universitätsklinikums in Frankfurt am Main, versuchte zu schlucken. Doch ihr Mund war zu trocken. Wegen des gut dreitägigen Dauerschlafs, von dem sie erst kürzlich auch mal für länger erwacht war. Die Fraktur an ihrem rechten Handgelenk hatte operativ behandelt werden müssen. Die leichten Blutungen innerhalb ihres Schädels hatten zum Glück schnell wieder aufgehört, sodass sie mit der Diagnose einer schweren Gehirnerschütterung davon gekommen war.

Überkreuz versuchte Tatjana, mit ihrer unverletzten linken Hand an die kleine Tasse aus Plastik zu kommen, die kalt gewordenen Kamillentee enthielt. Auf halbem Weg musste sie abbrechen. Das Dröhnen in ihrem Kopf ließ keine weitere Bewegung zu. Sie hatte das Gefühl, ihr Schädel würde gleich zerspringen wie eine Porzellankugel, die man auf einen Steinboden fallen ließ. Sehnsuchtsvoll ruhte ihr Blick auf der Plastiktasse. Ihren Besucher anzusehen oder ihn gar zu bitten, ihr den kalten Tee zu reichen, wagte sie nicht. Zu zornig war das Lodern in den dunklen Augen gewesen. Zornig und enttäuscht. Maßlos enttäuscht. Tatjana hatte als Reaktion darauf nicht weinen wollen. Konnte es aber nicht verhindern. Weil sie wusste, dass sie dieses Mal wirklich die rote Linie überschritten hatte. Und sie vor Angst fast verging, nun nie mehr zurück auf die andere Seite zu kommen.

Jim Devcon rührte sich nicht. Er starrte Tatjana nur an. Als wäre sie eine unliebsame Bekanntschaft. Eine Person, die er am liebsten nur von weitem sah.

»Nun seien Sie dem armen Mädchen doch behilflich«, vernahm er die empört klingende Stimme von Tatjanas Zimmernachbarin. Eine kleine Frau um die siebzig mit schlohweißem Haar und wässrigem Blick, deren linker Arm dick verbunden in einer Schlaufe hing, die sie um ihren Oberkörper trug.

Devcon sog gut hörbar die Luft ein, griff nach der Teetasse, schaute die Frau an und presste so beherrscht wie möglich hervor: »Selbstverständlich. Aber sagen Sie, würde es Ihnen viel ausmachen, uns ein paar Minuten allein zu lassen? Es geht um dringende Dienstgeschäfte, und ich verspreche Ihnen, dass es nicht länger dauern wird als unbedingt nötig.« Er zog die Mundwinkel nach oben. Doch nicht nur Tatjana sah, dass seine Augen nicht mitlächelten. Die Frau erwiderte nichts und schüttelte den Kopf, stand aber auf und schlurfte in ihren Hauslatschen aus dem Zimmer.

Als die Tür von außen zugezogen war, wurde es wieder still. Devcon hielt Tatjana die Tasse mit dem kalten Kamillentee hin. Sie nahm sie und trank. Vorsichtig. Erschrak fast, als sie ihr eigenes Schlucken hörte. Mit zittriger Hand wollte sie das Gefäß wieder zurückstellen. Devcon nahm es ihr wortlos ab und sprach weiterhin nur durch seinen Blick zu ihr. Ein Blick, der Tatjana mehr schmerzte als sämtliche körperlichen Blessuren es jemals gekonnt hätten. Sie schluckte abermals. Leer. »Also ...«, setzte sie an, brach aber gleich wieder ab.

Pass genau auf, was du jetzt sagst!, signalisierte ihr Devcon. Eisig schweigend.

Tatjana spürte, wie neue Tränen in ihr hochstiegen. Wie ihre Nase anfing, zu laufen. Mit so viel Reststolz, wie sie noch zusammenkratzen konnte, quälte sie sich auf die rechte Seite, schnappte sich das Päckchen mit den Papiertaschentüchern, das neben der Teetasse lag, und ließ sich zurück auf den Rücken fallen. In ihrem Schädel schien jemand großangelegte Umbauarbeiten mit dem Presslufthammer vorzunehmen. Und die Operationswunde am rechten Handgelenk hatte wohl gerade vor, sich aus dem Gips heraus zu schwellen. Tatjana atmete tief durch. Putzte sich mit der unverletzten linken Hand die Nase. Und wandte sich wieder Devcon zu. Dessen Eisbergfassade erste Risse zeigte. Oder war das nur Wunschdenken? Tatjana schniefte und rappelte sich in ihrem Kissen soweit hoch, wie ihr Kopf es zuließ. »Gut. Ich habe Scheiße gebaut.«

»Ach?«

Trotzig funkelte sie Devcon an. »Aber irgendwie auch wieder nicht!«

»Schade«, erwiderte er nur. »Der Ansatz war gut, aber dann ...« Er machte Anstalten, sich zu erheben.

»Jetzt warte!«, rief Tatjana und offenbarte mehr von ihrer Verzweiflung als sie wollte. »Du urteilst zu hart.«

»Ach?«, machte Devcon wieder und sah aus, als bräche er jeden Moment in hysterisches Gekicher aus.

»Ja!«, insistierte Tatjana. »Wäre ich nicht da gewesen, wäre aller Wahrscheinlichkeit ein Mord verübt ...

»Sie ist tot«, unterbrach Devcon sie. Vollkommen emotionslos.

»Was? Wer ist tot?« Tatjanas Stimme war nur noch ein Hauch. Mit glasigem Blick fixierte sie Devcon, dessen Kopf in einer Art Wolke verschwinden wollte. Eine graue Dunstwolke, die sich zwischen Tatjana und die Realität drängte.

Devcon wartete einen Moment und entspannte seine grimmige Mimik zumindest etwas. »Wir waren zu spät. Das Notarzt-Team konnte die Frau nicht mehr retten. Der Messerstich traf ihren Herzmuskel zentral. Und tief.«

Tatjana blinzelte. Spähte durch die graue Wolke, innerhalb der Devcons Kopf wieder deutlicher in Erscheinung trat. »Wer war es?«

»Wen meinst du?«

»Na, den Täter.«

»Welchen?«

»Na, also ...« Die Wolke zog langsam ab, Devcons Statur erschien vollständig vor Tatjanas angestrengt dreinblickenden Augen. Musste das sein, dass er sie jetzt auch noch hochnahm?

»Fangen wir vorne an«, hörte sie ihn sagen. »Du

lagst richtig mit deiner Einschätzung unsere geschlossene Fallakte betreffend.«

»Was?« Tatjana, noch immer leicht benommen, konnte Devcon erkennbar nicht folgen. »Aber wer war das auf dem Gelände, wollte ich wissen. Die Person mit dem Messer. Etwa der Scherenmann?«

»Nein. Scherenfrau. Ich sagte doch schon, dass du recht hattest.«

Tatjanas Lippen formten ein tonloses *Was?* Dann ein *Ah!* Jetzt hatte sie begriffen, dass Devcon vom gesuchten Täter im geschlossenen Eunuchen-Fall sprach. *TäterIN* ... Tatjana nickte. Kurz. Weil die kleine Platzwunde unter ihrem Kopfverband prompt anfing zu pochen.

»Ihr Mörder ist allerdings männlich«, fuhr Devcon fort. »Kumpan eines gewissen Robert Kunther. Sohn des Schatzmeisters unserer Regierungspartei.«

»Oje«, murmelte Tatjana. »Schöner Schlamassel.«

»Sagte ich ja. Laut Aussage des Kerls hatte es sich Robert Kunther wohl nicht nehmen lassen, das Killerkommando persönlich anzuführen. Nachweisen können wir ihm das aber nicht. Papa Harald, unser getreuer Schatzmeister, hat uns ein hieb- und stichfestes Alibi für seinen Filius präsentiert. *Surprise, surprise.*«

Tatjana deutete ein Kopfschütteln an, unterließ diese Bewegung aber gleich wieder. »Und was ist jetzt mit dieser ermordeten Frau?«

»Unserer Täterin?«

»Ja. Wieso musste die denn über die Klinge springen?«

»Wegen ihrer Tochter.«

Tatjana schaute Devcon mit offenstehendem Mund an. Wie ein Schulkind, das die Lösung einer Rechenaufgabe nicht nachvollziehen konnte, die der Lehrer vorne an der Tafel präsentierte.

»Annabelle ist der Name. Von der Tochter«, führte Devcon weiter aus und klang nicht mehr ganz so förmlich. »Laut unserem Messerstecher war sie mit Robert Kunther liiert. Dann war aber noch was im Zusammenhang mit Fummelfilmen gewesen. Wovon weder Kunther junior noch der Senior etwas wissen will. Nächste große Überraschung.« Devcon stieß einen verächtlich klingenden Laut aus. »Ich gehe mal davon aus, dass es ihrer Mutter, also unserer Täterin, darum ging, ihre Kleine wieder zurückzuholen. Verständlich, oder?«

»Und wie sollte Freier kastrieren dabei helfen?«

Devcon zuckte die Achseln. »Das können wir sie leider nicht mehr fragen.«

Tatjana guckte noch immer verständnislos. »Warum ist sie denn nicht zur Polizei gegangen wegen ihrer Tochter?«

Devcon sagte nichts. Er verzog auch keine Miene. Sein resignierender Blick übermittelte mehr als Gesten und Worte es je vermocht hätten. Tatjana schaute betreten zur Seite. »Weil sie nicht geglaubt hat, dass wir ihr hätten helfen können, verstehe …«, murmelte sie in Richtung Bettdecke. »Und wo ist das Mädchen jetzt? Annabelle?«

»In der Rechtsmedizin.«

Tatjana erstarrte, als wäre der Blitz in sie gefahren.

»Hatte sich die Pulsadern aufgeschlitzt. Gleich nach dem ersten Missbrauch. Eine Art Gruppenvergewaltigung vor laufender Kamera, wenn ich das Arschloch mit dem langen Messer richtig verstanden habe. Ihre Leiche hatten sie dann im Wald verscharrt. Grafert und ich konnten das Stück Dreck zum Glück schnell überreden, uns zu sagen, wo genau. Konnte sich noch gut erinnern, dieser Abschaum. Ist nämlich erst rund sechs Wochen her. Die Maden haben also noch mehr als genug von der Kleinen übrig gelassen zum Identifizieren.« Devcon klang ruhig, fast schon lässig. Doch Tatjana kannte ihn gut genug, um zu wissen, dass es nur eine Maskerade war, hinter der er sich versteckte, damit er nicht elendig erstickte im Sumpf der Bitternis.

Tatjana selbst fühlte gar nichts. Sie kam sich vor wie bei einem Hörspiel, bei dem der Sprecher hoffentlich bald einsehen würde, dass sein Text ganz entsetzlich war und alles fix wieder löschte. Devcon sah aber nicht danach aus, als hätte er noch etwas anderes im Programm.

»Aber dann war es doch trotz allem gut, dass ich da war!«, begehrte Tatjana auf. »So wissen wir wenigstens, wer die beiden Freier ermordet hat.«

»Was außer uns keinen mehr interessiert, da die Akte geschlossen ist.«

»Aber ...«

»Wir haben nichts in der Hand! Offiziell ist die

Frau an Herzversagen gestorben.«

»Ja, aber durch Fremdeinwirkung!« Tatjana merkte, wie es in ihrem Schädel immer stärker hämmerte durch ihren sich vor Ärger beschleunigten Puls, ignorierte es aber so gut als möglich.

»Das kommt so nicht in den Bericht.«

»WAS?«

Devcons Miene glich einem Stein. Seine Augen ruhten wie tot auf einem Punkt irgendwo hinten im Krankenhauszimmer. Nur seine Lippen bewegten sich. Minimal. »Ich habe keine Kontrolle über einen Fall, der von übergeordneter Stelle offiziell geschlossen wurde. Und das Wissen, dass es sich bei der ermordeten Frau um die von uns gesuchte Täterin handelt, verdanke ich Dillingers Gefälligkeit. Ich hatte ihn inoffiziell um einen DNS-Abgleich gebeten. Und ich werde einen Teufel tun und Hans auch noch in diesen Schlamassel mit reinziehen!« Er sah Tatjana mit verengten Pupillen an. »Da ist jemand verdammt gut vernetzt. Und offenbar der Ansicht, dass zur allgemeinen Zufriedenheit nun alles bestens gelöst ist. Die Täterin tötet nicht mehr, weil selbst tot. Einfache aber bestechende Logik, nicht wahr?« Aus Devcons Kehle drang ein freudloses Lachen.

»... Ich schlafe noch, richtig? Das hier ist nur ein blöder Traum.« Tatjana zwickte sich mit der gesunden Hand selbst in ihren linken Oberschenkel.

»Leider nein.«

Sie zog ihre Hand wieder unter der Bettdecke hervor und starrte Devcon tapfer entgegen. »Aber was ist mit dem Mörder der Täterin?«

»Kein Mord, kein Täter.«

»Das glaube ich nicht!«

Devcon zuckte die Achseln. Die Tür ging auf. Tatjanas Zimmergenossin machte Anstalten, hereinzukommen. Devcon rang sich ein liebenswürdiges Lächeln ab. »Nur noch ein paar Minuten, ja?« Die Frau zog eine Flunsch, nickte aber und schloss die Tür wieder von außen.

»Was ist mit diesem Robert Kunther?«, bohrte Tatjana weiter. »Wie's aussieht, ist der ja schließlich an allem schuld, richtig?«

Devcon hob abermals nur die Schultern.

»Na, hör mal! Immerhin hat dieser andere Kerl doch gestanden, dass sie das Mädchen missbraucht haben.«

»Dafür muss er sich auch verantworten, unser Messerstecher. Herzversagen wirft bei einem sechzehnjährigen Mädchen fast immer Fragen auf. Der Vater hätte versucht sein können, eine offizielle Obduktion zu verlangen. Da ist es aus Sicht unseres gut vernetzten Politikers klüger, wenigstens hier bei der Wahrheit zu bleiben. Zumal mit Robert Kunthers Kumpan ein Schuldiger zur Verfügung steht, auf den sich die diesbezügliche Aufmerksamkeit richten lässt, weil Grafert und ich ihn zum Singen bringen konnten. Und ihm damit ungewollt zu dem schönen Deal verholfen haben, nehme ich mal an.«

»Deal? Was für ein Deal?«

Devcon lehnte sich zurück und schlug die Beine

übereinander. »Sein Anwalt erhielt einen Anruf. Daraufhin hat dieser Kerl seine Aussage gegen Kunther junior sofort widerrufen. War ganz einfach, weil er noch nichts unterschrieben hatte. Kurz darauf erhielt ich ebenfalls einen Anruf. Von Fringe. Und jetzt rate mal, was die Botschaft war.« Devcon ließ Tatjana keine Möglichkeit, etwas zu entgegnen. Er redete gleich weiter. »Sofortiger Ermittlungsstopp für uns, eine übergeordnete Stelle übernimmt.«

»Ja, aber ... und dieser Politikersohn? Robert Kunther? Wird auch nicht aus dem Verkehr gezogen?«

»Verkehr? Welcher denn? Laut seiner Aussage, sekundiert durch Papi, kannte er das Mädchen gar nicht. Woraus die Schlussfolgerung zu ziehen ist, dass sein Kumpan ihn in diese Sache nur mit reinreiten will, um das Strafmaß für sich selbst zu mindern. Sagt Robert Kunther. Jurastudent im achten Semester und leidenschaftlicher Hobbyfilmer.«

»Und damit hat sich der Fall?«, brach es ungläubig aus Tatjana hervor.

»Damit hat sich der Fall.«

»Aber ...«

»Lass gut sein, ja?« Devcon Stimme klang längst nicht mehr förmlich, sondern nur noch gequält.

»Und was filmt der so, dieser Mädchen missbrauchende Jurastudent?«, setzte Tatjana nach und schaute Devcon verzweifelt an.

»Tiere«, antwortete er. Tonlos. In Erinnerung an Kunther juniors schmieriges Grinsen, mit dem er diese Information garniert hatte. Es war das Grinsen eines Menschen, der sich für unantastbar hielt. Weil er wusste, dass er nur fiel, wenn sein alter Herr stürzte. Was wiederum lediglich durch einen Schubs aus dem innersten Zirkel der politischen Kaste geschehen konnte. Auch Kinderpornos auf den Rechnern solcher Menschen wurden meist nur dank Denunzianten entdeckt. Denunzianten aus dem feindlichen Parteienlager. Oder dem eigenen.

Tatjana schwieg. Den glasigen Blick auf die Bettdecke gerichtet. Devcon beobachtete sie, seine Dauerpatientin. Ahnte, wie sehr sie nach etwas suchte, an das sie sich klammern konnte, um in dieser sich immer mehr verdichtenden Nebelbank nicht verloren zu gehen. Eine Nebelbank, die jeden Funken Hoffnung auf ein bisschen Gerechtigkeit gnadenlos verschlang. Devcon hätte Tatjana gerne gestützt. Konnte es aber nicht. Weil er selbst gerade drohte, wie mit Zement an den Füßen beschwert im Meer der Sinnlosigkeit auf Grund zu rauschen.

»Aber immerhin muss der Vater von Annabelle nicht in dieser Unwissenheit leben«, flüsterte Tatjana. Mehr zu sich selbst. »Sich nicht Tag für Tag fragen, was mit seiner Frau und der Tochter geschehen ist. Er kann damit abschließen. Irgendwann. Hoffentlich. Und dann noch mal von vorne anfangen.«

Devcon betrachtete Tatjana und war kurz versucht, sie über den Zustand des Mannes zu informieren, dessen Haut nicht mehr heilen wollte. Und dessen Arzt bezweifelte, ihn sobald wieder aus der psychologischen Behandlung entlassen zu können, ohne zu riskieren, dass sein Patient bei der ersten sich ihm bietenden Gelegenheit in den Freitod ging. Der Hauptkommissar entschied sich dann aber dagegen. Es wäre nichts anderes, als einer wehrlos am Boden liegenden Kämpferin den Rest zu geben. Und es war nicht Tatjana, die diesen schalen Sieg gegen ihn errungen hatte. Gegen ihn und das Gros der Bevölkerung. Tatjana stand auf derselben Seite wie er.

Leider hatte sie aber noch immer nicht begriffen, dass er nicht ihr persönlicher Schutzengel war, sondern auch nur ein Mensch. Ein Mensch, der nicht bis zum Jüngsten Tag für ihre Fehler gerade stehen konnte. Und diese Lektion musste sie jetzt lernen.

»Also, noch mal. Ich muss in meinem Bericht plausibel erklären, wie es möglich war, dass ich dich gerade noch rechtzeitig retten lassen konnte.« Devcon klang wieder förmlich und hielt ein leeres Blatt hoch. »Wo ich offiziell doch gar keine Ahnung hatte, in welche Gefahr du dich begeben hattest.« Tatjana wollte etwas sagen, er unterband es mittels eines rigorosen Handzeichens. »Das Einfachste wäre für mich, ein Disziplinarverfahren gegen dich einzuleiten. Was dank des Zusammenhangs mit der widerrechtlichen Ermittlung in diesem geschlossenen Fall totsicher zu deiner Entfernung aus dem Dienst führt.«

Tatjana riss die Augen auf. Ihre Haut, so bleich wie der Kopfverband.

»Nicht schön, nicht wahr?« Devcons markante Gesichtszüge blieben hart. Ebenso sein Blick. »Also dann, irgendwelche Ideen?«

Tatjana schaute zur Zimmerdecke hoch. Schniefte. Glitt in ihr Kissen zurück. Wie eine Patientin, die die Diagnose ihres Arztes erst einmal verkraften musste. »Aber die Täterin«, murmelte sie. »Ich verstehe es nicht. Was war mit ihr? Wieso ist sie so ausgerastet?«

Devcon schwieg. Er schlug die Beine neu übereinander, schien seine gefalteten Hände zu betrachten, die in seinem Schoß ruhten.

»Ich meine, was für ein Mensch war sie? So insgesamt?«, hörte er Tatjana fragen.

Er sah noch immer nicht auf. Und antwortete mit leiser Stimme: »Eine ganz normale Frau.«

* * *

Seelensühne:
EISKALTE RACHE

*Wenn im Herzen Krieg herrscht,
sind Köpfe machtlos*

PROLOG

»Es ist noch nicht zu spät.«

Der Mann rieb sich über die pochende Schläfe und bückte sich nach seiner Brille. Ein Fußtritt beförderte sie außerhalb seiner Reichweite. Ein weiterer Tritt ließ das Brillenglas splittern. Der Mann richtete sich mühselig auf und blinzelte zu den Gestalten herüber, die er nur schemenhaft wahrnehmen konnte. Das düstere Kellergewölbe wurde lediglich von einer Kerzenfackel erhellt. Außerdem war er schon seit seinen Kindertagen enorm kurzsichtig. Er ließ sich die Verunsicherung nicht anmerken, ignorierte das Hämmern in seinem Schädel und nahm Haltung an. »Hören Sie.« Seine Stimme klang sonor und souverän wie es seiner Position entsprach. »Ich kann Ihre Wut nachvollziehen ...«

Etwas explodierte dort, wo sich seine Schneidezähne befanden. Der Schmerz wallte auf wie eine Feuerbrunst. Ihm wurde schwindelig, er taumelte. Würgte wegen des metallischen Geschmacks der Flüssigkeit, die in seine Kehle rann. *Blut ...*

»Spinnst du? Lass ihn sofort in Ruhe!«, hörte er eine weibliche Stimme kreischen. Die Worte hallten in seinem Gehörsinn nach wie beim Kanon. Gleichzeitig quälte ihn ein dröhnendes Rauschen, sodass er nicht hätte sagen können, wo sich die Sprecherin befand. Vor ihm, hinter ihm, rechts oder links, alles war möglich.

»Halt den Mund und überlass das mir!«, konterte eine aggressive Männerstimme. Bevor er einen Gedanken daran verschwenden konnte, woher diese Stimme kam, suchte ihn ein neuer Schmerz heim. Sein Oberkörper kippte nach vorne. Er fiel auf die Knie und röchelte. Sein Magen schien in Flammen zu stehen. Er rang nach Atem und spürte, wie etwas Hartes in seinem Mund umherrollte. *Ein Zahn ...*

Der Mann versuchte, seine flackernden Augenlider zu schließen. Seine Lungen entkrampften, er bekam etwas Luft. Er zählte innerlich langsam bis drei und zwang sich zur Ruhe. »Bitte ...«

»Was? Ich kann dich nicht verstehen, Alter!«, giftete die Männerstimme.

Brutale Hände packten ihn an den Oberarmen und rissen ihn hoch. Er hustete und spuckte Blut, das aus seiner Zahnfleischwunde strömte. Er wollte weitersprechen, doch er konnte es nicht. Sein Körper war nur noch Schmerz. Mehr als einen Laut des Wimmerns brachte er nicht hervor.

»Lasst ihn los!«, kommandierte die Männerstimme.

Die Hände gehorchten. Er stürzte zu Boden und schlug mit dem Kopf auf den steinigen Kellerboden. Instinktiv rollte er sich zusammen. In seinem Schädel machte sich Schwärze breit, eine ihm feindlich gesinnte Schwärze, die ihn von innen heraus zu verschlucken drohte.

»Hendrik, es reicht!«, hörte er die Frauenstimme rufen. War sie überhaupt real? Oder entsprang sie seinem Denken, gespeist von dem Wunsch, hier lebend wieder herauszukommen?

»Prima, sag meinen Namen, wirklich großartig!«, schrie die Männerstimme. »Wollen wir ihm vielleicht noch meinen Ausweis ins Jackett stecken?«

»Was du hier machst, ist entgegen allen Abmachungen! Das werde ich nicht länger dulden, Schluss jetzt damit!«

Wieder die weibliche Stimme, die den immer kleiner werdenden Funken Hoffnung in ihm schürte. Kam sie wirklich noch aus dem Diesseits? Oder befand er sich schon halb im Jenseits? Er war sich nicht sicher, kauerte weiterhin auf dem feuchtkalten Boden und rührte sich nicht. *Nur keine Tritte mehr, bitte ...*

»Was ist nur in dich gefahren?«, rief die Frau.

»Was willst du denn?«, donnerte der aggressive Mann. »War doch klar, dass das kein Kindergeburtstag wird.«

»Von brutaler Gewalt war aber auch nie die Rede! Damit erreichst du gar nichts, sondern schadest der Sache!«

»Ach ja?«, höhnte der andere. »Wer hat den Kampf denn angefangen, hä? Abschaum wie der da! Und warst du es nicht, die gesagt hat, wir müssen von Anfang an mit starken Bildern operieren?«

»Genau«, ließ sich eine weitere männliche Stimme

vernehmen.

»Richtig.« Noch eine.

»Jemanden halbtot schlagen ist aber kein starkes Bild, sondern ein krimineller Akt!«, schrie die Frau. Ihre Stimme hallte nach im Gewölbe.

»Jemandem mutwillig die Existenz rauben ist auch ein krimineller Akt!«

Die anderen Anwesenden klatschten, gaben zustimmende Laute von sich.

»Bringt mir das Schild!«, befahl der Aggressive, der anscheinend der Anführer der Bande war.

Der Mann am Boden spürte, wie er abermals hochgerissen wurde und von zwei kräftigen Menschen an die feuchte Gewölbewand gedrückt wurde. Etwas wurde um seinen Hals gehängt. Eine Schnur. Ein Seil. An dem wiederum etwas hängen musste. Seinem Gefühl nach zumindest.

»Haltet ihn ruhig und dreht das Schild so, dass man es gut lesen kann! Ja, so geht's.«

Gefangener der Weißen Lilie hatte jemand mit dickem Filzschreiber auf das Stück Pappe geschrieben.

Der Mann öffnete die Augen und blinzelte in die Richtung, aus der die Stimme des Anführers ihre Befehle gab. Ein aufblitzender Lichtstrahl stach wie ein Dolch in seine Pupillen.

»Jetzt rüber mit ihm aufs Brett!«, wurde das nächste Kommando gebellt.

Die starken Hände packten zu, schleiften ihn mit sich und zwangen ihn bäuchlings auf eine harte Unterlage. Er blinzelte wieder, sah aber nur diffuse

Schleier, war noch geblendet von dem grellen Lichtblitz, in den er geschaut hatte. Sein Körper wurde festgeschnallt auf der Liege. Etwas aus einem Material, das sich wie kaltes Metall anfühlte, fixierte seinen Hals.

»Halt, er muss doch erst noch die Botschaft verlesen«, meldete sich eine der anderen Männerstimmen zu Wort.

»Blödsinn«, wehrte der Anführer ab. »Das Genuschel von dem Zahnlosen würde sowieso niemand verstehen. Ich werde das im Nachhinein einsprechen.«

Der Gefangene nahm ein Rascheln war, unmittelbar vor seinem Gesicht. Irgendetwas aus Plastik musste es sein.

»Was soll das jetzt, wieso diese Mülltüte?«, ließ sich die Frauenstimme vernehmen, in die er seinen letzten Rest Hoffnung setzte, doch noch halbwegs heil aus diesem furchtbaren Szenario herauszukommen.

»Es muss realistisch aussehen, oder nicht?«, gab der Anführer genervt zurück. »Wir wollen etwas bewegen, und das erreichen wir nur, wenn man unsere Drohung ernst nimmt.«

»Richtig.«

»Genau.«

»Sehe ich auch so.«

Wieder die Stimmen der anderen Männer, von denen er offenbar keine Hilfe zu erwarten hatte.

»Hier, nimm du die Kamera. Achte darauf, dass alles gut zu sehen ist«, sagte der Anführer zu einem seiner Mitstreiter.

»Bisschen düster hier hinten. Hoffentlich sieht man nachher überhaupt was auf dem Film«, tat einer der anderen lautstark kund.

»Warum filmst du nicht selbst weiter?«, wollte die Frau wissen, die der Wahrnehmung des Gefangenen nach klang, als hätte sie längst genug von dem grässlichen Spektakel. Bald. Bald würde sie es beenden, sein Leid.

»Wart's ab.«

»Zieh die Kapuze auf, damit man dich nicht erkennt«, rief einer der anderen.

»Schlaumeier, hältst du mich für blöd?«

Der Mann auf der harten Unterlage merkte, wie sein Blut einem Tornado gleich durch die Adern rauschte. Er versuchte, sich mit aller ihm verbliebenen Kraft aufzubäumen, seine Fesseln zu sprengen, doch es war zwecklos. Er hatte keine Chance, blieb wie mit Haftcreme fixiert liegen. Die Fesseln gaben keinen Zentimeter nach. Ihm wurde schwindelig und speiübel. Vermutlich vom Nachgeschmack seines Blutes, das er geschluckt hatte. Und wegen der eiskalten Finger, die in sein Innerstes gelangt waren und sich anschickten, seinen Herzmuskel mit unerbittlicher Härte zu zerquetschen. Todesangst. Das, was er spürte, war eindeutig Todesangst.

»Ich frage noch einmal, was hast du vor?« Die Frau klang jetzt wirklich sauer.

Beende es! Bitte, bitte beende es!

»Einer muss in die Rolle des Henkers schlüpfen,

oder? Sonst sieht's ja nicht echt aus«, erwiderte der Anführer lässig. Er machte sich am Seilzug zu schaffen, dessen Ende um eine der vier Eisenstangen gewickelt war, die das kleine Bauwerk mit einfassten, auf deren Brett der Gefangene festgeschnallt worden war.

»Pass auf!«, schrie die Frau in heller Panik. Es war zu spät. Das Fallbeil sauste herab.

1

Am nächsten Morgen ...

Er stand am Fenster und sah in den grauen Februarhimmel. An sich interessierte ihn das Wetter wenig. Auch das Lamentieren über etwas, das sich ohnehin nicht beeinflussen ließ, war ihm fremd. Aber mittlerweile schlug selbst ihm der ständige Regen aufs Gemüt. Vier Wochen am Stück waren genug.

»Grauenhaft, dieses Schmuddelwetter! Eine dicke Schneedecke brauche ich zwar auch nicht, aber das hier ist nur noch deprimierend.«

Jim Devcon drehte sich um und grinste Regina Tamm entgegen. »Möchtest du Urlaub? Ich kann dir Brownsville empfehlen. Da unten hat sich die Sonne festgesetzt. Habe gehört, dass sogar der Rio Grande mal wieder fast trocken liegt.«

»Was, ich soll nach Texas? Zu den Klapperschlangen, Skorpionen und Rindermief? Ohne mich!« Energisch zog Tamm einen der beiden Besucherstühle zurück, die ständig vor Devcons wuchtigem Schreibtisch ihren Dienst taten, und ließ sich darauf fallen. Was das Möbelstück aus Plastik mit einem erbärmlichen Quietschen quittierte. Devcon grinste immer noch und nahm in seinem Chefsessel Platz. Regina Tamm und er kannten sich seit rund fünfzehn Jahren. Doch das klischeehafte Bild, das sie sich von seiner Heimat gemacht hatte, schien in ihrem Hirn festgemeißelt wie aus Granit.

Sie reichte ihm einen Computerausdruck und schlug die Beine übereinander. Der Hosenstoff spannte an den Oberschenkeln, auch ihr mintgrüner Blazer saß eng. Selbst ihr sorgsam geschminktes Gesicht wirkte auf Devcon irgendwie aufgedunsen. Er runzelte die Stirn. »Alles in Ordnung, Reggie?«

Sie sah an ihm vorbei, winkte resolut ab. »Alles bestens, ich habe die Nacht nur nicht gut geschlafen. Liegt sicher an den Cortison-Tabletten, die ich nehmen muss wegen dieses merkwürdigen Hautausschlags auf meinen Oberarmen. Ist aber so gut wie weg. Scheinen zu helfen, die Dinger.« Sie räusperte sich, machte fahrige Gesten. »Aber ich bin nicht hier, um über Krankheiten zu reden. So alt sind wir beide nun auch wieder nicht. Die Dienstpläne sind fertig, müssen nur abgezeichnet werden.«

»Danke.« Devcon griff nach einem der Kugelschreiber, die auf seinem Schreibtisch herumlagen, wahllos zwischen den scheinbar ebenso wahllos hingeworfenen Akten platziert, und schickte sich an, den Plan in seiner Eigenschaft als Dienststellenleiter des Fachkommissariats für Tötungsdelikte zu unterschreiben. Wie immer, ohne ihn vorher zu prüfen.

»Warte, da ist noch eine Sache.«

Er hielt inne und fischte seine Lesebrille aus der Brusttasche seines blütenweißen Hemdes.

»Die brauchst du nicht.«

Devcon ließ die Brille stecken und schaute Regina Tamm gespannt entgegen. Realisierte die neue Farbe, die ihren Kurzhaarschnitt zierte. Ein glänzendes Lilaschwarz. Gefiel ihm besser als das Hexenrot, das Frauen in den Fünfzigern bevorzugt trugen.

»Es geht um Tatjana«, sagte Tamm. Sie wandte den Blick wieder ab, sah stoisch nach unten.

Devcon zog die linke seiner fast schwarzen Augenbrauen hoch. »Was ist mit ihr?«

Regina Tamm gefiel es offenbar, mit ihren Schuhspitzen zu sprechen. »Ich habe das offen gelassen, weil ich mich erst bei dir rückversichern wollte. Also«, sie schaute endlich auf, ihrem Chef aber noch immer nicht in die wachen dunkeln Augen, »bist du sicher, dass sie ab nächsten Monat wieder mit an Bord soll?«

Devcon lehnte sich zurück und verschränkte die Hände hinter dem Kopf. »Ich fürchte, ich verstehe die Frage nicht.«

Regina Tamm holte tief Luft, blieb jedoch still. Anscheinend wusste sie zwar, was sie sagen wollte, aber nicht wie.

»Du hast das Untersuchungsergebnis gesehen. Ebenso wie ich«, half Devcon ihr. »Die schwere Lungenentzündung, die sie sich im Krankenhaus eingefangen hatte, als sie wegen der Kopfverletzung behandelt wurde, ist vollständig geheilt.«

»Nach rund sechs Wochen sollten die Weißkittel das auch mal hinbekommen haben. Die Arme, das hat Tatjana nicht verdient. Auch wenn sie nicht ganz unschuldig an dem war, was ihr passierte. Aber das meinte ich nicht.« Regina Tamm druckste wieder herum.

Devcon schaute sie ratlos an. Dann verhärteten sich seine ohnehin markanten Gesichtszüge. »Jetzt sag bloß nicht, dass du der Meinung bist, dass es falsch von mir war, ihr das Disziplinarverfahren zu ersparen und ...«

»Nein!«, fiel Tamm ihm entsetzt ins Wort und fuhr beinahe vom Stuhl hoch. »Es ist ... ich mache mir ...« Weiter kam sie nicht. Erst flossen nur Tränen. Dann wurde ihr Schluchzen lauter und lauter.

Devcon saß mit offenstehendem Mund in seinem Sessel. Er brauchte eine gute Viertelminute, bis er so geistesgegenwärtig war, aufzuspringen und seine Bürotür zu schließen. Hilflos trat er neben die hemmungslos weinende Regina Tamm. Er überlegte, ob er sie in den Arm nehmen sollte, zog sich den anderen Besucherstuhl heran, setzte sich und nahm ihre Hand, die sie ihm sofort entriss. »Alles ist meine Schuld«, jammerte sie, während ihr Flüssigkeit aus der Nase lief. Devcon griff in die Hosentasche seiner Jeans und holte ein Papiertaschentuch heraus, zerknäult aber unbenutzt, und gab es Tamm. Sie nahm es, schnäuzte sich und weinte weiter. Wollte gar nicht mehr aufhören.

Das Telefon klingelte. »Jetzt nicht, verdammt!« Devcon machte sich lang, nahm den Hörer hoch, legte auf und griff abermals nach Tamms Hand. Dieses Mal ließ sie ihn gewähren. Ihr Schluchzen wurde leiser. Ruhiger. Devcon wagte einen neuen Versuch. »Reggie, was ist los? Sag's mir. Woran glaubst du, schuld zu sein?« Noch bevor er die zweite Frage zu

Ende formuliert hatte, bereute er sie. Denn Tamm fing wieder an, heftig zu weinen. Devcon rückte näher, schloss sie in seine Arme und streichelte ihr über den Kopf. »Ist ja gut«, murmelte er. »Ist ja gut.«

»Nein, nichts ist gut«, begehrte sie auf und stieß ihn beinahe grob von sich weg.

»Reggie, bitte ...«

»Nein!« Sie schrie fast. »Ich muss das jetzt loswerden. Ich kann nicht mehr.«

Devcon zuckte unwillkürlich zurück. Er kannte Regina Tamm als forsche Person, die auch mal laut werden konnte. Aber hysterisch?

Als schiene sie seine Gedanken zu ahnen, zwang sie sich, ruhig zu atmen. Sie tupfte sich über die verschwollenen Lider, bemüht, das Augen-Make-up-Desaster, das ihr Weinkrampf verursacht hatte, nicht noch zu verschlimmern. »Okay«, sagte sie zu sich selbst. »Okay ...«

Devcon wartete. Bis sie soweit war. »Jetzt nicht«, presste er hervor, als sein Telefon wieder klingelte. Er ließ es totläuten.

Regina Tamm zog die Nase hoch. »Bitte entschuldige.«

»Schon gut«, Devcon deutete ein Lächeln an. »Schieß los. Was hast du auf dem Herzen?«

Tamm schluckte, atmete zittrig ein, fuhr aber relativ gefasst fort: »Ich habe große Angst, dass Tatjana noch nicht soweit ist. Verstehst du?«

Allein anhand Devcons Mimik war klar zu ersehen, dass er exakt dieses nicht tat.

»Es ist so entsetzlich viel passiert in der kurzen Zeit! Ihr Bruder ist tot, sie hat das Kind verloren ...« Tamm fing wieder an, leise zu weinen, bekam sich jedoch schnell in den Griff. Mit ihren tränenverhangenen Augen schaute sie Devcon an. »Ute Seiler würde jederzeit einen längeren Sonderurlaub für sie befürworten, da bin ich mir sicher. Sie muss das alles doch erst mal richtig verarbeiten!«

Devcon hielt ihrem Blick stand und sagte nichts. Zunächst. Dann deutete er ein Nicken an. »Ich weiß, was du meinst, Reggie«, erwiderte er und sah zur Seite. »Wir alle haben mit unseren Narben zu leben, wobei manche sicherlich niemals richtig heilen.« Er sah sich selbst, wie er sein Magazin auf einen bereits toten Psychopathen abfeuerte, fühlte den Schwindel, der jedes Mal in ihm aufstieg, wenn er die Woge des Hasses, die eiskalte Wut nacherlebte, die ihn in diesem Moment durchflutet hatte. Er war mit einem blauen Auge davon gekommen. Das Gericht hatte auf Notwehrexzess entschieden, sodass er noch immer hier sitzen konnte. Die inneren Zweifel an sich selbst, die ihn seither plagten, die konnte ihm jedoch niemand nehmen. Damit würde er selbst ringen müssen. Jeden Tag aufs Neue.

»Aber ...«

»Nein, Reggie.« Devcon hob die rechte Hand. »Du kannst mir glauben, dass ich die Option mit dem Sonderurlaub auch schon durchgegangen bin. Aber wir wissen doch beide, was dann passiert.« In seiner Hosentasche vibrierte es, es war das Diensthandy. Devcon zog den Apparat heraus, deaktivierte das Signal und legte das Mobiltelefon auf seinen Schreibtisch. »Wenn ich Tatjana für ein paar Monate beurlauben lasse, werden die Aasgeier aus dem Bürokratenreich mit dem Rotstift über uns kreisen und die Stelle in unserer K11 einkassieren. Und wir wären wieder eine Person weniger.« Devcon neigte sich vor, die Ellenbogen auf die Oberschenkel gestützt. »Bitte glaub mir, Reggie, ich habe mir das gründlich überlegt.« Seine verwundert dreinblickende Miene strafte seine eigene Aussage Lüge. Was daran lag, dass er gedanklich schon beim nächsten Punkt angelangt war. »Aber woran willst *du* eigentlich schuld sein? Weil du leicht erkältet warst, als du Tatjana im Krankenhaus besucht hattest?« Devcon machte eine wegwerfende Handbewegung. »Das ist Blödsinn. Ihre Lungenentzündung geht nachweislich auf das Konto des Krankenhauses. Auch bei denen regieren die Sparteufel, da bleibt's nicht aus, dass es hier und da mal zu bakteriellen Verunreinigungen kommt.« Devcon lächelte schief. Das Schreibtischtelefon klingelte wieder. Devcon grunzte, er nahm den Hörer ab, unterbrach die Verbindung und legte ihn neben den Apparat.

Regina Tamm sah ihrem Chef unglücklich entgegen, in den Augen das verräterische Glitzern neuer aufsteigender Tränen. »Nein, das hatte ich nicht im Kopf. Es ... es ist letztlich meine Schuld, dass Tatjana das Kind verlor. Wäre ich nur vorsichtiger gewesen in diesem Chat. Dann wäre das alles nie passiert. Es tut mir so leid!«

Devcon brauchte einen Moment, bis er sich zusammenreimen konnte, von was Tamm überhaupt sprach. Weil es so abwegig war. Er schüttelte den Kopf, nahm ihre Hände in seine. »Ich verstehe nicht, wie du auf so eine absurde Idee kommen kannst, Reggie. Weder Tatjana noch ich haben nur eine Sekunde lang dir die Schuld gegeben für das, was geschah. Du wurdest benutzt, so etwas kommt vor. Und selbst ich war dem Kerl ja auf den Leim gegangen.« Devcons zerknirschter Gesichtsausdruck spiegelte deutlich wieder, wie sehr er noch immer unter diesem Fehler litt, dessen Kosten so unendlich hoch für alle Beteiligten waren. Und sind.

Tamm schniefte leise. »Ich danke dir dafür, dass du das so siehst.« Sie wirkte erleichtert. Etwas zumindest. Wie jemand, von dessen Rücken man immerhin soviel Last genommen hatte, dass er mit dem restlichen Gepäck einigermaßen aufrecht gehen konnte. Wenn auch nur langsam.

Beide schwiegen. Erst Tamms leises Räuspern unterbrach die mit dunkler Erinnerung beschwerte Stille. »Hast du sie denn auch selbst gefragt?«

Devcon sah auf.

»Ich weiß, ihr Männer neigt dazu, immer das Rationale im Auge zu haben«, fuhr Tamm fort. »Aber was Tatjana in den letzten drei Jahren aushalten musste, das ist schon enorm. Michael war dein Freund. Jedoch ihr Bruder. Dann der finale Rettungsschuss. Damit muss man auch erst mal klar kommen, einen Menschen erschossen zu haben, oder? Und schließlich der Verlust des Kindes. Reicht für ein ganzes Leben an Katastrophen, wenn du mich fragst.«

Devcon nickte, den Blick ins Nichts gerichtet. Möglicherweise hatte er hier nicht genug Feingefühl bewiesen, da gab er seiner Büro-Managerin im Stillen recht. Nur, weil er am liebsten alles mit sich selbst ausmachte und am besten zurecht kam, wenn man ihn funktionieren ließ, musste das nicht auch für Tatjana gelten. Personalproblem hin, Personalproblem her.

»Aber ich will dich nicht länger aufhalten, Jim.« Tamm stand auf.

Devcon erhob sich ebenfalls. »Schon gut«, sagte er und wiegelte ab. »Im Moment ist's ja ungewöhnlich ruhig. Kann mich nicht erinnern, wann wir das letzte Mal keine offene Fallakte in der K11 hatten. Den Mördern ist's wohl auch zu ungemütlich draußen.«

Tamm lächelte. Halbherzig. »Versprichst du mir etwas?«

»Was?«

»Dass du mit ihr darüber redest?« Sie streckte ihm ihre rechte, mit zahlreichen Ringen geschmückte Hand entgegen.

»Ja«, erwiderte Devcon und schlug ein. Es klopfte an der Bürotür. Nein, es hämmerte. »Verdammt, ist ja gut! Die Tür ist nicht abgeschlossen, also was ist denn?«

Kommissar Sascha Grafert steckte seinen Kopf herein. »Dringender Anruf von Kollege Kellermann. Hat es schon mehrfach probiert, bekam bisher aber keine Verbindung.«

»Danke. Stell durch.« Devcon legte den Hörer zurück in die Gabel, wartete auf das Läuten, nahm ab, hörte kurz zu und sagte nur: »Verdammter Mist, ich komme.«

2

Etwa 12 Stunden vorher ...

»Oh, Gott! Nein!«

»Um Himmels Willen!«

»Ach, du Scheiße!«

Das Feuer der einzigen Fackel in dem Kellergewölbe flackerte bedrohlich und untermalte den Tumult, der in der kleinen Gruppe ausgebrochen war, mit einer passenden Aura.

»Ruhe jetzt! Bleibt stehen, wo ihr seid und fasst bloß nichts an!«

Die vier Jungs hielten inne und wandten sich zu Sabine hin. Sie hatte ihre Hände in die Seiten gestemmt, stand kerzengerade da. Ihre Augen schienen Funken zu sprühen, offenbarten ein Gefühlstohuwabohu aus blanker Angst und rigoroser Entschlossenheit. Das Schattenspiel der Fackel verlieh ihrem sonst sanft wirkenden Mienenspiel das Antlitz einer Kriegerin.

»Aber es war doch ein Unfall ...«

»Halt den Mund, Hendrik!« Ihr Zeigefinger schoss nach vorne wie der Pfeil eines Bogens, der die Brust des Anvisierten gleich durchbohren würde. »Dein Gestammel bringt uns nicht weiter. Wir müssen sehen, was zutun ist und schnell handeln.« Sie drehte den Kopf und schaute nach links. Dorthin, wo der tote Mann lag. Aus seinem Hinterkopf ragte die schwere

Klinge, die aus etwa zwei Metern Höhe auf ihn herabgerast war und sich tief in seinen Schädel gebohrt hatte. Ein entsetzlicher Anblick, wenn man außerhalb eines Horrorfilms damit konfrontiert wurde. Sabine wandte den Blick ab, spürte, wie ihre Knie wackelig wurden. Eiskalte Schauer durchjagten den Körper der zierlichen jungen Frau. Sie hob ihre zitternden Hände, presste sie auf den Mund und kniff die Augen zusammen. Als wolle sie einen markerschütternden Schrei bremsen, der sich unbedingt aus ihrer Kehle herauslösen wollte.

»Was machen wir nun?«, wollte einer der anderen Jungs wissen und starrte, totenbleich im Gesicht, auf den gruseligen Leichnam. Mit dem halb gespaltenen Schädel auf der nachgebauten Guillotine liegend, hätte eine entsprechende Figur aus Plastik die perfekte Attraktion für jede Geisterbahn abgegeben. Nur leider war dieser Tote nicht aus Plastik, sondern echt. Ein Mensch. Den sie getötet hatten. Und auch noch auf diese bestialische Art. Der junge Mann unterdrückte ein Würgen. Einer seiner Kumpane stand vollkommen reglos da. Mit weit aufgerissenen, glasigen Augen. Er schien in eine Art Schockstarre verfallen zu sein.

»Jedenfalls ist die Klinge nicht richtig eingestellt. Oder die Abstände bei der Halsauflage stimmen nicht.«

»Hast du sie nicht alle, Joshua?«, kreischte Sabine. »Sei still, ich will das nicht hören!« Sie presste beide Hände auf die Ohren und schrie weiter. »Merkst du überhaupt noch was? Der Mann ist tot! Kapierst du das nicht?«

»Lass ihn in Ruhe.« Hendrik kniff Joshua beruhigend in den Oberarm. Ob sein Kumpel es realisiert hatte, den Sabines Worte getroffen hatten wie Faustschläge ins Gesicht, war schwer zu sagen. Eine Reaktion zeigte er nicht.

»Gut«, sagte Sabine und nahm einige tiefe Atemzüge, bevor sie weitersprach. »Es hat keinen Zweck. Damit müssen wir jetzt leben.«

»Ja, müssen wir«, stimmte Hendrik zu, der als Einziger einigermaßen gefasst wirkte. »Es war keine Absicht, wie gesagt. Anderseits ist es um das Schwein auch nicht wirklich schade.«

»Alter, du spinnst!«

»Oh Mann, sag mal, geht's noch?«

»Ist jetzt nicht dein Ernst!«

»Was wollt ihr?«, schnitt Hendrik den anderen dreien das Wort ab. »Soll ich etwa heulen?«

»Nein, deine Krokodilstränen sind sicher das Letzte, was wir im Moment brauchen!«, keifte Sabine. »Du dämlicher Hitzkopf!«

»Jetzt hör schon auf, große Schwester!«, spie Hendrik ihr entgegen. »Hack später auf mir herum, nun müssen wir uns erst mal um den da kümmern.« Er deutete auf den toten Mann ohne hinzusehen.

»Was schlägst du vor?«, fragte Joshua und schaute ihn aus den unnatürlich vergrößerten Augen hinter sei-nen starken Brillengläsern an.

»Na, was wohl. Wir müssen den Kerl verschwinden lassen«, ließ sich einer der anderen jungen Männer vernehmen. Seine Stimme klang blechern. Sein Gehampel zeugte von der immensen Anspannung, unter der er stand.

Sabine stand noch immer im flackernden Lichtschein der Fackel und sah voller Entsetzen zu der zusammengezimmerten Guillotine und dem Opfer hin. *So war das nicht geplant ... das hätte niemals passieren dürfen ...*

»Gut, stimmen wir ab«, ergriff Hendrik das Wort. »Wer ist für Garys Vorschlag?«

Vier Männerhände, einschließlich seiner eigenen, gingen nach oben. Sabine rührte sich nicht.

»Wer ist dagegen?«, wollte Hendrik wissen. Sabine blieb still.

»Enthaltungen?«, setzte er spöttisch hinzu.

»Das ist nicht witzig«, rief Gary. »Du siehst doch, dass sie kurz vorm Zusammenklappen ist, du blöder Arsch!«

Wir wollen nicht radikal sein ... wir sind doch keine Terroristen ... Sabine merkte nicht, wie sie langsam nach unten sank und sich auf den feuchten Kellerboden fallen ließ, buchstäblich und auch in übertragenem Sinne mit dem Rücken zur Wand. Die Gedankenfetzen wehten durch ihren Schädel wie bei einem schweren Orkan an der Küste. Ihr Herz hämmerte, und sie hatte Schwierigkeiten, den Brechreiz zu kontrollieren, der immer stärker in ihr hochstieg. Sie presste ihre rechte Hand vor den Mund, sprang auf und stolperte in den Gang hinaus. Ihre kläglichen

Würgegeräusche hallten durch das Gewölbe.

Hendrik atmete hörbar aus. Die drei anderen jungen Männer schauten betreten zu Boden.

»Gary, Tommi und Christian, schafft Sabine hier weg und kümmert euch um sie«, verfügte Hendrik mit der Bestimmtheit eines Feldwebels. »Seht zu, dass sie sich wieder einkriegt, klar? Joshua, du bleibst hier und hilfst mir.«

3

Devcon steuerte seinen silbernen BMW auf den fast leeren Kundenparkplatz des Supermarktes, der heute geschlossen blieb. Die Leute nahmen es gelassen, obwohl es Montag war. Nicht viele PKW rollten an das Gelände heran, das vom polizeilichen Flatterband weiträumig abgeriegelt worden war. Devcon überlegte, ob das mit dem Gammelfleisch-Skandal im Zusammenhang stehen könnte, der die Mainmetropole erschüttert hatte, bis sich die Presse lieber wieder der Flüchtlingskrise widmete. Devcon verwarf die Idee, erinnerte sich, dass die Supermarktkette, zu der die Filiale gehörte, in die Schlagzeilen geraten war wegen der Schließung einiger Standorte, die die Zusammenlegung mit einer noch größeren Kette mit sich brachte.

Fressen oder gefressen werden. Gnadenlos wie im Tierreich, unser moderner Arbeitsmarkt, dachte Devcon und stieg aus dem Wagen. Der kalte Nieselregen ließ ihn trotz seines Wintermantels frösteln. Er zog die Schultern hoch und absolvierte den Parcours um die tiefen Pfützen des Parkplatzes herum im Stechschritt.

Sein Ziel lag am Rand einer künstlich bepflanzten Böschung, die das Supermarktgelände von einem Autohaus trennte. Ein Stückchen Natur, das sich tapfer in der Industriegebiet-Wildnis zu behaupten versuchte. Devcon nickte Jost Kellermann zu, mit dem er eben telefoniert hatte, Dienstältester im Fachkommissariat für Tötungsdelikte. »Da bin ich. Die Horrorshow kann anfangen.«

Kellermann hob die Mundwinkel. Devcon deutete mit dem Daumen nach hinten. »Abmarsch zum Präsidium, mein Bester. Besprechung nachher im Warmen, ich friere solange alleine hier weiter.«

Das ließ sich Kellermann kein zweites Mal sagen. Er machte sich schnurstracks auf den Weg zu seinem Wagen.

»Guten Morgen, Jim«, grüßte Hans Dillinger, Leiter des Rechtsmedizinischen Institutes. In der Regel kam er nur auf besondere Anforderung persönlich an einen Leichenfundort. Aber auch immer dann, wenn der Zustand des Leichnams als sehr ungewöhnlich bezeichnet werden konnte.

»*Howdy,* Hans«, Devcon streckte dem bald vor der Pensionierung stehenden Professor freundschaftlich die Hand entgegen. »Und, habe ich das am Telefon richtig verstanden? Oder hat mein Kollege zu viele *Splattermovies* im TV geschaut?«

Die beiden Bestatter, die bereits vor Ort waren, schauten Devcon verdutzt an. Dillinger bemerkte es und konnte sich ein Grinsen nicht verkneifen. Obwohl Devcon seit fast dreißig Jahren in Deutschland lebte, brach sich sein US-Südstaatenakzent noch immer Bahn, als wäre der Hauptkommissar letzte Woche erst eingereist.

»Nein, Jim, ich fürchte, da hast du dich nicht verhört. Deshalb habe ich dich ja rufen lassen.« Das sonst von einer Seelenruhe geprägte Antlitz des

Rechtsmediziners umwölkte sich, und seine weiche Stimme, mit der er auch gut hätte Märchenbücher einlesen können, bekam einen düsteren Klang. »Schau es dir selbst an.«

Devcon machte noch keine Anstalten sich zu bewegen. »Ist es wieder so ein Desaster wie bei dem armen Teufel, den wir letzten Winter im Frankfurter Stadtwald gefunden haben?«

Dillinger blickte ihn über den Rand seiner Brille an, ein schlichtes Modell aus Titan. »Bitte verzeih, dass ich mich da noch nicht festlegen möchte. Ein grausiger Tod war es in jedem Fall für beide.«

»Na, prima.« Devcons Laune näherte sich dem Gefrierpunkt. Vierzig Jahre Polizeidienst im *San Antonio Police Department* und bei der Mordkommission in Frankfurt am Main hatten es nicht vermocht, ihn zu lehren, die Toten mehr dinglich zu betrachten. Je übler ein Leichnam zugerichtet war, desto mehr setzte es Devcon zu. Jedes Mal aufs Neue. Auch wenn ihm das keiner anmerkte. Außer den Menschen, die ihn schon lange und vor allem gut kannten.

»Bereit?«, fragte Dillinger, die Hände in den Taschen seiner wattierten Winterjacke vergraben. Das Thermometer war an dem Morgen zwar über die Null-Grad-Markierung geklettert, die beißende Feuchtkälte kroch jedoch problemlos durch jede Kleidungsschicht.

»Nein, aber bringen wir's hinter uns.« Devcon starrte auf den verschlossenen Leichensack, wappnete sich innerlich für den Anblick des Toten.

Dillinger beugte sich hinab und zog den Reißverschluss auf.

»*Oh my goodness!*« Devcon wandte sich schnell ab.

Dillinger verhielt sich ruhig, ließ ihm die Zeit. Devcon drehte sich wieder um, einige Nuancen blasser im Gesicht. Sein Fassungslosigkeit spiegelnder Blick war auf den offenen Leichensack gerichtet. »Das darf doch nicht wahr sein, wo zum Teufel, ist der Kopf?«

Dillinger kratzte sich an der Stirn, unterhalb der dunkelgrauen Wollmütze, die sein schütteres Haupt vor der Nasskälte schützte. »Das wissen wir nicht.«

»Was?« Devcons angenehm tiefe Stimme kippte bei dem Ausruf in ungeahnte Höhen.

»Der Kopf des armen Kerls ist bisher nicht auffindbar«, erklärte Dillinger. »Die nähere Umgebung wurde bereits abgesucht. Leider erfolglos.«

Devcon fühlte eine heiße Woge hinter seiner Stirn. Wie bei einer Brandung aus kochendem Wasser. Er hatte weiß Gott schon viel gesehen in seinem Leben als Kripobeamter. Fürchterliche Schnittwunden, von Kugeln durchsiebte Leiber, dem Opfer entnommene menschliche Organe an Plätzen, wo sie definitiv nicht hingehörten – aber ein Leichnam ohne Kopf, das war noch mal eine ganz andere Kategorie in Devcons persönlichem Kabinett des Grauens. In seinem Inneren schrillten sämtliche Alarmglocken, so laut, dass er meinte, den Lärm tatsächlich zu hören. Er war lange genug dabei, um gleich zu wissen, dass er es hier mit etwas zutun bekam, das über einen gewöhnlichen

Mord hinausging. Falls es so etwas wie einen gewöhnlichen Mord für Devcon überhaupt gab. Eine Enthauptung, das spürte er von der ersten Sekunde an, deutete auf mehr hin als ein bloßes Tötungsdelikt. Es war ein klares Zeichen. Auch wenn Devcon nicht die Spur einer Idee hatte, wofür. Was er schon jetzt mit Sicherheit wusste war, dass der Täter nicht zur persönlichen Befriedigung irgendeines kranken Bedürfnisses mordete. Oder aus einem simplen Racheimpuls heraus. Dieser Täter hatte einen Plan. Und mit solchen, meist hochintelligenten und eiskalt kalkulierenden Menschen hatte Devcon schon zweimal seine Erfahrung machen müssen. Beim ersten Mal verlor er seine Frau, wegen der er nach Deutschland übergesiedelt war. Beim zweiten Mal verlor er beinahe sein eigenes Leben, sein ungeborenes Kind und fast auch noch dessen Mutter.

Er schluckte trocken und schaute sich um. Drehte sich beinahe hektisch in alle Richtungen. Er sah einige Gebäude mit verschiedenen Verkaufsfilialen, eine geschlossene Pommesbude, den Parkplatz und die Straße. Alles gepflastert. Also gab es keine Möglichkeit, etwas zu vergraben. Und ein abgetrennter Kopf wäre in dieser Umgebung, durch die ständig Verkehr rollte und Passanten liefen, die die Läden aufsuchten, mit Sicherheit aufgefallen. Falls er beim Transport der restlichen Leiche verloren gegangen sein sollte. Einen anderen Reim konnte sich Devcon noch nicht machen auf diese groteske Situation des Leichenfundes.

»Möchtest du die weiteren Einzelheiten zum

Zustand des Leichnams hören?«

Devcon wandte sich wieder Dillinger zu und sah seinem langjährigen Weggefährten gequält entgegen. »Und, was meinst du, Hans? Will ich die hören?«

Dillinger lächelte milde. »Hast du eine Wahl?«

Devcon gab ein Brummen von sich, der Rechtsmediziner legte los. »Die Wunde lässt darauf schließen, dass der Kopf sauber abgetrennt wurde. Das heißt mit einem entsprechend präzisen Werkzeug.«

Devcon sog hörbar Luft ein. »Was ist ein präzises Werkzeug, mit der sich Enthauptungen sauber durchführen lassen? Ein Säbel?«

Dillinger schaute zum Rumpf des Leichnams herab. »Zum Beispiel. Geschwungen von einem Menschen mit großer Kraft.«

Devcon überlegte einen winzigen Augenblick. Er riss die Augen auf. »*Oh no, Hans, please!* Sag bloß nicht, das wird jetzt so ein Gotteskrieger-Ding von einem der zum Bärtigen betenden Knallchargen!«

Dillinger, der wusste, dass Devcon mit Religion, ganz gleich welcher Couleur, in etwa so viel anfangen konnte wie der sibirische Tiger mit einem filigranen Füllfederhalter, konnte sich trotz des Ernstes der Lage ein Schmunzeln nicht verkneifen. »Einen konkreten Zusammenhang dazu herzustellen ist freilich verfrüht.«

Devcon lachte bitter auf. »Na, da werden die Videos im Internet sicher nicht lange auf sich warten lassen, in der das Netzpublikum diese Tat dann auch noch mal miterleben darf. Oh, wie ich diesen neumodischen Dreck hasse!«

»Nun ja, fairerweise musst du zugeben, dass es dort nicht nur Schlechtes ...«

»Lass es gut sein, Hans«, unterbrach Devcon. »Ich bin gerade nicht in der Stimmung für eine ausgewogene Meinungsbildung zum Thema Netz. Und was zur Hölle bedeutet eigentlich dieses WL?« Die zwei Großbuchstaben, die auf der Brust des Toten prangten, hatte er erst jetzt wahrgenommen. »Der Bärtige heißt doch Allah. Und der andere Mohammed. Passt nicht. Oder sind das Initialen des Toten? Wäre aber mehr als merkwürdig. Laut Kellermann wurden keine Hinweise gefunden, die auf die Identität des Opfers schließen lassen. Kein Personalausweis, Kreditkarte, Brieftasche, Handy, nichts. Wieso nimmt man ihm also erst alles ab, wenn man ihn dann mit persönlichen Merkmalen beschriftet? Das ist doch nicht logisch, oder?«

Dillinger ging in die Hocke, fixierte die beiden Wunden. »Dazu kann ich dir nur sagen, dass diese Verletzungen, oder besser gesagt, Zeichnungen, dem Opfer erst *post mortem* zugefügt worden sind. Die Schnitte sind tief, dennoch ist das Blut nur spärlich ausgetreten.«

Devcon schloss für einen Moment die Augen. Ein durch den Täter zusätzlich gezeichneter Enthaupteter. Zwei Buchstaben, die für was auch immer stehen. *Na, bravo!* Sollte ein winziger Funken der Hoffnung in Devcon gewesen sein, dass es sich seiner inneren Warnglocke zum Trotz doch um eine Einzeltat handeln könnte, dann war dieser Funken soeben erloschen. »Wie lange liegt der Zeitpunkt des Todes zurück, was denkst du, Hans?«

Dillinger runzelte seine hohe und für einen über Sechzigjährigen sehr glatte Stirn. »Schwer zu sagen. Du weißt, ich bin kein Freund von Schätzungen, mein lieber Jim. Aber allein anhand der Leichenflecken meine ich, behaupten zu können, dass es mehr als acht Stunden sein müssen.«

»WL ...«, murmelte Devcon, der nur halb zuhörte, den Blick aus seinen dunklen Augen fast schon apathisch auf diese Botschaft gerichtet, die er nicht verstand. »Keine Ahnung, was das heißen soll ... Verdammt!« In seinen dunklen Augen glitzerte es. »Es könnten natürlich auch die Initialen des Täters sein.«

»Oder die einer Tätergruppe«, sprach Dillinger aus, was Devcon nicht denken wollte. Aber musste. Dillinger richtete sich auf und zog seine Jacke glatt. »Ich meine jedenfalls, dass wir zwei alte Hasen uns lange genug auf diesem Feld bewegen, um schon jetzt sagen zu können, dass du diesem Fall höchste Priorität einräumen solltest. Mord aus Rache oder Leidenschaft fällt meiner Ansicht nach von vornherein aus. Solche Täter arbeiten nicht so.«

Devcon nickte, die Hand am Kinn. »Da stimme ich dir zu, Hans. Niemand, der rast vor Zorn, bemüht sich um eine präzise Enthauptung. Solche Leute wollen ihren Schmerz loswerden, indem sie ihn dem Opfer zufügen, was schnell in einem Gemetzel endet.« Devcon fuhr sich mit beiden Händen über sein von der Witterung feucht gewordenes, kurzes graumeliertes Haar. »Wo genau wurde die Leiche gefunden und von wem?«

Dillinger deutete mit ausgestrecktem Zeigefinger zum Eingang des geschlossenen Supermarktes. »Sie lag dort drüben. Direkt vor der Tür. In einen großen blauen Müllsack gepackt.«

Devcon klappte der Mund auf, seine Stimme überschlug sich fast. »Und wie, zum Teufel, kommt der Leichnam dann hier rüber?«

Dillinger klopfte ihm auf die Schulter. »Jim, ich glaube, das ist so ein Morgen, an dem du dir unbedingt einen guten Tropfen gönnen solltest, Vorschrift hin, Vorschrift her. Wir fahren gleich ins Institut. Du kommst mit, dort werde ich dir ein Gläschen von dem guten alten Brandy einschenken.«

Devcon starrte Dillinger entgeistert entgegen. »Ist es so schlimm?«

Der Rechtsmediziner zuckte die Achseln, wirkte beinahe hilflos. Ein Zustand, den Devcon bei seinem stets souverän auftretenden Freund selten zu sehen bekam.

»Ich fürchte schon, ja. Für die Öffnung des Markts waren heute zwei Aushilfskräfte zuständig. Es ist davon auszugehen, dass sie zuerst gar nicht gemerkt hatten, was sich in dem Müllsack befand. Und auch nicht nachgesehen haben. Zunächst. Sie wollten das *Hindernis*«, Dillinger betonte das Wort wie einen schlecht passenden Hilfsbegriff, »sicher nur aus dem Weg schaffen und haben es hier herüber gezerrt.« Dillinger deutete auf die Stelle, wo sie sich befanden. »Selbst dein Kollege Kellermann, den nichts so leicht aus der Ruhe bringt, hat im ersten Moment gedacht, er würde verschaukelt, als er davon erfuhr. Aber es ist leider tatsächlich so, dass der Müllsack, in dem sich der Leichnam befand, nicht nur mit zusätzlichen Fingerabdrücken kontaminiert wurde, sondern durch den Transport der beiden Aushilfskräfte auch beschädigt wurde. War ja nicht leicht, der Inhalt. Also haben sie ihn wahrscheinlich über den Boden geschleift. Mit der Folge, dass der Müllsack auf dem rauen und stellenweise löchrigen Asphalt schnell einriss und ihr nicht mehr viel übrig habt für die kriminaltechnischen Untersuchungen.«

»Das halte ich nicht aus!« Devcon griff sich mit beiden Händen an den Schädel, als würde er von einem schweren Migräneanfall übermannt. »Wo sind diese zwei Hornochsen?«

»Weg«, sagte Dillinger nur. »Spätestens, als die Löcher in dem Müllsack richtig groß wurden, haben sie offensichtlich bemerkt, was sie transportiert hatten und sind in Panik davon gestürmt. Menschlich nachvollziehbar, oder?«

Devcon schnaubte. »Haben wir Namen?«

»Soweit ich weiß, konnte der Erkennungsdienst die noch nicht ermitteln. Wenn du also noch keine Nachricht ...«

Devcons Diensthandy vibrierte.

4

Nur wenige Tage später ...

Christa Lohmeier stellte ihr Glas ab und stimmte in den Applaus mit ein. Er galt dem Spielführer des Clubs, ein stämmiger Mann mit Siegerlächeln, dem es sichtlich Freude machte, von den Auswärtssiegen des eigenen Teams in der Hessenliga zu berichten. Zum wiederholten Mal schaute Christa auf ihre Uhr und zog die Stirn kraus. Wenn Günter noch rechtzeitig zu seiner Rede eintreffen wollte, die er laut Programm im Anschluss an die Ausführungen des Spielführers halten sollte, müsste er sich langsam mal sehen lassen. Christa nahm einen weiteren Schluck aus der filigran gestalteten Sektflöte, achtete darauf, keine Lippenstiftabdrücke zu hinterlassen und blickte zu der stuckierten Decke des Clubrestaurants hoch. Ohne sie wahrzunehmen.

Das kannte sie von ihrem Günter nicht. Unpünktlichkeit. Oder gar Unzuverlässigkeit. Selbstverständlich konnte berufsbedingt immer mal etwas dazwischen kommen. Aber dann gab Günter rechtzeitig Bescheid. Zuverlässig wie ein Schweizer Uhrwerk. Eine Eigenschaft, die in seiner Position unabdingbar war, wie er selbst es regelmäßig betonte. Mit einem Schlendrian konnte er die deutsche Niederlassung eines international operierenden IT-Konzerns nicht leiten. Dafür sorgten die Investoren und Aktionäre, die nur danach trachteten, ihre Gewinne zu maximieren. Wie die Geschäftsführung das anstellte, war dem Mutterkonzern egal. Nicht der Weg war das Ziel, die Ergebnisse zählten. Ausschließlich. Und in jedem Quartal aufs Neue. Sonst war man schnell weg vom Fenster. Vor allem in Günters Alter. Schließlich gab es mehr als genug Kandidaten, die für seinen lukrativen Geschäftsführerposten in Frage kamen. Dazu einen Haufen Headhunter, die darauf lauerten, jemanden zu vermitteln und die fette Provision dafür abzukassieren.

Christa Lohmeier erhob sich und gab bei ihrer Sitznachbarin vor, zur Toilette zu müssen. Am Tisch wollte sie nicht schon wieder ihr Handy checken, um zu prüfen, ob sie endlich eine Nachricht von Günter erhalten hatte. Leise bewegte sie sich durch die Tischreihen, nickte den anderen Gästen zu und realisierte mit wachsender Nervosität, dass sich die Ansprache des Spielführers offensichtlich dem Ende zuneigte. Christa beschleunigte ihre Schritte, verließ den Gastraum, bog um die Ecke und blieb an der Treppe stehen, die zu den sanitären Anlagen führte. Sie holte ihr Smartphone aus der Handtasche.

»Christa, meine Liebe! Komm, lass dich drücken, wir haben uns heute noch gar nicht begrüßt.«

Christa sah erschrocken auf, knipste ihr Lächeln an und ließ das Handy ins Handtaschenfach zurücksinken. Sie hatte Ingrid Botger nicht bemerkt, die gerade die Stufen heraufschritt. Obwohl die Absätze der hohen Schuhe, die sie zu ihrem leger geschnittenen, roten Kleid aus Jersey trug, nicht eben leise klapperten. *Ingrid Botox*, wie Christa die Frau insgeheim nannte, deren Dauerfreundlichkeit im Gesicht wie einbalsamiert wirkte durch die vielen Behandlungen mit dem die Mimik lähmenden Gift. *Eine Mumie ohne Falten ...*

Die beiden Frauen begrüßten sich mit Küsschen links und Küsschen rechts, ohne sich zu nahe zu kommen. »Steht dir gut, dein Kostüm. Nachtblau, passend zu deinen Augen, schick. Aber wo ist dein Günter, Liebes? Den habe ich noch gar nicht gesehen.«

Von wegen Liebes, du falsche Schlange!

Es war ein offenes Geheimnis unter den Mitgliedern, dass besonders Ingrid der Auffassung war, dass ihr Rudolf einen wesentlich besseren Präsidenten für den Club abgegeben hätte als Günter Lohmeier, gegen den er die Wahl im letzten Frühjahr nur knapp verloren hatte. Obwohl Rudolf Botger das bessere Handicap vorweisen konnte und in der Regel auch weiter abschlug.

»Er wird sich verspäten«, säuselte Christa und zupfte an ihrer neuen Kostümjacke herum, die ihre Taille vortrefflich betonte. »Die Arbeit wird ihn eines Tages noch auffressen. Ich sage ihm täglich, er soll endlich kürzer treten, aber du weißt ja wie unsere Männer sind.« Christa lachte gekünstelt, Ingrid stimmte ebenso mit ein. »Nun steht er auch noch im Stau.«

»Ach Gott, der Ärmste«, heuchelte Ingrid Mitleid, und Christa war mal wieder fasziniert davon, wie wenig man sich in dieser Welt des elitären Clublebens doch bemühte, wenigstens einigermaßen überzeugend zu schauspielern. Wenn es nicht ihrem Mann zuliebe wäre, der das Golfspiel genoss und in dessen Vita sich dieses Hobby perfekt einfügte – sie wäre längst nicht mehr dabei. Von jeher unsportlich, wie sie es trotz ihrer schlanken Figur schon immer war, ließen die anderen Damen sie regelmäßig und auf nicht gerade subtile Art spüren, dass sie ohnehin nicht wirklich dazugehörte. Da sie die Leistung nicht brachte. Handicap 25 nach fast zehn Jahren Erfahrung im Golfsport war mancherorts vielleicht ganz passabel. Hier, im alteingesessenen Golfclub Kranenstein, war es schlichtweg peinlich.

»Na komm, meine Liebe«, gurrte Ingrid und hakte sich bei Christa unter. »Gehen wir wieder rein, er wird schon gleich kommen, dein Günter.«

Christa nickte und ließ sich zurück in den Gastraum geleiten, ohne die Möglichkeit gehabt zu haben, vorher ihr Handy zu checken. Und mit der Frage im Kopf, ob sie es sich nur einbildete, oder ob Ingrid tatsächlich darauf lauerte, zuzusehen, wie gleich alle Blicke auf sie gerichtet sein würden, wenn der Spielführer das Wort an ihren Mann übergab, der noch immer nicht da war.

Sie ließ sich wieder an ihrem Tisch nieder, zeigte gute Miene zum intriganten Spiel. Wo blieb Günter? Warum tat er ihr das an? Er wusste doch genau, wie diskreditierend es für sie sein würde, wenn er sie als unwissendes Eheweib mutterseelenallein hier hocken ließ. Sie konnte die Gedanken der anderen Damen mit der Schlangengesinnung geradezu hören, auch wenn sich deren Lippen nicht bewegten. Allein die Blicke, mit der sie sie immer offener bedachten, je näher die Rede des Präsidenten rückte, der durch Abwesenheit glänzte. *Na, Schätzchen, vergnügt er sich lieber mit einer jungen und knackigen Assistentin? Die sich bestimmt nicht so hölzern auf dem Platz anstellen würde wie du ...*

Christas Nasenflügel blähten sich, so tief holte sie Luft. Sie war versucht, mit der flachen Hand auf den Tisch zu schlagen, so sehr hatte sich ihre innere Erregung gesteigert. Das würde sie ihm nicht durchgehen lassen. Bei allem Verständnis. Mochte sein, dass Günter zur Zeit besonders viel um die Ohren hatte wegen des Entlassungsplans, den die vom Mutterkonzern beauftragte Unternehmensberatung empfohlen hatte. Und der nun rasch umzusetzen war, damit die Zahlen wieder stimmten. Aber das war kein Grund, *sie* so vorzuführen! Für ein kurzes Telefonat oder eine SMS hätte es durchaus reichen können. Dann hätte sie ihn vor dem offiziellen Beginn der Mitgliederversammlung souverän entschuldigen können. Wäre keine große Sache gewesen. Zumal es heutzutage keine Seltenheit war, dass das Berufliche sich mehr und mehr ins Private fraß. Und dass ein Mann in Günters Position seinen Feierabend nicht immer so machen konnte wie geplant, verstand sich von selbst. Seine Rede hätte dann jemand anderes verlesen – nur nicht Rudolf! – und alle wären zufrieden gewesen.

So jedoch gab es Stoff für Gerede. Und für sie die vollkommen überflüssige Schmach, als Spottobjekt herhalten zu müssen.

Der donnernde Applaus für den Spielführer riss Christa aus ihrer hässlichen Gedankenwelt und signalisierte ihr, dass es jetzt nur noch wenige Augenblicke dauern würde, bis die Augen aller Mitglieder wie kleine Scheinwerfer auf sie gerichtet sein würden. Die Augen der Menschen, die darauf lauerten, sie scheitern zu sehen mit einer Erklärung, die keine war. Und die es nicht erwarten konnten, mitzuerleben, wie sie anfing zu stammeln. Weil sie nicht mehr wusste, was sie noch sagen könnte.

Von Panik durchflutet nahm sie ihre Handtasche, holte das Handy heraus und tat so, als nähme sie einen Anruf entgegen. »Was?«, rief sie mit vor Aufregung heller Stimme. »Oh, mein Gott ... ja, ich komme sofort!« Sie steckte das Handy wieder weg und stand schnell auf. Realisierte erst jetzt, dass es im Gastraum immer stiller geworden war und die Augen der anderen Clubmitglieder tatsächlich auf sie gerichtet waren. Einige Blicke schienen echte Besorgnis widerzuspiegeln. Für Christa war es klar, dass auch das nur aufgesetzt war. »Mein Mann hatte einen Unfall«, verkündete sie mit fester Stimme. Ein Aufschrecken ging durch den Saal, das Christa ebenfalls als ein Vorgetäuschtes klassifizierte. »Ich muss zu ihm ins Hospital. Aber keine Sorge, mir wurde gesagt, sein Zustand sei nicht kritisch.«

5

Etwa zur gleichen Zeit ...

»Zunächst stelle ich fürs Protokoll Sabines Abwesenheit fest.«

»Wo ist sie?«, wollte Gary wissen. Hendrik überging die Frage. Er fummelte an seiner Videokamera herum, die von der Form her eher wie eine Sonde aussah. Nicht ganz einfach, alles korrekt einzustellen, da nur Fackellicht leuchtete in dem Kellergewölbe. Als er mit dem Ergebnis endlich zufrieden schien, reichte er die Kamera an Joshua weiter. »Hier, du zeichnest auf. Und ihr drei«, er wandte sich Gary, Tommi und Christian zu, die wie in Reih und Glied vor dem Ausgang des Gewölbes Stellung bezogen hatten, »ihr verhaltet euch ruhig, verstanden? Ich habe keine Lust, noch Stunden mit Bastelarbeiten an der Tonspur zu verbringen, weil irgendwelche überflüssigen Kommentare rausgeschnitten werden müssen.«

Die Angesprochenen nickten, wagten anscheinend schon jetzt nicht mehr, etwas zu sagen. Der Anblick, der sich ihnen bot, tat ein Übriges.

Hendrik hatte eine zweite Fackel anbringen lassen, in der hinteren Ecke des Gewölbes, in der ihr aus vier Eisenstangen, Holzbalken, zwei Brettern, einer Eisenplatte, Seilzug und verschiedenen Kleinteilen zusammengezimmertes Bauwerk ihren Platz gefunden hatte. Der flackernde Lichtschein der Fackeln, die das

Gewölbe auf eine fast schon gespenstische Art beleuchteten, ließ die Szenerie wie eine Aufnahme aus der glorreichen Vergangenheit erscheinen, in der das Volk sich erhob und seine Unterdrücker richtete. *Die Macht der Bilder* ... Hendrik grinste zufrieden.

Er zog die Kapuze seiner Jacke auf. Über seine Augenpartie würde er bei der Nachbearbeitung einen schwarzen Balken legen. Er beugte sich hinab und nahm einen Eimer. »Joshua, auf mein Zeichen lässt du die Kamera laufen. Halte sie ruhig, damit nichts verwackelt, und richte den Fokus ausschließlich auf die Guillotine. Kein Heranzoomen oder Kameraschwenk, nichts dergleichen, einfach nur abfilmen. Kriegst du das hin?«

»Kein Problem«, erwiderte Joshua mit einer Gleichmut, als wenn er eine Dokumentation über Schmetterlinge drehen sollte. Sobald technisches Gerät im Spiel war, blendete er alles andere schlicht aus. Er legte die Kamera kurz zu Boden, holte ein Tuch aus der Hosentasche und polierte schnell noch die Gläser seine Brille. In dem feuchtkalten Gewölbe beschlugen sie ständig.

»Bist du soweit?« Die Ungeduld in Hendriks Stimme war nicht zu überhören.

»Ja.« Joshua nahm die Kamera hoch und richtete das Objektiv aus.

Hendrik schritt zur Guillotine herüber, hob den Eimer und goss das eiskalte Wasser über dem Kopf des Gefangenen aus, der Mann war bäuchlings auf der Liege festgeschnallt worden. Er schnappte pfeifend nach Luft, spuckte und hustete. Hendrik gab Joshua das Zeichen, die Videokamera loslaufen zu lassen.

»Was ... wo ...« Der Gefangene versuchte erfolglos, sich zu bewegen. Sein Blick war durch die Fixierung zwangsweise nach unten gerichtet. In einen leeren blauen Müllsack. Der Mann strampelte mit den Händen und Füßen, das einzige bisschen Bewegungsfreiheit, das er noch hatte. »Was ist los, wo bin ich ...«

»Herzlich willkommen vor Gericht, unter dem Vorsitz der *Weißen Lilie*«, unterbrach Hendrik das panische Gestammel. Er sprach laut und deutlich und in Richtung Kamera. »Ihnen wird zur Last gelegt, auf vorsätzliche Art und Weise das Leben mehrerer Menschen ruiniert zu haben.«

»Was? Das muss ein Irrtum sein. Hören Sie, ich verstehe nicht ...« Die restlichen Worte des Gefangenen gingen in einem Ächzen unter.

»Ihr Name ist Günter Lohmeier, richtig?«, fuhr Hendrik unbeirrt fort.

»Das stimmt, aber ...«

»Sie sind der Geschäftsführer der deutschen Niederlassung der *Cherry Inc.* mit Sitz in Frankfurt-Niederrad.«

»Ja, aber ...«

»Eine Niederlassung, die sich innerhalb kürzester Zeit von weiteren zwanzig Mitarbeitern trennen möchte, um sie durch temporär einsetzbare Zeitarbeitskräfte zu ersetzen.«

Die Kamera surrte, das Feuer in den Fackeln knisterte. Hendrik ließ den Moment wirken.

»Hören Sie, junger Mann, wer immer Sie auch sind ...« Der Gefangene versuchte verzweifelt, den Kopf anzuheben, doch es gelang nicht. Konnte nicht gelingen. Die Fessel um seinen Hals saß straff und starr.

»Halt's Maul, Arschloch«, rief Christian aus dem Off. Er hegte eine besondere Feindseligkeit gegen den Mann, weil seine Cousine zu den Betroffenen gehörte. Gleich zu Jahresbeginn war sie völlig unverhofft darüber in Kenntnis gesetzt worden, dass sie zum Ende des Monats ihren Arbeitsplatz verlieren würde. Nach den Entlassungen, die im vergangenen Herbst erfolgt waren, hatte keiner der Angestellten damit gerechnet, dass innerhalb der kurzen Zeitspanne abermals Leute gehen müssen. Christians Cousine, die nach etlichen unbezahlten Praktika und rund sechs Monaten Arbeitslosigkeit froh gewesen war, endlich irgendwo untergekommen zu sein, litt seither wieder stark unter ihren Depressionen.

Hendrik machte eine ruckartige Bewegung mit der rechten Hand, bedeutete seinen Mitstreitern zu schweigen. Es war ausgemacht, dass nur er das Wort führte. Was er entsprechend vorbereitet hatte. »Angeklagter Günter Lohmeier, Sie sprechen mit einem Vertreter der *Weißen Lilie*. Wir haben es uns zur Aufgabe gemacht, die Menschen vom Terror der Wirtschaft zu befreien.«

Kamerasurren, Fackelknistern. Der Gefangene bewegte sich nicht mehr. Die Angst, die in ihm aufstieg, sie war praktisch mit Händen zu greifen. »Was wollen Sie von mir?« Seine Stimme klang kratzig.

»Ein Exempel statuieren, falls Sie nicht kooperieren«, erwiderte Hendrik in einem rein sachlichen Tonfall.

»Und was soll ich tun?«, fragte der Gefangene und hustete. »Kann ich bitte etwas zu trinken ...«

»Sie und Ihrem Unternehmen wird eine Frist von vierundzwanzig Stunden gewährt, um die Entlassungen, von denen wir gerade sprachen, rückgängig zu machen.«

Abermals war nur das Knistern der Fackeln zu hören und das leise Surren der Videokamera.

»Sie wissen, dass das außerhalb meiner Macht steht«, brachte der Mann auf der Liege mühsam hervor. »So etwas entscheide ich nicht alleine. Auch ich bin nur ein ausführendes Organ ...«

»Ersparen Sie uns und der Öffentlichkeit Ihr rhetorisches Geschwafel!« Hendriks von Hass durchtränkte Worte hallten durch das Kellergewölbe. »Die Berufung auf Ihr Geflecht aus vermeintlichen Vorgesetzten, geschmierten Politikern und sonstigen Gesinnungsgehilfen hilft Ihnen vor dem Gericht der *Weißen Lilie* nicht weiter. Wir sind die Machete, die breite Schneisen schlagen wird in dieses wuchernde Gestrüpp, das die Menschen mit jedem Tag mehr erstickt. Also wägen Sie Ihre Worte mit Bedacht ab. Wir wissen, dass Sie zu diesen *Entscheidungsträgern* gehören«, Hendrik spie den Begriff förmlich aus sich heraus, »die für den wirtschaftlichen Tod Unschuldiger verantwortlich sind.«

Der Gefangene rang schwer nach Atem. »Sie überschätzen mich maßlos. Die Arbeitswelt ist nicht so einfach gestrickt. Es ist in der Tat ein Geflecht aus Partikularinteressen, die mitunter sehr schwer unter einen Hut zu bringen sind. Bitte hören Sie ...«

»Nein, *Sie* hören jetzt zu!«, schnitt Hendrik dem Gefangenen barsch das Wort ab, ohne seine Blickrichtung zu ändern. Er schaute weiterhin in die Kamera. »Millionenfach haben Sie und Ihresgleichen für den Abstieg ins soziale Elend gesorgt, das von einer parasitären Institution zynisch verwaltet wird. Eine parasitäre Institution, gegründet von Ihrem Komplizen, dem deutschen Staat.« Hendrik spuckte gut sichtbar aus. »Es spielt keine Rolle mehr, wo die Ausgebeuteten und Unterdrückten ihr Kreuz machen an den Wahltagen. Denn sie haben längst keine Wahl mehr. Die Demokratie ist nur ein Trugbild, eine Fata Morgana, die den in der Hoffnungslosigkeit jeden Tag mehr Ertrinkenden vorgaukelt, dass es auch für sie bald wieder angemessen bezahlte Arbeit geben wird.« Hendrik streckte seinen rechten Arm aus und deutete auf den auf das Brett gefesselten Mann namens Günter Lohmeier. »Sie und Ihresgleichen haben die Macht längst an sich gerissen und eine Gesellschaft geschaffen, in dem der Mensch weniger wert ist als die Maschine, die er bedienen soll. Eine Gesellschaft, in der die Masse ärmer und ärmer wird, während der Geldadel mit der Gesinnung mittelalterlicher Raubritter ihren Speckgürtel immer enger um sie legt und sie bis zum letzten Cent ausquetscht!« Hendrik trat einen Schritt näher auf die Kamera zu und hob den Zeigefinger. »*Das* nenne ich ein Verbrechen. Ein Verbrechen an der Menschheit!« Er stellte sich wieder neben die Guillotine, legte die Hand an den Seilzug, nahm überzeugend die Pose des Rächers ein.

»Bitte hören Sie mir zu«, flehte der Gefangene. »Ich bin doch auch nur ein Rad im Getriebe. Und wenn ich nicht mehr wie vorgesehen funktioniere, dreht sich an meiner Stelle ein anderes Rad, das in die gewünschte Richtung läuft. Glauben Sie mir, Sie sehen die Welt zu einfach. Die Robin Hoods gibt es nur im Film, im wahren Leben gewinnt immer der böse Sheriff.«

»Sie beleidigen unseren Intellekt«, erwiderte Hendrik mit so viel Eis in der Stimme, als käme sie aus einem Kühlfach in seinem Inneren, den Blick starr ins Kameraobjektiv gerichtet.

Der Gefangene heulte auf. »Ich kann die Welt nicht für Sie ändern, bitte glauben Sie mir doch! Aber vielleicht kann ich für Sie etwas tun? Haben Sie finanzielle Sorgen? Ich gebe Ihnen das Geld! Nennen Sie mir eine beliebige Summe!«

Hendrik ignorierte Günter Lohmeier, dessen Hals schon wund wurde durch die wiederholten Versuche, seinen Kopf wenigstens etwas anzuheben. Was unmöglich war und blieb in der engen Vorrichtung.

»Da ist kein Spielraum mehr für Verhandlungen.« Hendriks Tonfall klang keinen Deut wärmer. »Kein Ausweg, der sich herbei diskutieren ließe. Sämtliche Kontrollinstanzen sind vom Feind besetzt. Ein Feind, der nicht aufhören wird mit dem Raubzug, solange es irgendwo noch etwas gibt, was er erbeuten kann. Gerechtigkeit? Balance?« Hendrik ließ ein abfälliges Schnauben hören. »Das sind Worte, die im Sprachschatz dieser Leute keine Bedeutung haben. Weil sie vergessen haben, dass auch sie Menschen sind. Aufgegangen in ihrer neuen Identität als Roboter, erschaffen um zu raffen. Umgeben von ihren Betamodellen, die sie in den Regierungen installiert haben, und deren einzige Aufgabe es ist, ihre Interessen zu wahren.« Hendrik blickte zur Seite. Dorthin, wo seine Mitstreiter noch immer in Reih und Glied standen und seiner Rede stumm lauschten. Ärgerlich, dass er kein Zeichen ausgemacht hatte für Applaus. *Nicht zu ändern, dann eben beim nächsten Mal ...*

Es rasselte, klapperte, der Gefangene bäumte sich mit aller Kraft auf in seinen Fesseln, hatte jedoch keine Chance. Mit Genugtuung stellte Hendrik fest, dass dem Mann die Worte versagten. Die Laute, die aus seinem Mund drangen, das war nur noch Gewinsel.

Hendriks Finger umschlossen das Seil. Wenn er es losließ, die schwere blitzende Klinge würde im Bruchteil einer Sekunde herabsausen. Er lächelte, und im Schein des unruhigen Fackellichts wirkte es alles andere als friedlich, eher sehr diabolisch. Dazu seine komplett in schwarz gehaltene Kleidung, die schwarze Kapuze auf seinem Haupt – die Pose des Henkers war perfekt. »Von jeher war es dem Volke gegeben, sich zu erheben, wenn das Leid und die Qual unerträglich werden«, fuhr er mit einer ordentlichen Portion Pathos in seiner Stimme fort. »Die *Weiße Lilie* ist bereit, den Kampf aufzunehmen gegen einen Gegner, dessen Übermächtigkeit schnell bröckeln wird, wenn er merken muss, dass die Geknechteten nicht länger stillhalten. Gegen die Wortkosmetik, derer der Feind sich bedient, um sein wahres Gesicht darunter zu verbergen, setzen wir einen Sturm der Bilder, der sämtliche Fassaden hinfort fegen wird!«

»Jetzt wirst du zu theatralisch«, ließ sich Gary vernehmen. Die anderen drei kicherten. Hendrik schickte ihnen einen finsteren Blick, sah aber gleich wieder ins Kameraobjektiv. »Ich wiederhole die Forderung der *Weißen Lilie*. Ab Stunde Null dieses Tages verbleiben exakt vierundzwanzig Stunden, um ein rechtsgültiges Dokument vorzulegen, aus dem hervorgeht, dass die Kündigungen der *Cherry Inc.*-Mitarbeiter mit sofortiger Wirkung zurückgenommen werden.«

Aus Richtung des Gefangenen ertönte ein Stöhnen. Dann ein verzweifeltes, beinahe schon irre klingendes Lachen. »Bitte versteh es doch endlich, Junge! Innerhalb dieser winzigen Zeitspanne wird der amerikanische Mutterkonzern auf keinen Fall ...«

»Sollte der Forderung der *Weißen Lilie* nicht Folge geleistet werden, rollt ein Kopf!«, donnerte Hendrik mit starrem Blick in die Kamera.

»Krasse Worte.« Gary sprach ebenfalls sehr laut. Legte es eindeutig darauf an, dass auch seine Worte gut hörbar aufgezeichnet wurden. »Ist das mit Sabine so abgesprochen?«

Hendrik hielt inne. Das Seil noch immer in der Hand. Durch seinen schmalen drahtigen Körper ergoss sich ein Strom heißer Wut. Wie Lava schien er sich bis in die hintersten Winkel seiner Zellen zu wälzen. *Gary, du Möchtegern-Casanova mit deiner schokoladenbraunen Mischlingshaut! Glaubst du, du könntest Sabine so imponieren? Vergiss es! Sie ist gar nicht hier. Aber ich, ich bin hier!*

»Und jetzt mach das Seil wieder fest«, verlangte Gary und trat ein paar Schritte näher an ihn heran. »Es reicht. Du weißt, warum.«

Hendrik tat nichts dergleichen. Er schwieg und hob die Hand, gab Joshua das Zeichen, die Aufnahme zu stoppen. Günter Lohmeiers Herz hämmerte gegen den Brustkorb, als wolle es dringend nach draußen, aber sein hektisches Atmen verlangsamte sich. Minimal.

Gab es noch Hoffnung?

6

Am anderen Morgen ...

Noch in Gedanken lief Devcon durch den Flur seines Hauses in Sulzbach, ein Stadtteil Frankfurts, bekannt durch das Main-Taunus-Zentrum: große Shopping Mall mit Filialen, die es überall gab. Er nahm seinen Mantel von der Garderobe, an der sich ein halbes Dutzend anderer Jacken drängten, wandte sich zur Haustür und stolperte über einen Schuh. Es war ein Bootie mit Kunstfellbesatz, der ihm vom Aussehen her für eine Expedition zum Polarkreis geeignet schien. Seine schmalen Lippen deuteten ein Lächeln an, er kickte den Stiefel zurück an die Seite.

Das Leben war zurückgekehrt in sein Haus. Wenn auch nicht um die frühe Uhrzeit, zu der Tatjana grundsätzlich noch schlief, wenn man sie ließ. Devcon war froh drum, hoffte, dass sie wieder etwas zur Ruhe kommen würde nach den Ereignissen, die sie in den vergangenen drei Jahren ziemlich überrollt haben mussten. Da hatte Regina Tamm zweifellos recht.

Besonders die Sache mit Tatjanas finalem Rettungsschuss nagte an Devcon, der nur zu gut wusste, was es heißt, mit dieser Belastung zu leben. Seit dem Gespräch mit Tamm dachte er verstärkt darüber nach, wie Tatjana, die kein Wort mehr über »diese Angelegenheit« verlieren wollte, damit wohl zurecht kam. Und auch darüber, ob es wirklich klug von ihm gewesen war, sie abermals vor dem offiziellen Weg zu bewahren und ihr das Disziplinarverfahren zu ersparen, das er hätte erwirken müssen, weil sie sich bei ihrem letzten Fall eigenmächtig über seine klare Anweisung hinweggesetzt hatte. Was eine neue Qualität im Portfolio ihrer unerwünschten Verhaltensweisen darstellte. Es war eine Sache, etwas ohne vorherige Absprache mit dem Vorgesetzten zu unternehmen. Und eine ganz andere, einen Alleingang zu starten trotz offiziellem Verbot durch die Dienststellenleitung. Also durch ihn. Abgesehen davon, dass es alles andere als einfach gewesen war, es ohne Verfahren hinzudeichseln. Hätte Norbert Fringe, der Polizeipräsident und Devcons Fast-wieder-Freund, dessen Nervenkostüm durch die rigorose Sparpolitik aus dem Innenministerium mehr als löchrig geworden war, sich nicht daran erinnert, dass sie trotz allem, was vorgefallen war, noch immer auf derselben Seite standen, wäre es nicht möglich gewesen.

Gedankt hatte Tatjana es ihm, indem sie laut überlegt hatte, ob es »unter den gegebenen Umständen« nicht vernünftiger sei, wenn sie wieder ganz aus seinem Leben verschwinden würde. So wie damals nach dem Tod ihres Bruders. Als sie ohne große Umschweife und ohne Erklärung ihre Versetzung nach München erwirkt hatte.

Devcon hatte sie angestarrt wie ein sonderbares Wesen aus einer noch seltsameren Galaxie und möglichst ruhig und beherrscht erwidert: »Dann sind die beiden Türen für immer zu. Sowohl diese hier als auch die zum Fachkommissariat für Tötungsdelikte in Frankfurt am Main.«

Das Pokerface, das Tatjana in solchen Situationen gerne aufsetzte, war wie immer komplett misslungen gewesen, Devcon hatte sofort gesehen, dass sie ihre Tränen nur mit äußerster Anstrengung zurückhalten konnte. Doch er war hart geblieben und ließ sie stehen, begab sich ins Wohnzimmer und fing an, in einem Wochenmagazin zu blättern. Nach einer halben Ewigkeit, in der er zwei Artikel gesichtet hatte ohne deren Inhalt wahrzunehmen, war Tatjana hereingekommen und hatte verkündet: »Ich geh dann mal nachdenken.«

Sprach's und war für zwei Tage verschwunden.

Bei ihrer Bekannten Sibylle wäre sie gewesen. Das Wort »Freundin« setzte Tatjana nur äußerst sparsam ein. Über etwas gesprochen hätte sie nicht mit ihr, sondern die Zeit lediglich genutzt, um ihre »Schnellkur« zu machen, wie sie es ausgedrückt hatte. Was zum Teufel das wieder für ein Mist sei, hatte Devcon sie unwirsch gefragt. Weil er erschrocken war über ihre Totenbleiche und die dunklen Ringe unter den stahlblauen Augen, die ihren Anblick konterkarierten, weil sie ihm so entgegenstrahlten. »Ich bleibe sehr gerne, wenn du unbedingt ein Wrack haben willst«, hatte sie statt einer Antwort erwidert und dabei unsicher gelächelt.

»Verstehe ich nicht. Also, das mit dem Wrack«, hatte er sich beeilt, hinzuzufügen.

»Hat mein Bruder das nie erzählt?«

»Keine Ahnung, ich weiß ja nicht, wovon du gerade sprichst.«

»Na, es geht um die Sache mit der Brechkur.«

»Was?«

»Habe ich schon immer so gemacht. Hilft, wenn ich wirklich gar nicht mehr weiter weiß und da auch niemand ist, der mir helfen kann ...«

»Wenn du mal Hilfe zulassen würdest, wäre das bestimmt anders«, war es aus ihm herausgepurzelt, als wären seine Worte schwere Koffer, die von einem völlig überladenen Gepäckband stürzten. Und weil er ins Schwarze getroffen hatte, hatte Tatjana ihren Blick abgewandt.

»Ist doch egal, so funktioniert's ja auch.«

»Was genau funktioniert wie?«

»Na, ich schließ mich kurz weg, trinke eine Flasche Sekt statt Frühstück ...«

»WAS?«

»Logisch, sonst klappt's ja nicht. Ich trinke also diese Flasche aus, fühle mich danach auch körperlich hundeelend, kotze eine Runde oder auch mehrere, und dann geht's wieder.«

Devcon erinnerte sich noch gut an die Mühe, die er gehabt hatte, zu glauben, was ihn da gerade über seinen Gehörsinn erreicht hatte. Es vergingen einige Momente des Schweigens, bis er in der Lage gewesen war, seine nächste Frage zu stellen. »Was geht wieder?«

»Na, das mit den Entscheidungen. Ich sehe dann wieder klar. Ach so, und ich möchte mich hiermit in aller Form für meine blöde Reaktion darauf, dass du schon wieder die Kastanien für mich aus dem Feuer geholt hast, entschuldigen. Tut mir echt leid!« Tatjanas Gesichtsausdruck zeugte von ihrer Zerknirschtheit.

Er muss in dem Moment eine ziemlich merkwürdige Figur abgegeben haben, wie er so dagestanden hatte und noch überlegte, ob er sich nicht doch inmitten eines obskuren Traumes befand. *Brechkur?*

»Keine Sorge, ich habe das total im Griff«, hatte Tatjana hinzugefügt, da sie anscheinend nicht übersehen konnte, wie absurd ihre »Kur« auf jeden Außenstehenden wirken musste. Und sei er ihr noch so nah. »Ist wirklich nur das absolute Notfallprogramm. Wenn mir gar nichts anderes mehr einfällt.«

Ihm war daraufhin auch nichts mehr eingefallen. Er hatte sie Richtung Küche bugsiert und verfügt, dass sie nicht eher wieder dort herauskäme, bis sie etwas Ordentliches gegessen hatte – und bloß nicht auf die Idee kommen solle, vorzuschlagen, ein Gläschen dabei zu trinken!

Devcon schüttelte jetzt noch den Kopf, wenn er an diesen Dialog mit Tatjana dachte. Wobei ihn ihre Selbstbezichtigung als ein »Wrack« noch immer beschäftigte. Wann war man ein Wrack? Wer definierte das? Oder konnte es nicht eher sein, dass es bei Tatjana daran krankte, dazu zu neigen, zu viel von sich selbst zu verlangen? Eine logische Erklärung für ihre bisher nicht totzukriegende Lust, riskante Alleingänge zu unternehmen, wäre das allemal. Und wenn dabei etwas schiefging, was bei solchen Aktionen grundsätzlich sehr wahrscheinlich war, ging sie knallhart mit sich ins Gericht. Stellte gleich alles in Frage. Anstatt einfach mal aus dem Fehler zu lernen.

Devcon zog das Garagentor hoch, entriegelte die Türen seines BMW und nickte unbewusst. Irgendwie hatte er das Gefühl, dass er dem Rätsel Tatjana soeben ein großes Stück weiter auf die Spur gekommen war.

Ganz anders war es bei dem neuen Fall, den enthaupteten Leichnam betreffend. Devcon stieg in seinen Wagen und zog eine Grimasse. Auch eine Woche nach dem Fund hatte die Identität des Toten noch nicht ermittelt werden können. Die in solchen Fällen am häufigsten erfolgende Identifizierung anhand der Zähne fiel bei einem Mann ohne Kopf aus, wie Kollege Grafert scharfsinnig festgestellt hatte. Sein Humor war nicht jedermanns Sache. Regina Tamm, einzige Nichtbeamtin der Abteilung und dennoch von Devcon zum Quasimitglied der SOKO gemacht, durfte sich über die Zusatzaufgabe freuen, sämtliche Krankenkassen zu kontaktieren, um über das Blutbild des Toten zu klären, um wen es sich handelte. Andere Anhaltspunkte gab es nicht. Die Obduktion hatte ergeben, dass sich der Körper des Mannes vor seinem gewaltsam erfolgten Ableben bester Gesundheit erfreute.

Devcon ließ den Motor an, nahm den Gurt und ließ ihn zurück in die Ausgangsposition schnappen. Das im Seitenfach des Wagens vibrierende Diensthandy verlangte nach Aufmerksamkeit. Devcon schaute aufs Display, sah die Nummer, schlug die Stirn in Falten und nahm das Gespräch an. »Was gibt's, Reggie? Ich bin doch gleich da.«

»Wohl eher nicht, fürchte ich.«

»Was soll das heißen?«

»Na, dass dein Kaffee im Präsidium noch eine Weile warten muss«, erwiderte Regina Tamm finster. »Wir haben eine neue Leiche. Ohne Kopf. Und mit Blume geschmückt.«

7

Nur wenige Stunden später an einem anderen Ort ...

Der Albtraum, der seit etlichen Jahren auf ihr lastete wie ein großer Felsbrocken, der jederzeit auf sie niedersausen und sie zerschmettern konnte – nun war er Realität. Michaela Riemann bekam nicht mehr mit, wie die Sanitäter ihren Körper über eine Flüssigkeit mit dem Nötigsten versorgten, sie in Windeseile auf die Trage hievten und mit ihr zum Notarztwagen eilten.

Sie hatte sich immer bemüht, alles richtig zu machen. Nicht aufzufallen. Oder gar egoistisch zu handeln. Oder leichtfertig. Gerade mit Letzterem hatte sie schon als junges Mädchen keine guten Erfahrungen gemacht. Weil sie sich einen Fehler erlaubt hatte. Einen schweren allerdings.

Da war Markus gewesen. Ihr damaliger Freund. Eine Art Sandkastenliebe. Sie kannten sich seit der dritten Klasse, nachdem die Riemanns wegen des neuen Jobs des Vaters von Berlin nach Frankfurt gezogen waren. Was Michaela nicht als besonders schlimm empfunden hatte. War ja keine große Umgewöhnung, so von Großstadt zu Großstadt. Vor allem, wenn man erst acht Jahre alt war. Leid hatte es ihr nur wegen Theresa getan. Ihre Busenfreundin, zu der sich der Kontakt dann recht schnell verlor.

So richtig zusammengekommen, mit Knutschen

und Herzchen mit Initialen in eine Baumrinde ritzen, waren Michaela und Markus, als sie dreizehn waren. Auf der Klassenfahrt in die Jugendherberge bei München hatte es *klick* gemacht. Sie wurden ein Paar. Und blieben es.

Bis die Sache mit Gerhard anfing. Gerhard sah unverschämt gut aus und wusste das auch. Außerdem war er zu der Zeit mit Heike liiert, einer der Mitauszubildenden in der Kaufhaus-Filiale, in der Michaela lernte. Damals waren sie noch zu viert gewesen pro Lehrjahr. Und Heike war diejenige, die trotz ihrer erst siebzehn Jahre aussah, wie eine Vollblutfrau. Michaela hatte auch als attraktiv gegolten, repräsentierte aber mehr das Modell Lolita. Niemals wäre sie auf die Idee gekommen, mit Heike um ihren Traummann Gerhard zu konkurrieren.

Denn so war es gewesen. Dass sie trotz der festen Beziehung mit Markus insgeheim von Gerhard träumte. Dem das nicht entgangen sein konnte. So sehr Michaela sich auch bemüht hatte, sich nichts anmerken zu lassen, wenn er in die Filiale kam, um Heike abzuholen. Warum sonst hätte er anfangen sollen, ihr diese Signale zu senden? Das spitzbübische Zwinkern? Bei dem Michaela immer gleich hatte wegschauen müssen, um nicht in den einem tiefen See gleichenden Augen zu ertrinken? Seine scheinbar wie zufälligen Berührungen? Bei denen Michaela jedes Mal das Gefühl gehabt hatte, kleine Stromschläge verpasst zu bekommen? Kleine Stromschläge, die nur kurz schmerzten, um sich in ein quälendes Ziehen in ihrem

Unterleib zu wandeln, das sie fast vergehen ließ vor Verlangen? Nach *ihm*?

Passiert war es dann ausgerechnet an Heikes achtzehnten Geburtstag. Riesenfete. Draußen in der Grillhütte. Eine heiße Sommernacht, viel Bier für die Jungs und Sekt für die Mädels. Ausgelassene Stimmung, Partymusik. Und Gerhard. Der mit seinem VW-Cabriolet erst gegen zehn Uhr eingetroffen war. Warum, wusste Michaela nicht mehr. Dass Markus gänzlich fehlte, weil er sich auf einer Schulung in Freiburg befand, daran erinnerte sie sich noch. Und daran, dass sie sich plötzlich nicht mehr auf Heikes Fete befunden hatte, sondern auf dem Rücksitz von Gerhards stets strahlend weißem Cabriolet. Sie, splitterfasernackt. Er in seinem luftigen Hemd mit dem bunten Rautenmuster, aber ohne Hose. Über ihnen der helle Mond und ein Sternenmeer. Um sie herum weites Feld und Wiese.

Es war gleich ein Volltreffer gewesen. In ihrer Glückseligkeit taumelnd, hatte Michaela Markus in die Wüste geschickt, mit ziemlich ruppigen Worten, die ihn sichtbar verletzt hatten, und war dann zu Gerhard geeilt. Der sie ohne große Umschweife von ihrer Glückseligkeit befreite: »Konntest du nicht aufpassen, du blöde Kuh? Ich dachte, du nimmst die Pille! Was willst du von mir, dass ich dich im Krankenhaus besuche nach der Abtreibung? Kannst du vergessen, nicht mein Problem.«

Was sie wollte, hatte Michaela zu der Zeit noch gar nicht gewusst. Was sie nicht wollte, allerdings schon.

Sie schloss ihre Ausbildung zur Verkäuferin ab, bekam das Kind und ging ein paar Monate in Mutterschutz. Ihre Eltern sorgten für die Fertigstellung der Einliegerwohnung im Haus, die sie eigentlich hatten vermieten wollen, und Michaela zog mit ihrem Baby ein. Trat ihre Arbeit bei ihrer ehemaligen Ausbildungsstätte an. Der Filialleiter des Kaufhauses hatte sich sehr verständig gezeigt. Ihre Mutter half bei der Erziehung des kleinen Enkels. Michaela dankte es, indem sie auf weitere riskante Kurzepisoden mit dem anderen Geschlecht verzichtete.

Markus hatte mittlerweile eine neue Freundin. Ob aus Trotz, oder weil er das Mädchen wirklich liebte, hatte sie nie erfahren. Weil er sich bis zuletzt geweigert hatte, ein weiteres Wort mit ihr zu wechseln. Zwei Jahre später war er tot gewesen. Schwerer Motorradunfall. Kurz vor seinem zwanzigsten Geburtstag. Woran Michaela Riemann, der die Möglichkeit, ihn um Verzeihung zu bitten, nun für immer verwehrt war, schwer zu tragen hatte.

Sie blieb dann allein. All die Jahre. Ging zur Arbeit, kam abends heim und kümmerte sich um ihren Sohn. Zum Glück für ihre Eltern, die nicht mehr die Jüngsten waren, war er ein ruhiger Vertreter, ihr kleiner Joshua. So ganz anders als Gerhard. Dem er auch gar nicht ähnlich sah. Die dunklen Locken und die blaugrauen Augen, für die der Kleine schon früh eine Sehhilfe benötigte, erinnerten jeden mehr an Markus. Doch niemand sprach es aus. Zumindest nicht in Michaelas Gegenwart. Und sie? Ignorierte es. Weigerte sich, die mehr als wahrscheinliche Möglichkeit in Betracht zu ziehen, dass es nicht Gerhard gewesen war, dessen Kind sie geboren hatte, sondern dass Markus der Vater war.

Was aus Gerhard geworden war, interessierte sie ebenfalls nicht. Das Letzte, was sie nicht hatte vermeiden können, von ihm zu hören war, dass er seine Karriere in England fortsetzte. Irgendwas im Bankenbereich. Mehr wusste sie nicht. Auch nicht, ob er verheiratet war, Kinder hatte. Alles egal.

Im Betrieb galt Michaela als sehr zuverlässig. Die Rente ihrer Eltern war nicht allzu üppig, und ein Kind kostete Geld. Insofern war ihr kleiner Sohn auf ihren Verdienst angewiesen. Sie beklagte das nicht, tat es gern: auf Dinge verzichten, um Joshua etwas zu ermöglichen. Seine erste Spielekonsole zum Beispiel. Auch wenn er sehr an seinen Großeltern hing, stellte es sich früh heraus, dass er mit Brett- und Kartenspielen wenig anfangen konnte. Es musste blinken, zischen und rauschen, dann war er stundenlang beschäftigt. Die Welt der Kinder war eine andere geworden. Das mussten nicht nur ihre Eltern, sondern auch Michaela schnell begreifen. Mochte sein, dass Fußballspielen, Radfahren oder Federball zu ihrer Zeit als selbstverständliche Kinderbeschäftigungen galt. Heute nahmen Computer einen zentralen Platz ein, auch im Leben der Jüngeren. Und ihr kleiner Sohn offenbarte ein sehr auf das Technische fixiertes Talent.

In der Schule lief es in der Konsequenz eher mittelprächtig. Für Sport hatte Joshua, der gerne mal kränkelte, wenn es ihm zu anstrengend wurde, wenig Sinn. Kunst und Musik ließ er über sich ergehen, im Sprachlichen musste er kämpfen. In Mathematik lief er zur Höchstform auf. Michaela finanzierte die Nachhilfe für Deutsch, sein schwächstes Fach, und ermöglichte ihm das Abitur. Voraussetzung für das Informatikstudium, das Joshua schon im Alter von fünfzehn Jahren fest ins Auge gefasst hatte.

Die Jahre vergingen, Michaelas Leben plätscherte ereignislos, dafür beinahe sorgenfrei dahin. Nur die wachsenden Turbulenzen an ihrem Arbeitsplatz fingen an, ihr mehr und mehr auf den Magen zu schlagen. Die einst überwiegend freundschaftlichen Beziehungen unter den Kolleginnen wurden schlechter. Mit jedem Jahr, in dem ihre Kaufhausfiliale wieder und wieder von der Schließung bedroht war. Der Ton wurde rauer, die ständigen Lohnkürzungen erdrosselten die Motivation der Mitarbeiter. Immer häufiger kam es zu krankheitsbedingten Ausfällen. Und zu Kündigungen seitens der Kolleginnen und Kollegen, deren Stellen nicht neu besetzt wurden. Abfangen mussten es die im Unternehmen Verbliebenen, die trotz der wachsenden Arbeitsbelastung und dem sich weiter verschlechternden Betriebsklima froh waren, dass sie ihre Stelle noch hatten.

So wie Michaela Riemann, deren Vater vor sieben Jahren gestorben war, und ohne deren Verdienst es seither mehr als eng geworden wäre. Sicher war sie im Stillen oft das Szenario durchgegangen, das sich für sie ergeben würde, wenn man ihre Kaufhausfiliale tatsächlich schließen würde. Lange hatte sie sich diesen Gedanken nicht aussetzen können, ohne dass sich ihr Magen schmerzhaft in Erinnerung brachte. Da hatte sich mit Sicherheit längst ein Geschwür gebildet. Michaela wollte es gar nicht wissen. Genauso wenig, wie sie den unweigerlichen Abstieg miterleben wollte, der in Gang kam, wenn sie und die Kollegen erst in eine Auffanggesellschaft abgeschoben würden und dann in Hartz 4. Für Michaela ein garantiert alternativloses Ende ihrer Laufbahn, da sie wusste, dass es für gelernte Verkäuferinnen im Einzelhandel fast nur noch schlecht bezahlte Aushilfsstellen gab.

Sie brauchte aber keinen schmalen Zusatzverdienst, sondern ein richtiges Gehalt, mit dem sie ihr Leben und Joshuas Studium finanzieren konnte. Spielraum für eine Bahncard, mit der sie zu einer Filiale in einer anderen Stadt pendeln konnte, gab es da nicht. Einen Führerschein hatte sie nie gemacht, folglich besaß sie kein Auto, das sie sich sowieso nicht hätte leisten können. Und ein Umzug? Mit ihrer alten Mutter? Die auch nicht mehr alles alleine erledigen konnte und nicht zuletzt deshalb sehr glücklich war über die über Jahrzehnte gewachsenen, guten Beziehungen zu den Nachbarn?

Michaela hatte es sich genau ausgerechnet. Nur noch knapp zwei Jahre. Dann würde Joshua es gepackt haben. Ihr Joshua, der seine Zeit nicht, so wie sie damals in dem Alter, auf dummen Feten vergeudete, sondern zweimal die Woche Zeitungen austrug, um sich sein Computerzubehör zu finanzieren, und ansonsten fleißig lernte. Weil er mitbekam, wie seine Mutter sich sorgte. Ganz gleich, wie sehr Michaela sich bemüht hatte, das alles von ihm fernzuhalten – an manchen Abenden war es einfach aus ihr herausgebrochen und sie hatte hemmungslos angefangen zu schluchzen.

Was natürlich einer Erklärung bedurfte. Die Joshua auch bekommen hatte. Von seiner Großmutter. Die ihren Enkel keinesfalls unter Druck setzen wollte. Unter der Last der permanenten Sorge um ihre Tochter und deren unsicheren Arbeitsplatz litt sie aber ebenfalls immer mehr. Weil sie nicht helfen konnte mit ihrer kleinen Rente. Was Michaela zusätzlich quälte. Mitansehen zu müssen, wie sie der kleinen schmalen Frau mit den weißen Haaren und dem immer krummer werdenden Rücken, die schon so viel für sie und ihren Sohn getan hatte, noch immer solchen Kummer bereitete.

Wie von Ferne hörte Michaela Riemann das Martinshorn des über die Straßen jagenden Notarztwagens. Der unerträgliche Schmerz in ihrem Bauch, sie nahm ihn kaum mehr wahr. Sie sah stattdessen Bilder. Von ihrer Chefin. Wie sie bei der Versammlung vor ihnen stand. Und redete. Viele Sätze. Ohne Inhalt. Tapfer bemüht, die Katastrophe irgendwie wegzulächeln. Das Gesicht der Frau verblasste, alles wurde ganz hell, fast schon gleißend. Dann ein abrupter Übergang. Der Sarg ihres Vaters schwebte aus dem Lichtstrahl empor. Mit Blumen geschmückt. Das Bild wechselte wieder, und Michaela wähnte sich inmitten der Feier zu seinem sechzigsten Geburtstag. Sah die Gäste, die Torte. Ihre Mutter. Zu einer anderen Zeit. Ihr Haar war noch dunkelbraun. Ihre Füße steckten in bunten Gummistiefeln. Sie hatte eine Gartenschere in der Hand und schnippelte an Rosensträuchern herum. Als sie sah, dass Michaela sie beobachtete, winkte sie ihr zu und lächelte. Der Bilderfluss wechselte, und ein Zimmer erschien, in dem ein Junge vor einem Bildschirm saß. Der Kleine strahlte über das ganze Gesicht. Joshua mit seinem ersten Computer ...

Durch Michaelas Körper strömte eine seltsame Wärme. Sie hatte die Augen geschlossen, bekam nicht mit, wie die Sanitäter sie eilig in die Notaufnahme trugen. Sie wusste gar nicht mehr, wo sie war und wie ihr geschah. Sie blieb in ihrer Bilderwelt, schaute zu und empfand einen tiefen Frieden.

Menschen in grünen Kitteln liefen umher, Apparate piepten.

Michaela hörte Joshuas Lachen. Sah ihn bei seiner Einschulung mit der bunten Schultüte, die er trug wie ein Ritter sein Schwert. Sie sah das Bündel Menschlein in dem alten Kinderwagen, den schreienden Säugling mit den vollen Windeln ...

Und sie genoss noch einmal das besondere Glücksgefühl, das sie erlebt hatte bei ihrem ersten Blick auf das neugeborene Kind ...

Die Bilder erloschen.

Der Ton aus dem Apparat, monoton.

Null-Linie.

8

Noch am gleichen Abend …

»Sie ist tot, Sabine! Hörst du nicht zu?«, schrie Hendrik, außer sich vor Wut.

In der kleinen Ortskneipe wurde es mucksmäuschenstill. Die drei Männer an der Theke schauten interessiert zu der kleinen Gruppe, die an dem runden Tisch saß, hinten in der Ecke. Dort, wo der Spielautomat hing, den keiner bediente. Das Mädchen hinter dem Tresen, eine Aushilfskraft, tat so, als hätte sie nichts gehört und zapfte das nächste Bier.

Sabine funkelte Hendrik zornig an, sagte aber nichts. Sie schaute zu Joshua, der seine Arme auf dem Tisch verschränkt hatte und seinen Kopf verbarg. Nur ein leises Schluchzen war von ihm zu hören. Gary, Tommi und Christian schwiegen ebenfalls. Keiner fand die richtigen Worte für Joshua, der vor wenigen Stunden seine Mutter verloren hatte.

Todesursache war ein Magendurchbruch gewesen. Ausgelöst durch die unentdeckten Metastasen, die in Michaela Riemanns Unterleib gestreut hatten. Da wäre ohnehin nichts mehr zu machen gewesen, hatte der Arzt Joshuas Großmutter am Telefon wissen lassen. Joshua hatte zu dem Zeitpunkt über einer Seminararbeit gebrütet, war zwischendrin vom Schreibtisch aufgestanden, um sich in der Küche etwas zu trinken zu holen. Dort hatte er seine Oma völlig in sich zusammengesunken am Tisch sitzen sehen. »Deine Mutter ist tot.« Diese vier Worte waren in sein Innerstes gefahren wie ein glühendes Schwert. Obwohl seine Großmutter nicht mehr als ein Flüstern hatte hervorbringen können. Wie es dann weiterging, wusste er nicht mehr. Er erinnerte sich nur noch, dass er Hendrik angerufen haben musste. Und an dessen erste Worte, die ihm aus der Hörmuschel seines Handys entgegenschallten: »Wir werden deine Mutter rächen!«

Wenig später fand Joshua sich im Kreis seiner Freunde wieder. Zur außerplanmäßigen Versammlung im »Merowinger«, eine winzige Kneipe in einer kleinen Seitenstraße unweit der Universitätsbibliothek. Das rustikale Ambiente des Gastraums zog weniger die Studenten als vielmehr alteingesessene Herren an, die sich nach dem Abendessen zum kurzen Plausch bei einem Bier trafen.

Die drei Männer an der Theke, Stammgäste offensichtlich, zahlten und verabschiedeten sich mit einem kessen Spruch von dem Mädchen hinter dem Tresen. Sie quittierte es mit einem gezwungenen Lächeln und blickte genervt zu der Gruppe am runden Tisch, die keine Anstalten machte, ebenfalls zu gehen. Mittlerweile war es nach zehn, eine Uhrzeit, zu der die Kneipe normalerweise längst geschlossen hatte. Jedenfalls an einem grauen Wochentag. »Wenn ihr noch was wollt, ich bin hinten«, rief sie den verbliebenen Gästen säuerlich zu, zog ihr Smartphone aus der Gesäßtasche ihrer Jeans und ging durch eine Tür, hinter der es eine weitere Räumlichkeit gab, zu der nur Bedienstete Zugang hatten. Abkassiert hatte sie die Gruppe bereits, deren Verzehr sich auf ein Glas Wasser und fünf kleine Bier belief. Innerhalb der letzten beiden Stunden. *Mal sehen, wie ich die 35 Cent Trinkgeld am besten verprasse,* dachte sie grimmig und ließ die Tür hinter sich zufallen.

»Gut, stimmen wir ab«, forderte Hendrik, der wie die anderen nicht mitbekommen hatte, dass das Mädchen hinter dem Tresen verschwunden war.

Sabine stellte ihr Bierglas ab, in dem sich noch ein schaler Rest befand. »Nein. Da mache ich nicht mit.« Sie blickte in die Runde, und in ihren hellen Augen mit den blonden, fast durchscheinend wirkenden Wimpern spiegelte sich ein Gemisch aus Unglauben und Angst. »Seid ihr denn plötzlich alle verrückt geworden? Wir reden über Mord!«

»DIE sind die Mörder!«, fuhr Joshua auf und stieß sein Glas mit Wasser um, das er bisher nicht angerührt hatte. »Schnappen wir uns das Schwein, das für den Tod meiner Mutter verantwortlich ist«, schickte er nicht mehr so laut hinterher. Seine Stimme zitterte. Seine Brillengläser waren von den Tränen beschlagen. Und der Körperwärme. Es hatte ihm keiner gesagt, dass er noch immer seine dunkelblaue Winterjacke trug und die Kapuze auf dem Kopf hatte.

Gary, der Kumpel mit dem schwarzen Beanie und der Schokoladenhaut, legte Joshua die Hand auf die Schulter. »Wir verstehen deinen Schmerz. Aber bitte bedenke, dass es nichts gibt, was wir tun können, um deine Mutter wieder lebendig zu machen.«

Joshua reagierte nicht. Er saß nur da und starrte ins Leere. Gary lehnte sich zurück und sprach Hendrik an. »Nur zu deiner Information, ich bin auf Sabines Seite.«

»Ach, tatsächlich? So eine Überraschung.«

Gary bemühte sich, die Woge aus blankem Hohn, die ihm aus Hendriks Worten entgegenschwappte, zu überhören. Er zog seinen Norwegerpulli glatt, bevor er mit fester Stimme und noch immer an Hendrik gewandt fortfuhr. »Hör zu. Hier geht es nicht um irgendein Statement, das die Leute abgeben sollen. Hier geht es um ein Menschenleben.«

»Um ein weiteres Menschenleben, wolltest du sicher sagen«, präzisierte Hendrik kalt, dessen winterlich bleiches Gesicht dank seines schwarzen Cordhemds und der schummerigen Kneipenbeleuchtung, die sie alle umgab, fast geisterhaft blass wirkte.

»Wie dem auch sei«, fuhr Gary ebenso kalt fort. »Eine geheime Facebook-Gruppe taugt sicherlich zu vielem. Aber nicht dazu, wildfremden Personen per Klick die Macht einzuräumen, für eine Todesstrafe zu votieren.«

»Danke, Gary!«, rief Sabine und pustete sich eine Haarsträhne aus ihrem erhitzten Gesicht. »Keine Ahnung, was plötzlich in dich gefahren ist, Hendrik, aber irgendwie scheinst du sie nicht mehr alle auf der Lampe zu haben. Sonst würdest du nicht so einen Stuss vorschlagen.« Sabine entledigte sich ihrer dicken grünen Daunenweste, die sie über der großkarierten Bluse trug und verschränkte die Arme vor der Brust.

Hendrik musterte erst sie und dann Gary mit einem abschätzigen Blick. »Und was ist euer Plan, ihr Helden? Die *Weiße Lilie* als nette Sabbelrunde etablieren, die außer ein paar schmissigen Postings nichts zuwege bringt? Postings, die sowieso bald keinen mehr interessieren, wenn ansonsten nichts passiert?«

Gary beugte sich vor, die zur Faust geballte, rechte Hand auf dem Tisch. »Mein Gott! Du sprichst, erstens, vom Vollzug einer Todesstrafe und willst die, zweitens, über eine Plattform legitimieren lassen, auf der die Leute erwiesenermaßen nur oberflächlich agieren? So ein Klick ist schnell gemacht. Da überlegt doch kaum einer wirklich, was genau er da eigentlich unterstützt.«

Hendrik neigte sich ebenfalls vor. »Und genau das ist der Punkt. Heute denkt keiner mehr richtig nach. Alle lassen sich treiben, hoffen darauf, irgendwie durchzukommen und merken nicht, wie sie den Ausbeutern dadurch immer mehr in die Hände spielen.« Er wandte sich nach rechts und links, nahm die anderen beiden Anwesenden ins Visier, die schon den ganzen Abend lang vornehmlich durch Schweigen glänzten. »Tommi. Christian. Was ist mit euch? Habt ihr keine Meinung? Seid ihr auch nur Treibholz im Strom des Geschehens?«

Tommi kratzte sich am Hinterkopf. »Also, ich weiß nicht.« Mehr brachte er nicht hervor, obwohl er so aussah, als wollte er noch etwas sagen. Stattdessen griff er nach seiner Baseball-Kappe mit dem Jack Daniels-Schriftzug, die mitten auf dem Tisch lag und setzte sie verkehrt herum wieder auf.

»Christian?«

Auch der ließ kein Wort hören. Die Hände in den Taschen seiner grauen Jeans vergraben, zuckte er mit den Schultern. Wirkte in seinem Pullover mit Polokragen wie ein gelangweilter Student, der hoffte, dass er seine Zeit bald abgesessen haben würde.

Es war seine Art der Tarnung, um das wahre Gefühlschaos, das in ihm tobte, vor den anderen zu verbergen. Christian bekam dieses Bild nicht mehr aus dem Schädel. Dieses Bild von Günter Lohmeiers Kopf, der von der schweren Klinge so schwungvoll abgetrennt worden war, dass er über den Auffangsack aus blauem Plastik flog und über den Boden des Gewölbekellers rollte, bis er genau vor Christians Füßen liegen geblieben war. Er fing an zu zittern, wenn er daran dachte. Seither war er jede Nacht mindestens dreimal aufgewacht. Schweißgebadet. Wegen des entsetzlichen Traums, in dem er die noch flatternden Lider sah und den grausigen Blick aus den noch lebendig wirkenden Augen im abgetrennten Kopf.

»Hendrik, komm wieder zur Vernunft!« Sabine raufte sich ihre kinnlangen rotblonden Krauslocken, als litte sie unter einem plötzlichen Kleintierbefall. »Es kann doch nicht dein Ernst sein, dass du anfangen willst, absichtlich Menschen umzubringen!«

Gary sah erstaunt zu ihr hin. »Ach, du weißt es noch gar nicht?«

»Was weiß ich noch gar nicht?«

»Radikale Zeiten erfordern radikale Maßnahmen«,

schaltete sich Hendrik schnell ein. »Das war nie anders und wird nie anders sein. Das Votum unter unserem letzten Post war eindeutig ...«

»Na und?«, fuhr Sabine dazwischen. »Glaubst du wirklich, dass die Leute bei einer Abstimmung auf einer boulevardesken Plattform wie Facebook damit rechnen, dass jemandem aufgrund ihres Votums tatsächlich etwas passieren könnte? Damit machst du Unschuldige zu Mittätern, ist dir das eigentlich klar?«

»Und wo wir gerade beim Thema Mittäter sind ...«

»Halt die Klappe, Gary!«, rief Tommi, der alles andere als scharf darauf war, der Polizei die Rolle als Zaungast erklären zu müssen, die er seiner Ansicht nach bei den bisherigen Einsätzen der Guillotine lediglich gespielt hatte. Insofern hielt auch er es für klüger, Sabine erst mal nicht darüber in Kenntnis zu setzen, was nicht nur beim vorletzten, sondern auch beim letzten Mal im Gewölbekeller passiert war.

Hendrik runzelte die Stirn. Wobei sich sein mit viel Gel streng nach hinten fixiertes, dunkelblondes Haar keinen Millimeter bewegte. »Wie unschuldig sind Leute, die der deutschen Sprache mächtig sind und eine Ankündigungen der *Weißen Lilie* mit dem Daumen nach oben versehen?« Er senkte die Stimme und schau-te Sabine von unten herauf an. »Ich denke nicht, dass sich unsere Gruppe wie ein Haufen dummer Kasper präsentiert, die bloß Witze reißen. Und ich dachte, wir waren uns einig, was das Ziel der *Weißen Lilie* ist. Wir wollen nicht nur schwadronieren, sondern etwas verändern. Das haben die Leute in unserer geheimen Facebook-Gruppe auch exakt so verstanden. Sonst hätten wir in der kurzen Zeit nicht so viele Sympathisanten ...«

»Die RAF hatte auch viele Sympathisanten!«

»Die RAF hat etwas bewegt!«

»Und dann landeten alle im Knast!«

»Die Geschwister Scholl mussten wegen ein paar Flugblättern sterben!«

»Was haben die Geschwister Scholl mit der RAF zutun?«

In Hendriks Augen blitzte es auf. »Du verstehst es immer noch nicht, was? Die Zeiten des Friedens, sie sind lange vorbei! Der Krieg wird nur mit anderen Waffen geführt. Zumindest hierzulande. Keine Drohnen, Panzer und Bomben. Psychologische Zermürbung durch Schaffung von Dauerängsten um die eigene Existenz. So lautet die Strategie. Und wer stillhält, ist leichte Beute für den Feind.«

Sabine schüttelte nur den Kopf.

»Ich stimme Hendrik zu«, ließ sich Joshua mit leiser Stimme vernehmen.

»Gut, damit steht es zwei zu zwei bei zwei Enthaltungen«, stellte Gary fest.

»Wie ihr meint.« Hendrik breitete theatralisch die Arme aus. »Wenn wir zu keiner Einigung kommen, dann lassen wir die Gruppe entscheiden.« Er holte sein Smartphone aus der Hosentasche und aktivierte es.

»Sag mal, begreifst du's echt nicht, Alter?« Gary packte sich an die Stirn. »Status geheim hin, Status geheim her, Facebook ist gläsern. Es ist nur eine Frage der Zeit, bis das Ärger gibt. Und zwar richtigen Ärger!«

»Er hat recht, du musst die Gruppe löschen!«, forderte Tommi, der mittlerweile mehr als nervös wirkte.

Hendrik sah noch nicht einmal auf. »Wieso?« Seelenruhig tippte er weiter.

»Na, weil die direkt zu uns führen kann!«

»Und wenn? Dann sagen wir, unsere Konten wurden gehackt.« Hendriks Blick ruhte weiterhin auf dem Display seines Smartphones. Seine Daumen huschten über die virtuelle Tastatur. »Ist doch gang und gebe bei Facebook.«

Tommi drehte den Schirm seiner Baseball-Kappe zur Seite und ließ ein gereizt klingendes Schnaufen hören. »Das können die doch überprüfen, oder?«

Sabine sprang auf, beugte sich über den Tisch und nahm Hendrik das Smartphone aus der Hand. »Ich werde nicht zulassen, dass du uns alle in die Scheiße reitest. Du hast jetzt genug mit dem Feuer gespielt, hörst du!«

»Das ist richtig«, sagte Hendrik. Er saß bequem zurückgelehnt auf dem Stuhl und blickte Sabine entspannt entgegen. »Und um mal im Bild zu bleiben. Es brennt tatsächlich schon. Lichterloh. Und ihr«, er bedachte erst Sabine, und dann die anderen mit einem langen Blick, »ihr könnt entscheiden, ob ihr an meiner Seite das Feuer an den richtigen Stellen entfacht, oder ob ihr euch wie dürre Äste auf dem Scheiterhaufen der Ausbeuter ebenfalls abfackeln lasst.« Er stand auf und hob feierlich die rechte Hand. »Zauderer haben noch nie einen Kampf gewonnen. Ich übernehme ab sofort die Führung der *Weißen Lilie*. Die Zeit des sinnlosen Geplappers ist vorbei. Einer der Unseren wurde angegriffen«, er nickte in Joshuas Richtung, »und das wird keinesfalls ohne Konsequenzen bleiben. Das schwöre ich, so wahr ich hier stehe.«

»Hendrik ...«

Er schnitt Sabine mit einer ruppigen Geste das Wort ab und redete weiter. »Unser Wirtschaftssystem wird von Schlangen gelenkt, die sich jeder Beschwörung entziehen. Und auch, wenn unser Kampf gegen die Hydra aussichtslos erscheint ...«

»Alter, du hast echt einen an der Waffel.« Garys Lachen klang missglückt.

»... werden wir nicht weichen und unsere Mission erfüllen.«

»Und wann ist die erfüllt, diese Mission?«

Hendrik ließ sich nicht beirren und bedachte Gary mit einem vor Überlegenheit strotzenden Blick. »Sobald die Armee der *Weißen Lilie* dieses Natterngetier verjagt hat.«

»Armee?«, wiederholte Tommi verdutzt. »Hast du was an den Augen? Wir sind gerade mal sechs.«

»Hab Geduld, Soldat«, erwiderte Hendrik todernst. »Wir sind nur der Kern der neuen Bewegung, die nicht nur bei Facebook wachsen wird, das garantiere ich dir. Andere werden unserem Beispiel folgen.« Er führte die Hand an die Stirn und salutierte. Gary unterdrückte wenig erfolgreich ein Prusten und zeigte

Hendrik einen Vogel. Joshua stand auf und erwiderte den Gruß. Tommi rollte die Augen, Christian biss sich auf die Unterlippe.

»Du zwingst mich also, zur Polizei zu gehen?«, sprach Sabine aus, was nicht nur Tommi schon die ganze Zeit befürchtete. Sie stand kerzengerade am Tisch und blickte Hendrik entschlossen an.

»Wenn du das für klug hältst, dann lass dich nicht aufhalten«, gab er zu Tommis erkennbarem Entsetzen vollkommen emotionslos zurück. »Vergiss aber nicht, dass ich die Videos habe. Also auch das von unserem *ersten Mal*«, er betonte die Worte gespielt lüstern. »Ich meine die Aufzeichnung, bei der auch du klar zu sehen bist im Kreise der Personen, die an der von der *Weißen Lilie* durchgeführten Exekution teilnahmen. Aber gut.« Hendrik zuckte gleichmütig die Achseln. »Wenn du meinst, dass es das Richtige ist, dass wir sechs uns kollektiv in den Knast begeben, dann nur zu.«

Sabine sank langsam wieder auf ihren Stuhl und spürte Tommis feindseligen Blick beinahe körperlich, während sie den Menschen, der zu ihr gesprochen hatte, fassungslos ansah. Und sich fragte, ob die so fremd wirkende Gestalt wirklich noch ihr Bruder war.

9

Rund zehn Stunden vorher, am Fundort der zweiten Leiche ohne Kopf ...

»Oh, Scheiße! Du liebe Zeit, was ist denn das?« Tatjana Kartan presste beide Hände vor den Mund, die stahlblauen Augen tellerweit aufgerissen. Niemand hatte sie herankommen sehen. Oder mit ihrem Erscheinen gerechnet.

Devcon drehte sich abrupt zu ihr um, der Schreck stand ihm deutlich ins Gesicht geschrieben. »Was zur Hölle machst du hier?«, fuhr er sie an, härter als beabsichtigt. »Du bist noch nicht wieder im Dienst. Also, was soll das?«

»Ich ... ich ...«, stotterte sie. Ihr Blick irrte hilflos umher. Sie schaute überall hin, nur nicht zu dem grausigen Leichnam mit dem blutverkrusteten Rumpf. Tatjana spürte, wie Übelkeit in ihr hochstieg. Sie atmete tapfer durch die Nase, die Arme eng um den eigenen Oberkörper geschlungen, der in ihrer signalroten Daunenjacke steckte. Bei der feuchtkalten Februarwitterung normalerweise das richtige Kleidungsstück. Gegen innere Temperaturstürze half es aber auch nicht. Tatjana konnte ihr Zittern kaum verbergen.

»Geben wir ihr eine Chance, Chef. Das hier sieht wirklich schlimm aus. Und sie ist doch nicht aus Gletschereis«, eilte ihr ausgerechnet Sascha Grafert zu

Hilfe. Der Kommissar mit dem losen Mundwerk, der es Tatjana eine Zeitlang ziemlich verübelt hatte, dass sie auf seine Avancen nicht reagierte. War der attraktive junge Mann nicht gewöhnt, dessen streng nach hinten gebundene Haarpracht mittlerweile die gleiche Länge erreichte, wie Tatjanas störrische Locken, die sie pechschwarz gefärbt und zum wirren Zopf frisiert hatte.

Devcons Mimik spiegelte noch immer Zorn, der sich mehr gegen sich selbst richtete. Weil er Tatjana in seiner Hilflosigkeit so angeraunzt hatte. Der Anblick, der sich ihr hier bot, war so ziemlich der letzte, den er sich für sie in ihrem labilen Zustand gewünscht hätte. *Reggie hat recht, es ist noch zu früh ...*

»Ich bin doch nur zufällig hier vorbei gekommen«, redete Tatjana in seine Gedanken hinein. »Ich wollte zu Sibylle.« Sie wies mit dem Zeigefinger ins Wohngebiet. »Hat mich zum Brunch eingeladen, weil sie heute frei hat. Na ja, und dann habe ich dein Auto gesehen.«

»Schon gut.« Devcon nickte und berührte sie freundschaftlich am Arm. Er wusste, dass Sibylle nur ein paar Straßen von ihrem Standort entfernt wohnte, in einer Wohnung in ihrem Elternhaus, das sie mal erben würde. Wenn Tatjana sie besuchen wollte, musste sie innerhalb des aus vielen Einbahnstraßen bestehenden Wohngebietes zwangsläufig hier vorbeikommen.

Tatjana linste aus zusammengekniffenen Augen nochmals zu dem nur minimal geöffneten, blauen Müllsack mit dem grausigen Inhalt hin. Er befand sich direkt vor der Haustür eines schmucken Eigenheimes. Abgeliefert wie eine Flasche Milch. »Was macht die Blume da?«

»Das ist eine Lilie«, erklärte Sascha Grafert. »Genauer gesagt, der Kopf einer Lilie.«

»Auch bekannt als Blume des Todes«, ergänzte Devcon düster.

Tatjana schaute ihn irritiert an. »Soll das ein Scherz sein? Als wenn man nicht auf Anhieb sehen würde, dass die Person tot ist.«

»Männlich.« Grafert sah zu dem Toten hin. »Günter Lohmeier.«

»Wie, das wisst ihr schon?«, fragte Tatjana, bass erstaunt. Es war offensichtlich, dass Devcon und Grafert die ersten am Fundort waren. Das Team von der Spurensicherung und auch Hans Dillinger von der Rechtsmedizin befanden sich noch auf dem Weg.

»Seine Frau hat ihn gefunden«, erwiderte Devcon tonlos, der sich lieber nicht im Detail ausmalen wollte, wie es Christa Lohmeier, die vor wenigen Minuten im Krankenwagen abtransportiert worden war, jetzt ging. Nichtsahnend war sie zur Tür hinausgetreten, nach einer unruhigen Nacht, weil weiterhin ohne jede Nachricht über den Verbleib ihres Mannes. Sie hatte ernsthaft in Erwägung gezogen, eine Vermisstenanzeige aufzugeben, fühlte ganz deutlich, dass etwas nicht stimmte. Womit sie eindeutig richtig gelegen hatte. Was den blauen Müllsack betraf, den man in der Nacht lautlos vor ihrer Haustür abgelegt hatte, hatte sie ihr Gefühl für das, was richtig war, leider im Stich gelassen. Verwundert war sie in die Hocke gegangen, hatte den Müllsack geöffnet und auf den blutverkrusteten Rumpf gestarrt. Umrandet von einem hellblauen Hemd mit ehemals weißem Kragen, der von einer sehr teuren Krawatte mit farbenfrohem Streifenmuster zusammengehalten wurde. Ein Weihnachtsgeschenk, das sie ihrem Günter zum vergangenen Fest überreicht hatte. Jim Devcon, in dessen Gedächtnis bis heute das Bild eingebrannt war, das seine vor zwölf Jahren getötete Frau mit aufgeschlitzter Kehle zeigte, schluckte hart bei der Frage, wie lange Christa Lohmeier wohl brauchen würde, den traumatischen Anblick zu verarbeiten. Oder ob es ihr überhaupt jemals gelingen konnte.

»Wird Zeit, dass die Herrschaften von der Spusi eintrudeln.« Grafert schob den Ärmel seiner dick gefütterten Funktionsjacke zurück und sah auf seine Armbanduhr. »Damit wir sehen, ob es bei dem Leichnam auch wieder Geritze am Körper gibt.«

»Auch wieder?«, rief Tatjana aus und legte die Hand an ihr Ohr. »Habe ich mich gerade verhört?«

»Nope.« Devcon schlug den Kragen seines Mantels hoch und rieb sich die kalten Hände.

Tatjana wandte sich ihm zu, ihre filigran gezupften Augenbrauen steil nach oben gewölbt. »Soll das heißen, der arme Mann in dem Sack ist nicht der erste Enthauptete? Aber davon hast du ja noch gar nichts erzählt!«

Devcon lachte bitter auf.

»Es ist nicht gut, wenn sich Arbeit und Privates zu sehr vermischen«, witzelte Grafert.

»Und in den Online-Zeitungen stand auch kein Wort darüber! Kann doch nicht sein, dass über so was keiner berichtet!« Tatjana war sichtlich empört.

Devcon verzog das Gesicht. »War ausnahmsweise mal nicht meine Idee.«

»Hä?«

»Order aus dem Innenministerium«, ergänzte Devcon schmallippig.

»Und das stört dich jetzt, oder was?«, fragte Tatjana, die wie alle anderen im Kommissariat wusste, dass Devcon nicht gerade große Stücke auf die Presse hielt und schnell fuchsteufelswild werden konnte, »wenn sich einer aus dem Journalisten-Geschmeiß« in ihre Arbeit einmischte oder sie gar behinderte.

»Die Begründung ist schon ein Witz«, kommentierte Grafert und schnitt eine Fratze.

»Und? Darf ich auch mal lachen?« Tatjana, die Arme verschränkt, tippelte mit den Fingern ihrer rechten Hand gegen ihren linken Oberarm, was nicht zu erkennen war, da sie dicke Fäustlinge aus Steppmaterial trug.

»Wie du siehst, haben wir's mit einer sauberen Enthauptung zu tun.« Zur Untermalung seiner Worte machte Grafert die Kopf-ab-Geste. »Und da gibt es durchaus Leute, die sofort an Islamisten denken.«

»Die es aber nicht waren, oder was?«

Grafert hob beide Hände und ließ sie seitlich gegen seine Oberschenkel klatschen. Er hatte lange Arme. »Wissen wir nicht.«

»Ja, aber ...«

»Nichts aber«, unterbrach Devcon unwirsch, wobei sein Zorn nicht Tatjanas Fragerei galt. »Im Innenministerium hat man einen anderen Blick auf den Fall.« Scheinbar bemüht, sachlich zu sprechen, quoll der Sarkasmus aus seiner Stimme, wie Reis aus einem geplatzten Beutel.

»Aha. Und welchen?«

Devcon sog hörbar Luft ein. »Man hält es für geboten, eine diesbezügliche Berichterstattung erst mal zu unterbinden, um den Kritikern der Flüchtlingspolitik nicht neues Wasser auf die Mühlen zu gießen. So wie nach der Silvesternacht in Köln.«

Tatjana starrte Devcon an.

»Na, wie dem auch sei.« Er winkte schroff ab, beendete das Thema Innenministerium mit einem verächtlich klingenden Schnauben. »Fakt ist, dass wir mit Lohmeiers Leichnam den zweiten Fall einer Enthauptung vorliegen haben.«

»Und immer noch nicht wissen, wer der erste Enthauptete überhaupt ist«, fügte Grafert hinzu.

Jetzt starrte Tatjana ihn an. »Das heißt, auch hinsichtlich Tätermotiv oder -herkunft – ebenfalls nada?«

»Korrekt. Nicht schön, aber es könnte schlimmer sein.«

Tatjanas erstaunter Blick glitt wieder zu Devcon hin, der nach ihrem Dafürhalten ungewöhnlich gelassen wirkte, was die desolate Ermittlungslage betraf. Er behielt es für sich, wie froh er darüber war, dass die Jungs aus der SOKO Internet noch kein zu den beiden Toten passendes Bekennervideo aus den Untiefen des Netzes hochfischen konnten. »Außerdem bin ich zuversichtlich, dass sich die Identität unseres ersten Toten in Kürze klären wird«, setzte Devcon auch zu Graferts Erstaunen hinzu. »Auf der Herfahrt hatte ich ein Gespräch mit Gaby Dorn aus der Vermisstenabteilung. Die Datenbank hat drei Meldungen ausgespuckt, die übereinstimmende Merkmale aufweisen. Männlich, mittleres Alter, gut situiert.« Devcon pausierte, legte seine überdurchschnittlich großen Hände zusammen und führte sie an die Nasenspitze. »Eindeutig Merkmale, die auf unseren neuen Toten zutreffen.« Er schaute Grafert an. »Was meinst du dazu, junger Freund?«

»Hm.« Der Kommissar kratzte sich am stoppeligen Kinn. Gepflegter Dreitagebart, wie er es nannte. »Was könnten Islamisten von einem Mann wie Günter Lohmeier wollen? Gut, für die sind wir alle Ungläubige, das ist mir klar.« Er streckte die Zungenspitze leicht vor, sodass sie seine Oberlippe berührte.

»Na ja, wenn ich auch mal meinen Senf dazugeben darf, obwohl ich offiziell gar nicht da bin?«

»Bitte«, sagte Devcon und blickte Tatjana gespannt entgegen.

Sie trug mittlerweile ihre bunte Wollmütze, die sie aus der rechten Tasche ihrer Jacke hervorgezogen hatte und fing an, mit den Händen zu fuchteln. »Nur, weil das Innenministerium sich schützend vor den Islam geworfen hat, heißt das im Umkehrschluss nicht, dass wir es tatsächlich mit Islamisten zu tun haben müssen.« Sie wandte den Kopf in Richtung des blauen Müllsacks, jedoch ohne einen weiteren Blick auf den grausigen Fund zu riskieren. »Die Enthauptung muss ja nicht zwingend von einem Säbel schwingenden Turbanträger vollzogen worden sein, oder?«

»Richtig, Guillotine geht auch, um einen solchen, makellos glatten Schnitt hinzukriegen«, meinte Grafert trocken. »Gehen wir also mal davon aus, dass unser Täter in einem Schloss wohnt. Oder arbeitet. Abteilung Folterkammer. Die er vor den offiziellen Besuchszeiten für die Touris jedes Mal wieder tiptop sauberwischt.«

»Blödmann!«

»Geht das schon wieder los?«, fuhr Devcon dazwischen, der die kleine Auszeit, ohne die obligatorischen Kabbeleien zwischen Tatjana Kartan und Sascha Grafert, durchaus genossen hatte. Wobei es Tatjana war, die stets zuerst die derbere Wortkeule einsetzte.

»Was sagt die Rechtsmedizin zur ersten Leiche?«, fragte sie schnell. Ablenkungsmanöver.

Devcon spielte mit. »Schweres scharfgeschliffenes Schneidegerät oder entsprechende Muskelkraft beim Bedienen der ebenso scharfgeschliffenen Tatwaffe. Säbel, Schwert, was weiß ich. Einzeltäter, Gruppierung, willkommen im Meer der Möglichkeiten.«

»Gut, aber diese Blume muss ja auch irgendwas bedeuten.« Tatjana deutete auf die welke Blüte der weißen Lilie. »Ist schließlich kein Zufall, dass die da liegt.«

»Mann ohne Kopf auf der einen Seite. Blume ohne Stängel, heißt Körper, auf der anderen«, sinnierte

Grafert laut, den Blick in den von dunklen Wolken verhangenen Himmel gerichtet. Noch regnete es nicht. Mehrere Fahrzeuge bogen in die Straße ein. Grafert schaute nach vorne. »Aha, es geht los«, stellte er fest. »Die Kollegen sind da.«

Devcon nickte und pustete warme Luft in seine Handinnenflächen. »Also dann, viel Spaß bei Sibylle«, sagte er zu Tatjana.

Sie schaute ihn an, als hätte sie es mit einen bis oben hin zugedröhnten Junkie zu tun. »Na, danke auch! Der Appetit ist mir ja wohl gründlich vergangen.«

10

Nur wenige Tage später ...

Elvira Heinig klappte den Fahrersitz ihres nagelneuen Audi TT zurück, beugte sich ins Wageninnere und griff nach den vier großen Tüten auf der Rücksitzbank.

Sie hatte Urlaub genommen. Die einzig richtige Entscheidung nach dieser unangenehmen Sache. Erst mal Abstand gewinnen. Dann neu durchstarten. Ohne die emotionale Bürde, die sie leider nicht ablegen konnte wie ein unbequemes Kleidungsstück. Doch gottlob war sie von jeher Meisterin darin, Dinge zu verdrängen, die ihr nicht gut taten. Diese emotionale Bürde, sie war einfach nicht da. Schluss, aus. Wem würde es nützen, wenn sie sich aus Sorge um andere quälen würde?

In ihren knapp sechzig Lebensjahren hatte sie viel Ungerechtigkeit erlebt und vor allem gesehen. Genug, um in dem Ozean aus Kummer auf Grund zu laufen wie ein mit Not und Elend überladener Tanker. Sie verstand Menschen nicht, die sich darüber in Rage reden konnten und nicht merkten, wie sehr sie sich selbst und ihr Umfeld mit herabzogen durch den negativen Gedankenballast. Wer brauchte das? Wurde dadurch auch nur eine Seele erlöst? Nein. Im Gegenteil. Die Gefahr war viel größer, dass intakte Seelen, die mit dem Wortunrat zugeschüttet wurden, eine mehr oder weniger schleichende Vergiftung davon erlitten.

Elvira Heinig beugte sich tiefer ins Wageninnere. Die kleine rote Tüte, die ihre neuen Ohrstecker mit den Süßwasserperlen enthielt, war bei der Fahrt offenbar von der Rückbank gerutscht und unter den Sitz geraten. »Mist!«, fluchte Heinig, als sie den winzigen Schmerz an ihrem linken Unterschenkel spürte und realisierte, dass sie sich bei ihrer akrobatischen Einlage ein Loch in die Strumpfhose gerissen haben musste. *Sei's drum,* dachte sie, während ihr Ärger schon wieder verrauchte. Das Fach für die Nylons in ihrer Kommode im Schlafzimmer war voller noch ungeöffneter Päckchen. Sie hatte zehn Stück auf einmal gekauft. Ein Luxus, den sie sich bei ihrem Gehalt gut leisten konnte.

Warum sie diesen Luxus verdiente? Weil sie nicht nur hart gearbeitet, sondern sich auch geschickt verkauft hatte. Damals schon, als ihre Altersgenossinnen in romantischen Schwärmereien schwelgten und sich für irgendeinen Star aufsparten, dem sie sowieso nie begegnen würden. Oder, das Kontrastprogramm, sich vom Erstbesten aus der Umgebung abschleppen ließen ohne genaueres Ansehen der Person. Aus Liebe. Elvira Heinigs Mundwinkel zuckten. Liebe, klar, was sonst. Als wenn das Gros ihrer Geschlechtsgenossinnen die große Wahl hätte. *Was für ein Unsinn!*

Heinig beugte sich weiter herunter, bis sie endlich drankam an die kleine rote Tüte mit den neuen Ohrringen. Dachte an Barbara aus der Kosmetikabteilung.

In dritter Ehe verheiratet, bis heute nicht über den Ortsrand hinausgekommen. Zuerst hatte sie es mit Harald versucht, einem Automechaniker. Danach probierte sie es mit einem weiteren Niemand namens Manfred, Kumpel von Harald, Abteilungsleiter bei Aldi Süd. Aktuell war Roland an der Reihe. An den arbeitslosen Lehrer war Barbara über parship.de geraten, die Partnerbörse im Internet für die Elite, bei der die Verkäuferin sich ein entsprechend aufpoliertes Profil angelegt hatte.

Elvira Heinig war schlauer gewesen. Von Anfang an. Sie war taktisch vorgegangen bei der Vergabe ihrer Gunst. Was ihre Jungfräulichkeit mit eingeschlossen hatte. Obwohl sie damals von Angelo geträumt hatte, ein Freund ihres fünf Jahre älteren Bruders, war Hartmut zum Zuge gekommen. Verheiratet, zwei Kinder, über zwanzig Jahre älter und Chef der Kaufhausfiliale, die sie seit seinem Ausscheiden leitete.

Ob ihr das gefiel? Die Partnerwahl als rein zweckgebunden Akt zu betrachten? Als wenn das eine Rolle spielen würde. Angelina Jolie wählte Brad Pitt, nicht irgendeinen unbekannten Tänzer oder zweitklassigen Provinzregisseur. Wer oben war und dort bleiben wollte, achtete den Standesdünkel. Da hatte sich nach Elvira Heinigs Meinung seit der Frühzeit nicht viel geändert. Bedingungslose Liebe, das war etwas für Buchautoren, die ihre Brötchen damit verdienten, die Leserinnen ins Reich der Mädchenträume zu schwadronieren.

Elvira Heinig stand mit beiden Füßen auf der Erde

– jedenfalls, sobald sie mit ihren Einkäufen wieder aus ihrem Wagen herausgekrochen sein würde. Sie hatte die Welt nicht so gemacht. Und bildete sich nicht ein, im Rausche unangebrachter Hybris irgendwelche nennenswerten Veränderungen herbeiführen zu können. War sie in der Lage, Kriege zu verhindern? Konnte sie Hungersnöte stoppen? Krankheiten besiegen? Nein.

Alles, was sie tun konnte war, ihre Lebenszeit entweder mit revolutionär angehauchtem Geschwafel zu verschwenden, oder – was ihrer Meinung nach deutlich klüger war – im bestehenden System bestmöglich zu leben.

Freilich war es eine schreiende Ungerechtigkeit, dass sie als Leiterin der Kaufhausfiliale eine Abfindung in Höhe von zwei Jahresgehältern kassierte und die Zeit bis zur Frühverrentung in einer von der Schließung nicht betroffenen Filiale überbrücken konnte, während die gesamte Belegschaft ihres Hauses ins Nichts stürzte. Sie hätte es gerne verhindert. Wenn sie es gekonnt hätte. Einen solchen Einfluss hatte sie aber nicht. Folglich hatte sie nur die Wahl gehabt zwischen exakt zwei Optionen: sich solidarisch zeigen und einen Kampf beginnen, bei dem von vornherein feststehen würde, wer ihn verliert. Nämlich sie. Oder sie riss sich zusammen, verzichtete auf den Luxus, sich Gefühle zu leisten, und blickte stattdessen nach vorne.

Elvira Heinig wusste nur zu gut, dass ihre neue Pagenfrisur und die Shoppingtouren luxuriöse Ablenkungen von dem sie quälenden Gedanken waren, dass Existenzen zerstört wurden. Und sogar ein Leben ausgelöscht worden war.

Sie hatte immer noch das Gefühl, dass sich eine Armee aus Feuerameisen durch ihr Innerstes wälzte, wenn sie an Michaela Riemann dachte. Die gute Seele, die sich niemals beklagt hatte und sämtliche Umstrukturierungen innerhalb des Kaufhauses mit einer nahezu stoischen Gelassenheit hingenommen hatte. Ausgerechnet sie war einem Herzinfarkt erlegen. Unmittelbar nach Heinigs Rede vor den Angestellten anlässlich der Schließung der Filiale.

Schluss jetzt!, schalt sie sich selbst. Sie hatte sich nichts vorzuwerfen. Sie war nur das ausführende Organ gewesen. Das Sprachrohr, das die wahren Herrscher nutzten, um ihre Beschlüsse zu verkünden.

Die Tragegriffe der vier Tüten fest umschlossen, krabbelte Elvira Heinig rückwärts aus dem Wageninneren empor, richtete sich auf, ließ die Autotür zufallen, holte den elektrischen Schlüssel aus der Eingriffstasche ihres Rocks und atmete durch. *Ich habe alles richtig gemacht,* lautete ihr letzter Gedanke, bevor sie unsanft von hinten umschlungen wurde und sich eine Hand auf ihren Mund presste.

11

Einen Tag danach, morgens im Polizeipräsidium ...

Devcon warf die schmale Pappkladde zur Seite. Die wichtigsten Dokumente aus einer Fallakte druckte er sich grundsätzlich aus, pfiff auf das virtuelle Büro und die Abhängigkeit vom Intranet, das ausgerechnet dann gerne lahmlag, wenn er es besonders eilig hatte. Die Pappkladde landete auf einem aufgeschlagenen Ordner und rutschte von der Schreibtischplatte. Devcon blieb sitzen, raufte sich sein kurzes graumeliertes Haar.

Schön, dass er jetzt den Namen des ersten Leichnams kannte, der auf dem Supermarktparkplatz entsorgt worden war. Ohne Kopf und ohne Beigabe einer Lilienblüte. Warum musste Norbert Wollmuth sterben? Der tatsächlich einer der drei Männer gewesen war, die mit übereinstimmenden Merkmalen in den Dateien der Vermisstenabteilung geführt wurden? Männlich, gut situiert, mittleres Alter. Nicht gerade herausragende Kennzeichnungen, wie Devcon fand. Wieso waren Wollmuth und Lohmeier auf so eine grausige Art getötet worden? Was sagte das über den oder die Täter aus, wo lag er, der verborgene Hinweis, den Devcon nicht fand, so sehr er sich auch mühte? Reglos saß er in seinem Chefsessel, als stünde er kurz davor, in ein Frustkoma zu fallen. Er fühlte sich, als hocke er zwischen winzigsten Teilen eines Puzzles, von dessen Größe und Bild er noch gar keine Vorstellung hatte.

Hinzu kam, dass von den beiden anderen Männern mit den übereinstimmenden Merkmalen in der Vermisstendatei nach wie vor jede Spur fehlte. Wer weiß, vielleicht lagen ihre Leichen ebenfalls schon irgendwo herum und warteten nur darauf, gefunden zu werden.

Devcon schüttelte diese Gedanken ab wie Ungeziefer. Er klammerte sich lieber an die Hoffnung, dass die Befragung der weitläufigen Bekannten einen Hinweis auf Feinde geben würde, von denen Wollmuths Frau, seine Kinder, die Nachbarn und auch Kollegen nichts wussten. Gleiche Situation bei Günter Lohmeier. Devcon brütete weiter vor sich hin und stierte ins Nichts. Versprühte die Lebendigkeit einer Statue.

»Ist dir schlecht?«

Er sah auf, hatte nicht bemerkt, dass Tatjana Kartan durch seine offenstehende Bürotür spaziert war. »Alles bestens.« Er lächelte aufgesetzt. Er wies auf einen der Besucherstühle vor seinem Schreibtisch, erhob sich und ging zur Tür. »Reggie, keine Störungen, bitte«, rief er über den Flur.

»Ist recht«, schallte es aus Tamms Büro zurück, das seinem unmittelbar gegenüber lag.

Devcon schloss die Tür, hob die Pappkladde vom Boden auf und feuerte sie auf die Schreibtischplatte. Er ließ sich in seinen Chefsessel fallen. Rieb sich die Augen, legte die Füße hoch.

Tatjana, die ihre rote Daunenjacke anbehielt, weil es ihr in Devcons Büro definitiv zu kalt war, sah ihm mit gehobenen Brauen zu. »Du wolltest mich *hier* sprechen, da bin ich.« Es war der Betonung ihrer Worte deutlich anzumerken, dass sie nicht die leiseste Ahnung hatte, was Devcon ihr wohl zu sagen hatte, das ihre Anwesenheit im Präsidium erforderte.

Er nickte und rieb sich noch immer die Augen. Schindete Zeit. War es richtig, was er vorhatte? Devcons Kehle entwich ein Seufzen. Er fragte sich, was er überhaupt wusste. Hatte eine berühmte Größe nicht mal gesagt, dass man im Alter weiser würde? Wo zum Teufel blieb sie nur, seine persönliche Weisheit? In diesem Augenblick glänzte sie jedenfalls durch komplette Abwesenheit. Hielt er Tatjana für eine gute Kommissarin? Oder war sein Begehr, sie zurück an Bord zu holen, ausschließlich privat motiviert? Er hätte sich gerne eine ehrliche Antwort auf diese Frage gegeben. Wenn er es denn gekonnt hätte.

»Soll es um meine Zukunft in der K11 gehen? Oder besser gesagt darum, ob ich hier noch eine habe?«, hörte er Tatjana fragen. Er schaute in ihr bleiches Gesicht, nahm erschrocken zur Kenntnis, dass sie offenbar Angst hatte.

»Willst du mich feuern?«

»Was?« Er nahm ruckartig seine Füße vom Tisch und setzte sich pfeilgerade auf. »Wie kommst du darauf?«

»Na ja«, druckste sie herum. »Mir ist schon klar, dass ich mich bei meinen Aktionen in der Vergangenheit nicht nur mit Ruhm bekleckert habe. Und was sonst soll der Grund sein, dass du den offiziellen

Rahmen in deinem Büro für ein Gespräch bevorzugst, dass wir rein praktisch gesehen auch daheim hätten führen können?«

Gute Frage!, dachte Devcon, der ja selbst nicht wusste, was er sich davon versprach, lieber hier mit Tatjana zu reden. Über etwas, bei dem er sich noch nicht einmal sicher war, ob er es überhaupt ansprechen sollte. Zu diesem frühen Zeitpunkt.

Tatjana lehnte sich zurück und blickte ihm abwartend entgegen. Er schob ein paar Schriftstücke hin und her, räusperte sich, klappte den offenstehenden Aktenordner zu, nahm einen Kugelschreiber zur Hand und legte ihn wieder weg. In Tatjanas Gesicht stahl sich ein Grinsen.

»Das ist nicht lustig«, kommentierte Devcon.

»Oh, im Moment schon.«

Devcon nahm seine Lesebrille aus der Brusttasche seines Hemdes und legte sie auf den Tisch. Fing an, mit den Brillenbügeln zu spielen, ohne Tatjana aus den Augen zu lassen.

»Meine Güte.« Sie warf die Hände in die Luft. »Habe ich etwa schon wieder was ausgefressen? Kann doch gar nicht sein. Erst lag ich friedlich im Krankenhaus, dann ...«

»Das ist nicht lustig, sagte ich doch schon, oder?«

Die Schärfe in Devcons Stimme ließ Tatjana verstummen.

»Ich mache mir Sorgen«, fügte er in einem wesentlich sanfter klingenden Tonfall hinzu. »Sorgen darüber, ob ich wirklich in der Lage bin, objektiv zu beurteilen, wann du wieder soweit bist.«

»Für was?«, fragte sie irritiert. »Für meinen Dienst?«

»Nein, für die nächste Mission zum Mars.« Devcon stieß ein gereizt klingendes Schnauben aus. »Herrgott nochmal, es ist nun mal einiges passiert, ganz besonders in deinem Leben. Ist es da so schwer zu verstehen, dass ich Angst habe, eine falsche Entscheidung zu treffen?«

»Inwiefern?«, fragte sie, für ihre Verhältnisse beinahe kalt. »Gibt es jetzt doch ein Verfahren gegen mich wegen ...«

Devcon wischte den Rest ihres Satzes mit einem Schlag durch die Luft weg. »Rede keinen Mist!«

»Na gut, dann rede du doch mal Klartext!«

Devcon ließ sich nach hinten gegen die Sessellehne fallen. »Es gibt einige Leute, die meinen ...«

»Seit wann interessiert es dich, was andere denken?«

Devcon hielt inne, wirkte wie ein plötzlich ausgestellter Apparat. *Punkt für Tatjana!*

Sie neigte sich vor, die Ellenbogen auf ihre Knie gestützt. »Wo liegt das Problem? Du weißt genau, dass ich hier nicht weg will. Soll ich etwa betteln?«

»Sag mal, spinnst du?« Devcon war ehrlich empört.

Tatjana lehnte sich zurück, öffnete den Reißverschluss ihrer Daunenjacke und schälte sich aus den Ärmeln. Jetzt war ihr doch warm geworden. »Dann klär mich auf, wo das Problem ist«, sagte sie, während sie damit beschäftigt war, ihre Jacke über die Stuhllehne zu drapieren. »Ich bin fit, das weißt du doch selbst am besten. Siehst mich ja jeden Tag.«

»Die körperliche Fitness allein ist aber nicht ausschlaggebend.«

Tatjana stutzte. Über ihrer Nasenwurzel bildete sich eine leichte Zornesfalte. »Was wird das jetzt? Muss ich etwa irgend so einen bescheuerten Eignungstest machen? ... Ah, Moment!« Sie hob den rechten Zeigefinger. »Ich muss noch mal zur Seiler, stimmt's?« Sie sprach von der Polizeipsychologin. »Weil doch was ans Licht gekommen ist wegen der Sache mit dem tödlichen Schuss im vorletzten Sommer, richtig?«

»Du meinst deinen finalen Rettungsschuss, dank dem ich noch hier sitze?«

»Und für den du den Kopf hingehalten hast vor dem Untersuchungsausschuss. Ja, genau den meine ich.« Tatjana schaute ihm alarmiert entgegen. »Wie konnte da was durchsickern? Verstehe ich nicht. Ist doch schon anderthalb Jahre her. Wer kann da gequatscht haben? Ich hab bestimmt niemandem was erzählt.« Sie schüttelte energisch den Kopf. »Und jetzt macht sich einer Gedanken, dass ich davon einen Knacks weghaben könnte, oder was?«

»Ja. Ich.« Devcon blickte ihr todernst entgegen.

Tatjana schnappte nach Luft: »DU hast geredet?«

»Verdammt, nein!« Devcon schlug mit der flachen Hand auf den Tisch und verfehlte nur knapp seine Lesebrille. »ICH bin es nur, der sich Gedanken macht um dich und deine psychische Robustheit. Und zwar nicht nur als Privatperson, sondern auch in meiner Funktion als dein Chef. Was die Sache nicht einfacher macht.« Er lehnte sich vor, fixierte sie mit seinen wachen dunklen Augen. »Schau, mir geht es doch nur darum, sicherzustellen, dass du dich selbst nicht überforderst. Jeder Mensch kann nur ein gewisses Maß an Belastung innerhalb einer gewissen Zeit verkraften, ohne dass er oder sie Schaden nimmt. Erst kam der Tod deines Bruders ...«

»Und deines Freundes.«

»Dann das mit dem verlorenen Kind ...«

»Unser verlorenes Kind!«

Devcon hob die Hände. »Was ich damit sagen will. Auch wenn es jedes Mal ewig dauerte, bis es soweit war, so haben wir doch über alles geredet. Was diese beiden Katastrophen betraf, meine ich. Nur ...« Er brach ab, rang sichtbar um die richtigen Worte.

»Nur über die Sache mit dem tödlichen Schuss haben wir nicht redet. Ja, das stimmt.« Tatjana sah zur Decke hinauf. Ziemlich lange. Und dann zu Boden. »Na gut«, nuschelte sie. »Wenn es nicht anders geht ...«

»Wenn *was* nicht anders geht?«

Tatjana blieb still. Den Blick nach wie vor nach unten gerichtet. Auf ihr Winterschuhwerk, in dem jeder anderen Person in einem beheizten Raum nach nur wenigen Minuten vermutlich die Füße weggeschmolzen wären. Devcon blieb ebenfalls stumm. Tatjana atmete geräuschvoll ein und hob den Kopf. »Preisfrage. Was ist der Unterschied zwischen Lisbeth

Salander und mir?«

»Was? Wer?«

»Die aus der Stieg Larsson-Verfilmung. Haben wir letztens zusammen im Fernsehen gesehen. Ich meine die Punker-Frau, die so gut hacken konnte.«

Devcon, der noch immer nicht die leiseste Ahnung hatte, worauf Tatjana hinaus wollte, machte demonstrativ den Mund zu und schaute sie erwartungsvoll an.

»Okay, okay, schlechtes Beispiel.« Sie wackelte mit beiden Händen. »Ich ziehe den Ansatz zurück. Ich wurde nie vergewaltigt und hatte auch kein Problem mit meinem Vater.«

Devcon schlug die Stirn in Falten und ließ sich wie ein nasser Sack nach hinten in seine Sessellehne fallen. Er kannte das schon, Tatjanas unglaubliches Talent, einen an sich schon schwierigen Sachverhalt mithilfe eines völlig unpassenden Beispiels noch weiter zu verkomplizieren.

»Gut.« Tatjana betonte das Wort wie zur Selbstmotivation für eine Aufgabe, vor der sie sich liebend gerne gedrückt hätte. Sie setzte sich gerade auf, schaute Devcon mit einem flackernden Blick entgegen. Ein Flackern, das man auch in den Augen eines Menschen sehen könnte, der zum Anlauf ansetzt, um über eine Schlucht zu springen, sich aber nicht sicher war, die andere Seite unfallfrei zu erreichen. »Dann werde ich dir jetzt etwas erzählen, was ich dir nie erzählen wollte, weil ich es bisher noch überhaupt niemandem erzählt habe. Und es eigentlich auch dabei belassen wollte. Aber ... egal.« Sie spitzte die Lippen und sah an

Devcon vorbei, dessen Körperhaltung und Mienenspiel kristallklar verriet, dass er sich im Moment nicht besonders wohl fühlte.

»Ich werde dich zu nichts zwingen ...«

Sie hob die rechte Hand. »Schon gut.« Sie atmete tief ein. »Eigentlich hätte ich es dir längst sagen müssen. In deiner Eigenschaft als mein Chef, meine ich. Genauso, wie ich es auch meinem vorherigen Chef ...« Sie senkte den Blick. »Ich hatte Angst. Angst davor, dass ihr dann ...« Sie geriet erneut ins Stocken.

Devcon sagte ebenfalls nichts. Zu groß war seine eigene Angst vor dem, was jetzt kommen würde.

12

Tatjana legte die Hände in den Schoß und schluckte leer. Sie atmete nochmals tief ein. »Ich muss etwas ausholen. Geht nicht anders.« Sie knetete nervös ihre Finger. »Wir waren dreizehn. Melli und ich. Melanie eigentlich. Sie war meine beste Freundin, wohnte in der Nachbarschaft. Wir hingen ständig zusammen.« Die Andeutung eines Lächelns schlich sich in ihr Gesicht. »Wobei ich mir sicher war, dass sie auch deshalb so oft bei mir war, weil sie sich ein bisschen in meinen Bruder verliebt hatte. Der hatte aber null Augen für sie. Zum Womanizer ist der erst mit Anfang zwanzig aufgestiegen, vorher gab's nur seinen Fußball. Er hat noch nicht mal gemerkt, wie ritzerot Melli jedes Mal wurde, wenn er kurz das Wort an sie richtete.«

Devcons Mundwinkel neigten sich nach oben. Tatjana wurde wieder ernst. »Es war an diesem Tag am Baggersee. Mellis Mutter fuhr mit uns dorthin. Wegen der FKK-Ecke. Fand die toll. Wir nicht. Wir haben uns drüber lustig gemacht.« Tatjanas Finger krallten sich ineinander. »Bis dann so ein Typ kam, sich vor uns hinhockte und an seinem Ding spielte. Wir sind sofort schreiend weggelaufen. Wobei, nein, stimmt so nicht, wir haben auch gelacht. Was ich damit sagen will«, sie schaute Devcon eindringlich an, »wir fühlten uns nicht bedroht. Es war ein ganz normaler Badesee mit einem Haufen Leute, und wir waren ja nicht zum ersten Mal dort.«

»Verstehe«, murmelte Devcon nur. Tatjana verzog den Mund und starrte an die Wand. Dorthin, wo die große Deutschlandkarte hing. »Wie es dann passiert ist, dass wir hinter diesem Felsen waren ...« Sie sah zu Devcon hin und zuckte die Schultern. »Keine Ahnung. Ich weiß es wirklich nicht mehr. Vielleicht hatten wir Verstecken gespielt. Und plötzlich war er auch da.« Tatjanas stahlblaue Augen schienen sich zu umwölken. »Den Nudisten meine ich. Keine Erinnerung, ob er immer noch nackt war. Ich sah nur das Messer. Und dann wurde alles schwarz. Bei mir.«

Devcon merkte, wie sein Herz schneller schlug.

»Ich war noch nicht so gut entwickelt, was frauliche Rundungen betrifft«, fuhr Tatjana mit immer leiserer Stimme fort. Devcon neigte sich vor, damit er sie überhaupt noch verstehen konnte. Tatjana atmete zittrig ein, vermied jeden Blickkontakt. »Als ich wieder zu mir kam, lag er noch auf Melli und keuchte.« In Tatjanas Augen schimmerten Tränen, ihre Hände waren wie im Krampf zusammengepresst. Sie schluckte.

Devcon wurde kalt. Er wagte nicht, auch nur ein Wort zu sagen. Weil er wusste, es konnte nur ein falsches sein. *Dreizehn ... Vergewaltigung ...*, hämmerte es wie bei einem blechernen Echo durch seinen Schädel.

»Na, jedenfalls habe ich mir dann das Messer genommen«, fuhr Tatjana etwas lauter fort und klang, als würde sie in Wahrheit von einem Badetuch sprechen. »Es lag da herum, während er noch ...« Sie holte hektisch Luft, und in ihrer Stimme lag nun purer Trotz: »Ich habe es genommen und stach zu. Weiß nicht mehr, wie oft.« Sie presste ihre vollen Lippen zusammen. Und sah Devcon geradewegs an. Als ob sie versuche, wenigstens eine kleine Regung in seinem wie wächsern wirkenden Gesicht zu erkennen. Eine Regung, die einem Urteil gleich käme. Doch da war nichts. Devcon hielt ihren Blick. Deutete ein Nicken an. Signal für Tatjana, mit ihrem Bericht fortzufahren.

»Danach habe ich ihn von Melli herunter geschubst und sie von ihm weggezogen. So schnell und soweit wie möglich. Hab erst gestoppt, als Melli immer lauter wimmerte. Da war ja keine Wiese, sondern steiniger Boden. Das hatte ihr noch zusätzlich die Haut aufgeschürft, was mir aber gar nicht bewusst gewesen war.« Tatjana sprach wieder sehr leise, flüsterte fast. »Ich weiß noch, dass mir auf einmal total schwindelig wurde. Und schlecht. Habe mich aber erst mal weiter um Melli gekümmert. Sie sah ganz schlimm aus. Und hat nur noch geweint. Ganz leise ...« Sie brach abermals ab, schluckte aufkommende Tränen herunter.

Auch Devcon schwieg. Es war keine angenehme Stille. Der Ton einer zu Boden fallenden Stecknadel hätte von der Geräuschkulisse her gewirkt wie ein Riss in einer Welt aus Glas. Devcon zwang sich, ruhig sitzenzubleiben. Sich selbst außer Acht zu lassen. Damit Tatjana diesen Horrorbericht so schnell wie möglich hinter sich bringen konnte, nicht eine Sekunde länger unter diesem pechschwarzen Fleck in ihrer

Vergangenheit litt als unbedingt nötig.

»Ich bin dann zu Mellis Mutter gerannt. Das Messer hatte ich vorher unter einigen größeren Steinen versteckt. Sie lag in der FKK-Ecke. Mellis Mutter. Wegen der nahtlosen Bräune.« Tatjana kratzte an ihrem linken Daumennagel herum, ohne mitzubekommen, dass sie die Nagelhaut verletzte.

»Hör auf damit«, sagte Devcon und deutete auf ihre Hände.

Sie guckte irritiert, ließ ihre Finger aber in Ruhe. »Melli wurde sofort ins Krankenhaus gebracht. Ihre Mutter und ich haben schnell das ganze Zeug gepackt und sind auch hingefahren. Glaube ich. Das weiß ich alles nicht mehr so genau. Von dem Nudisten hatte ich ihrer Mutter jedenfalls kein Sterbenswörtchen gesagt. Ist dann verblutet. Ich musste wohl eine größere Ader erwischt haben. Seine Leiche wurde noch am gleichen Abend gefunden.« Tatjanas Unterlippe bebte, ihr Blick wurde glasig.

Devcon schluckte hart, weil er kaum ertrug, was er gerade erfahren musste. Er sah Tatjana an und spürte, wie seine Augen ebenfalls feucht wurden. Mit einem Mal verstand er ihr manchmal so widersprüchliches Wesen. Was für eine unglaubliche Bürde für ein gerademal dreizehn Jahre altes Mädchen. Er schluckte noch einmal, musste schwer kämpfen um seine äußere Fassung.

»Du siehst, das im Juli vorletzten Sommer, das war« – Tatjana stockte – »es war ... nicht mein erster ...«

»Was?«, unterbrach Devcon. »Was willst du sagen? Mord? Falscher Begriff. In beiden Fällen.« Er machte eine wegwerfende Handbewegung. Wischte das ein Kapitalverbrechen bezeichnende Wort buchstäblich vom Tisch. Und zog es vor, sich gar nicht erst weiter auszumalen, was mit der dreizehnjährigen Tatjana wohl passiert wäre, wenn ein Jugendrichter ihre Tat offiziell als ein Tötungsdelikt im Affekt bewertet hätte. Etwas anderes interessierte ihn viel mehr. »Und Melli? Was wurde aus ihr?«

Tatjana sah ihn mit großen Augen an. »Na nix, weil tot. Was sonst? Sie ist an ihren inneren Verletzungen gestorben.« Sie merkte nicht, dass ihre Worte Devcon wie ein Schlag in die Bauchgrube trafen. Sie schaute zwar in seine Richtung, schien aber durch ihn hindurch zu blicken. »Ich saß bei ihr. Alleine. Ihre Mutter redete gerade mit dem Arzt. Ich habe sie ganz sanft auf die Stirn geküsst, damit ich ihr bloß nicht wehtat und habe ihr gesagt, dass die Drecksau verblutet ist. Sie hat gelächelt.« Tatjana schniefte. Kehrte von ihrem imaginären Kurzaufenthalt an Mellis Krankenbett zurück in die Gegenwart. »Das war's«, sagte sie zu Devcon, dessen Augen jetzt deutlich erkennbar feucht schimmerten.

»Sie hat aufgehört zu atmen. Und ich hab geheult.« Tatjana merkte nicht, dass ihr auch in diesem Moment Tränen an den Wangen herabliefen. Sie wischte sich mit dem Handrücken die Nase ab, entschied sich dann aber, ein Papiertaschentuch aus ihrer Hosentasche zu ziehen. »Na jedenfalls«, sie schnäuzte sich die Nase, »jedenfalls kam nie heraus, wer Mellis Vergewaltiger über die Klinge springen ließ.« Sie versuchte, einen lockeren Tonfall anzuschlagen. Was durch das Zittern in ihrer Stimme gründlich misslang. Was ihr offenbar selbst auffiel. Sie senkte den Blick und schlang die Arme um ihren Oberkörper, als würde sie frieren.

Devcon wäre am liebsten aufgesprungen, hätte Tatjana von ihrem Stuhl hochgezogen und sie eng an sich gedrückt. Er hasste sich gerade sehr dafür, ausgerechnet dieses Gespräch innerhalb eines dienstlichen Rahmens begonnen zu haben.

»So.« Tatjana ließ sich los und nahm eine nicht mehr ganz so verkrampft wirkende Sitzhaltung ein. »Nun frag mich nach dem Messer.«

»Und?«, erwiderte Devcon vorsichtig. »Was ist damit? Wurde nie gefunden, nehme ich an?«

Tatjana lächelte schwach. »Weiß nicht. Ich hatte es ja erst unter den großen Steinen versteckt, wie gesagt. Ganz in der Nähe, wo Melli lag. Gleich, als die Sanitäter da waren und sie zum Abtransport bereit machten, bin ich aber schnell noch mal hin und hab's mir wieder geholt. Aber nur, weil ich so eine Angst davor hatte, dass der Kerl, der ja noch immer hinter dem Felsen lag, plötzlich doch noch mal aufstehen würde.« In ihrem Blick lag ein Flehen. Ein Flehen, sie zu verstehen.

»Du warst ein Kind«, sagte Devcon sanft. *Ein Kind auf dem Weg durch eine Hölle, in der so mancher Erwachsener sofort verbrannt wäre ...*

»Ich bin dann mit dem Messer zum Friedhof marschiert. Nach Mellis Beerdigung. Noch am selben Tag. Als es dunkel genug war.« Tatjana wurde wieder leise, sah durch ihre übereinander gelegten Hände hindurch. »Ich habe es mit in ihr Grab gelegt.« Sie hob den Kopf und schaute Devcon hilflos entgegen. »Falls sie dem Kerl im Jenseits noch mal über den Weg lief, sollte sie doch nicht unbewaffnet sein. So dachte ich damals.«

Devcon legte den Kopf schief und schmunzelte. »Wenn das Messer nie gefunden wurde, hattest du anscheinend tief genug gegraben.«

Tatjana zog nur den rechten ihrer Mundwinkel nach oben. »Na ja, ein bisschen gebuddelt hatte ich schon. Weil Melli es schnell finden sollte, wenn sich ihre Seele dort unten aus ihrem Sarg erhob. Damals habe ich ja noch an so was geglaubt. Und ein paar Tage später haben sie so eine Platte aus Marmor auf ihr Grab gelegt. Mit eingravierter Rose und allen persönlichen Daten. Und ein riesiger Blumentopf kam drauf, der üppig bepflanzt wurde.«

Devcon zwinkerte ihr zu. »Falls es noch dort liegen sollte, wo du es vergraben hattest, haben die Feuchtigkeit und andere Einflüsse sämtliche Spuren längst beseitigt. Möglicherweise hat es einer der Friedhofsbediensteten während der Arbeit am Grab aber schon damals gefunden, sich nichts weiter dabei gedacht und es an sich genommen. So was kommt vor.«

»Na, jedenfalls kennst du nun meine Leiche im Keller.« Tatjana kaute auf ihrem Daumennagel herum und sah wieder zur Seite. Devcon beobachtete sie und wartete. Spürte, dass sie noch etwas sagen wollte. Sie verschränkte die Arme abrupt und schlug ebenso ruckartig die Beine übereinander. »Am Schlimmsten war der Zwiespalt für mich, als Michael vorgeschlagen hatte, dass ich ebenfalls in den Polizeidienst gehen sollte. Ich bin dann irgendwie reingerutscht, habe gar nicht groß überlegt, dachte, das ist doch alles solange her ...« Sie schaute Devcon tieftraurig an. »Es tut mir leid. Wirklich!«

»Was tut dir leid?«

»Dass ich es die ganze Zeit über verschwiegen habe. Mit der Vita wäre ich doch niemals in den Polizeidienst aufgenommen worden.«

»Das stimmt«, stellte Devcon lapidar fest.

Tatjana sank in sich zusammen, wirkte wie eine Hülle ihrer selbst, aus der das Leben entwich wie Luft aus einer aufblasbaren Puppe. »Ich verstehe.«

»Was verstehst du?«

»Na, dass du das jetzt zur Anzeige bringen musst.«

Devcons linke Augenbraue schoss in die Höhe. »Und wieso sollte ich das tun?«

Sie starrte ihn völlig verdutzt an. So, als hätte er ihr verkündet, dass die Wissenschaft selbstverständlich irrte und die Erde doch eine Scheibe sei. Er hob die Hände, schaute Tatjana von unten herauf an. »Wenn du zurücktreten willst, dann muss ich das akzeptieren.« Er ließ seine Hände geräuschvoll auf die lederne Schreibtischunterlage fallen. »Ich habe aber nicht den Eindruck, dass du das möchtest.«

Tatjana schüttelte nur sacht den Kopf und starrte Devcon immer noch an. Er beugte sich weit vor, stützte seinen Oberkörper mit dem rechten Unterarm ab. »Wie lange kennen wir uns jetzt? Etwas mehr als drei Jahre?«

Tatjana zog die Augenbrauen zusammen, hatte keinen Schimmer, worauf er hinaus wollte.

»Wir haben doch tagtäglich damit zu tun«, redete er weiter. »Nicht eine Tat an sich, sondern das Warum ist ausschlaggebend. Jedenfalls nach meinem Verständnis für die Kriminalarbeit. Wie kommst du darauf, dass ich bei dir andere Maßstäbe anlege, als bei jedem x-beliebigen Deliquenten? Du warst dreizehn. Also ohnehin nicht strafmündig. Und was deine Tat betrifft, selbst ein pickeliger Jura-Student im ersten Semester dürfte keine großen Schwierigkeiten haben, dich da so gut wie unbeschädigt wieder rauszuhauen. Erst recht nach all den Jahren. Das Einzige, was wir mit einem solchen Verfahren erreichen würden ist, dass das Thema Polizeidienst für dich in der Tat durch sein könnte.« Devcon neigte sich noch weiter zu ihr vor. »Und wem wäre damit gedient? Wir kämpfen sowieso oft genug gegen Windmühlen, seit der persönliche Status eines Täters eine immer größere Rolle spielt bei der Strafverfolgung. Vor dem Gesetz sind alle gleich? Vielleicht im nostalgisch angehauchten Kriminalfilm.« Devcon spuckte ein Lachen aus. »In der Wirklichkeit ist die Unterscheidung zwischen den guten und bösen Jungs längst nicht mehr so leicht. Da werde ich einen Teufel tun und mein Team noch weiter schwächen wegen einer Tragödie in der Vergangenheit. Eine Tragödie, bei der dir jeder, der einen Restfunken gesunden Menschenverstand besitzt, Respekt zollen sollte dafür, wie du das Ganze mutterseelenalleine überstanden hast.« Devcon redete sich immer mehr in Rage, bekam gar nicht mit, dass Tatjana abermals mit aufsteigenden Tränen zu kämpfen hatte. Tränen der Rührung.

»Mit sturer Korrektheit kann man der Bürokratie zum Sieg verhelfen. Im Kampf gegen die Kriminalität ist diese Waffe stumpf.« Devcon nickte. »Was wir brauchen ist Beherztheit und Mut, nicht zu verwechseln mit Leichtsinn.« Er deutete mit dem Zeigefinger auf Tatjana. »Und nicht zuletzt ist vor allem das von immenser Wichtigkeit: Loyalität.« Devcon stand auf. »Also, Prinzessin, ich fasse zusammen. Vorletzten Sommer im Juli war offiziell immer noch ich derjenige, der den tödlichen Schuss abgab. Und die Geschichte von Melli und dir habe ich in meiner Funktion als Dienststellenleiter der K11 nie gehört. Alles klar?« Er streckte Tatjana seine Hand hin. »Wir haben zwei Enthauptete und die Blume des Todes. Riecht nach noch mehr Ärger ...«

Jemand klopfte energisch, die Bürotür ging fast zeitgleich auf, Devcon blieb keine Chance für eine Reaktion. »Eine Katastrophe, Jim!« Regina Tamm stand mit hochrotem Gesicht im Türrahmen, ihre Hand noch auf der Klinke. »Wir haben den nächsten Leichnam ohne Kopf. Und dieses Mal wissen bereits alle, um wen es sich handelt.«

13

Kurz vorher in der Frühe ...

Seine Glieder waren steif. Wahrscheinlich von der nächtlichen Kälte. Sein alter Schlafsack schirmte ihn zwar gut ab. Doch bei der hohen Luftfeuchte, die dank des ständigen Regens seit Wochen durch die Stadtlandschaft waberte, blieben die Sachen quasi dauerklamm. Und das Problem beim Alkohol war, dass er kurzzeitig herrlich wärmte, die innere Temperatur dann aber umso tiefer nach unten rauschte.

Mühsam rappelte er seinen Oberkörper hoch, gähnte, wandte sich nach links und blinzelte aus der schmalen Hausnische heraus, auf deren oberstem Treppenabsatz er vor wenigen Stunden sein Nachtlager aufgeschlagen hatte. Als die Stadt mausetot war. Und niemand ihn fortscheuchen würde von dem kalten Treppenzugang des ebenso kalten, weil seit Monaten leerstehenden Gebäudes. Vorgestern war jemand gekommen und hatte die Tür abgeschlossen. Ein neues Domizil zum Überwintern hatte er so schnell nicht finden können, also schlief er erst mal vor dem Haus.

Es war noch stockdunkel. Nur das Straßenlicht leuchtete. Tauchte die menschenleere Ecke, in der er sich aufhielt, in ein geisterhaftes Licht. Niemand war zu sehen. Noch nicht mal ein Schatten. Doch warum war er dann aufgewacht? Zu dieser ungewöhnlich frühen Zeit?

Fröstelnd zog er den Schlafsack enger um sich und blieb sitzen. Als Bella noch bei ihm gewesen war, hatte er sich sicherer gefühlt. Seine Schäferhündin. Da hatte es niemand gewagt, sich zu nah an ihn heranzupirschen, während er schlief, um sich das Wenige, das er noch besaß, auch noch unter den Nagel zu reißen. Das Gesetz der Straße, es war wie das Gesetz der freien Wirtschaft. Wer hat, dem wird gegeben, wer nichts hat, dem wird genommen.

Er zog eine Grimasse. Griff nach der Flasche, die zwischen den zwei Plastiktüten klemmte, in denen er seine Habseligkeiten mit sich herumtrug. *Auf Bella!* Er öffnete den billigen Whisky und trank einen ordentlichen Schluck. War eh nicht mehr viel drin. Seit Bella weg war, brauchte er den Stoff. Trost, Betäubung, es war ihm egal, wie man es nannte. An die endgültige Einsamkeit, in der er nun existierte, oder vegetierte, musste er sich erst gewöhnen. Mit Bella hatte er seinen letzten Rest Halt verloren. Sein letztes bisschen Würde.

Einen Vorwurf machte er ihr nicht, seiner tapferen Schäferhündin. Dreizehn Jahre, das war ein stolzes Alter bei der Hunderasse. Erst recht, wenn man bedenkt, wie radikal sich die Lebensumstände in ihren letzten vier Jahren geändert hatten. Neue Lebensumstände, an die Bella sich wesentlich schneller hatte anpassen können als er. Sie war die einzige, die ihn bis zuletzt nicht im Stich gelassen hatte. Als sein langsamer aber stetiger Abstieg, der schon vor über zehn

Jahren begann, gegen Ende noch mal so richtig Geschwindigkeit aufgenommen hatte.

Erst war nur der Job weg gewesen. Normal im Vertrieb. Wenn die Zahlen nicht stimmten, reagierten die Herrschaften im Management mit Tabula Rasa innerhalb der Belegschaft. Gartengerätschaften wurden zwar ständig gebraucht, aber auch da wurde der Druck durch die Billiganbieter von Jahr zu Jahr stärker. Vor allem, als das anfing, die vermeintlich hochwertigen Waren ebenso billig herstellen zu lassen und lediglich das Qualitätssiegel draufzukleben. Auch die gutmütigste Kundschaft hatte irgendwann keine Lust mehr, sich derart verschaukeln zu lassen. Da konnte er die scheltenden Marktleiter in den Baumärkten, denen er die überteuerten Produkte aufschwatzen sollte, insgeheim sehr gut verstehen.

Er hatte noch drei neue Anstellungen gefunden, die er immer schneller wieder los war. Gehörte zu dem kranken Spiel mit den unrealistischen Zielvorgaben, die kein Mensch erreichen konnte. Weg mit dem Kerl, der sich jeden Tag triezen lassen musste, und her mit dem nächsten Opfer.

Kurz vor seinem achtundvierzigsten Lebensjahr war es dann vorbei. Seine Magengeschwüre sprießten, seine Leberwerte schossen in die Höhe, seine Sicht auf die Dinge wurde trüb. Und er bekam einen seltsamen Ausschlag. An den Unterschenkeln. Eine Art Neurodermitis, hieß es. Nur schwer behandelbar.

Nur schwer behandelbar wurde auch er, und zwar für den für ihn zuständigen Berater bei der Arbeitsagentur. Weil ihm nicht einleuchten wollte, was ihm eine Schulung in einem Textverarbeitungsprogramm bringen sollte, das er seit zig Jahren nutzte. Sie brachen seinen Widerstand, indem sie ihm die Bezüge kürzten.

Ihm war klar, dass er sich während dieser Zeit nicht zu seinem Vorteil verändert haben konnte. Obwohl er dagegen angekämpft hatte. Gegen die Verbitterung. Seinen ätzenden Zynismus, wie Lena es ihm entgegen geschrien hatte. Seine Tochter. Und dann war er plötzlich dagewesen, der Tag. Der Tag, an dem er hatte realisieren müssen, dass er alles verloren hatte. Nicht nur seinen Platz in der schaurigen neuen Arbeitswelt, sondern auch seine Familie. Und sein Haus. Die Stütze hatte nicht gereicht, um die Ratenzahlungen weiterhin pünktlich zu leisten. Kein Einzelfall, hatte die Bankmitarbeiterin mit ehrlichem Bedauern in der Stimme kommentiert. Und dann die Zwangsversteigerung eingeleitet. Das bisschen Geld, das die Bank ihnen auszahlte nach Abzug aller Verbindlichkeiten, hatte er seiner Frau Marlies überlassen. Für den Neuanfang mit Lena. Dass Marlies zu der Zeit schon fest mit Helmut liiert gewesen war, ja sogar schon die Hochzeit geplant war, hatte er erst viel später erfahren. Ebenso, dass Helmut allergisch auf Tierhaare reagierte. Was sein Glück gewesen war, andernfalls hätte er Bella wohl auch verloren.

Seine Bella, der Luxus einerlei war. Ihr hatte etwas Futter gereicht, Auslauf und menschliche Wärme. Hatte er bieten können. Auch nach seinem endgültigen Abschied aus dem System. Er begann, mit Bella durch die Lande zu stromern, sammelte Leergut, nahm kleine Gelegenheitsjobs an. Er erinnerte sich, wie seltsam es ihm anfangs vorgekommen war, dass er sich gut fühlte. Besser als vorher. Zu seinen Zeiten im System. Weil er nun viel freier war.

Er hatte seinen Geltungsdrang und seine Ansprüche gegen null geschraubt. Schon war das Leben ganz einfach. Er vermisste wenig, weil er ganz andere Dinge wahrnahm. Die Vielfalt der Wolkenformationen zum Beispiel. Oder das satte Grün der Wiesen nach einem Sommerregen. Die liebevolle Gestaltung der Häuser in älterer Zeit.

Von Menschen hielt er sich fern. Obwohl diejenigen, für die er leichte Aufträge erledigte, stets freundlich zu ihm waren. Lange Zeit hatte er ja auch nicht ausgesehen wie ein Außenseiter. Trotzdem hielt er sich lieber an Bella. Weil er wusste, dass er von seiner Schäferhündin keine bösen Überraschungen zu befürchten hatte.

Die vorletzte Stufe auf der Treppe, die ihn bis nach ganz unten führen sollte, hatte er erreicht, als er auch beim besten Willen nicht mehr übersehen konnte, dass Bella nicht mehr sehr lange an seiner Seite verweilen würde. Sie schlief immer mehr, ihr Fell war längst ergraut, lange Spaziergänge fielen flach, weil ihre Gelenke nicht mehr so wollten. Außerdem wurde sie immer schreckhafter, zuckte zusammen wie nach einem lauten Knall, selbst wenn er es war, der sich ihr unverhofft genähert hatte.

Letzten Monat war sie gestorben. Kurz nach Neujahr. Friedlich eingeschlafen und nicht mehr aufgewacht. Seither erlosch auch sein Lebenswille mit jedem Tag mehr. Ein neuer Hund kam für ihn nicht in Frage. Fast schien es ihm, als hätte er schon vor langer Zeit unbewusst beschlossen, sein eigenes Schicksal ganz eng mit Bellas zu verknüpfen. Wohl wissend, dass dieser Tag X in nicht allzu ferner Zukunft liegen würde.

Er hatte in den Jahren, die er nun auf der Straße lebte, nie getrunken. An Bellas Todestag hatte er sich die erste Flasche Billigwhisky gekauft. Inzwischen brauchte er eine pro Tag. Und mit der Hygiene nahm er es auch nicht mehr so genau. Er war jetzt einer von ihnen geworden. Einer der Hoffnungslosen. Scheintoten. Die im Abfall der Gesellschaft hausten. Und sich dort ihr Essen besorgten.

Er spürte, wie es in seinem Magen rumpelte. Er quälte sich aus seinem Schlafsack und dann auf die Beine. Torkelte mehr, als dass er lief. Weil seine Glieder so steif waren. Wie bei Bella, als es auf das Ende zuging. Er hörte ein Rascheln. Schnelle Schritte. Er drehte seinen verkaterten Schädel in die Richtung, sah aber nichts außer ein paar Schatten, die er nicht zuordnen konnte.

Er wackelte weiter vorwärts. Auf den Eingang eines Kaufhauses zu, hinter dessen Scheiben alles dunkel war. Vor der verschlossenen gläsernen Eingangstür lag etwas. Großes. Er schlurfte heran und erkannte einen prall gefüllten Müllsack. Er schaute sich nach allen Seiten um. Niemand da. Unschlüssig sah er auf das »Paket« herab. Etwas zu essen würde es sicher nicht enthalten. Hochprozentiges wohl auch nicht. Gegen warme Decken oder trockene Klamotten hätte er jedoch ebenfalls nichts einzuwenden gehabt.

Er ging in die Hocke und fiel dabei auf den Hintern. Er stöhnte. Robbte vor und betatschte den Müllsack. Den welken Blütenkopf, der darauf lag und zu Boden rutschte, bemerkte er nicht. Er machte sich an der mit einer Schleife verknoteten Öffnung zu schaffen. Mit seinen gichtkrummen Fingern brauchte er eine Weile, bis er sie aufbekam. Er schaute hinein in den Müllsack, konnte aber nichts erkennen. Er schob seine Hand rein und griff in etwas Weiches. Kaltes. Irgendwie fühlte es sich auch glitschig an. Er zog seine Finger wieder zurück, sah, dass sie mit einer dunklen zähen Flüssigkeit beschmiert waren. Er schnupperte daran und nahm einen aufdringlichen Geruch war. Metallisch. Und ziemlich abstoßend.

Er hielt inne. Zögerte. Doch seine Neugier war stärker. Ein Rest Lebendigkeit blitzte in ihm auf wie ein kleiner Stern in einer unendlich finsteren Nacht. Er riss an dem Müllsack herum, bis es ihm gelang, die Öffnung zu vergrößern. Das Material war robust, er musste ordentlich daran zerren, damit es nachgab. Der Inhalt kam endlich zum Vorschein. Er stierte hin. Brauchte eine Weile, um zu erfassen, was er da sah. Und was das für eine Flüssigkeit war, die noch immer an seinen Fingern klebte.

14

Am Tag danach ...

»Das darf alles nicht wahr sein.« Devcon fuhr sich mit den Händen durch sein graues Gesicht. Viel Schlaf hatte er letzte Nacht nicht abbekommen. Aufgebracht, wie er gewesen war wegen des Penners, der sämtliche Spuren an dem blauen Müllsack kontaminiert hatte, der die neue Leiche ohne Kopf enthielt. Leiche Nummer drei. Und dann hatte der Mann mit seinen schmutzigen Fingern sogar noch in die Rumpfwunde der Toten gegriffen.

Elvira Heinig hieß sie. Ehemalige Chefin der in Kürze schließenden, großen Kaufhaus-Filiale in Frankfurts Innenstadt. Anlässlich dieses Beschlusses hatte es Heinigs Konterfei sogar bis in die BILD-Zeitung der Region Hessen geschafft. Übertitelt mit der reißerischen Schlagzeile: *Marionette der Manager – rund siebzig Menschen landen im Nichts!*

Devcon erinnerte sich dunkel an das Interview, das Heinig erst vor einigen Tagen in der Hessenschau gegeben hatte. Sympathisch war sie ihm nicht gewesen. Dafür hatte sie sich für seinen Geschmack zu aalglatt präsentiert. Auf der anderen Seite wusste er, dass man in einer Lage wie der ihren einen Stahlpanzer um das eigene Gemüt brauchte. Der Zorn des kleinen Mannes richtete sich immer gegen den erstbesten Feind, den er zu Gesicht bekam. Das war nicht anders als im

Krieg, in dem die eigentlichen Befehlshaber selten aus ihrer Deckung krochen und stets nur die ihnen Untergebenen an die Front jagten.

Nun saß Devcon an seinem Schreibtisch, starrte auf den Bildschirm seines Computers und konnte nicht fassen, was er sah. Bei Facebook. Das große soziale Netzwerk, das auf ihn ähnlich verlockend wirkte wie Hämorrhoiden. Tatjana loggte sich ab und zu mal dort ein, um über irgendwelche Sprüche zu lachen und mit einigen ihrer Bekannten zu chatten. Devcon verstand bis heute nicht, was alle auf einmal gegen das gute alte Telefon hatten.

Ausgerechnet in dem angeblich so gut überwachten Datenmoloch war Sascha Grafert, der dort ebenfalls ein privates Profil unterhielt, auf einige Posts gestoßen, die spätestens seit der Enthauptung Elvira Heinigs nicht mehr als harmlose Blödelei abgetan werden konnten. Man sympathisierte offen mit dem Täter, »der endlich mal aufräumt in dem Saustall der freien Wirtschaft!« Bejubelte den Tod der »widerlichen Schlampe, die nix anderes verdient hat!« Und tat kund, dass »hoffentlich noch viele von diesen Ausbeutern dran glauben müssen!«

Devcon scrollte sich mit wachsendem Entsetzen durch diesen Sumpf aus tiefstem Hass und übelster Rechtschreibung, konnte kaum glauben, mit welcher Kraft und Vehemenz der anonyme Mob seinen Dreck in die Kommentarfelder schleuderte. Der Gipfel von all dem war das Profil eines gewissen »Fire Fighter«, dem es anscheinend große Freude bereitete, Menschen per Klick virtuell zum Tode verurteilen zu lassen.

Sascha Grafert, dem so leicht nichts den Appetit verdarb, und der sich gerade zwei belegte Brötchen in einer Bäckerei holte, hatte Devcon vor rund einer halben Stunde auf den offensichtlichen Zusammenhang dieser Hetz-Posts mit ihrem aktuellen Fall aufmerksam gemacht. Einer der Menschen, die mit knapp hundert Gefällt mir-Klicks virtuell gerichtet worden waren, hieß: Günter Lohmeier. Allerdings war die Verurteilung *post mortem* erfolgt. Die betreffende Statusmitteilung stammte von vorgestern. Und da war Lohmeier bereits mehrere Tage tot. *Widerlicher Trittbrettfahrer,* dachte Devcon grimmig, »Fire Fighter« würde gewaltigen Ärger bekommen, dafür würde er sorgen. Erst recht, nachdem ihm die Statusmitteilung ins Auge gestochen war, in der es um Heiner Schmitt ging, ein in der Öffentlichkeit ungleich bekannterer Boss aus der Autobranche, der sich in den Medien für die Schließung eines Werkes in Nordrhein-Westfalen verantwortlich zu zeichnen hatte. Schmitt wurde aktuell mit 13489 Stimmen virtuell zu Tode gevotet. Tendenz steigend. Devcon hätte am liebsten gekotzt.

»Eise dich mal wieder da los, Jim.« Regina Tamm klapperte auf ihren Stiefelabsätzen in sein Büro und stellte ihm eine Tasse mit schwarzem Kaffee auf den Schreibtisch. »Du verdirbst dir nur die Laune. Hör auf mich, ich weiß aus trauriger Erfahrung, dass das Internet leider nicht nur das Gute in uns hervorbringt.«

»Kann sein«, murmelte Devcon und stierte mit

zorniger Miene auf den Bildschirm. Die Selbstbezichtigung, die im Unterton seiner Büromanagerin mitschwang, hatte er nicht erkannt, weil er ihr nur mit halbem Ohr zuhörte. Die unzähligen hämischen Tiraden, die sich über seinen visuellen Sinn in sein Hirn ergossen, schlugen ihn vollkommen in Bann. Einen negativen Bann.

»Jim!« Regina Tamm wurde laut. Devcon zuckte zusammen. Gut, dass sie die randvolle Kaffeetasse außerhalb seiner unmittelbaren Reichweite abgestellt hatte. »Du wirst den Fall durch ein ausgiebiges Bad im Morast anonymer Schlechtmenschen kaum schneller lösen. Oder liege ich da falsch?« Die Hände in die Seiten gestemmt, funkelte sie ihren Chef an wie eine Mutter ihren Sohn, der nicht aufhören wollte, in seinen Schmuddelheften zu blättern.

Devcon seufzte und drehte sich mitsamt seinem Sessel vom Bildschirm weg. »Du hast ja recht, Reggie. Wie immer.« Er lächelte der kleinen dicklichen Frau zu, die nicht krampfhaft versuchte, auf jung zu machen, und heute einen dunkelblauen Rock mit cremefarbener Bluse und Perlenkette trug. Regina Tamm, die gute Seele, die er viel zu selten als ebendiese wahrnahm. Sie war die einzige nichtverbeamtete Kraft in seiner K11 – bar jeder Fairness gemessen an dem, was sie leistete. Nicht nur er, auch seine Kommissare konnten jederzeit auf ihre Unterstützung zählen bei den administrativen Aufgaben, die schon seit geraumer Zeit wie Unkraut wucherten und Zeit fraßen, die für die eigentliche Kriminalarbeit reserviert sein sollte.

Zum wiederholten Male setzte es Devcon ganz oben auf seine Agenda, erneut gegen die Bürokratenmauer anzurennen, damit auch Tamm den Beamtenstatus erhielt, der ihr im Lebensabschnitt nach ihrer Berufstätigkeit einige Vorteile bringen würde. Mehr als verdiente Vorteile in ihrem Fall!

»Überlass das Feld Tatjana, Sascha und Gieblers Jungspunden aus der SOKO Internet«, hörte er sie sagen. »Das ist eine andere Generation, die sind ganz anders in diese neue Datenwelt hineingewachsen als wir und gehen wesentlich abgebrühter damit um.« Regina Tamm war auf dem Weg zur Tür und stieß beinahe mit Norbert Fringe zusammen, dem Polizeipräsidenten. Er ließ sich in letzter Zeit wieder etwas häufiger in Devcons Büro blicken, nachdem sie ihre vorübergehende Eiszeit beendet hatten. Fast.

»Guten Morgen, Frau Tamm«, grüßte er knapp, mit Blick nach unten und eiligen Schritten in Richtung Devcons Schreibtisch. Regina Tamm, die ein solches Verhalten von Fringe nicht gewöhnt war, nickte nur, die Stirn gerunzelt und ging.

Norbert Fringe ließ seinen massigen Körper auf einen der Besucherstühle fallen und rieb sich die Stirn, als litte er unter Kopfschmerzen. Devcon, dem das beinahe schroffe Verhalten des Polizeipräsidenten Regina Tamm gegenüber nicht entgangen war, blieb erst mal still. Seine Erfahrungen, speziell in den vergangenen Monaten, hatten ihn gelehrt, wie leicht es inzwischen war, dem Pulverfass Fringe durch eine Bemerkung, und sei sie noch so banal, die Gelegenheit zur

Detonation zu geben. Wobei Devcon ehrlich zugab, dass er auf keinen Fall mit dem Polizeipräsidenten hätte tauschen wollen. Nähe zum Innenministerium? Ein Platz in der ersten Reihe bei den politischen Ränkespielen? Keine gute Idee, vermutlich würde es keinen Monat dauern und Devcon fände sich in einer ganz anderen Position wieder. Eine Position, in der man Einheitskleidung trug und nur noch beim Hofgang an die frische Luft kam.

»Schon einen Blick in die Zeitungen geworfen?«, fragte Fringe, ohne die Hand von seiner Stirn zu nehmen. Devcon verneinte. Stumm.

»Iss was Süßes dazu. Beruhigt die Nerven. Oder noch besser, trink einen Schnaps.« Fringe wippte vor und zurück. Der Besucherstuhl knarrte. »Die kochen das jetzt richtig hoch, die Schmierfinken. Und merken gar nicht, wie sie die Bürgerkriegsstimmung, die sich seit der Flüchtlingskrise hier ausbreitet, noch mehr befeuern.«

»Hm«, machte Devcon und verzichtete darauf, Norbert Fringe an seinen Erkenntnissen in Sachen Stimmungsmache bei Facebook teilhaben zu lassen, wohlwissend, dass die Reichweite dieses Netzwerkes die der Presse bei weitem übertraf.

Fringe beugte sich vor, die fleischigen Hände auf den Oberschenkeln. »Schön, dass du Gelassenheit demonstrierst, Jim. Denn ich denke, es kommt noch dicker.«

Devcon trank schlürfend einen Schluck von dem heißen Kaffee und grinste schief. »Steht mein Job mal wieder auf dem Spiel?«

»Freut mich, dass du auch das so locker siehst«, erwiderte Fringe und verzog keine Miene. »Und nein, im Moment sitzt du vergleichsweise sicher im Boot. Da haben wir schon schlimmere Zeiten hinter uns gebracht, nicht wahr?« Er linste nach links, dorthin, wo ein kleiner Wandkalender mit Landschaftsfotos aus dem Süden der USA seinen Platz gefunden hatte. Geschenk von Jost Kellermann, anlässlich Devcons großzügiger Handhabung bei den freien Tagen, die der Kommissar im letzten November nach dem plötzlichen Tod seiner Mutter benötigte hatte. Obwohl die K11 zu der Zeit radikal unterbesetzt gewesen war.

»Ich schätze, ich kann dir bis Ende nächster Woche Rückendeckung verschaffen«, fuhr Fringe fort. Devcon runzelte die Stirn.

»Na, was glaubst du denn? Drei Morde in der kurzen Zeit sind an sich schon Grund genug für erhöhten Ermittlungsdruck, oder? Mag sein, dass die Damen und Herren Journalisten sich aktuell noch auf die Krise bei dem Kaufhauskonzern und Elvira Heinigs Rolle dabei konzentrieren. Doch die Stimmung wird ganz schnell umschlagen, und in den Schlagzeilen regiert die Angst. Angst vor einer grausigen Mordserie, die der Mainmetropole bevorsteht. Komm schon, Jim!« Fringe lehnte sich zurück und verschränkte die Arme.« Wir beide kennen das Trauerspiel lange genug. Wenn ihr nicht bald ein brauchbares Ergebnis habt, wird die Pressemeute ein Opfer fordern. Und was glaubst du wohl, wer nicht erst seit gestern ganz oben auf der Liste der für die Auswahl zuständigen Herrschaften steht?«

»Nur mal rein objektiv.« Devcon drehte seinen Kugelschreiber zwischen den Fingern seiner Hand, als handele es sich um einen kleinen Balancierstab. »Auch wenn ich die ständigen Drohungen mittlerweile ja gewöhnt bin. Inwieweit würde meine Entlassung denn bei der Fall-Lösung helfen? Hat sich einer der Inquisitoren aus dem Ministerium darüber schon mal Gedanken gemacht?«

Fringe lächelte schmal. »Das wage ich zu bezweifeln. Und du weißt doch, es gibt keine reine Objektivität. Nirgends. Das ist nur ein Wortkonstrukt zur Umschreibung eines vorstellbaren Zustandes. Die Realität sieht leider anders aus. Und du, mein lieber Jim, hast es verstanden, dir entschieden zu viele Feinde zu machen. Besonders in den letzten paar Jahren.«

Devcon ließ den Kugelschreiber geräuschvoll auf die lederne Schreibtischunterlage fallen. »Ja, aber mit dem sicher nicht unerfreulichen Nebeneffekt, auf die Art noch meine Arbeit machen zu können, statt zum Handlanger der Kriminellen in Nadelstreifen zu werden.«

Fringe wiegte seinen Kopf hin und her. »Prinzipiell ist das richtig. Aber ich muss nicht ausgerechnet dir eine Predigt über Grauzonen halten, oder?«

»Worauf willst du hinaus?«

Fringe schlug die Stirn in Falten. »Auf gar nichts. Ich will nur sicherstellen, dass du dich daran erinnerst, dass Fehler und sogar Inkompetenz verziehen werden, aber nur bei Kadavergehorsam. Freigeister wie du hatten demgegenüber schon immer einen schweren Stand. Und ich denke, das wird sich auf dieser Welt auch niemals ändern.«

Devcon schüttete den Rest des nicht mehr ganz so heißen Kaffees in sich hinein. »Oh, Verzeihung, Norbert«, rief er aus, als er die Tasse abstellte. »Ich hatte dich gar nicht gefragt, ob du auch etwas möchtest.« Er hatte die Hand schon auf dem Hörer des Hausapparates, um Regina Tamm zu bitten, dem Polizeipräsidenten ebenfalls etwas zu bringen.

Fringe winkte ab. »Nein, danke. Ich bin sowieso gleich wieder weg.«

Devcon nickte. »Also gut. Wie soll ich mich deiner Meinung nach nun am besten verhalten?«

Es war Fringe anzusehen, dass er die Frage erst mal verdauen musste. »Was ist los, Jim? So handzahm kenne ich dich ja gar nicht. Wirst du langsam altersmilde? Bis zu deinem Sechzigsten sind's doch noch rund anderthalb Jahre.«

Devcon zog seine Mundwinkel grimassenhaft in die Höhe.

Fringe nahm ihn eindringlich ins Visier. »Vermassele es nicht, Jim. Halte wenigstens für einen Moment die Füße still, auch wenn dir etwas nicht passt. Konzentriere dich auf diesen Fall. Präsentiere Ergebnisse. Haben wir uns da verstanden?«

Devcon starrte den Polizeipräsidenten an wie eine falsch besetzte Figur in einem ohnehin schwierigen

Film. Was, um alles in der Welt, ritt Fringe, dass er sich genötigt fühlte, ihn an die Erledigung seines Jobs zu erinnern? »Ich gebe mir Mühe«, murmelte er nur.

»Gut.« Fringe sah aus, als wollte er aufstehen. Er blieb aber sitzen. Und sagte nichts. Die leicht wulstigen Lippen in seinem geröteten Gesicht fest zusammengepresst.

»Kann ich noch etwas für dich tun?«, fragte Devcon in die bedrückende Stille hinein.

Fringe blickte ihn an, den Mund noch immer geschlossen. Er stand abrupt auf und nestelte einen Briefumschlag aus der Innentasche seines karierten Jacketts. »Tut mir leid, mein Freund, aber manchmal fehlen auch mir die Worte. Und ich habe weiß Gott lange darüber nachgedacht, was ich dazu sagen könnte. Leider ohne Ergebnis.« Er sah Devcon hilflos entgegen und zuckte die Achseln, ließ den Brief auf den Schreibtisch fallen, drehte sich um und ging.

15

Später am gleichen Tag, an einem anderen Ort ...

Sabine hockte im Schneidersitz auf ihrem zerwühlten Bett und leerte ihr Glas Rotwein in einem Zug. Es war das zweite. Innerhalb weniger Minuten. Sie brauchte das jetzt. Musste sich irgendwie betäuben, damit ihr nicht der Schädel platzte. Was sollte sie nur tun?

Sie fuhr sich mit der freien Hand durch ihre Krauslocken, die wirr nach allen Seiten abstanden. Gary war vor rund zwei Stunden gegangen. Nachdem sie ihn mehr oder weniger deutlich hinauskomplimentiert hatte. Seither war sie nicht in der Lage gewesen, sich aus ihrer fruchtlosen Denkerstarre zu lösen. *Dabei fing der Abend so gut an.*

Nach der langweilen Vorlesung von Professor Klagert zur Geschichte der sozialwissenschaftlichen Theoriebildung war Sabine ins *Extrablatt* eingekehrt, die große Café-Kette mit Blick auf die alte Bockenheimer Warte, und hatte sich ein Tuna Wrap gegönnt. Als Gary, der offenbar schon länger dort gewesen war, sie entdeckte, war er gleich aufgesprungen und zu ihr geeilt. Was ihr sehr geschmeichelt hatte, wenn sie ehrlich war. Vor allem, wenn sie an die giftigen Blicke des kleines Harems dachte, der sich an seinem Tisch versammelt hatte. Insgeheim gab Sabine zu, dass Gary mit seiner Schokoladenhaut, seinen großen braunen Augen und den dunklen Locken, die unter dem obligatorischen Beanie hervorlugten, auch auf sie unverschämt attraktiv wirkte. Nicht zuletzt deshalb hatte sie sich kaum gewehrt, als Hendrik den Kommilitonen und »Quotenmigranten« eines Abends zu einer Sitzung der *Weißen Lilie* mitbrachte. Ohne es vorher mit ihr und den anderen Jungs abzusprechen. Sie kannten sich schon seit Abiturzeiten.

Mittlerweile war Sabine heilfroh über Garys Anwesenheit in der *Weißen Lilie*. War er doch der Einzige, auf dessen Mithilfe sie zählen konnte, um Hendrik von seinem radikalen Trip schnellstmöglich wieder abzubringen.

Zur Polizei gehen konnte sie nicht. Nicht nur, weil sie sich damit selbst in immense Schwierigkeiten bringen würde. Sie kannte ihren Bruder gut genug, um zu wissen, dass er nicht zögern würde, sie alle mit in den Abgrund zu reißen, falls es jemanden in den Sinn kommen sollte, ihn ans Messer zu liefern. In seinen Videos traten Joshua, Christian, Tommi, Gary und sie nicht als ahnungslose Zuschauer auf, sondern als passive Mittäter. Das würde nicht nur die Polizei so sehen. Auch die Universität. Und dann: *Lebwohl, Zukunft!*

Sabine nahm die Weinflasche vom Nachttisch, goss sich nach und stellte das volle Glas schwungvoll wieder ab. Zwei dicke rote Tropfen machten sich auf ihrem hellgrauen Longshirt mit dem Snoopy-Aufdruck breit. Sie rieb halbherzig daran herum und schlug dann die Hände vors Gesicht. Wie hatte es passieren können, dass ihr alles so entglitten war? Sie schüttelte den Kopf. *Falsch, es muss heißen, dass mir alles noch immer entgleitet ...*

Auf keinen Fall hätte sie mit Gary ins Bett steigen dürfen! Er machte sich nun sicher Hoffnungen, die sie nie erfüllen würde. Sie fand ihn süß. Mehr nicht. Außerdem hatte sie an einer festen Beziehung derzeit kein Interesse. Zu voll war ihr Kopf mit anderen Dingen. Zu schwer lastete die Schuld auf ihr, was ihren Bruder betraf.

Sie hatte den bösen Geist aus der Flasche gelassen. Denn sie war es gewesen, die auf die Idee mit der *Weißen Lilie* gekommen war. Die Psychologie der Bilder, so hieß das Seminar, das sie im Rahmen ihres Studienmoduls »Aggressives und prosoziales Verhalten« besucht hatte. Währenddessen war ihr die Idee mit dem Bilderkampf gekommen, um die passive Mehrheit aufzurütteln. Bilder bewegten unmittelbar, lösten auf direktem Weg Emotionen aus. Anders als Worte, die die Bilder erst einmal im Kopf entstehen lassen mussten.

Sabine ließ einen Ton hören, schwankend zwischen Heulen und Schreien. Mit der geballten Faust schlug sie sich gegen die Stirn, bis es schmerzte. Sie hätte es wissen müssen! Es wissen müssen, dass Hitzkopf Hendrik es nicht bei aufrüttelnden Bildern belassen würde. Er hatte es nie verkraftet, mitansehen zu müssen, wie ihr Vater nach dem Verlust seines Jobs zum Alkoholiker geworden war. Der die Mutter schlug. Und sie. Ein paar Mal auch Hendrik. Aber der schlug zurück. Der Umzug ins Frankfurter Ghetto, ins Stadtteil Bonames, wo ihr neues hässliches Haus stand, umgeben von noch hässlicheren Mietblöcken, war der Auslöser gewesen für Hendriks unbedingten Willen, »generell etwas zu ändern«. Vater hatte zwar eine neue Arbeit, wenn auch deutlich schlechter bezahlt. Und er trank nicht mehr. Trotzdem war es allgegenwärtig, das Gefühl des Abstiegs. Ein unverschuldeter Abstieg, nicht nur in Hendriks Augen.

Ihre Mutter nahm es pragmatisch. Sie fing an, Tubber-Ware zu verhökern. Erzielte zwar keinen großen Verdienst damit, kam aber »mal raus«. Aus dem mentalen Elend. Sie blickte nach vorne, nicht zurück. Erklärte Sabine und Hendrik, dass ihre Großeltern damals im Weltkrieg nicht nur ihre Arbeit und ein bisschen Luxus verloren hatten. Sondern alles. Hendrik war sofort aufgebraust und hatte wissen wollen, ob die Mutter mit diesem Beispiel nun auch den Wirtschaftskrieg legitimieren wollte, »der immer wilder tobte«.

Vielleicht lag es daran, dass Sabine drei Jahre älter war und schon die Uni besucht hatte, als das alles passierte. Außerdem war sie ebenfalls eine Frau. Jedenfalls ertrug sie die Veränderungen wesentlich gelassener als Hendrik. Es machte ihr nicht so viel aus, nebenher zu kellnern. Soweit der stramme Studienplan das überhaupt zuließ. Oft ging es gar nicht anders, als lieber auf etwas zu verzichten. Denn die Auslese war gnadenlos. Wenn sie ihre Scheine nicht in der vorgegebenen Zeit absolvieren konnte, war für sie Schluss an der Uni. Neue Schuhe? Urlaub? Groß ausgehen?

Oder der Auto-Führerschein? Später vielleicht.

»Oder nie!«, hatte ihr Hendrik entgegen geschrien, wenn sie mal wieder auf das Thema gekommen waren. In ihm loderte Feuer, das zeigte er schon als kleiner Junge. Nach einem Wettfahren mit ein paar Jungs aus der Nachbarschaft hatte er sein Fahrrad zertrümmert, weil er nur Vorletzter geworden war. Obwohl das Fahrrad gerade mal eine Woche alt gewesen war. Angeblich hatte die Gangschaltung festgehangen. Und heute war es für ihn kein Grund zur Freude, dass die kleine Erbschaft, die die Großeltern hinterlassen hatten, ihrer beider Studium finanzierte. Hendrik sah es genau anders herum. Ohne die Erbschaft wäre ein Studium »innerhalb ihrer Kaste« kaum mehr möglich, »und das ist ein Skandal!«

Auf dieser Schiene offenbarte Hendrik ein immer größeres Talent. Immer alles von der dunklen Seite her zu betrachten. Als er den Nebenjob als Taxifahrer gefunden hatte, war er keineswegs froh, sondern schimpfte, dass er »die Scheiß-Anzugträger« spazieren fahren musste, statt sich in der Zeit seinem Studium zu widmen. Oder mit Christian und Tommi ein Bierchen zu zischen. Ein Ausbund an studentischem Fleiß war Hendrik nämlich nicht. Was auch nicht nötig war. Denn er lernte verdammt schnell. Wenn auch nicht ganz so fix wie Joshua, bei dem Sabine manchmal tatsächlich überlegte, ob er in Wahrheit nicht doch eine Maschine war. So wie *Data* aus *Star Trek*. Der Androide, bei dem der Emotionschip deaktiviert war. Seit das mit seiner Mutter passiert war, schien Joshua mit einem Mal aber nur noch aus Schmerz zu bestehen.

Sabine spähte zu dem vollen Weinglas, das auf ihrem Nachttisch stand, und sah wieder weg. Massierte sich die verspannten Nackenmuskeln. Während des Schlafes presste sie oft ihre Kiefer wie im Krampf aufeinander und zog die Schultern hoch. Die Schmerzen kamen am Tag. Sobald sie länger als eine halbe Stunde am Computer saß und an ihrer Hausarbeit feilte. Auf die sie sich seit den »Vorfällen« rund um die *Weiße Lilie* mit jedem Tag weniger konzentrieren konnte.

Sie hätte es wissen müssen! Dass Hendrik jederzeit durchdrehen konnte.

Aber Mord? Wie hätte sie ahnen können, dass ihr Bruder sogar dazu fähig war, »wenn es der Sache diente«?

Sabine schüttelte sich wie nach einer zu kalten Dusche. Hendriks bleiches und vom Zorn verzerrtes Gesicht erschien vor ihrem inneren Auge. Seine Gestik, die oft einer Prügelei mit einem schemenhaften Gegner glich, den nur er sehen konnte. »*Sie* töten doch auch! Langsam und qualvoll! Schau dir unsere Eltern an.« Sabine zuckte zusammen, als stünde Hendrik vor ihr und schleudere ihr seine Worte entgegen, aus denen unmissverständlich hervorging, dass er der Meinung war, das Richtige zu tun. *Dass es richtig war zu morden!* »Sie nehmen sich alles, bis keiner von uns mehr etwas hat, halten uns mit Almosen am Leben und schaffen willenlose Junk-TV-Zombies, während sie im Prunk schwelgen wie die gierigsten Fürsten im

Mittelalter! Kein König, kein Papst hatte je eine solche Macht wie die heutigen Wirtschaftsführer! Worte helfen hier nicht! Gegen Raubritter kann man nur kämpfen, nicht parlieren!«

Sabine hatte ihm zugestimmt. Anfangs. Bevor der Unfall geschah mit Norbert Wollmuth, dem ehemaligen Chef der Stadtbank eG, die es längst nicht mehr gab. Sabine hatte ihrem Bruder sogar geholfen, ausfindig zu machen, wo Wollmuth gelebt hatte. Der Mann, der damals, vor fünf Jahren, mit den systematischen Schließungen der Filialen in den Vororten begonnen hatte und damit nicht nur ihren Vater und zahllose weitere Menschen um ihren Job brachte, sondern den kleinen lokalen Bankenplayer komplett an die Wand fuhr. Ein Häuschen in Kronberg hatte Wollmuth sich geleistet. Und seinen unverdienten Ruhestand genossen. Er war für die erste Opferrolle in der von Sabine erdachten und den Jungs gezimmerten Schafott-Kulisse vorgesehen gewesen. Doch dann hatte Hendriks bodenlos leichtsinniger Umgang mit dem Seilzug zu diesem grässlichen Unfall geführt. *... Oder war es am Ende gar kein Unfall?*

Sabine hielt den Atem an, riss Augen und Mund auf. *Nein, nein, nein!*, hämmerte es ihr aus ihrem Herzen entgegen. *Denk ihn dir nicht schlechter als er ist!* Erst recht jetzt nicht, wo es wieder Hoffnung gab. Hoffnung, dass Hendrik doch noch zur Besinnung gekommen ist.

Gary hatte es ihr gesagt. Als sie gemeinsam im *Extrablatt* saßen. Die geheime Facebook-Gruppe, in der sie zuerst nur die Botschaften und dann auch die Tribunale der *Weißen Lilie* verkündet hatten, existierte nicht mehr. Hendrik hatte sie gelöscht. Ob sie denn keine Nachricht auf ihrem Smartphone gehabt hätte? Sabine hatte es sogleich aus ihrer Umhängetasche gefischt und eingeschaltet. Hatte sie nach dem einschläfernden Seminar über die sozialwissenschaftliche Theoriebildung glatt vergessen gehabt. In der Tat befand sich eine verklausuliert übermittelte SMS von Hendrik in ihrer Nachrichtenbox. Sie zeigte Gary das Kauderwelsch aus Zahlen und Buchstaben. Der nickte und bestätigte, dass die SMS mit der seinen, die er bereits entschlüsselt hatte, identisch sei. Der Inhalt der Nachricht: In seiner Eigenschaft als Leiter der *Weißen Lilie* hatte Hendrik beschlossen, sich mit ihrer Gruppierung aus Facebook zurückzuziehen. Weil er Nachahmer befürchtete.

Sabine hatte die Facebook-App geöffnet und festgestellt, dass die geheime Gruppe tatsächlich nicht mehr auffindbar war. Vor lauter Glück hätte sie am liebsten geweint. Stattdessen war sie aufgesprungen und hatte Gary auf seinen sinnlichen Mund geküsst. So nahm die amouröse Kurzepisode seinen Lauf.

Ein Ausrutscher! Sabine sprang aus dem zerwühlten Bett, schnappte sich ihre Jeans, den moosgrünen Rollkragenpullover und ihre Unterwäsche, hastete ins Bad und duschte. Genug sinniert, sie musste handeln! Sie rubbelte sich halbherzig trocken, zog sich an und stahl sich am Wohnzimmer vorbei, in dem ihre Eltern sprachlos wie immer vor dem Fernseher hockten.

Sabine nahm ihre wasserdichte Steppjacke und die Handschuhe aus der Garderobe und stürmte zur Tür hinaus. Sie hielt inne und schlich noch mal zurück, holte eine Taschenlampe aus Vaters großer Werkzeugkiste, die in der Flurnische unter der Treppe ihren angestammten Platz gefunden hatte.

Sabines Fahrrad lehnte an der Hausmauer zum Carport hin. Sie holte es vor, ohne den Passat ihres Vaters zu berühren, zog ihre Jackenkapuze auf und radelte los. Durch den nasskalten finsteren Februarabend. Über die Galgenstraße, vorbei am historischen Grenzstein zu Nieder-Eschbach, dem 45. Stadtteil von Frankfurt am Main.

Vor einem verfallenen Fachwerkhaus hielt Sabine an. Sie ließ ihr Fahrrad unabgeschlossen stehen und lief schnurstracks hinter das unbewohnte Gebäude. Dorthin, wo sich der Zugang zu dem Gewölbekeller befand, in dem die selbstgebaute Guillotine stand. Die Guillotine, die sie nun zerstören würde.

Mit dem Löschen der geheimen Facebook-Gruppe hatte Hendrik den Anfang gemacht. Stück für Stück würde er nun begreifen, dass alles vorbei war. Noch heute Nacht würde Sabine ihn dazu überreden, die Videoaufnahmen zu löschen, die die so nie geplanten Gräueltaten der *Weißen Lilie* dokumentierten, für die in erster Linie Hendrik allein verantwortlich war. Christian und Tommi waren leicht zu drehende Mitläufer. Joshua würde wieder zur rationalen Menschmaschine werden, sobald er den Tod seiner Mutter verkraftet hatte. Hinzu kam, dass ganz sicher keiner der drei den Drang verspürte, im Knast zu landen. Und Gary stand ohnehin auf ihrer Seite.

Was geschehen war, ließ sich nicht rückgängig machen. Immerhin konnte sie aber dafür Sorge tragen, dass ab sofort nichts mehr in dieser Richtung passierte. Die *Weiße Lilie*, sie war Geschichte. Eine kurze Geschichte, deren Protagonisten ein dunkles Geheimnis in sich zu begraben hatten.

Sabine nickte entschlossen, nahm die Taschenlampe aus ihrer Jackentasche und einen kleinen Schlüssel. Sie steckte ihn in das von Rost überzogene Schloss, öffnete es und zog die morsche Tür langsam auf. Damit die Scharniere nicht quietschten. Sabine spürte, wie es in ihrer Kehle trocken wurde. Und wie ihr Herzschlag sich beschleunigte. Ein bisschen mulmig war ihr schon zumute, so allein. Bisher war sie nie ohne die Jungs hergekommen. *Stell dich nicht so an, du bist doch kein kleines Mädchen!*

Der Strahl der Taschenlampe leuchtete die wenigen Stufen nach unten aus. Es roch modrig. Wie immer. Gleichzeitig aber auch irgendwie eklig. Das war neu. Sabine stoppte auf der vorletzten Treppenstufe, hob die Nase und schnupperte. Sie verzog das Gesicht und näherte sich dem Eingang zum Gewölbe. Ein regelrechtes Labyrinth für jemanden, der es zum ersten Mal betrat. Es bestand aus mehreren Verschlägen, in denen allerlei Gerümpel lagerte wie rostige Eisenstangen, kaputte Holzkisten, Sprungfedern aus einer Matratze, abgebrochene Stuhlbeine, zerlöcherte Sitzkissen, das Gehäuse einer Wanduhr und Unmengen an ähnlichem Plunder. Kohlereste und Sägespäne gab es auch. In einem der hinteren Verschläge.

Doch soweit musste Sabine nicht gehen. Sie hatten die Guillotine gleich im ersten Gewölberaum aufgebaut. Ganz einfach deshalb, weil nur dort der nötige Platz vorhanden war. Sabine bückte sich und nahm eines der Päckchen mit Streichhölzern, die auf dem Boden unterhalb der Fackel deponiert waren. Die Taschenlampe halten und gleichzeitig die Guillotine auseinanderbauen war schwer möglich. Sabine entzündete die Fackel und durchschritt den Gewölberaum. Im Verschlag dahinter hatten die Jungs ihr Werkzeug gelagert. Der Schein der Fackel reichte nicht bis um die Ecke, sodass Sabine ihre Taschenlampe wieder anknipste. Umgeben von diesem modrig-süßlichen Geruch, der ihr immer stärker in die Nase stieg. Sie unterdrückte den Würgereiz, zwang sich, durch den Mund zu atmen. Einen solchen Gestank hatte sie noch nie wahrgenommen in ihren dreiundzwanzig Lebensjahren. Am liebsten hätte sie augenblicklich kehrt gemacht und wäre nach draußen gerannt, zurück in die nasskalte, aber frische Abendluft. Zuerst musste sie jedoch ihren Job erledigen. Möglichst, ohne sich zu übergeben. *Keine Ahnung, was hier so stinkt, aber vielleicht kann ich es ja mit irgendwas abdecken ...*

Mit gekräuselter Nasenwand und streng durch den Mund atmend, bewegte sich Sabine durch den schmalen Gewölbegang. Der Geruch wurde noch intensiver. Gleich würde sie wissen, was ihr derart in die Nase stieg. *Vielleicht der Kadaver eines Tieres, das sich hierhin verirrt hat und nun verendet ist?*

In jedem Fall müsste es sich dann aber um ein größeres Lebewesen handeln. Oder mehrere kleine. Sabine schauderte es. Bei dem Gedanken an ein totes Rattenheer. Egal in welchem Zustand sich die Nager mit dem nackten langen Schwanz befanden – seit sie den Film *Der Knochenjäger* gesehen hatte, respektive die Szene, in der eines dieser fetten Biester zum Sprung ansetzte und einem gefesselten Mann bei lebendigem Leibe ein Stück aus seiner Wange riss, bekam Sabine Herzflattern, wenn sie das Wort Ratte nur las. Weil sich automatisch das Bild von dem zur Hälfte abgefressenen Gesicht des noch nicht toten Mannes in ihrem Schädel manifestierte.

Sabine wandte sich nach rechts, zu dem Verschlag, der sich hinter der Werkzeugkammer befand. Hier war der Gestank noch intensiver. Außer rund zehn Litern Sägespäne, die ein ehemaliger Hausbewohner hin gekippt haben musste, gab es dort aber nichts. Bisher.

Sabine wappnete sich innerlich für den Anblick eines toten Tiers oder gar mehrerer. Der Strahl der Taschenlampe ergoss sich in den winzigen Verhau, tauchte ihn ins Licht. Sabine stockte der Atem, ihr gefror das Blut in den Adern. Ihre Taschenlampe fiel krachend zu Boden.

16

Gleicher Tag, wenige Stunden zuvor im Polizeipräsidium ...

»Na, das ist ja ein Ding!« Tatjana Kartan ließ ihre Haarsträhne los, die sie zur guten Hälfte um ihren Zeigefinger gewickelt hatte, und sah Marco Giebler von der SOKO Internet bass erstaunt entgegen.

»Einfach weg? Futsch? Aufgelöst? Nicht mehr da? Ernsthaft jetzt?« Auch Sascha Grafert fiel es schwer, zu akzeptieren, dass die brandheiße Spur, auf die er gestoßen war, schon wieder erloschen sein sollte. Bis auf weiteres jedenfalls. »Wie gut, dass du gleich einen Screenshot von der Seite gemacht hattest.« Er nickte Tatjana zu. Offiziell sollte sie erst ab März zurück im Dienst sein, sie hatte aber keine Lust mehr, ständig alleine daheim herumzuhängen und war mit Devcons Billigung stundenweise mit im Büro.

Ihr hatte Grafert seine Entdeckung zuerst präsentiert. Und ihr war es nicht genug gewesen, den Link zu speichern. Dank Tatjanas Bildschirmfoto waren die relevanten Daten trotz der Löschung also noch in ihrem Besitz. Mit einer richterlichen Anordnung würden sie den Internetgiganten Facebook ohne Probleme dazu bewegen können, ihnen Auskunft zu erteilen, wer die Betreiber der geheimen Gruppe mit dem Namen *Weiße Lilie* gewesen waren. Eine Gruppe, die Sascha Grafert durch Zufall entdeckt hatte.

Jemand aus seiner umfänglichen Freundesliste

hatte ihn ungefragt zu der Gruppe hinzugefügt. Normalerweise ging ihm so etwas tierisch auf die Nerven. Und schon gar nicht kümmerte er sich während der Dienstzeit um solchen Firlefanz. Er loggte sich zwar mehrmals täglich bei Facebook ein, aber nur, weil es ein nicht mehr zu leugnender Fakt war, dass auch für die Polizei relevante Neuigkeiten oftmals zuerst dort gemeldet wurden. Auf der Startseite war Grafert dann ein Posting der *Weißen Lilie* aufgefallen. Allein der Name hatte ihn gleich elektrisiert. Zum einen wegen der Lilienköpfe, die bei den letzten beiden Enthaupteten dabei gelegt worden waren. Zum anderen hatte er die namentlich nicht genannte Elvira Heinig auf dem Foto erkannt, das zu der Meldung gehörte. Trotz des schwarzen Balkens, das ihre Augenpartie verdeckte. Es war das entsprechend bearbeitete Foto aus der BILD-Zeitung gewesen. Den Text dazu hatte Grafert gar nicht mehr gelesen, sondern sofort Tatjana an seinen Bildschirm gerufen. Bevor sie auch nur ein Wort zu Graferts sensationellem Fund verloren hatte, hatte sie den Screenshot angefertigt. Gottseidank. Wenig später war der Inhalt dieser Facebook-Seite nicht mehr verfügbar gewesen.

Grafert setzte sich auf die Kante des Schreibtisches, auf dem Marco Gieblers Hochleistungsrechner stand. »Wenn der *Weißen Lilie* unsere anderen beiden Leichen eine ähnliche Meldung wert waren, müssen wir uns mit den Administratoren der gelöschten Seite unbedingt unterhalten. Dringend.« Graferts Tonfall war grimmig. Er legte die Hände hinter den Kopf und streckte seinen Oberkörper vor wie bei einer Dehnübung.

»Sehe ich auch so.« Tatjana, über Gieblers Schulter in Richtung Bildschirm geneigt, richtete sich auf und wandte sich an ihren Lieblingskollegen bei der SOKO Internet. »Und du bist sicher, dass du uns diese Gruppenseite nicht wieder beschaffen kannst, Marco? Oder wenigstens einen kleinen Datenschnipsel davon?« Mit zwei Fingern deutete sie die ihr vorschwebende Winzigkeit an. »Damit wir was in der Hand haben? Könnte sonst nämlich etwas dauern, bis wir bei der Beweislage die nötige Anordnung bekommen. Ein anonymisiertes Foto von Heinig zu posten ist ja noch kein Verbrechen.«

»Vor allem, wenn der zugehörige Text eher schwammig gehalten wurde«, ergänzte Grafert düster.

Heinigs Tod war zwar eindeutig nicht betrauert worden, im Gegenteil. Derartige verbale Entgleisungen fanden sich im Netz jedoch zuhauf. Allein der Netzwerkgigant Facebook müsste ein Millionenheer beschäftigen, um so etwas konsequent zu ahnden. Die Programmierung von Algorithmen, die nach entsprechenden Schlagwörtern Ausschau hielten, reichte da nicht. Sprache war vielfältig. In jeder inhaltlichen Hinsicht.

Es blieben die welken Lilienköpfe, die bei zwei der drei Enthaupteten gefunden worden waren. Möglicherweise ein Grund für den Richter, Facebook zur Auskunftserteilung zu verpflichten. Sicher war das nicht. Ein auf Datenschutz fixierter Beamter konnte bei einem derart dürftig untermauerten Zusammenhang schnell auf Stur schalten.

Marco Giebler schaute erst Tatjana, dann Sascha Grafert mit einem breiten Grinsen an. »Liebe Leute, ihr redet von Facebook.« Der rothaarige junge Mann, dessen Sommersprossen auch in den Wintermonaten leuchteten, rieb Daumen und Zeigefinger seiner rechten Hand gegeneinander. »Wenn ich mich bei denen nennenswert reinhacken könnte, würde ich sofort kündigen und mit meiner Karriere als Krösus weitermachen.«

Tatjana seufzte. Grafert ließ die Schultern hängen. »Bleibt uns also nur der offizielle Weg.« Er sah auf seine Armbanduhr. »Fast vier Uhr, na prima. Heute geht ohnehin nix mehr raus, und wenn, ist es auch egal, weil heut Freitag ist. Vor Anfang nächster Woche passiert also nichts mehr. So viel zum Thema heiße Spur.« Er stand auf und trottete zur Tür.

»Jetzt warte doch mal«, rief Tatjana ihm hinterher. Grafert blieb stehen. Mitten in dem mit Rechnern und Bildschirmen vollgestopften Raum. Außer Giebler war derzeit niemand mehr anwesend. Überstundenabbau in der SOKO Internet. Tatjana, noch immer auf der Schreibtischkante sitzend, die Finger ineinander verkeilt, schaute Giebler in die blaugrauen Augen, als wolle sie ihn hypnotisieren. »Kannst du wirklich gar nichts machen? Oder es wenigstens mal probieren? Ich weiß, du hast heute Abend bestimmt besseres vor.« Sie wusste genau, dass dem nicht so war. »Aber wir kriegen echt massive Probleme, wenn wir nicht bald was vorweisen können, das auch in der Öffentlichkeit wie ein Ermittlungsfortschritt aussieht.« Tatjana fing an, mit ihren Händen zu gestikulieren als dirigiere sie ein Musikstück. »Und wenn die Presselawine erst mal so richtig losrollt, kann's für uns alle ungemütlich werden. Keine Ahnung, was für merkwürdige Ideen in Sachen Synergien dann wieder ausgebrütet werden.«

Gieblers bis eben noch lebhaftes Mienenspiel erstarrte zu Eis. Erst kürzlich hatte er sich lautstark über ein Memo aus der Abteilung für Planstellen aufgeregt, das die Existenzberechtigung seiner Abteilung mit dem alleinigen Schwerpunkt Internetkriminalität in Frage stellte. Die Verfasserin »dieser gequirlten Hühnerkacke« sei geistig vermutlich über hundert Jahre alt und hause im letzten noch zugänglichen Winkel des analogen Wolkenkuckucksheims, so sein Diktum. Er richtete den Blick angestrengt auf den Bildschirm, legte die feingliedrigen Hände auf die Tastatur. »Versprechen kann ich euch nichts«, murmelte er, mental wieder halb in der virtuellen Welt verschwunden. »Solche Gruppengründer sind ja oft eitel. Vielleicht finde ich irgendwo anders noch etwas zu dieser *Weißen Lilie*.« Tastaturklappern. »Wenn nicht im Surface Web, dann eben im Deep Web.«

Sascha Grafert rollte die Augen. »Deep Web. Prima Idee, wo das doch so übersichtlich ist.« Experten schätzten die Größe dieser digitalen und für herkömmliche Suchmaschinen wie Google, Yahoo oder Bing nicht zugänglichen Parallelwelt auf ein Tausendfaches im Vergleich zur Oberfläche des Netzes.

Tatjana überging Graferts Kommentar, beugte sich zu Giebler hinab und gab ihm einen Schmatz auf die Wange. »Vielen lieben Dank, du bist echt ein Schatz!« Sie lief zu Grafert, hakte ihn unter und zog ihn mit sich aus dem Büro. »Jetzt sei mal nicht so negativ, Herr Kollege. Vielleicht haben wir Glück, und Marco findet ganz fix etwas, das zu deiner Entdeckung bei Facebook passen könnte. Der kann manchmal richtig zaubern.«

»Dein Optimismus in Gottes Ohr«, raunte Grafert und schlich neben ihr her wie ein alter Hund mit müden Knochen. Er teilte zwar keineswegs Jim Devcons Aversion, was das World Wide Web betraf. Die Erfahrung der letzten Jahre hatte aber auch ihn gelehrt, dass IT-kundige Kriminelle oftmals allein auf den Faktor Zeit setzen konnten. Kein Polizistenheer auf dieser Welt konnte sämtliche virtuelle Schlupflöcher überwachen.

»Keine Sorge, wir fahren zweigleisig.« Tatjana ließ Grafert los und beschleunigte ihre Schritte, zog die Tür zum Treppenhaus auf »Unser Boss soll gleich mal seinen Spezi bei der Staatsanwaltschaft anrufen.«

»Du meinst Roland Berger?« Grafert bewegte sich noch immer mit derselben Langsamkeit vorwärts. »Vergiss es. Der ist im Urlaub.«

Tatjana stutzte und wartete, bis der Kollege neben ihr stand. »Woher weißt du das denn?«

Grafert rieb sich mit beiden Händen über die Schläfen. »Telefonat mit seinem Büro Anfang der

Woche wegen einer ganz anderen Sache. Ist auf Mauritius. Berger, meine ich. Noch bis einschließlich Ende nächster Woche.«

»Was soll's.« Tatjana hechtete die Treppenstufen hoch und riss die Tür auf zum Westflügel in der Etage, in der das Fachkommissariat für Tötungsdelikte residierte. Der »Killerdistrikt«, wie die Kollegen es nannten. »Jetzt komm endlich«, rief sie Grafert zu, der noch fünf Treppenstufen vor sich hatte, die er wie in Zeitlupe erklomm. »Regina hat auch ihre Kontakte. Sie ist bestimmt noch da. Fragen wir sie, ob sie uns gleich mal was aufsetzt.« Tatjana flitzte mit wippendem Haarzopf um die Ecke und kam vor Tamms Büro zum Stehen. Die Tür stand weit offen, sodass sie mit einem Blick feststellen konnte, dass sich niemand in dem Raum aufhielt. »Hier ist sie nicht«, informierte sie Grafert über die Schulter hinweg. »Also ab zum Boss und sehen, ob sie bei ihm ist.« Sie wartete demonstrativ auf den in seiner Lethargie badenden Kollegen, packte ihn am Arm und zerrte ihn ins Büro der Dienststellenleitung. Sie blieben im Türrahmen stehen. Und starrten Jim Devcon an, der wie ein Schatten seiner selbst in seinem Chefsessel verharrte. Den Kopf auf die Fäuste gestützt, stierte er vor sich hin. Tatjana und Sascha Grafert tauschten verwunderte Blicke.

»Ähm ...« Tatjana räusperte sich und näherte sich Devcons Schreibtisch bis auf eine Armlänge Entfernung. Grafert blieb, wo er war.

»Was ist, geht's dir nicht gut?«, fragte sie. Behutsam. »Wir wollten eigentlich nur sehen, ob Regina bei dir ist.«

Devcon schüttelte apathisch den Kopf, den er nach wie vor mit seinen Fäusten stützte. »Leila hat sie nach Hause gebracht«, erwiderte er tonlos.

»Huch! Ist sie krank? Haben wir gar nicht gemerkt.« Tatjana drehte sich nach hinten zu Grafert, der ebenso überrascht die Schultern zuckte.

»Sie ist nicht krank.« Devcon redete ins Nichts, schien seine beiden Kommissare nicht wirklich wahrzunehmen.

»Ja, aber ...« Tatjana umfing leichter Schwindel. »Oh Gott, ist etwa jemand gestorben?«

»Ja. Ich.«

»Ha, ha, sehr witzig!«

»Nein. Ist es nicht.« Devcon wirkte noch immer abwesend. Wie betäubt. Unendlich langsam schaute er in Tatjanas Richtung und sprach mit schleppender Stimme weiter. »Sie ist zusammenklappt. Hat's nicht verkraftet.«

»Hä? Wovon redest du eigentlich, ich verstehe kein Wort.« Tatjana verengte ihre Augen wie bei höchster Konzentration auf eine knifflige Aufgabe. Sie sah, dass sich Devcons Adamsapfel bewegte. Wie beim Schlucken.

Er wandte den Blick von ihr ab und schien sich in sich selbst zurückzuziehen wie eine Schnecke in ihr Haus.

»Wieso bist du so merkwürdig, was ist bloß passiert?«, rief Tatjana hilflos.

Devcon brauchte weitere Sekunden, bis er kaum hörbar hervorbrachte: »Ich musste sie entlassen.«

17

Noch am gleichen Abend an einem anderen Ort ...

Sabine fiel auf die Knie, sie würgte und spuckte. Mit zittrigen Fingern tastete sie den Boden nach ihrer Taschenlampe ab. Passte auf, dass sie nicht versehentlich in ihr Erbrochenes fasste. Sehen konnte sie so gut wie nichts. Der Gewölbeabschnitt lag außerhalb der Reichweite des Fackellichtes, das sie bei ihrer Ankunft angezündet hatte. Sie starrte auf ihre Hände, nahm sie nur als noch dunklere Schatten in diesem Dunkel wahr. Ein Dunkel, in dem es etwas gab, was sie sich niemals hätte vorstellen können. Und das nun für immer in das Bildergedächtnis ihrer Erinnerungen eingebrannt sein würde. Wie ein hässliches Feuermal, das stets aufs Neue Aufmerksamkeit erregte. Egal, wie oft man es ansah.

Sabines tastende Finger stießen gegen das kalte Metall der Taschenlampe. Sie nahm sie und rappelte sich auf. Vor ihren Augen tanzten grellbunte Punkte. Sie fing an zu taumeln, stützte sich mit der linken Hand an der feuchten Gewölbewand ab, bis sich ihr Kreislauf halbwegs normalisierte. Sie atmete hektisch, ihr Herz raste. Schmerzhaft biss sie sich auf die Unterlippe, kniff für einen Moment die Augen zu. *Weg mit dir, Panikmonster, lass mich in Ruhe!*

Sie starrte ins Dunkel. Den Daumen am Schalter der Taschenlampe, drehte sie sich mehrfach nach allen Seiten. Sie hatte die Orientierung verloren. Und eine Heidenangst davor, dass das Licht der Taschenlampe abermals dieses Grauen beleuchten könnte. Noch einmal würde sie den Anblick nicht ertragen. *Richtung Boden. Den Lichtkegel immer starr auf den Boden halten ...*

Ein Geräusch ließ Sabine zusammenzucken. Schritte. Sie hörte Schritte. Jemand stieg über die Treppe ins Gewölbe hinab. Oder waren es mehrere? Sabine durchlief es heiß und kalt. Die Taschenlampe ließ sie aus. Mit einem Pulsschlag, der ihr in den Ohren dröhnte wie das Summen riesiger Turbinen, presste Sabine sich eng an die Gewölbewand. Wo sollte sie hin? Es gab keinen weiteren Ausgang, durch den sie sich hätte davonschleichen können.

»Bist du sicher, dass es ihr Fahrrad war?«

Joshua! Da sprach Joshua. Sabine fing an zu zittern.

»Hältst du mich für vollends bescheuert? Ich werde ja wohl das Fahrrad meiner Schwester erkennen.«

Hendrik ... Sabine spürte, wie Tränen an ihren Wangen herabliefen. Sie tastete sich an der Wand entlang, bewegte sich leise vorwärts. Nur raus aus dem Gewölbegang. Und bloß weg von dem Horrorverschlag!

»Sabine, bist du hier?«, hörte sie ihren Bruder rufen, während sie in die Finsternis des Gewölbeinneren kroch. In gebeugter Haltung. Die Decke wurde mit jedem Meter niedriger. *Sackgasse!*

»Sie war auf jeden Fall hier«, hörte sie Joshua

sagen. Die Worte erreichten sie wie mit Watte gedämpft. Das Gewölbelabyrinth schluckte einiges an Lautstärke, wenn man sich nicht unmittelbar im gleichen Abschnitt befand.

»Die Fackel brennt noch. Vielleicht läuft sie draußen herum und sucht nach irgendwas? Oder sie wartet auf jemanden«, setzte Joshua mit Argwohn hinzu. »Sonst hätte sie ihr Fahrrad nicht liegen lassen.«

»Wenn sie draußen gewesen wäre, hätten wir sie sehen müssen, oder nicht?«

»Vielleicht hat sie uns zuerst gesehen und sich dann versteckt?«

»Sabine! Antworte!« Hendriks laute Stimme hallte durchs Gewölbe.

Sabine erschauerte. Konnte noch immer nicht fassen, dass sie auf der Flucht war vor ihrem eigenen Bruder. Dem Monster. In Begleitung von Joshua, des Ungeheuers willigem Gehilfe. Eine riesige Hand aus Eis schien ihren Körper zu umschließen. Sabine fror erbärmlich, schob ihre Zunge zwischen die Zähne. Damit das Klappern sie nicht verriet. Sie kauerte sich in ihrer Nische zusammen und weinte lautlos. Noch niemals in ihrem Leben hatte sie solche Angst verspürt. Wenn Hendrik sie hier fand, was würde er mit ihr tun? Wozu er fähig war, wusste sie. Seit wenigen Augenblicken. Und doch kam es ihr vor, als gehöre die gesamte Zeit vor ihrer grausigen Entdeckung in ein ganz anderes Leben. Ein Leben mit einem Bruder, der sich noch nicht in einen Mörder verwandelt hatte.

»Scheiße, verdammt!«

Joshua.

»Was ist denn?«

Hendrik. Ebenso unwirsch.

»Was ist, wenn sie uns bereits verpfiffen hat?«

»An wen? Die Polizei?«

»Zum Beispiel, ja!«

Sabine hielt die Luft an, als sie den schwachen Schein einer Taschenlampe erkannte, dessen Besitzer sich zum Glück noch weit genug von ihrem Versteck entfernt befand.

»Wenn sie was gesehen hätte und die Bullen darüber informiert hätte, wären die längst hier.«

Hendriks Stimme kam Sabine fremd vor. Wie die eines völlig unbekannten Menschen. Der er für sie nun auch war.

Der Lichtstrahl der Taschenlampe wackelte ein paar Mal hin und her und verschwand wieder. Sabine atmete flach, die Fingerspitzen in die angewinkelten Beine gekrallt. Ihre Lippen bebten, als sie an ihr Smartphone dachte, das sich in der Ladestation befand. Daheim auf ihrem Schreibtisch. *Du dumme, dumme Kuh!* Aber wahrscheinlich hätte sie in ihrer Nische hier sowieso keinen Empfang gehabt.

»Ich gehe noch mal nachsehen, ob es wirklich ihr Fahrrad ist«, hörte sie Hendrik verkünden.

»Ich komme mit!«, rief Joshua, der sich anscheinend davor fürchtete, alleine im Gewölbe zu bleiben.

Meine Chance!

Sabine kroch auf allen Vieren aus der Nische heraus und tastete sich über den schmalen Flur, bis sie das Licht der Fackel erspähte, das noch immer brannte. An der Wand in dem Abschnitt, in dem sich die Guillotine befand. Das Schafott, das keineswegs nur zu Kulissezwecken gebaut worden war, wie sie mal gedacht hatte. Es war Hendriks Mordwaffe. Die er von Anfang an skrupellos eingesetzt hatte. Daran bestand für Sabine kein Zweifel mehr, seit sie diese grausige Entdeckung machen musste. Ihre Schläfen pochten. Was hatte sie übersehen? Was war mit Hendrik passiert, welches gravierende Ereignis in seinem Leben hatte sie nicht mitbekommen? Irgendwas Schlimmes musste doch passiert sein, was ihn vom impulsiven kleinen Bruder zum Mörder mutieren ließ. Gut, er hatte schon immer seinen eigenen Kopf gehabt. Das war sogar wissenschaftlich erwiesen. Auf der Skala zur Messung des Narzissmus-Wertes, die Sabine im Rahmen einer Hausarbeit verschiedenen Testpersonen aus ihrem privaten Umfeld vorgelegt hatte, war Hendriks Ergebnis einem Vollausschlag gleichgekommen. Höchste Punktzahl – wie bei den bekannten Politikern, denen der Test unter Vorspielen eines ganz anderen Forscherinteresses untergejubelt worden war. Ein unter Normalbedingungen krankhafter Narzissmus war demnach offenbar vonnöten, um sich in den Zentren der Macht behaupten zu können. Trotzdem fingen diese Politiker nicht an, Leute zu ermorden. Wobei, wenn Sabine an die vielen Waffengeschäfte dachte, die diese Menschen einfädelten ... aber das war dennoch etwas anderes, als am Seilzug zu stehen und das Fallbeil persönlich auf die

Opfer herabsausen zu lassen. Oder?

Sie zwang sich, die lähmenden Gedanken wegzudrücken wie einen unliebsamen Fernsehsender, richtete sich auf und lauschte. Wartete, bis die Schritte auf der Treppe verstummten. Die Treppe ins Freie …

Sabine spannte ihre Muskeln und machte sich bereit. Ihr Fahrrad lag vor dem Haus. Wenn sie sich beeilte, konnte sie aus dem Gewölbeausgang entkommen, der hinter dem Gebäude lag. Die regnerische Februarnacht würde dunkel genug sein, um die Umrisse ihrer Gestalt rasch zu schlucken. Wenn sie einfach losrennen würde in die zur Straße entgegengesetzte Richtung.

Ein Zittern durchlief ihren erhitzten Körper, sie spürte wie ihr die Schweißtropfen am Rücken herabrannen. Was wäre, falls sie es nicht schaffte? Wenn Hendrik und Joshua sie entdecken würden? Sabines Energie schien sich mit einem Mal zu verflüchtigen. Sie ließ den Kopf hängen und konnte nur mit Mühe dem Impuls widerstehen, auf den Boden zu sinken und laut zu schluchzen. Joshua, der für Sport noch nie etwas übrig gehabt hatte und auch bei schönstem Wetter lieber vor irgendeinem Bildschirm klebte, konnte sie vielleicht abhängen. Hendrik, der regelmäßig joggte und insbesondere auf kurze Distanz pfeilschnell wurde, definitiv nicht.

Die Portion Hoffnung, die in ihr aufgeflammt war, drohte komplett zu erlöschen. Kein sehr ausgereifter Plan, den sie da hatte. Zumal sie sich auch nicht mehr erinnern konnte, wohin das an den Hinterhof angrenzende Stück Wiese führte. Eine bessere Alternative gab es für sie aber nicht. Die Zeit lief ab. Wenn sie noch länger zögerte, würde sie Joshua und Hendrik, die jeden Moment zurückkehren konnten, auf jeden Fall in die Arme laufen. Und wenn sie hier unten blieb, war es nur eine Frage der Zeit, bis sie sie finden würden.

Sabine holte tief Luft. Und sprintete los. Sie hechtete die ersten Treppenstufen hoch. Und stoppte. Als wäre sie gegen ein unsichtbares Hindernis geprallt. Ein Lavastrom schien sie von innen her zu verbrennen. Der Gewölbeausgang war blockiert. Von einer männlichen Gestalt. *Einer von beiden steht Schmiere, während der andere das Fahrrad checkt!*

Sabine taumelte zurück. Einer Ohnmacht nah, so schnell rauschte das Blut durch ihre Adern. *Hilfe, was soll ich jetzt nur tun?*

»Alles klar, es ist definitiv ihr Drahtesel«, rief Hendrik dem Schatten am Gewölbeeingang zu. »Los komm, Abmarsch.«

»Wie, wir gehen? Jetzt sofort? Und was ist mit der Fackel ...«

»Geht irgendwann von selbst aus.«

Sabine hatte das Gefühl, dass sich der Boden unter ihr auflöste und sie in eine finstere Schwerelosigkeit kippte, als die morsche Tür mit den quietschenden Scharnieren zufiel und das verrostete Schloss mit einem klickenden Geräusch einrastete.

Sie war gefangen.

18

Zwei Tage später ...

Sie hatte ein fast normales Wochenende hinter sich gebracht. Samstag der Einkauf, anschließend Wohnung putzen, abends saß sie bei einem Glas Weißwein auf der Couch. Der Fernseher war an gewesen. Dennoch hätte sie zum Programm, das gezeigt worden war, keine Auskunft geben können. Es war an ihr vorbei geflimmert, ohne ihr Bewusstsein zu streifen. Ihre Verabredung zum Essen, die sie erst hatte wahrnehmen wollen, hatte sie kurzfristig abgesagt. Nicht, ohne zu versichern, dass es ihr gut ging. Sie vermutete, dass die Einladung ohnehin nur aus reiner Höflichkeit erfolgt war. Möglicherweise auch aus Sorge, da wollte sie nicht ungerecht sein. Ein paar Stündchen nettes Geplauder konnten eine recht gute Ablenkung sein. Doch daran hatte sie kein Interesse. Sie wollte beim Thema bleiben. Um herauszufinden, wo sie jetzt stand.

Konkret war das in diesem Moment ein U-Bahnhof. Der Ort, wo sie gerade stand. Gleis drei in Richtung Heusenstamm. Dahin ging der nächste Zug, der an dem Bahnsteig halten würde. Die Fahrt führte aus der Stadt heraus, rüber ins Nachbargebiet rund um Offenbach. Gute Frage, was man an einem Sonntagabend in dieser nicht unbedingt vorteilhaft beleumdeten Gegend machen könnte. Wenn man niemanden näher kannte, der dort wohnte. Und auch keine Ahnung hatte, was es an Attraktionen geben könnte, die für sie interessant wären. Als Frankfurter Urgestein hegte sie eine natürliche Abneigung gegen Offenbach und hatte dort nie groß zu tun gehabt.

Zwei Züge hatten gehalten, seit sie an dem Gleis stand und wartete. Auf eine Antwort. Eine Antwort, die sie auch den Sonntag über vergeblich gesucht hatte. Obwohl die Frage ständig präsent gewesen war, egal was sie tat. Beim Bügeln, bei einem kurzen Spaziergang, den sie wegen des schlechten Wetters schnell wieder abgebrochen hatte, und beim Lesen eines Buches, auf das sie sich nicht hatte konzentrieren können. Weil das Finden einer Antwort nun mal wichtiger war. Die Antwort auf die Frage, was in Zukunft an einem Tag wie morgen sein würde. An einem Montag.

Sie hatte nie gelernt, Regie über ihre Tage zu führen. Das Drehbuch schrieben andere. Sie spielte die ihr zugewiesene Rolle. Meistens sogar gerne. Im Laufe der Jahre war ihr die Figur, die sie gab, zum wahren Ich geworden. Und nun gab es die Rolle nicht mehr. Praktisch von jetzt auf gleich. Weil sie noch so viel Resturlaub gehabt hatte.

In anderen Stücken gab es zwar ähnliche Rollen. Doch wurden die, wenn überhaupt mal was frei wurde, fast nur noch unter der Hand vergeben. Da brauchte sie sich keinen Illusionen hinzugeben.

Für einen Wechsel in ein ganz anderes Rollenfach fühlte sie sich zu alt. Abgesehen davon, dass sie sich seit rund fünfzehn Jahren keine Gedanken mehr darüber gemacht hatte, ob es etwas anderes gab, das sie hätte spielen können. Wozu auch. Laut ihrem Regisseur war sie dort, wo sie gewesen war, Idealbesetzung. Also hatte sie sich wohlgefühlt. Und sicher.

Großer Fehler. Letzteres. Weil sie den Einfluss des Regisseurs überschätzt hatte. Er hatte Macht über den Filmablauf, nicht aber über den Film an sich. Wenn das Budget nicht reichte, wurden Rollen gestrichen. So einfach war das. Und wenn der Regisseur damit nicht klar kam, wurde er ausgewechselt. So war es ihr jedenfalls erklärt worden.

Das ganze Leben ist nur ein Schauspiel, dachte sie ohne jede Bitternis, während sie das lauter werdende Rauschen der nächsten herannahenden U-Bahn wahrnahm. Wieder Richtung Heusenstamm. In zwei Minuten.

Der Wind von den eintreffenden Waggons her fegte durch ihr kurzes Haar. Sie lief ein paar Schritte auf und ab, machte keine Anstalten, in die Bahn einzusteigen. Ihre Stiefelabsätze klackerten, die wechselnden Buchstaben und Zahlen auf der Anzeigetafel ratterten. Die wenigen wartenden Menschen begaben sich an Bord, die Türen schlossen sich, die Bahn fuhr ab und verschwand in der Schwärze des U-Bahnschachtes.

Alles wurde ruhig. Sie war so gut wie alleine. Nur weiter hinten auf einer Bank saß ein Mann. Er trug einen wuchtig aussehenden Rucksack und schaute auf sein Smartphone. Offensichtlich wollte er auch nicht

Richtung Heusenstamm.

Sie schlenderte zur anderen Seite der Gleise, die in die Gegenrichtung führten. Stadteinwärts. Ihre Absätze klackerten wieder. Unnatürlich laut, so kam es ihr jedenfalls vor. Obwohl sie solches Schuhwerk ständig trug. Eine Handvoll junger Leute lungerte herum. Trugen Turnschuhe und Stöpsel in den Ohren. Drei kannten sich, nahm sie an, weil sie relativ dicht beieinander standen. Die anderen beiden wirkten wie zwei dünne bunte Säulen. Nahezu identisch im Design, aber unabhängig voneinander platziert.

Ein Mann in einem langen dunklen Mantel fiel ihr auf. Mit Aktenkoffer in der Hand. Perfekter Businessstyle. Was machte so jemand Sonntagabends um neun am U-Bahnhof? Vielleicht wollte er zum Flughafen? Und hatte das Gepäck für seine mehrtägige Geschäftsreise bereits aufgegeben. Sie schaute ihn interessiert an. Ob er die Antwort kennen würde? Auf ihre Frage? Sie wandte ihren Blick ab, schüttelte unbewusst den Kopf. Unmöglich, er kannte sie doch gar nicht. Sie und ihre Situation.

Sie sah nach vorne. In den dunklen U-Bahnschacht. Bisher hatte sie sich eher auf der hellen Seite gesehen. Auf der hellen Seite des Lebens. Natürlich war sie nicht wunschlos glücklich, wer war das schon. An den meisten Tagen hatte sie trotzdem eine Zufriedenheit gefühlt. Auch ohne Mann. Manchmal dachte sie zwar daran, wie alles wohl gekommen wäre, wenn sie geheiratet und Kinder bekommen hätte. Wirklich gefehlt hatte sie ihr aber nie, die eigene Familie. Erst recht nicht mit den Jahren, während der sie immer häufiger mitbekam, wie solche Familien zerbrachen. Mehr als einmal hatte sie im Stillen für sich befunden, dass sie dank ihrer Unabhängigkeit letztlich doch das bessere Schicksal erwischt hatte. Kein Patchwork mit den typischen, innerfamiliären Intrigen. Keine auf ihren eigenen Vorteil bedachten Kinder, die sie und ihren Ex-Partner gegeneinander ausspielten. Sie hatte es sich bequem eingerichtet in ihrer kleinen Welt, in der Familie nur ein entbehrliches Zubehör geworden war. Ohne, dass ihr das bisher jemals so recht bewusst war.

Geschwister hatte sie nie gehabt, ihre Eltern waren lange tot, der nächste Verwandte lebte in einem Bergdorf in Bayern. An Freunde glaubte sie schon seit langem nicht mehr. Freundschaft brauchte Nähe. Auch räumliche Nähe, die die heutige Arbeitswelt immer weniger zuließ. Ihre Freunde von damals waren längst in alle Winde zerstreut. Oder die Verbindung war aus anderen Gründen abgerissen. Fehlender Gesprächsstoff könnte so ein Grund gewesen sein. Aufgrund sich zu unterschiedlich entwickelnden Lebensumständen. Von Jahr zu Jahr beschränkten sich einst enge Kontakte auf immer weniger werdende Telefonate. Oder E-Mails. Die man sich an Geburtstagen und zu den wichtigsten Feiertagen schrieb. Vielleicht.

Ihre Bekanntschaften nach der Schulzeit waren von Beginn an eng mit dem Beruflichen verknüpft gewesen. Wo sonst lernte man Menschen kennen? Eine Kneipengängerin oder Partymaus war sie nie gewesen, auch nicht in ihren jüngeren Jahren. Und die Kontaktbörsen im Netz existierten damals noch nicht.

Also lebte sie ihren Beruf. Wie sehr und fast schon ausschließlich, das wurde ihr erst jetzt bewusst. Jetzt, wo die vielen Stunden der Tage wie ein Vakuum vor ihr lagen. Eine plötzliche Leere, die heimtückisch auf sie lauerte und drohte, sie von innen heraus stillzulegen wie ein Auto, dessen Batterie langsam aber sicher den Geist aufgab.

Was konnte sie dagegen tun? Gegen die schleichende Erstarrung? Ihren Lebensstand zurückschrauben, sodass die Stütze und ihr Erspartes reichen würde bis zur Rente, und sich ehrenamtlich engagieren? Alten Menschen im Heim etwas vorlesen? Oder sträflich vernachlässigte Hunde retten, wie ihre verwitwete Nachbarin? Über die sich andere Bewohner ständig mokierten, wenn ihr aktueller Hund mal wieder auf den Balkon urinierte, weil die alte Dame nicht an allen Tagen rüstig genug war für den Gassi-Gang?

Sie verzog ihren Mund und schaute zu dem Geschäftsmann mit dem Aktenkoffer hin, der soeben in die U-Bahn einstieg, die sie gar nicht hatte herankommen hören. Versunken in ihre Gedankenwelt.

Möglich, dass sie in einigen Tagen, wenn sie sich mit ihrer neuen Situation arrangiert hätte, über sich lachen würde. Wenn der Schleier des Selbstmitleids, der auf ihrem Gemüt lag, sich hob und alles wieder freundlicher aussah. Das half ihr jetzt aber nicht, wo diese Dunkelheit in ihrem Herzen jeden Funken Licht im Keim erstickte. In ihrem Inneren leuchtete nichts mehr, alles war schwarz. Und kalt. Wie der U-Bahn-schacht, in dem jeder Zug verschwand wie in einem weit offenen Schlund einer nimmersatten Riesenschlange.

Ihr Körper versteifte sich, die Finger um den Henkel der Handtasche gekrallt, die sie bei sich trug. Nein, ihr Leben war kein Schauspiel mehr. Es war die Hölle! Ihr ganzes Dasein schmolz in gierigen Flammen dahin, löste sich auf in ein Nichts, als hätte sie nie existiert. Hinfort mit lähmender Vernunft und geheuchelter Einsicht! Niemals hätte sie geglaubt, dass ausgerechnet *er* sie eines Tages fallen lassen würde. Wie ein welk gewordenes Blatt, das nur noch für den Prozess des Vermoderns taugte. Je nach Witterung konnte sich das eine Weile hinziehen. Möglicherweise ging es aber auch ganz schnell, und das abgerissene Blatt war mit einem Mal zerstört.

Sie schaute noch einmal zur Anzeigetafel hoch. Beinahe zehn Uhr war es inzwischen geworden. Bald würden die Bahnen nur noch im Zwanzig-Minuten-Takt hereinrauschen. Und sie stand noch immer hier. Wie eine von der Welt Vergessene. Sie schritt zu einer der leeren Bänke hin. Das Klappern ihrer Absätze störte sie erneut, schmerzte sie wie kleine Schläge von innen heraus. Ein seltsames Gefühl.

Sie stellte ihre Handtasche auf der Sitzfläche ab und sah sich um. Außer ihr war im Moment niemand da. Die Stille hatte sich wie bleischwerer Tau über die unterirdische Gleislandschaft gelegt. Noch nicht mal die Anzeigetafel ratterte, blieb wie tot.

Sie nahm ihre Handtasche wieder an sich. Ihre edle Tasche aus braunem Leder, die im Grunde genommen alles enthielt, was sie brauchte, um in ein neues Leben zu starten. Ausweispapiere, Geldbörse, Handy und der kleine Beutel mit ihren Schminkutensilien. Sie schwang die Tasche an ihrem Henkel. Vor und zurück. Als hole sie Schwung wie für ein Wurfgeschoss.

Sie widerstand der Versuchung. Ließ sich auf die Sitzfläche der Bank fallen, ohne wie sonst zu prüfen, ob sie sauber war. Sie legte den Kopf in den Nacken und schaute nach oben an die Decke. Vor ihrem inneren Auge tat sich der schmutzgraue Beton auf und ließ ein anderes Bild durchscheinen. Ein helles, freundliches.

Inmitten der kargen Gleislandschaft unter der Erde meinte sie, zarten Blütenduft zu riechen. Bald kam das Frühjahr. Sie spürte wärmende Sonnenstrahlen auf ihrem Gesicht, sah einen wolkenfreien Himmel. Und heranflatternde Vögel. Die zu einem einzigen Lebewesen verschmolzen. Es hatte dunkle, listig funkelnde Augen und ein schwarzgraues Federkleid. Das einem alten Raben gleichende Wesen öffnete seinen langen spitzen Schnabel und krächzte. Es kam näher und näher, bis sie tief in den orangerot glühenden Rachen der Kreatur blickte. Entlang der knorpeligen Zunge verliefen Schienen, die einer Achterbahnabfahrt gleich in den Schlund des Wesens herabführten. Das Krächzen klang allgegenwärtig in ihren Ohren, schien von den Rachenwänden abzuprallen und wie ein melodiöses Echo nachzuhallen. Es war, als säße sie inmitten eines vielstimmigen Orchesters, in dem alle dasselbe Instrument spielten.

War das die Antwort, nach der sie suchte?

Sie zuckte zurück und starrte nach vorne. An die triste Bahnhofwand. Ein langgezogenes Rauschen, mit einem nach Elektronik klingenden Ton untermalt, hatte das bizarre Konzert des Wesens abrupt beendet. Sie wandte sich um und sah U-Bahnwaggons auf den Gegengleisen. Der Zug musste gerade erst angekommen sein. Die Türen standen noch offen, doch niemand stieg aus. Oder ein.

Ein zu einer Ewigkeit gedehnter Augenblick verging, in der nichts geschah, alles wie eingefroren schien. Sie stand auf und trat an den Gleisrand, während die U-Bahn auf der anderen Seite langsam wieder losrollte. Sie ging in die Hocke, setzte sich auf den kalten Steinboden und ließ sich zu den Gleisen hinabgleiten. Sie hörte, wie die Anzeigetafel über ihr ratterte. Sie verstand das Zeichen und schritt auf den Schacht zu, in dessen Schwärze sich die Gleise verloren.

Ein grünes Licht leuchtete, kurz hinter der Einfahrt zum Schacht. Sie lächelte und lief in das Dunkel hinein. Ging weiter und weiter bis die Strecke nach links abbog. Sie passierte die Kurve zur Hälfte und drehte sich um. Gesicht Richtung U-Bahnstation, auch wenn sie sie von ihrem Standort aus nicht mehr sehen konnte. Sie setzte sich hin. Genau mittig zwischen die Gleise. Ihre Beine legte sie überkreuz, ihre Hände ruhten auf den Henkeln ihrer Handtasche, die sie auf ihren Oberschenkeln abgelegt hatte. Irgendwie fühlte sie sich merkwürdig ruhig. Und erleichtert. Weil sie nun aus tiefster Seele heraus spürte, dass sie nichts mehr zu tun hatte außer zu warten. Sie schloss die Augen, als sie in der Ferne ein leises Rauschen vernahm, das mit jeder weiteren Sekunde zu einem immer satter klingenden Geräusch in ihren Ohren anschwoll.

Gleich würde sie da sein, ihre Antwort.

19

Nächster Tag, Polizeipräsidium ...

Marco Giebler hasste es. Ohne nennenswerten Anhaltspunkt etwas im Deep Web suchen – das hinter dem bekannten Internet gelegene riesige Netz, vor dem sogar die NSA kapitulierte – das war wie Forellenangeln in einer Kloake. So kam es ihm nach über siebzig Stunden vor dem Bildschirm jedenfalls vor.

Gegessen und geschlafen hatte er kaum. Unter seinen blaugrauen Augen lagen dunkle Schatten. Die Sommersprossen auf seiner Gesichtshaut wirkten wie mit fahlem Dunst überzogen. Seine roten Haare, durch die er sich mit zunehmender Müdigkeit ständig fuhr, glänzten fettig. Außerdem fühlte er sich schmutzig. Nicht wegen seiner Kleidung, die etwas muffig roch, weil er sie seit vier Tagen trug, sondern wegen des virtuellen Unrats, durch den er knietief hatte waten müssen. Virtueller Unrat, zu dem sich jeder jederzeit Zugang verschaffen konnte, da die Nutzung des TOR-Browsers legal war. Installieren ließ er sich ebenso leicht wie Google Chrome oder Firefox. Die eigentliche Schwierigkeit bestand darin, sich in dem riesigen Daten-Dschungel zurecht zu finden. Die Adressen wechselten oft, mussten ständig neu recherchiert werden, was zusätzlich erschwert wurde durch die scheinbar willkürlichen Buchstaben-Zahlen-Kombinationen der Seiten.

Insofern nutze es Giebler herzlich wenig, sich ausschließlich über konkrete Suchbegriffe vorzutasten. Hinzu kam, dass er häufig auf *friend-to-friend*-Netzwerke gestoßen war, die von Individuen betrieben wurden, die nicht jedem und auch nicht sofort eine persönliche Einladung übermittelten, die für den Zugang benötigt wurde. Es galt die Faustregel: Je mehr die Betreiber sich zierten, desto illegaler waren die Inhalte, um die es in den betreffenden Foren ging. Simple Wort- und Zahlensammlungen reichten da nicht, um die Passwörter zu knacken. Selbst ein versierter Hacker wie Giebler brauchte seine Zeit, um Zugriff auf die vor der Öffentlichkeit verborgenen Daten zu erlangen.

Bei den Einträgen einer Gruppierung namens »Weiße Lilly« war es Giebler dann zum ersten Mal fast hochgekommen. Nicht zuletzt, weil die Berichte über den Sex mit einer Kuh sogar gefilmt worden waren. Die Waffen- und Drogenhändler-Portale, auf die er gestoßen war, hatte er an die zuständigen Kollegen übermittelt. Gleiches galt für das Abartigste, was er bisher in der Unterwelt des Internets gesehen hatte: eine Plattform mit Geschichten über verstümmelte Kinder, deren Gliedmaßen zu kaufen sein sollten. Giebler hätte am liebsten den Stecker gezogen. Mochte sein, dass das Deep Web für Journalisten, Aktivisten und Dissidenten eine gute Einrichtung war, um unerkannt zu kommunizieren. Gleichzeitig stellte es aber auch einen unüberschaubaren Platz für Zeitgenossen dar, die sich am äußersten Rand der Gesellschaft tummelten.

Giebler griff in die fast leere Tüte, die neben der Computer-Tastatur lag, und stopfte sich die zerbröselten Reste seiner Kartoffelchips in den Mund. Herunter spülte er sie mit einem ordentlichen Schluck aus der Red Bull-Dose, die er gerade erst aufgemacht hatte. Die Kollegen, die sich am Morgen noch über seine desolate Erscheinung amüsiert hatten, ließen ihn weitgehend in Ruhe, hatten ihn sogar mit einem Mittagessen versorgt, das nicht nur aufgrund der Salatbeilage im Verdacht stand, ein paar Vitamine zu erhalten. Wenn Marco Giebler, mit seinen zweiunddreißig Jahren einer der Dienstältesten bei der SOKO Internet, sich in eine Aufgabe verbissen hatte, musste man aufpassen, dass er nicht versehentlich verhungerte vor seinem Bildschirm.

»Marco! Komm mal! Ich glaub, ich hab was!«

Giebler drehte sich um und sah Tatjana Kartan, wie sie ihm wild gestikulierte, ihr zu folgen. Ihr hatte er am Morgen ebenfalls das Tor zur dunklen Seite des Netzes aufgestoßen, weil er es alleine kaum schaffen konnte, sich zeitnah in sämtliche Seiten zu hacken, die für eine nähere Untersuchung infrage kamen. Tatjana konnte zwar nicht hacken. Was sie aber sehr wohl konnte war, die Betreiber eventuell relevanter Seiten auf legalem Weg um eine Einladung ins jeweilige Netzwerk zu bitten. Giebler musste sich dann nur noch in die Härtefälle reinhacken, die Tatjanas Anfrage ignorierten oder aus irgendeinem Grund nicht akzeptierten.

Oben im Westflügel angekommen, im »Killer District«, genehmigte er sich einen weiteren Schluck aus seiner Red Bull-Dose, die er mitgenommen hatte. Die linke Hand lässig in der Kängurutasche seines nougatbraunen Kapuzen-Sweaters, schlurfte er in seinen uralten beigefarbenen Turnschuhen in das Büro, in dem sich Tatjanas Arbeitsplatz befand. Giebler blieb stehen und staunte nicht schlecht, als er nicht nur sie, sondern auch Sascha Grafert und eine weitere Person erblickte, die das Empfangskomitee vervollständigte.

Die weitere Person war Jim Devcon. Übermüdet wie er war, merkte Giebler nicht, dass er eine Fratze schnitt, als er den Dienststellenleiter der K11 ansah. Er hatte nichts gegen Devcon persönlich. Es regte ihn nur jedes Mal maßlos auf, und das schon nach wenigen Minuten, wenn er mit ihm über etwas aus dem Themenbereich Internet sprechen musste. In bösen Momenten kam es Giebler so vor, dass es Devcon manchmal regelrecht Freude zu machen schien, sich dumm zu stellen.

»Hier, schau mal.« Tatjana, deren müde wirkenden Augen davon zeugten, dass sie ebenfalls den gesamten Tag vor ihrem Bildschirm zugebracht hatte, wies mit ausgestrecktem Zeigefinger auf den Monitor. Giebler erkannte einen falsch herum abgebildeten, weißen Blütenkopf auf pechschwarzem Hintergrund. Dazu zwei Eingabefelder.

»Ich habe mich als *MiGa75* ausgegeben bei meiner Anfrage«, erklärte Tatjana und zog die beiden knopflosen Hälften ihrer viel zu großen, dunkelgrauen

Strickjacke übereinander. »Das ist der *Nickname* einer der Personen, die bei diesem Posting kommentiert hatten. In der Facebook-Gruppe der *Weißen Lilie*, die plötzlich gelöscht worden war.«

»Einer der Personen?«, hakte Devcon nach, die Hände in den Taschen seiner Jeans vergraben, den Blick aus seinen nicht minder übernächtigt wirkenden, dunklen Augen auf die weiße Blüte gerichtet, die der Bildschirm zeigte. Dass er Regina Tamm entlassen musste, hatte Devcon schwer zugesetzt. An erholsamen Schlaf war nicht zu denken gewesen. Und jedes Mal, wenn er an ihrem Büro vorbei kam, schlug ihm die Leere entgegen wie ein undurchdringlicher Nebel, aus dem er nie mehr herausfinden würde. »Nach welchen Kriterien hast du sie ausgesucht, diese Person?«, fragte er Tatjana.

Sie zuckte die Achseln. »Viel Auswahl hatte ich nicht, das Screenshot bot ja nur Platz für drei Kommentare. Weil ich unbedingt das Foto von Elvira Heinig und den zugehörigen Text mit drauf haben wollte. Und dann habe ich praktisch gewürfelt.«

Devcon schaute sie an, als hätte sie sich einen ganz schlechten Witz auf seine Kosten erlaubt.

»Wir hatten es auch diskutiert«, eilte Sascha Grafert ihr zu Hilfe.

Devcon wandte sich ihm zu. Mit gleichem Gesichtsausdruck. »Und dann habt ihr gemeinsam gewürfelt?«

»Um was genau geht es?«, brachte sich Marco Giebler in Erinnerung, der sich nach seinem Bett sehnte wie ein auf kargster Insel Gestrandeter nach dem rettenden Schiff. »Wie kann ich helfen?«

Devcon deutete mit dem Kopf in Richtung Monitor. »Das Blumenbild da, es sieht genauso aus wie das Foto, das bei der gelöschten Facebook-Gruppe benutzt wurde.«

»Diese Maske ging aber erst auf, als ich den Link aktiviert habe, den ich zusammen mit dem Passwort bekommen habe«, unterbrach Tatjana.

»Fakt ist«, fiel Devcon ihr wiederum ins Wort, »dass wir nun ein dreifach übereinstimmendes Blumenmerkmal vorliegen haben.« Er zählte es an den Fingern ab. »Erstens der Lilien-Blütenkopf bei den Leichen, zweitens das Lilien-Symbol in dieser Facebook-Gruppe, die es nicht mehr gibt, und drittens das hier.« Er deutete durch ein kurzes Nicken in Richtung Bildschirm. »Auch ohne umfassende Computerkenntnisse wage ich also mal zu behaupten, die Spur ist heiß! Und laut unseren beiden Würfelspezialisten«, er nahm die Hände aus den Hosentaschen und wies mit ausgestreckten Daumen auf Tatjana und Sascha Grafert, die rechts und links von ihm standen, »gibt es Probleme bei der Passworteingabe.«

»Inwiefern?« Giebler schaute Tatjana fragend an.

Sie zog die Nase kraus. »Na ja, ich habe zweimal exakt das eingegeben, was ich in der Nachricht übermittelt bekam. Und zweimal ging's in die Hose. Versteh ich nicht.« Sie schüttelte ratlos den Kopf. »Und bevor ich eine Sperre riskiere und das Ganze von vorne anfangen muss ...«

»Lass mal sehen.« Giebler trat um den Schreibtisch herum, nachdem Grafert ihm Platz gemacht hatte und ließ sich die Nachricht zeigen. Abgesendet von *Eilil Essiew.*

»Klingt irgendwie russisch, oder?«, meinte Tatjana.

Grafert, der über Gieblers Schulter hinweg auf den Bildschirm linste und in seinem bunten Ringelpulli laut Tatjana wie ein Öko-Pennäler aussah, schlug sich mit der flachen Hand vor die Stirn. »Au weia! Guter Rat, Kollegin. Geh heute mal früh ins Bett und schlaf dich richtig aus.«

»Was? Wieso?«

»Weiße Lilie!« Er tippte mit dem Finger auf den Monitor. »Blume ist falsch herum abgebildet, Name des Absenders wurde falsch herum getippt. *Comprendre?*«

»Oh ...« Tatjana schaute betroffen auf den Bildschirm. Giebler sagte nichts. Devcon ließ sich auf Tatjanas Drehstuhl fallen und rieb sich die Augen.

»Soll ich dann das Passwort auch mal von rechts nach links eingeben?«

»Hervorragende Idee!« Grafert klopfte Tatjana mit übertriebener Gestik auf die Schulter.

Sie neigte sich vor und fing an zu tippen. Ein Wirrwarr aus Buchstaben, Zahlen und Sonderzeichen, das sich jedweder Zuweisung eines tieferen Sinnes entzog. Tatjana hielt inne, löschte alles und gab die zwölf Zeichen noch einmal ein. Weil sie befürchtete, sich vertippt zu haben. Ihr Zeigefinger schwebte über der Taste, die die Eingabe auslöste.

»Mein Gott, jetzt mach schon!« Grafert streckte seinen linken Arm aus und drückte die Enter-Taste selbst. Der weiße Blütenkopf verschwand und machte Platz für einen kurzen Begrüßungstext: *Willkommen bei der Fraktion Weiße Lilie*. Die aus dick gedruckten Buchstaben bestehende Zeile verschwand und gab Raum für eine weitere, mehrzeilige Botschaft.

»Unser Kampf gilt dem Wohle des Volkes, dessen Befreiung wir uns zur Aufgabe gemacht haben«, las Grafert laut vor und rollte die Augen. »Na, so ein Scheiß. Und auch noch grottenschlecht formuliert. Was soll denn jetzt befreit werden, das Wohl oder das Volk?«

»Die Zeit ist gekommen, sich zu erheben und unsere Gesellschaft zu säubern von den parasitären Ausbeutern, die überall nisten und ihr Zerstörungswerk entfachen«, fuhr Tatjana fort, vorzulesen. Auch diese Zeilen verschwanden und gaben den Blick auf ein Menü mit mehreren Unterpunkten frei.

»Das war wohl nix«, ließ sich Grafert vernehmen. »Scheint irgend so eine neue Stümper-Partei zu sein, deren Mitgliedern es gefällt, sich bei der Wortwahl einiger politisch nicht sehr korrekter Ausdrücke zu bedienen.«

Devcon, der noch immer auf Tatjanas Drehstuhl saß, beugte sich vor und wies auf den Bildschirm. »Klick da mal drauf. Wo Verbrecher-Regime steht.«

Tatjana tat, wie geheißen. Es öffnete sich ein weiteres Fenster, in das ein Film hochgeladen worden war. Außer dem weißen Pfeil, Symbol zum Start der

Aufnahme, ließ sich nicht viel erkennen. Ein paar Schatten innerhalb eines diffusen Grau, mehr nicht. Tatjana bewegte den Curser zum Pfeil hin und klickte abermals. Zugriff verweigert, lautete die Meldung, die ihnen in einem aggressiven Gelb entgegen leuchtete. Alle Blicke waren auf Marco Giebler gerichtet, der sich das unrasierte Kinn rieb und die Stirn runzelte. »Darf ich mal?«

Devcon erhob sich. Giebler nahm Platz und fing an zu tippen. »Hm«, machte er immer wieder, während seine schlanken Finger über die Tasten huschten. »Scheint sich noch im Bearbeitungsstatus zu befinden. Weiß nicht, ob ich da reinkomme«, murmelte er, während er es weiter versuchte.

Sascha Grafert, der Gieblers Eingaben anfangs noch mit gebanntem Blick verfolgt hatte, wandte sich ab und spielte mit einem Radiergummi, den er in einem der offenstehenden Schreibtischfächer erspäht hatte.

Devcon stand mit verschränkten Armen im Raum, seine Aufmerksamkeit wieder vollständig nach innen gerichtet. Reglos, wie er dastand, wirkte er wie ein falsch abgestellter Büroschrank.

Tatjana sah ihn böse an. Weil sie genau wusste, dass seine Gedanken um Regina Tamms Entlassung kreisten. Am liebsten hätte sie ihm entgegen gebrüllt, dass es niemandem half, wenn er sich immer tiefer in den Sumpf der Melancholie hinein begab. Kampfgeist war angesagt! Bisher hatte Devcon sich ja auch nie gleich geschlagen gegeben, wenn man ihm von oben herab in die Personalsuppe spuckte. Was war los mit ihm? Wurde er alt? Tatjana erschrak vor dieser Frage.

»Bingo!« Gieblers Triumphschrei zerriss die Stille, wirkte auf die anderen drei wie die Injektion eines Lebendigkeitsserums. Alle wandten sich dem Bildschirm zu, auf dem der Film in diesem Moment loslief. Und erstarrten.

»Was zum Teufel ...« Devcon blieb die Luft weg.

»Das darf doch ...« Auch Grafert stockte der Atem.

Giebler überlegte, ob er doch schon schlief und schlecht träumte. Tatjana wurde es eiskalt. Was die männliche Stimme aus dem Off sagte, war durch das Knacken und Rauschen der qualitativ minderwertigen Aufnahme, die zudem in einem Keller gemacht worden sein musste, kaum zu verstehen. Auch das Bild war alles andere als gestochen scharf. Aber deutlich genug, um den abgeschlagenen Kopf zu erkennen, der auf einen langen Stiel gestülpt worden war. Eine in einem schwarzen Gewand verhüllte Gestalt hielt das grausige Leichenteil hoch, wie ein Führer des Ku-Klux-Klan die Fackel.

Devcon schluckte hart, er kniff die Augen zusammen, zwang sich, den abgeschlagenen Schädel ins Visier zu nehmen, dessen Mimik ins Groteske verzerrt war. Devcon schluckte erneut, erkannte trotz des nur schwach beleuchteten Machwerks, dass es sich um einen Frauenkopf handelte. *Elvira Heinig* ... Devcons Herz hämmerte, die Adern an seinem Hals pulsierten sichtbar. »Giebler, es ist mir egal, wie du das anstellst. Aber wir brauchen sofort einen Namen. Den Namen einer Person, die für diese Scheiße verantwortlich ist«, presste er leise hervor. »Ich nehme an, die Impressumspflicht gilt nicht in dieser virtuellen Dunkelkammer?«

Weder Tatjana noch Grafert oder Giebler brachten ein Grinsen zustande. Auch Devcon selbst war sich der Komik seiner Frage nicht bewusst. Alle waren zu gebannt von dem Horrorszenario, das sich vor ihren Augen auf dem Bildschirm abspielte, als dass sie noch Kapazität für eine andere Wahrnehmung gehabt hätten. So merkte auch keiner, dass Leila Voist seit einer halben Minute im Raum stand. Mit geröteten Augen. Und ohne sich zu mucksen. Tatjana schaute als Erste auf, erblickte die Kollegin und stutzte. Voist, die aussah, als hätte sie den abartigen Film ebenfalls mitangesehen, winkte sie zu sich heran.

»Also«, ließ sich Devcon vernehmen. Seine Stimme klang noch immer belegt. »Wie lange wird es schlimmstenfalls dauern, bis wir einen Namen haben? Ich weiß, dass du müde bist, Marco, aber du musst sofort dein Team zusammentrommeln, das ist ja wohl hoffentlich klar!«

Ob Giebler das klar war, bekam Tatjana nicht mit, weil sie Leila Voist zugehört hatte. Deren wenige Worte hatten es vollbracht, dass sie sich nun noch elender fühlte. Eine Hand schien sich um ihren Magen gelegt zu haben, drückte erbarmungslos zu. Sie starrte die Kollegin hilflos an. Voist starrte noch hilfloser zurück. Wie in einem schwerelosen Feld kam Tatjana sich vor, als sie sich umdrehte und wieder an ihren Schreibtisch wankte. Alles wirkte auf einmal surreal, sie hatte das Gefühl, als wäre sie soeben aus der Zeit gefallen.

Aber das war nur Wunschdenken. Sie stupste Devcon am Arm, der noch immer mit Giebler die weitere Vorgehensweise besprach. Er wandte sich um, die fast schwarzen Augenbrauen eng über der Nasenwurzel zusammen gezogen. Zuerst, weil er nicht hatte gestört werden wollen. Dann, weil ihn Tatjanas Gesichtsausdruck irritierte.

»Komm mal mit raus«, sagte sie nur.

Irgendetwas in ihrer tonlosen Stimme brachte Devcon dazu, Tatjana widerspruchslos zu folgen. Im Flur angekommen, schloss sie leise die Tür. Wartete, bis Leila Voist, die mit herausgeschlüpft war, sich entfernt hatte. Devcon wartete ebenfalls. Ohne Tatjana zum Sprechen aufzufordern. Fast kam es ihr vor, als wäre es ihm sogar lieber, wenn sie nichts sagen würde. Doch sie musste.

Sie sah ihn geradewegs an. Schaute weg und dann wieder zu ihm hin. Spürte, wie es in ihren Augen brannte. Weil sie ihm deutlich ansehen konnte, dass er jetzt schon wusste, dass sie schlechte Nachrichten hatte. Wie schlecht, das hätte er sich niemals ausmalen können, dessen war sie sich sicher. Sie öffnete den Mund und streckte die Hände nach ihm aus. Zog sie aber gleich wieder zurück. Wegen des Gleichgewichtproblems. Ihr war plötzlich total schwindelig geworden. Sie lehnte sich seitlich gegen die Flurwand und konnte ein Schniefen nicht mehr unterdrücken. Mit tränennassem Blick sah sie Devcon an und wisperte: »Regina ist tot.«

20

Zur gleichen Zeit, an einem anderen Ort ...

Sabines Kopf dröhnte. Sie öffnete die Augenlider, nur halb, weil sie ihr so schwer vorkamen. Außerdem fror sie. Sabine richtete sich auf, wollte schlucken, doch ihr Mund war zu trocken, ihre Zunge dick und pelzig. *Durst* ... Sabine fing an, durch die Nase zu atmen, was ihr nicht leicht fiel, da sie ziemlich verstopft zu sein schien. Trotzdem nahm sie einen unangenehmen Geruch wahr. Sabines Blick irrte umher, sie sah kaum etwas. Es war dunkel. Nur ein kleiner Lichtschein leuchtete. Wo kam der her? Und wo war sie?

Sie wollte die Hände hochnehmen, um sich die Augen frei zu reiben, und erschrak. Wie ein scharfes Schwert traf sie die Erkenntnis, dass sie gefesselt war. Auch an den Füßen. Von Panikwellen durchflutet riss sie an dem Seil, das ihr bei jeder Bewegung tiefer in die Handgelenke schnitt. Ohne, dass sich der Knoten lockerte. Sabine fing an zu japsen, die Angst schnürte ihr fast die Kehle ab. *Durst,* funkte es innerhalb ihres Schädels wieder dazwischen. Sie versuchte abermals, zu schlucken und hustete stattdessen. Konnte kaum aufhören, der Reiz war so stark, als stünde ihre Mundhöhle voller Staub. *Durst!*

Unweit des Lichtscheines schimmerte etwas. Ein metallisch aussehender Gegenstand, der von einer Stumpenkerze erhellt wurde, die jemand in ein Glas gestellt und angezündet haben musste. Sabine kroch auf allen Vieren darauf zu, hatte das Gefühl, ihr Schädel bestünde aus einem Steinmassiv, der jeden Moment drohte, zu Boden zu krachen. Sie setzte sich und richtete ihren Oberkörper auf, stellte erleichtert fest, dass diese Position ihrem Kopf bedeutend besser bekam.

Sie schaute zu dem im Lichtschein glänzenden Gegenstand hin. Die Schleier, die vor ihren Augen umher wehten wie ein grauer löchriger Vorhang, erschwerten ihr die Sicht. Weiterhin auf dem Hintern sitzend, robbte sie näher heran und erkannte eine Schüssel. Mit Wasser gefüllt. Sie beugte sich herunter, ignorierte ihren Schädel, der anscheinend gerade platzen wollte und schlabberte das belebende Nass wie ein Hund mit ihrer Zunge in sich hinein. Erst, nachdem die Schüssel so gut wie leer war, richtete sie sich wieder auf. Und fing an zu weinen. Weil sie sich schlagartig erinnerte, dass sie eine Gefangene war. Eine Gefangene des unberechenbaren Monsters, den sie einst als ihrem Bruder gekannt hatte.

Wie lange sie weinte, wusste sie nicht. Auch nicht, wie lange sie schon gefesselt in dem Kellerverschlag lag. Das Gefühl für Zeit war ihr abhanden gekommen. Ein siedend heißer Strahl schien ihr ins Innere zu fahren, mit weit aufgerissenen Augen schaute sie sich um. Atmete erleichtert aus. Zum Glück befand sie sich nicht in dem Horrorverhau. Dort, wo sie die grauenvolle Entdeckung hatte machen müssen. Drei Leichenköpfe hatten ihr aus toten Augen fratzenhaft entgegen gestarrt. Drei Leichenköpfe, eingebettet in ein riesiges Kissen aus Sägespänen. Ein Geschenk aus der Hölle.

Sabine begann zu zucken wie bei Schüttelfrost und ließ ihre Tränen weiter fließen. Erneut rüttelte sie an ihren Fesseln mit dem Ergebnis, dass sie sich lediglich die Gelenke wund scheuerte. Sie starrte auf das dünne, aber sehr stabile Band, das ihre Füße fixierte. Es war ein langes Verbindungskabel. Für Computergeräte. Sabine stöhnte und ächzte, zermarterte sich ihr ohnehin schon schmerzendes Hirn. Wenn sie sich bloß erinnern könnte, wer sie hier eingekerkert hatte. Joshua? Oder war es Hendrik selbst gewesen? Sabine stierte verzweifelt an die düstere Gewölbewand. Nichts. In ihrem Gedächtnis fand sie rein gar nichts zu den Minuten, in denen ihre Überwältigung erfolgt sein musste. Das Letzte, was sie sicher wusste war, dass sie hatte fliehen wollen, die Tür zum Gewölbe jedoch zuging und für Sabine daraufhin alles in Dunkelheit versank. Obwohl die Fackel noch gebrannt hatte.

Chloroform! Verdammt, natürlich ... Sie rang keuchend nach Atem. *Ich wurde betäubt!* Ihr Bruder musste sie auf die gleiche Art außer Gefecht gesetzt haben wie sein erstes Opfer. Bei dessen Ergreifung sie ihm sogar noch geholfen hatte. Sabine würgte, konnte es nicht verhindern, sich zu übergeben. Die Nachwirkungen des Chloroforms, ihre Seelenlast, es war ein Potpourri aus biochemischen und mentalen Prozessen, die ihr den Magen auspumpten, als litte sie unter einer

Alkoholvergiftung. *Wenn es doch nur das wäre* ... Sabine spuckte und spuckte, versuchte verzweifelt, sich der Speichelfäden zu entledigen, die ihr von den Lippen herabhingen und in ihr Erbrochenes auf dem Boden mündeten. Sie robbte weg, röchelte weiter und spürte etwas Feuchtes an ihrer Jeans. Im Po-Bereich. Und auch vorne, zwischen den Beinen. Gleichzeitig nahm sie einen widerlichen Geruch wahr wie sie ihn aus unsauberen sanitären Anlagen kannte. *Urin* ...

Sie hatte sich eingenässt. Ob gerade eben erst oder schon, während sie bewusstlos hier lag, vermochte sie nicht zu sagen. Sabine wimmerte, überall auf ihrer Haut schienen sich winzige Härchen aufzustellen. Sie wollte raus! Jetzt sofort! Sich waschen. Innerlich und äußerlich. Doch da war kein Entkommen. An Händen und Füßen stabil gefesselt, hockte sie in ihren eigenen Ausscheidungen fest. Konnte es noch schlimmer kommen?

Sabine zuckte zusammen wie von einem Stromschlag getroffen, als sie ein Geräusch hörte. Ein Knistern? Trappeln? Jedenfalls kam es von draußen, außerhalb ihres Gefängnisses. Ihr Pulsschlag beschleunigte sich. Rasant. Wegen des entsetzlichen Gedankens, der ihr kam. *Ratten! Hier gibt es Ratten* ... Vor Sabines Augen fuhren grellbunte Schlieren Karussell. In ihrem Leib schienen Feuerwerksböller gegen die Bauchwand zu knallen.

Sie konnte sie buchstäblich vor sich sehen, die kleinen boshaften Augen. Das schmutzgraue Fell. Den nackten Schwanz und scharfe Nagezähne – bereit, sich in ihr wehrloses Fleisch zu schlagen. Wie bei dem Mann in dem Film *Der Knochenjäger*. Sabine brach der Schweiß aus. Bei dem Bild, das ihr Verstand vor ihr inneres Auge projizierte. Sie sah sich selbst, eine Gesichtshälfte blutig und abgenagt. Stellenweise bis auf den blanken Knochen. Instinktiv stellte sie das Atmen ein, um bloß nicht auf sich aufmerksam zu machen. Gegen das starke Zittern, das ihre Zähne aufeinander klappern ließ, konnte sie nichts machen.

Aus zusammengekniffenen Augen sondierte sie ihr Gefängnis, sah in jedem Schaden die Silhouette eines der Nager, die sie so fürchtete. Erst recht, wenn sie im Rudel auftraten. Gab es ein Loch in der Gewölbewand, das zu dem Verschlag führte, in dem sie saß? Ein Loch, das groß genug war für eine Ratte? Eine fette Ratte und ihre Sippschaft, die sich nach und nach in ihr Gefängnis ergießen würden wie ein unterirdischer Bach?

Sabine verlor fast den Verstand vor Angst, hörte abermals Geräusche und meinte, dazwischen ein Fiepen zu hören, das immer mehr anschwoll und sie auf die unmittelbar bevorstehende Präsenz mehrerer Lebewesen schließen ließ. *Eine Rattenarmee* ...

Ein langgezogenes Quietschen riss sie aus ihrer Hysterie, machte Platz für eine neue Panik. Sabine schnappte nach Luft, als ein Schatten über sie fiel. Gefolgt von einem dumpfen Schlag. Erzeugt von dem löchrigen Konstrukt aus schweren Holzbalken, das die Tür zum Verschlag darstellte.

Jemand war gekommen.

21

Kahl rasiert. Der Schädel ihres Besuchers war völlig kahl rasiert. Mit weit offen stehendem Mund starrte Sabine dieses Wesen an, in das sich ihr Bruder verwandelt hatte. Im spärlichen Kerzenlicht wirkte er mit seiner geisterhaften Blässe, der blank glänzenden Kopfhaut und ohne Augenbrauen wie ein Dämon aus einer finsteren Schattenwelt. Seine schwarze Kleidung tat ein Übriges zur Verstärkung des Gruselfaktors.

»Was hast du getan ...«, hauchte Sabine mehr, als dass sie sprach.

Das Dämonengesicht lächelte. Kalt. »Gefällt dir mein neuer Look nicht? Ts, ts, ts.« Hendrik schüttelte sein kahles Haupt. Sein Zischen klang in Sabines Ohren wie Giftschlangensprache. *Wahnsinnig! Er ist komplett wahnsinnig!*

»Dir kann man gar nichts mehr recht machen, was, Schwesterchen?«, hörte sie ihn mit höhnischem Unterton sagen. »Starke ausdrucksvolle Bilder würden wir brauchen. Deine Worte, erinnerst du dich? Da gehört es auch dazu, dass sich der Hauptdarsteller in den Dokumentarfilmen der *Weißen Lilie* entsprechend präsentiert, nicht wahr?« Er verbeugte sich huldvoll.

»Dokumentarfilme?« Hinter Sabines Stirn fand offenbar ein Wetthacken der Spechte statt, es pochte derart heftig, dass ihr die Augen tränten.

Hendrik ging vor ihr in die Hocke und schaute sie an. Wie ein Studienobjekt. Er griff in die Tasche seiner schwarzen Jacke, holte ein kleines Päckchen hervor und wickelte den Inhalt aus der Alufolie heraus. Er hielt die Käsestulle dicht vor Sabines Mund. »Iss.«

Sie drehte den Kopf zur Seite, sammelte Speichel und spuckte Hendrik frontal ins Gesicht. Der blieb reglos. Nur seine blaugrünen Augen loderten. Für einen Moment rechnete Sabine damit, dass er zuschlug. Die fahlen Lippen in seinem Dämonengesicht zogen sich in die Breite. Er ließ die Käsestulle fallen und wischte sich mit einer provozierenden Seelenruhe den Speichel aus dem Gesicht, strich seinen Handrücken in aller Gründlichkeit am Hosenbein ab. »Was hast du erwartet? Dass ich die Füße still halte und warte, bis die Polizei mich abholt? Weil du deine gutmenschliche Seite entdeckt hast und mit allem nichts mehr zutun haben willst? Nachdem andere, respektive ich, die Arbeit bereits erledigt haben?«

»Arbeit?«, wiederholte Sabine schrill. »Du nennst das, was du getan hast, Arbeit? Jeder andere nennt das Mord!«, schrie sie ihm mit einer Inbrunst entgegen, als wäre der Sieg um die Deutungshoheit, was die Taten ihres Bruders betraf, nur eine Frage der Lautstärke.

Er zuckte die Achseln. »Gut, dann nenn es eben Mord. Ändert nichts an der Tatsache, dass ich das Richtige tue.«

Sabine starrte das dämonisch anmutende Wesen, das vor ihr hockte, an wie eine fehlbesetzte Phantasiefigur in einer Nachrichtensendung. »Du weißt nicht mehr, was du tust. Dein Verstand ist völlig vergiftet.«

»Mein Verstand war nie so klar.« Hendrik klang sachlich und ruhig.

»Aber dein Herz ist tot!«

Er fasste sich an die linke Brust. »Hier schlägt es, das Herz eines Kriegers.«

»Du bist ein grausamer Mörder!« Sabine schrie und heulte.

Hendrik schüttelte den Kopf und schlug die Augen nieder. Wie ein zur Traurigkeit fähiger Dämon. »Du begreifst nichts.«

Sabine drehte ihre Handgelenke, versuchte vergeblich, das Kabel zu dehnen. Wie gerne hätte sie sich gezwickt und diese groteske Szene, in der sie sich gerade befand, zum Verschwinden gebracht. Ihr Bruder, der Mörder, saß vor ihr und war die Ruhe selbst, wähnte alles in schönster Ordnung. Sie wusste nicht, ob sie weiter weinen oder lieber hysterisch kichern sollte.

Irgendetwas im Blick seiner Schwester schien Hendrik genug Anlass zu geben, mit seiner Erklärung fortzufahren. »Sie haben mehr Einfluss und Macht als jeder Papst oder König im Mittelalter. *Sie*, das sind unsere Wirtschaftslenker mit ihren Erfüllungsgehilfen aus der Politik.« Er redete in einem gleichförmigen Ton, als ob er ein Referat vor Kommilitonen halten würde, die das behandelte Thema bereits in- und auswendig kannten. »Sie biegen sich die Gesetze nach ihrem Gusto zurecht, ziehen die Fäden, an denen unsere Volksvertreter wie Marionetten baumeln. Hilfe für Flüchtlinge? Lösungen?« Wieder schüttelte er sein kahles Haupt. »Nicht doch. Der nicht mehr versiegende Strom an Heimatlosen ist ein logisches Ergebnis der Waffen- und Rüstungsindustrie, deren Geschäfte umso mehr erblühen, je mehr Länder zur Krisenregion gemacht werden können. Erst, wenn der letzte Mensch auf Erden sich als Soldat begreift, ist ihr trauriges Zerstörungswerk vollbracht.« Er legte den Kopf schief, schaute Sabine listig entgegen. »Krieg ist kein bloßer Zustand, das weißt du ebenso gut wie ich, nicht wahr? Krieg ist ein einträgliches Geschäft. Wenn nicht sogar das einträglichste überhaupt. Das haben auch die Generäle begriffen, die unsere Arbeitswelt befehligen. Der Alltag im Job, mit jedem Tag wird er mehr Kriegsschauplatz. Die oben stehen fernab und gut geschützt am Reisbrett und schieben das globale Arbeitssoldatenheer nach Gutdünken über das Schlachtfeld. Und es kommt nicht nur zu mentalen Verstümmelungen bei den vielen sinnfreien Tätigkeiten, die die moderne Welt mit sich gebracht hat. Auch körperliche Defekte sind die Folge. Wenn mal wieder irgendwo eine marode Fabrik einstürzt. Oder die Leute nichts mehr zu essen haben, weil sie um ihren kärglichen Lohn geprellt werden.«

Sabine schaukelte mit ihrem Oberkörper hin und her. Ersatzgestik, weil ihre Hände gefesselt waren. »Du sagst es selbst!«, rief sie aus. Mit letzter Hoffnung, in dem fremden, ihr gegenüber hockenden Wesen, das ihren Bruder absorbiert hat, einen winzigen Rest von ihm erreichen zu können. »Die da oben sind das Problem. Wie soll es da helfen, eine Kaufhauschefin zu köpfen?«

Hendrik gab ein schmatzendes Geräusch von sich. Eine wissende Mimik spiegelte sich in seinem haarlosen Gesicht. »Auch das lernt man von den Strategen des Krieges. Eliminiere die mittleren Ebenen und das Heer wird kopflos. Flieht, in alle Winde zerstreut. Und die Generäle bleiben einsam zurück.«

»Du spinnst doch total!«, brüllte Sabine. Als wäre sie sieben Jahre alt und maßregele ihren kleinen Bruder. Der sich jedoch schon im zarten Alter von vier relativ unbeeindruckt von ihren derartigen Versuchen gezeigt hatte. »Was ist nur mit dir passiert. Ich versteh's nicht ...« Die Festigkeit in ihrer Stimme, sie bröckelte wie poröser Stein. Sie fing an zu wimmern, merkte, wie ihr Nasenflüssigkeit auf die Oberlippe lief.

Hendrik offenbarte keine Gefühlsregung. Er blieb vor seiner Schwester hocken, im Schneidersitz, die Hände entspannt auf den Oberschenkeln. Als würde es sich um ein lockeres Sit-in handeln. Ein Dämon auf Urlaub. »Was musst du denn noch verstehen?«, fragte er. Geduldig, als spräche er mit einer begriffsstutzigen Nachhilfeschülerin. »Erst wurde dafür gesorgt, dass wir unseren Lebenssinn in unserer Arbeit finden. Dann zerstückelten sie sie in lächerliche Einzelprozesse, in der ein simpel programmierter Roboter seine Erfüllung finden kann. Aber ganz bestimmt kein denkender Mensch. Und als Krönung gehen sie hin und nehmen uns auch diese Arbeit noch weg. Ganz wie es ihnen beliebt. Und ohne uns die Möglichkeit zu lassen, die Lücke mit einem neuen, wahren Sinn zu füllen. Sie erschaffen leere Menschenhüllen, die sie mit Prekariatsfernsehen und sonstigem Warenmüll vollstopfen können. Ein Planet voller humanoider Billigprodukte. So stellen sich die Jünger Mammons das Paradies vor.«

Sabine saß stocksteif da, gab keinen Mucks von sich. Erschrocken von der religiösen Rhetorik ihres Bruders, die auch der eines Gotteskriegers zu Ehre gereichen würde. Hendrik war verloren, der Dämon hatte ihn vollständig in sich aufgesogen. Ein verblendeter Dämon, der keine Milde kannte. Und keine anderen Meinungen tolerierte.

»Wie ein Heuschreckenschwarm rasen sie über den Erdball, vernichten die Lebensbedingungen der Menschen und schaufeln Profit ran für Wenige. Schau dir unsere Eltern an«, hörte sie das Wesen sagen. »Was ist ihnen geblieben als Zweck ihres Daseins? Sich Jahr für Jahr mit immer weniger zufrieden zu geben. Sich nach unten zu bewegen auf der persönlichen Erfolgsleiter, ohne zu merken, wie der permanente Abstieg ihre Sinne vernebelt. Und betäubt.« Die Mundwinkel des Hendrik-Dämons hoben sich, seine Stimme nahm einen süffisanten Klang an. »Drei Nächte und drei Tage bist du nun hier gefangen. Und, machen sie sich Gedanken oder gar Sorgen? Was glaubst du?« Er gab die Antwort gleich selbst, indem er wieder sein kahl rasiertes Haupt schüttelte. Langsam. Bedächtig. »Es hat genügt, dass ich ihnen einen Informationshappen hinwarf wie zwei trägen Hunden ein Stück Pansen.

Sie haben gefressen und sich wieder hingelegt. Seither warst du kein Thema mehr.« Er lachte.

»Was hast du ihnen erzählt?«, fragte Sabine leise, während sie auf die Käsestulle schielte, die links neben ihr auf dem Kellerboden lag. Ihr Magen rumorte schmerzhaft.

»Nun, ich sagte, dass du mit deinem neuen Freund unterwegs seist. Kurzentschlossener Trip nach Paris. Ins Mekka der Verliebten.« Er grinste hämisch.

Gary! Sabine klammerte sich an den Namen wie eine in Seenot Geratene an ein Stück Schiffsplanke. »Er wird mich finden!«, rief sie ihrem Ex-Bruder mit allem Trotz entgegen, zu dem sie in ihrer Situation noch fähig war.

Das hämische Grinsen ging in ein glucksendes Gelächter über. »Reden wir von deinem Möchtegern-Casanova? Der mit der Schokoladenhaut, ja? Stell dir vor, das hat er sogar schon. Dich gefunden, meine ich.« Hendrik-Dämon wirkte nun ausgesprochen fröhlich. »Ich bezweifele aber, dass dir das Ergebnis seiner einfältigen Bemühungen besonders gefallen wird. Insofern hülle ich mich der Höflichkeit halber in Schweigen.« Er kicherte. Fratzenhafte Gesichtszüge spiegelten sich Dämmerschein der zur Hälfte herunter gebrannten Kerze in dem Glas.

Sabine erschauerte. »Was hast du mit ihm gemacht? Sag bloß, du hast ihn auch ...« Sie wagte nicht, den Satz zu Ende zu flüstern.

»Keine Sorge, dein Lover lebt noch.« Er wies mit dem rechten Daumen hinter sich. »Liegt gut verstaut gleich nebenan. Tot nützt mir dein lieber Gary ja nichts. Also habe ich ihm nur eine mit der Kohlenschippe verpasst und lasse ihn erst mal tief schlafen.«

»Oh Gott! Ist er sehr schwer verletzt?«

»Geht so. Kleine Platzwunde an der Schläfe. Kein Grund zum Verbluten. Außerdem kommt er so echter rüber in der Rolle, die ich für ihn vorgesehen habe.« Hendrik-Dämon wurde ernst. »Und nun müssen wir entscheiden, was mit dir passiert.«

»Wer ist wir?« Sabines Stimme zitterte, transportierte die Woge der Angst, die durch ihr Inneres schwappte, nahezu ungefiltert nach außen. Würde man sie auch gleich mit der Kohlenschippe attackieren? Und vielleicht sogar totschlagen, weil sie nicht mehr gebraucht wurde?

»Die Entscheidungen treffen der Rat und ihr Vorsitzender, also ich«, beschied Hendrik-Dämon und machte Anstalten, sich zu erheben. »Da du meine Schwester bist, gebe ich dir noch etwas Zeit zum Nachdenken. Es ist also noch nicht zu spät ...«

»Es ist zu spät, seit du das Fallbeil das erste Mal benutzt hast, um tatsächlich jemanden damit zu ermorden!«, fauchte sie ihm mit einer Härte entgegen, die sie selbst in Erstaunen versetzte. Auch das kahlrasierte Wesen, in das sich ihr Bruder verwandelt hatte, schien überrascht. Zunächst. Hendrik-Dämon stand auf und nickte. Er steckte die linke Hand in die Hosentasche und holte ein Tuch hervor. Und ein kleines Fläschchen mit Lösungsmittel.

Das Chloroform! Sabine riss die Augen auf.

»Ganz wie du willst. Wenn du es partout nicht begreifen möchtest ...«

»Nein, ich kann und will nicht begreifen, dass du ein Mörder bist, Hendrik! Komm zurück, bitte komm doch zurück, wir kriegen das hin, alles wird gut, ich verspreche es dir ...« Der Rest ihrer Worte ging in einem erneuten Strom der Tränen unter.

Er hob die Partie seines Gesichts, wo sich einst die Augenbrauen befanden, schraubte das Fläschchen auf und träufelte etwas von der Flüssigkeit auf das Tuch. »Ja, es wird in der Tat alles gut. Sobald die Philosophie der *Weißen Lilie* gesiegt haben wird.« Er beugte sich hinab und presste das mit dem Narkotikum getränkte Tuch fest auf Sabines weit geöffneten Mund.

22

Polizeipräsidium ...

»Was ist denn mit dir los, hast du einen Geist gesehen?« Sascha Grafert machte große Augen. Tatjana war noch bleicher als sonst, ihre Haltung gebeugt. »Wo warst du solange? Ist was passiert?«

Sie antwortete nicht, schlich zu den Kollegen hin, heftete ihren Blick auf den Computerbildschirm, der auf ihrem Schreibtisch stand. Sie sah eine ihr unbekannte Fehlermeldung. Marco Giebler hatte aufgehört zu tippen und guckte Tatjana ebenfalls verwundert an. Sie biss sich auf die Unterlippe. Realisierte, dass ihre Augen feucht wurden. »Regina ist tot«, sagte sie mit brüchiger Stimme. »Selbstmord.«

»Was?«, riefen Grafert und Giebler im Chor.

»Sie hat sich umgebracht? Echt jetzt? Meinst du das ernst?« Graferts Miene war vor Entsetzen verzerrt. Gieblers Gesichtszüge wirkten eingefroren.

Tatjana schluckte und quetschte ihre Lider fest zu. Als könne sie so das furchtbare Bild verbannen, das in ihrem Kopf wütete, seit Leila Voist ihr die schlimme Nachricht überbracht hatte. »Sie hat sich vor einen Zug geworfen«, flüsterte sie rau.

Grafert und Giebler stockte der Atem, ihre Münder standen sperrangelweit offen. Tatjanas Tränen tropften auf Gieblers Finger, die auf der Tastatur ruhten als handele es sich um noch nicht einsatzbereite

Prothesen.

»In einem U-Bahnschacht war's. Gestern Spätabend.« Tatjanas Stimme klang weinerlich. »Sie muss extra einige Meter tief reingelaufen sein. Damit keiner mitbekommen konnte, was sie vorhatte. Und dann ...« Sie brach ab, schlug ihre Hände vors Gesicht und schluchzte. Ihr ganzer Körper bebte. Grafert und Giebler, beide reglos als bestünden sie aus Wachs, schauten sie an. Wie ein fremdes Ding aus dem All, das es in Wahrheit gar nicht geben dürfte.

»Sag, dass das nicht wahr ist«, hauchte Grafert. Seine Augen wurden jetzt ebenfalls feucht. »Komm, bitte. Sag, dass das nicht stimmt.«

Marco Giebler, der Regina Tamm nicht so lange und gut gekannt hatte wie die anderen zwei, hatte erkennbar noch Mühe damit, die Information über ihren Tod als real einzustufen.

Tatjana schniefte und atmete ein paar Mal tief durch. »Ich würde alles dafür hergeben, wenn es was ändern würde, wenn ich einfach sage, dass es nicht stimmt. Aber leider ...« Sie stockte. Fühlte sich, als liefen Eisschauer durch ihr Inneres. Sie schaute Grafert und Giebler fest an. Soweit möglich aus ihren verweinten Augen. »Mit Jim brauchen wir heute jedenfalls nicht mehr zu rechnen. Der ist völlig fertig, wie ihr euch denken könnt.«

Wie fertig, behielt sie für sich. Allein der Gedanke daran, wie dieser stabile Fels in ihrem Leben in sich zusammengefallen war, als sie ihm von Tamms Tod berichten musste, ließ Tatjanas Knie weich werden.

Sie hatte es gerade noch geschafft, Devcon in sein Büro zu bugsieren wie einen willenlosen Roboter, und ihn in seinem Sessel zu platzieren. Wie bei einem Monsunregen war es dann aus ihm herausgebrochen. Nie hätte Tatjana es für möglich gehalten, dass Jim Devcon – der starke, stets kühl kalkulierende Hauptkommissar Jim Devcon – derart weinen konnte. Weil er um Reggie trauerte. Und, viel schlimmer, weil er sich die Schuld gab. Für das, was sie getan hatte. Und was sich nicht mehr berichtigen ließ.

Tatjana wusste das. Was sie nicht wusste war, wie sie ihn von diesen selbstzerstörerischen Gedanken abbringen konnte. In ihrer Not hatte sie Hans Dillinger kontaktiert, Leiter des Rechtsmedizinischen Institutes, langjähriger Weggefährte Devcons und Freund, wenn es darauf ankam. Zum Glück hatte sie ihn gleich erreichen können. Keine halbe Stunde später war er aus der Kennedyallee angerauscht gekommen. Tatjana, die wie ein Wachhund die Tür zu Devcons Büro blockiert hatte, konnte sich nicht erinnern, wann sie sich das letzte Mal so gefreut hatte, jemanden zu sehen. Wenn es einer schaffen konnte, Devcon möglichst schnell aus seinem mit Trauer und Selbstanklage gefüllten Krater zu bergen, dann war es Hans Dillinger. Der Mann, den Tatjana im Stillen einen gütigen Zauberer nannte. Weil in seiner Gegenwart die Welt für die meisten Menschen zumindest kurzzeitig zu einer Besseren wurde. Wie andere einen Lichtschalter betätigten, so knipste Dillinger Behaglichkeit an. Eine wunderbare Gabe, wie Tatjana fand. In dieser lauten, von aggressiven Selbstdarstellern überfluteten Zeit.

»Also Marco, wie sieht's aus?«, sprach sie Giebler an und wischte sich mit beiden Händen die Augen trocken, ohne zu realisieren, dass sie die Reste ihres Lidstrichs noch weiter verschmierte. Sie klopfte ihrem Kollegen aus der SOKO Internet auf die linke Schulter und deutete auf den Bildschirm. »Gibt's eine Chance für uns, an die Betreiber der Seite mit dem Horrorfilm zu kommen?«

»Und am besten, bevor sie anfangen, aus ihren Trophäen Schrumpfköpfe zu basteln.« Grafert, sichtlich froh, die schlimme Botschaft in den hintersten Winkel seines Verstandes verdrängen zu können, intonierte seine Worte sarkastisch.

Giebler zuckte die Achseln. »Keine Ahnung. Du siehst ja selbst, immer noch Fehlermeldung. Kurz, nachdem du raus gegangen bist, bin ich von der Seite geflogen. Entweder, weil jemand mein Eindringen bemerkt hat, oder weil was mit der Adresse war. Kommt vor. Nicht nur im Dark Net. Für erstere Annahme spricht allerdings, dass die Zugangsdaten, die man dir übermittelt hatte, auch nicht mehr gültig sind. Und seit gut zwanzig Minuten ist die ganze Seite weg. Unter der Adresse, die wir bis dahin hatten, meine ich. Das heißt, ich muss jetzt erst mal feststellen, wohin die umgezogen sind.«

»Oder ob die Kerle so pfiffig waren und ihren morbiden Netzauftritt gleich ganz gelöscht haben.« fügte Grafert mit düstere Miene hinzu.

»Ja, das halte ich auch für gut möglich«, bestätigte

Giebler mit der ihm eigenen Neutralität eines Informatikers.

»Moment.« Über Tatjanas Nasenwurzel bildete sich eine steile Sorgenfalte. »Soll das heißen, dass wir aller Wahrscheinlichkeit wieder ganz von vorne anfangen müssen?«

Grafert gab ein nach unwilliger Zustimmung klingendes Grunzen von sich. Giebler biss herzhaft in einen zu warmen Marsriegel, den er aus der Kängurutasche seines Sweaters hervorgeholt hatte, wandte sich der Tatstatur zu und begann, mit einer Hand zu tippen. »Ich versuche es weiter, mehr kann ich nicht machen«, nuschelte er mit vollem Mund. »Ob und wann ich Erfolg habe, steht in den Sternen.«

Tatjana verzog den Mund, zwirbelte eine ihrer Haarsträhnen um ihren Finger und schüttelte den Kopf. »Das ist doch scheiße. Wir sind hier doch nicht beim Glücksrad.«

»Leider nicht«, erwiderte Giebler kauend. »Die Wahrscheinlichkeit, dort einen Treffer zu landen, ist nämlich ungleich höher.« Er gähnte, sodass ihm beinahe die Schokoladenmasse aus dem Mund gefallen wäre. Er machte den Mund schnell zu, verschluckte sich und fing an zu husten.

»Außerdem muss der junge Mann hier auch mal wieder schlafen«, stellte Sascha Grafert das Offensichtliche fest.

»Ein bisschen geht noch, keine Sorge«, erwiderte Giebler und hustete immer noch. »Bin LAN-Party fest. Der Rekord liegt bei achtundneunzig ununterbrochenen Stunden.«

»Ja, aber das war vor über zehn Jahren, als du gerade erst zwanzig warst. Hast du mir selbst mal erzählt.« Tatjana musterte ihren Lieblingsinformatiker mit gerunzelter Stirn an.

Der winkte mit seiner von der Karamellcreme verklebten, rechten Hand ab. »Gibt's eine Alternative für euch? Nein«, beantwortete er die Frage selbst. »Fakt ist, wenn ich jetzt an einen Kollegen abgebe, geht auf jeden Fall weitere wertvolle Zeit ins Land. Und ich weise in aller Bescheidenheit darauf hin, dass mir von denen eh keiner das Wasser reichen kann. Bummeln ist also gar keine Option, wer weiß, vielleicht rollt bald der nächste Kopf, den sie dann ...«

»Schon gut, schon gut!« Tatjana würgte Giebler, der manchmal auch bei den unappetitlichsten Themen zu unnötiger, verbaler Ausmalung neigte, unter heftigster Gestik ab. Sie wandte sich an Grafert. »Was ist mit *MiGa75*, bist du da weiter gekommen?«

Er schnitt eine Grimasse. »Bisher keine Reaktion, wie schon befürchtet.«

»So ein Mist.«

Von den drei Personen, deren Kommentare auf Tatjanas Screenshot von der gelöschten Facebook-Gruppe der *Weißen Lilie* zu sehen waren, hatte lediglich eine ihren Nutzernamen beibehalten. Deren eigenes Profil bei Facebook konnte somit in Sekundenschnelle aufgerufen werden. Persönliche Angaben fanden sich jedoch keine, was kein seltenes Phänomen in dem sozialen Netzwerk war. Grafert war nichts anderes übrig geblieben, als sich durch die ellenlange Timeline zu scrollen, die alles anzeigte, was *MiGa75* seit der Anmeldung bei Facebook gepostet hatte. Oder was andere an der virtuellen Pinnwand hinterlassen hatten. Einige Gratulationen hatten Grafert das Geburtstagsdatum offenbart, allerdings ohne Angabe des Jahrgangs. Und dass der Vorname der Person *Tommi* lautete. Zuwenig für eine Recherche über die Einwohnermeldeämter. Vor allem, wenn noch nicht mal ein konkreter Wohnort ermittelt werden konnte. *MiGa75/Tommi* loggte sich nur mobil ein und hatte die Standortangabe sowohl bei Facebook als auch bei seinem Smartphone deaktiviert. Also hatte Grafert eine Freundschaftsanfrage verschickt, obwohl er *MiGa75/Tommi* definitiv nicht kannte, um so auf vorgeblich privater Basis einen persönlichen Kontakt herzustellen.

»Tja, nicht jeder nimmt jede Anfrage an.« Tatjana rieb sich die Nasenspitze. »Manche bestätigen tatsächlich nur Leute, die sie wirklich kennen.«

»Oder sie schauen sich erst mal das Profil des Anfragenden genauer an.« Grafert zog den linken Mundwinkel hoch. »Ich habe zwar keine Angabe zu meinem Beruf drin, aber man muss nicht Sherlock Holmes sein, um herauszufinden, dass ich was mit der Polizei zu tun habe. Wenn er mich googelt, war's das. Und wenn er was zu verbergen hat, wird er mich dann ganz sicher nicht bestätigen.«

»Wäre vielleicht doch besser gewesen, wenn wir ein ganz neues Profil angelegt hätten und von da aus die Anfrage gesendet hätten.«

Grafert gab ein Schnaufen von sich. »Erstens ist man hinterher immer schlauer, und zweitens glaube ich nach wie vor nicht, dass wir so besser gefahren wären. Das Profil von *MiGa75/Tommi* lässt darauf schließen, dass er keinen Wert auf eine möglichst große Freundesliste legt. Die Wahrscheinlichkeit, dass er auf einen ihm unbekannten Facebook-Frischling reagiert, der im Verdacht steht, erst mal wahllos Leute zu sammeln, um seine leere Liste zu füllen, tendiert also von vornherein gegen null. Außerdem spricht ja nichts dagegen, das zusätzlich zu probieren. Ich warte noch ein bisschen, damit's nicht zu auffällig ist, und setz mich dann gleich dran. Kann ja sein, dass er sich auch ein bisschen besser mit Facebook auskennt als der Durchschnitt. Dann könnten ihm zwei kurz hintereinander gestellte Anfragen ohne die geringste Übereinstimmung in den jeweiligen Freundeslisten schon etwas merkwürdig vorkommen.«

Tatjana seufzte und nickte. »Du hast recht, sehe ich auch so. Im momentanen Status bedeutet das also, dass unser *MiGa75/Tommi* deine Anfrage entweder noch nicht bearbeitet hat oder dich tatsächlich nicht kennen will. Und dann können wir gar nix machen.« Sie seufzte tief. »Na schön, warten wir, ob noch was kommt oder nicht.« Ihr stand der Frust über diesen Zwang zur Passivität deutlich ins Gesicht geschrieben. Sie atmete hörbar aus und klatschte kurz in die Hände. »Jungs, egal was ist, wir müssen irgendwie weitermachen. Und zwar fix! Schon allein deshalb, weil dieser Horrorfilm mit den Leichenköpfen schwer danach aussah, dass Dantons selbsternannte Erben gerade erst auf den Geschmack gekommen sind.«

»Danton?«, fragte Giebler.

»Französische Revolution«, klärte ihn Grafert auf. »Wobei Danton zum Schluss selbst unterm Schafott landete. Mein Bauchgefühl sagt mir jedoch, dass wir bei unseren Tätern eher nicht auf dieses Glück hoffen sollten.«

»Genau.« Tatjana stemmte ihre Arme in die Seiten. »Deshalb müssen wir schnell wieder ran ans Werk. Marco hackt sich durchs Datendickicht, und wir sehen zu, ob wir nicht doch noch irgendeinen anderen Anhaltspunkt finden.«

Grafert zog die Stirn kraus. »Und wie soll das gehen? Willst du einen Crash-Kurs im Hexen absolvieren, um dir einen herbei zu beschwören, so einen Anhaltspunkt? Und ich helfe dir bei den Flüchen?«

Tatjana verkniff sich einen Kommentar und schnappte sich ihre signalrote Daunenjacke, die über der Lehne ihres Stuhls hing, auf dem Giebler hockte. »Ich geh uns Essen holen. Pizza ok?«

»Mit viel Zwiebeln, Schinken und Salami«, präzisierte Grafert.

»Thunfisch.« Giebler. »Und'n Salat, bitte.«

»Gute Idee, für mich auch. Kannst du dir das merken, oder soll ich's lieber aufschreiben?«

Tatjana, schon auf dem Weg zur Tür, fuhr herum und funkelte Grafert an, der ihr keck entgegen grinste. Sie ließ die Luft langsam aus ihren Lungen entweichen, die Nasenflügel gebläht. *Für Jim*, rief sie sich selbst zur Räson. *Raufpause. Volle Konzentration auf den Fall! Das bin ich ihm schuldig* ... Ohne ein weiteres Wort drehte sie sich wieder um, trat in den Flur hinaus und stieß beinahe frontal mit Polizeipräsident Fringe zusammen, der mit hochrotem Kopf um die Ecke geflitzt kam.

»Wo, zum Teufel, steckt Devcon, junge Dame? Ich kann ihn nirgends erreichen.«

23

Am späteren Abend ...

Die Lichter des Westhafens spiegelten sich im nachtschwarzen Flusswasser des Mains. Der Himmel war ein Gemisch aus Wolkenfetzen, die sich aus der Dunkelheit hervorhoben und wie bizarre Schattenwesen umher schwebten.

Jim Devcon wusste nicht, wie lange er schon auf dieser Bank unten an der Uferpromenade saß. Als er her kam, war das kärgliche Licht der Februarsonne bereits erloschen gewesen. Und geregnet hatte es auch schon. Anhand des Feuchtigkeitsgrades seiner Kleidung konnte er jedoch sicher annehmen, dass er bereits eine ganze Weile hier hocken musste. Ohne Schirm. Und ohne ersichtlichen Grund.

Hans Dillinger, sein Freund und Rechtsmediziner, hatte ihn nach Tatjanas Hilferuf buchstäblich aus dem Präsidium abgeführt. Was nicht weiter schwer gewesen war, denn zu einer nennenswerten Gegenwehr seitens Devcon war es gar nicht erst gekommen. Der Unterschied zwischen ihm und der Klientel, welches Dillinger beruflich betreute, lag zu dem Zeitpunkt lediglich darin, dass Devcons Körper und Geist zwar noch voll funktionstüchtig waren, zu großen Teilen aber vorübergehend außer Betrieb. Nicht mal den jungen Mann am Empfang des Präsidiums hatte er richtig wahrgenommen, als sie dort vorbei kamen.

Obwohl es offensichtlich gewesen war, dass er zu ihm gewollt hatte. Doch sein Anblick muss derart erbärmlich gewesen sein, dass der junge Mann entschieden hatte, auf ein Gespräch zu verzichten.

Ein Unding, wie Devcon erst jetzt, Stunden später, realisierte. Jemand will den Leiter der Mordkommission sprechen, überlegt es sich dann aber spontan anders. Und er hatte den Mann ziehen lassen.

Devcon stand auf, klopfte die Regentropfen von seinem auch innen klamm gewordenen Mantel ab und hätte sich am liebsten selbst eine gescheuert. Jetzt konnte er nur hoffen, dass die Kollegin am Empfang so clever gewesen war und die Personalien dieses Besuchers aufgenommen hatte. Er hob den Kopf, bemerkte sein klatschnasses Haar und erschauerte. Konnte nicht fassen, dass er sich bis vor wenigen Augenblicken freiwillig dem kalten Regen ausgesetzt hatte. *Da muss man schon ziemlich weggetreten sein,* dachte er mit Grimm gegen sich selbst. Die feuchte Kälte kroch ihm bis ins Innere, nahm immer mehr Raum ein, ließ ihn regelrecht frösteln. Schnellen Schrittes machte er sich auf den Weg Richtung Straße, nahm sein Handy und rief sich ein Taxi, das ihn zum Präsidium bringen würde. Wo sein Auto stand.

Hans Dillinger war mit ihm in sein Büro im Rechtsmedizinischen Institut gefahren, das Gebäude lag quasi um die Ecke zu Devcons derzeitigem Standort. Dillinger hatte ihm ein Glas von seinem alten Brandy eingeschenkt und gewartet. Dass er, Devcon, etwas sagen würde. War nicht passiert. Dillinger hatte ebenfalls nicht viel gesprochen. Er war aufgestanden und zu der antiken Kommode gegangen, die sein Büro zierte. Aus der oberen Schublade hatte er ein altes Fotoalbum genommen, es aufgeschlagen und Devcon auf ein recht gut erhaltenes Schwarzweißbild aufmerksam gemacht. Darauf war ein stattlich aussehender Mann in Uniform zu sehen. Dillingers Großvater im Alter von siebenunddreißig Jahren. Er hatte sich am zweiten Juni 1944 erschossen. Kurz vor dem D-Day. Und dem Tag nach Großmutters Geburtstag, den er zum wiederholten Male nicht mit ihr hatte feiern können. Der Brief, den der Großvater vor seinem Suizid verfasst hatte, war ihr erst Jahre später übermittelt worden. Von einem Kameraden, der sich dann doch nicht hatte anmaßen wollen, zu entscheiden, ob die Großmutter diese letzten Worte ihres Ehemannes je zu sehen bekam. Dillinger hatte ans Ende des Fotoalbums geblättert und auf einen eingehefteten Briefumschlag gezeigt. Trotz des Schutzes durch die Klarsichthülle war er arg vergilbt. Und verschlossen. Devcon hatte Dillinger fragend angesehen. Der hatte genickt und gelächelt. »Niemand hat den Brief je gelesen, Jim. Weil wir alle es vorzogen, das Andenken an diesen großartigen Mann nicht durch den tragischsten Moment in seinem kurzen Leben zu verdunkeln. Was diese Männer im Krieg durchmachen mussten, war grauenvoll genug, um so manchem den Lebenswillen zu brechen, das ist weiß Gott kein Geheimnis mehr. Großmutter hatte das akzeptiert. Und statt Bitternis die Liebe zu ihm in ihrem Herzen bewahrt.«

Irgendwann später hatte sich Devcon auf dieser Bank am Mainufer wiedergefunden. Wo er vermutlich versucht hatte, Dillingers weise Worte auf seine eigene Situation zu projizieren. Anscheinend erfolglos. Devcon schüttelte den Kopf, als er ins Taxi einstieg. Ob er je würde begreifen können, was in Reggie vorgegangen sein musste in den letzten Stunden ihres Lebens? Sie wusste doch, dass er ein Kämpfer war, der alle Hebel in Bewegung gesetzt hätte, um sie wieder an Bord zu holen! Wie wenig Zutrauen in ihn und seine Fähigkeiten musste sie gehabt haben, um den radikalen Schritt zu gehen? Und das auch noch so schnell? Machte er, Devcon, tatsächlich einen so schwachen Eindruck auf sein Umfeld und hatte das nur selbst noch nicht bemerkt? *Du warst der Chef ihrer Dienststelle, aber nicht der ihres Lebens,* hörte er Dillingers ruhige Stimme in seinem Kopf sagen. *Wir können nicht immer alles verstehen, und schon gar nicht stets alles nach unserem eigenen Gusto lenken. Also lerne, zu akzeptieren, mein Freund.*

Devcon stieß einen gequält klingenden Seufzer aus. Er gab dem Taxifahrer, ein Türke in reiferen Jahren, einen Zehneuroschein, stieg aus und lief auf seinen Wagen zu, der auf dem Präsidiumshof parkte. Es regnete noch immer. Devcon öffnete die Fahrertür, stieg ein, steckte den Zündschlüssel und hielt inne. Er holte sein Handy hervor und checkte seine Nachrichten. Er verzog das Gesicht. Fringe hatte Zeit bis morgen, entschied er. Tatjanas letzte Nachricht war vor rund zwei Stunden gekommen. Als sie ihm mitteilte, dass sie, Grafert und Giebler möglicherweise eine Nachtschicht vor sich hätten, da sich die Suche nach den Betreibern der Webseite, auf der der Horrorfilm mit den abgeschlagenen Köpfen zu sehen gewesen war, äußerst zäh gestaltete.

Devcon ließ das Handy in der Hosentasche seiner nur bis zu den Knien durchweichten Jeans verschwinden und schaute unschlüssig zum Präsidiumsgebäude. Bei aller Trauer um Reggie durfte er nicht vergessen, dass es drei Mordfälle gab, bei denen noch immer kein bedeutender Ermittlungsfortschritt erzielt werden konnte. Und wenn es Tatjana, Grafert und Giebler nicht gelingen sollte, die Spur im Netz weiterzuverfolgen, wären sie sogar wieder bei Null. Devcon legte seine linke Hand an den Türgriff, verharrte einen Augenblick und zog sie dann zurück. Er startete den Wagen. Auf einen vom Regen durchnässten Ermittler im Stimmungstief, der vom Internet nicht mehr verstand als der bundesdeutsche Durchschnittsopa, konnten die drei bestimmt gut verzichten.

Einigermaßen gewärmt von der Sitzheizung im Wagen, die Devcon auf der höchsten Stufe hatte laufen lassen, bog er in den Ortsteil Sulzbach ein und parkte am Seitenrand vor seinem Haus. Die Garageneinfahrt ließ er für Tatjana frei. Für den Fall, dass sie und die Kollegen mit dem virtuellen Puzzle doch schneller vorankamen als geglaubt. Nicht einschätzbar in der Welt der Bits und Bytes, die Devcons Ansicht nach auf dem Mist eines Messies gewachsen sein musste. Jeder kippte alles Mögliche hinein, aber niemand räumte auf, und irgendwann kam dann keiner mehr durch.

Er stieg aus, ließ die Wagentür zufallen und verriegelte sie. Der Regen plätscherte auf das Autodach, Devcon blickte mit gekräuselter Nase zum Himmel hoch und sah, wie sich die fahl leuchtende Mondsichel hinter einer Wolkenwand versteckte. Kein Stern, nur noch Schwärze.

»Hallo«, hörte er eine Stimme sagen. Devcon schaute überrascht nach vorne und erblickte einen jungen Mann, der plötzlich vor ihm stand. Er hatte ihn bei seiner Ankunft nicht bemerkt. Der Fremde schluckte und starrte ihn an.

Devcon zog die Brauen hoch. »Kann ich Ihnen ...« Er stutzte. Das Gesicht kam ihm bekannt vor. Besonders die hinter der starken Brille vergrößerten Augen, die ihm entgegen funkelten, mit einer Mischung aus Zorn und Angst. Devcon brauchte nur einen weiteren Sekundenbruchteil zur korrekten Einordnung der Person. Es war der junge Mann, dem er am Empfang des Präsidiums über den Weg gelaufen war. Der ihm eine Botschaft hatte übermitteln wollen und unverrichteter Dinge wieder abgezogen war.

Na, das ist aber seltsam, dachte Devcon und wollte gerade etwas sagen, als er einen brutalen Griff um seinen Oberkörper herum spürte. Und einen festen Druck auf seinem Mund. Devcon ruderte mit den Armen, er bäumte sich auf, versuchte, sich aus dem Schraubstockgriff zu befreien. Und von dem nassen Tuch, das seine Lippen bedeckte. Und die Nasenlöcher. *Nicht atmen!* Er stellte jede Gegenwehr ein, doch es war zu spät.

Devcon verlor das Bewusstsein.

24

Noch in dieser Nacht ...

Devcon wachte nur sehr langsam wieder auf. Sein Schädel schien mit Watte gefüllt, seine Mundhöhle war staubtrocken. Seine Zunge klebte am Gaumen. Und er registrierte einen schleimig-süßlichen Geschmack. Er öffnete die Augen und nahm verschwommenes Dunkel wahr. Er zwinkerte mehrfach, wollte die Arme heben, doch sie waren schwer wie mit Zement ausgegossen. Zumindest kam es ihm so vor. Sein ganzer Körper fühlte sich lahm und taub an. Als wäre er, noch in Restnarkose, zu früh auf dem OP-Tisch wieder zu sich gekommen. Er schluckte mühsam. Wie ein verirrter Wüstentourist ohne Wasser. *Was zum Teufel ist hier los, und wo zur Hölle bin ich?*

Er blinzelte, sah aber immer noch nicht klar. Nur diffuses Dunkel und einen flackernden hellen Schein wie hinter einer Nebelwand. Immerhin realisierte er, dass er inzwischen aufrecht saß. Mit dem Rücken an eine steinige Mauer gelehnt. Er streckte seine nicht mehr ganz so schwere rechte Hand aus und berührte die Wand. Sie war feucht und kalt. Wie die Luft, die er einatmete. Feucht, kalt und modrig. *Ein Keller ...*

Devcon schaffte es, beide Hände zu heben. Er rieb sich die Lider und zwang sich, seine Augen weit zu öffnen. Die grauen Schleier, die seine Wahrnehmungen überdeckt hatten, lösten sich auf. Langsam. Das

Bild wurde klarer. Aber keineswegs besser. Im Gegenteil. Das, was Devcon zu sehen bekam, ließ ihn wünschen, dass er sich doch noch in einem Delirium befand.

Vier Gestalten in schwarzen Kutten, die ihn trotz falscher Farbe an die Verkleidung der Mitglieder des Ku-Klux-Klans erinnerten, schauten ihm entgegen. Devcon wurde heiß und kalt, als er sich schlagartig erinnerte, dass er eine auf die Art vermummte Gestalt nicht zum ersten Mal sah. *Der Film mit den Leichenköpfen* ...

»Herzlichen Glückwunsch, Herr Kommissar, Sie haben den Fall gelöst«, gratulierte ihm einer der Männer. Seine Stimme wurde von der Kapuze gedämpft. »Bedauerlicherweise werden Sie bei der Überführung der Täter aber nicht mehr unter uns weilen.«

Eine der anderen drei Gestalten kicherte. Devcon versuchte, aufzustehen, doch sein rotierender Kreislauf hielt ihn zurück. Auch die Freude darüber, dass ihm seine Glieder nicht mehr so bleiern schwer vorkamen, hielt sich in Grenzen. Die Muskulatur seiner Oberschenkel schien sich dafür in Gelee verwandelt zu haben. Er winkelte die Beine an, sie glitten gleich wieder zu Boden. Nur über seine Arme und Hände hatte er die Kontrolle zurück erlangt. Allerdings nicht soweit, es auf einen Reaktionstest ankommen zu lassen. Er schaute zu der Gestalt hin, die die anderen offenbar anführte. »Was wollen Sie von mir, und wieso haben Sie mich entführt?«, krächzte er undeutlich und mit heiserer Stimme. Seine Zunge schien wie aufgebläht. Seine Lippen spannten so sehr, dass es ihn schmerzte.

»Nun ja, ich bezweifele, dass Sie freiwillig zu uns gekommen wären, oder?« Der Stoff der Kapuze des Anführers bot kein Hindernis, den Hohn in seiner Stimme in aller Deutlichkeit nach außen zu transportieren. »Tommi, gib dem Mann was zu trinken.«

»Was soll das! Wieso sagst du meinen Namen ...«

Der Anführer würgte den Protest seines Kumpans mit schroffer Gestik ab. »Krieg dich wieder ein, Blödmann! Er nimmt sein Wissen ohnehin mit ins Grab, schon vergessen?«

Angst bei dem Kerl ganz links, prägte Devcon sich ein. Er nahm die bereits offene Plastikflasche, die der Ängstliche ihm hinhielt, und trank in gierigen Zügen. Fühlte, dass sich sein Körper erholte wie eine fast verdorrte Pflanze im Sommergewitter.

»Gut, dass ich mich für stilles Wasser entschieden habe bei der Auswahl der Gastgetränken, nicht wahr?«, kommentierte der Anführer belustigt.

Eitelkeit beim Rädelsführer, stellte Devcon fest, noch während er trank. Er setzte die Flasche ab und rieb sich mit dem Handrücken über den Mund. Verteilte den Rest Flüssigkeit auf seinen noch immer brennenden Lippen. Auch den schleimig-süßlichen Geschmack in seinem Mund war er nicht ganz losgeworden.

»Also, wie wollen wir es handhaben?«, richtete der Anführer erneut das Wort an ihn. »Bleiben Sie freiwillig ruhig? Jetzt, wo die Nachwirkungen des Chloroforms sich verflüchtigen? Oder sollen die Jungs Sie sicherheitshalber in den Schwitzkasten nehmen?«

Devcon schaute in die schwarzen Löcher der Kapuze, innerhalb derer sich die Augen des Rädelsführers befanden und verzog keine Miene. Sagte kein Wort. Der andere bewegte sich langsam auf ihn zu. Ging vor ihm in die Hocke. In Schlagdistanz. »Sie wollen spielen, alter Mann?« Hinter der Kapuze ertönten schmatzende Geräusche, die Missbilligung illustrieren sollten. Was ohne Sicht auf die Mimik nur schwer zu erraten war. »Dann gebe ich Ihnen jetzt einen guten Tipp. Machen Sie es sich nicht unnötig schwer, Sie haben keine Chance. An Ihre Pistole brauchen Sie gar nicht erst zu denken. Liegt auf dem Rücksitz Ihres Autos. Stimmt's, Joshua?«

»Stimmt!«, kam es zackig von der Kapuzengestalt rechts außen zurück.

Nicht gut, dachte Devcon, sowohl im Hinblick auf seine Dienstwaffe als auch den jungen Mann namens Joshua, der in einem sehr loyalen Verhältnis zum Rädelsführer zu stehen schien. Zwei faktische Gegner, ein Wackelkandidat und einer, der noch nicht einschätzbar war, fasste Devcon im Stillen für sich zusammen. »Also gut, dann noch einmal von vorne«, sagte er mit wesentlich klarerer Stimme. »Was soll das Theater, und was wollen Sie?«

Der Rädelsführer erhob sich und schritt zurück in die Reihe. Er verbeugte sich, die Hände überkreuz vor seiner Brust angewinkelt. »Ich spreche zu Ihnen im Namen der *Weißen Lilie* ...«

»Ja, so schlau bin ich auch schon«, unterbrach Devcon ihn unwirsch. »Ich will wissen, was ihr wollt, klar? Und wieso ihr drei Menschen so grausam ermordet habt.«

Der Rädelsführer nickte. »Wenn das Ihr letzter Wunsch ist, respektiere ich das.« Er näherte sich Devcon abermals und hockte sich ihm gegenüber auf den Boden. Allerdings nicht mehr so nah wie eben noch. Sekundenlang geschah nichts. Die anderen drei Vermummten standen ruhig da. Das Licht der Fackel flackerte und verlieh dem Gewölbeabschnitt durch die Schattenspiele an der Wand eine geisterhafte Aura. Devcon und der Rädelsführer taxierten sich schweigend. Keiner von beiden offenbarte eine Regung.

»Haben Sie Angst?«

»Wovor?«, wollte Devcon wissen.

»Vor dem Tod.«

Devcons Mienenspiel blieb kühl. »Interessante Frage. Vor allem, wenn sie ein Mörder stellt.«

Wieder herrschte einige Augenblicke lang Schweigen. Das Knistern der Fackel war zu hören. Und ein Piepsen, das nach einem Nagetier in einiger Entfernung klang.

»Es gibt verschiedene Arten, tot zu sein, wissen Sie. Es kommt immer auf den Blickwinkel an«, fuhr der Anführer fort.

Devcon schlug die Stirn in Falten, blieb aber still.

»Lassen wir die Art Tod, die die Allgemeinheit für gewöhnlich im Auge hat, mal außer Acht. Den Kämpfern der *Weißen Lilie* geht es um den psychischen Tod, den einige Menschen anderen zufügen, und den wir es uns zur Aufgabe gemacht haben, zu rächen. Damit die Täter sehen, dass sie nicht ungestraft so weiter machen können und daraufhin ihr Verhalten ändern.«

»Moment.« Devcon verengte seine Lider. »Um was genau geht es bei diesem psychischen Tod, von dem Sie da faseln?« Mit möglichst langsamen und unauffälligen Bewegungen tastete er sich mit einer Hand an seine Hosentasche heran.

»Wir reden von Toten, die zwar noch atmen, essen und fernsehen, zu viel mehr aber nicht mehr in der Lage sind, da sie ins gesellschaftliche Aus gedrängt wurden. Und falls Sie an Ihr Handy wollen, das bekommen Sie gleich, keine Sorge.«

Devcon ließ seine Hand wieder sinken. »Ich verstehe kein Wort.«

»Oh, das werden Sie. Bald. Was für eine schöne Fügung, dass ausgerechnet Sie, ein Täter innerhalb des Polizeiapparates, in die Hände der *Weißen Lilie* geriet.«

»Täter? Inwiefern bin ich ein Täter?«

Der Rädelsführer wiegte seinen verhüllten Kopf hin und her. »Sie sind noch nicht sehr weit mit Ihren Ermittlungen, was unser Wirken betrifft, sehe ich das richtig?«

Devcon beobachtete, wie die von ihm als ängstlich eingestufte Gestalt Blickkontakt suchte zu dem Vermummten, den er noch gar nicht hatte einschätzen können.

»Für Sie sieht es aus, als wären die von der *Weißen Lilie* bestraften Personen rein zufällig ausgewählt worden, nicht wahr?«

Devcon richtete seine Aufmerksamkeit auf den Rädelsführer. »Na, dann klären Sie mich doch mal auf.«

»Sehr gerne. Denn auch uns ist es lieber, wenn die zu Bestrafenden im Bewusstsein ihrer Vergehen sterben.«

Devcon stieß hörbar Luft aus, wirkte dabei aber weniger ängstlich als vielmehr gereizt.

»Ja, auch Sie sind einer von denen, die sich die Rache der *Weißen Lilie* redlich verdient haben«, hielt ihm der Rädelsführer unbeeindruckt entgegen.

»Also schön.« Devcon winkelte seine Beine an, die ihm wieder gehorchten, stütze sich mit den Unterarmen auf seinen Knien ab und beugte den Oberkörper vor. »Und wie habe ich das geschafft?«

Der Rädelsführer drehte sein Haupt und wandte sich an seinen Kumpan. »Joshua?«

»Regina Tamm«, schallte es dumpf unter der Kapuze des Angesprochenen hervor.

Devcon wurde schwindelig.

25

»Ein glücklicher Zufall, wie schon gesagt«, echote die Stimme des Rädelsführers durch das Rauschen in Devcons Ohren. »An sich war unser lieber Joshua nur zu Ihnen unterwegs, um die Täter zu liefern. Sie sind nebenan aufbewahrt wie Päckchen und stehen zur Abholung bereit.« Die schwarze Kutte deutete mit einer lässigen Handbewegung hinter sich. Dann neigte sich der Oberkörper in Devcons Richtung, jedoch ohne in Trittdistanz zu geraten. »Die Dame am Präsidiumsempfang hatte aber Schwierigkeiten, die Dienststellenleitung der Mordkommission zu erreichen und ließ es sich nicht nehmen, eine Begründung dafür abzugeben.« Der Oberkörper richtete sich wieder auf. »Und so erfuhren wir von dem tragischen Schicksal der Regina Tamm, die den Freitod wählte. Weil es Ihnen beliebte«, der ausgestreckte Finger wies auf Devcon, »sie aufs Abstellgleis zu befördern. Ein schönes Wortspiel, gerade in diesem Zusammenhang, finden Sie nicht auch?« Die bis eben noch im eigenen Triumph badende Stimme hatte einen feindseligen Klang angenommen.

Devcon starrte der schwarzen Kutte mit zusammengezogenen Brauen entgegen. »Sie meinen ...«

»Genau das!« Der Rädelsführer hackte den Satz ab wie mit der Axt ein morsches Stück Holz. »Die *Weiße Lilie* wird es brechen, das Terrorregime, das Sie und Ihresgleichen am Leben erhalten, indem Sie unschuldige Menschen um ihre Existenzgrundlage bringen!«

Devcon stand der Mund offen. Sagen konnte er nichts. Da er erkennbar noch immer nicht verstand.

Der Rädelsführer verschränkte die Arme. »Sie und Ihresgleichen haben vergessen, dass Menschen wie Regina Tamm keine Dinge sind, die man jederzeit wegwerfen kann wie ein ausrangiertes Kleidungsstück.«

»Wer hat das behauptet?«, donnerte Devcon. In ihm loderte eine Stichflamme des Zornes hoch. Er hatte Mühe, den Impuls zu unterdrücken, sein arrogantes Gegenüber anzufallen wie ein ausgehungertes Raubtier.

»Lassen Sie die Spielchen, wir wissen, wie's läuft! Und nicht nur wir!« Die Stimme des Anführers transportierte kalte Wut. »Die Metapher vom Kleidungsstück beschreibt den Sachverhalt exzellent. Die Menschen wurden ebenso zu Billigprodukten gemacht, beliebig austauschbar und für immer kleineres Geld zu haben, während die Herrschaften ganz oben ihr sinnloses Dasein mit obszönem Reichtum ummanteln.«

»Was, zum Teufel, habe ich mit diesen Herrschaften ganz oben zu tun?« Devcon klang ruhig, doch sein Blick konterkarierte diesen Eindruck in aller Deutlichkeit. In ihm brannte es. Lichterloh. Die Trauer um Reggie, seine Wut auf die Diktatur des Rotstifts und auch auf sich selbst ... eine gefährliche Mischung ...

Sein Gegenüber schien den Stimmungsumschwung zu bemerken. Er schnippte mit den Fingern und gestikulierte zweien seiner Kumpane, sich neben Devcon zu hocken und ihn zu fixieren. Der Ängstliche und das unbeschriebene Blatt. Der Anführer legte seinen verhüllten Kopf schief. »Die Hinrichtung eines Hauptkommissars, fürwahr eine Botschaft, die der *Weißen Lilie* noch mehr Zulauf bringen wird, weil es zeigt ...«

»Dass Sie und Ihre Entourage eindeutig mehr Klicks als Verstand haben«, presste Devcon durch die Zähne hervor. Der Druck, mit dem seine beiden Wärter ihn festhielten, verstärkte sich. Er spürte jeden einzelnen ihrer Finger, wie sie sich in seine Oberarme krallten. »Oder glauben Sie tatsächlich, dass sich auch nur irgendetwas ändert, wenn Sie mich umbringen?«

»Oh, ja! Natürlich glaube ich das!« Der Rädelsführer jauchzte beinahe. »Sehen Sie«, er machte eine weit ausholende Bewegung mit den Armen, »allgemein heißt es ja immer, dass sich solche Missstände nicht ändern lassen, weil man an die da oben nicht rankommt.« Wieder die schmatzenden Geräusche hinter der Kapuze. »Und genau hier liegt der Denkfehler.« Erhobener Zeigefinger. »Die da oben mögen diejenigen sein, die das theoretische Gebäude für ein schädliches System ersonnen haben. Sie alleine könnten es aber niemals am Laufen halten. Gerade wir Deutschen müssten das allein aus unserer Geschichte gelernt haben.« Die schwarze Kutte hielt bedeutungsschwanger inne und fuhr mit belehrender Stimme fort: »Was wäre Adolf Hitler ohne die ganzen Eichmanns gewesen? Haben Sie sich das mal überlegt?

Glauben Sie, der und seine paar Hansel im Führerbunker hätten die ganze Logistik rund um die Konzentrationslager stemmen können? Ein Ding der Unmöglichkeit. Und jetzt stellen Sie sich mal vor, die damaligen Widerstandskämpfer wären so schlau gewesen, sich gleich auf die handelnden Mittelsmänner zu konzentrieren statt immer nur auf den denkenden Kopf. Der Welt wäre viel erspart geblieben, meinen Sie nicht auch?«

»Bitte sehen Sie es mir nach, dass es mir im Zusammenhang mit Ihrer Person schwer fällt, mir etwas Schlaues vorzustellen.« Devcon spuckte zu Boden. Der Griff des ängstlichen Wärters auf der linken Seite lockerte sich. Minimal.

»Leute wie Sie können die Vertreter der *Weißen Lilie* nicht beleidigen«, gab der Anführer emotionslos zurück. »Sie sind nichts weiter als ein neuer Eichmann in einem Unrechtsregime, das die Menschen auspresst und mit jedem Tag mehr erstickt.«

Devcon ließ ein Schnauben hören. »Und jetzt haben Sie es sich zum Hobby gemacht, so viele vermeintliche Eichmanns wie möglich zu töten, um so das System«, er betonte das Wort ironisch, »zu stürzen?«

»Sie haben es also begriffen, sehr schön.«

»Und Sie haben anscheinend überhaupt nichts begriffen!«, fuhr Devcon auf. Der Druck auf seinen Oberarmen verstärkte sich schmerzhaft. »Gar nichts wird sich ändern, wenn Sie Menschen töten …«

»Oh, doch! Auch wenn wir erst am Anfang unserer

Mission stehen ...«

»Dummes Geschwätz! Ihre Idee, ein System zu stürzen, indem Sie Abteilungsleiter richten, ist einfach nur armselig! Sie tun gebildet und meinen, die Erkenntnis mit der Suppenkelle gelöffelt zu haben, und haben in Wahrheit rein gar nichts verstanden.« Devcon schüttelte seinen Oberkörper, doch seine beiden Wärter ließen nicht locker. »Ihre Eichmanns sind ausführende Organe, soweit, so richtig. Aber anscheinend ist Ihnen entgangen, was passiert, wenn eine solche Position aus welchem Grund auch immer vakant wird. Sie wird neu besetzt! Kapiert, Jungchen?«

Der Rädelsführer lachte leise. »Schwacher Versuch, Opa. Weil es nur eine Frage der Zeit ist, bis sich niemand mehr finden wird, der solche Stellen neu besetzt, wenn erst mal publik wird, wie schnell man dabei zu Tode kommen kann.«

Devcon grinste verunglückt. »Wie viele Leute wollt ihr umbringen? Fünfzig? Hundert? Tausend?«

»So viele wie nötig.«

Devcon hätte sich liebend gern an den Schädel gegriffen. »Und ihr glaubt, dass ihr damit durchkommt? Lächerlich! Meint ihr tatsächlich, die Polizei ist so unfähig, dass ihr die Leichen stapeln könnt, ohne dass man euch auf die Spur kommt?«

»Sie sitzen hier. Bei uns in Gefangenschaft. Sie bieten selbst also den besten Beweis, oder nicht?«

Devcons Wärter und der Loyale namens Joshua kicherten. Ihr Anführer senkte die Stimme. »Und was glauben Sie, Herr Kommissar, wie wird das auf Ihre potentiellen Nachfolger wirken – Ihr Kopf, wie eine Trophäe zur Schau gestellt von den Kämpfern des Widerstandes?«

Devcon neigte sich vor, im Rahmen seiner sehr eingeschränkten Möglichkeiten. »Bei eurem Horror-Kanal in den Untiefen des Netzes, nehme ich an? Wen wollt ihr so erreichen? Ähnlich Gestörte, wie ihr es seid?«

Wieder ein leises Lachen hinter der schwarzen Kapuze. »Machen Sie sich da mal keine Gedanken, wir werden schnell expandieren. Sie unterschätzen uns.«

»Nein, es ist immer wieder der Abschaum wie ihr, der sich maßlos überschätzt.« Devcon funkelte den Kapuzenlöchern, hinter denen die Augen seines Gegenübers glänzten, kalt entgegen. »Ihr könnt mich umbringen. Und vielleicht noch ein oder zwei Unschuldige ...«

»Sie sind nicht unschuldig!«

Devcon spannte die Muskeln, kam aber keinen Zentimeter vom Fleck. »Hör zu, Jungchen.« Seine Stimme klang gepresst. »Du hast nicht die geringste Ahnung, was läuft. Regina Tamms Freitod ... es bringt mich fast um ...«

»Mir kommen die Tränen!«

»... und du hast keine Vorstellung davon, wie ich mich gefühlt habe, als ich ihr die Nachricht von ihrer Entlassung überbringen musste. Mich selbst zu feuern wäre mir ungleich leichter gefallen.«

»Hören Sie auf mit dem Gewinsel«, gebot der Rädelsführer mit erhobener Hand. »Meine Choreographie sieht vor, Sie vergleichsweise heldenhaft abtreten zu lassen, also versauen Sie es jetzt nicht auf den letzten Metern. Joshua, gib dem Mann sein Telefon, damit er die Polizei informieren kann. Das Gerede ödet mich an, es wird Zeit für das große Finale.«

Der Angesprochene trat vor, holte das Diensthandy aus seiner Hosentasche und hielt es Devcon hin. Erst auf das Nicken des Rädelsführers hin ließen die beiden Wärter ihn los, sodass er sich, noch immer auf dem Boden sitzend, den Apparat nehmen konnte.

»Und jetzt mach bloß keinen Blödsinn, alter Mann!«, warnte der Anführer. »Tommi, Christian, bleibt wachsam und guckt vor allen Dingen genau, was er eintippt. Sagt ihm nur den Ort, sonst keine weiteren Angaben. Nicht, dass die Bullen zu früh eintreffen und uns doch noch die Show vermasseln. Verstanden?«

Die Kuttenträger nickten.

Devcons Miene wurde zu Stein, als er sein Handy aktivierte. »Kein Empfang«, stellte er lapidar fest.

»Tommi, Christian, begleitet den Herrn zur Treppe. Für eine Textnachricht sollte es dort auf jeden Fall reichen. Und passt auf, dass er euch nicht abhaut, klar?«

Devcon sah auf. »Ich denke, ich soll telefonieren?«

Der Anführer lachte hämisch. »Hältst du uns wirklich für so blöd?« Er machte eine auffordernde Handbewegung in Richtung seiner beiden Adjutanten, die Devcon auf die Füße zerrten und durch den schmalen Gewölbegang mit sich mitschleiften. Am Absatz der

Treppe angekommen, die nach oben führte, hielten sie an.

»Guck noch mal nach!«, herrschte der Vermummte namens Christian Devcon an.

Nach wie vor fest im Griff seiner Bewacher, hob er das Handy an, deaktivierte den Standby-Modus und erspähte einen Balken auf dem Display. Er hielt den Kopf gesenkt und sondierte die Lage. Die Muskulatur seiner Beine schien noch immer zu einem großen Teil aus Pudding zu bestehen. An einen schnellen Sprint treppenaufwärts war nicht zu denken. Ebenso wenig sah er eine Möglichkeit, seine beiden Wächter abzuschütteln. In seinem Zustand würden sie ihn in Sekundenschnelle in die Knie zwingen. Er wandte sich seinem Handy zu, aktivierte mit dem rechten Daumen das Nachrichtenmenü und drückte im Absenderfeld die Taste eins.

»Halt!«, rief sein Bewacher namens Tommi und riss ihm das Handy aus der Hand. »Da steht nur ein Vorname. Sieht für mich nach Privatkontakt aus!«

»Ich bin der Dienststellenleiter der Frankfurter Mordkommission«, erwiderte Devcon. »Glaubt ihr, so jemand wählt die 112, wenn es um dringende Hinweise zu einer laufenden Ermittlung geht? Wie spät ist es?«

»Was spielt das für eine Rolle?«

»Wenn es außerhalb der offiziellen Dienstzeit ist, muss ich die Person kontaktieren, die in Bereitschaft ist.« Er nickte in Richtung seines Handys.

»Lass ihn«, beschied der andere. Devcon bekam

das Telefon zurück, dessen Display noch immer nur einen Vornamen anzeigte: Tatjana.

»Wie lange wird es dauern, bis jemand hier ist?«, fragte Tommi mit unüberhörbarer Nervosität in der Stimme.

Devcon zog die Mundwinkel nach unten. »Kommt darauf an, wie weit ab vom Schuss wir hier sind und welchen Code ich eingebe.«

Der andere Kuttenträger namens Christian nahm Devcon das Telefon wieder ab. »Halt ihn gut fest«, kommandierte er in Tommis Richtung. »Ich mache die Ortseingabe.« Er fing an zu tippen. »Wie lautet der Code?«

Devcon, von Tommi im Schwitzkasten gehalten, versuchte vergeblich aufzublicken und ächzte. »Wie soll die Story lauten? Verstärkung für die Verhaftung von Tätern, die temporär außer Gefecht sind?«

»Klingt gut, oder?«

Kumpan Tommi nickte. »Den Rest soll Hendrik denen erzählen, wenn sie hier sind.«

»Also, los jetzt! Geben Sie mir den Code!«, forderte Christian barsch.

Devcon schüttelte den Kopf. »Kripointerna. Entweder, ich mache diese Eingabe selbst, oder es passiert gar nichts.«

Sein Wächter drückte mit aller Kraft zu. Devcon verzog das Gesicht vor Schmerz, hatte das Gefühl, sein Schädel würde gleich platzen.

»Lass ihn in Ruhe«, sagte Christian. »Wie viele Stellen hat der Code?«

»Drei«, presste Devcon mühsam hervor.

»Fangen Sie an!«

Der Griff um seinen Hals lockerte sich. Sein Oberkörper wurde in eine aufrechte Position gezerrt. Seine Bewacher fixierten ihn so, dass er beide Hände bewegen konnte. Devcon nahm sein Handy, realisierte die bereits eingegebene Ortsangabe, setzte ein Komma und ein Leerzeichen, verdeckte mit der linken Hand das Display und tippte: qqq. Senden. »Erledigt«, sagte er und wechselte durch Drücken der Haupttaste ins Hauptmenü, sodass die abgesendete Nachricht nicht mehr zu sehen war.

Christian nahm ihm das Handy wieder weg. Gemeinsam zerrten sie ihn über den Gewölbeflur zurück zu den anderen beiden Kuttenträgern. »Alles okay, seine Leute sind informiert«, hörte Devcon Tommi sagen, während er mit verengten Augen auf das Gebilde starrte, das er erstmals wahrnahm, weil es weiter hinten in dem Gewölbeabschnitt stand. Die zweite Fackel, die unmittelbar über dem Bauwerk angebracht war, brannte jetzt. Devcon sah die blitzende Klinge. In seinem Hals schien sich ein riesiger Kloß zu bilden.

Der Rädelsführer klatschte in die Hände. »Nun denn, mögen die Spiele beginnen.«

Devcon sah seine Wächter an. »Merkt ihr Jungs nicht, was das für ein Spinner ist, dem ihr gehorcht?« Sein Blick blieb bei Tommi hängen. »Wollt ihr wirklich gemeinsam mit ihm untergehen?« Der Griff um seinen linken Oberarm wurde schwächer. »Lasst euch doch nicht so einseifen von dem!« Devcon musterte die beiden Kuttenträger beschwörend. »Macht es nicht schlimmer, als es schon ist. Lasst mich gehen ...«

»Geben Sie sich keine Mühe«, unterbrach ihn der Anführer und klang gelangweilt. »Sie reden nicht mit irgendwelchen Handlangern, sondern mit Kämpfern der *Weißen Lilie*.«

Devcon änderte seine Blickrichtung nicht. »Wenn ihr mich jetzt tötet, landet ihr gemeinsam mit eurem durchgedrehten Kumpel garantiert im Knast. Und zwar für eine sehr lange Zeit!«

»Wie kommen Sie nur auf diese komische Idee?«, höhnte der Anführer. »Alles eine Frage der Beweismittelanrichtung, nicht wahr? Ihre Leute werden nur das finden, was sie auch finden sollen. Ist schon perfekt vorbereitet.«

Devcon ließ sich nicht beirren. Sein Puls ging relativ normal, von Panik oder gar Todesangst keine Spur. *Zerstöre die Gruppe,* funkte es in seinem Kopf wie bei einem Sonar im U-Boot. »Ihr unterschätzt unsere Möglichkeiten. Und glaubt mir, bei Polizistenmord sind die Kollegen erst recht motiviert.«

»Mag sein, dass das dort, wo du herkommst, so ist«, widersprach der Rädelsführer, dem Devcons US-amerikanischer Akzent keineswegs entgangen war.

Devcon ignorierte ihn und sprach weiterhin nur mit seinen beiden Bewachern. *Zerstöre die Gruppe ...* »Wofür wollt ihr mich überhaupt töten? Dafür, dass ich einen Entlassungsbeschluss übermittelt habe? Bisschen dürftige Begründung, wenn man mal sieht, was sonst so geschieht auf dieser Welt, und das jeden

Tag, oder nicht? Wir alle müssen manchmal Dinge tun, die unserem eigenen Wollen zutiefst widerstreben.«

»Ihre Sekretärin ist tot, arrogantes Arschloch!«

Devcon wandte sich dem Anführer zu. »Verstehen Sie es tatsächlich noch immer nicht? Es gibt Situationen, in denen man mit frontaler Verweigerung einer Anweisung gar nichts erreicht. Dann wäre die Kündigung von einer anderen Person ausgesprochen worden. Das heißt, unmittelbar«, er betonte das Wort, als spräche er mit einem geistig Zurückgebliebenen, »konnte ich zwar nichts tun ...«

»Wenn Sie so wertlos sind, wird niemand Ihren Tod betrauern«, lautete der eisig hervorgebrachte Kommentar.

»Und welchen Wert haben Sie?«, parierte Devcon. Seine Augen glühten wie dunkle Lava. »Wen retten Sie durch Ihre Morde? Sie sind nur ein weiterer Terrorist, der sich von der Angst der Menschen nährt. Und instrumentalisieren den Mob zur Untermauerung Ihrer Selbstherrlichkeit, anstatt auch nur ein einziges Problem zu lösen. Gier nach Geld, Gier nach Macht, Gier nach Prestige, Gier nach Anerkennung – was genau es ist, das ist doch egal, stimmt's Jungchen? Letztlich ist es immer die Gier selbst, die den Menschen von innen heraus zerfrisst. Und von dir ist außer dieser Gier und deiner schwarzen Kutte schon jetzt nichts mehr zu sehen.«

Im Gewölbe herrschte eine tödliche Stille. Selbst das Flackern der Fackel schien für einen Moment innezuhalten. Bis sich der Rädelsführer abrupt in Bewegung setzte. »Los jetzt, genug Zeit geschindet. Bringt ihn zur Guillotine.«

26

Im gleichen Kellergewölbe, ganz in der Nähe ...

Sabine schlug die Augen auf. Ihr Herz pochte bis zum Hals. Etwas hatte ihr Gesicht gestreift. Etwas Haariges. Sie lag gekrümmt auf der Seite, Embryohaltung. Sie wagte es kaum, zu atmen und spähte durch das Dunkel. Ein modrig-feuchter Geruch stieg ihr in die Nase. Überlagert vom Gestank nach Urin. *Der Verschlag ... ich bin immer noch in diesem Verschlag ...* Sie hob den Kopf an. Meinte, dumpf klingende Stimmen zu hören. Wer war das? Freund oder Feind?

Mit ihren Fesseln um die Hand- und Fußgelenke quälte Sabine sich auf die Knie und stütze ihren Oberkörper mit den Händen ab, als wäre sie ein Vierbeiner. *Hunger ... Durst ...*

Sie krabbelte vorwärts. In die Richtung, aus der die dumpfen Stimmen kamen. Was gesprochen wurde, konnte sie nicht verstehen, dafür waren sie zu weit weg. Es musste mindestens eine Gewölbewand zwischen ihnen liegen. Hatte Gary sich befreien können? Der sie hatte retten wollen, aber von Hendrik-Dämon überwältigt worden war? Hatte ihr Bruder ihn unterschätzt? Und nun kam Gary mit einem Suchtrupp zurück?

Sabines Puls raste, ihr Kopf wurde heiß wie bei Fieber. *Ich muss mich bemerkbar machen!* Sie öffnete den Mund, wollte schreien. Aus ihrer ausgedörrten Kehle drang nur ein leises Röcheln. Sie krabbelte weiter, spürte, wie ihre Kräfte nachließen, stieß mit der Stirn gegen einen feuchtkalten Stein, der aus der Wand hervor ragte. Sabine bewegte sich rückwärts, mit schmerzhaft verzogenem Gesicht. Die Kabel schnitten ihr immer tiefer ins Fleisch. Die Haut an ihren Handkanten brannte, ebenso ihre Ellenbogen und die Knie. Sie versuchte abermals, sich stimmlich bemerkbar zu machen. Mehr als ein Wimmern brachte sie nicht zustande. *Sie müssen mich finden!*, dachte sie, während ihr Herz derart schnell schlug, dass sie das Gefühl hatte, es würde gleich in ihrer Brust explodieren. Ihr Kopf glühte, in ihren Ohren dröhnte es, als läge sie auf dem Seitenstreifen einer Autobahn, über die jede Menge Schwerverkehr brauste.

Sie drehte sich mehrfach um die eigene Achse, verlor die Orientierung und krabbelte weiter. Traf erneut auf einen Widerstand. Erschrocken zog sie ihren Kopf zurück. Und streckte sich langsam wieder vor. Sie ging ins Hohlkreuz, sodass ihr Bauch den Boden fast wieder berührte. Mit den Fingerkuppen ihrer zusammen gebundenen Hände tastete sie ihren Fund ab. Der Gegenstand war hügelig. Und weich. Wie Kleidung. Ein Mensch.

Sabine zuckte zurück, die Augen panisch aufgerissen. Doch sie sah nur Finsternis. Sabine fing an zu zittern, biss sich versehentlich auf die Zunge und schmeckte Blut. Lag dort, in ihrer unmittelbaren Nähe, ein neuer Leichnam? Ohne Kopf?

Sabines ganzer Körper bebte. Sie setzte sich aufrecht hin. Immer höhere Panikwellen tobten durch ihr Inneres. Sie riss ihren Mund auf, röchelte, hustete, gab erstickt klingende Laute von sich.

Hatte sie jemand gehört? Sie lauschte angestrengt. Die Stimmen waren verstummt. Aus Sabines Augen liefen Tränen. Waren sie überhaupt real gewesen, diese Stimmen? Oder hatte sie die nur in ihrem Kopf gehört?

Und lag dort wirklich eine Leiche?

Sabine durchlief es heiß und kalt. Oder war es Gary? Der sie hatte retten wollen, aber von Hendrik-Dämon überwältigt worden war? Und der viel zu schwer verletzt war, um entkommen zu können? *Oder gar* ... Sabine wagte nicht, den Gedanken zu Ende zu denken. Den Gedanken, dass Gary auch längst tot sein könnte. *Hendrik-Dämon braucht ihn noch! Irgendwas hat er mit uns vor ...*

Vorsichtig streckte Sabine ihr rechtes Bein aus. Tippte den Körper leicht an. Nichts, keine Regung. Noch immer auf dem Hosenboden sitzend, robbte sie näher an die Gestalt heran. Wieder streifte sie etwas. Dieses Mal am rechten Fußknöchel. Etwas Weiches, Fellartiges. Wie durch einen Stromschlag ausgelöst, riss Sabine ihre gefesselten Hände hoch und fing an, um sich zu boxen. Gleichzeitig trat sie mit ihren zusammen gebundenen Füßen nach allen Seiten aus.

Ein Fiepen drang an ihr Ohr. Trappeln. Sabine versteifte sich, meinte, ein Monster aus Eis würde seine stählerne Faust in ihre Brust rammen. *Ratten! Die Ratten kommen!* Sabine hörte nicht auf, nach allen

Seiten zu schlagen und zu treten, während sie sich auf die Beine mühte. Und gleich wieder hinschlug. Es fiepte. Unmittelbar neben ihrem Gesicht. Sabines Hände schwirrten wie zwei um sich selbst kreisende Bienen umher. Sie schaffte sich auf die Füße, hüpfte los und fiel abermals. Quer über den reglosen Leib. Ein Stöhnen erklang.

Gary! Er lebt!

Sabine wand sich von dem Körper herunter. Ertastete einen in einem Schnürschuh steckenden Fuß, befühlte ein Hosenbein, Gürtel und Oberkörper, der in einem weichen Pullover steckte. Das Kabel, das ihre Handgelenke fesselte, schien in Flammen zu stehen, ihre Augen tränten vor Schmerz. Sie atmete keuchend. »Gary, wach auf! Bitte!« Die eigene Stimme kam ihr fremd vor, jeder Muskel in ihr war angespannt. Bereit, jederzeit einen der grässlichen Nager abzuwehren, der in dieser Finsternis auf sie zusprang. *Und mir mit den dolchartigen Zähnen im hässlichen Maul ein Stück meines Fleischs ...* Sabine drehte beinahe durch. Aus ihrer Kehle drang ein Jaulen wie das eines misshandelten Hundes. Ihre flatternden Finger fuhren über Garys Gesicht. Durch sein Kraushaar. Und fassten in eine klebrige Masse hinein. Wieder ein Stöhnen.

Sabine wich zurück wie nach einem brutalen Schlag. Hatten die grauen Biester schon begonnen, an Gary zu fressen? »Oh, mein Gott!«

Sie rappelte sich hoch, sah giftgrün leuchtende Schlieren, die ihr kurz vor dem Kollaps stehender Kreislauf auf ihre Netzhaut projizierte. Sie musste sofort raus hier! Hilfe holen. Wo waren die Stimmen?

Sabine sprang vorwärts, wedelte abwehrend mit ihren aneinander gebundenen Armen und prallte seitlich gegen die steinharte Gewölbemauer. Sie tastete sich an der Wand entlang und gelangte zu der Konstruktion aus Holzbrettern, die den Verschlag abriegelte. Von außen mit einem einfachen, allerdings nur schwer zu bewegenden Schnappverschluss. Sabine quetschte ihre rechte Hand durch den Holzschlitz und merkte nicht, wie Späne in ihre Haut drangen. Das Kabel scheuerte die Wunden an ihren Gelenken immer tiefer auf, doch Sabine verlor jegliches Gefühl. Ihre fast tauben Finger um den Riegel gekrallt, rüttelte sie mit aller Kraft. Er bewegte sich keinen Millimeter. Sabine gab nicht auf, getrieben von den grauenvollen Bildern in ihrem Kopf. Bilder, die den verwundet am Boden liegenden Gary zeigten. *Der bei lebendigem Leibe von den Ratten ...*

Sabines Finger zerbrachen fast an dem starren rostigen Riegel, in ihren Ohren das Fiepen der Nager, von ihr vielfach verstärkt wahrgenommen als schräges Triumphgeheul.

27

Etwa zeitgleich im Polizeipräsidium ...

»Ich würde sagen, für heute reicht's.« Sascha Grafert streckte sich nach hinten über die Lehne seines Bürostuhls und gähnte. »Schon fast Mitternacht. Und wir sind keinen Schritt weiter.« Er drehte sein von der Müdigkeit gezeichnetes Gesicht in Richtung Marco Giebler, der trotz des Red Bull-Getränks, an dem er nuckelte, noch erbärmlicher aussah als er selbst. Fraglich, ob der völlig übernächtigte junge Mann überhaupt noch realisierte, was er da beständig in die Tastatur des Computers eingab.

»Pack zusammen, ab nach Hause und schlafen«, befahl Grafert.

Giebler zeigte keine Reaktion. Er hatte den auditiven Sinn offensichtlich abgeschaltet und die Restenergie aufs Visuelle umgeleitet. Grafert runzelte die Stirn.

Tatjana Kartan schlurfte zur Tür herein. Sie wirkte frischer als die Kollegen, weil sie sich in den sanitären Anlagen mit einigen Schüben eiskaltem Wasser wiederbelebt hatte. Einen motivierten Eindruck machte sie jedoch auch nicht mehr.

»Brechen wir ab?« Grafert, die Hände hinter dem Kopf verschränkt, schaute ihr aus halboffenen Lidern entgegen. Sie gab einen nach Zustimmung klingenden Ton von sich und ließ sich auf Leila Voists Schreibtischstuhl fallen, an deren Arbeitsplatz sie es sich bequem gemacht hatte, da ihr eigener Bereich von Marco Giebler belagert wurde. Tatjana schaute zu ihrem Lieblingskollegen aus der SOKO Internet hin und schüttelte den Kopf. Heute ging nichts mehr, da hatte Grafert recht. Außer, jemand wollte einen Film über Polizeizombies drehen. Da müsste man zumindest Giebler nicht mal mehr schminken. Sie erhob sich und griff nach ihrem Handy. Es lag stumm neben der Tastatur auf Voists akribisch aufgeräumtem Schreibtisch. Tatjana aktivierte es und checkte den Nachrichteneingang. Ihre trockenen Lippen, sie hatte das Trinken vergessen in den letzten Stunden, verzogen sich zu einem Lächeln. Sie öffnete die neue Nachricht. Ihr Lächeln gefror. »Scheiße!«

»Was ist?«, fragte Grafert alarmiert. Tatjana sah aus, als hätte sie den Tod gesehen.

»Der Code! Das ist der Code!«, rief sie mit aufgerissenen Augen und hielt ihr Handy hoch.

»Was für ein Code?«

Tatjana hetzte mit drei großen Ausfallschritten zu Giebler hin. »Marco! Ganz schnell! Von wo genau wurde die Nachricht gesendet? Private Standortfreigabe des Absenders liegt vor!«

Giebler, ganz benommen von Tatjanas einem Hurrikan gleichenden Auftritt, nahm das Telefon und starrte aufs Display.

»Kann mich mal jemand aufklären?«, forderte Grafert ziemlich ungehalten.

»Ortung ein Stück außerhalb von Nieder-Eschbach«, murmelte Giebler und starrte zum Computerbildschirm, der nun ein Fenster mit ganz anderen Daten im Vollbildmodus zeigte. »In einem Radius ... «

»Sofort SEK-Einsatzkräfte nach Nieder-Eschbach!«, schrie Tatjana Grafert an. »Genauere Angabe folgt!«

»Erst, wenn ...«

»Nach der letzten Sache, wo ich beinahe drauf gegangen wäre, kam Jim die Idee mit dem Code! Bei höchster Gefahr dreimal hintereinander den gleichen Buchstaben eintippen, egal welcher! Dann wüsste er sofort Bescheid, wenn er die Nachricht sieht!« Tatjana redete in einer Geschwindigkeit, als gäbe es kein Morgen mehr. »Und jetzt hat er mir das geschickt. Qqq!«

»Sonst nichts?«, hakte Grafert nach.

»Nein! Nur der Code!« Tatjana heulte fast.

Grafert griff sofort zum Telefon.

28

Nieder-Eschbach, Gewölbekeller ...

Es war die nackte Angst vor einem grausamen Tod, wie ihn der Mann in dem *Knochenjäger*-Film erleiden musste, die Sabine antrieb. Der rostige Riegel hatte sich erst einen halben Zentimeter bewegt. Ihre Finger bluteten. Sabine nahm es nicht wahr. Das Fiepen schien immer lauter zu werden, klang wie das Angriffssignal einer Rattenarmee, die näher und näher an sie heran marschierte. Und mit ihren grauen hässlichen Körpern den am Boden liegenden Gary langsam erstickten.

Der Riegel schnappte auf. Sabine hüpfte mit drei großen Sätzen hinaus, verlor auf ihren gefesselten Füßen das Gleichgewicht und prallte mit Wucht gegen die Gewölbewand. Ihre Stirn war wie taub, in ihrem Schädel hallte ein dumpfer Gong nach. Wie ein Schiff in schwerer Seenot hielt sie sich gerade so aufrecht. Mit winzigen Hopsern bewegte sie sich den schmalen Gang entlang. Ihre Oberschenkel zitterten, die Kraft ihrer Muskeln reichte nicht aus zur Überwindung größerer Distanzen. Instinktiv fiel sie auf die Knie, als sie den Schein der Fackel sah, die in einem angrenzenden Gewölbeabschnitt leuchtete. Und die Schatten der Kuttenträger, die an der Wand tanzten.

Sabine legte sich auf den Bauch, robbte nur auf ihren Ellenbogen vorwärts. Außerhalb des Fackelscheins. Und im Rücken der anderen, die sich um etwas versammelt hatten. Es wurde gesprochen, doch Sabine registrierte es nicht. Sie sah auch nicht hin. Konzentrierte sich nur auf sich selbst. So wie sie intuitiv hoffte, dass die anderen ebenso verfuhren. Die Stimme von Hendrik-Dämon klopfte innerhalb ihres Bewusstseins an. Er führte das Wort. Sabine verdrängte es und atmete nur, wenn es unbedingt sein musste. Bei jeder Bewegung presste sie sich noch dichter an den Boden heran, achtete darauf, dass keine Geräusche entstanden, wenn ihr Körper über den Boden glitt. Sie verging fast vor Angst. Meinte, die gierigen Blicke aus den boshaften kleinen Augen der Nager überall auf ihrem Leib zu spüren. Wie lange würde sie brauchen, die Rattenarmee, bis ihre Anführer merkten, dass die Tür zu dem Verschlag weit offen stand? Waren die Biester schon hinter ihr her und trappelten sich leise an sie heran? Oder schlugen sich gerade hunderte der spitzen Zähne in Garys wehrlos am Boden liegenden Körper?

Sabine biss sich fest auf die Zunge, unterdrückte den Schrei, der sich aus ihrer Kehle lösen wollte, als sie Garys halb skelettiertes Gesicht vor sich sah. Und die besonders fette Ratte auf seinem Kopf, die sich einen großen Fetzen aus seiner blutigen Wange riss. Garys übriges Auge starrte ihr aus abgefressenen Lidern flehentlich entgegen. *Hilf mir! Rette mich!*, lautete die Botschaft.

Sabine kam kaum noch vorwärts, weil sie so zitterte. Stück für Stück quälte sie sich weiter, mit diesen schlimmen Bildern im Kopf. Und Hendrik-Dämons Stimme in ihren Ohren ...

29

Zerstöre die Gruppe! Devcon wand sich wie ein Aal in der stahlharten Umklammerung seiner beiden Wächter. »Lasst mich los! Ich gehe selbst!«

»Ha, ha! Na klar, Opa!«, höhnte der Bewacher, der ihn auf der linken Seite festhielt. Ob es jetzt Tommi oder Christian war, Devcon wusste es nicht mehr. *Zerstöre die Gruppe ...*

Der Rädelsführer hob gebieterisch die Hand. »Lasst ihn. So möge er als Held in unsere kleine Geschichte eingehen.«

Die Kuttenträger ließen Devcon los.

»Also bitte, Herr Kommissar, nehmen Sie Platz.« Der Rädelsführer machte eine einladende Bewegung zur Guillotine hin. Devcon setzte sich in Bewegung und fixierte das Gerät, das sich wie ein dunkles Relikt aus einer längst vergangenen Zeit im Schein des Fackellichtes abzeichnete. *Aus Einzelteilen zusammengezimmert, die man in jedem Baumarkt bekommt,* dachte Devcon mit einem Anflug von Bitternis. Er straffte seinen von dem Narkotikum noch immer belasteten Körper. So weit als möglich. Seine Kiefer malmten. *Zerstöre die Gruppe ...*

»Etwas schneller, bitte. Wir haben nicht die ganze Nacht Zeit«, dröhnte die Stimme des Anführers wie die eines selbstherrlichen Inquisitors in Devcons Ohren. Unendlich langsam ließ er sich auf der Liege nieder und verharrte in sitzender Position.

»Na, was ist? Möchten Sie ein paar letzte Worte sprechen? Gerne. Bitte haben Sie Verständnis, dass wir diese nicht aufzeichnen können.«

Trotz der Kutten, die die Körper seiner Feinde vollständig verhüllten, erkannte Devcon deutlich, dass zumindest der Anführer die Grenze zum Psychopathologischen längst überschritten hatte. Sein Narziss regierte den Geist zuungunsten von Vernunft und Mitgefühl. Solche Menschen funktionierten wie Gotteskrieger. Fest im Glauben an die eigene Person, bestand der Unterschied nur darin, dass sie sich selbst an die Stelle eines Allmächtigen gesetzt hatten. »Und an wen soll ich die richten, meine letzten Worte?«, gab Devcon zurück. »An Sie etwa? Pure Verschwendung, Sie hören ohnehin nur sich selbst zu.«

Die Schultern des anführenden Kuttenträgers zuckten. »Na, dann eben nicht.« Er wandte sich an seinen Kumpanen. »Joshua, du hast die Ehre.« Er streckte die Arme vor wie bei einer Präsentation. Dann richtete er den Zeigefinger auf Devcon. »Und, legen Sie sich freiwillig hin?«

Devcon blieb starr aufrecht sitzen, seine Augen schimmerten vor Anstrengung. Buchstäblich in die Ecke gedrängt, sah er den vier Vermummten entgegen, die einen Halbkreis um die Guillotine gebildet hatten. Und die ihn aus den Schlitzen in ihren Kapuzen anzustieren schienen, als wäre er Löwenfutter im Circus Maximus des alten Roms. *Zerstöre die Gruppe!*

Der Anführer verlor die Geduld. »Tommi, Christian ...«

Devcon hob die Hände. Er nahm die Beine hoch und legte sich hin. Rücklings. Mit Blick auf die im Fackelschein blitzende Klinge. Devcon kniff die Augen zusammen und schluckte mehrmals.

»Oh, man mimt den Helden, wie spannend.«

Kein Zweifel, der Rädelsführer genoss das Spektakel.

»Joshua, dein Auftritt.«

Devcons Atmung beschleunigte sich. Ein Kuttenträger näherte sich. Er streckte die Hand Richtung Seilzug aus. Devcons Körper schien in Flammen zu stehen, er japste nach Luft, den Blick aus seinen flatternden Lidern zu den Sehschlitzen seines Henkers gerichtet. Jede einzelne Sekunde schien sich zu einer marternden Ewigkeit auszudehnen. In der nichts geschah. Die Zeit schien anzuhalten.

30

Sabine war am Ende ihrer Kräfte, als sie die Treppe erreichte, die ins Freie führte. Das Stimmengewirr in dem Gewölbeabschnitt drang nicht mehr in ihr Bewusstsein, seit sie durch den schmalen Flur Richtung Ausgang gerobbt war. Ihr Körper, ihr Geist, alles fixierte sich nur noch auf ihre Flucht. *Weiter! Schnell! Sonst fressen sie Gary!* Wieder sah sie sein aufgerissenes Auge vor sich, das Weiß der Pupille, das unter den abgefressenen Lidern hervorquoll. Blutumrandet. Sabine zuckte vor Angst wie nach Stromstößen mit dem Defibrillator.

Sie mobilisierte sämtliche Restenergien und schaffte sich die Stufen hinauf. Halb aufrecht lehnte sie sich gegen die morsche Gewölbetür und drückte sie auf. Sobald genug Platz war, zwängte Sabine sich durch. Den Oberkörper zuerst, die gefesselten Füße zum Schluss. Die Tür fiel wieder zu.

Auf der Seite liegend, hielt Sabine ihre Augen geschlossen, weil selbst das fahle Mondlicht sie blendete nach den Tagen dort unten in der Dunkelheit. Sie rollte sich auf den Bauch und krabbelte weiter. So schnell sie konnte. Und ohne nach hinten zu schauen. *Die Ratten! Hilfe! Es sind so viele ...*

Tränenblind und mit hämmerndem Herzen merkte sie nicht, dass sie mitten auf die Straße kroch. Sie petzte ihre Augen zu, um sich vor den gleißenden Lichtern zu schützen, die von vorne an sie herannahten.

31

»Schau ihn nicht an!«, bellte der Rädelsführer.
Sieh mich genau an, schrie alles in Devcon.
Die Hand Richtung Seilzug der Guillotine sank.
»Verdammt noch mal!«
Der zögerliche Kuttenträger wurde zur Seite gestoßen. Der Rädelsführer nahm seinen Platz ein. Devcon meinte, den Blick des Rasenden auf seinem mit Schweiß überströmten Gesicht zu spüren wie glühende Nadeln. Seine Lider schlossen sich über dem brennenden Schmerz.
»So gehe dahin«, deklamierte der selbst ernannte Vollstrecker. »Furchtlos, stark und ohne Angst vor dem Tod ...«
»ABER ICH HABE ANGST VOR SEINEM TOD!«
Eine helle Stimme hallte durchs Gewölbe, grelles Licht blitzte auf, ein Schuss wurde abgefeuert. Der Knall fraß sich bis in den letzten Winkel des Gehörgangs, Devcon nahm nur noch ein ohrenbetäubendes Rauschen wahr. Lichtstrahle wirbelten durcheinander. Wie in einer Zeitlupennachstellung erlebte Devcon mit, wie ihn jemand von dem Brett zerrte. Er fiel zu Boden und wurde sofort wieder hochgezogen. Devcon blinzelte und sah schwarz Uniformierte, die Helme mit integrierten Lampen trugen. Und Pistolen. Die Lichter zuckten umher. Die Zielpunkte, auf die sie trafen, leuchteten taghell wie bei einem einschla-

genden Gewitterblitz.

Zwei der SEK-Männer packten Devcon und bugsierten ihn von der Guillotine weg. Weitere überwältigten die Kuttenträger, pressten sie zu Boden, rissen die Vermummungen herunter und ließen die Handschellen zuschnappen. Einer war verletzt. Sein Mund stand weit offen zu einem Schrei, den Devcon nicht hören konnte, als ein Beamter mit Helm die linke Schulter des Mannes packte. Sah nach einer Schusswunde aus, die der Kahlrasierte sich bei der Stürmung eingefangen haben musste. *Der Code* ... Nur langsam begriff Devcon, das Bewusstsein noch halb unter der Lawine aus Todesangst begraben, die über ihn hereingebrochen war. Eine Angst, die er in der Intensität nie zuvor verspürt hatte. Das Ende, er hatte es kristallklar vor sich gesehen. Das Ende von allem ... *Tatjana* ... Sie musste sofort reagiert haben ...

Sie rannte auf ihn zu und klammerte sich an ihm fest. Die Beamten ließen ihn los, sodass er die Umarmung erwidern konnte. Sie trat einen Schritt zurück und schaute ihn an, Tränen der Erleichterung in den Augen. *Alles gut?*, formten ihre Lippen, während sie ihm gleichzeitig durch Handzeichen bedeutete, dass auch sie vorübergehend taub war. Devcon nickte. Sein Blick irrte umher. Wie ein Komparse im Stummfilm kam er sich vor. Tatjana zeigte zu einer jungen Frau hin, die verloren inmitten des Tohuwabohus stand. Aus Tatjanas Gestik schloss er, dass sie ebenfalls eine Geisel gewesen sein musste.

Tatjana nahm ihr Handy aus der Tasche ihrer Daunenjacke, öffnete ein Menü zur Texteingabe, zeigte nochmals auf die Frau und tippte: *Hat uns hier runter geführt. Hätten sie vorher fast überfahren!* Devcon nahm ihr das Handy aus der Hand und tippte: *Wie habt ihr hergefunden?* Tatjana las die Frage, grinste und gab ein: *Giebler. Dem entkommt keiner.* Smiley.

Devcons Mundwinkel bogen sich nach oben. Tatjana lachte und hielt ihren rechten Daumen hoch. Devcon sah wieder zu der schmutzigen jungen Frau hin, die allein ihrem Äußeren nach zu schließen Entsetzliches erlebt haben musste. Ihre Kleidung strotzte vor Dreck, hing an ihrem Körper herab. Ihr halblanges Kraushaar wirkte verfilzt, das Gesicht hager. Anzeichen für einen schnellen Gewichtsverlust wegen Ernährungsmangel. Oder durch immense psychische Belastung. Vielleicht sogar beides. Devcon beobachtete, wie sie auf unsicheren Beinen auf den Kahlrasierten zu schlich. Und verschreckt zurück wich, als er sie anspuckte.

Jemand vom SEK tippte Tatjana auf die Schulter, gestikulierte ihr, ihm zu folgen. Sie gab Devcon einen langen Kuss auf die Wange und verschwand. Devcon hatte noch immer das Gefühl, dass er nicht vollständig wieder bei sich war. Er stand da und erlebte alles, als stünde er hinter einem schweren Vorhang, der zwar Licht durch ließ, jedoch sämtliche Geräusche dämmte.

Die vier jungen Männer wurden abgeführt. Einer sah zu Devcon hin, mit verheultem Blick. *Tommi,* nahm er an.

Er schaute nach der schmutzigen jungen Frau, die von einem uniformierten Beamten behutsam weggebracht wurde. Sie drehte den Kopf, Devcons Blick und ihrer trafen sich. Devcon erschrak. Ihre Augen lagen tief in den Höhlen, als wollten sie weg von der Welt nach innen flüchten. Ihre Wangen waren derart hohl, dass Devcon spontan an ein Skelett dachte. Oder eine Besessene. Der Beamte zog die junge Frau weiter.

Tatjana kam zurück und deutete auf die beiden Beamten, die durch den Lichtschein marschierten, den ein weiterer SEK-Mann mit seinem Helm spendete. Der junge Mann, den sie in ihrer Mitte transportierten, war offensichtlich verletzt. An der Schläfe des Dunkelhäutigen prangte eine übel aussehende Wunde. Weitere Blessuren konnte Devcon nicht erkennen. Noch eine Geisel, wie Tatjana ihm mittels Zeichensprache klar machte. Mit Sicherheit würde es noch etwas dauern, bis sich ihrer beider Trommelfell wieder erholt haben würde, nach dem Rettungsschuss des SEK-Beamten innerhalb des Gewölbes. Gleiches galt für die Kuttenträger und die schmutzige Frau.

Tatjana zog Devcon mit sich, achtete darauf, nicht zu schnell zu gehen, da seine Motorik noch immer nicht ganz wieder hergestellt war. Der Puddinganteil innerhalb seiner Beinmuskulatur lag bei gefühlten fünfzig Prozent. Er tappte mit Tatjana durch den schmalen Gewölbegang, sie leuchtete voraus mit ihrer Taschenlampe. Vor einem Verschlag blieben sie stehen. Tatjana richtete den Lichtstrahl so aus, dass

Devcon zunächst ihr Gesicht sah. Ihr von Fassungslosigkeit und Abscheu geprägtes Mienenspiel bereitete ihn unmissverständlich darauf vor, dass er gleich etwas Furchtbares zu sehen bekommen würde. Der Strahl der Taschenlampe senkte sich herab und beleuchtete die drei Leichenköpfe, die sie in dem Horrorvideo gesehen hatten. Ohne den virtuellen Filter war der Anblick noch viel schwerer zu ertragen.

Devcon wandte sich ab. Wagte nicht, sich auszumalen, welchem Schicksal er um Haaresbreite entgangen war. Und was wohl noch alles passiert wäre, wenn die *Weiße Lilie* nicht ausgerechnet ihn gekidnappt hätte. Sicher hätten sie die Bande durch Ermittlungsarbeit irgendwann auch so geschnappt. Doch wie lange hätte der Kahlrasierte bis dahin wüten können? Und wer wäre noch alles in seinen Bann geraten?

Devcon zog Tatjana an sich heran, vergrub sein Gesicht in ihrem feuchten Haar. Er sah es schon länger. In letzter Zeit schien es sich jedoch zu beschleunigen. Dass es immer kälter wurde, da draußen in der Gesellschaft. Brutaler. Und skrupelloser. Weil zu viele Menschen das Gefühl hatten, die Kontrolle über ihr Leben zu verlieren.

* * *

Seelenfalle:
STRAßE DER TRÄNEN

Pfade des Todes
sind oft auf Sehnsucht gebaut

PROLOG

Sie wusste nicht, wie lange sie schon in dem Loch saß. Erst hatte sie gehofft, es sei nur ein böser Traum, aus dem sie von selbst wieder erwachen würde. Doch sie schlief nicht. Umgeben von feuchter, nach Moder riechender Luft, eingehüllt in tiefe Schwärze, wuchs ihre Angst mit jedem Atemzug. Die Angst, von der Außenwelt vergessen zu werden.

Verloren an die Dunkelheit.

So sehr sie sich auch anstrengte, sie konnte nichts sehen. Nur diese farbigen Schlieren, die vor ihren Augen tanzten, teilweise ineinander verschwammen und sich dann auflösten.

Sie hatte nicht die geringste Ahnung, wie sie her gekommen war. Sie erinnerte sich nur an dieses Gesicht. Ein betörend schönes, fast engelsgleiches Gesicht. Doch irgendwas stimmte nicht mit diesem Gesicht. Immer, wenn sie es vor sich sah, schien sich gleichzeitig ein tonnenschwerer Behälter auf ihre Brust zu legen, der ihr das Atmen unmöglich machte.

Sie schüttelte den Kopf und presste beide Hände an die Schläfen. Sie durfte nicht zulassen, dass die Angst ihr die Kehle zuschnürte. Als hätte sie sich verbrüht, nahm sie ihre Finger herunter. Da war ein Verband. Sie befühlte die Stelle an ihrem Kopf noch einmal. Vorsichtig. Was war passiert? Hatte sie einen Unfall gehabt? Mit schweren Verletzungen? An denen sie dann ...

Ihr Herz pochte so laut, dass es in ihren Ohren dröhnte. Sie wagte nicht, sich zu rühren. Zu groß war ihre Angst davor, erkennen zu müssen, dass sie gestorben war und nun in irgendeinem Zwischenreich festsaß. Wo niemand ihre verzweifelten Schreie hören würde.

Sie fing an zu weinen. Die vollkommene Schwärze in diesem Loch erdrückte sie, ließ irrationale Gedanken zu, die ihr normalerweise nie in den Sinn gekommen wären.

Es gibt keine Zwischenreiche! Es gibt nur tot oder lebendig. Und noch atmest du! Noch ...

Sie kauerte sich auf dem feuchtkalten Boden zusammen und wimmerte leise. Wie ein verletztes Tier. Sie befühlte noch einmal den Verband. Im Bereich ihrer rechten Schläfe schien er mit etwas Flüssigkeit durchtränkt zu sein. Ihre Finger zuckten zurück. Blut? Ihr Blut? War da eine Wunde? Wieso schmerzte sie nicht? Wer hatte sie versorgt? Und noch viel wichtiger: Wie war es zu der Verletzung gekommen?

Sie schloss ihre Augen und spürte das Beben ihrer Lippen. Überall nur Dunkelheit. Innen und außen. Was sollte sie nur tun? Hier liegen bleiben und warten? Worauf? Auf ihren Retter? Wer wusste denn überhaupt, dass sie hier war? In dieser Finsternis?

Wieder tauchte das schöne Gesicht auf dem Schirm ihrer Wahrnehmungen auf. Ein Gesicht mit einem Ausdruck, den sie nicht deuten konnte. Sie konzentrierte sich mit aller Kraft, versuchte, das Bild schärfer zu bekommen. Als gäbe es innerhalb ihres Schädels Knöpfe dafür wie bei einer Kamera. Doch es half nicht. Das schöne Gesicht blieb auf Abstand, entfernte sich weiter und verschwamm schließlich ganz. Wie eine in Glut geschmolzene Figur.

Hatte sie Halluzinationen? Stand sie unter Drogen, die ihr jemand verabreicht hatte? Dieselbe Person, die ihren Kopf verbunden hatte? Was hatte dieser Mensch mit ihr vor, wieso hielt er sie hier gefangen?

Ihr Herz begann abermals zu rasen. War sie Teil eines obskuren Experiments? Lag sie in einem abgelegenen Kerker, der einer sehr kranken Seele gehörte? Ein grausamer Irrer, der sie bald abholen würde, um sie bei lebendigem Leib auszuweiden? Oder ihr bei vollem Bewusstsein Gliedmaßen amputierte?

Nein, nein, nein, funkte der kärgliche Rest ihres rational arbeitenden Verstandes in die vollkommene Finsternis hinein. Ihr Kopf schmerzte unter der Anstrengung, das panische Gedankengut, das sie zu überrennen drohte wie eine Horde wilder Krieger, aus ihrem Bewusstsein zu drängen.

Tu was. Steh auf. Jetzt, kommandierte die Stimme ihres rationalen Restverstandes.

Sie gehorchte und erhob sich. Langsam. Die Arme nach allen Seiten ausgestreckt, um etwaige Hindernisse rechtzeitig zu realisieren. Doch da war nichts.

Nur Schwärze. Und das Zittern ihrer Beine.

Sie wankte los. Landete nach nur wenigen Schritten an einer Wand. Sie war hart und ebenfalls klamm. Der erdig-modrige Geruch intensivierte sich.

Ein Stich in ihrer Brust ließ sie zusammenzucken. Ein Stich wie mit einer glühenden Nadel, die jemand in ihr Herz trieb. Hatte man sie in einen Brunnenschacht geworfen? Mit einer meterdicken Abdeckung, der vergessen ließ, dass er überhaupt existierte? Dann hatte sie keine Chance auf Flucht. Und auch keine Möglichkeit, sich bemerkbar zu machen.

Sie versuchte, ihre Tränen und die Woge der Hoffnungslosigkeit, die ihr Inneres flutete, zu ignorieren. Tapfer tastete sie sich an der modrigen Wand entlang, die stellenweise porös wirkte. Definitiv kein Stein. Aber dennoch feste Erde. Mit knorrigen Erhebungen drin. Altes Wurzelwerk? *Also doch kein Brunnenschacht,* befand sie.

War das gut oder schlecht?

Sie verlor fast das Gleichgewicht, als ihr rechter Arm ins Leere griff. Die Wand war zu Ende. *Ein Loch im Loch ...*

Sie ließ sich auf die Knie sinken und streckte die Hände aus. Befühlte den Boden. Keine Veränderung. Sie richtete sich wieder auf und bewegte sich vorwärts, tastete sich bei jedem Schritt zunächst nur mit der Fußspitze vor. Falls irgendwo ein weiterer Abgrund lauerte, in den sie stürzen könnte, würde sie es so rechtzeitig merken.

Sie fand keinen Abgrund. Nur ein weiteres dunkles

Loch, das wiederum in ein anderes führte. Danach kam ein drittes. Oder schon das Vierte? Sie hatte die Orientierung verloren in diesem Labyrinth. Dennoch lief sie weiter und weiter, kämpfte an gegen den riesigen Moloch, der sich aus ihrer Verlorenheit speiste. Fast körperlich spürte sie, wie er sie ansaugte. Und wenn sie nicht widerstand und sich aufgab, würde sie tatsächlich für immer weg sein. *An die Dunkelheit verloren.*

Ein Winseln ließ sie aufhorchen.

Sie fuhr in die Richtung herum, aus der sie das Geräusch vernommen hatte. War da ein Tier? Ein verletztes Tier, das ebenfalls hier unten gefangen gehalten wurde? Welcher Psychopath hortete Menschen und Tiere?

Sie schluckte trocken. War sie in die Fänge eines Superwahnsinnigen geraten, dem es völlig gleichgültig war, welche Art Lebewesen er schlitzte?

Da, wieder!

Ihr Herz zog sich zusammen. Das war kein Winseln. Sondern ein Wimmern. Von einem anderen Menschen. Sie war also nicht ganz alleine in diesem stockfinsteren Labyrinth aus irgendwie miteinander verbundenen Löchern.

War das gut oder schlecht?

Sie schlich sich näher an das Wimmern heran. Die Arme weit vorgestreckt. Sie trat vorsichtig auf und machte nur kleine Schritte. Auch wenn ihr Weg durch die Schwärze sie bisher nicht an einen weiteren Abgrund geführt hatte, der sie noch tiefer ins Erdreich hinabkatapultieren würde, war der Boden dennoch stellenweise uneben. Wies Löcher auf, in denen sie gut hätte umknicken können. Hier und da schienen auch größere Steine herumzuliegen, über die sie fallen konnte.

Das Wimmern verstummte.

Sie blieb stehen. Lauschte. In die Totenstille der absoluten Finsternis hinein. Nichts. Hatte sie sich das Geräusch bloß eingebildet? War es nur eine neue Täuschung durch ihr eigenes Bewusstsein gewesen, ausgelöst von ihrem im Angst- und Schreckensmodus operierenden Gehirn? Das sie doch schon mit diesem schönen Gesicht verwirrte, das sie dauernd zu sehen glaubte?

Sie rieb sich über ihre pochende Stirn und zuckte zurück, als sie den Verband bemerkte, den sie längst wieder vergessen hatte. Ihre ganze Brust schien plötzlich von heißen Nadeln durchstochen zu sein. Der Moloch der Verlorenheit trat zur Seite und ließ seinen besten Kumpel von der Leine. Das Panikmonster. *Bleib ruhig!*, schrie die Stimme ihres Restverstandes gegen das Tosen in ihrem Inneren an. Sie zwang sich, möglichst flach zu atmen und entkrampfte ihre Muskeln so gut es ging.

Was nun?

Sie starrte in die Dunkelheit.

Wieder umkehren? Wohin?

Sie wusste doch gar nicht mehr, aus welcher Richtung sie gestartet war und wie oft sie sie inzwischen gewechselt hatte. Ein unterirdischer Irrgarten, unendlich wie das All, nur ohne einen einzigen Stern. So kam es ihr vor.

Sie fühlte erneut die Präsenz des Molochs der Verlorenheit. Er stand ganz dicht bei ihr, war ihr zum Greifen nah, den Schlund weit geöffnet. Direkt hinter ihm hatte das Panikmonster Stellung bezogen und fauchte wie ein ausgehungerter Tiger. Sie scharrte mit dem Fuß über den Boden, war dankbar für das Geräusch, das beiden signalisieren sollte, dass sie noch nicht bereit war, sich ans Reich des Wahns auszuliefern. *Ich muss meine Angst kontrollieren!*

Ein Flüstern.

Sie riss die Augen auf. War das abermals nur eine Einbildung gewesen?

Sie scharrte noch einmal mit dem Fuß. Wieder Geflüster. In einer ihr fremden Sprache. Die Stimme klang jung. Jung und verängstigt.

»Ich, Freund«, stammelte sie und bewegte sich mit vorgestreckten Armen auf das Flüstern zu. Es klang jetzt gehetzt. Ein Schmerz an ihrem Bein ließ sie beinahe stürzen. Der Tritt war nicht sehr fest gewesen, aber überraschend.

»Stopp, bitte, ich Freund!«, murmelte sie beschwörend und stach mit ihren Fingern suchend in die Schwärze. Das angstvolle Wispern hob wieder an. Sie wandte sich in die Richtung, die Hände weit ausgestreckt.

Zarte Finger tasteten nach ihr. Sie spürte einen schmalen weichen Körper, der sich zitternd an sie schmiegte. Sie schlang ihre Arme um das Wesen, badete in einer Woge der Erleichterung. Erleichterung darüber, dass sie nicht mutterseelenallein war in dieser Unterwelt. Auch wenn sie wusste, dass es bar jeder Ratio war, von dem zitternden Wesen in ihren Armen Hilfe bei was auch immer zu erhoffen.

Sie roch den Schweiß, den Angstschweiß der kleinen Person. Sie schien sich noch mehr zu fürchten als sie selbst. Falls das überhaupt möglich war. Sie presste ihre Kiefer zusammen und versuchte erneut, sich an irgendetwas zu erinnern, das ihre Präsenz in dem Labyrinth der Schwärze erklären könnte. Doch außer dem schönen Gesicht, das sich aus dem dunklen Nichts herausschälte, kam ihr nichts in den Sinn.

Es übte eine magische Anziehung auf sie aus, dieses Gesicht. Obwohl sie wusste, dass es nur ein Trugbild war, konnte sie den Blick nicht abwenden. Sie starrte in glänzende Augen mit dunkler Iris, die sich in zwei finstere Löcher verwandelten. So finster wie ihre Umgebung.

Ihr wurde schwindelig, sie taumelte und krallte sich an dem wimmernden Wesen fest, hatte das Gefühl kopfüber in einen nicht enden wollenden Abgrund geschleudert zu werden. Die zarte Gestalt in ihren Armen jammerte laut. Holte sie aus ihrer Schreckensvision zurück. Sie hatte nicht gemerkt, wie sehr sie ihre Muskeln angespannt hatte und zudrückte.

Was war das für ein seltsamer Albtraum, der sie anscheinend episodenweise heimsuchte? Und jedes Mal mit einer noch härteren Version?

Sie ließ die kleine Gestalt los. Hörte, wie nach Luft

gejapst wurde. Und schnelle Schritte, die sich von ihr entfernten. *Nein, nein, nein! Bitte bleib bei mir!*

Orientierungslos tastete sie sich durch die Schwärze, beruhigende Worte murmelnd, die die kleine Gestalt nicht verstehen würde.

Dann wurde es gleißend hell. Ein Schrei ertönte, gellend und hoch, wie der eines fliehenden Vogels. Sie starrte blinzelnd ins Licht und nahm ihre Hand, mit der sie ihre Augen vor der plötzlichen Helligkeit schützte, langsam runter. Die Umrisse eines Körpers wurden sichtbar. Es war der Leib eines Mannes. Nicht sehr groß, aber dennoch höher gewachsen als sie. Sie sah sein Gesicht. Und die Erkenntnis traf sie wie ein schwerer Stromschlag.

Es war kein Albtraum. Der Teufel mit dem schönen Gesicht, er war real.

1

An einem ganz anderen Ort ...

»Sir, möchten Sie noch etwas trinken?«

Jim Devcon schlug abrupt die Augen auf und blinzelte die Stewardess an. »No, thanks«, nuschelte er. Mit zwei Fingern seiner rechten Hand rieb er sich die Lider und setzte sich gerade hin. Das junge Mädchen in der dunkelblauen Uniform lächelte ihn strahlend an, zog weiter und schmetterte den nächsten Passagieren ihre Routinefrage entgegen. Offenbar hatte man sie verinnerlichen lassen, dass jeder Fluggast Anspruch auf die gleiche Serviceleistung hatte, und dass Schlafen da keine Entschuldigung war.

Devcon kratzte sich am markanten Kinn und schaute sich um. Unschlüssig, was er nun anfangen sollte. Er registrierte den freien Platz zu seiner Linken. Devcons Mundwinkel hoben sich. Gut, dass er Tatjana den Gangplatz überlassen hatte.

Es war ihr erster gemeinsamer Flug. Doch inzwischen kannte er sie gut genug, um richtig vorauszuahnen, dass Stillsitzen auch oben über den Wolken nicht zu Tatjanas Stärken gehörte. Wenn sie nicht gerade die Toilettenkabine aufsuchte, kramte sie in ihrer Tasche, die sie sich zur Freude der Mitreisenden bereits fünf Mal aus der Ablage gefischt hatte. Das erste Mal, nachdem das Flugzeug die gewünschte Höhe erreicht hatte und das Leuchtzeichen über den

Sitzen auf Grün gesprungen war – die Erlaubnis zum Aufstehen für die Passagiere. Zwischendrin wanderte Tatjana den Gang entlang, bis eine der Flugbegleiterinnen sie zurück auf ihren Platz scheuchte.

Aus der Tatsache, dass er eingenickt war, schloss Jim Devcon, dass es Tatjana nun aber gelungen sein musste, schon eine ganze Weile unbehelligt im Flugzeug herumzuschwirren.

Er schüttelte den Kopf und machte es sich wieder bequem, rutschte ein paar Zentimeter tiefer in den Sitz, soweit möglich, die Beine seitlich ausgestreckt, seine auffällig großen Hände im Schoß gefaltet. »Richtige Totengräberschaufeln«, wie Tatjana es in ihrer charmanten Art bei einer ihrer ersten privaten Begegnungen ausgedrückt hatte.

Die Augen geschlossen, lächelte Devcon in sich hinein. Andere mochten schnell beleidigt sein, er war von Anfang an von Tatjanas losem Mundwerk fasziniert gewesen. Und von ihrem Temperament, das er in den vergangenen knapp vier Jahren auch schon einige Male verflucht hatte. Weil es sie mehr als einmal in den größten Schlammassel geführt hatte, aus dem er sie buchstäblich erst im letzten Moment hatte freischaufeln können. Und das keineswegs nur mit seinen Totengräberhänden.

Devcon machte die Augen auf, das kantige Gesicht zur Grimasse verzogen. Die angenehme Müdigkeit schien sich woanders niedergelassen zu haben, nachdem die übereifrige Stewardess sie so schroff voneinander getrennt hatte. Er schaute nach rechts zu dem jungen Mann, der auf dem Fensterplatz saß. Die Grimasse grub sich noch tiefer in Devcons sonst eher undurchdringliches Mienenspiel.

Keine fünf Minuten hatte der Bursche gesessen, schon war er eingeschlafen, die Kapuze seines Sweaters tief in die Stirn gezogen, Decke über den Beinen, und gegen die Wand neben dem Fenster zusammengerollt wie ein friedlicher Hund.

Ein sehr angenehmer Fluggast, wie Jim Devcon befand, der auf seinen zahlreichen Reisen Richtung Heimat ganz andere Sitznachbarn hatte ertragen müssen. Solche wie diese Frau aus Hanau, die zu seinem Leidwesen den für sie billigeren Flug über das Drehkreuz Dallas/Forth Worth gebucht hatte, um nach Los Angeles zu kommen. »Stadt der Engel, ha ha ha ...« Devcons Ohren klingelten noch heute bei der Erinnerung an die neun Stunden Dauerfolter durch die quäkende Stimme, deren Besitzerin nonstop quasseln konnte, ohne sich groß mit Luftholen aufzuhalten.

Er neigte sich Richtung Gang und sah sich um. Wandte seinen Blick zu den Toilettenkabinen. In der Schlange davor entdeckte er Tatjana. Als Vorletzte der Wartenden. Devcon grinste. Offenbar war sie nicht die Einzige, der die Höhenluft auf die Blase schlug. Oder ein unter Flugangst leidender Gast hatte eine Kabine dauerhaft besetzt und kotzte sich die Seele aus dem Leib.

Devcon ließ sich gegen die Rückenlehne fallen und atmete hörbar aus. Er fühlte sich hundemüde, kam aber nicht zur Ruhe. Klares Indiz, dass der Urlaub längst überfällig war. Vor allem auch deshalb, damit er endlich diese Bilder aus dem Kopf bekam. Vom zerschmetterten Körper seiner Assistentin.

Er war nicht dabei gewesen, als der U-Bahnwaggon sie überrollt hatte. Doch die Vorstellungskraft zauberte manchmal nicht minder schlimme Bilder ins Gedächtnis als die Realität. Oder gar noch schlimmere. Mindestens einmal pro Nacht wachte Jim Devcon seither auf, weil er Leichenteile hatte fliegen sehen. Und direkt danach glitzerte ihm das Fallbeil entgegen, das über ihm geschwebt hatte, als er sich in der Hand eines komplett Wahnsinnigen befunden hatte.

Auch keine schöne Erinnerung. Weder für ihn noch für Tatjana, ohne deren beherztes Eingreifen er jetzt nicht mehr am Leben wäre. Und die seit diesem grausigen Erlebnis die Nase so voll hatte von dem Job und dem ganzen Umfeld, dass sie nahezu täglich laut über eine Veränderung nachdachte. Nicht nur in beruflicher Hinsicht. Anscheinend zog sie sogar eine Auswanderung in Erwägung. Wenn er mitziehen würde.

Jim Devcon, in seine Gedanken versunken, knirschte mit den Zähnen, ohne es zu merken. Prinzipiell war er nicht abgeneigt mit Tatjana woanders zu leben, wenn es sie glücklicher machte. Und wenn die Wahl auf sein Heimatland fallen würde, könnte er ein paar Beziehungen spielen lassen. Nicht nur wegen der finanziellen Frage. Schließlich mussten sie auch im

Ausland von etwas leben. Verhungern würden sie zwar nicht so schnell, er hatte genug auf der hohen Kante. Mit seinen fast sechzig Jahren war er jedoch alt genug, um zu wissen, dass jeder Mensch eine Aufgabe brauchte, um dauerhaft etwas zu finden, das sich Glück nannte. Das *Dolce Vita* der Reichen und Schönen konnte in der Realität schnell langweilen, ganz abgesehen davon, dass es die Dauerpartys, bei denen der Schampus in Strömen floss und die Kreditkarten glühten, nur im Fernsehen gab. Reich werden konnte fix gehen, wenn man großes Glück hatte oder skrupellos genug war. Reich bleiben erforderte harte Arbeit und Disziplin.

Einfach irgendwas machen, das Nächstbeste, was sich bot, war ebenfalls keine schlaue Idee. Eine Imbissbude blieb eine Imbissbude, egal, ob sie am Golf von Mexiko lag oder in Wanne-Eickel.

Hinzu kam, dass Jim Devcon sich keineswegs sicher war, ob Tatjana sich des Unterschiedes zwischen einem sehr langen Urlaub und einer tatsächlichen Auswanderung bewusst war. Für ihn sah es vielmehr danach aus, dass sie im Moment nur nach einem Fleckchen Licht suchte in all dem Dunkel, das die letzten Mordfälle in ihr verursacht hatten.

Devcon ließ seine Augenlider sinken. Im Geiste wanderte er nach Texas, spürte das Flair San Antonios – die Stadt, in der er vor seiner Immigration nach Deutschland gelebt und gearbeitet hatte. Als *Detective* beim SAPD, *Homicide Unit*.

Mordkommission.

Seit knapp dreißig Jahren war er nun dort weg. Eine lange Zeit. Zu lange, um auf einen nennenswerten Freundeskreis bauen zu können, der einem das Wiedereinleben erleichterte. Zumindest am Anfang würde es also eine verdammt einsame Sache werden in seiner ehemaligen Heimat.

Das war das eine Problem.

Das andere: Tatjana kannte Texas nicht. War überhaupt noch nie in den USA gewesen.

Mochte sein, dass ihre englischen Sprachkenntnisse besser waren als Jim Devcons Deutsch bei seinem Entschluss, den Sprung über den großen Teich zu wagen, um dauerhaft auf der anderen Seite zu leben. Aber viele Vokabeln kennen garantierte nicht, dass man die Leute tatsächlich verstand. Das hatte er recht schnell begreifen müssen.

Devcon brummte unwillig. Dann nickte er, bekräftigte sich zum wiederholten Male, dass es richtig war, dass Tatjana sich erst einmal genauer umschaute, und zwar direkt vor Ort, bevor ein eventueller Umzug nach Texas thematisiert werden konnte. Und Jim Devcon sich ernsthaft die Frage stellen würde, ob er überhaupt zurück wollte. Wobei er schon jetzt sagen konnte, dass die Nachrichten, die ihn aus seiner alten Heimat erreichten, nicht sehr verlockend klangen. Schwarze gegen Weiße, arm gegen reich – es kam vermehrt zu Unruhen, weil immer mehr Bürger gegen die wachsende Ungerechtigkeit aufbegehrten.

Von der Objektivität besagter Nachrichten war Devcon jedoch nicht überzeugt, dafür kannte er die

Mechanismen der Presse zu gut: je schlechter die Nachricht desto höher ihr Verkaufswert.

Also hatte er Tatjana überredet, den längst fälligen Urlaub zu einer Art Studienreise umzufunktionieren, damit er sich selbst ein Bild machen konnte. Nun saß er gemeinsam mit ihr im Flieger.

Nach Vancouver. Kanada.

2

In der Finsternis ...

Sie zitterte am ganzen Körper und versuchte vergeblich, sich zu beruhigen. Ihr Albtraum war Wirklichkeit. Eine ganz schlimme Wirklichkeit, die sie komplett überforderte. Sie, die immer sofort umgeschaltet hatte, wenn ein Psychohorrorfilm im Fernsehen lief, war mittendrin im Psychohorror und stand kurz davor, vor Angst durchzudrehen.

Ihre Glieder zuckten, unablässig wie bei Parkinson. Sie riss den Mund auf und stieß einen markerschütternden Schrei aus. Der Widerhall ließ sie verstummen und augenblicklich in ihren Bewegungen innehalten. Es war nur ein kurzes Echo gewesen. Dafür aber sehr laut. Erst war sie zu Tode erschrocken. Dann übte es aus einem ihr völlig unverständlichen Grund eine beruhigende Wirkung auf sie aus.

War das die nächste Stufe im Repertoire des Grauens? Erst wurde man umgeworfen von den haushohen Wellen der Hysterie, dann lullte einen eine seltsame Ruhe ein. Und was kam danach? Konstruktive Selbstverstümmelung, um möglichst lange zu überleben?

Heißkalte Schauer durchliefen sie. Sie schluckte schmerzhaft. Ihr Hals brannte, als würde ein glühendes Kohlestück darin feststecken. Symptome einer schweren Entzündung der oberen Atemwege. Sie hustete trocken. Und der Teufel mit dem schönen Gesicht, dessen Abbild wie mit einem Brenneisen verursacht auf ihrer Netzhaut prangte, schaute ihr zu. Mit ausdrucksloser Mimik.

Sie war zurückgebracht worden in ihr Loch. An den Händen gepackt, über den Boden geschleift und dann hingeworfen wie wertloses Gerümpel.

Feuchtkalt. Modrig. Dauerklamm. Ihre Jeans, der schwarze Pullover, das T-Shirt darunter. Selbst ihre Unterwäsche klebte ihr kühl auf der Haut. Ihre Füße waren so durchgefroren, dass es wehtat. Die leichten Sneakers taugten nichts bei rauer Witterung, das hatte sie schon bei ihrer Ankunft in diesem Land festgestellt.

Ein jäher Schmerz in ihrem Unterleib ließ sie gequält aufstöhnen. Sie zwang sich auf die Beine. Ihre Blase meldete sich. Und das in immer kürzeren Abständen.

Sie wankte los und hielt die Nase hoch, irrte in der Schwärze umher, bis sie einen stechenden Geruch wahrnahm. Nach Urin. Ihrem Urin. Sie bemühte sich, ihre Notdurft stets an derselben Stelle zu verrichten. Und auch nur dann, wenn sie es gar nicht mehr aushielt. Sie hatte ja fast nichts zum Säubern. Nur das Päckchen Papiertaschentücher in ihrer Hosentasche, das sie nicht gleich aufbrauchen wollte. Weil sie nicht wusste, wie lange sie noch gefangen sein würde.

Notgedrungen blieb sie solange hocken, bis alles von selbst abgetropft war. Viel kam ohnehin nicht mehr beim Wasserlassen. Dafür brannte es höllisch.

Diagnose: Blasenentzündung.

Sie entfernte sich von ihrem Abort, soweit, bis sie den stechenden Geruch nicht mehr wahrnahm, und kauerte sich auf den feuchtkalten Boden zurück. Eine Decke. Was hätte sie nicht alles für eine Decke gegeben. Gekrümmt wie ein Embryo versuchte sie, sich aus sich selbst heraus ein wenig Wärme zu spenden. In ihrem Bauch rumpelte es. Ihre Lippen spannten, und sie hatte das Gefühl, in ihrer Mundhöhle würde sich eine immer dickere Schicht aus Staub ansammeln. Sie brachte nur noch ein kaum hörbares Hüsteln heraus.

Hunger! Durst!

Wenn sie gewusst hätte, was sie erwartete, hätte sie die Reste ihrer letzten Mahlzeit bestimmt nicht so leichtfertig weggeworfen. Der riesige Burger war mehr als genug gewesen. Die beigelegten Pommes hatte sie beim besten Willen nicht auch noch aufessen können. Und dann war da noch der Proviant gewesen. Im Auto. Nur zur Sicherheit, bis sie den nächsten Ort erreichen würde. Wann das sein würde, hatte sie anhand ihrer Karte nicht genau abschätzen können, zumal die Entfernungsangabe der des Navis in ihrem Wagen widersprach. Also war sie auf Nummer Sicher gegangen.

Was für eine Selbsttäuschung!

Sie erschrak von ihrem eigenen Schluchzen. Jeder Ton klang unverhältnismäßig laut in der Totenstille dieser schwarzen Hölle. Auch wenn sie ihn selbst verursacht hatte.

»Sicher« war hier rein gar nichts, nur soviel war sicher! Und wenn sie hätte ahnen können, was passieren würde, wäre sie niemals hergekommen.

Für irgendwelche Ahnungen war sie aber viel zu gespannt gewesen. Hatte sich von ihrer Vorfreude blenden lassen. Die Vorfreude auf ihren Trip, der sie durch die weite Natur führen sollte. Die Unberührtheit. Wo sie die Macht des Ursprünglichen erspüren wollte. Unverfälscht von dem, was Zivilisation genannt wurde.

Sie nannte es Einsamkeit. Marternde Einsamkeit inmitten der vielen Menschen, die wie sie verdammt dazu waren, ihre Tage damit zu verbringen, Dinge zu tun, die sie nicht wollten, um Sachen zu horten, die sie nicht brauchten.

Weg. Ausbruch. Neustart. Für ihre Sinne. Das war der Plan gewesen.

Ein beschissener Plan!

Trotz ihrer körperlichen Schwäche und der Angst, die sie mehr und mehr aufzehrte, spürte sie die Wut in sich aufsteigen wie einen Feuerstrahl aus dem Vulkan. Die Wut auf sich selbst.

Sie presste die Lippen zusammen, so fest, dass sie drohten, aufzuplatzen. Was war sie doch für eine verwöhnte Idiotin, gelangweilt und satt, dem gefährlichen Fehlglauben erlegen, die Welt sei ein großer Vergnügungspark, in der sie mal eben eine Portion Abenteuer buchen konnte. Um bloß nichts zu verpassen. Emotionen pur hatte sie spüren wollen, intensivste Wahrnehmungen empfinden, die im materiellen

Überfluss des gemütlichen Teils der Welt, in dem sie leben durfte, längst verschüttet gegangen waren. Egal, sie wollte alles mitnehmen, und das sofort. Denn das Leben konnte manchmal sehr kurz sein.

Oh ja! Schön, dass du das auch schon mitbekommst, du blöde Gans!

Ein Weinkrampf schüttelte sie, als sie sich sah, wie sie daheim im Arbeitszimmer ihres Vaters stand. Vor dem riesigen Globus hatte sie sich aufgebaut, tief Luft geholt, ihre Augen geschlossen und die Kugel angeschubst, damit sie ordentlich rotierte. Mit der Arroganz einer Göttin aus einem überirdischen Herrscherreich hatte sie blind und willkürlich den Finger gesetzt. Um das Ziel ihrer Abenteuerreise zu ermitteln.

Wie gottverdammt hirnrissig kann ein einzelner Mensch nur sein!

Sie bekam Schluckauf vom heftigen Weinen. Ihre Nase lief unablässig. Ihr Schädel dröhnte. Verzerrt wie hinter einer Wand aus Wasser, wurde sie erneut von dem Gesicht gequält, das in ihrem Kopf festsaß und sie scheinbar stoisch beobachtete. Was wollte er bloß von ihr, dieser Teufel mit dem schönen Antlitz? Von ihr – und dem anderen Wesen, das er hier gefangen hielt? Oder gab es sogar noch mehr Verschleppte? Lebten sie? Oder waren schon welche tot? Und hatten sie sehr leiden müssen?

Der Druck auf ihrer Brust wurde unerträglich, es schien ihr, als würden ihre Atemwege jeden Moment zerquetscht werden. In ihrem Schädel tobte ein Krieg. Ein Krieg gegen den Teufel, den sie aus ihrem Kopf verbannen musste. Sonst würde sie sterben, ohne dass er überhaupt Hand anlegen musste. Sterben vor Angst. *Vielleicht sogar die bessere Alternative ...*

Das besorgte Gesicht ihrer Mutter vertrieb die teuflisch schöne Fratze für einen Moment und spendete ihr ein Quäntchen Trost. Sie wusste, ihre Eltern würden alle Hebel in Bewegung setzen, damit sie gefunden wurde.

Sie waren wenig erfreut gewesen über ihre Reisepläne. Sie hatte sie damit beruhigt, dass es schließlich nicht in den afrikanischen Busch ging.

Wäre möglicherweise aber besser gewesen. Weil sie dort mehr Acht gegeben hätte. Hier hatte sie sich von vorneherein weniger fremd gefühlt. Und war naiv wie ein Teenager prompt in die Falle getappt. Hatte einen schweren Fehler gemacht, der ihr daheim nie unterlaufen wäre. Daheim, wo es keinen Ort und keine Situation gab, in der sie sich jemals so verloren vorgekommen war wie hier.

Ihre Tränen versiegten. Ein Gefühl der Leere breitete sich in ihr aus, einer Kraft gleich, die sie von innen heraus auflöste. Stück für Stück. Bis sie ganz von selbst aufhören würde zu atmen. *Verloren an die Dunkelheit ...*

Hier, in der schwarzen Hölle, würde sie niemand finden. Weil niemand, einschließlich sie selbst, wusste wo sie war. Und sogar, wenn der Akku ihres Handys noch funktionstüchtig wäre – es spielte keine Rolle. Hier draußen gab es kein Netz. Technik war wertlos in dem riesigen, urtümlichen Landstrich. Das hatte sie schon feststellen müssen, kurz nachdem sie die Grenze zu diesem Niemandsland passiert hatte.

Hier brauchte man Gespür. Und Instinkt. Wie ein frei lebendes Tier, das stets auf der Hut sein musste vor Fressfeinden und anderen Gefahren, die jederzeit irgendwo lauern konnten.

Reglos lag sie am Boden des Lochs, in das man sie geworfen hatte, und starrte in die Schwärze, die sie umgab wie ein schwereloses Tuch aus blickdichtem Stoff. Gespür und Instinkt. Lebenswichtig in der Natur. In ihrer künstlichen Welt jedoch längst verkümmert. Deshalb waren Menschen wie sie an diesem Ort leichte Beute. Nicht nur für wilde Tiere. Sondern auch für den Teufel mit dem schönen Gesicht.

3

Irgendwo am Straßenrand
eines Highways in Kanada ...

Naomi Hill fror erbärmlich. Ihr durchsichtiges schwarzes Blüschen aus Chiffon bot keinen Schutz gegen die aufkommende Feuchtkälte in den Abendstunden. Sogar auf den Oberschenkeln spürte sie Gänsehaut, obwohl sie Leggings trug. Pinkfarben und mit roten Herzchen bedruckt. Die Knospen ihrer Jungmädchen-Brüste wölbten sich steil unter ihrem BH, der ebenfalls nicht viel von ihrer nackten Haut verbarg. Sonst ein totsicheres Lockmittel für einen Freier, auf den sie seit über drei Stunden vergeblich wartete.

Manchmal war das so. Dass kein Auto heranrollte. Noch nicht mal ein Truck von der Westküste, beladen mit den begehrten Waren aus der Glitzerwelt, die Naomi aus dem Fernsehen kannte.

Wenn sie nachts auf der muffigen Matratze lag, die in der Hütte ihrer Mutter als ihr Schlafplatz diente, zögerte sie das Einschlafen immer solange wie möglich heraus. Sie stellte sich vor, wie es sein würde, wenn einer der Männer, die sie bediente, sich in sie verlieben und sie mitnehmen würde. In die Glitzerwelt.

Ein riesiges Haus würde sie haben. Mit Pool und einem noch riesigeren Garten. Zwei Hunde. Ein

Pferd. Und ganz viele herrliche Kleider. Wie in einem Paradies würde sie leben. So wie die Mädchen im Fernsehen. Wobei es für Naomi keine Rolle spielte, ob ihr Traumprinz auch wie ein solcher aussah. Hauptsache, er kam bald und nahm sie mit.

Die Arme eng um ihren Körper geschlungen, stolzierte sie am Straßenrand entlang, kämpfte gegen die Kälte, die ihren Körper lähmte. Mit steif gefrorenen Gliedern konnte sie schlecht arbeiten. Doch die wenigsten Freier hatten die Geduld, ihr die Zeit zu geben, sich im beheizten Auto erst einmal aufzuwärmen. Meistens war es so, dass ihr Dienst sofort begann. Noch hier am Straßenrand. Der Wagen wurde einfach an der Seite geparkt. Der Highway war breit. Und wenig frequentiert. Die Gefahr einer Behinderung anderer Fahrzeuge, die bequem daran vorbeirollen konnten, war nicht gegeben. Auch so etwas wie eine *Rush Hour* kannte man nicht. Weil es keine Büros oder Fabriken gab, in denen die wenigen Menschen, die hier lebten, hätten arbeiten können.

Außerdem wusste jeder, welche Art Dienstleistung am Straßenrand des Highways offeriert wurde. Es störte niemanden. Ganz im Gegenteil. Nie hatte Naomi es bisher erlebt, dass ein anderer Wagen anhielt, während sie ihren Freier bediente. Ein Wagen mit einem Menschen am Steuer, der nachsehen wollte, was in einem draußen in der Einsamkeit parkenden Auto vor sich ging. Ob alles in Ordnung war.

Meist war es so. Dass alles in Ordnung war. Manche Freier hatten zwar Wünsche, die Naomi nur widerwillig erfüllte, weil sie es eklig fand. Sich ins Gesicht spritzen lassen zum Beispiel. Manchmal wurden die Männer auch etwas grob. Wirklich brenzlige Situationen hatte sie bisher aber nicht erlebt. Ebenso wenig wie ihre beiden Freundinnen aus dem Reservat, die wie sie die desolate Haushaltskasse ihrer Eltern durch das Feilbieten ihrer jungen Körper aufbesserten. Außerdem waren Naomi und ihre Freundinnen an Grobheiten gewöhnt.

Die beiden waren schon vor einer halben Stunde zur Siedlung zurückgelaufen.

Zu kalt. Zu feucht. Zu dunkel.

Die dichten Regenwolken verschluckten das Sonnenlicht immer mehr. Und jetzt begann die herannahende Nacht, ihren Schleier der Finsternis über das Land zu legen. Naomi warf den Kopf in den Nacken und schaute zum Himmel hoch. Sie sah eine mit jeder Minute dunkler werdende Masse, deren Form und Konsistenz sich ständig veränderte. Als schwebte ein riesiges lebendiges Wesen über ihr. Ein Wesen, das sie beschützte. *Hoffentlich ...*

Naomi fing an, eine Melodie zu summen. Die Melodie eines Liedes, das ihre Großmutter gesungen hatte, wenn sie mit geschlossenen Augen am Feuer saß. Das Lied klang traurig, es lenkte Naomi aber von Sheenas Gerede ab, das ihr noch immer im Kopf herumging. Und das ganz sicher nicht dazu geeignet war, sich besser zu fühlen, wenn man in der Dämmerung alleine am Highway stand.

Mit ausgestreckter Hand hatte Sheena in die Wälder gezeigt, die den Highway rechts und links umgaben und sich ins Unendliche zu erstrecken schienen. Inmitten der vom Boden aufsteigenden Feuchtigkeit wollte Sheena sie gesehen haben: die Nebelgeister, die jeden Moment aus den Wäldern kriechen würden. Einer Legende nach waren sie die Vorboten eines gefährlichen Dämons. Sie schirmten ihn vor den Blicken der Mädchen ab, damit er sich unbemerkt an sie heranschleichen konnte, um sie zu holen.

Naomi mühte sich, den Glauben an die Legenden ihrer Ahnen zu verdrängen. Noch leuchtete das Licht des Tages, wenn auch nur schwach. Und die Erzählungen sagten, dass der Dämon immer erst mit dem Schleier der Nacht erschien. Sie hatte also noch etwas Zeit. Zeit, die sie unbedingt nutzen wollte.

Was, wenn heute ihr Traum wahr werden sollte und ihr Prinz, der sie mit in die Glitzerwelt nehmen würde, befand sich auf dem Weg, rollte in einem schicken Wagen über den Highway in ihre Richtung – aber sie wäre bei seiner Ankunft nicht mehr da?

Naomi begann, auf der Stelle zu hüpfen. Legte kurze Sprints ein, die sie in die andere Richtung ebenso schnell absolvierte. So hielt sie die Kälte in Schach, die ihren halbnackten Körper befingerte wie zwanzig Hände gieriger Freier es nicht gründlicher hätten tun können. Sheenas Gerede von den Nebelgeistern bekam sie so auch gleich aus dem Kopf. Zwischenzeitlich blieb sie immer wieder stehen und reckte ihren Hals. Spähte in die dunkle Ferne, die näher und näher an sie heranrückte. Wie ein hungriger Schatten, der die Berggipfel am Horizont längst verschlungen hatte und auch vor den Wäldern rechts und links an den Straßenrändern nicht Halt machte. Langsam aber stetig fraß er sich an Naomi heran.

Sie wandte sich ab, richtete ihren Blick auf den nass glänzenden Asphalt des Highways. Die Straße sah aus, als hätte es gerade geregnet. Naomis mit dem Lockenstab sorgsam gelegtes, dichtes schwarzes Haar hing schnurgerade und schwer auf ihren Schultern, vollgesogen mit der allabendlich aufkommenden Feuchtigkeit. In den Wäldern nördlich des Interior Plateaus war das keine Überraschung. Schon gar nicht im September. Wer trockenes Klima suchte, musste ins südliche Hochland.

Naomi schaute zum Horizont und versuchte vergeblich, in der Ferne Scheinwerfer auszumachen, die auf Kundschaft hoffen ließen. Oder den Prinzen. Alles, was sie sah, war der Wälder fressende Schatten, der sich noch näher an sie herangepirscht hatte. Naomi begann abermals, hin und her zu laufen, jedoch nicht mehr ganz so schnell. Das Unbehagen lähmte ihre Schritte, schien wie ein Sack Blei auf ihr zu lasten.

Vielleicht sollte sie jetzt doch lieber gehen. Nicht mehr lange, und die Nacht würde den Schleier der Finsternis über dem Land ausbreiten. Der Schleier der Finsternis, in dem auch der Wälder fressende Schatten unsichtbar sein würde. Und wer weiß, wer noch …

Naomi ließ ihre Schultern hängen. Sie verstand nicht, warum sie heute völlig umsonst auf Kundschaft gewartet hatte. Das war ihr an einem Samstag noch nie passiert. Der Highway führte in Richtung Williams Lake, die »Großstadt« mit rund zehntausend Einwohnern, von der ihre Mutter immer sprach. Naomi war noch nie da gewesen, wozu auch, mit ihren vierzehn Jahren durfte sie nicht in die Kneipen dort, die an einem Samstagabend viele Besucher anlockten. Ansonsten gab es nichts hier draußen. Also fuhr man in die »Stadt«.

Oder war heute gar nicht Samstag?

Naomi schniefte und wischte sich mit dem Handrücken die Nase ab. Wäre nicht das erste Mal, dass sie und ihre Freundinnen sich im Tag vertan hätten. In der Siedlung spielten die Wochentage keine große Rolle. Einer war wie der andere, da passte keiner so wirklich auf. Ihre Mom hatte nur beiläufig genickt, als sie ihr gesagt hatte, dass sie arbeiten gehen wolle.

Sie mochte nicht, was Naomi tat. Ihre Mom. Sagte aber nichts dazu. Weil sie es sonst selbst hätte machen müssen. Und dafür war sie zu müde. Nach all den Jahren. Naomis Vater war früh gestorben. An verunreinigtem »Stoff«. Crack oder so, sie wusste es nicht genau.

Seitdem sparten sie und Mom jeden Penny, den sie entbehren konnten. Damit sie sich eines Tages ein besseres Leben leisten konnten. Falls Naomis Traumprinz doch nicht kommen würde, wie Mom es befürchtete. Für den Anfang wäre Naomi schon glücklich, wenn sie in einigen Jahren, wenn sie neunzehn Jahre alt sein würde, als Servicekraft in einer der Kneipen in Williams Lake arbeiten könnte. Alles war besser als selbst nur die Ware zu sein.

Im Moment gab es keine Alternative für Naomi. Sie musste durchhalten, bis es soweit war und sie genug Geld zusammen haben würde, um dem kargen Leben im Reservat zu entfliehen. Eines Tages, wenn Mom es schaffen würde, vom Alkohol loszukommen, der das Ersparte schneller auffraß als ein im langen Winter ausgehungerter Wolf ein Kaninchen.

Naomi presste ihre grell geschminkten Lippen aufeinander und schlang ihre Arme fest um ihren schlotternden Oberkörper. Sie war froh, dass sie Leggins trug und nicht nur die Hot Pans. Ihr Gang wirkte plump, als sie in ihren mit billigen Glassteinen besetzten Ballerinas die Straße auf und ab lief. Ihre Füße waren mittlerweile zu kalt für eine anmutigere Art der Bewegung. Ihre Zehen spürte sie schon seit einer ganzen Weile nicht mehr.

Eine gefallene Prinzessin. Ohne Hofstaat. Und ohne Prinz. So kam sie sich vor.

Traurig schaute Naomi die endlose Straße entlang, deren klammer Asphalt sich im fahlen Licht des Mondes spiegelte. Er war bereits aufgegangen. Wie die Geisterkinder des großen Schattens tänzelten die Schleierwolken an dem Himmelskörper vorbei und nahmen beständig neue Formen an. Naomi sah hoch und erkannte die Umrisse einer Maus. Entdeckte Bärenpfoten. Als nächstes erspähte sie den Kopf eines Pferdes mit prachtvoller Mähne. Und zwei beim Spiel ineinander verschlungene Fischotter. Auch sie lösten sich auf und machten schnell Platz. Für einen Totenschädel.

Naomi schluckte. Sie hatte die Warnung der Geisterkinder verstanden. Höchste Zeit für sie, nach Hause zu kommen!

Ein letztes Mal blickte sie mit sehnsüchtigen Augen zum Highway. Fahrtrichtung Williams Lake. Nach wie vor waren keine Scheinwerfer zu sehen, die aus der Ferne herannahten. Zu dunkel. Zu kalt.

Und zu gefährlich.

Naomi lief schneller, spürte wie ihr Herzschlag sich beschleunigte. Vor den Nebelgeistern, die Sheena gesehen haben wollte, hatte sie keine Angst. Unter dem Schleier der Finsternis, den die Nacht bald vollständig auf das Land herabgesenkt haben würde, verließ sie jedoch der Mut.

Ein einfaches Spiel für den gefährlichen Dämon. Weil er dann urplötzlich vor ihr auftauchen konnte – als Freund der Dunkelheit, die ihn beschützte. Nicht sie.

Wie er aussah, der Dämon, das wusste Naomi nicht. Keiner, der noch lebte, hatte ihn je gesehen.

Die Polizei der Weißen glaubte noch nicht einmal an ihn. Naomi und ihr Volk wussten es jedoch besser. Anamaqukiu existierte. Schon ebenso lange wie der Große Geist. Und sobald die Zeit reif war, würde er sich das nächste Mädchen holen.

Naomi fing an zu rennen.

4

Vancouver, Stadtmitte ...

»Ganz schön hier, oder?«

Tatjana Kartan stand an der Uferpromenade im Stanley Park und ließ ihren Blick über den kleinen Hafen des *Royal Vancouver Yacht Clubs* gleiten. Die Boote lagen im glitzernden Wasser. Dahinter lockte das Panorama der Skyline zu einem Besuch auf der anderen Seite der Bucht. Das Laub der Bäume schillerte in warmen Herbsttönen. Tatjana schloss die Augen und hielt ihr vom Sommer noch leicht gebräuntes Gesicht in die Sonne. Ein paar Strähnen ihres brünetten Haars hatten sich aus ihrem lässig gebundenen Zopf gelöst. Sie wehten im Wind, kitzelten sie am Kinn und im Nacken. Tief und genüsslich atmete Tatjana ein. Eine Lokation, die zum Verweilen einlud und auf Urlaub einstimmte.

Aber deswegen waren sie nicht hier. Tatjana machte die Augen auf und wandte sich Jim Devcon zu, der den Reißverschluss seiner Jacke zuzog. Ein leichter Blouson mit Stehkragen. Farbe: dunkelblau. Harmoniere gut mit seinem graumelierten Haar, wie die Verkäuferin meinte, der er nicht zugehört hatte. Für die Welt der Mode war Devcon von jeher verloren. Jeans, weißes Hemd, in der Freizeit gerne kariert, Pullover mit V-Ausschnitt und funktionale Jacken »ohne viel Schnickschnack«. Das war's. Kontrastprogramm zu Tatjana, die für Schnickschnack auch gerne in Kauf nahm, zu frieren. So wie jetzt in ihrem dünnen Stretchpulli, dessen Front das Motiv eines Adlerkopfes zierte, aus silbernen Strass-Steinchen gelegt.

Devcon nahm den Trageriemen seiner alten Reisetasche von der Schulter, stellte sie ab, öffnete sie, holte Tatjanas khakigrünen Baumwollparka heraus, schüttelte ihn auf und hielt ihn ihr kommentarlos hin. Sie betrachtete das Kleidungstück zögernd, nahm es und zog es schnell an.

Achtzehn Grad betrug die Tagestemperatur. Mildes Herbstwetter in der Stadt an Kanadas malerischer Südwestküste. Vancouver war von den Coast Mountains und dem Pazifik umrahmt, in dem die Kuroshioströmung für Wärme sorgte.

In San Antonio, Texas, sollten es heute nochmals zweiunddreißig Grad werden. Das hatte Jim Devcon in der Wetter App auf seinem Smartphone nachgesehen, während er auf Tatjana gewartet hatte, als sie in einem der Flughafenshops den Pulli entdeckte, den sie trug. Was die Entschlussfreude betraf, waren sie wie Siamesische Zwillinge. Entweder, das Kleidungsstück passte oder nicht. Langwieriges Abwägen gab es nicht.

Ebenso fix war es abgelaufen, als sie ihre ursprünglichen Reisepläne über den Haufen geworfen hatten. Weil Devcon genau gewusst hatte, dass er gar nicht erst zu versuchen brauchte, Tatjana das Vorhaben auszureden. An ihrer Stelle hätte er sich dafür ebenfalls taub gestellt, so viel Ehrlichkeit musste sein.

Sibylle war verschwunden. Aller Wahrscheinlichkeit nach jedenfalls. Sie hatte sich auf einem Trip durch Kanada befunden, als jegliche Verbindungsmöglichkeit zu ihr abriss. Tatjana hatte mal mit Sibylle zusammengewohnt, in ihrer wilden Zeit, wie sie es genannt hatte. Als sie nur halb so alt war wie jetzt. Woraufhin Jim Devcon lakonisch erwidert hatte, dass sie auch mit ihren nun vierzig Jahren keineswegs zahm anmutete.

Devcon selbst kannte Sibylle gar nicht. Aus Tatjanas Erzählungen wusste er von deren Männerverschleiß und ihrem sorgenfreien Leben. Die Eltern waren gut betucht, und sie hatte einen Job, der es offenbar zuließ, nach durchtanzten Nächten den fehlenden Schlaf während der Arbeitszeit nachzuholen. Devcon war sich nicht sicher gewesen, ob er es tatsächlich glauben sollte, dass der Rollladen in Sibylles Büro montags grundsätzlich bis zur Mittagszeit unten blieb. Er kannte Tatjanas Hang zur Übertreibung.

Längere Auszeiten wurden im Statischen Bundesamt offensichtlich auch gewährt, sodass Sibylle vor kurzem beschlossen hatte, sich drei Monate lang auf Reisen zu begeben. Resturlaub, Anspruch auf Bildungsreisen, Überstundenabbau. *Wegen des unruhigen Schlafs im Büro?*, hatte Devcon ausrufen wollen, sich aber beherrscht.

Seit dem Tag, an dem Sibylle aufgebrochen war, hatte Tatjana Fotos erhalten. Landschaftsaufnahmen von ihren gegenwärtigen Reisestationen und jede

Menge Selfies. Jeden Tag hatte Sibylle mindestens ein Bild geschickt. Und dann plötzlich nicht mehr. Auch telefonisch war sie nicht mehr erreichbar. Es erfolgte keine Antwort auf SMS. Selbst ihr Facebook-Account ruhte. Kein einziger Eintrag mehr in ihrem Profil seit dem Tag, an dem Tatjana die letzte Bild-Nachricht von ihr bekommen hatte.

Exakt eine Woche lang hatte Tatjana nicht darauf reagiert. Weil es normal war, dass Sibylle auch aus der elektronischen Welt immer mal wieder verschwand, wenn es ihr einer der Männer, die sie kennenlernte, wert erschien. Aber eine ganze Woche? Ausgeschlossen, hatte Tatjana befunden. Kein Kerl konnte so attraktiv sein und Sibylle, die stets offen für Neues war, derart faszinieren, dass sie sich überhaupt nicht mehr meldete.

Nirgends.

Auch ihre Eltern waren mittlerweile in großer Sorge. Hatten Tatjana in ihrer Eigenschaft als Kriminalkommissarin geradezu bekniet, etwas zu unternehmen. Geld spiele keine Rolle, sie würden für alles aufkommen. Tatjana und ihr »amerikanischer Freund« mögen bitte alles tun, was nötig sei, damit Sibylle wieder gesund nach Hause kam.

Deshalb hielten Tatjana Kartan und Jim Devcon sich nicht wie geplant in San Antonio, Texas, auf, sondern in Vancouver. Sibylles letztem, bekannten Aufenthaltsort. Danach hatte sie noch ein Foto gesendet, das sie bereits außerhalb der Stadt aufgenommen haben musste. Es zeigte einen Regenbogen, dessen Farben sich vor einem kleinen Wasserfall spiegelten, der aus einer von viel Grün umgebenen Felsenkette entsprang.

In Devcon stieg der Grimm hoch, wenn er an diesen letzten »Hinweis« dachte. Ein zwar sehr schönes, aber dennoch an beliebig vielen Plätzen zu fotografierendes Landschaftsbild. Felsen. Blattwerk. Kleine Wasserfälle. Das gab es zuhauf in den Bergen und Wäldern von British Columbia, das so groß war wie die Fläche von Deutschland, Österreich, Frankreich, den Niederlanden und Belgien zusammen.

»Herzlichen Glückwunsch zur Mission Impossible.«

Genau das hatte der Officer von der *Royal Canadian Mounted Police* gesagt, mit dem Devcon am Telefon gesprochen hatte.

Sibylles Mutter hatte Tatjana gebeten, eine Vermisstenanzeige bei der zuständigen Behörde in der Provinz British Columbia aufzugeben. Zusätzlich zu den Maßnahmen, die Sibylles Eltern über das Auswärtige Amt veranlasst hatten. Wegen der Sprachbarriere hatte Tatjana diesen Job prompt an Jim Devcon delegiert. Für ein behördliches Gespräch reichte ihr Schulenglisch nicht. Vor allem dann nicht, wenn sich die Person am anderen Ende der Leitung alles andere als aufgeschlossen gab. Auch Devcon gegenüber hatte der Officer gemauert. Aus welchem Grund auch immer. Mochte sein, dass die US-Amerikaner als oberflächlich galten. Aber sie waren wenigstens freundlich. Was Jim Devcon von dem »kanadischen Berg- und

Waldvolk« nach diesem Telefongespräch nicht mehr behaupten würde.

Zu seiner eigenen Verwunderung war er sich in Kanada auf Anhieb deutlich fremder vorgekommen als damals in Deutschland, wo seine verstorbene Frau Karin es ihm so leicht wie möglich gemacht hatte, sich schnell heimisch zu fühlen.

Hier gab es keine Karin. Tatjana kannte Land und Leute ebenso wenig wie er und verstand zudem nur die Hälfte von dem, was diese Menschen sagten. Wenn überhaupt.

Jim Devcon schüttelte stumm den Kopf. Eine Ausländerin, die sich hauptsächlich mit Händen und Füßen verständigte und ein fremdelndes, texanisch-deutsches Greenhorn. Ein tolles Team für die Suche nach einer Vermissten, weit draußen im bergigen Niemandsland.

»Auf was warten wir eigentlich?«, hörte er Tatjana fragen. »Wird's nicht langsam Zeit, dass wir aufbrechen?«

Devcon sah auf seine Armbanduhr. Halb vier am Nachmittag, Ortszeit. Noch dreißig Minuten bis zum Termin.

»Huch! Was ist das, wo kommt denn der Regen plötzlich her?« Tatjana starrte verdutzt zum nur leicht bewölkten Himmel hoch.

»Kurze Schauer sind hier normal. Pazifiknähe«, sagte Devcon, schnappte sich die Reisetasche, nahm Tatjana an der Hand und zog sie unter das schützende Blätterdach des nächsten Baumes. »Hört gleich wieder auf.«

»Stimmt.« Rund zwei Minuten später trat Tatjana unter der Baumkrone hervor, die Hände ausgebreitet und ihren Blick abermals nach oben gerichtet. »Ein lustiges Land.«

Das hatte sie schon befunden, als sie auf ihrem Weg in den Stanley Park das erste Mal an einer der Fußgängerampeln gestanden hatten. Deren Grünphase wurde für die blinden Passanten durch Töne angezeigt, die nach Vogelgezwitscher klangen.

Devcons Miene dunkelte sich ein. Mit Sicherheit hatte Kanada auch amüsante Ecken zu bieten, daran hegte er keinen Zweifel. Dort, wo sie laut den Informationen, die er bisher erhalten hatte, hin mussten, gab es aber definitiv nicht viel zu lachen.

5

Wir brauchen Zeit.

Ein Leben ist nicht genug.

Je mehr wir werden, desto stärker werden wir sein. Eine Armee aus vielen Seelen, vereint zu einem Ganzen. Eines Tages. Wenn die Zeit reif ist.

Wir spüren, wie die Kraft wächst mit jedem Tropfen Blut, den wir in uns aufnehmen. Wir fühlen uns jetzt schon stark. Und unbesiegbar!

Aber das ist ein Trugschluss. Eine Falle, in die wir uns selbst locken, weil die Zeit des Einen bald abläuft.

Doch wir widerstehen. Warten. Wachsen. Und vertrauen unseren Vorfahren.

Sie werden uns rufen, wenn unsere Seele mächtig genug ist. Und der Tag der Rache wird kommen.

In Ewigkeit.

6

*In den Wäldern
am Rande des Highways ...*

Naomi huschte über den dunklen Pfad. Er kam ihr wie eine endlose Schlange vor, die zwischen den Büschen und Bäumen ruhte. Ein schmerzhaftes Ziehen an der Kopfhaut ließ das Indianermädchen stoppen. Eine Strähne ihres langen und von der Witterung feuchten Haares hatte sich im Gewirr der Äste verfangen. Mit hektischen Bewegungen befreite sie sich von den Fingern der Bäume, die sie schon zum dritten Mal aufhielten. Ihr Atem produzierte kleine Wölkchen aus Dunst. Das fahle Mondlicht drang durch die Wipfel der Ahornbäume wie bleich leuchtende Gestalten aus weicher Masse, die sich vom Himmel herabließen und durch das Blattwerk hindurch schimmerten.

Naomi schaute hoch, sah ein paar Sterne funkeln. Die dichte Wolkendecke, deren Dunst sich wie Tau über die Landschaft gelegt hatte, zog weiter. Die bleich leuchtenden Gestalten hielten die Dunkelheit in Schach. Die Freundin des Dämons ...

Naomi lief los, rannte noch schneller, konnte den langen dürren Fingern der Bäume jetzt besser ausweichen. Zwischendrin blieb sie kurz stehen und sah sich nach allen Seiten um, die Arme eng um ihren kaum bedeckten Oberkörper geschlungen. Ihr Herz pochte.

Es war still. Nur ein Nachtvogel sang sein Lied. Ein in Naomis Ohren unheimlich klingendes Lied, das wie eine Warnung anmutete. Naomi raste weiter, sprang über Hindernisse wie aus dem Boden ragende, kleine Felssteine oder altes, brüchiges Wurzelwerk. Der Traumprinz, die ersehnte Glitzerwelt, das alles spielte keine Rolle mehr. Die Siedlung, in der sie mit ihrer vom Alkohol abhängigen Mutter schon so viele triste Tage verlebt hatte, erschien ihr wie die rettende Insel einem Schiffbrüchigen, der hilflos im Meer trieb, umgeben von Gefahren, die jederzeit aus der Tiefe des Wassers emporschießen konnten. Hier war es die Tiefe des Waldes ...

Der Gesang des Vogels verstummte. Ein Knacken. Dürres Holz brach. Nur wenige Meter von Naomi entfernt. Sie rührte sich nicht. Atmete nicht. Hoffte, dass ihr sichtbar gegen die Schläfen hämmernder Puls sie nicht verriet. Fast schwindelig vor Angst wartete sie auf das nächste Geräusch. Sie hörte aber nur, wie ihr eigenes Blut in ihren Ohren rauschte.

Es herrschte eine absolute Stille. Nicht mal die Blätter rauschten im Wind. Naomi spürte mit jeder Faser ihres mit Adrenalin vollgepumpten Körpers, dass hier draußen etwas lauerte. Sie konnte die Anwesenheit des feindlichen Wesens förmlich spüren. Was immer es war, zum Fliehen war es zu spät. Wenn selbst der Wald es nicht mehr wagte, sich zu mucksen.

Naomi schloss ihre flatternden Augenlider, betete

zum Großen Geist, dass der Dämon sie nicht sehen würde. Oder wittern. Wie es die großen Bären taten. Nicht nur vor Anamaqukiu musste Naomi auf der Hut sein. Auch ein Grizzly konnte schnell zum Todfeind werden. Vor allem wenn er hungrig war und sein potentielles Opfer ihn zu spät sah.

Von fern rief ein Käuzchen. Ein Windhauch ließ die Blätter in den Baumkronen über Naomi leise rauschen. Sie horchte auf. Anamaqukiu schien sie tatsächlich nicht bemerkt zu haben. Und er war nun wieder fort. Die Bewohner des Waldes, die den Dämon ebenso fürchteten, spürten seine Präsenz nicht mehr. Sonst würden sie es nicht wagen, ihn durch Geräusche auf sich aufmerksam zu machen.

Naomis wie im Krampf gespannte Muskeln lösten sich. Sie weinte beinahe vor Glück und hastete wieder los. Wenn sie einem Grizzly in die Pranken lief – so sei es. Die Natur verlief in einem Zirkel, und Naomi war ein Teil des Kreises. Alles war gut, solange sie nur nicht in die Fänge des Dämons geriet.

Sie sah sich nicht mehr um, sondern rannte blindlings vorwärts. Noch einmal würde der Große Geist sie nicht vor Anamaqukiu schützen können. Vor allem dann nicht, wenn die Freundin des Dämons, die Dunkelheit, die bleich leuchtenden Gestalten vertrieb, die der Mond zu Naomi herabsandte. Zu stark war er, der Dämon des Bösen, der mit jedem Opfer, das er riss, immer weiter wuchs. So sagte es die Legende.

Naomi stürmte weiter voran, folgte dem Pfad, den die bleich leuchtenden Gestalten für sie erhellten. Ihre

Füße schmerzten. Die Ballerinas mit den billigen Glitzersteinen boten kaum Halt. Außerdem musste sie aufpassen, nicht auszugleiten auf dem stellenweise sehr glitschigen Waldboden.

Nur auf ihre Schritte konzentriert, atmete Naomi zu schnell ein, verschluckte sich an ihrem Speichel, hustete, verlor das Gleichgewicht und schlug hin. Prallte mit dem Kinn auf eine Baumwurzel, die aus dem Boden herausragte. Naomi blieb benommen liegen, sah grüne und rote Punkte vor ihren Augen tanzen und schmeckte eine metallische Flüssigkeit. Ihre Zunge brannte. Der unerwartete Schmerz und die Verletzung in Form der kleinen Bisswunde, die sie sich bei ihrem Sturz am linken Zungenrand zugefügt hatte, versetzte Naomi erneut in Panik. Sie kniff die Augen zu, die Fäuste geballt und rang ihre Angst nieder. Sie war nur hingefallen, nicht weiter schlimm. Nichts und niemand hatte sie angegriffen.

Noch nicht, flüsterte eine besorgt klingende Stimme. Eine Stimme mit einem leichten Widerhall, was Naomi zeigte, dass sie aus einer anderen Sphäre kam. Sie schien einem Mädchen zu gehören. Einem Mädchen, das sie nicht kannte. Warum sprach sie so leise mit ihr? Und ohne sich ihr zu zeigen?

Weil Anamaqukiu sie in seiner Finsternis gefangen hält!

Die Seele des Mädchens war dann zur ewigen Unsichtbarkeit verdammt. War nur noch ein Schatten ihrer selbst, der mit jedem Tag, den Anamaqukiu sich an ihr labte, ein Stück mehr verging. Bis die Seele der Unglücklichen ganz fort war. So beschrieb es die Legende.

Naomi schluckte schwer. Abermals realisierte sie die metallisch schmeckende Flüssigkeit in ihrem Mund und spuckte aus. Mit zitternden Gliedern rappelte sie sich auf und befühlte ihr Kinn. Taub. Aber trocken. Keine Platz- oder Schürfwunde. In den kommenden Tagen würde sich ein in dunklen Farben schillernder Bluterguss bilden. Nichts, was sie nicht überschminken konnte. Mit ihrer verletzten Zunge tastete sie ihre Mundhöhle ab und stellte erleichtert fest, dass ihre Zähne alle noch heil waren.

Sie schleppte sich vorwärts, zehn, zwölf Schritte lang, als rechts von ihr laut und vernehmlich etwas brach. Ein Stückchen Holz oder Geäst. Der Schreck jagte mitten durch Naomi hindurch, als wäre sie von einem Speer mit brennender Spitze erwischt worden. Sie schnappte nach Luft wie eine Ertrinkende, vor Angst bewegungsunfähig. Mit weit aufgerissenen Augen starrte sie in das schemenhafte Grau, das sich vor ihr auftat, sah die mächtigen Baumstämme und die Blätter, wie sie sich mehr und mehr auflösten in dem diffusen Dunkel. Die bleich leuchtenden Gestalten des Mondes verloren ihre Kraft unter dem Schleier der Nacht, der sich immer tiefer auf das Land herabsenkte. Bis er es komplett bedeckt haben würde.

Naomi schlich weiter, jeden Muskel in ihrem Körper maximal angespannt. Bereit, abzuwehren, was hier draußen auf sie lauerte. Vorsichtig setzte sie einen Fuß vor den anderen, als bewege sie sich über eine dünne Eisschicht, die jeden Moment aufreißen konnte.

Ein weiteres Knacken drang an Naomis Ohr. Ihr Herz setzte zwei Schläge aus. Sie hatte nicht ausmachen können, wo es herkam. Innerlich vor Angst in Flammen stehend, zwang sie sich, weiterzugehen. Sie trat noch behutsamer auf.

Abermals knackte es. Dieses Mal realisierte Naomi, dass es von den dürren Ästen kam, über die sie lief. Sie war vom Pfad abgekommen. Mit tränenglänzenden Augen blickte sie nach oben, während ein Strudel aus tiefster Verzweiflung drohte, sie immer weiter auf Grund zu reißen. Keine Sterne zu sehen, anhand derer sie sich hätte orientieren können. Jetzt war sie verloren.

Naomi sank in die Knie, spürte das Hämmern im Bereich ihres Unterkiefers, der nun höllisch schmerzte. Sie vergrub ihren Kopf in den Armbeugen. Und erwartete fast schon ergeben das Knurren. Oder ein Fauchen. Sprache der Bewohner des Waldes, die nachts auf Beutezug gingen und vor einem wehrlos am Boden kauernden Indianermädchen ganz sicher nicht Reißaus nehmen würden. *Bitte, bitte, bitte, Großer Geist, lass es ein Geschöpf aus unserer Natur sein ...*

Nichts geschah. Der dunkle Wald versank wieder in tiefes Schweigen. Auch die Geister des Windes ruhten. Naomi schaute auf. Lauschte.

Alles still.

Naomi erhob sich und sah ein paar der bleich leuchtenden Gestalten, die durch die Dunkelheit tänzelten. Sie blickte noch einmal nach oben. Der Mond hatte sich vor die Wolkendecke geschoben, einige Sterne waren zu sehen. Sterne, die Naomi zeigten, dass sie sich links halten musste. Von neuer Hoffnung beseelt lief sie los. Ignorierte den Schmerz in ihrem Kinn und die brennende Schwellung ihrer Zunge.

Und dann hörte sie abermals etwas. Etwas Wunderschönes. Und zugleich Bedrohliches. Weil es nicht hierher gehörte. Naomi fühlte, wie sich die Gänsehaut über ihren ganzen Körper zog. Doch sie konnte nicht anders, sie stand reglos da und lauschte dem leisen, unendlich traurig klingenden Gesang. Ganz dicht hinter ihr.

7

*Etwas später
und nicht sehr weit entfernt ...*

Sie wachte auf wie unter Strom gesetzt, linste in die Schwärze, roch den Moder. Eine Kralle aus Stahl schien sich in ihr Herz zu bohren. Das Labyrinth. Sie war immer noch in diesem Labyrinth.

Sie spürte, wie ihre Wangen anfingen zu glühen und ihre Augen feucht wurden. *Nicht wieder heulen! Das hilft nicht! Denk lieber nach!*

Sie setzte sich auf, rieb sich über die Stirn und blieb mit den Fingern an dem Verband hängen, der eine Wunde an ihrer Schläfe schützte. Sie stöhnte leise. Wenn sie sich doch nur erinnern könnte, wie sie zu der Verletzung gekommen war. Und wie sie in diesem Loch gelandet war, aus dem sie alleine wohl niemals herausfinden würde. Sie merkte, wie neue Tränen in ihr hochstiegen. Wie die bittere Verzweiflung sich immer schwerer auf ihr Gemüt legte und ihr die Luft abschnürte.

Sie verpasste sich eine Ohrfeige. Einen sanften Klaps, wie sie ihn als kleines Mädchen von ihrer Mutter kassiert hatte, wenn sie sich lieber hingesetzt und geheult hatte, statt sich selbst zu bemühen, wenn sie etwas haben wollte. Zum Beispiel die süßen Kirschen vom Baum in ihrem Garten, an die sie durchaus alleine drangekommen war, wenn sie sich die

Leiter nahm.

Los, los, streng dich an! Überlege!

Sie schloss ihre Lider, das Gesicht in ihren Händen vergraben. Sie versuchte, alles andere auszublenden. Und konzentrierte sich mit aller Kraft auf das, was geschehen sein musste.

Es war bereits Dämmerung gewesen. Als ihr Auto stehen blieb. Ein silberner Jeep Liberty. Nicht gerade sparsam im Benzinverbrauch. Es war aber schon immer ihr Traum gewesen, in einem dieser geräumigen Schlitten ein fremdes Land zu erkunden, fernab von Touristenrouten und -orten.

Ein Traum, der zum Albtraum wurde.

Weil sie sich mit ihrem auf Großstadt programmierten Hirn nicht hatte vorstellen können, dass es auch die Art Wildnis gab, durch die zwar eine breite Straße führte, ein Netz aus Tankstellen aber nicht zur Standardausstattung gehörte. Sie hätte schon stutzig werden müssen, als sie aus der Vancouver-Area hinausgefahren war. Wo die Besiedlung des Landes praktisch mit jeder Meile dünner wurde. Wie lange genau sie unterwegs gewesen war, als das Warnsignal anging, dem sie entnahm, dass sie auf Reserve fuhr, wusste sie nicht. Einige Stunden mussten es auf jeden Fall gewesen sein, denn sie war gleich nach dem Frühstück gestartet.

Oh, wie sie es in dem Moment, als der Motor erstarb und der Wagen ausrollte, bereut hatte, dass sie dem unfreundlichen Kerl an der letzten Station, wo sie hätte Benzin bekommen können, kein Wort geglaubt hatte. Zwei Dollar pro Liter hatte er ihr abknöpfen wollen. Reiner Wucher. Sie wusste, dass der Durchschnittspreis in Kanada bei weniger als einem Dollar und zwanzig Cent lag. Sie war erbost weitergefahren, weil sie seinen Hinweis, dass sie in den nächsten Stunden nur noch Berge und Wälder sehen würde, aber keine Tankstelle, für dummes Geschwätz gehalten hatte, mit dem er ihr doch noch das Geld aus der Tasche leiern wollte.

Sie war ausgestiegen, nachdem sie hatte einsehen müssen, dass der Motor des Jeeps definitiv kein Geräusch mehr von sich geben würde ohne neue Nahrung. Sprich, Benzin. Doch leider gab es keinen gefüllten Reservekanister an Bord. Auf die Idee hätte sie bei ihrer Abfahrt aus dem Stadtgebiet kommen sollen. Nicht erst draußen in der Wildnis.

Mit wachsendem Unbehagen hatte sie den verwaisten Highway entlang gespäht, in der Hoffnung, dass bald jemand des Weges kommen würde, der ihr aus ihrer Bredouille helfen konnte. Sie selbst war zur Untätigkeit verdammt. Zig Meilen weit über den verlassenen Highway zu stiefeln erschien ihr als keine kluge Option. Und den Notdienst anrufen ging auch nicht. Weil sie weiterhin null Empfang mit ihrem Handy hatte. Ganz gleich, ob sie sich innerhalb oder außerhalb des Jeeps befand. Ein paar Schritte gehen und das Handy in alle Himmelsrichtungen halten, hatte ebenfalls nichts gebracht. Hier draußen gab es nicht nur keine Tankstellen, sondern auch keine Funkstationen.

Es war der Moment gewesen, als es ihr so richtig mulmig zumute geworden war. Als sie realisiert hatte, dass sie für eine wer weiß wie lange Zeit ganz alleine am Rande dieses Highways stehen würde. Mit einem Auto ohne Benzin und jeder Menge Kreditkarten, die hier draußen ebenso wertlos waren wie ihr Handy. Die ersehnte große Freiheit, sie hatte sich mit einem Schlag als wenig romantisch, dafür aber umso bedrohlicher entpuppt.

Sie war zurück zu ihrem Wagen gestürzt, hatte das Handschuhfach aufgerissen und die Notfallpackung herausgeholt. Zigaretten. Sie hatte sich zwar fest vorgenommen, den außergewöhnlichen Trip zu nutzen, um endlich von dem Laster loszukommen, weil sie den Geruch nach kalter Asche in Kleidung und Haar so verabscheute. Doch in dem Augenblick hatte sie jede Art von beruhigender Wirkung nötig gehabt, die sie kriegen konnte.

Mit flatternden Fingern hatte sie sich einen der Glimmstängel angezündet und den Rauch tief inhaliert, die Augen geschlossen. Tatsächlich war es ihr so vorgekommen, als hätte sich ihre Aufregung sogleich ein bisschen gelegt.

Aber nur kurz.

Als sie die Augen wieder öffnete, stand da dieser Mann. Am Waldrand, nur einige Meter von ihr entfernt. Sie hatte ihre Zigarette fallen lassen vor lauter Schreck, obwohl der Fremde nicht bedrohlich gewirkt hatte. Er stand einfach nur da, die Hände in den

Taschen seines grauen Parkas, die Beine überkreuz und mit dem Rücken gegen einen Baumstamm gelehnt. Der Mann schaute ihr entgegen. Und schien sogar zu lächeln.

Jedenfalls dachte sie, dass es wohl so gewesen sein musste. Mit ihrem von Glücksbotenstoffen gefluteten Hirn war er ihr wie ein Engel vorgekommen, nur ohne Flügel. Sein glattes schwarzes Haar reichte ihm bis ans Kinn, sein Teint war bronzen. Große braune Augen strahlten ihr sanft entgegen.

Eine Bilderbucherscheinung, die wahrscheinlich ihrer getrübten Wahrnehmung geschuldet war. Getrübt durch die sie ängstigende Einsamkeit, die sie hier draußen überwältigt hatte wie ein Katastrophenszenario in einem Endzeitfilm. Die verwaiste Gegend hatte sie allein mit ihrer Größe schier erschlagen. Wald, Wolken und der Highway. Mehr gab es nicht.

Und dann war er plötzlich erschienen, der Fremde, und belebte ihre Hoffnung, nun doch nicht in der unendlichen Einsamkeit gestrandet zu sein.

Doch der schöne Fremde hatte sich abgewandt und war einfach davon gelaufen. In den in der Dämmerung düster wirkenden Wald hinein. Sie hatte nach ihm gerufen und war ihm hinterher gestolpert, bevor seine Gestalt sich in den Schatten der Bäume verlieren würde.

Was für ein dämlicher Fehler!

Ihre Augen wurden abermals feucht, doch diesmal ließ sie die Tränen laufen. Die Tränen ihrer Wut. Weil sie geglaubt hatte, einem Engel zu folgen, in Wahrheit jedoch dem Teufel hinterher gerannt war, der sie somit noch nicht einmal hatte holen müssen.

Es dauerte nicht lange, und er war aus ihrem Blickfeld verschwunden. Sie hatte sich minutenlang nach ihm umgesehen, sich mehrfach um die eigene Achse gedreht. Überall nur Bäume. Eingetaucht in ein immer schwächer werdendes, diffuses Licht. Auch die Straße, an deren Rand ihr Jeep parkte, hatte sie nicht mehr entdecken können. Sie erinnerte sich an den Stich, der wie ein Rasiermesser in ihre Magengegend fuhr bei der Erkenntnis, dass sie die Orientierung verloren hatte. Nun stand sie aber nicht mehr am Straßenrand, sondern mitten im Wald. Im immer dunkler werdenden Wald.

Und dann? Was war als nächstes geschehen?

Sie kniff ihre Lider zusammen, so fest, dass es schmerzte, und versuchte, sich mit aller mentalen Gewalt zu konzentrieren. Vergeblich. *Filmriss* ...

Sie rieb sich die brennenden Augen.

Wie lange hatte sie dieses Mal geschlafen?

Einerlei, die Zeit spielte längst keine Rolle mehr für sie, gefangen in diesem finsteren Loch. *Wobei du ja nicht wirklich gefangen bist,* meldete sich die Ratio in ihrem Kopf zu Wort. *Niemand hat dich gefesselt oder gar angekettet. Du kannst dich frei bewegen,* dozierte es weiter. *Na, toll!,* schnauzte sie in Gedanken zurück. *Und wohin soll ich mich frei bewegen? Leider habe ich das Exit-Schild noch nicht gefunden!*

Sie schüttelte heftig den Kopf, beide Hände an die

Wangen gepresst. *Prima. Jetzt führt mein Schädel schon Selbstgespräche!*

Was kam als nächstes? Irres Gekicher, über das sie keine Kontrolle mehr haben würde?

Mach was, beweg dich! Alles ist besser, als herumliegen und auf den Ausbruch des Wahnsinns warten!

Sie schaffte sich auf die Beine. Registrierte den Druck auf ihrer Blase. Das schmerzhafte Rumoren in der Magengegend. Sie streckte die Arme vor und tappte los.

Mittlerweile hatte sie das seltsame Spiel des Teufels durchschaut. Er ließ sie frei herumirren in dem finsteren Labyrinth. Stellte sogar Kerzen auf, wenn er eine Schüssel mit Wasser in einem der anderen Löcher für sie deponiert hatte. Oder diesen Brei, den sie bisher nicht angerührt hatte.

Warum tat er das? Warum hielt er sie am Leben? Und wollte anscheinend, dass sie sich bewegte? Weil sie körperlich fit sein musste für die grausigen Experimente, die er mit ihr vor hatte?

Ihr Magen krampfte sich abermals schmerzhaft zusammen. Vor Angst. Und vor Hunger. Heute würde sie ihn essen, den Brei. Falls sie ihn finden würde, bevor man sie wieder in ihr Loch zurückwarf.

So wie letztes Mal, als sie auf die kleine Gestalt gestoßen war. Ein Mädchen, wie sie annahm. Aufgrund der Stimme und dem längeren Haar. Wobei beides keine sicheren Indizien waren. Es gab auch langhaarige Jungs, die den Stimmbruch noch vor sich hatten.

Sie tastete sich weiter voran, fühlte sich an einer steinigen Wand entlang. Ob sie die kleine Person erneut treffen würde? Oder gar noch weitere Mitgefangene? Möglicherweise konnte man sich ja zusammentun. Wenn die Sprachbarriere überwindbar wäre. Gestikulieren brachte nichts in totaler Finsternis.

Als sie sich weit genug weg wähnte von »ihrem« Loch, öffnete sie ihre Hose, zog sie herab, ging in die Hocke und verrichtete ihre Notdurft. Sie hatte sich angewöhnt, ihr Loch sauber zu halten. Sie nahm das letzte ihrer Papiertaschentücher aus der geräumigen Tasche ihrer Hose, die inzwischen vor Dreck bestimmt nur so strotzte, reinigte sich und zog die Hose wieder hoch. Es war eine leger sitzende Chino, die nun aber noch mehr um ihre Hüften schlackerte. Zuhause hätte sie nach einem Gürtel gegriffen. *Zuhause* ... Eine riesige Welle aus tiefster Wehmut schien sie mit sich hinfort spülen zu wollen. Ihr Kreislauf rotierte, sie hatte Mühe sich auf den Beinen zu halten, stützte sich mit beiden Händen an der nächstbesten Wand ab, die sie ertasten konnte.

Sie holte ein paar Mal tief Atem. Dann wagte sie sich weiter vorwärts und gelangte an eine neue Biegung. War sie jetzt zwei oder drei Mal nach rechts gegangen und danach links? Es war doch so wichtig, dass sie sich ihre Wege merkte, wenn sie es jemals schaffen wollte, einen Ausgang zu finden.

Resigniert schüttelte sie den Kopf. Ohne Licht hatte sie nicht den Hauch einer Chance auf Orientierung in diesem Höhlensystem.

Wer hatte es angelegt? Tief draußen im Wald? Oder war sie in Wahrheit längst ganz woanders?

Wie viel Zeit umfasste ihr Filmriss? Wie weit hätte man sie fortbringen können? In welche Richtung? Und vor allem: wozu?

Nein, nein, nein, ermahnte sie sich selbst. *Bloß nicht wieder an irgendwelche schlimmen Experimente denken!*

Ein gellender Schrei fuhr ihr in den Gehörgang. Wie zwei aneinander scheppernde Bleche. Sie wankte, wäre beinahe gestürzt. In höchste Alarmbereitschaft versetzt, lauschte sie angestrengt. War das real gewesen? Oder spielte die Phantasie ihr einen üblen Streich? Eine kranke Phantasie, die das düstere Ambiente hervorbrachte, in dem man sie festhielt?

Ein weiterer Schrei zerriss die Schwärze des Labyrinths und verursachte ein wildes Farbengestöber auf ihrer Netzhaut. Ihr Puls raste. Nein, das war keine Phantasie.

Die Augen weit aufgerissen, bewegte sie sich so leise wie möglich rückwärts. Was immer dort vorne geschah, sie wollte nicht die Nächste sein, die es am eigenen Leib miterlebte. Sie merkte nicht, wie sie immer schneller wurde, prallte mit dem Rücken gegen eine Wand, zuckte zusammen und gab einen Überraschungslaut von sich. Ein schriller Laut, der ihr selbst in den Ohren widerhallte.

Schritte hasteten heran. Sie stürzte los und floh, egal wohin, und lief ihm direkt in die Arme. Dem schönen Teufel. Er hielt eine lodernde Fackel in der Hand, und sein Mund war blutverschmiert.

8

*Vancouver, Stanley Park,
wenige Stunden zuvor ...*

»Wie, wir gehen nicht zu den Mounties? Was soll'n das? Du hattest doch gesagt, dass du beim Telefonat mit dem Schwätzer von den königlich Berittenen einen Termin ausgemacht hast. Fällt der aus? Und wieso weiß ich dann nix davon? Bin ich hier nur Deko? Nee, kannste vergessen, da spiel ich nicht mit.« Tatjana war stehen geblieben, die Arme vor der Brust verschränkt. Zur Untermalung ihres Wortschwalls schleuderte sie Devcon Blitze aus ihren stahlblauen Augen entgegen.

Für die Schönheit des drittgrößten Stadtparks Nordamerikas, in dem sie sich noch immer aufhielten, hatte Tatjana keinen Blick mehr. Zwei Radfahrer in bunter und eng am Körper anliegender Sportkleidung waren zum schnellen Abbremsen gezwungen und eierten rechts und links an Tatjana vorbei, weil sie mitten auf dem Spazierweg stand, direkt hinter einer Biegung. Was sie aber nicht im Geringsten störte.

»Also, was soll das? Oder meinst du echt, ich habe im Moment die Muse zum Lustwandeln in irgendeinem Park?«

Devcon, der ebenfalls stehen geblieben war, zog Tatjana zur Seite, stellte die Reisetasche ab und seufzte. Er wusste, jeder Maulesel wäre leichter zu bewegen als Tatjana, wenn sie bockig war. Da half nur noch eine gute Erklärung.

»Ich hatte gesagt, dass ich einen Termin gemacht habe, stimmt. Mehr aber nicht.« Devcon schob den Ärmel seines dunkelblauen Blousons zurück und schaute auf seine Armbanduhr, deutete ein Kopfschütteln an. Sie würden definitiv zu spät kommen, wenn er erst einen längeren Vortrag zum Thema Gesetz in der kanadischen Wildnis halten musste. Ein Vortrag, den er eigentlich während des elf Stunden langen Fluges hinter sich gebracht haben wollte. Wenn Tatjana mal an ihrem Platz gewesen wäre, wenn er nicht gerade vor sich hindöste, redete er sich selbst das Versäumnis schön.

Die Wahrheit war, dass er es wieder und wieder verschoben hatte. Seinen Vortrag zu halten. Und das schon, bevor sie abgeflogen waren. Weil er Tatjana nicht noch mehr beunruhigen wollte. Und erst recht nicht Sibylles Eltern, die wohl umgehend in psychologische Betreuung müssten, wenn sie Näheres darüber erfahren würden, wo genau ihre Tochter vermutlich verschwunden war. Devcon hatte zwar keine Kinder, er war aber dennoch in der Lage, es sich auszumalen, was für ein Schock es für Sibylles Eltern wäre.

Seine Kiefer malmten, als er den dunklen Nebel vertrieb, der sich jedes Mal in seinem Herzen breit machte, wenn ihn etwas an das grauenvolle Erlebnis erinnerte, wegen dem er nach wie vor kinderlos war. Er und Tatjana.

Er blickte sie fest an, holte tief Luft – und schwieg. Weil er nicht wusste, wie er ihr möglichst schonend beibringen sollte, wohin die Reise gehen würde.

Es war bei einer kleinen Werkstatt gewesen, deren Besitzer ab und an auch Benzin verkaufte. Dort wurde Sibylle zum letzten Mal gesehen. Wenn es wirklich sie gewesen war, an die der Werkstattbetreiber sich erinnerte. Wobei die Chancen, was das betraf, recht gut standen. Mit einem Übermaß an fremden Menschen musste sich der Mann nicht herumplagen, dort draußen, wo sich seine kleine Werkstatt befand.

Sie lag in der Nähe des *Highway of Tears*. Straße der Tränen. Ein Titel, den man sich bestimmt nicht einfing, weil hier und da mal ein paar Autos liegen blieben. Allein die Menschen indianischer Abstammung zählten mittlerweile über vierzig Highway-Tote und Vermisste. Vermisste, deren Leichname bis heute nicht gefunden werden konnten. Mindestens eine junge Frau nicht-indianischer Abstammung gehörte ebenfalls auf diese lange Liste. Hinzu kamen weitere Menschen, deren Verschwinden erst gar nicht bemerkt oder bei den zuständigen Behörden nicht gemeldet wurde.

Einsame und endlos lange Straßen kannte Jim Devcon zwar auch aus Texas. Selbst Touristen konnten recht schnell auf einer solchen landen. Wenn sie beispielsweise nach einem Besuch der Cadillac Ranch westlich von Amarillo in Marfa Station machen wollten. Die kleine Stadt mit ihren knapp zweitausend Einwohnern lag auf dem Weg zum Big Bend Nationalpark. Wenn es dunkel wurde – und das ging in Texas verdammt schnell aufgrund der Nähe zum Äquator – hatten Auswärtige oft das Gefühl, sich durch ein schwarzes Nichts zu bewegen. Kaum Besiedlung, fast kein Verkehr. Möglich, dass einem stundenlang kein einziges Fahrzeug entgegenkam und auch keines hinter dem eigenen Wagen herfuhr. Nur das Horn einer fernen Lokomotive durchbrach gelegentlich diese für Stadtmenschen ungewöhnliche Stille. Wie in einem nostalgischen Westernfilm.

Morde gab es in der Gegend zwar auch, aber nicht in der Anzahl wie rund um den *Highway of Tears,* der in der Hinsicht zweifellos einen traurigen Rekord hielt. An den Rändern einsamer Straßen in Texas lungerten auch keine Indianermädchen herum, die auf Freier warteten. Wenn, waren es Mexikanerinnen. Und die standen garantiert nicht auf der Straße. *Texas Law* - alles andere als lax, wie schon der als Markenzeichen geschützte Slogan des US-amerikanischen Bundesstaates mit dem einen Stern auf der Flagge deutlich machte: *Don't mess with Texas.*

»Ich gehe nirgendwo hin, wenn du mir nicht sagst, was los ist.« Tatjana ließ sich zu Boden sinken und saß mit ausgesteckten Beinen auf dem vom kurzen Schauer noch feuchten Asphalt des Spazierweges.

Devcon zerrte sie wieder hoch. »Wenn du dich erkältest, brauchst du in der Tat nirgendwo mehr hinzugehen und kannst stattdessen im Hotelzimmer das Krankenbett hüten. Fraglich, ob uns das hilft.«

Tatjana zog eine Flunsch. Devcon sah erneut auf

die Uhr. *Keine Zeit mehr für die ganze Geschichte ...* Er blickte auf, die Stirn in tiefe Falten gelegt. »Möchtest du Sibylle finden? Ich meine, falls sie tatsächlich nicht nur mit einem neuen Lover abgetaucht ist«, konnte er sich nicht verkneifen, hinzuzufügen. Tatjana schnappte nach Luft, er hob gebieterisch beide Hände. »Dann vertrau mir. Glaub mir, ich weiß, was ich tue.«

Tatjana zog ihre sorgsam gezupften Augenbrauen zusammen, sodass sich eine steile Falte über ihrer Nasenwurzel bildete. »Und warum willst du mich nicht einweihen? Verstehe ich nicht.«

Na, weil du erst in Panik verfallen würdest und gleich im Anschluss in tiefste Resignation. Mit Panik und Resignation löst man aber keine Fälle, dachte Devcon und log in rein sachlichem Tonfall: »Ich habe die neuen Informationen erst heute morgen bekommen ...«

»Heute morgen? Ortszeit? Da saßen wir noch im Flieger und hatten demzufolge keinen Empfang mit den Geräten, die dir diese Informationen hätten übermitteln können.« Tatjana tippelte mit dem rechten Fuß auf dem Boden herum und musterte Devcon mit einem filmreifen Blick für den Angeklagten. »Also los, neuer Versuch. Und gib dir mehr Mühe, wenn du mich schon unbedingt verschaukeln willst.«

Devcon stieß hörbar die Luft aus. »Also gut, wie du meinst, du hast gewonnen.« Er schaute ihr trotzig entgegen. »Ich konnte mich bisher nicht dazu durchringen, dich an meinem Wissen teilhaben zu lassen, weil ich glaube, dass es weder dir noch Sibylle etwas bringt, wenn du dir noch mehr Sorgen machst. Zufrieden? Oder bestehst du tatsächlich darauf, die unschönen Details jetzt sofort zu erfahren?«

Tatjana stutzte. Dann fixierte sie Devcon mit kritischem Blick, schien ihn regelrecht zu röntgen. Doch die Aufnahme blieb anscheinend undeutlich. »Und wo gehen wir hin, wenn nicht zu den Mounties?« Ihr Tonfall klang versöhnlicher. Für Devcon das Signal, den Weg unverzüglich fortzusetzen. Er schulterte die Reisetasche und setzte sich in Bewegung.

»Richard Price heißt der Mann«, sagte er, während sie schnellen Schrittes die Uferpromenade entlang liefen und einige durch den Park flanierende Leute überholten.

»Oh, vielen Dank für die Info, jetzt bin ich schlauer«, kommentierte Tatjana und machte Anstalten, abermals stehen zu bleiben.

Devcon bedachte sie mit einem Seitenblick, nahm sie an der Hand und zog Tatjana mit sich. »Los jetzt, wir sind spät dran.«

»Meine Güte, die Welt wird nicht gleich untergehen, wenn der Typ zwei, drei Minuten warten muss, oder? Wer ist es denn jetzt? Irgendein hohes Tier aus der Politik?«

Devcon verschluckte sich fast an seinem Lacher. »Ich dachte, wir suchen Hilfe und keine Behinderung.«

»Auch wieder wahr.« Tatjana nickte, ohne ihren Schritt zu verlangsamen. Bei ihren letzten Fällen hatten sie ausreichend Gelegenheit gehabt, mit einigen der Herrschaften aus der politischen Kaste entsprechende Erfahrungen zu sammeln. »Also los, raus mit der Sprache. Welche Position bekleidet der Supermann, den du da aufgetan hast? Ist es ein FBI-Agent? CIA? Oder einer vom kanadischen Geheimdienst?«

»Er ist Privatdetektiv.«

9

*Auf dem Highway of Tears,
zwei Abende vorher ...*

Danny Taylor klammerte sich am Lenkrad seines Wagens fest. *Nein, nein, nein. Bitte nicht schon wieder!*

Der Dodge Challenger schlingerte. Die Steuerung funktionierte nicht mehr optimal bei dem alten Auto. Nur die Lackierung war neu, ein leuchtendes Schwarzrot. Der Wagen war ein Geschenk seines Vaters aus dessen Sammelsurium an Fahrzeugen. Anlässlich Dannys siebzehnten Geburtstages. »Der reicht für den Anfang, hol dir erst mal Fahrpraxis«, lautete die Bemerkung seines alten Herrn dazu. Gratuliert hatte er Danny nicht. Das vergaß er jedes Mal, seit Mom nicht mehr darauf achtete.

Reparaturpraxis wäre die bessere Wortwahl gewesen. Danny grinste, schob seine Zungenspitze durch die Lücke zwischen den Schneidezähnen. Verlieh ihm einen lausbubenhaften Charme, dieses »Makel«. Passend zu seinen rotblonden Locken, die sich wirr in alle Richtungen kringelten, sodass es stets aussah, als ob Danny gerade erst aus dem Bett gestiegen wäre. Sein Vater fand das schlampig, er »cool«.

Bisher hatte Danny nicht eine Fahrt mit dem Dodge erlebt, bei der sich nicht ein klapperndes, klopfendes oder zischendes Geräusch einstellte. Gern auch alles gleichzeitig. Einmal hatte Danny den Wagen mit quietschenden Reifen zum Stehen gebracht und war herausgesprungen. Weil er annahm, dass das Auto kurz vor der Explosion stand.

Nach der Erfahrung hatte er sich angewöhnt, schon beim leisesten Geräusch rechts ranzufahren und nachzusehen. Wie es ihm sein Vater geraten hatte, der sich regelmäßig über die ignorante Kundschaft aufregte, die ihre völlig vernachlässigten Karren bei ihm in der Werkstatt abgaben. An den ruppigen Ton seines Dads waren er und die anderen aus der Gegend gewöhnt. Ben Taylor konnte besser mit Maschinen als mit Menschen. War einfach so. Hauptsache, er machte die mehrheitlich steinalten Kisten wieder flott. Zu jemand anderem gehen ging nicht. Ben Taylors kleine Werkstatt war die einzige im Umkreis von fünfzig Meilen. Eine lange Strecke zum Schieben. Und für die Gebühr, die fällig werden würde, wenn man einen Abschleppwagen bemühte, hätte man bei Ben auch eine neue alte Schleuder erstehen können.

Nur Touristen waren blöd genug, trotz eines Defekts an ihrem Wagen eine Weiterfahrt zu riskieren, nur weil Ben Taylor mal wieder herumpöbelte. Oder den »Luxuszuschlag« verlangte, den er Auswärtigen prinzipiell abknöpfte.

Danny grinste schief, als er an die ausländische Tussi von neulich dachte – und er das nach einem Röcheln klingende Geräusch, das sein Wagen von sich gab, beim besten Willen nicht mehr ignorieren konnte. Er nahm den Fuß vom Gas.

Noch nicht mal Amerikanerin war die gewesen, die

Tussi. Kam irgendwo aus Europa. Konnte Dad gar nicht leiden, diese »reichen Schlampen.« Bei ihm war jede Frau, die sich mehr leisten konnte als er und das auch noch zur Schau stellte, automatisch eine Schlampe, die sich ihren Luxus bei irgendeinem gewissenlosen Kerl erschlief, der seine Familie betrog.

Möglich, dass sich das Vorurteil bei ihm zementiert hatte, weil seine Frau ihn verlassen hatte, als Danny zwölf Jahre alt war. Mit Ben Taylors Bruder hatte sie sich nach Vancouver abgemacht, der im dortigen Police Department als ziviler Mitarbeiter »mit seinem Arsch einen Stuhl poliert«.

Danny bremste vorsichtig ab. Er lenkte den Wagen an den Seitenrand und ließ ihn langsam ausrollen, als andere und deutlich düstere Gedanken ihn von seinem kauzigen Dad und der dummen Touristin ablenkten. Ihm war auf einmal gar nicht mehr wohl, wenn er an seine »Fracht« dachte.

Aber was sollte er machen?

Ricky und seine Jungs hatten die Herrschaft an sich gerissen und würden ihn nie in der Gang akzeptieren, wenn er nicht tat, was sie verlangten. Und wer nicht in der Gang war, war Freiwild. Wurde regelmäßig vermöbelt und ausgeraubt. Bei den vorigen Banden, die sich in ihrer Gegend breit gemacht hatten, war das zwar auch nicht viel besser gewesen. Derart militant und vor allem gewaltsam hatten die anderen Jungs ihre Opfer aber nicht verfolgt.

Dannys Kumpel David, der sich standhaft weigerte, den Erpressungsversuchen nachzugeben, hatten sie erst letztens wieder in der Mangel gehabt. Schon zum fünften Mal. Die Brutalität, die Ricky und seine Schergen bei der Attacke an den Tag gelegt hatten, hatte Danny allerdings überrascht. David lag seither auf der Intensivstation des Cariboo Memorial Hospitals in Williams Lake. Zustand, kritisch.

Sie hatten es wie einen Unfall aussehen lassen. David sei auf dem Highway herumgetorkelt. Mitten in der Nacht. Und der Fahrer des Wagens, der ihn erfasste – Ricky, wer sonst – habe ihn zu spät gesehen.

Klaro! Dannys blitzsauberer Kumpel David, der, wenn er Pfarrer wäre, nicht mal den Messwein in der Kirche anrühren würde, soll sturzbetrunken gewesen sein. Und in dem Zustand war er dann stundenlang zu Fuß unterwegs? Weit draußen, wo es nichts gab, außer Straße und Wald?

Eine dreistere Lügenstory hätten sie in Davids Fall nicht präsentieren können. Das sah nicht nur Danny so.

Den Alkohol mussten Ricky und seine Gehilfen ihm im Nachhinein zugeführt haben. Als er bereits schwerverletzt auf der Straße lag. Natürlich hätten sich die Ärzte darüber wundern können, warum in Davids Magen kein Alkohol zu finden war. Das wäre aber trotzdem kein beweiskräftiges Indiz dafür gewesen, dass David sich die Vergiftung nicht aus freien Stücken zugezogen hatte.

Es war bekannt in der Gegend, dass die Jugendlichen sich den Alkohol aus den Vorräten ihrer Eltern klauten und oft rektal vorglühten. Damit sie schneller und mit weniger Mengen in den fragwürdigen Genuss eines Vollrausches kamen. Eine gefährliche Sache, bei der häufig Vergiftungen erlitten wurden, weil die Alkoholmengen auf die Weise nur schwer dosierbar waren. Die Mädchen setzten sich zusätzlich der Gefahr aus, dass deren empfindliche Schleimhäute in der Vagina durch den aggressiven Alkohol regelrecht weggeätzt werden konnten. Wurde ebenfalls in Kauf genommen, nicht zuletzt dank Unwissenheit.

Ricky und seine Gehilfen hatten David wahrscheinlich einen Tampon anal eingeführt, vollgesogen mit irgendeinem Fusel. So war der Alkohol schnell in die Blutbahn gelangt. Das verräterische Tampon hatten sie wieder entfernt, bevor der Rettungswagen kam, den Ricky scheinheiligerweise herbeigerufen hatte.

Danny seufzte und wischte die trüben Gedanken an seinen Kumpel weg. Er stieg aus seinem Dodge aus, der sogar in parkender Position röchelte, aber leiser. Vielleicht hatte er Glück, und es fehlte nur Kühlwasser. Einen kleinen Plastikbehälter mit Ersatz führte Danny grundsätzlich mit sich. Wenn er es nicht versäumt hatte, ihn wieder aufzufüllen. Danny verspürte ein Ziehen im Magen als hätte er einen heißen Stein verschluckt. Nicht auszudenken, was sein Dad ihm an den Kopf werfen würde, wenn er wegen so einer Lappalie rauskommen und ihn abschleppen müsste.

Der Blick aus Dannys klaren, graugrünen Augen umwölkte sich. Nicht nur wegen der eventuell bevorstehenden Standpauke seines Dads, sondern vor allem deshalb, weil der kleine Plastikbehälter mit dem Ersatzkühlwasser nicht die einzige Fracht war, die er derzeit im Kofferraum seines Wagens transportierte.

Die Kleine, die ihm apathisch entgegen gestarrt hatte, als er einige Meilen zuvor schon einmal angehalten hatte, obwohl der Dodge zu der Zeit noch nicht röchelte, war mit Sicherheit keine fünfzehn Jahre alt gewesen. Vollgepumpt mit irgendwelchem Scheißdreck, der garantiert nicht aus einer Apotheke stammte. Damit sie nicht merkte, aus welchem Grund man sie an den Straßenrand gestellt hatte. Und was sie zutun haben würde, sobald eine entsprechende Person anhielt. *Sehr fürsorglich!*

Danny spie zu Boden, bevor er die Motorhaube seines röchelnden Dodge öffnete. Manchmal hasste er dieses Land und die schreiende Ungerechtigkeit, die er sehen musste. In den Glaspalästen der Großstädte an der Ostküste scheffelten sie das große Geld. In seiner Gegend hausten die Menschen in Trailer Parks und schickten ihre Kinder auf den Strich, damit sie sich die Betäubung leisten konnten, die sie brauchten, um ihr karges Leben zu ertragen. Betäubung in Form von Alkohol, Crack, Crystal Meth. Weil es nichts mehr gab, was sie tun konnten. Kein Job. Kein Geld. Keine Aufgabe. Nur Zeit. Viel zu viel Zeit, um zu spüren, wie die Armut sie langsam erstickte, ihre Körper und Geister lähmte.

Gut für Ricky und seine Jungs!

Danny ließ die Motorhaube zufallen und beschloss, zuerst nach seiner menschlichen Fracht im Kofferraum zu schauen. Gegebenenfalls würde er den Deckel kurz öffnen, um sicherzustellen, dass genügend Sauerstoff zirkulierte für die Kleine, die er noch nicht einmal hatte fesseln müssen. Weil sie so wenig mitbekam.

Danny fühlte sich gar nicht gut.

Doch er hatte keine Wahl.

Er musste tun, was Ricky verlangte und ihm die geforderten »Beweisfotos« liefern.

Sonst würde er das nächste Opfer sein.

10

Wir sind Fäden im Netz des Lebens. Wir haben Geburt und Tod erfahren. Glück. Schmerz. Und Sorge.

Wir begegnen unseren Brüdern und Schwestern in den sprechenden Flüssen und Winden, im Silber des Mondes, sind mit den Sternen verwandt. Wir sind ein Teil des Lebens und helfen denen, die uns achten.

Nur die, die uns einst verrieten, sind verloren. Denn ihre Seelen sind tot.

Für unsere Ahnen jedoch gibt es keinen Tod. Wir fühlen ihr Herz in unserem schlagen. Wie Vögel mit ihren Flügeln haben sie die Erde mit ihrem Geist verlassen. Alles, was war, ist noch. Nur in anderer Form. Sie warten auf uns. Und wir werden kommen. Wenn wir stark genug sind.

Wir müssen trinken. Mehr trinken! Damit wir wachsen. Wir wollen schnell heim zu ihnen. Wir vermissen sie. Jeden Tag!

Im Heulen des Windes hören wir das große Klagelied. Ihre Tränen strömen aus dem seufzenden Himmel.

Überall, wo unsere Feinde sie berührten, sind sie wund. Wir werden ihre Wunden heilen und den Gegnern noch tiefere schlagen! Deshalb werden wir nicht mehr wählerisch sein und alles trinken. Uns jede Seele, die uns begegnet, hinzufügen.

Eine bunte Armee wird es sein, die ihre Feinde mit ihren eigenen Waffen schlägt. Ihre Feinde, die den Geist der Wildnis vergessen haben. Doch der Geist der Wildnis vergisst nie.

Die Trommeln dröhnen, unsere Herzen klopfen. Frei geboren werden wir wieder frei sein. In Ewigkeit.

11

*Vancouver, Stadtrand,
unweit des Stanley Parks ...*

Tatjana zog die Stirn kraus. Devcon konnte fast hören, was sie dachte: Was soll das für ein Privatdetektiv sein, der seine Kundschaft auf dem Parkplatz eines drittklassigen Motels empfing?

»Das ist nur der Treffpunkt.« Devcon stellte die Reisetasche auf dem Asphalt ab und warf einen Blick auf die schäbige Fassade des grauen Kastens, der auch, als er nagelneu war, nicht viel besser ausgesehen haben dürfte. »Zentral gelegen, also nicht zu verfehlen. Und nicht weit weg von der Innenstadt. Erspart uns das Taxi, mit dem wir wegen der Verkehrsführung garantiert nicht schneller unterwegs gewesen wären.«

Tatjanas Augenbrauen wölbten sich steil nach oben. »Wieso war das so wichtig? Sibylles Eltern haben kein Limit gesetzt bei den Spesen. Ich glaube nicht, dass die im Moment viel Sinn fürs ökonomische Denken haben. Die wollen ihre Tochter zurück, koste es, was es wolle. Das war die Ansage, schon vergessen?«

Devcon knirschte mit den Zähnen. Wenn es etwas gab, das ihm noch mehr zusetzte, als eine Wurzelbehandlung beim Zahnarzt, dann waren es die Momente, in denen bedeutsame andere Menschen offensichtlich an seinem klaren Verstand zweifelten. Und in Tatjanas Fall verletzte es ihn besonders. So ruhig als irgend möglich versetzte er: »Stell dir vor, auch in Vancouver gibt's eine Rush Hour. Und das Wertvollste, was wir bei diesem Vermisstenfall verplempern können, ist Zeit. Im Stau stehen kostet aber welche. Korrekt?«

Tatjana, der Devcons radikaler Stimmungsumschwung nicht entgangen war, nickte nur. Weitere missliebige Bemerkungen konnten schnell zur Detonation führen, das hatte sie die Erfahrung mittlerweile gelehrt.

»Von hier aus geht es außerdem am schnellsten in die Richtung aus der Stadt heraus, in die wir müssen«, fuhr Devcon fort.

»Aus der Stadt heraus? Wieso? Wohin? Ich dachte, unsere Suche beginnt hier? In dem Hotel, in dem Sibylle übernachtet hatte, bevor sie weg fuhr?« Tatjana trat einen Schritt zurück.

Devcon schaute ihr entgegen und stellte fest, dass es vielleicht doch keine so gute Idee gewesen war, sie in ermittlungstechnischer Hinsicht komplett im Dunkeln zu lassen. Mochte sein, dass sie in Panik geriet, wenn sie mitbekommen würde, wohin die letzte Spur führte, die Sibylle aller Wahrscheinlichkeit nach hinterlassen hatte. Wenn er Tatjana kaltstellte, brachte das aber auch nichts. Denn so konnte sie keine Hilfe sein.

»Ich meine, es wäre bestimmt eine gute Idee, wenn wir erst mal das Hotelpersonal befragen. Die vom

Police Department ...«

»Sind nicht mehr zuständig«, unterbrach Devcon. »Der Fall liegt bei den Mounties ...«

»Die überhaupt keine Lust darauf haben«, fiel Tatjana ihm ins Wort.

»So habe ich das nicht gesagt.«

»Aber so ähnlich.« Das Glitzern in ihren Augen zeugte von ihrem aufkommenden Zorn. »Folglich macht es sehr wohl Sinn, wenn wir selbst mit dem Hotelpersonal sprechen. Vielleicht kann sich jemand erinnern, Sibylle mit einer anderen Person gesehen zu haben ...«

»Stopp.« Devcon lächelte. Verunglückt. »Wir wissen bereits, dass sie von Vancouver aus die Route in Richtung Glacier Nationalpark genommen hat. Und zwar alleine. Irgendwo auf diesem Weg hat sie das letzte Foto gemacht und dir geschickt. Als sie wahrscheinlich noch nicht so weit aus dem Stadtgebiet heraus war.«

»Ja, das mit dem Regenbogen. Wunderschöne Aufnahme. Sah überhaupt nicht nach Problemen aus, wenn du mich fragst. Wenn man im Schlamassel steckt, hat man doch weder Nerv noch Zeit, solche Fotos zu schießen, oder nicht?«

Devcon sah Tatjana an und schwieg. Ersparte ihr die Entgegnung, dass die Probleme danach aber angefangen haben könnten, und das ziemlich schnell, weil es exakt ab dem Zeitpunkt keine weiteren, gesicherten Lebenszeichen mehr von Sibylle gab.

»Und worauf begründet sich die Behauptung, dass

sie die ganze Zeit über alleine unterwegs war? Also, ich für meinen Teil weiß gar nichts.« Das Glitzern in Tatjanas Augen wandelte sich in ein Schimmern. »Ach, Mensch. Das ist doch alles Mist. Was sollen wir schon bewirken können, wenn die kanadische Polizei nicht gewillt ist, zu helfen.«

Ein großes Problem, stimmt, dachte Devcon, blieb aber still. Er überlegte fieberhaft, wie er Tatjana vor dem Sprung in den Teich der Tränen abhalten konnte, in dessen Richtung sie Anlauf nahm.

»Warum konnte sie nicht nach Malle fliegen, wie jedes Jahr? Kann mir das mal einer sagen?« Tatjana machte eine ausladende Geste mit beiden Armen. Sie hatte abrupt die mentale Laufrichtung geändert und befand sich oben an der Rampe, auf der sie schnurstracks in den Weiher der Wut hinabrauschte. »Was soll's, die kanadischen Stoffel können mich alle mal! Wir schaffen das auch ohne die! Also los, wir müssen Sibylles Nachrichten noch mal durchgehen. Irgendwas haben wir bestimmt übersehen.«

»Nein, haben wir nicht«, entgegnete Devcon entschieden. »Es gibt nirgends einen Hinweis auf ein Ziel ihrer Fahrt. Sie wollte sehen, wohin es sie treibt. Exakt so lautete ihre eigene Formulierung.«

Tatjana schniefte und wandte sich ab. Sie sah zu Boden. Und dann ruckartig wieder hoch. Sie starrte Devcon trotzig an. Er überlegte, ob es klug wäre, sie in die Arme zu nehmen. Er wusste, dass sie ihn in ihrer momentanen Stimmung aller Wahrscheinlichkeit nach rüde von sich stoßen würde. Tatjana ließ niemanden an sich heran, wenn sie drohte, in Vorwürfen unterzugehen, die sie gegen sich selbst richtete. Unbewusst meinte sie dann offenbar, dass sie keinen Trost und keine Hilfe verdiente.

Jim Devcon kannte Tatjanas »Defekt«. Und dessen Ursache. Letzteres erst seit kurzem. Seither irritierte ihn ihre abweisende Art, die wie ein plötzliches Unwetter über ihn hereinbrechen konnte, nicht mehr so sehr. Weil er erfahren hatte, dass es immer nur dann passierte, wenn sie mit sich selbst unter maximalem Stress stand. Ein Stress, unter den sie sich setzte, wenn sie sich die Schuld gab an Vorkommnissen, die sie nicht wirklich hatte beeinflussen können, aber trotzdem aus irgendeinem Grunde glaubte, dass der Fehler bei ihr lag.

Nun gab sie sich eine gehörige Portion Mitschuld an Sibylles Verschwinden. Weil sie deren Nachrichten nur oberflächlich gecheckt hatte und nach dem Erhalt des letzten Lebenszeichens noch eine Woche verstreichen ließ, bevor sie anfing, sich Sorgen zu machen.

Kompletter Quatsch, Devcons Ansicht nach. Jeder andere Mensch an Tatjanas Stelle hätte zunächst auch angenommen, dass Sibylle die Lust am Versenden von Fotos verlassen hatte und sie sich die Tage schon wieder melden würde.

Devcon sah, wie sich eine Träne aus Tatjanas Augenwinkel löste. Er hielt es nicht mehr aus, drückte sie an sich, strich ihr übers Haar und stellte erleichtert fest, dass sie es geschehen ließ. Viel mehr konnte er in diesem Moment sowieso nicht für sie tun. Er wusste, dass es das Falscheste vom Falschen wäre, zu versuchen, ihr die irrationalen Schuldgefühle auszureden. Weil sie es nicht verstehen würde. Vermutlich niemals verstehen würde. Dafür funktionierte sie schon zu lange in diesem verqueren Psychomodus, und das sehr gut. Manchmal war nicht reden offenbar klüger.

Tatjana wand sich aus seinen Armen heraus und zog die Nase hoch. »Ja, ich weiß, du denkst, das ist jetzt wieder so ein typisches Tatjana-Psychoding. Aber es ist doch wahr, dass ich mich mehr um Sibylle hätte kümmern müssen. Ich wusste es aber nicht. Wirklich nicht!«

Devcon packte sie sanft an den Schultern und schaute ihr mit seinen wachen dunklen Augen ruhig entgegen. »Was wusstest du nicht?«

»Na, dass der Amokschütze aus der Fußgängerzone Sibylles Schwager war!«

Devcons Hände fielen von Tatjanas Schultern herunter, sein Mund stand offen. »Du meinst ...«

»Ja«, flüsterte sie kläglich und vergrub ihr Gesicht an Devcons Schulter.

»*Holy Shit*«, murmelte er und schluckte, während er Tatjana abermals in seinen Armen hielt.

Der Amokschütze, von dem sie gerade gesprochen hatte, war ein ausgebrannter Mittvierziger aus dem Vertrieb einer international aufgestellten, amerikanischen Softwarefirma gewesen. An einem Samstagnachmittag im August war er auf die Frankfurter Zeil gestürmt, hatte wahllos in die Menge geballert und geschrien: »Ich will meine Kinder aufwachsen sehen!«

Zum Glück war er von drei Streifenbeamten, die wegen eines bevorstehenden Demonstrationszuges in der Nähe patrouillierten, fix überwältigt worden. Es gab nur vier Verletzte. Einer davon allerdings schwer. Der achtunddreißigjährige Mann, ebenfalls Familienvater, lag seither im Koma.

Jim Devcon und Tatjana Kartan hatten nur halbherzig von dem Fall Notiz genommen, da Jost Kellermann die Ermittlungen geleitet hatte, die zudem schnell abgeschlossen waren. Devcon erinnerte sich noch, wie er sich bei dem Gedanken ertappt hatte, dass er zwar keineswegs gut hieß, was geschehen war, er den Amokschützen aber trotzdem ein bisschen verstand.

Der Mann hatte bei einer der vielen Firmen unter Vertrag gestanden, für die das Geschäftemachen einem Krieg gleich kam. Die Heeresführung forderte Abschlüsse, ohne Rücksicht auf Verluste, die Mitarbeiter wurden wie Soldaten getriezt. Und manchmal war es so, dass Soldaten durchdrehten.

»Wäre ich für Sibylle dagewesen, wäre sie jetzt nicht verschwunden«, hörte er Tatjana in seine Gedanken hinein sagen.

Devcon blickte ihr fest in die Augen. »Erstens steht noch immer nicht sicher fest, ob sie tatsächlich verschwunden ist oder nur abgetaucht. Und zweitens will ich von dir nie wieder so einen Blödsinn hören. Du kannst nicht immer zur Stelle sein, wenn es irgendwo brennt. Unsere Jobs fressen uns auf. Überleg mal, wie wenig Zeit uns für Privates bleibt. Wir sind jetzt hier. Und tun, was wir können. Mach dir keine Sorgen, wir werden Sibylle schon auftreiben.«

Tatjana legte den Kopf schief. »Ach ja? Und wieso das auf einmal? Beim Packen hast du noch gesagt, dass du es vorziehen würdest, eine goldfarbene Stecknadel in einem hundert Quadratmeter großen Heuhaufen zu suchen.«

Devcon winkte ab. »Das war nur ein Scherz.«

»Seltsamer Humor.«

»Außerdem hatte ich da noch keine Nachricht von Richard Price.«

»Der Privatdetektiv, den wir hier treffen sollen.«

»Genau.« Wie auf Kommando sah Devcon auf seine Uhr. Sie waren pünktlich. Price nicht.

»Woher kennst du den eigentlich?«, wollte Tatjana wissen.

»Ich kenne ihn nicht.« Devcons Blick scannte den Motel-Parkplatz. »Der Kontakt kam über meinen ehemaligen Kollegen vom SAPD zustande.«

»Dan Foley?«

»Korrekt.« Devcon sah wieder zu Tatjana hin. »Sie hatten beruflich miteinander zutun. Eine Weile. Price ist Ex-Polizist. Hat hingeschmissen beim LAPD.«

»Los Angeles Police Department?«

Devcon nickte. »Eine Art Aussteiger, wenn man so will. Schlägt sich seither als Privatdetektiv durch in seiner neuen Heimat.«

»Neue Heimat? Hier in Vancouver, nehme ich an?«

Devcon nickte abermals.

Tatjana kratzte sich an der Nasenspitze. »Und wieso treffen wir uns dann vor einem Motel, wenn der hier wohnt?«

»Der Mann ist nicht allzu oft daheim, wie es aussieht. Ist ständig auf Achse.«

»Aha. Dann läuft sie anscheinend gut, seine Detektei.«

Devcon zuckte die Achseln. »In finanzieller Hinsicht? Keine Ahnung. War auch nicht der Plan, soweit ich weiß. Er kam her, weil er auf der Suche nach Ruhe und Frieden war.« Devcon sah zur Seite, die angenehm tiefe Stimme auf ein Minimum an Lautstärke gedrosselt, bevor er hinzusetzte: »Stattdessen fand er die Straße der Tränen.«

12

Im Labyrinth ...

Zitternd lag sie in ihrem Loch. In totaler Finsternis. Dennoch hatte sie das grausige Bild kristallklar vor Augen. Das Bild des blutverschmierten Mundes. Als hätte dieser Teufel gerade ...

Sie kniff die Augen zusammen. Das Horrorbild auf ihrer Netzhaut verschwamm, wurde von hellen Schlieren überlagert, die durch das Dunkel drifteten. Hatte sie die gruselige Gestalt wirklich gesehen? Oder war sie nur ein Produkt der Phantasie gewesen, die anscheinend immer öfter die Regie in ihrem Gehirn übernahm? Was passierte mit ihr? Fraß die Angst ihr logisches Denkvermögen und ließ eine Irre zurück, gefangen in einer Welt voller böser Geister, die sie selbst erschuf?

Sie riss die Augen wieder auf und starrte in die Schwärze. Wie lange würde sie noch ausharren können in dieser Hölle, bevor der Wahnsinn sich endgültig Damm brach und alles, was sie jemals gewesen war, mit sich hinfort riss?

Sie stutzte. Wegen der nächsten Frage, die sie sich stellte. Sah, wie das Panikmonster sie anstierte. Sich in dieser Dunkelheit an sie heranpirschte. Die Zähne gefletscht, an denen Geifer herabtropfte.

Bin ich überhaupt wirklich in diesem Labyrinth?

Oder lag sie in Wahrheit in einer psychiatrischen

Anstalt, ans Bett gefesselt, damit sie sich nicht selbst Schaden zufügen konnte? Der bewusstseinsverändernden Medikation der Ärzte hilflos ausgeliefert?

Sie drohte, innerlich zu verglühen vor Schreck, strampelte mit aller Kraft mit den Beinen, ruderte mit ihren Armen und schlug mit der Handkante schmerzhaft auf dem Boden auf.

Vor Freude hätte sie beinahe geweint. Noch hatte sie ihn nicht komplett verloren, ihren Verstand. Also gab es Hoffnung.

Sie erhob sich. Bemüht, langsam und bewusst zu atmen. Ihrer Angst so wenig wie möglich Raum zu lassen und stattdessen ihrem Überlebensinstinkt zu folgen.

Sie zog wieder los, begab sich auf die Suche nach Nahrung. Sie überging das Stechen in ihrer Blase, das sich jedes Mal einstellte, sobald sie sich aufrichtete. Sie unterdrückte den Hustenreiz, röchelte nur leise vor sich hin. Es schmerzte bei jedem Schlucken. Dennoch sehnte sie sich nach Flüssigkeit. Hätte selbst einen Becher Buttermilch auf einen Sitz leer getrunken, obwohl sie die dickflüssige Pampe normalerweise würgen ließ, wenn sie bloß daran roch.

Ein kleines Schälchen mit Wasser gefüllt. Und der merkwürdige Brei. Das war alles, was sie bisher hatte finden können. Sie tastete sich an einer Wand entlang, in leicht gekrümmter Haltung. Vor ihren Augen spielte sich ein Feuerwerk der grellsten Farben ab, in ihrem Kopf summte es und ihr Rachen schmerzte, als hätte ihr jemand Säure verabreicht. Sie hustete trocken und befühlte den Verband an ihrer Schläfe. Erwartete Schwellungen und Feuchte. Nichts dergleichen nahm sie wahr. Die Wunde, von der sie noch immer nicht wusste, durch wen oder was sie entstanden war, schmerzte nur, wenn sie fest darauf drückte.

Trotzdem hatte sie mit jedem Schritt mehr Mühe, sich vorwärts zu bewegen. Ihr Körper wurde schwächer und schwächer. Sie musste essen. Dringend! Erst recht, nachdem sie sich hatte übergeben müssen durch den Schock, den der Anblick des Gesichtes mit dem blutverschmierten Mund ihr verursacht hatte. Es war nur noch Galle hoch gekommen. Daher rührte das Brennen in ihrer Kehle.

Sie schleppte sich weiter. In Richtung eines schwachen Lichtschimmers irgendwo da vorne. Ihre Angst vor einer neuen Begegnung mit dem blutverschmierten Teufel wurde unterdrückt von dem übermächtigen Impuls, etwas essen zu wollen. Egal, was.

Wie ein Tier stürzte sie sich auf ein Schälchen mit Wasser, ließ jede Vorsicht fahren, als sie in dem Loch angekommen war, in dem eine Kerze das spärliche Mahl beleuchtete. Die kleine Gestalt kam ihr in den Sinn, die ihr beim Herumirren begegnet war. Sie trank das Wasser schnell aus, bevor ein anderer herfinden und ihr das bisschen Nahrung streitig machen würde.

Candlelight Dinner, funkte ein mieser Gnom in ihrem Gehirn, als sie sich dem zweiten Schälchen zuwandte. Grünlich und dickflüssig sah er aus, der Brei. Wie ein mit schmutziger Erde gemischtes Püree aus Erbsen. Oder Brennnesseln.

Sie hustete und verzog die Lippen, meinte zu spüren, wie es in ihrem Mund brannte. Falls der Brei wirklich aus den fürchterlichen Gewächsen bestand, in die sie als Kind mit nackten Beinen und Oberarmen gestürzt war, weil sie mit ihrem Fahrrad von einem holprigen Feldweg abgekommen war, konnte sie nur hoffen, dass das Zeug lange genug gekocht worden war.

Sie nahm das Schälchen, griff mit zwei Fingern in den Brei, einen Löffel gab es nicht, und hielt inne. Was, wenn es Gift war?

Eine gefühlte Ewigkeit kauerte sie im Schein des einsamen Kerzenlichtes auf dem Boden, das Schälchen mit dem Brei in ihrer Hand, der ihre Henkersmahlzeit sein könnte. Sie weinte leise. Sie wollte nicht sterben. Doch langsam verhungern war sicherlich der grausamere Tod. Mit tränenüberströmten Gesicht, bebenden Händen und Lippen überwand sie sich schließlich und löffelte das Schälchen mit Zeige- und Mittelfinger leer. Gierig vor Hunger. Gepaart mit einer gehörigen Portion Trotz.

Sie verspürte keinen Schmerz und auch ansonsten nichts, während sie den geschmacksneutralen Brei in sich hineinschaufelte. Anscheinend enthielt er ein sehr langsam wirkendes Gift. Und machte schon in kleinen Mengen überraschend satt.

Sie stellte das wie sauber polierte Schälchen ab und legte sich hin. Wartete. Auf entsetzliche Krämpfe. Und den Tod.

Nach einer Weile, als sie realisiert hatte, dass es

offenbar doch nicht der Brei sein würde, der ihr das Leben nahm, setzte sie sich auf und starrte in das flackernde Kerzenlicht.

Wieso war sie noch nicht getötet worden? Oder gefoltert? Missbraucht? Warum hielt dieser Teufel sie hier fest? Wie einen Gegenstand, von dem er noch nicht wusste, was er damit anstellen sollte? Und weshalb schob er ihr die Schälchen mit dem Brei und dem Wasser nicht einfach in ihr Loch? Hatte er Angst vor einer Attacke? Sie hörte sich selbst irre kichern bei dem abwegigen Gedanken.

Fakt blieb, dass der Kerl anscheinend Wert darauf legte, dass sie in Bewegung blieb. Sowohl körperlich als auch geistig. Warum?

Die mögliche Antwort traf sie wie ein Sturz in die pulsierende Öffnung eines Vulkans. Der blutverschmierte Mund hatte sich wieder auf ihrer Netzhaut materialisiert. *Fleisch schmeckt nur, wenn es frisch ist ...*

War sie in die Fänge eines Menschenfressers geraten? Oder gar mehrerer? Konnte durchaus sein, dass der Kerl Familie hatte. Und seine Gefangenen waren die Nahrung, die er vor dem Verzehr mit diesem seltsamen Brei päppelte.

Ihr Herz raste, schien ihr regelrecht aus dem Schlund hüpfen zu wollen. Sie musste hier raus. *Schnell!*

Sie sprang auf, unterdrückte das Schwindelgefühl und hechtete in die Dunkelheit, die Arme weit ausgestreckt. Die Kerze, die dem Teufel jederzeit anzeigen würde, wo sie sich befand, ließ sie zurück. *Laufen!*

Immer weiter laufen! Nicht denken, fühlen! Irgendwo muss es hier raus gehen.

Sie blieb abrupt stehen. Hatte etwas gehört. Der Druck auf ihrer Brust nahm ihr die Luft zum Atmen und verstärkte ihren permanenten Hustenreiz. Sie beugte ihren Oberkörper herunter, die Hand vor den Mund gepresst und röchelte, so leise als möglich.

Lief sie dem Monster schon wieder direkt in die Arme? Konnte der Kerl etwa auch in dieser Schwärze sehen? Und beobachtete sie schon die ganze Zeit? Hatte nur darauf gewartet, dass sie endlich den Brei essen würde? Wie eine wehrlose Gans, die sich selbst mästen musste, bevor sie im Ofen landete?

Sie ging in die Hocke, duckte sich, versuchte, sich noch unsichtbarer zu machen in der Finsternis.

Wieder drang etwas an ihr Ohr. Schien durch die Löcher des Labyrinths zu gleiten. Wie ein leises Echo. Sie hob den Kopf und lauschte.

Gesang. Es war Gesang.

Sie richtete sich auf und wandte sich in die Richtung, aus der sie die Melodie wahrnahm. Eine Melodie voller Melancholie. Ihr Herz tat einen Sprung. Befand sie sich bereits in der Nähe des Ausgangs? Vor dem sich ein gütiger Einheimischer aufhielt, den sie um Hilfe bitten konnte? *An sich zu schön, um wahr zu sein ...*

Sie stürzte los, dem Gesang folgend und stieß im vollen Lauf gegen eine Wand. Sie taumelte zurück, erschrocken von dem heftig aufwallenden Schmerz. Ihre Stirn schien von einem Eispickel getroffen, ihre

Nase von einem Holzhammer. Oder umgekehrt. Eine warme, metallisch schmeckende Flüssigkeit rann über ihre Oberlippe. *Blut!* Sie tippte vorsichtig gegen ihren Nasenrücken, spürte aber nichts. Der Aufprall hatte das Nervengewebe vorübergehend neutralisiert. Sie zog den rechten Ärmel ihres Pullovers lang und wischte sich das Blut ab, das aus ihrer Nase sickerte. Dann streckte sie beide Hände vor und bewegte sich weiter in die Richtung, aus der der Gesang kam.

Die Melodie wurde lauter und zog sie an, ließ sie ein Gemisch aus Faszination und Verwunderung spüren. Je näher sie dem Sänger kam, dessen Sprache sie nicht verstand, desto heller wurde es in dem Labyrinth. Das Licht wirkte unnatürlich.

Sie blieb stehen und atmete kaum. Eine unerbittliche Kralle schien ihr mit einem Ruck alle Hoffnung herauszureißen. Hoffnung darauf, dass sich ihr Schicksal doch noch zum Guten wenden könnte. *Kein Tageslicht, kein Retter.*

Alles in ihr schrie danach, sich umzudrehen und in die entgegengesetzte Richtung zu fliehen. Doch der Sog des Gesanges war stärker. Sie stahl sich weiter voran, ganz dicht an die Wand gepresst. In ihrem Hals kratzte es, fühlte sich heiß an und geschwollen. Sie konnte kaum schlucken, musste zum Glück aber auch nicht abhusten.

Je näher sie sich an die Quelle des Gesangs heranpirschte, desto intensiver leuchtete das Licht. Es war ein warmes Licht. Wie bei einem Dimmer auf geringster Stufe. Nur wenige Meter von ihr entfernt halbierte sich die Wand. Wurde zu einem Sockel, über den es noch heller hereinstrahlte.

In geduckter Haltung schlich sie darauf zu. Innerhalb ihrer Brust schienen sämtliche Adern und Organe aufzureißen von der Anspannung, die sie verspürte, als sie einen Blick über den Sockel riskierte.

Sie sah ein Kerzenmeer. Und einen sehr alten Mann, der auf einer bunten Decke kniete. Er trug ein Stirnband, das sein halblanges und schlohweißes Haar aus dem runzeligen Gesicht hielt. Sein Mund bewegte sich kaum. Offenbar war er in ein Gebetsritual vertieft.

Sie zog ihren Kopf wieder ein. Schluckte hart, sodass sie meinte, ihr Hals würde zerspringen vor Schmerz. Gerade noch konnte sie einen Hustenanfall abwenden. Sie atmete flach, sammelte Spucke und schlang sie vorsichtig herunter. Erleichtert stellte sie fest, dass der Hustenreiz nach ließ. Sie durfte kein Geräusch von sich geben, hatte solche Angst, entdeckt zu werden. Nicht von dem Alten mit den geschlossenen Augen, sondern von dem Sänger der Melodie, den sie noch nicht gesehen hatte.

Sie verspürte den Zwang, sich an die Schläfe zu fassen. Die Empfindlichkeit ihrer Wunde zu prüfen. Sie befühlte den Verband, nahm ihn vorsichtig ab und erkannte, dass es gar kein Verband war. Sondern ein Stirnband. Ein gleiches, wie der betende Alte es trug. Sie tastete ihre Schläfe ab. Alles trocken. Und glatt. Sie blickte erschrocken auf. Da war keine Wunde. *Dieses Mal also wirklich nur ein Produkt der Einbildung ...*

Sie schaute wieder das Stirnband an. Soweit sie es bei der Beleuchtung ausmachen konnte, war es dunkelblau. Mit einem grellroten Zeichen, das aussah wie ein eckiges Auge.

Der lauter werdende Gesang lenkte ihre Aufmerksamkeit zurück auf das Geschehen hinter dem Sockel. Auch die Melodie hatte sich verändert. Sie klang nicht mehr melancholisch, sondern kämpferisch.

Ihre Glieder zitterten, als sie sich umwandte und abermals über den Sockel linste. Die Augen des Alten waren noch immer geschlossen. Er verneigte sich, soweit, dass sein Kopf beinahe den Boden berührte, und hielt danach ein Gefäß in die Höhe. Er wandte sich nach links und reichte es einem Mann, der auf der anderen Seite des Teppichs saß. Mit dem Rücken zu ihr. Der Gesang verstummte, als der Mann sich zu dem Alten hin ausrichtete und das Gefäß ergriff.

Sie riss die Augen auf, presste die Hände vor ihren Mund und verschwand sofort wieder unterhalb des Sockels.

Der schöne Teufel. Sie hatte den schönen Teufel gesehen.

13

*Auf dem Trans-Canada Highway,
Richtung Williams Lake, BC …*

Tatjana hatte sich auf der Rückbank des Pickup breit gemacht. Beine seitlich auf dem Sitz ausgestreckt, den Oberkörper zurückgelehnt, sodass sie bequem aus dem Fenster schauen konnte. Zum Glück war die Kabine des Gefährts mit der offenen Ladefläche geräumig. Und die Lackierung in bordeauxrot hätte bestimmt klasse ausgesehen, wenn der Wagen mal gewaschen würde.

Tatjana hatte also genug Platz, und das war gut so. Eine stundenlange Fahrt über Land, eingepfercht zwischen Jim Devcon und dem Fahrer des Wagens, hätte bei Tatjana, die jeden Fahrstuhl mied, nach spätestens dreißig Minuten zu klaustrophobischen Anfällen geführt. Gegen Devcons Nähe hatte sie nichts. Körperkontakt zu einer Person, die sie nicht kannte – nein, das war nichts für Tatjana. Wobei sie ohnehin noch nicht wusste, was sie von Richard Price halten sollte.

Allein vom Tonfall und dem Klang seiner Stimme her beurteilt schien er ganz nett zu sein. Was er sagte – Tatjana hatte keinen Schimmer. Der Mann redete wie ein Maschinengewehr. Zumindest kam ihr das so vor. Gleich bei der Begegnung auf dem Parkplatz des schäbigen Motels hatte sie sich darauf beschränkt, den

Mund zu halten und an den hoffentlich richtigen Stellen zu nicken. Oder zu lächeln. Aus Devcons Blick hatte sie eindeutig herauslesen können, dass er mitbekam, dass sie so gut wie nichts verstand von dem, was Richard Price von sich gab.

Und das war eine ganze Menge. Seine Stimme ratterte in angenehmer Lautstärke durch die Kabine des Laders wie die Permanentdurchsagen auf einem Bahnhof oder Flughafen. Hier und da von einer Zwischenfrage unterbrochen, die Jim Devcon ihm stellte.

Tatjana beobachtete den Privatdetektiv und grinste in sich hinein. Dank seiner hängenden Wangen erinnerte er sie irgendwie an Eduard. Eduard, der Barsch, der in ihrem Aquarium zuhause gewesen war, das sie als Kind hatte, und der die Rolle des Oberfischs inne gehabt hatte. Weil er der Älteste und Größte war.

Richard Price brachte rund dreißig Kilo mehr auf die Waage als Devcon und sah trotz seiner Körperfülle deutlich älter aus als er, obwohl der Privatdetektiv erst sechsundfünfzig Jahre alt war. Lag wohl an seiner Halbglatze und dem grauen Haarkranz. Und seiner von der Sonne gegerbten Gesichtshaut. Da hatte sich Bleichgesicht Devcon besser gehalten. Immerhin ein Vorteil, wenn der Job einem fast jede Chance nahm, schönes Wetter zu genießen. So wie auch derzeit mal wieder. Statt am *River Walk* in San Antonio zu promenieren, hockten sie in Prices Karre, auf dem Weg mitten rein in die Wolken.

Tatjana sah aus dem Fenster. Bäume. Dahinter Berge. Mit schneebedeckten Spitzen. Und Regendunst, der durch die Wipfel waberte. Sonst nichts. Kein McDonalds. Keine Tankstelle. Kein einziges Haus, das auf menschliches Leben in der Weite dieses Landstrichs schließen ließ. Und das seit über drei Stunden. *Das ist doch keine Gegend für Disco-Maus Sibylle*, schoss es ihr durch den Kopf.

Sie blickte nach vorne. Rutschte tiefer in ihrem Sitz. Spürte, wie sie kurz vor einem Naturkoller stand, fühlte sich regelrecht erschlagen von der Einsamkeit da draußen. So etwas hatte Tatjana, für die das Sauerland schon das Ende der Welt bedeutete, noch nicht erlebt. Ihre Hoffnung, Sibylle hier irgendwo zu finden, löste sich Stück für Stück auf. Mit jedem Meter, den sie fuhren.

Devcon registrierte, dass es auf einmal mucksmäuschenstill hinter ihm geworden war. Kein Rascheln mit Schokoladenverpackungen oder Knarren der Sitzbank, verursacht von Tatjanas Bewegungen. Er drehte sich zu ihr um. »*What's up, Princess?* Ist's dir nicht gut?«

»Das kann man wohl sagen.« Sie schaute ihm düster entgegen.

»*You want me to stop?*«, kam es vom Fahrersitz. Tatjana sah, wie Richard Prices graublaue Augen sie über den Rückspiegel fixierten.

»*No, no, thanks, I'm fine*«, rief sie ihm zu und wackelte abwehrend mit beiden Händen.

Devcon schaute Tatjana fragend an, machte keine Anstalten, sich wieder nach vorne zu drehen. Richard Price schoss die nächste Wortsalve ab und klang dabei fröhlich. Devcon sah zu ihm hin. *»Will do«*, erwiderte er freundlich und nickte.

»Was hat er gesagt?« Tatjana blickte ihm mit gerunzelter Stirn entgegen.

»Dass wir uns von den paar Wolken nicht abschrecken lassen und noch mal wiederkommen sollen, wenn wir Kopf und Herz frei haben, um die Schönheit des Landes genießen zu können.«

»Ich brech' zusammen!« Tatjana rutschte noch tiefer herab auf ihrem Sitz.«

»Hold on«, sagte Devcon zu Price und zwinkerte Tatjana dann aufmunternd zu. »Er hat recht.«

»Was?«

»Du würdest alles mit anderen Augen sehen, wenn deine Angst um Sibylle nicht wie ein Stein auf deinem Gemüt lasten würde. Wenn man sorgenfrei ist, kann man überall Schönes entdecken. Erst recht in einem Naturparadies wie British Columbia.«

»Vielen Dank für die touristische Werbeeinlage. Macht du dir denn gar keine Sorgen?«, fragte Tatjana, schwankend zwischen Überraschung und Zorn.

»Doch, natürlich. Aber wenn ich zulasse, dass sie mich auffrisst, die Sorge, dann ist das Ergebnis nur, dass Sibylle, falls sie tatsächlich in Schwierigkeiten steckt, noch eine Hoffnung weniger hat. Richtig?«

Tatjana zog eine Grimasse. Sollte unfreiwillige Zustimmung signalisieren.

»Außerdem sehe ich keinen Grund, unseren Gastgeber zu brüskieren. Mal abgesehen davon, dass er unsere beste Chance bei dieser Aktion ist.« Devcon nahm Tatjanas Hand und drückte sie kurz. »Ich gebe dir nachher ein kurzes Resümee von meiner Unterhaltung mit ihm.«

»Das ist schön.« Tatjana rappelte sich wieder hoch und fing an, in der Reisetasche zu kramen, die mit auf der Rückbank stand. Auf der Suche nach einem Schokoriegel.

Jim Devcon drehte sich nach vorne und setzte sein Gespräch mit dem Privatdetektiv fort. »Ich gebe zu, es fällt mir schwer, das zu glauben. Eine Mordserie, die seit über vierzig Jahren andauert und bei der über vierzig dokumentierte Opfer und Vermisste verzeichnet sind – und es gibt keine einzige Spur? Keinen Anhaltspunkt? Nichts? Was sagen die Angehörigen dazu? Geht da niemand auf die Barrikaden?«

Price behielt seinen Blick geradeaus gerichtet. »Seit 2002 haben sie eine Sonderkommission. E-Pana, nach einer Inuit-Göttin benannt. Wurde gegründet, nachdem es den ersten Vermisstenfall gab, bei dem die Verschwundene keine Indianerin war.«

»Oha«, entfuhr es Devcon.

Price deutete ein Kopfschütteln an. »Ganz so einfach, wie es nun aussieht, ist es nicht. Es liegt nicht nur daran, dass speziell die wohlhabenderen Weißen die Indigenen als Menschen zweiter Klasse betrachten. Für sie sind alle Indianer bloß Säufer. Schläger. Arbeitslose. Junkies und Prostituierte.«

Überall das Gleiche, dachte Devcon, sagte aber nichts. Weil er der Worte müde war, was dieses Thema betraf. Man entzog den Leuten die Lebensgrundlage, machte sie dadurch arm und verurteilte sie dann auch noch dafür. Kannte er nur zu gut aus seiner Zeit in Texas. Und mittlerweile hatte sich das zynische Phänomen leider auch in seiner Wahlheimat Deutschland ausgebreitet.

»Das Problem sind aber auch die Indianer selbst«, fuhr Price fort, während er seinen Pickup ruhig und gleichmäßig über den Highway brummen ließ.

Devcon quittierte die Information mit einem überraschten Seitenblick. »Wie meinen Sie das?«

»Sie denken nicht, dass die Täter gefasst werden können«, erwiderte Price düster. »Sie glauben an einen bösen Geist.«

14

Devcon musterte den Privatdetektiv, als hätte der einen schlechten Witz auf seine Kosten gemacht. »Was hat die Indianer-Mythologie mit dem Ganzen zutun? Verstehe ich nicht.«

Price zuckte die Schultern. »Ich auch nicht. Aber sie glauben tatsächlich an den Einen, der all diese Morde begeht.«

Devcon ließ ein Schnauben hören. »Na, dann muss er inzwischen aber ganz schön in die Jahre gekommen sein, dieser böse Geist.«

Richard Prices farblose Lippen verzogen sich zu einem schiefen Grinsen. »Außerdem ist er flexibel.«

»Inwiefern?«

»Nun, manchmal verschwinden die Mädchen spurlos. Tauchen nie wieder auf. Und manchmal findet man ihre Leichen. Da ist kein wirkliches Muster zu erkennen. Es unterliegt einer völligen Willkür, wenn Sie meine Meinung dazu hören wollen.« Price zog ein Stofftaschentuch aus der Brusttasche seines Holzfällerhemdes und putzte sich geräuschvoll die Nase, während er mit der linken Hand das Steuer fest hielt. Die nächste Straßenbiegung kam in Sicht.

Devcon knetete sein Kinn. »Böse Geister können schnell zu realen Personen werden. Erst recht in abgelegenen Gegenden, wo die Verbrecher wissen, dass sie nur schwer zu fassen sind.«

»Wenn überhaupt«, warf Price ein, und in seiner

Stimme schwang ein resigniert wirkender Unterton mit.

Devcon nahm die Hand vom Kinn. »Da tummeln sich mehrere Täter. Ich denke, daran besteht kein Zweifel. Nachahmer. Und neue mit eigenen grausigen Ideen. Und manche sind schlau genug und lassen die Leichen nicht einfach liegen.«

Richard Prices Mundwinkel neigten sich nach oben. »Da spricht der Ermittler aus der Großstadt. Aber wissen Sie, hier draußen spielt es keine so große Rolle, ob die Kerle bei der Beseitigung ihrer Opfer Sorgfalt walten lassen oder nicht. Meistens helfen die hungrigen Tiere. Und so dämlich wie der Hornochse, der sich mit blutverschmiertem Gesicht von einer Polizeistreife hatte stoppen lassen, weil er zu schnell gefahren war, sind nur die Allerwenigsten. Trotzdem hat der Trottel es auf eine Bilanz von immerhin vier Opfern bringen können.« Price lachte bitter. »Und es geht weiter. Und weiter.« Er starrte nach vorne durch die Windschutzscheibe. Auf den nass glänzenden Asphalt und in die Dunkelheit, innerhalb der die schneebedeckten Bergspitzen, der Wald und die Wolken zu einer grauen Einheit verschmolzen. In den letzten beiden der rund sechs Stunden langen Fahrt würde es nichts mehr zu sehen geben, außer der Straße, die durch die Scheinwerfer des Pickup ausgeleuchtet wurde.

Gegen 11:00 p.m. sollten sie laut Richard Price ihr Ziel erreicht haben: das Super 8 in Williams Lake. Gut bewertet und direkt am Highway in Richtung Prince

George gelegen. Price war schon ein paar Mal dort abgestiegen, im Rahmen seiner auf eigene Faust durchgeführten Nachforschungen rund um die Toten des *Highway of Tears*.

»Wollen Sie mein Ergebnis zu den vielen Mordfällen hören?«, fragte er Devcon, ohne den Blick von der Straße abzuwenden, die auf schnurgeradem Weg in ein Nichts zu führen schien – jetzt, wo sich die dichte Wolkendecke vor dem immer dunkler werdenden Himmel anschickte, auch das letzte bisschen Tageslicht zu verschlucken.

»Ja«, erwiderte Devcon, obwohl er sich sicher war, dass es ihm nicht gefallen würde, was Price ihm dazu sagen würde. Er schaute über die Schulter nach hinten zur Rückbank. Tatjana rührte sich nicht, linste mit halb geschlossenen Lidern zum Seitenfenster in die Nacht hinaus.

»Diese ganzen Mädchen«, Price holte tief Luft, »sie waren zur falschen Zeit am falschen Ort. Ich weiß, das hört sich sehr billig an. Billig und zynisch. Aber es wissen doch alle, dass man sich hier nicht sehr um die Indianer schert. Und da ist es als Frau oder Mädchen nun mal doppelt riskant. Weil es viele Männer gibt, die dieses Wissen eiskalt ausnutzen.«

»Reden wir von vogelfrei?« Devcon sprach in schrofferer Tonlage als beabsichtigt.

Price wandte den Blick in seine Richtung. Ein Blick, in dem sich die Seele eines Mannes spiegelte, der sich im Namen des Guten zu oft den Schädel wund geschlagen hatte, weil die Wand des Bösen stabiler war. Und oftmals noch nicht mal einen Riss zeigte. »Was soll ich Ihnen darauf antworten?«

Devcon schwieg, schaute seine Hände an, die in seinem Schoß lagen. Er bemerkte, dass sie zu Fäusten geballt waren und lockerte die Finger.

Der Pickup brummte. Das Radio spielte leise. »Personal Jesus« von Johnny Cash. Price lenkte den Wagen durch eine großwinklige Linksbiegung. »Und was Ihre Vermisste betrifft ...« Der Privatdetektiv brach ab. Er schien zu überlegen, wie er sich ausdrücken sollte. »Sie passt nicht ins Schema, wissen Sie. Eine Touristin. Noch dazu aus dem Ausland. So jemand wird bisher nicht geführt in der langen Liste der Opfer des *Highway of Tears*.«

»Na ja, die Straße selbst würde ich aus dem Kreis der Verdächtigen ausschließen«, kommentierte Devcon staubtrocken. Price grinste.

»Der Mountie-Officer sagte mir übrigens dasselbe«, fuhr Devcon fort. »Ich meine, dass es bisher fast nur Mädchen und Frauen indianischer Herkunft getroffen hat. Nicht gesagt hat er, wie wenig Lust er auf diesen Fall hat. War nicht nötig, ich habe es auch so gemerkt.« Wäre Sarkasmus eine flüssige Substanz, hätte Devcon sich bei seinem letzten Satz über einen Eimer beugen müssen.

Price grinste nicht mehr. »Am Anfang war ich ähnlich empört über die fast schon provozierend laxe Haltung. Das können Sie mir glauben. Aber es ist leider auch so, dass die Offiziellen nicht wirklich eine Chance haben, etwas Licht in das Dunkel rund um die Highway-Toten zu bringen. Und wer ist schon scharf darauf, seine Erfolgsbilanz wissentlich in den Keller zu drücken durch eine solche *mission impossible*?«

Devcon stöhnte vernehmlich und rieb sich die Augenlider. Durfte doch nicht wahr sein, dass Price dieselbe Umschreibung nutzte wie der Officer von der *Royal Canadian Mounted Police*. Ging es überall nur noch um Erfolgsquoten? War die ganze Welt zu einem riesigen Fernsehsender geworden, bei dem der Inhalt des Programms völlig egal war, solange die Zahlen stimmten?

»Insofern kann ich die Haltung der Offiziellen sogar verstehen. Und Sie auch. Kommen Sie«, Price stupste Devcon mit dem rechten Ellenbogen an. »Wir sind doch beide lange genug im Polizeigeschäft tätig.«

Im Polizeigeschäft tätig, wiederholte Devcon in Gedanken, wobei der Wortteil »Geschäft« fettgedruckt und signalrot in seinem Kopf blinkte. Richard Price hatte in seiner Zeit beim LAPD anscheinend noch mehr Dinge erlebt als er in seiner Kripolaufbahn, die zu einer nachhaltigen Desillusionierung führen konnten. »In jedem Fall stimme ich Ihnen zu, dass die Chancen auf einen Erfolg bei den Ermittlungen gegen null sinken, wenn man gar nicht erst damit anfängt.« Der mit Devcons Sarkasmus gefüllte Eimer lief soeben über.

Price steuerte den Pickup durch eine lange Rechtskurve. An den Straßenrändern, Finsternis. Der Wald, die Berge, nicht mehr zu sehen. Der Himmel war tiefschwarz, kein Stern schaffte es durch die Wolkendecke hindurch. »Sehen Sie, als ich herkam und das Drama sah, das sich rund um den *Highway of Tears* abspielte, ging es mir ähnlich wie Ihnen. Ich dachte, verdammt noch mal, wenn hier mal einer seine Arbeit richtig machen würde, könnte man dem Spuk schnell ein Ende setzen.« Price gab ein Grunzen von sich. »Die Euphorie des Neulings. Ich fing also an, das zu tun, was die Offiziellen meiner Ansicht nach längst hätten tun müssen.«

»Gut, und das war was?«

Price legte die linke seiner fleischigen Hände auf seinen Oberschenkel und lenkte den Wagen nur noch mit rechts. Das Fernlicht der Scheinwerfer zeigte an, dass es bis auf weiteres geradeaus ging. »Ich habe an Türen geklopft und Fragen gestellt. Einfachste Kriminalarbeit. Effizient – doch hier so unendlich sinnlos.«

Devcon sah den Privatdetektiv an, seine noch fast schwarzen Augenbrauen eng über der Nasenwurzel zusammengezogen. »Ich fürchte, ich kann Ihnen nicht folgen.«

Price ließ abermals ein Grunzen hören. »Was bringt es, Fragen zu stellen, wenn der Adressat nicht antwortet? Die Indianer reden nicht mit uns. Weil sie kein Vertrauen haben. Wie auch, wo sie doch wissen, dass sie für die meisten Weißhäutigen Menschen niederen Ranges sind. Und jetzt stellen Sie sich vor, da klopft ein weißer Officer an den Haustüren der Indigenen, auf der Suche nach Antworten.«

Devcon kaute auf seiner Unterlippe herum und vollzog eine gedankliche Kehrtwende, was seine Einstellung den *Royal Canadian Mounted Officers* gegenüber betraf. Nur zu gut war es ihm aus seiner Zeit beim *San Antonio Police Department* bekannt, dass eine Mauer des Schweigens mit eines der besten Mittel war, Detectives ins Leere laufen zu lassen. Es hatte einige Morde im Milieu der Schwarzen gegeben, bei denen von vorneherein klar war, dass Jim Devcon in seiner Eigenschaft als Weißer gar nicht erst versuchen brauchte, im Umfeld der Opfer an relevante Informationen zu kommen.

»Können Sie nun nachvollziehen, warum die Officers in den Vorstadt-Büroparks lieber auf ihren Stühlen sitzen bleiben?«

»Mh«, machte Devcon, den Kopf Richtung Seitenfenster gewandt. Es gab Barrieren, die sich nicht so schnell wieder abtragen ließen. Wenn überhaupt. Manchmal waren die Wunden, die in der Vergangenheit geschlagen wurden, zu tief. Zurück blieben Trauer, Wut, Hass. Die einzigen Emotionen, die in Verbindung mit dem Feind noch empfunden wurden. Eine mentale Verstümmelung, die oftmals auf die Kinder und Kindeskinder überging wie ein genetischer Defekt. Wobei es aber nicht die Natur war, die sich für einen derartigen Defekt verantwortlich zu zeichnen hatte.

»*Mission impossible*, wie schon erwähnt«, hörte er Price sagen. Da kommt es doch gerade recht, wenn die Indianer an ein Monster aus der Geisterwelt glauben, nicht wahr?«

Devcon löste sich von der Schwärze der Nacht,

die ihn wie ein boshaftes Riesenwesen zu verhöhnen schien: *Nix zu machen, Jimbo. Die Mauer des Schweigens wurde extra für dich frisch renoviert!* Er sog hörbar die Luft ein, als er sich Price zuwandte – und einen Mann sah, dessen Gesichtszüge von Bitternis geprägt waren.

»Ein Monster, das mit unserer Gesellschaft nichts zu tun hat, praktisch, oder?«, fuhr Price in einem Tonfall fort, der perfekt mit seinen Gesichtszügen harmonierte. Devcon kannte die Antwort auf die rhetorisch gestellte Frage des Privatdetektivs, ließ ihn aber trotzdem ausreden.

»Denn dann liegen auch die Taten des Monsters außerhalb unserer Zuständigkeit. Geister kann man nicht verhaften.«

»Gut, habe ich kapiert.« Die Gereiztheit in Devcons Stimme, dem das Geister-Geschwätz langsam auf die Nerven ging, war nicht zu überhören. »Wenden wir uns wieder irdischen Lösungsmöglichkeiten zu, wenn's recht ist. Als erstes fällt mir in dem Zusammenhang die Fraktion der Indianerhasser ein. Gibt es in Kanada ebenso wie in den USA.«

»Und ebenso wie in den USA und überall sonst auf der Welt gibt es Jack the Ripper-Fans. Ebenfalls eine schöne Idee, meinen Sie nicht auch? Die meisten der Getöteten waren Prostituierte.« Price schaute mit einer völlig ausdruckslosen Miene zu Devcon herüber. »Sie sehen, Ihre Vermisste passt wirklich so gar nicht ins Schema. Ich formuliere es mal aus der Tätersicht. Warum sollte ich mir eine europäische Touristin aussuchen, bei der ich damit rechnen muss, dass jemand kommt und dumme Fragen stellt, solange es die Indianermädchen gibt, um die sich keiner schert?«

»Freiwild für kranke Seelen«, murmelte Devcon kaum hörbar.

»Exakt.« Price beließ seinen Blick Richtung Straße, die an dieser Stelle mit einigen serpentinenhaften Biegungen aufwartete. »Wo man ungestraft töten kann, tut man es auch. Liegt in der zwiespältigen Natur unserer Spezis begründet.«

»Also gut.« Devcon legte die Hände auf die Knie und drückte seinen Rücken durch. Stundenlanges Autofahren war er nicht mehr gewöhnt. »Kommen wir noch mal auf den bösen Geist zu sprechen. Was will er genau? Welche Auskünfte geben die Indigenen dazu?«

Price zuckte die Achseln. »Er holt die Opfer und lässt sie verschwinden. Mehr nicht.«

»Und wohin lässt er sie verschwinden?«

Price fing an zu lachen. »Die Frage meinen Sie nicht ernst, oder?«

Devcon ließ sich nicht beirren. »Angenommen, eine sehr reale Person ist in die Rolle des Geistes geschlüpft und macht sich den Glauben seiner Opfer zunutze ...«

»Dann würde er sie irgendwohin verschleppen und dort wer weiß was mit ihnen anstellen«, vollendete Price Jim Devcons Gedankengang. »Eine Berghöhle, ein tiefes Loch im Waldboden oder gar ein System aus Kerkern, das jemand eigens angelegt hat – hier draußen ist vieles möglich. Was ich damit sagen will:

Unser Geist aus Fleisch und Blut bräuchte sich jedenfalls keine Sorgen darüber machen, dass man ihn und seine Opferstätte findet, wenn er es nicht ganz dumm anstellt. Das Gebiet rund um den *Highway of Tears* ist unüberschaubar. Das können Sie nicht mal eben von einer Hundertschaft durchkämmen lassen. Da bleibt nur die Hoffnung, dass der Geist einen Fehler macht und die Spur zu ihm selbst legt.«

»Oder eines der Opfer entkommt, bevor der Kerl mit seinem Spiel beginnt.«

Price quittierte Devcons Einwurf mit einem Stirnrunzeln. »Beides Möglichkeiten, bei der andere in der Bringschuld sind, richtig? So oder so, wir bleiben zur Passivität verurteilt, können nur reagieren, wenn andere agieren.«

Devcon ließ die Gelenke seiner Finger knacken. Ein Geräusch, das Tatjana, die offenbar tief und fest schlief, stets Gänsehaut verursachte. Devcon unterdrückte ein Gähnen, auch er spürte den Jetlag. Und das Verlangen, Richard Price solange zu schütteln, bis die Gesteinsbrocken, die die winzige Flamme erdrückten, die noch in ihm züngelte, von der Glutstelle rollten.

Devcon schaute nach vorne und beobachtete die Dunstwölkchen, die durch das Scheinwerferlicht huschten. *Mission impossible,* prangte es in seinem Schädel, grell wie bei einer Neonlicht-Reklametafel. Er stieß ein Seufzen aus und fragte sich, ob diese Krankheit namens Passivität ansteckend war. Wie es aussah, konnte er nur noch darauf bauen, dass der Mann, zu dem sie unterwegs waren, tatsächlich die Person war, die Sibylle zuletzt lebend gesehen hatte. Eine Person namens Ben Taylor.

15

*Irgendwo am Straßenrand
des Highway of Tears ...*

Tammy sah den herannahenden Truck und schwankte zwischen zwei sehr widersprüchlichen Hoffnungen. Sie wünschte sich, dass der Fahrer anhielt – oder doch lieber weiterfuhr. Letzteres für den Fall, dass einer von der Sorte hinter dem Steuer saß, der in seinem Fahrzeug lebte und auch sämtliche Bedürfnisse stillte.

Das letzte Mal, als Tammy ihren Dienst in einem Truck verrichten musste, hatte es furchtbar nach Fisch gestunken. Sie war sich nicht sicher gewesen, ob der Geruch von nicht entsorgten Essensresten stammte. Oder ob der Schweiß des Mannes, dem sie hatte ansehen können, dass er nicht viel von Körperhygiene hielt, die Ursache war.

Tammy senkte den Blick, schloss die Augen und zwang sich zu ruhiger Atmung, versuchte, ihren Puls wieder unter Kontrolle zu bekommen. Ihr Ekel vor einem ungewaschenen Kunden war ihr kleineres Problem. Viel schlimmer quälte sie die Angst davor, wer außerdem in der Fahrerkabine des Trucks sitzen könnte, der mit gedrosselter Geschwindigkeit auf sie zurollte. Ein Wesen, von dem sie noch nicht einmal wusste, wie es aussah. Geschweige denn, wie es roch.

Seit Naomis Verschwinden hatten sie alle Angst.

Vor allem, wenn sie mutterseelenalleine hier draußen standen. So wie Tammy.

Sie hatte Sheena nicht überreden können, mitzukommen. Ob sie denn die Nebelgeister nicht sehen würde, die heute nicht nur durch die Wälder schwebten. Sogar die Hütten in der Siedlung umkreisten sie. Schon seit dem frühen Morgen.

»Die Vorboten des Dämons suchen nach uns«, hatte Sheena mit zittriger Stimme und Tränen in ihren großen braunen Augen hinzugefügt. Gemeint waren die Nebelgeister in ihrer Funktion als Anamaqukius Gehilfen, die ihren Gebieter zu neuen Opfern führen sollten. Dann hatte sie Tammy, die sie nur hatte beruhigen wollen, roh von sich gestoßen, ihr die Tür vor der Nase zugeschlagen und sich in ihrer Behausung verbarrikadiert.

Tammy war alleine losgezogen. Weil sie es sich nicht leisten konnte, ihrer Angst nachzugeben. Sie musste Geld verdienen. Für die Medizin ihres Vaters. Wenn er sie nicht regelmäßig bekam, würde er sterben. Wie Mom. Vorher würde Dad Tammy jedoch verprügeln. Wie Mom. Die eines Morgens nicht mehr aufgewacht war, nachdem Dad mal wieder gewütet hatte. Passierte, wenn seine Medizin zuneige ging. Diese kleinen weißen Kristalle, die er sich in die Nase zog. Oder er schmolz sie in einer Flamme und gab die Flüssigkeit in eine Spritze, die er sich in seinen zerstochenen Arm jagte. Letzteres nur, wenn er es nicht so eilig hatte. Und seine Finger ruhig genug waren. Ansonsten schniefte er sich den Stoff unbehandelt in seinen Körper und klang dabei wie ein gieriges Wildschwein.

Tammy war froh, wenn die Medizin ihm half. Nicht nur, weil er sie dann in Ruhe ließ. Trotz allem machte sie sich große Sorgen um ihren Dad, weil er alles war, was ihr von ihrer Familie geblieben war. Geschwister hatte sie keine. Und die Verwandten lebten woanders, Tammy wusste noch nicht einmal wie der Ort hieß. Wenn Dad starb, wäre sie ganz alleine auf der Welt. Jetzt, wo auch Naomi nicht mehr da war und Sheena kaum noch ansprechbar. Nicht nur wegen ihrer ständigen Angst vor dem Dämon, sondern weil sie zusehends dünner wurde. Und nervöser.

Insgeheim hegte Tammy schon länger den Verdacht, dass Sheena genauso krank geworden war wie ihr Dad. Der sprach zwar nicht dauernd von den Nebelgeistern und schien außerdem vor nichts Angst zu haben. Aber das konnte daran liegen, dass er der schlimmen Krankheit besser trotzen konnte als Sheena, die letztes Jahr beinahe an einem Husten gestorben war. Mit blutigem Auswurf und sehr hohem Fieber.

Seither dankte Sheenas Mutter dem Großen Geist jeden Tag dafür, dass er ihre Tochter gerettet hatte. Und Tammy betete, dass ihr Dad, der keinen einzigen Zahn mehr im Mund hatte und dessen eingefallenes Gesicht aussah wie eine Kraterlandschaft, sich ebenfalls wieder erholen würde. Der Große Geist musste Tammy nur beschützen, damit sie für genügend Medizin sorgen konnte.

Der Truck wurde immer langsamer, war nur noch wenige Meter von ihr entfernt. Der Motor ächzte wie ein überbeanspruchtes Schlachtross. Die Bremsen quietschten langanhaltend. Die bunten Lichter, die die Fahrerkabine zierten, gefielen Tammy. Sie erinnerten sie an die Beleuchtungen der Karussells auf den Rummelplätzen, die es in den Städten gab. Kannte sie aus dem Fernsehen. Tammy setzte ein Lächeln auf und versuchte, sich zu freuen. Sie dachte an ihren Vater. Ihre tote Mutter. Und ohne, dass sie etwas dagegen tun konnte, stahl sich auch Anamaqukiu zurück in ihre Gedanken.

Konnte der Dämon LKW fahren? Und falls ja, würde Tammy ihn rechtzeitig erkennen? Wie? Woran?

Sie merkte, wie es sie heiß durchflutete, obwohl sie in ihrem rosa Top und den schwarzen Leggins aus glänzendem Polyester gerade noch gefroren hatte. Wegen der hohen Luftfeuchte. Da fühlten sich fünfzehn Grad schnell an wie fünf. Vor allem, wenn die Feuchtkälte, die sich in den späten Nachmittagsstunden intensiviert hatte, genügend Zeit bekam, sich in einem zierlichen Mädchenkörper auszubreiten. Tammy spürte nichts mehr von der Kälte. Die Angst vor einer Begegnung mit dem Dämon wirkte wie ein gewaltiger Heizstrahler, der ihr Inneres fast versengte.

Ein Mann stieg aus dem Fahrerhaus des Trucks. Tammy starrte ihm entgegen. Sie stand da wie eine Holzpuppe, die mit viel Lidschatten betonten, rehbraunen Augen weit aufgerissen. Ihre geflochtenen Zöpfe umrahmten ihr regloses Gesicht, reichten ihr bis an die schmale Taille. *Lächle,* befahl sie sich. Doch sie konnte nicht. Weil ihre Zähne so klapperten.

Der Mann, der ihr entgegen schlenderte, lächelte auch nicht. Er hatte welliges rotbraunes Haar, an den Seiten so kurz geschoren, dass die Kopfhaut durchschimmerte. Tammys angstvoller Blick wanderte weiter zu den ungleichmäßig verteilten Stoppeln auf seinen kantigen Wangen. Der Teint des Fremden war aschfahl. Wie bei einem starken Raucher, der die Sonne mied. Tammy wurde es mit jedem Herzschlag unbehaglicher zumute. Da war etwas in der Aura dieses Mannes. Etwas, das sie zutiefst verstörte.

Konnte Anamaqukiu in jeden Körper fahren?

Sogar in den eines weißen Mannes?

Dem Dämon gehörte alles, was auf dem Erdboden und im Wasser lebte, sagte die Legende. Also auch der weiße Mann.

Tammy wollte rennen, sie konnte jedoch keinen Muskel rühren.

Der Mann kam näher. Ließ sich Zeit. Noch immer spiegelte sich nicht der Hauch eines Lächelns auf seinen schmalen Lippen, die kaum zu sehen waren. Sein geschlossener Mund sah aus wie ein gerader Strich zwischen Nase und Kinn. Am unheimlichsten erschienen Tammy seine Augen. Klein waren sie. Wie Knopflöcher. Und fast schwarz. Wie Kohle. Passten nicht zum Rest des Gesichts. Tammy starrte den Fremden an und zitterte, als stünde sie unter Permanentstrom in zu hoher Voltzahl.

War er das? Anamaqukiu? Der in den Leib des

bleichen Mannes gefahren war und sie durch dessen Augenhöhlen unmittelbar anvisierte? Hatte er sich mithilfe dieser Gestalt zuvor schon Naomi geholt?

Tammy wollte endlich wegrennen, doch ihre Füße schienen wie in den Straßenbelag einbetoniert. Ihr Herz hämmerte so laut, dass es ihr in den Ohren dröhnte. War es Naomi genauso ergangen? Lähmte der Blick aus Anamaqukius winzigen Raubtieraugen die Körper seiner Opfer?

Die fremde Gestalt öffnete den Mund und sprach etwas, das Tammy nicht mehr hörte. Ihr war auf einmal so schwindelig, dass sie sich nicht mehr auf den Beinen halten konnte. Sie sank in die Knie und fiel zu Boden. Den Aufprall auf dem Straßenasphalt spürte sie nicht mehr.

Der Mann sah auf ihren wie leblosen Körper herab. Er drehte sich um, stieg in seinen Truck und fuhr weiter.

16

Im Labyrinth ...

Verschwinde, schnell! Solange du noch kannst!, brüllte es in ihr. Doch ihre Neugierde behielt die Oberhand.

Langsam und vorsichtig neigte sie sich empor und linste über den Sockel. Was war das für eine seltsame Zeremonie, die der alte Mann abhielt, der auf dem bunten Teppich kniete? Und welche Rolle spielte der schöne Teufel dabei?

Hinter ihrer Stirn brannte es, als sie ihn beobachtete. Fast, als wenn sie jeden Moment damit rechnen würde, dass er sich wie der Blitz umdrehen, sie entdecken und sich auf sie stürzen würde wie ein wildes Tier.

Nichts dergleichen geschah. Er saß reglos da, das schulterlange pechschwarze Haar von einem Stirnband aus dem Gesicht gehalten. Das Symbol, das das dunkle Stück Stoff zierte, kannte sie: Es war das eckige Auge in grellrot, das auch auf ihrem Stirnband, das sie lange Zeit für einen Kopfverband gehalten hatte, zu sehen war. Und der Kopfschmuck des alten Mannes, der als Zeremonienmeister fungierte, sah genauso aus.

Der schöne Teufel, dessen fast feminine Gesichtszüge sie trotz ihrer Angst noch immer magisch anzogen, hielt die Lider gesenkt. Wie bei einer Andacht schien er in das Gefäß zu starren, das der Alte ihm gereicht hatte. Der blickte ebenfalls in dieses Schälchen. Es ähnelte dem, in dem ihr der Brei serviert worden war. Ob sie tatsächlich dasselbe aßen wie ihre Gefangenen?

Sie reckte den Hals, ging aber sofort wieder auf Tauchstation. *Zu gefährlich!* Außerdem konnte sie auf die Distanz und nur bei der Kerzenbeleuchtung sowieso nicht erkennen, was sich in dem Schälchen befand.

Der alte Mann sang. Dieselbe Melodie, die sie zu Anfang gehört hatte. Die so melancholisch klang und auch sie in ihren Bann schlug, sie regelrecht einlullte. Sie war kurz davor, ihre Augen zu schließen und sich im Rhythmus des Liedes hin und her zu wiegen.

Spinnst du, bleib wachsam!, schrie eine Stimme in ihrem Kopf in ihre beginnende Trance hinein. Sie zuckte zusammen und richtete ihre Aufmerksamkeit auf die beiden Teilnehmer der seltsamen Zeremonie. Sah gerade noch rechtzeitig, dass der Alte den Blick nach links wandte. In ihre Richtung. Ohne mit dem Gesang aufzuhören. Er drehte den Kopf zurück und fixierte das Schälchen, das der schöne Teufel in seinen Händen hielt. Ihr Herz pochte. *Glück gehabt!*

Aus den Augenwinkeln heraus nahm sie wahr, wie Bewegung in den anderen Mann kam, der sie einerseits faszinierte, vor dem sie sich aber so sehr fürchtete, als wäre er mehr als nur ein Mensch. Und auch entsprechend gefährlicher.

Irrational!, schalt sie sich. Es war das fremdartige Umfeld und ihre Situation, die sie zu solchen Gedanken trieben. Anders konnte es nicht sein. *Reiß dich zusammen! Und studiere deinen Feind. Nur dann kannst du ihn besiegen.*

Und womit?, wollte eine andere und offenbar zu Spott neigende Stimme in ihrem Kopf wissen. *Willst du ihn dir vom Leib zittern?*

Sie blendete das Palaver in ihrem Schädel aus und sah nach vorne.

Der Schöne hob das Schälchen an und hielt es hoch über sein wie in Demut gesenktes Haupt. Der Gesang des Alten schwoll an, hallte im Labyrinth wider und klang nun ganz anders. Es erinnerte sie an eine Hymne. Eine Hymne, die Stammesstolz transportierte. *Fehlt nur noch Kriegsbemalung und Federschmuck,* dachte sie und spannte die Muskeln. Alles in ihr mahnte sie, sich aus der Gefahrenzone zu bringen.

Doch sie blieb hocken. Beobachtete. Als wenn sie einem spannenden Film folgen würde, bei dem der Höhepunkt unmittelbar bevorstand. Mit dem Unterschied, dass sie dabei keine Angst davor haben müsste, dass einer der Schauspieler aus der Mattscheibe springen könnte und sie mitten rein ins Geschehen zerrte. Oder noch Schlimmeres mit ihr anstellte.

Sie schluckte, spürte das Brennen in ihrem Hals und wie ihre Glieder flatterten. Sie musste aufpassen, dass sie nicht das Gleichgewicht verlor. *Jetzt hau endlich hier ab!*

Ein Junge betrat die Szenerie. Wo er so plötzlich herkam – sie hatte nicht die geringste Ahnung. Er hatte ebenso pechschwarzes Haar wie der schöne

Teufel. Nur, dass es ihm locker ins Gesicht fiel.

Erst jetzt fiel ihr auf, dass alle drei dieselbe Kleidung trugen. Braunes Lederhemd mit bunter Stickerei im Brustbereich, Jeans und dunkle Mokassins. War das Tracht? Oder die übliche Country-Mode? Sie vermochte es nicht zu sagen. Außerdem: welch eine unwichtige Frage in diesem Moment. Und in ihrer Situation. *Stufen des Wahnsinns, neue Variante ...*

Statt auf der Hut zu sein, machte sie sich Gedanken über Nichtigkeiten. *Brandgefährlich!* Wie bei einem heißen Saunaaufguss wallte die Hitze in ihr hoch. Sie merkte, wie ihr der Schweiß aus den Poren trat.

Der Gesang des Alten tat ein Übriges. Falls man es überhaupt noch Gesang nennen konnte. Aus der vermeintlichen Hymne war ein dunkles Grollen geworden. Als würde ein mächtiges Wesen angerufen, das definitiv nicht an einem gemütlichen Sit-in interessiert war.

Das Kratzen in ihrem Hals intensivierte sich. Ein neuer Hustenreiz drohte. Sie atmete vorsichtig durch den Mund, bewegte ihre Zunge sowenig wie möglich.

Der Junge hielt seine Arme weit ausgestreckt. Er transportierte etwas in seinen bloßen Händen. Etwas, das tropfte. Ihr Herz klopfte, ihre Augen brannten vor Anstrengung. Die Lichter der Kerzen flackerten, als der Junge an ihnen vorbei schritt, in gerader Haltung und würdevoll. Als wenn er die Vorhut bei einer Parade bildete. Doch außer ihm, dem Alten und dem schönen Teufel war niemand zu sehen.

Sie starrte die Hände des Jungen an, die sich schützend um einen Gegenstand legten. Sie konnte nicht ausmachen, was es war. Genauso wenig, wie sie erkennen konnte, was sich in dem Schälchen befand, das der schöne Teufel noch immer hoch über seinem Haupt hielt. Das Kerzenmeer spendete ein warmes, aber kein klares Licht.

Atemlos verfolgte sie, wie der schöne Teufel den Blick hob und steil nach oben schaute. Als wäre die Decke der Höhle in Wahrheit eine Art Himmel. Das Gefäß hielt er noch immer hoch, positionierte es direkt über seinem Gesicht.

Sie ging unweigerlich noch etwas mehr in Deckung, verbarg ihren Schädel so weit als möglich hinter dem Sockel, obwohl es ausgeschlossen war, dass der schöne Teufel sie sah. Solange er in dieser Haltung verweilte. Ihren Kopf in den Nacken gelegt, schielte sie über ihre Nasenspitze und verfolgte, wie der Junge sich dem Gefäß näherte. Es befand sich auf gleicher Höhe wie seine ausgestreckten Hände.

Sie hielt es für unmöglich, dass es der grüne Brei war, der zwischen seinen Fingern heraustropfte. Weil sie sich nicht vorstellen konnte, dass jemand so ein Tamtam um diese Pampe abhalten würde.

Das Grollen des Alten wurde lauter. Ein zähnefletschender Dobermann in gleicher Entfernung hätte sie nicht mehr beunruhigen können.

Der Junge hatte den schönen Teufel erreicht. Der visierte nach wie vor den Höhlenhimmel an, mit dem Gefäß in seinen maximal emporgereckten Händen. Der Junge legte den Gegenstand, den er transportierte, in das Schälchen. Langsam. Behutsam. Er verneigte sich und behielt die gebeugte Haltung bei, als er sich rückwärts wieder weg bewegte. In rund zwei Metern Entfernung zum bunten Teppich, auf dem die beiden anderen hockten, sank er auf die Knie, den Kopf nach unten geneigt. Seine Hände ruhten ausgestreckt auf seinen Oberschenkeln.

Plötzlich sprang der Alte auf, erstaunlich gelenkig, und stieß ein wildes Geheul aus.

In ihrem Schädel klopfte es, in ihren Adern schien Lava zu brodeln.

Der Junge sprang ebenfalls auf und verfiel in eine Art Kriegstanz.

Sie zwickte sich mit der rechten Hand schmerzhaft in ihre Wange. Träumte sie etwa schon wieder? Sie presste die Hand schnell vor den Mund, um den aufkommenden Hustenreiz zu unterdrücken.

Der schöne Teufel senkte sein Haupt und das Schälchen, führte es an seine Lippen. Das Geheul des Alten dröhnte. Die Bewegungen des Jungen sahen aus wie Schattenboxen gegen mehrere unsichtbare Gegner. Der schöne Teufel setzte das Gefäß wieder ab und wischte sich mit der freien Hand eine dunkle Flüssigkeit von den Lippen, den Blick apathisch nach vorne gerichtet. Auf ein Ziel, das unweit des Sockels lag, hinter dem sie kauerte. Ihr Herz schlug Purzelbäume. War sie entdeckt worden? Sie hielt die Luft an, starrte in dieselbe Richtung. Doch da war nichts.

Abrupt wurde es still. Sie sah, dass der Alte mit beiden Füßen auf dem bunten Teppich stand, seine

Hände nach oben gerichtet. *Wie zum Empfang eines göttlichen Segens*, schoss es ihr durch den Kopf. Der Junge kniete wie zuvor in einigen Metern Entfernung, den Blick auf den schönen Teufel gerichtet.

Er stieß einen lauten Ton aus, der ihr durch Mark und Bein fuhr, schleuderte das Gefäß von sich und richtete sich auf. Majestätisch wie ein Bär. Seine Fäuste geballt.

Das Schälchen landete auf dem steinigen Boden des Höhlenlochs. Unmittelbar in ihrer Blickrichtung. Etwas rollte aus dem Gefäß heraus. Und ihre Sinne drohten zu schwinden, als sie erkannte, was es war.

17

Wir haben die Aufgabe von unseren Vätern übernommen.

An unsere Söhne geben wir sie weiter, lehren sie, was man uns lehrte.

Bis die Zeit gekommen ist.

Mit Hilfe der Sonne wurde die Erde erschaffen. Mit Hilfe des Geistes die Seele.

Wir müssen warten.

Das irdische Zeitmaß verliert seine Gültigkeit in den glücklichen Jagdgründen. Und der Weg der Seelen durch das dunkle Reich ist lang.

Unsere Leiber sind Werkzeuge. Das Werkzeug, mit dem wir die Seelen aus dem Schatten lösen.

Jeder Tropfen Lebenssaft fließt durch die Adern unserer Körper, sie münden wie Flüsse in ein Meer, ein riesiges Meer, das sich mit jeder Seele weiter ausdehnt.

Es ist die Kraft der vielen, vereint in diesem Meer, in dem der Feind kein Ufer erkennt und ertrinkt. Erschaffen vom Großen Geist, unter dessen Schutz wir stehen.

Er ist der Gott des roten und des weißen Mannes.

Die Natur ist das Buch der großen Kraft, die der weiße Mann Gott nennt und wir den Großen Geist.

Wir glauben aus ganzem Herzen und haben seine Gegenwart erfahren.

18

In Ben Taylors Werkstatt ...

Tatjana Kartan staunte nicht schlecht, als sie dem Werkstattbesitzer gegenüber stand. Gut, es war gerade mal acht Uhr, also noch früh am Morgen. Sie selbst hatte alles andere als gut geschlafen in dem Motel in Williams Lake. Was aber nicht an dem kackbraun angepinselten Kasten lag oder dessen Lage am Highway, sondern an Tatjanas Jet Lag. Als sie am gestrigen Spätabend gegen 11:30 p.m. endlich angekommen waren, tickte ihre innere Uhr nach deutscher Zeit, nach der es für Tatjana höchste Zeit gewesen wäre, aufzustehen.

Jim Devcon hatte dieses Problem nicht. Wahrscheinlich, weil er die Zeitzone seit über zwanzig Jahren bereiste. Und das rund einmal im Jahr. Für Tatjana war es neu. Zwischen den Phasen unruhigen Dösens hatte sie anstatt Schäfchen Devcons Schnarchtöne gezählt.

Sie unterdrückte ein Gähnen und musterte den unrasierten Mann, der auf der Ladekante eines schrottreifen Pickups hockte und stoisch ins Leere blickte. Er sah nicht einmal auf, als seine drei Besucher bis auf einen Meter Entfernung an ihn herangetreten waren. Seine Latzhose aus Jeansstoff war mit allerlei Flecken übersät. Öl, Schmiere, Farbkleckse. Der verknitterte beigefarbene Pulli erweckte den Eindruck, als hätte er mehrere Nächte darin geschlafen. Wobei sein graues Gesicht, das fettige grauschwarze Haar und die tiefen Augenringe dafür sprachen, dass er die besagten Nächte wohl eher durchgemacht hatte.

»Das soll Ben Taylor sein?«, raunte Tatjana Jim Devcon zu.

»Ich hoffe nicht«, nuschelte er leise und ohne die Lippen zu bewegen.

Auch Richard Price, der Privatdetektiv, schien einigermaßen verwirrt zu sein, wusste nicht, wie er sich dem stumm auf der Lade hockenden Mann gegenüber verhalten sollte.

Devcon stieß hörbar die Luft aus. Der Anblick, der sich ihm in der Person Taylors bot, konterkarierte Richard Prices Schilderung vom ruppigen Werkstattbesitzer auf das Schärfste. Devcon sah zu Price hin. Der stand reglos da wie in Stein gehauen.

Tatjana verschränkte die Arme und funkelte Price böse an. »Und? Was jetzt?«

Der Privatdetektiv reagierte nicht. Er wirkte auf Tatjana hilflos wie Barsch Eduard, wenn der mal wieder aus dem Aquarium gesprungen war und mit offenem Maul und flatternden Kiemen auf dem Teppich lag.

»*Holy Shit*«, murmelte Devcon und schüttelte den Kopf. Er gesellte sich zu dem Mann auf die Lade, stupste ihm seinen Ellenbogen in die Seite und rief: »*James Lloyd Devcon. My name.*«

»*Nice to meet you*«, erwiderte Ben Taylor. Es klang aber mehr nach: »Ist mir scheißegal.«

Richard Price räusperte sich. »Was ist los, Ben? So kenne ich dich ja gar nicht.«

Taylor blieb still. Er stierte nach unten. Auf die Kiesel, zwischen denen auch ein paar Schraubenmuttern lagen. Als handele es sich um eine Art Kaffeesatz, aus dem er erst vor wenigen Minuten eine schockierende Botschaft herausgelesen hatte.

»Ist Danny da? Können wir erst mal mit ihm sprechen?«, fragte Price vorsichtig.

Taylor blickte auf. Tatjana registrierte Tränen in den Augen des angeblich so harten Mannes und verstand gar nichts mehr. Sie schaute Jim Devcon an. Mit gerunzelter Stirn. Fragte sich, ob auch er die kanadischen Wortgeschosse des Privatdetektivs in Wahrheit kaum verstanden und ihr einen Haufen Mist erzählt hatte, was sein Gespräch mit Price betraf. Devcon erwiderte ihren Blick mit einem süffisanten Lächeln.

»Wollen Sie uns nicht erzählen, was passiert ist?«, fragte er in englischer Sprache und an Taylor gewandt.

»Wozu?« Der Werkstattbesitzer starrte weiterhin zu den Kieseln und den Schraubenmuttern.

»Ist etwas mit Danny?«, schaltete sich Price in die karge Konversation ein und klang ehrlich besorgt.

Die Frage schien einen Schalter umzulegen bei Ben Taylor. Sein Kopf schnellte nach oben. Mit sich überschlagender Stimme fing er an zu reden.

Tatjana sah ihn an, mit herunter geklappter Kinnlade. Wenn Price Wortgeschosse abgefeuert hatte, attackierte Taylor seine Zuhörer mit Lichtgeschwindigkeit. So kam es Tatjana jedenfalls vor, die sich erst gar nicht bemühte, zu verstehen, was der Werkstattbesitzer von sich gab. Seiner Gestik und Mimik nach musste es irgendwas Tragisches sein. Devcon zwinkerte Tatjana zu, schenkte seine Aufmerksamkeit aber gleich wieder Taylor.

Sie hatten seinen Sohn Danny abgeholt. Gestern Abend schon. Kurz vor Mitternacht. Sie waren zu viert gekommen, um Danny aus dem Haus zu zerren und vom Gelände zu führen. Draußen hatten noch mehr gewartet. Ben Taylor hatte nichts machen können.

»Verdacht auf Mord!«, hatten ihm die Officers entgegen gebrüllt und ihn mit ihren Waffen in Schach gehalten. Verdacht auf Mord an einem dreizehnjährigen Indianermädchen, das vor zwei Tagen verschwunden war. Die Beweislage dazu: erdrückend. Dannys eigene Story: windig. Wenn man es nett umschrieb.

Er hätte das Mädchen zwar tatsächlich entführt, aber nur kurz, und er habe ihr nichts getan. Nicht mal geschlagen habe er sie. Das wäre auch gar nicht nötig gewesen, weil sie sich nicht gewehrt habe, als er sie im Kofferraum seines Wagens verstaute. Sie sei wie weggetreten gewesen. Wegen der Drogen, die sie intus gehabt habe. Und nein, auch damit hätte er nichts zu tun, er sei kein Dealer! Und kenne auch keinen.

Was eine Lüge gewesen war. Dieser Ricky, in dessen Gang er laut dessen Aussage unbedingt aufgenommen werden wollte, war schon ein paar Mal kurzzeitig festgesetzt worden, weil er sich beim Drogenverkauf hatte erwischen lassen.

Das war aber nicht das Problem. Das Problem waren die Beweisfotos, die Ben Taylors Sohn an Ricky geschickt hatte. Die seien doch nur gestellt gewesen, hatte Danny seinem Vater gegenüber beteuert.

Ben Taylor hatte sich noch während der Verhaftung seines Sohnes in den nächstbesten Wagen auf seinem Werkstattgelände geschwungen und war den Officers nachgefahren. Hatte keine Ruhe gegeben, bis sie ihn nicht wenigstens kurz zu Danny in die Arrestzelle geführt und mit ihm hatten sprechen lassen. In Anwesenheit des Officer, der den Einsatz leitete.

Danny hätte die Kleine nicht angerührt. Das hatte er wieder und wieder gesagt. Unter Tränen. Und mit den K.o.-Tropfen betäubt habe er sie später doch nur, weil sie plötzlich unruhig geworden war. Vermutlich, weil die Wirkung der Drogen nachgelassen hatte. Danny hätte aber dafür sorgen müssen, dass sie noch ein Weilchen still hielt. Solange, bis er die Innenseiten ihrer Oberschenkel mit dem Theaterblut hergerichtet hatte. Damit es auf den Fotos, die er diesem Ricky schickte, nach einer echten Vergewaltigung aussah.

Sah es. Eindeutig.

Das hatten auch die beiden anderen Officers befunden, die Ricky gestern Abend in Williams Lake arretiert hatten, weil er mal wieder in der Kneipe randaliert hatte – der einzigen im Ort, in der er sich noch kein Hausverbot auf Lebenszeit hatte erwerben können. Besoffen wie er war, hatte er die beiden Cops erst angespuckt und dann, als er offenbar erkannt hatte, dass das keine so gute Idee gewesen war, solange gebettelt, bis er sein Handy zücken durfte. Um ihnen die Fotos zu zeigen, die Danny ihm geschickt hatte. »Hier, guckt mal, das tun die wirklich bösen Jungs, hihihi. Ich bin ganz brav.« So etwas in der Art muss er gelallt haben.

Als Ben Taylor das alles gehört hatte, war es ihm vorgekommen, als befände er sich im freien Fall. Im freien Fall in eine bis oben hin mit Jauche und Morast gefüllte Grube, in der er elendig verrecken würde.

Sein Sohn war verloren. Rettungslos. Auch wenn die Leiche des Indianermädchens verschwunden bleiben würde. Dannys Aussage zu ihrem Verbleib besiegelte sein Schicksal. Trug ganz sicher nicht zu seiner Entlastung bei. Nach der »Foto-Session« hätte er sie irgendwo am Waldrand abgeladen.

»Ich verstehe das alles nicht«, schrie Ben Taylor ohne Vorwarnung, sprang von der Lade und baute sich vor Richard Price auf. Er starrte dem Privatdetektiv in die Augen, die Fäuste geballt. Tatjana trat intuitiv einen Schritt zur Seite. Schaffte Platz für Jim Devcon, der sich lautlos näherte. Bereit, einzugreifen.

»Hier verschwinden doch ständig Indianerhuren, oder nicht?«, spie Taylor dem Privatdetektiv ins Gesicht. Seine Fäuste behielt er aber bei sich. Richard Price redete beruhigend auf ihn ein. Taylor schien ihn nicht zu hören. Sein Körper sackte wieder in sich zusammen. Wie ein misshandelter Hund schlich er zur

Lade des Pickup zurück und stützte sich mit beiden Händen auf.

Devcon trat langsam an Taylor heran. »Wenn wir etwas für Sie tun können, lassen Sie es uns wissen.«

Taylor ließ ein Schnauben hören.

»Aber erst müssen Sie uns helfen. Bitte.«

Taylor reagierte nicht. Devcon nahm sein Handy aus der Hosentasche, aktivierte es und stellte nebenbei fest, dass noch nicht mal ein Balken angezeigt wurde. Es war nur passive Nutzung möglich. Er öffnete die App mit den Fotos, wählte ein aktuelles Portraitfoto von Sibylle aus, das er gespeichert hatte, und hielt es Ben Taylor hin. Der schielte kurz auf das Display und nickte nur. Ohne seine Körperhaltung zu verändern.

»Hat die Frau Ihnen gegenüber irgendeine Äußerung gemacht, wo genau sie hinfahren wollte?«

Kopfschütteln.

»Können Sie mir sagen, in welche Richtung sie von hier aus gestartet ist?«

Unwilliges Kopfschütteln.

Devcon ließ sein Handy in der Hosentasche verschwinden, seinen Blick zum Himmel gerichtet, der danach aussah, als würde es jeden Moment zu regnen beginnen.

Wenn Tatjana es nicht besser gewusst hätte, dann hätte sie geglaubt, Jim Devcon würde den Herrn anrufen. Mit glasigen Augen und dem Gefühl einer unendlichen Leere blickte sie zu Boden. Ohne die Kieselsteine und Schraubenmuttern wahrzunehmen.

Wenn Ben Taylor sich als Sackgasse erwies, standen sie erneut am Nullpunkt. Was sollte sie Sibylles Eltern sagen, die voller Hoffnung auf ihren nächsten Anruf warteten?

Devcon sah, wie Tatjana sich abwendete und anfing, ziellos auf dem Gelände umherzuwandern. Am liebsten wäre er zu ihr gelaufen und hätte sie getröstet. Doch mit was? Tatjana ließ sich nicht mit Plattitüden aus dem See der Hoffnungslosigkeit locken. Etwas Besseres konnte er ihr im Moment aber nicht bieten.

»Wo war die Stelle, an der Danny das Mädchen zurückließ? Hat er dir das gesagt, Ben?«, hörte er Richard Price fragen. Devcon blickte zu Taylor hin, der weiterhin in gebeugter Haltung an der Lade des verrosteten Pickup stand, den niemand mehr zu reparieren brauchte. Da ging nur noch Ausschlachten.

Taylor ließ sich Zeit mit seiner Antwort. »Ja, das hat er. Spielt aber keine Rolle.«

»Was soll das heißen?«, fragte Devcon, der eigentlich nur hatte zuhören wollen.

Taylor wandte sich ihm zu und richtete sich wenige Zentimeter auf, sodass er Devcon in die Augen sehen konnte. »Weil das niemanden mehr interessiert. Sie haben einen Täter. Und den lassen sie sich nicht mehr nehmen.« Er musterte Devcon abschätzig, schien ihn erst jetzt richtig wahrzunehmen. »Man merkt, dass Sie nicht von hier sind. Also fahren Sie zurück nach Hause und mischen sich besser nicht ein. Ihre Bekannte wird schon wieder auftauchen. Und wenn nicht, dann gibt es niemanden, der noch etwas für sie tun kann. Finden Sie sich damit ab.«

Devcons Miene blieb undurchdringlich. Niemand, der ihn nicht schon länger kannte, hätte ahnen können, wie sehr es gerade in ihm brodelte. Selbst wenn er sich bemühte, konnte er einen Mann wie Ben Taylor nicht verstehen. Ein Mann, der seinen Sohn verloren gab, ohne auch nur ansatzweise für ihn zu kämpfen. *Außer natürlich ...* Devcon stutzte.

Außer, Ben Taylor zweifelte selbst an der Unschuld seines Sohnes.

19

*Irgendwo am Straßenrand
des Highway of Tears ...*

Tammy schlug die Augen auf, sah diffuses Grau, aus dem sich bunte Farbtöne und Konturen herausschälten. Sie stöhnte benommen. Fror. Sie blickte sich irritiert um und stellte fest, dass sie nicht auf dem Sofa lag, das in der Hütte ihres Vaters zugleich ihr Bett war, sondern auf dem feuchtkalten Straßenasphalt. Am Seitenrand des Highway.

Was war geschehen? Wie lange lag sie schon hier?

Sie erhob sich mühsam. Ihre Glieder waren ganz steif. Das rosa Top klebte klamm an ihrem Oberkörper, sorgte dafür, dass sie noch mehr auskühlte. Ihre Zöpfe hingen schwer an ihrer Kopfhaut.

Sie zog die Schultern hoch, verschränkte die Arme und presste sie dicht an sich. Brachte nichts. Die Kälte war allgegenwärtig. Tammy bibberte, als hätte sie gerade erst einen Eimer mit Eiswasser überbekommen. Sie musste schnell heim. Ins Warme. Sonst würde sie mit Sicherheit ebenso krank werden wie Sheena im vergangenen Jahr. Nur, dass Tammy keine Mutter mehr hatte, die sich um sie kümmerte. Und wer besorgte dann die Medizin für ihren kranken Dad, wenn sie es nicht konnte?

Tammy stolperte los. Ihre Füße waren ganz taub. Sie sah an sich herunter und stellte fest, dass ihre

Zehen blau angelaufen waren. Die bunten Sandalen boten keinen Schutz gegen das in den Abendstunden immer rauere Klima. Der Straßenasphalt glänzte, obwohl es nicht regnete. Die Wolken hingen bis tief in den Wald hinab. Vor Tammys Mund bildeten sich kleine Wölkchen bei jedem Atemzug. Nicht mehr lange, und die Dämmerung kam. Und aus der Dämmerung würde Finsternis.

Tammy wandte den Kopf, als sie aus der Ferne ein Brummen hörte. Scheinwerfer. Ein Fahrzeug nahte heran. Tammy streckte ihren rechten Arm aus. Und den Daumen. Egal, was sie würde tun müssen für den Fahrer des Wagens, Hauptsache, er nahm sie mit. Am Straßenrand übernachten konnte sie nicht. Zu kalt. Und zu gefährlich. Sich durch den düsteren Wald auf den Weg machen wollte sie aber auch nicht. Dort war es ebenfalls kalt. Und noch gefährlicher.

Der PKW kam schnell näher. Mit unverminderter Geschwindigkeit. Tammy reckte ihren Oberkörper empor, hielt ihren Daumen hoch und den Arm noch weiter ausgestreckt. Unmöglich, dass der Fahrer des Wagens sie nicht sah. Trotzdem rauschte er an Tammy vorbei.

Sie ließ ihren Arm sinken und sah dem PKW traurig hinterher. Sie hatte noch nicht einmal erkennen können, wer den Wagen lenkte. Ob Mann oder Frau. War nun aber egal. Der oder die Insassen des Autos schenkten Mädchen wie Tammy offenbar grundsätzlich keine Beachtung.

Sie blickte nach oben. Der Himmel erschien ihr

zusehends dunkler. *Anamaqukiu* ...

Schlagartig erinnerte sie sich. An den seltsamen Mann aus dem Truck. Der mit den Raubtieraugen.

Tammy presste ihre vom Tau glänzenden Arme noch dichter um ihren Oberkörper. Als wolle sie sich auf die Art nicht nur vor der Kälte schützen. Gehetzt blickte sie sich nach allen Seiten um. Die Straße war leer. In beiden Richtungen. Nichts zu sehen an den Horizonten. Oder zu hören. Nur die Wipfel der Bäume rauschten, beugten sich den Windgeistern, die summend und pfeifend durch den Wald schwebten, ein geheimnisvolles Lied anstimmten.

Tammy lief los. Den Highway runter. Die offene Straße erschien ihr sicherer als der düstere Wald, solange die guten Geister über sie wachten. Die guten Geister, die nicht mehr da sein würden, wenn die Stunde des Dämons schlug.

Sie rannte, so schnell sie es mit ihren noch immer fast taub gefrorenen Füßen konnte, ohne auf die Nebelgeister zu achten, die sie sah, wenn sie nach rechts in den Wald schaute. Hier und da waberten sie durch das Blattwerk. Noch hatten sie Tammy nicht entdeckt, hielten Abstand, schwebten anscheinend ziellos umher. Aber das bedeutete nicht, dass sie nicht trotzdem in großer Gefahr war. Anamaqukiu war gerissen. Fand seine Opfer auch ohne seine Boten. Wenn er sogar in die Körper der weißen Männer fahren konnte.

Tammy rannte weiter, spürte die Schmerzen in ihren Zehen, in denen das Blut langsam wieder zu zirkulieren begann. Alle paar Meter drehte sie sich nach hinten, hoffte, die ersehnten Scheinwerfer zu sehen. Scheinwerfer eines weiteren Autos, das diesmal von einem Menschen gesteuert wurde, der sie mitnehmen würde. Zur nächstbesten Siedlung, die auf der Route lag. Den nächsten Ort. Egal. Sie musste nur weg vom Wald. Des Dämons Hoheitsgebiet, sobald der Schleier der Nacht fiel.

Ein lautes Pfeifen drang an ihr Ohr. Tammy stürzte beinahe zu Boden, so sehr hatte sie sich erschreckt. Sie blieb stocksteif stehen. Hörte, wie es hämmerte. In ihr drin.

Das Pfeifen, es war nicht von den Windgeistern gekommen. Die klangen niemals so schrill. Und die Nebelgeister klangen gar nicht, waren stumm. Außerdem hatte Tammy den Ton nicht irgendwo über sich wahrgenommen, sondern auf gleicher Höhe. Und in ihrem Rücken.

Unendlich langsam drehte sie sich um. Die Augen geschlossen. Betend, dass es nicht *er* gewesen war. Der seltsame Mann mit den Raubtieraugen. Oder ein anderer, in den Anamaqukiu gefahren war. Tammy vergaß das Atmen, sie musste sich zwingen, ihre Lider zu heben, hinter denen es höllisch brannte. Von der aufsteigenden Tränenflüssigkeit.

Etwa fünf Meter entfernt, zwischen zwei wuchtigen Baumstämmen stand ein Junge und schaute sie an. Er hatte ebenso pechschwarzes Haar wie sie. Seines fiel ihm in feuchtglänzenden Strähnen wirr auf die Schultern. Als hätte er gerade einen Sprint hinter sich gebracht. Seine Gesichtshaut war sehr hell, heller als ihre. In der rechten Hand hielt er ein Jagdmesser. Mit blutiger Spitze.

Tammy rührte sich nicht und starrte dem Jungen entgegen. Wie ein Rehkitz, das den Puma nicht durch eine unbedachte Bewegung zum Sprung veranlassen wollte.

Konnte Anamaqukiu sich auch in Kindern verbergen?

Der Junge ließ die Hand mit dem Messer sinken. Er lächelte und winkte ihr zu. Irgendwie kam Tammy seine Gestik vertraut vor. Hatte sie ihn schon einmal irgendwo gesehen? Oder war ihre Wahrnehmung der Erleichterung darüber geschuldet, dass es doch nicht der Dämon sein konnte, der dort stand? Woher nahm sie die Gewissheit? Niemand wusste, welcher Mittel sich Anamaqukiu bediente, um seine Opfer in die Falle zu locken. Und nicht alle tötete er. Manche nahm er nur fort. Wobei niemand wusste, ob das nicht sogar das schlimmere Schicksal war.

Tammy stand noch immer an der gleichen Stelle. Unschlüssig, was sie tun sollte. Der Junge wirkte harmlos, musste es aber nicht sein. Was machte er überhaupt hier draußen? Allein? Und mit einem blutigen Messer?

Der Junge winkte ihr wieder zu. Gestikulierte ihr, ihm zu folgen. Er drehte sich um, lief in den Wald hinein und stob leichtfüßig durch den Parcours aus dicken Baumstämmen davon. Tammy sah ihm nach und rang nach Luft, spürte, wie es in ihrer Kehle immer enger wurde. Gleich würde sie ihn aus den Augen verlieren. Und wäre wieder allein.

Tammy blickte verzweifelt nach oben. Die Wolken schienen immer tiefer zu hängen, der Himmel dunkelte sich mehr und mehr ein. Die Windgeister sangen lauter. Blätter rieselten herab, eines strich an Tammys Wange entlang, bevor es zu Boden schwebte.

Tammy wandte sich um und rannte los. Den Highway entlang, der den düsteren Wald teilte wie ein stilles Wesen, das ihr den Weg weisen würde, bevor der Dämon sie fand.

Vielleicht.

20

*Ebenfalls auf dem
Highway of Tears ...*

»Also, ich komm echt nicht mehr mit«, murmelte Tatjana und rieb sich ihre müden Augen. Mit verschränkten Armen hockte sie auf dem Beifahrersitz des Pickups, die Füße auf das Armaturenbrett gelegt, und blickte durch die Windschutzscheibe. Viel sah sie nicht. Die alten Scheibenwischer verschmierten die Feuchtigkeit gleichmäßig, die sich aus den tiefhängenden Wolken löste, ohne dass es tatsächlich regnete. Alles wirkte grau in grau im dämmrigen Resttageslicht. Tatjanas Lider fielen wieder halb zu.

Devcon stellte das Gebläse auf maximale Funktion.

Tatjana zuckte zusammen. »Viel mehr Krach kann es mitten in einem Tornado auch nicht geben, oder?«, rief sie übertrieben laut.

»Gut möglich, nur würden wir dann nicht mehr fahren, sondern fliegen«, erwiderte Devcon trocken.

Tatjana deutete mit einer ausladenden Handbewegung nach vorne. »Diese Scheibenwischer da, die sind älter als ich, da halte ich jede Wette.«

Devcon regulierte das Gebläse herunter und grinste. Zumindest er hatte wieder freie Sicht in dem alten Pickup, den Richard Price in Deutschland niemals über den TÜV bekommen hätte. Da hielt Devcon jede Wette. Er erhöhte die Geschwindigkeit auf 60 mph und schaltete den Tempomat ein. Die nächste Biegung war noch nicht zu sehen, im Moment ging es stur geradeaus.

Er sah zu Tatjana hin. »Und bei was genau kommst du jetzt nicht mehr mit?«

Sie ließ ein gereizt klingendes Schnaufen hören und zerrte am klemmenden Reißverschluss ihres khakigrünen Baumwollparkas. Devcon hatte die Temperatur im Wagen zwar auf zwanzig Grad gestellt, er saß nur im Hemd und mit aufgekrempelten Ärmeln hinter dem Steuer, doch durch den Schlafmangel spielte es für Tatjana keine Rolle, wie warm oder kalt es war. Sie fror dann grundsätzlich.

Sie wandte sich Devcon zu. »Oh, da habe ich gleich mehrere offene Punkte, wäre super, wenn ich mal ein bisschen Durchblick kriegen würde. Also, erstens frage ich mich, was es bringen soll, mit diesem Danny zu reden.«

Devcon zog die Stirn kraus.

»Keine Ahnung, was Price sich davon erhofft, wenn wir das machen«, redete Tatjana weiter. »Mal angenommen, sie lassen uns überhaupt zu ihm, und er erinnert sich wirklich an Sibylle. Danny, meine ich. Na, und? Interessiert da doch keinen. Selbst ich habe inzwischen in aller Deutlichkeit mitbekommen, dass sich die kanadische Polizei ungern in die Suppe spucken lässt. Schon gar nicht, wenn es um Fälle geht, die sich rund um diesen gottverdammten Highway abspielen. Manometer, was eine Mauerei, das ist doch echt nicht mehr schön. Und ich hab immer geglaubt, das wäre ein speziell deutsches Phänomen.«

So viel zum Thema, woanders ist alles besser, dachte Devcon, blieb aber still.

»Was ist?« Tatjana schnippte mit der linken Hand vor seinem Gesicht herum. »Schon eingeschlafen? Kann ich verstehen, gibt ja auch nix zu sehen außer Straße, Wald und Wolkendunst.«

Er nahm ihre Hand und legte sie auf sein rechtes Knie. »Ich stimme dir zu.«

»Hä?« Tatjanas Stimme klang beinahe wie die einer Sopranistin beim hohen C. »Und wobei? Bei meiner Einschätzung, das eintönige Panorama betreffend? Na, toll. Deshalb weiß ich aber immer noch nicht, was wir bei diesem Danny sollen.« Sie nahm ihre Hand von Devcons Knie und ließ sich gegen die Rückenlehne fallen. »Supernervig, wenn man nix versteht.« Sie schaute Devcon an. Nickte anerkennend. »Hut ab, wie du das damals so schnell hingekriegt hast bei deiner Auswanderung.«

Devcon lächelte, ohne den Blick von der nass glänzenden Straße abzuwenden, die sich am Horizont etwas schärfer nach links bog. Er deaktivierte den Tempomat. »Ohne Karin wäre das sicher anders gelaufen. Sie fing sofort mit dem Privatunterricht an, als es feststand, dass ich mit nach Deutschland gehe. Also hatte ich fast ein Jahr Vorbereitungszeit. Mit einem *native Speaker.* Das ist etwas anderes als Schulunterricht oder ein Volkshochschulkurs.«

»Richtig, genau.« Tatjana wirkte zufrieden. »Außerdem hatte sie sogar beruflich was mit Sprache zu tun. Besser ging's ja wohl gar nicht.«

Devcon schmunzelte. Seine verstorbene Frau Karin war Orientalistin gewesen. Das hatte mit einer Deutschlehrerin ungefähr so viel gemein wie ein Meeresbiologe mit einem Tauchlehrer. Er verkniff sich die Belehrung. Weil er nicht erst seit eben merkte, dass Tatjana schwer daran zu knapsen hatte, dass sie so gut wie nichts verstand, wenn die Einheimischen loslegten. In aller Ruhe Harry Potter im englischen Original gelesen zu haben war etwas ganz anderes und qualifizierte nicht automatisch für die Konversation. Schon gar nicht, wenn die Schnellsprecher ihre Sätze mit Slang durchsetzten.

»Also, was ist jetzt?« Tatjana zupfte Devcon am hochgekrempelten Ärmel. »Du stimmst mir zu, dass das nix bringt, mit diesem Danny zu reden und wir fahren trotzdem hin?«

»Nein.«

»Was, nein?« Tatjana tippelte mit allen zehn Fingern auf ihren Oberschenkeln herum.

Devcon blinzelte ihr verschwörerisch zu. »Wir fahren nicht zur Arrestzelle. Die ist in Williams Lake, schon vergessen? Wir bewegen uns aber gerade in eine ganz andere Richtung.«

»Oh, das ist aber schön!« Wäre Tatjana eine Katze, wäre sie Devcon in diesem Augenblick mit ausgefahrenen Krallen ins Gesicht gesprungen. »Und woran hätte ich das merken sollen? Am Zug der Regenwolken? Schlecht möglich, weil die steif wie verdorbene

Sahne über der Landschaft kleben. Und Schilder waren beim Bau dieser Straße anscheinend gerade aus.«

»Ist ja gut.« Devcon lachte und tätschelte Tatjanas Bein. »Keine Ahnung, wie du darauf gekommen bist, dass *wir* mit Danny reden. Price hatte davon jedenfalls nichts gesagt. Und ich auch nicht.«

»Na, dann eben nicht.« Tatjana fegte Devcons Hand mit einer fahrigen Bewegung von ihrem Bein weg und gähnte. In Deutschland war es jetzt kurz vor sieben am Abend. Nach zwei fast durchwachten Nächten durchaus eine geeignete Uhrzeit, den versäumten Schlaf nachzuholen.

»Mach die Augen zu und ruh dich aus.« Devcon nickte ihr väterlich zu. »Ich wecke dich, wenn wir da sind.«

»Wenn wir wo sind?« Tatjana fixierte ihn mit ihren geröteten Augen. »Meinst du echt, ich kann jetzt schlafen?«

Na, bis eben ging's doch auch, dachte er, ließ aber nur ein Seufzen hören.

In den vergangenen Stunden, die sie noch in Taylors Wohnstube zugebracht hatten, um das weitere Vorgehen zu planen, hatte Tatjana die meiste Zeit auf der alten Couch gelegen und vor sich hingedöst. Ben Taylor hatte sich in seine Werkstatt zurückgezogen, Devcon war mit Richard Price die Optionen durchgegangen. Der Privatdetektiv war allerdings nur noch halb bei der Sache gewesen. Immer wieder war er aufgesprungen, um nach Ben Taylor zu sehen, dessen apathischer Zustand auch Devcon Anlass zur Sorge gab. Außerdem hatte Price angefangen, sich um einen anwaltlichen Beistand für Danny zu bemühen. Eine alles andere als einfache Aufgabe, weil sein Vater die dafür anfallenden Kosten nicht so ohne weiteres würde begleichen können. Jemandem von der Pflichtverteidigung wollten sie Dannys Schicksal jedoch nicht überlassen, was Jim Devcon sehr gut verstehen konnte.

»Also los, wo geht's hin? Und warum?«, fragte Tatjana und streckte sich.

Devcon schaute nach vorne und legte den Tempomat ein. Der Pickup brummte gleichmäßig den Highway entlang, der wie ein grauer Aal durch die Landschaft zu gleiten schien und mit seinem Körper eine Schneise durch die Wälder rechts und links schlug. »Ich denke, es ist verständlich, dass Price sich im Moment mehr für das Schicksal des inhaftierten Sohnes seines Bekannten interessiert, als für den Verbleib einer Touristin aus Deutschland, die vielleicht nur ihr Handy verloren hat«, sagte Devcon, mehr für sich selbst. »Also müssen wir sehen, wie wir alleine klarkommen.«

Tatjana stöhnte und massierte sich die Stirn, als litte sie unter starken Kopfschmerzen. »Oh Mann, ich kann's echt nicht mehr hören, wie furchtbar uninteressant es für alle hier ist, dass Sibylle verschwunden ist.«

»Gefällt mir genauso wenig wie dir, das kannst du mir ruhig glauben.« Devcon biss in einen Apfel, den er sich aus der Obstschale mitgenommen hatte, die auf Ben Taylors Wohnstubentisch stand. »Bringt aber nichts, die Augen vor der Realität zu verschließen«, ergänzte er mit vollem Mund.

»Kau erst mal fertig«, kommentierte Tatjana und angelte sich den *Butterfinger* aus der Jackentasche, den sie sich bei ihrer Ankunft aus einem Automaten am Flughafen gezogen hatte.

Devcon verschlang den Apfel samt Kern mit vier weiteren Bissen. »Wie auch immer, was Danny Taylor jetzt braucht, sind keine Fremden aus Deutschland, sondern einen verdammt guten Anwalt.«

»Glaubst du sie denn, diese Story von den gestellten Fotos?«

Devcon schaute Tatjana an, ohne eine Miene zu verziehen. »Möchtest du Sibylle finden oder lieber den Fall Taylor aufklären?«

»Saublöde Frage, echt.« Tatjana schob die Unterlippe vor.

Devcon blickte wieder Richtung Straße. Der graue Aal schien endlos, verschmolz am Horizont mit den vom Wolkendunst durchzogenen Wäldern. Auch von den Bergen dahinter war nicht besonders viel zu sehen. Alles verschwamm in einer immer konturloser werdenden, nebligen Masse. »Ben Taylors Sohn sitzt jedenfalls gewaltig in der Tinte«, sagte Devcon. »Es ist gut und richtig, dass Price sich da erst mal um alles kümmert. Würde ich an seiner Stelle nicht anders machen.«

»Schön.« Tatjana zog eine Flunsch, den halb ausgepackten *Butterfinger* in der Hand, den sie nach wie vor nicht anrührte. »Deshalb weiß ich aber immer noch nicht, wo wir im Moment eigentlich hinfahren.«

»Dorthin, wo sie die kleinen Indianernutten her hatten, wenn ich das mal wortwörtlich zitieren darf.« Es war Devcon deutlich anzumerken, wie wenig ihm Ben Taylors Formulierung gefiel. »Und Price hat uns seinen Wagen dafür zur Verfügung gestellt. Das ist doch mal was.«

»Ja, super. Ich weiß gar nicht, was ich sagen soll vor lauter Freude.« Tatjana packte den *Butterfinger* wieder weg. Irgendwie hatte sie doch keinen Appetit. »Wir sind also unterwegs zu einem der hiesigen Straßenstriche. Prima. Und was soll das bringen? In Bezug auf Sibylle, meine ich? Denkst du, die muss jetzt auch irgendwo anschaffen gehen?«

Devcon verzichtete darauf, Tatjana mitzuteilen, was er tatsächlich dachte. Nämlich, dass er nicht die Spur einer Idee hatte, was sie stattdessen tun könnten bei ihrer *mission impossible*. »Danny hat seinem Vater erzählt, dass die Kerle von der Gang, in die er unbedingt rein wollte, sich dort ihre Mädchen besorgen würden. Da stünden ständig welche herum, das wüsste doch jeder. Also war Danny auch hingefahren, um sein Fotoshooting zu machen. Oder was auch immer.« Er sah kurz zu Tatjana hin.

Die blickte mit gerunzelter Stirn zurück. »Aha, und weiter?«

»Die Kleine, die er angeblich mit Theaterblut auf Opfer hergerichtet hat, ist nach wie vor verschwunden. Das heißt, bisher gibt es keine Leiche. Erste und einzige Gemeinsamkeit mit Sibylle.«

Tatjana wurde kalkweiß. »Du meinst ...«

Devcon schaute sie irritiert an. »Was ... nein! Um Gottes Willen, ich habe mit keiner Silbe ausdrücken wollen, dass ich davon ausgehe, dass Sibylle bereits tot ist!« Erst jetzt wurde ihm klar, was er da gerade gesagt hatte. Er blickte hilflos nach vorne und stellte die maroden Scheibenwischer eine Stufe stärker. Das Quietschen war nicht auszuhalten. Devcon schaltete zurück auf Intervallbetrieb.

»Okay.« Tatjana klang wieder gefasst. »Dann habe ich es aber trotzdem noch nicht begriffen. Wir fahren jetzt also zu der Stelle, wo die Kerle aus der Gang, in die Danny unbedingt aufgenommen werden wollte, ihre Mädchen gepflückt haben. Indianermädchen. Ist das richtig?«

»Ja«, sagte Devcon nur.

»Gut, und was willst du da machen? Die, die dort herumstehen, nach Sibylle fragen?«

Devcon schüttelte den Kopf. »Wäre schön, wenn es so einfach ginge. Weißt du nicht mehr, was Price dazu sagte?«

»Doch, natürlich. Deshalb verstehe ich das alles ja nicht.« Tatjana nahm ihre Füße vom Armaturenbrett und streckte ihre Beine nach unten aus. Stupste ihre Turnschuhe zur Seite, die schon seit Beginn der Fahrt im Fußraum lagerten. Nur durch ihre Socken spürte sie mehr von der warmen Luft, die nach oben und unten aus der Heizungsanlage blies. »Du sagtest, dass Price sagte, dass die Indianermädchen sowieso nicht mit uns reden würden.« Sie klang wie eine Schülerin, die ein missliebiges Gedicht aufsagen musste. »Und zwar, weil wir weiß sind. Und viele Weiße behandeln sie wie Menschen zweiter Klasse. Kann ich verstehen, dass sie da keinen großen Bock auf uns haben. Genau deshalb kapiere ich nicht, was wir dann dort wollen. Wenn eh keiner mit uns sprechen wird.« Tatjana verschränkte die Arme und taxierte Devcon, der sich auf die Straße konzentrierte.

Er zuckte die Achseln. »Uns mal umsehen.«

»Und wonach?«

Devcon bedachte Tatjana mit einem Seitenblick. »Wenn du eine bessere Idee hast, raus damit.«

Sie schwieg. Schaute nach vorne. Und schrie: »Da, guck!«

21

Im Labyrinth ...

Sie wusste nicht, wie viel Zeit vergangen war. Minuten? Stunden?

Das Kriegsgeheul des alten Indianers war längst verstummt. Sie rührte sich vorsichtig, merkte, dass ihre Glieder nicht sehr beweglich waren und schmerzten wie bei einem schweren Muskelkater. Sie wagte sich aus ihrer Deckung hervor und riskierte einen Blick über den Sockel. Darauf gefasst, abermals etwas ganz Schlimmes zu sehen.

Die Kerzen brannten noch. Ansonsten war dieser Höhlenabschnitt leer, der die Kulisse geboten hatte für das abartige Opferritual, dessen Zeuge sie wurde. Da war niemand. Kein alter Mann. Kein Junge. Und auch kein schöner Teufel.

Sie sank auf den steinigen Boden zurück. Kauerte sich in sich zusammen und hustete trocken, ihr Gesicht in den Händen vergraben. Sie hatte es doch mit ihren eigenen Augen gesehen! Das Blut, das der schöne Teufel getrunken hatte. Blut, das von einem bis vor kurzem noch schlagenden Herzmuskel stammte. Der Junge hatte das Organ gebracht und in das Gefäß gelegt, das der Teufel in den Händen gehalten hatte. Es war herausgefallen, nachdem er das Gefäß von sich geschleudert hatte. Es war ihr genau ins Sichtfeld gerollt, das herausgetrennte Organ.

Ein Menschenherz. Ihre anatomischen Kenntnisse hatten gereicht, um das gleich zu erkennen.

Sie griff sich an die linke Brust, meinte, einen brennenden Schmerz wahrzunehmen. Wie von einem scharfen Messer verursacht, das tief ins Gewebe rund um ihren Herzmuskel schnitt. Sie atmete stoßweise, hechelte. Sie hatte das Gefühl, in einem luftleeren Raum um die eigene Achse zu rotieren.

Sie erbrach sich. Spuckte einen Schwall Galle aus. Der beißende Geschmack in ihrer Mundhöhle und Kehle überlagerte alles andere. Die Rotationen hörten langsam auf. Wie bei jemandem, der zu viel Alkohol getrunken hatte, alles rauskotzte und seinem geschundenen Körper dadurch etwas Erleichterung verschaffte.

Sie atmete flach. Den starren Blick ins Dunkel gerichtet, in das der Verbindungspfad sie führen würde. Ein Pfad zu anderen Höhlenlöchern, aus denen es anscheinend keinen Ausgang gab. Zumindest keinen, den sie finden könnte.

Sie wischte sich mit dem Handrücken den Mund ab. Spürte, wie die Verzweiflung in ihr hoch kroch und von jeder Zelle ihres Körpers Besitz zu nehmen schien.

Waren es vielleicht doch nur Wahnvorstellungen gewesen? Und es hatte gar kein Opferritual gegeben? Kein herausgetrenntes Herz? Und keinen schönen Teufel? Keine Mitgefangenen? Keinen grünen Brei? Phantasierte sie alles nur zusammen? Und war gar nicht gekidnappt worden – sondern hatte sich selbst verlaufen?

Sie presste beide Hände an ihre Schläfen und schloss die Augen. Versuchte, einen möglichst klaren Blick ins Innere ihres Schädels zu bekommen. Bemüht, dem Schluckimpuls, der einen heftigen Hustenanfall nach sich ziehen würde, zu widerstehen.

Sie war auf dem Highway unterwegs gewesen. Eine endlos lange Straße, nur von Wäldern umgeben. Bergmassive am Horizont, deren Gipfel in den tief hängenden Wolken verschwanden. Die Tankanzeige bei ihrem Mietwagen hatte den Reservebereich erreicht gehabt, und ihr war es langsam warm geworden. Irgendwann hatte sie sogar angefangen, zu bereuen, dass sie sich geweigert hatte, den Wucherpreis zu bezahlen, den der unfreundliche Werkstattbesitzer ihr abknöpfen wollte. Sie sah sich selbst deutlich vor sich, wie sie mit wachsendem Entsetzen verfolgt hatte, wie die Tanknadel im Reservebereich immer weiter sank. Kein einziges Auto war ihr in der letzten halben Stunde ihrer Fahrt entgegen gekommen. Und auch vorher waren da nur ein Truck und zwei oder drei Pkw gewesen.

Dann war es passiert. Ihr Wagen blieb stehen. Mitten im Nirgendwo. Weit und breit keine Menschenseele zu sehen. Bis *er* plötzlich dagewesen war. Der Mann mit dem engelsgleichen Gesicht, das sie so fasziniert hatte. Ein Gesicht mit weichen Zügen, in denen sich Stolz und unendliche Traurigkeit spiegelten. Ein Gemisch, das sie als Warmherzigkeit und Güte missinterpretierte – und deshalb den grausamen

Teufel nicht erkannte, der er in Wahrheit war. *Er ist wie diese giftigen Korallen, die mit ihren herrlichen Farben locken ...*

Sie presste ihre Fingerkuppen noch fester an ihre Schläfen, so fest, dass sie beinahe taub wurden.

Oder war es so, dass ihre Wahnvorstellungen schon zu diesem Zeitpunkt anfingen? Dass es diesen Mann in Wirklichkeit gar nicht gab? Und sie ihm folglich auch nicht hinterher gelaufen war, sondern aus freien Stücken in den Wald rannte? Aber warum? Was hatte sie dort gewollt? Eine Hütte finden, in der jemand lebte, der ihr mit Benzin aushelfen konnte? Oder sie bis zur nächsten Tankstelle bringen würde? Und bei der Suche nach dem Retter war sie dann in ein Loch gestürzt? Ein tiefes Loch, aus dem sie nicht mehr herausgekommen war? Hätte sie sich dabei nicht verletzen müssen, mehr oder weniger schwer? Und wie konnte es sein, dass sie danach in dieses Labyrinth geriet, in dem jede Art von Orientierung nahezu unmöglich war?

Sie nahm ihre Hände runter, fühlte, wie erneut Schwindel in ihr hochstieg und sich alles zu drehen begann. Sie setzte sich schnell auf. Und entdeckte das Stirnband. Sie hob es auf und sah das Symbol. Das eckige Auge in grellrot. Keine Einbildung. Das Stück Stoff war tatsächlich *da*. Genauso wie die noch brennenden Kerzen, die irgendwer angezündet haben musste.

Oder? Saß sie im Moment vielleicht gar nicht wirklich hier, sondern phantasierte schon wieder? Nahm sie die Grenzen zwischen Realität und Wahnvorstellung nicht mehr wahr? Weil ihr von Stresshormonen geflutetes Gehirn mit jedem Tag funktionsuntüchtiger wurde in dieser Hoffnungslosigkeit? Der Finsternis?

Sie bewegte ihren Kopf hin und her, ließ ihn kreisen. Sie hob beide Arme, streckte sie aus und ließ sie auf ihre Oberschenkel fallen. Die Motorik gehorchte ihr noch. Oder konnte man sich so etwas auch nur einbilden? *Oh Gott, Hilfe!*

Sie musste sich mit beiden Händen am Boden abstützen und ihre Arme mit aller Kraft durchdrücken, damit sie nicht wie eine Puppe aus Schaumgummi in sich zusammenfiel. Sie riss die Augen weit auf, krallte sich innerlich an sich fest, hatte das Gefühl, ihr ganzes Sein würde von einer Art Schwarzem Loch angesaugt, in dem alles, was sie war und ist, auf Nimmerwiedersehen verschwand. Sie krabbelte einmal halb um ihre eigene Achse und klammerte sich mit beiden Händen oben an dem Sockel fest. Als wäre der kleine Steinwall ein Rettungsseil, der sie vor dem Absturz ins Nichts bewahren konnte.

Sie lehnte sich mit der Stirn gegen die Steine. Spürte sie bewusst. Ließ ihren Kopf absichtlich leicht dagegen prallen. Mehrfach. Bis sie sich wieder gefangen hatte. Sich bei sich wähnte. Und nicht mehr von dem entsetzlichen Gefühl dominiert wurde, von einer externen und ihr feindlich gesinnten Macht aus der Welt, wie sie sie kannte, herausgerissen zu werden.

Sie holte tief Luft. Was ihre schmerzenden Bronchien und ihr entzündeter Hals mit einem plötzlichen

Hustenreiz quittierten, den sie nicht mehr unterdrücken konnte. So leise wie möglich röchelte sie vor sich hin, wartete, bis es vorbei ging. Dann schaute sie noch einmal über den Sockel. Spähte in die Höhle hinein, in der noch immer ein paar der Kerzen brannten – die, deren Wachs noch nicht zerlaufen war und den erdigen, mit Steinen durchsetzten Boden mit ihren hellen Farbklecksen bereicherten.

Mit jedem Docht, der erlosch, nahm die Feuchtigkeit wieder zu. Die Kälte. Sie realisierte erst jetzt, dass der Schweißfilm auf ihrer Haut unangenehm kühl geworden war. Gift für ihren angegriffenen Körper. Jeder Atemzug verursachte ihr mittlerweile Schmerzen. Das Dauerbrummen hinter ihrer heißen Stirn und das Schweregefühl in ihren Gliedern deuteten auf Fieber hin. Steigendes Fieber, das von selbst und unter diesen Bedingungen ganz sicher nicht wieder sinken würde. Sie merkte, wie Tränen in ihren Augen aufstiegen. Halluzinierte sie das alles etwa auch? Ihre schmerzenden Bronchien, den Husten, das Brennen in ihrem Hals, überhaupt diese ganzen Erkrankungssymptome?

Sie schniefte, blinzelte die Tränen weg und schaute sich den Höhlenabschnitt, der vor ihr lag, genau an. Riskierte es sogar, ihren Kopf vollständig über dem Sockel hervorlugen zu lassen. Sie sah den bunten Teppich. Auf dem der singende alte Indianer gekniet hatte. Daneben stand das Gefäß, offenbar gesäubert. Das Schälchen, aus dem der schöne Teufel …

Sie fing an zu zittern, als sie vor ihrem inneren Auge noch einmal den blutigen Fleischklumpen wahrnahm, der sich als ein Menschenherz entpuppt hatte. Sah das schmerzhaft schöne Gesicht des Teufels. Seinen wilden Blick. Seine vom Blut verschmierten Lippen.

Ihr Körper bebte wie bei Schüttelfrost.

Gestochen scharf. Und zu detailgetreu. Die Bilder, die sie quälten. Und aus Wahnvorstellungen wachte man irgendwann doch auch mal auf. Zumindest zwischendurch. Oder?

Sie zog ihren Kopf ein und verschwand hinter den Sockel zurück. An sich egal, ob sie wach war oder träumte. So oder so, sie fand keinen Ausweg aus dieser Hölle. Sie war verdammt dazu, grünen Brei zu essen und darauf zu warten, dass man auch ihr das Herz herausriss.

Unabhängig davon, ob sie das alles tatsächlich erlebte oder nur phantasierte – ihre Angst erschien ihr real. Ihre Angst und die Schmerzen. Die sich ins Entsetzliche steigern würden, sobald ...

Sie rollte sich auf dem Boden zusammen, machte sich so klein wie möglich und weinte leise. Sie war lebendig begraben. Im Kerker ihrer kranken Phantasie. Oder in einem realen Gefängnis, fernab der Zivilisation. Unauffindbar. Egal, welche der beiden Varianten es war, sie würde die Sonne nie wiedersehen. Weil sie niemals hier heraus käme. Sie hatte es schon so oft versucht. Und war wie ein Bumerang immer wieder zurück in ihr Loch geschleudert worden.

Möglich, dass sich das alles nur in ihrem Kopf abspielte. Als Nebenwirkung irgendwelcher Medikamente, unter denen sie aus irgendeinem ihr unbekannten Grund stand. Und gegen deren Verabreichung sie sich nicht wehren konnte.

So oder so, sie blieb eine Gefangene.

Ihre Tränen versiegten. Sie richtete sich halb auf, lehnte sich mit ihrer linken Wange gegen den feuchtkalten Steinwall und starrte ins Nichts. Sie würde nicht mehr weglaufen. Vor was oder wem auch immer. Sie würde jetzt einfach hier sitzen bleiben und warten. Auf die Vollendung ihres Schicksals.

22

Auf dem Highway of Tears ...

Jim Devcon bremste scharf. Er riss die Fahrertür auf, sprang aus dem Pickup und rannte los. Nach nur wenigen Metern hatte er das Indianermädchen eingeholt. »*Don't worry*«, sagte er mit sanfter Stimme und hielt die Kleine mit leichtem Griff fest. Sie starrte ihn an, als hätte sie einen Geist gesehen. Ihre langen Zöpfe glänzten nass, und sie wirkte völlig verfroren. Devcon wandte sich um, ohne das Mädchen loszulassen. Sie wehrte sich nicht. Rührte sich nicht.

»Hol die Decke. Die von der Rückbank«, wies er Tatjana an, die gerade angelaufen kam. Sie hatte den Wagen rechts ran gefahren. Gewohnheitsmäßig. Sie drehte um, schnappte sich die Decke, in die sie sich auf der langen Herfahrt gekuschelt hatte, und kehrte zurück zu Devcon und dem total verängstigten Mädchen.

Die Kleine war leichenblass, ihre Lippen blau angelaufen. Das rosa Top klebte klamm an ihrem zierlichen Körper.

»Was ist mit ihr, wieso hat sie so wenig an? Ist sie verletzt?« Tatjana musterte sie besorgt, hielt aber Abstand. Sie gab Devcon die Decke, wollte das möglicherweise traumatisierte Mädchen nicht noch mehr verschrecken. *Traumatisiert von einer Vergewaltigung?* Tatjana schluckte hart.

»Wie heißt du?«, fragte Devcon leise und in englischer Sprache. Er legte die Decke um die Kleine, hielt sie weiterhin fest und ging vor ihr in die Hocke. Er sah zu ihr hoch, registrierte ihren Blick, der noch immer pure Angst transportierte. Todesangst. »Verstehst du mich?« Devcon sprach noch leiser, flüsterte fast. Doch das Mädchen starrte ihn nur an. Atmete kaum. Die blassblauen Lippen fest aufeinander gepresst. Devcon lächelte, nickte ihr aufmunternd zu.

»Sie redet nicht mit uns«, murmelte Tatjana. »Weil wir weiß sind.«

»Okay.« Devcon sah kurz zu Boden, blickte wieder auf und fing an, etwas in einer Tatjana vollkommen fremden Sprache zu nuscheln, gestikulierte dabei mit seiner freien Hand. Die Kleine reagierte erst nicht, legte dann aber ihren Kopf schief und zuckte die Achseln.

Devcon erhob sich, behielt den rechten Oberarm des Mädchens jedoch im Griff. Wenn er sie losließ, würde sie auf der Stelle fliehen, vor wem oder was auch immer. Da machte er sich keine Illusionen. »Sie versteht mich nicht«, sagte er und schaute zu Tatjana.

»Ach, was? Tatsächlich nicht? Prima, dann sind wir ja schon zwei.«

»Meine Urgroßmutter war eine Cherokee«, erklärte Devcon. »Ich war fünf, als sie gestorben ist. Viel habe ich also nicht mitbekommen, was ihre Sprache betrifft.«

»Was? Du bist auch ein Indianer? Wow, das ist ja ein Ding!« Tatjanas Mund stand sperrangelweit offen.

»Tammy.«

Jim Devcon und Tatjana wandten sich synchron zu dem Mädchen hin.

»Ich heiße Tammy«, wiederholte die Kleine mit zaghafter Stimme. Und in englischer Sprache. Devcon ging abermals vor ihr in die Hocke. Tatjana tat es ihm gleich.

»Was machst du hier draußen, Tammy?« Devcon legte seine andere Hand an ihren Unterarm, umschloss ihn sanft und ließ wieder los. »Hast du dich verlaufen? Sollen wir dich mitnehmen und irgendwo hin bringen?«

Sie senkte den Blick.

»Du kannst uns vertrauen.« Devcon strich ihr über den Kopf. Sie ließ es geschehen, sah sich aber dennoch nach allen Seiten um.

»Sie hat immer noch große Angst.« Tatjana sprach das Offensichtliche aus. Ihr Blick blieb an Tammys verschmutzten Leggins hängen. Straßendreck rechts an der Hüfte und seitlich des Oberschenkels.

»Tammy«, Devcon schaute sie eindringlich an. »Wir werden dir nichts tun, das verspreche ich dir.«

Sie ließ den Kopf hängen. Und nickte dann.

»Also bitte sag uns, vor wem bist du weggelaufen?«

Tammy sah ruckartig auf. Ihre schmalen Schultern bebten, so sehr zitterte sie.

»Oh Gott, die arme Kleine.« In Tatjanas Augen schimmerten Tränen. »Ich fürchte ...«

Devcon gestikulierte Tatjana, nicht weiter zu sprechen. Sie blieb still.

»Weißt du denn, wer es war?«

Das Mädchen starrte mit glasigen Augen vor sich hin, ihren Mund halb geöffnet. Devcon strich ihr zart über den Arm.

»Anamaqukiu«, murmelte sie. Kaum hörbar.

»Was? Wer? Habe nichts verstanden. Du?« Tatjana guckte Devcon an. Er deutete ein Kopfschütteln an.

»Anamaqukiu«, wiederholte Tammy etwas lauter, brachte den Namen aber nur stotternd hervor. Sie zitterte am ganzen Körper.

»Ist ja gut. Wir passen auf, du musst keine Angst mehr haben.« Devcon strich ihr über die Wange. Tammy schüttelte den Kopf, machte Anstalten, sich von Devcon loszureißen. Er zog sie näher an sich heran und sah ihr tief in die Augen. »Glaub mir. Ich beschütze dich.«

Sie richtete ihren flackernden Blick nach oben. Und schaute dann in den Wald hinein. Ihr Zittern wurde noch stärker.

»Du liebe Zeit, sie ist ja vollkommen durch den Wind! Was ist da bloß passiert?«, hörte Devcon Tatjana fragen. Er wandte seinen Blick nicht von dem Mädchen ab.

»Ich glaube nicht, dass sie sich vor einer realen Person fürchtet«, antwortete er in deutscher Sprache. »Real in dem Sinne, wie wir es begreifen.«

»Aha. Ich wusste nicht, dass man das auch anders begreifen kann.«

Devcon lächelte Tammy kurz zu und wandte sich an Tatjana. »In der indianischen Mythologie ist einiges anders. Dort sind die Menschen keine höheren Geschöpfe wie im europäischen Weltbild. Und auch das, was wirklich ist, unterliegt einer etwas anderen Wahrnehmung.«

»Kapier ich nicht, was soll das heißen?«

Devcon sah zu dem Mädchen hin, während er mit Tatjana sprach: »Es bedeutet zum Beispiel, dass für einen Indianer das, was er träumt, ebenfalls Wirklichkeit ist.«

»Äh ... Moment ...«

Devcon fuhr fort: »Das schließt auch den Glauben daran ein, dass es Geister gibt. Geister, die ebenso real existieren wie wir beide.«

»Na, aber das ist doch Unsinn!«, kommentierte Tatjana entrüstet.

Devcon blickte noch immer zu Tammy. »Für dich vielleicht. Für sie nicht. Es entspricht nun mal ihrem Bild von der Welt.«

»Toll. Und was tun wir jetzt? John Sinclair anrufen? Oder machen wir lieber gleich einen Call bei den Ghostbusters?«

Tammy starrte Tatjana, deren Sprache sie nicht verstand, und die wild mit ihren Händen herumfuchtelte, mit großen Augen an.

»Ein Geist kann sehr schnell real werden. Vor allem hier draußen«, erwiderte Devcon nachdenklich. »Das habe ich auf unserer Fahrt schon zu Richard Price gesagt.«

»Und? Was konnte der mit dieser Bemerkung anfangen? Nichts oder gar nichts?«

Devcon gab ein Grunzen von sich und wandte sich an Tammy. »Sag mal, was tut er denn? Dieser Anamaqukiu?«

Tammy zuckte merklich zusammen, als Devcon den Namen aussprach. »Er holt uns weg«, antwortete sie leise. Als ob sie befürchtete, dass der Geist sie sonst hören könnte.

»Und warum holt er euch?« Devcon sprach ebenfalls nicht sehr laut mit ihr und so einfühlsam als irgend möglich. Tammy schaute ihm ins markante Gesicht. Lange. Ihre Anspannung schien sich etwas zu lösen. Trotzdem sagte sie nichts. Zuckte nur mit den Achseln.

»Du weißt es nicht, verstehe.« Devcon nickte. »Aber eine Frage noch, ja? Wenn er euch geholt hat, bringt er euch dann auch wieder zurück?«

Tammy schüttelte den Kopf. Devcon sah die Tränen in ihren Augen. Er nahm das Mädchen behutsam in seine Arme. An Tatjana gewandt sagte er auf Deutsch: »Ob du es glaubst oder nicht, aber die Kleine ist im Moment unsere beste Option.«

Tatjana zog eine Grimasse. »Und wieso? Weil sie sich vor einem Geist fürchtet, der angeblich Leute verschwinden lässt?« Noch während sie den Satz zu Ende sprach, konnte Devcon an ihrem Mienenspiel erkennen, dass sie verstand, worauf er hinaus wollte.

In der Gegend rund um den Highway verschwanden regelmäßig Indianermädchen. Ebenso wie eine Frau namens Nicole Hoar, die der Information des Polizisten von den Mounties nach keine Indianerin war. Wie Sibylle. Das war zwar ein recht vager, aber dennoch eindeutiger Zusammenhang.

»Ich glaube nicht an Geister. Genauso wenig wie du.« Devcon sprach mit Tatjana, schaute aber Tammy an, die mit gesenktem Kopf vor ihm stand, ihre zierlichen Hände in den seinen. »Was ich glaube ist, dass wir lernen müssen, zu sehen, was *sie* sieht. Nur dann haben wir eine Chance, diesem Geist«, er betonte das Wort wie einen mit Absicht falsch gewählten Begriff, »auf die Spur zu kommen, der sich aktuell hier die Frauen holt. Und möglicherweise finden wir dann auch Sibylle.«

»Falls derjenige sie ebenfalls in seiner Gewalt hat«, warf Tatjana ein und setzte mit düster klingender Stimme hinzu: »Wobei ich mir das aber eigentlich nicht wünsche.«

»Natürlich nicht«, erwiderte Devcon, ohne den Blick von Tammy zu lösen. »Aber weiterhin gar keinen Ansatz zu verfolgen bei der Suche nach ihr, ist für mich die schlechteste aller Optionen.«

Tatjana schwieg bedrückt. Brauchte erst einen Moment, bevor sie vor sich hin flüsterte: »Ja, das sehe ich leider auch so.«

Was beide nicht sahen, waren die Augen mit den wild lodernden Pupillen, die sie aus der Deckung im dichten Laubwerk heraus böse anstarrten.

23

Wir müssen den Tempel schützen, den unsere Väter einst gruben.
Tief unten in geweihter Erde wurden sie erbaut, die Höhlen, in denen schon vor unserer Zeit die Aufgabe erfüllt wurde.

Die weiße Frau, sie bringt kein Glück.
    Ihr Fleisch ist krank. Ihr Blut unrein.
    Und der Feind folgt ihrer Spur.
    Wir müssen sie fortschaffen.

Folge dem Gesetz unserer Väter und verschließe die Kammer der Herzen. Niemand darf sie ans Licht zerren, damit ihre Kraft nicht entweicht.

Sieben Monde müssen vergehen, in denen der Tempel ruht. Erst dann geht der Falke wieder auf Jagd.
    Unsere Ahnen werden über die Herzen wachen. Unter ihrem Schutze schlagen sie weiter und machen uns stark.
    Für den Tag unserer Rache im Meer des Großen Geistes.
    In Ewigkeit.

24

*Im tiefen Wald,
unweit des Highway of Tears ...*

Sie kam nur sehr langsam zu sich. Ihr Schädel dröhnte wie bei einem Presslufthammer-Konzert. Sie hob ihre flatternden Lider, musste sie aber sofort wieder schließen. Ein greller Lichtblitz hatte sie geblendet. Derart, dass sie das Gefühl hatte, jemand hätte ihr eine ätzende Flüssigkeit in die Augen geträufelt.

Sie versuchte, sich zu bewegen, konnte es aber nicht. Etwas schnitt ihr tief in die Hand- und Fußgelenke. Erschrocken riss sie die Augen auf und blinzelte. Das Licht erschien ihr nicht mehr ganz so gleißend. Durch ihre Tränenflüssigkeit hindurch sah sie Farbgestöber, verschwommene Konturen von irgendwas.

Der Krach in ihrem Schädel ließ ein wenig nach. Aus dem Hämmern wurde ein Rauschen. Das Rauschen eines breiten Flusses, der zum Wasserfall strömte. Sie bäumte sich auf und stemmte sich mit aller Kraft gegen die Widerstände an ihren Hand- und Fußgelenken. Erst in diesem Augenblick merkte sie, dass sie gefesselt war. Die Erkenntnis traf sie wie ein Peitschenhieb. Ihr Herz schlug hart gegen ihren Brustkorb.

Was war passiert?

Sie zwinkerte mehrfach, um die brennende Tränenflüssigkeit loszuwerden, die ihr eine klare Sicht unmöglich machte. Noch immer nahm sie nur ineinander übergehende Farbkleckse wahr. Dunkle Farbkleckse.

Sie spürte, wie die Panik in ihr hoch kroch wie ein fieses Monster aus den Tiefen eines schwarzen Sees. Ein Monster, das man erst sah, wenn es keine Aussicht mehr auf Flucht gab.

Wieso war sie plötzlich gefesselt?

Hatte der schöne Teufel sie doch erwischt?

Warum konnte sie sich dann nicht daran erinnern?

Das Letzte, was sie wusste war, dass sie hinter diesem Sockel gelegen hatte, der den Höhlenabschnitt begrenzte, in dem die furchtbare Zeremonie stattgefunden hatte. Ihr Herz schlug noch schneller. Als wollte es aus freien Stücken aus ihrem Körper herausspringen. Bevor jemand kam und es gewaltsam entfernte.

Ein plötzlicher Hustenreiz überkam sie wie ein Hagelsturm. Sie spuckte und krächzte, konnte gar nicht mehr aufhören. Die Fesseln an ihren Gelenken schnitten noch tiefer in ihr Fleisch. Es kam ihr vor, als würden sie sich regelrecht einbrennen. Doch noch viel schlimmer war der höllische Schmerz in ihrer Brust. Ihre Bronchien schienen in Fetzen zu hängen, als der Hustenreiz endlich nach ließ.

Kraftlos lag sie am Boden. Jeder einzelne Muskel in ihrem Körper schien vollständig erschlafft zu sein. Wie eine leere Hülle kam sie sich vor. Eine Hülle aus der Haut eines Menschen, dessen Inneres sich aufgelöst hatte. Zu Staub zerfallen war, der langsam in die Erde sickern würde, sobald jemand die Hülle aufriss. Sie stöhnte leise. Wünschte sich fast, dass sie endlich sterben würde. Und erlöst wäre von aller Qual.

Aber noch war es nicht soweit. Noch gab es diesen Impuls, der sie ans Leben kettete. Ein Impuls, der sie zwang, ihre Augen noch einmal zu öffnen. Sie wollte wissen, wo sie sich gerade befand. Obwohl sie sich gleichzeitig davor fürchtete, es tatsächlich zu erfahren.

Der gleißende Lichtschein, der sie geblendet hatte, irritierte sie. Im Labyrinth war es stockfinster. Nur die Opferhöhle war beleuchtet. Von Kerzen.

Konnte es wirklich so blenden, das Kerzenlicht? *Vielleicht, wenn man so liegt, dass man direkt in einen brennenden Docht schaut ...*

Sie hob die Augenlider und starrte in die Helligkeit. Stück für Stück wurde das Bild klarer. Sie sah Blätter. Astwerk. Umrisse von Baumstämmen. Keine Wand aus Stein. Und keine Höhle.

Sie zwinkerte und schaute noch angestrengter in ihre neue Umgebung. Gleichzeitig stieg ihr ein Geruch in die Nase. Es war ein anderer Geruch als der im Labyrinth. Ebenfalls modrig, aber auch leicht süßlich. Und ihr nicht fremd. Es roch nach Waldboden. Laub. Zerfallendem Laub. Sie realisierte den weichen Untergrund, auf dem sie lag.

Kein Zweifel, sie befand sich nicht mehr in dem finsteren Labyrinth. Sondern irgendwo im Freien.

Vor Anstrengung stöhnend wälzte sie sich auf den

Rücken und gab trocken klingende Keuchlaute von sich, hatte keine Kraft mehr zum Abhusten. Sie blickte nach oben. Hinter den farbigen Schlieren, die ihr durch das hohe Fieber vorgaukelt wurden, nahm sie dichtes Baumwerk wahr. Und einen Himmel. Diffus grau wie kurz vor der Dämmerung. *Tageslicht?*

Ihr Herz tat einen Sprung. War sie befreit worden?

Eine Faust schien auf ihrer linken Brust nieder zu gehen, und ihre Pupillen weiteten sich.

Aber wenn sie gerettet worden war – wieso hatte man sie gefesselt?

Sie wälzte sich auf die andere Seite, spürte das Scheuern der Fesseln auf ihrer Haut. Sie schaute an sich herab und sah das dünne Seil, mit dem man ihre Fußgelenke zusammengeschnürt hatte. Beigefarben. Wie das holzige Band, das früher um die Pakete der Post gebunden wurde. Wieder stieg ihr der leicht modrige Geruch der verwesenden Blätter in die Nase, auf die man sie gebettet hatte. Gut verschnürt, sodass sie nicht fortlaufen konnte. Oder kriechen.

Sie sah, dass sie sich in einer Art Grube befand. Mit etwa ein Meter hohen Wällen drum herum. Unmöglich für sie, sich mit ihren Fesseln dort heraus zu wuchten. Abgesehen davon, dass ihr die Kraft fehlte, auch nur auf die Knie zu kommen.

Sie rollte sich auf den Rücken und blickte noch einmal zum grauen Himmel hinauf. Die Wipfel der Bäume rauschten leise. Die tiefhängenden Regenwolken zogen träge vorüber. Wie eine endlose Karawane.

Sie hustete trocken, ihre Lider flatterten. Die grellbunten Schlieren drängten sich vor ihren Blick, schienen zwischen den Bäumen zu rotieren. Ihr Atem ging rasselnd, hinter ihrer Stirn brannte es. Nahezu reglos lag sie da und hatte das Gefühl, von innen heraus zu verglühen.

Ihre glasigen Augen füllten sich mit Tränen. Wieso half ihr niemand? Irgendwer musste sie doch hierher gebracht haben. Musste gesehen haben, wie es um sie stand. Doch stattdessen hatte man sie gefesselt und zurückgelassen. Irgendwo im tiefen Wald. In einer Grube, mit sterbendem Laub gefüllt. Wie bei einer letzten Ruhestätte in freier Natur. *Nein* ...

Sie versuchte, sich aufzubäumen. Wollte kämpfen. Und nicht leise krepieren wie das buchstäbliche Opferlamm. Doch der Druck auf ihren Bronchien war unerträglich, schnürte ihr das letzte bisschen Luft zum Atmen ab.

Nur noch halb bei Bewusstsein wälzte sie sich intuitiv zurück in die Seitenlage. Der Druck in ihrem Brustbereich ließ minimal nach. Wieder stieg ihr der süßliche Modergeruch in die Nase. Sie nahm es kaum noch wahr, blinzelte nur, sah das Braun der Blätter vor ihren Augen. Die Feuchtigkeit, die vom Boden aufstieg, ummantelte ihren Leib, ohne dass sie es mitbekam. Sie fror nicht und schwitze auch nicht. Angst und Panik verspürte sie ebenfalls keine mehr. Sie empfand: gar nichts. Driftete immer tiefer hinab in dieses Zwischenreich, in dem sich alle Wahrnehmungen Stück für Stück auflösten.

Ein letztes Zucken durchfuhr ihre Glieder. Ein

Zucken, das sie noch einmal zurück ins Bewusstsein holte. Es war jedoch kein klares mehr. Es schien, als sei ihr Körper und Geist durch einen dicken farblosen Brei, in dem sie trieb, von der Außenwelt abgeschirmt. Aus ihrer Kehle drang ein leises, heiser kleingendes Husten. *Holt mich denn niemand hier raus?*, schrie sie stumm in den farblosen Brei hinein.

Ein Grollen war die Antwort, die sie nicht hörte. Das Grollen eines Bewohners des Waldes. Auf der Suche nach Futter.

25

Etwa zur gleichen Zeit ...

Tammy schrie wie am Spieß. Sie riss sich von Devcon los und rannte.

»Hol sie zurück!«, rief er Tatjana zu und starrte mit seinen wachen dunklen Augen in die Richtung, in die das Indianermädchen gezeigt hatte, bevor es davon stürmte.

»Da, guck! Dahinten ist wer!«, brüllte Tatjana. Devcon entdeckte die Gestalt ebenfalls, die durch das Dickicht huschte. Er sprintete los. Tatjana lief hinterher.

Der Junge war fix, schlug Haken und verschwand aus dem Blickfeld. Devcon blieb stehen. Er atmete schwer, ließ seinen Blick durch den Wald kreisen. Bäume. Laub. Nebelschwaden.

»Wo ist er hin, ich sehe ihn nicht mehr!«, hörte er Tatjana rufen. Sie stand nicht weit von ihm entfernt und war nicht weniger außer Puste.

Devcon verengte die Augen zu Schlitzen. Sie brannten vor Anstrengung. Doch je weiter er in den Wald hinein spähte, desto mehr lösten sich die Konturen in einer graubraunen Farbensuppe auf. Die Vegetation wurde mit jedem Meter, den sie tiefer in den Wald kamen, dichter und war von nebligen Schleiern durchdrungen. Die Feuchtigkeit war allgegenwärtig, sie löste sich aus den Wolken und stieg vom Boden herauf. Doch selbst bei strahlendem Sonnenlicht böte sich keine Chance, ohne Fernglas bis in jeden Winkel zu schauen. Zu verschachtelt war das Astwerk, zu zahlreich die riesigen Bäume, zu üppig der Bodenbewuchs.

Nordamerikanischer Dschungel, dachte Devcon. Er bewegte sich langsam vorwärts. Achtete auf das Wurzelwerk und die Erdlöcher, die unter dem dichten Laub verborgen sein könnten. An Rennen war nicht mehr zu denken, dafür war der Boden zu uneben.

Der Junge tauchte wieder auf. Er lugte hinter einem dicken Baumstamm hervor und lief los. Geschmeidig und sicher in jeder seiner Bewegungen. Devcon stürzte ihm hinterher. Mit beiden Händen stieß er Äste beiseite, die wie die dürren Arme der verknöcherten Wächter des Waldes versuchten, ihn von einem weiteren Eindringen abzuhalten. So kam es Devcon jedenfalls vor. Der Junge verschwand abermals aus seinem Sichtfeld.

»Warte«, hörte er Tatjanas leise Stimme, sie fiel offenbar immer weiter zurück. Devcon blieb stehen. Er rang nach Luft und sah die kondensierten kleinen Wölkchen vor seinem Gesicht schweben. Er beugte sich vor, beide Hände auf seine Oberschenkel gestützt.

Tatjana schloss zu ihm auf. Ihr Gesicht war gerötet, glänzte von dem Gemisch aus Schweiß und Tau. Aus ihrem locker gebundenen Zopf hatten sich Strähnen gelöst, die nass und schlaff an ihren Schultern herabhingen. Nach einem Saunaaufguss in voller

Montur hätte sie nicht viel anders ausgesehen. »Verdammt, ist das kühl hier«, stellte sie schwer atmend fest. »Da spürt man ja jeden Luftzug. Habe das Gefühl, als hätte ich Nadeln in der Lunge.«

Devcon nickte nur. Er schöpfte weiter Atem und blickte sich suchend um.

»Wo sind wir überhaupt? Weißt du noch den Rückweg zum Auto?« Tatjanas Stimme klang auf einmal sehr alarmiert.

»Er ist viel schneller als wir«, stellte Devcon leise fest. Mehr für sich selbst. »Er hätte uns längst abhängen können.« Devcon richtete sich auf. Das mörderische Stechen in seiner linken Seite hatte endlich nachgelassen.

»Na, das hat er ja jetzt, wie es aussieht«, bemerkte Tatjana trocken und strich sich eine klatschnasse Haarsträhne aus der Stirn. Sie musste ein paar dicke Wassertropfen abbekommen haben bei ihrem Lauf durch den Wald. »Oder siehst du ihn noch irgendwo?«

Devcon deutete ein Kopfschütteln an, während sein Blick noch immer durch das Dickicht glitt.

»Jetzt lass uns hier abhauen. Mir ist's schweinekalt und besonders gemütlich finde ich es hier auch nicht.« Tatjanas Tonfall war deutlich anzumerken, dass sie sich unwohl fühlte. »Wenn die Wolken noch dichter werden«, sie deutete mit dem Zeigefinger nach oben, »ist's hier mit Sicherheit auch tagsüber finster. Bald fängt's ohnehin an, dunkel zu … Scheiße! Was war das?« Sie klammerte sich an Devcons Arm fest.

Er sah sie verdutzt an. »Was ...« Er verstummte.

»Hast du es auch gehört?«

Devcon presste Tatjana die Hand auf den Mund und nickte. Ansonsten rührte er keinen Muskel, ließ seinen Blick abermals durch das Dickicht schweifen.

Links von ihrem Standpunkt aus gesehen ertönte es wieder. Ein tiefes Grollen. Devcon schluckte hart. »Verdammte Scheiße«, wisperte er kaum hörbar. »Das ist ein Bär.«

Tatjana gab einen angstvoll klingenden Ton von sich, die Augen weit aufgerissen. Devcon hielt ihr noch immer den Mund zu und starrte sie warnend an, den Zeigefinger seiner anderen Hand vor seinen Lippen.

Das Grollen wurde lauter. Wie in Zeitlupe ließ Devcon Tatjana los und bedachte sie mit einem beschwörenden Blick. Ihre Pupillen zuckten hin und her, ihre Nasenflügel bebten. Sie musste nichts sagen, Devcon wusste auch so, was gerade in ihr vorging. »Kein schöner Tod. Bären fangen gleich an zu fressen, egal ob das Opfer noch lebt. Genau wie die Zombies in *The Walking Dead*.« So hatte ihr Kommentar gelautet, als er ihr auf der gemeinsamen Herfahrt mit Richard Price die Story über dessen Begegnung mit einem Grizzly übersetzt hatte. Der Privatdetektiv hatte das Tier in Notwehr erlegen müssen. Mit vier Pistolenschüssen.

Äste knackten. Aus derselben Richtung, aus der das Grollen gekommen war. Devcon dirigierte die viel zu hektisch atmende Tatjana zum nächstbesten dickeren Baumstamm. In Gegenrichtung zum Wind. Und hoffentlich außerhalb des Witterungsradius des grollenden Großtiers, das sich auf seinen vier Pfoten in jedem Fall schneller und geschickter durch das Dickicht bewegen konnte als sie beide.

Tatjana deutete mit ihrer Hand zur Hüfte und schüttelte den Kopf. Sie signalisierte Devcon damit, dass sie die Waffe, die Richard Price im Handschuhfach seines Pickups liegen hatte, nicht bei sich trug. Ihr ganzer Körper zitterte. Devcon betete, dass sie die Nerven behalten würde. Sonst waren sie verloren. Unbewaffnet konnte auch er nichts gegen einen hungrigen Grizzly ausrichten.

Die Äste knackten abermals. Das Grollen wurde noch lauter. Devcon stellte sich ganz dicht vor Tatjana, schirmte sie ab und sorgte zugleich dafür, dass sie sich nicht rührte. Nie zuvor in seinem Leben hatte er sich so nach einer Schusswaffe gesehnt. Und nie zuvor war er sich dermaßen dämlich vorgekommen. Weil er ebenfalls nicht daran gedacht hatte, die Pistole des Privatdetektivs rechtzeitig einzustecken. Auch Devcons Gehirn konnte offenbar nur noch Großstadt. Freie Natur und ihre Gefahren, das war etwas, das er aus dem Fernsehen kannte und von seinem Sessel aus jederzeit abstellen konnte.

Er biss sich auf die Unterlippe, hätte sich am liebsten geohrfeigt. Viel blöder hätte sich kein Tourist auf dieser Welt verhalten können. Nur leider war es jetzt ein bisschen spät für diese Erkenntnis.

Devcon spürte Tatjanas hämmernden Herzschlag

in seinem Rücken. Im Moment war nichts zu sehen. Oder zu hören. Der Wald und seine Bewohner schienen zu ruhen. Nur die Blätter rauschten leise, hoch oben in den Wipfeln der Bäume.

Bitte nicht drehen, flehte Devcon stumm und meinte den Wind. Die Stille war drückend, dehnte sich ins Endlose aus. Ob sie es nun wagen sollten, von hier zu verschwinden? Wo lang?

Noch tiefer in den Wald wollte Devcon auf keinen Fall. Ohne Pistole. Also mussten sie zuerst nach links. Exakt in die Richtung, aus der das Grollen gekommen war.

Devcon unterdrückte den Impuls, hörbar auszuatmen. So leicht würde er es dem Biest nicht machen. Das Biest, das sich entweder verzogen hatte oder noch in ihrer Nähe lauerte, die feine Nase steil in den Wind gestellt.

Devcon spürte, wie Tatjanas Atem immer schneller ging. Sah, wie die Wölkchen aus Kondenswasser größer wurden, die die heiße Luft aus ihren Lungen entstehen ließen.

Nicht gut! Er nahm Tatjanas Hände in seine und drückte sie fest. Hoffte, dass sie noch eine Weile durchhalten würde. Bis sie einigermaßen sicher sein konnten, dass der Grizzly tatsächlich von dannen gezogen war.

Devcon zuckte merklich zusammen, als er erneut ein Geräusch hörte. Verursacht von einem Ast, der brach. In ihrer unmittelbaren Nähe.

26

Unendlich langsam drehte Devcon den Kopf nach rechts. Von dort war das verräterische Knacken an sein Ohr gedrungen. Tatjana hatte ihre Finger in seine gekrallt, schien das Atmen vorübergehend eingestellt zu haben. Devcon stutzte. Hinter den hüfthoch gewachsenen Farnen zwischen den Bäumen stand kein sich aufrichtender Bär, sondern der Junge, den er verfolgt hatte. Er schaute ihm gleichmütig entgegen. Die Anspannung löste sich wie poröses Mauerwerk aus Devcons Körper. Der Druck der Hände Tatjanas ließ nach, sodass das Blut wieder durch seine Finger pulsieren konnte.

Ein Schuss knallte. Und noch einer. Devcon zuckte zurück, quetschte Tatjana unsanft an den Baumstamm. Wieder ein Grollen, links von Devcon, noch lauter und in Klagelaute übergehend. Es peitschte abermals ein Schuss. In der Ferne hallte das Echo wider.

Dann: Stille. Die Nebelschleier waberten zwischen den Bäumen hindurch wie graue Watte und bildeten abstrakte Formen, die fließend ineinander übergingen. Oder sich auflösten.

Devcon ließ Tatjana los und trat einen Schritt vor. Sie blieb stehen, an den Baumstamm angelehnt und atmete erst einmal tief durch.

Devcon sah, dass der Junge noch an derselben Stelle stand und ihnen entgegen schaute. Offenbar wartete er auf etwas. Sein schwarzes Haar umrahmte sein helles Gesicht und fiel ihm in wirren Strähnen bis fast auf die Schultern. Seine Kleidung schien klamm, stellenweise durchweicht. Sein braunes Lederhemd wies Feuchtigkeitsflecken auf. Offenbar hielt er sich schon eine Weile hier draußen auf. *Wie das Mädchen namens Tammy ...*

Devcon bewegte sich zu ihm hin. Tatjana sah es, packte sich mit beiden Händen an den Kopf und raufte sich die Haare. Ihr Mund stand offen, sie wollte etwas sagen, blieb aber still und stapfte Devcon vorsichtig hinterher. Hörte, wie dürre Äste unter ihren Schritten knackten. Wie zarte Gelenke, die brachen. Tatjana merkte, dass sie erneut Gänsehaut bekam. Dieser Wald und seine Bewohner – für sie fühlte es sich an, als hätte man sie mitten rein in die Filmkulisse eines verwunschenen Märchens katapultiert. Ein Märchen, in dem sie auf keinen Fall mitspielen wollte.

Der Junge streckte seinen rechten Arm aus, wies ihnen die Richtung. Tatjana und Devcon tauschten Blicke. *Lass uns endlich hier abhauen*, signalisierte ihrer. Devcon deutete ein Nicken an. Schaute aber unschlüssig. Er sah in die Richtung, die ihnen der Junge wies, der noch immer stumm an der gleichen Stelle stand. Seinen rechten Arm hielt er weiterhin ausgestreckt.

»Eilig hat es hier offenbar niemand«, murmelte Devcon und setzte sich in Bewegung.

»Was machst du?« Tatjana hielt ihn am Ärmel seines Hemdes fest, das sich mittlerweile ebenfalls klamm anfühlte. »Sag ...«

Devcon hob die rechte Hand, bedeutete ihr zu schweigen. »Wir gehen gleich zurück zum Auto, lass mich nur erst ...«

»Und wenn das eine Falle ist?«, fiel Tatjana ihm ins Wort, deren Unbehagen sich kristallklar in ihren Gesichtszügen spiegelte. *Ein Albtraum. Das muss ein Albtraum sein! Gleich wache ich auf und stelle fest, dass ich in meinem warmen Bett liege.* Doch sie wachte nicht auf.

»Dann hätte die Munition aus der Waffe, die eben abgefeuert wurde, auch unsere Leiber durchlöchern können, oder nicht?«, erwiderte Devcon in ruhigem Tonfall. Er blickte nach vorne. Ins Dickicht, wo der Junge hin deutete. Devcon erkannte einen schmalen Trampelpfad. »Merkwürdig«, brummelte er vor sich hin. »Keine Ahnung, was hier vorgeht, aber irgendwas stimmt nicht.«

»Ach, echt? Wow, klasse! Ich gratuliere zur Erkenntnis des Tages!« Tatjana applaudierte. »Können wir dann endlich gehen? Oder möchtest du erst noch die Kumpels von dem Bären kennenlernen, den irgendwer glücklicherweise gerade verscheucht hat?«

Devcon verzog den Mund und trat einen weiteren Schritt auf den Trampelpfad zu.

»Ich glaub's nicht.« Tatjana fasste sich an die Stirn und drehte sich zu dem Jungen um. Er war verschwunden. »Ich glaub's echt nicht!« Sie lief Devcon hinterher, der den Trampelpfad soeben erreicht hatte. »Schau mal nach hinten. Jetzt gleich.«

Devcon wandte sich ihr zu und stellte ebenfalls

fest, dass der Junge nicht mehr da war. Ein schrilles Pfeifen lenkte seine Aufmerksamkeit zurück in die andere Richtung. Devcon lief weiter. Tatjana war den Tränen nah. »Lass uns doch wenigstens zuerst zum Auto gehen und die Pistole holen!«, flehte sie.

Devcon stoppte und packte sie an den Schultern. »Vertrau mir doch. Bitte.«

Tatjana zog die Stirn kraus. »Und wobei? Wie du uns sehenden Auges ins Unglück führst?«

Devcon sah sie eindringlich an. »Uns wird nichts passieren.«

»Woher nimmst du diese Gewissheit? Sind die Bären plötzlich alle ins Koma gefallen? Und alle anderen Wesen, die hier herumlaufen, gleich mit? Lustige Theorie!«

Devcon schaute Tatjana noch eindringlicher an. »Mein Gespür sagt mir ...«

»Dein, was?« Ihre Stimme schraubte sich um eine Oktave nach oben. »Was ist denn jetzt los, hältst du dich plötzlich für Old Shatterhand?«

Devcon atmete hörbar aus. »Wenn uns jemand etwas hätte antun wollen, wäre das längst passiert, oder nicht? Wir standen völlig wehrlos an dem Baum dort drüben«, er gestikulierte mit seinen Händen, »und dieser Junge wusste zu jeder Zeit, wo wir waren. Zu wem immer er also gehört ...«

»Mir egal, das will ich gar nicht wissen!«, rief Tatjana schrill.

»Nun, ich schon«, erwiderte Devcon ruhig.

»Ja, aber warum denn?« Tatjana heulte fast.

Devcon zog ihr Gesicht ganz nah an seines. »Der Junge will uns etwas zeigen. Keine Ahnung, was, und keine Ahnung, warum. Eine Falle halte ich für ausgeschlossen, da man uns hier draußen längst erledigt hätte, wenn das die Absicht wäre. Richtig?«

»Und was ist, wenn du dich irrst?« Tatjana löste sich von ihm und fuchtelte mit beiden Armen umher. »Was ist denn auf einmal mit dir los? Sonst wirst du es nicht müde, mir ellenlange Vorträge über meinen bodenlosen Leichtsinn zu halten. Und jetzt, wo ich auf Nummer sicher gehen will, zerrst du uns in die Gefahrenzone? Und das ohne triftigen Grund? Jedenfalls ohne einen für mich ersichtlichen.« Sie streckte den Zeigefinger aus. »Das ist schon einmal entsetzlich schief gegangen. Erinnerst du dich?«

Devcon, der genau wusste, worauf sie anspielte, schaute zu Boden. Die Falle, in die sie ein extremer Psychopath damals wegen Devcons Sturheit hatte locken können, hatte für ihn und Tatjana schlimme Konsequenzen gehabt. Sehr schlimme Konsequenzen. Sie starrte ihm auffordernd entgegen. »Also erklär's mir, oder ich gehe keinen Schritt weiter.«

Devcon blickte nach links. Er meinte, aus den Augenwinkeln heraus etwas gesehen zu haben. Hatte er. Der Junge war wieder da. Wenige Meter von ihnen entfernt lehnte er lässig an einem Baum, seinen rechten Arm stoisch in die gleiche Richtung ausgestreckt wie vorhin. Devcon wandte sich Tatjana zu. »Nun ...« Er suchte nach Worten. Worte, die sie beruhigen würden, statt noch mehr zu ängstigen. Er fand keine.

Er knirschte mit den Zähnen und sah ihr dann fest in die Augen. »Wie dem auch sei. Dieses Mal sind die Umstände leider etwas anders. Denn wenn ich mich irre, wird das Ergebnis das Gleiche sein. Egal, was wir tun.«

»Hä? Verstehe ich nicht.« Wie im Affekt wich Tatjana einen Schritt zurück.

Devcon quittierte es mit einem Kopfschütteln und packte sie am Arm. »Vergiss es, wir bleiben auf jeden Fall zusammen.« Er trat nahe an sie heran, sodass sie die Wärme spüren konnte, die sein Körper ausstrahlte. Trotz der widrigen Witterung. »Hör zu. Und bitte«, er nahm ihre Hände und merkte, dass sie eiskalt waren, »keine Panik. Denn das ist das Letzte, was wir jetzt gebrauchen können.«

Tatjana öffnete den Mund. Sagte aber nichts. Sie ließ Devcon fortfahren.

»Also, pass auf. Mal angenommen, hier würde sich eine Person herumtreiben, oder gar mehrere, die uns tatsächlich Übles wollen.« Er deutete mit dem Kopf zu dem Jungen hin. »Dann wissen sie ebenso wie er, wo wir uns im Moment befinden. Korrekt?«

Tatjana nickte.

»Gut.« Devcon sah ihr offen entgegen. »Und? Wie schätzt du unsere Chancen bei einer Flucht ein? Gegen bewaffnete Jäger, die diesen Wald vermutlich genauso gut kennen wie der Bär, den sie eben verscheucht oder erlegt haben?«

Tatjana öffnete abermals den Mund. Und schloss ihn. Ganz langsam. Ihren schimmernden Blick an

Devcon vorbei gerichtet. Er drückte sie sanft an beiden Schultern. »Hab keine Sorge, es wird schon gut gehen.« Er presste die Lippen kurz aufeinander, bevor er weitersprach: »Ich weiß, es ist viel verlangt. Aber bitte, vertrau mir und komm mit.« Er nickte Tatjana aufmunternd zu. »Lass uns nachsehen, wer da was von uns will. Und warum.«

27

Sie schritten über den schmalen Trampelpfad, passten auf, dass sie nicht auf den glitschigen Steinen ausrutschten, die hier und da aus dem Boden ragten. Devcon blickte auf und sah in der Ferne die Konturen eines Bergmassivs, das zu großen Teilen hinter der dichten Wolkendecke verborgen lag. Noch gab es ausreichend Tageslicht. Die Färbung des Himmels ließ jedoch darauf schließen, dass die Dämmerung bald heraufzog. Links von ihnen flitzte der Junge durch das Dickicht. Leichtfüßig und grazil, als bewege er sich über einen breiten Schotterweg.

Sie kamen zu einer Lichtung. Devcon blieb stehen. Tatjana, die hinter ihm lief und sich angstvoll nach allen Seiten umschaute, prallte beinahe gegen ihn. »Was ist los? Oh ...«

Da war jemand. Zusätzlich zu dem Jungen, der sich jetzt ebenfalls auf der Lichtung befand.

Es war ein alter Mann. Er hockte im Schneidersitz auf dem Boden. Auf seinen Knien ruhte eine Flinte. Sein schlohweißes halblanges Haar wurde von einem Stirnband aus dem Gesicht gehalten – ein Gesicht, das Tatjana und Devcon nicht sehen konnten, da der Alte sein Haupt nach unten neigte. Anscheinend war er in Gedanken versunken. Oder in ein Gebet. Ein toter Bär war nirgends zu sehen.

Devcon bewegte sich langsam vorwärts. Tatjana hielt sich dicht hinter ihm. Der Junge stand etwa zwei

Meter hinter dem Alten und schaute sie beide ausdruckslos an. Er rannte los, ab ins Dickicht, und verschwand binnen Sekunden aus ihrem Blickfeld.

»Soll ich ihn ... vergiss es«, hörte er Tatjana sagen, die, noch bevor sie ihre Frage ausgesprochen hatte, einsah, dass jeder Verfolgungsversuch von vorneherein zum Scheitern verurteilt war.

Devcon ging langsam auf den am Boden sitzenden Alten zu, der ihm keine Beachtung schenkte. Er blieb reglos, die von Runzeln durchzogenen Hände auf der Winchester. Devcon roch die Reste von Schmauch. Auf der linken Seite, rund zehn Meter von dem Alten entfernt, entdeckte er eine deutliche Vertiefung im Waldboden. Eine Falle, die jemand ausgehoben hatte? *Oder ein Grab ...*

Devcon wandte sich Tatjana zu, die ihn mit großen Augen anstarrte. Er bedeutete ihr, sich nicht von der Stelle zu rühren. Vorerst. Dann schaute er zu dem Alten hin, der sich nicht die Spur für Tatjana und ihn zu interessieren schien. Dass er nicht mitbekommen hatte, dass sie hier waren, hielt Devcon für ausgeschlossen.

Er taxierte die Flinte auf dem Schoß des Alten und überlegte, sich die Waffe zu schnappen. Er entschied sich dagegen. Wenn er zu langsam wäre, konnte das sein Todesurteil bedeuten. Seines und auch das von Tatjana. Der Mann schien zwar sehr alt zu sein, worauf die zahlreichen Pigmentflecken hindeuteten, mit denen seine Hände übersät waren. Das musste aber nicht heißen, dass er nicht dennoch in der Lage sein würde, seine Waffe schnell genug zu ziehen.

Devcon sah zu der Vertiefung im Waldboden, fragte sich, ob es sich um die Falle handelte, in die der grollende Bär getappt war. Den der Alte mit drei Schüssen aus seiner Winchester erlegt hatte? Waren sie deswegen her gelotst worden? Um den Bärenkadaver zu begutachten? Wohl kaum.

Neben sich hörte er Schritte. Tatjana, die sich langsam in Richtung der Grube bewegte. Devcon machte einen Ausfallschritt, packte sie am Arm und zog sie zurück. Sie schnitt eine Grimasse, wirkte genervt.

»Du bleibst hier, verstanden?«, zischte er leise. Auch wenn er sich rein vom Gefühl her nicht in Gefahr wähnte – Devcon wusste nur zu gut, dass dieses Empfinden trügerisch sein konnte. Erst recht in fremder Umgebung und Situation. In der Grube konnte alles Mögliche lauern. Außerdem böten sie eine perfekte Zielscheibe für den Alten, der vielleicht nur so tat, als ob er ruhte. Meditierte. Was auch immer. Außerhalb der Reichweite Devcons müsste er nur die Flinte heben, anlegen und abdrücken.

Devcon blickte zu dem Mann, in dessen unmittelbarer Nähe er stand – und erschrak. Ein dunkles Augenpaar mit fast schwarzer Iris funkelte ihn an.

28

Die Hände des Alten ruhten auf der Winchester, während er Devcon fixierte. Die Züge seines von unzähligen Falten geprägten Gesichts offenbarten keine Regung. Wie eine Mumie mit starren Augen behielt er Devcon im Blick. Tatjana ignorierte er noch immer.

Devcon machte zwei Schritte nach hinten und ließ sich in gebührendem Abstand auf dem feuchten Waldboden nieder. Wie der Alte im Schneidersitz. Tatjana verfolgte es mit irritierter Miene, tat es ihm dann aber gleich.

Der Alte taxierte Devcon und bewegte die Hände. Minimal. Sodass es aussah, als würde er den Griff um die Waffe stabilisieren. Tatjanas Augen weiteten sich. Devcon gestattete sich keine Reaktion, blieb innerlich aber auf der Hut.

Die Mundwinkel des Alten zuckten. Rechts und links hatten sich lange und wie Narben wirkende Falten in dem von rauem Wetter gegerbten Gesicht eingegraben. Er hob seine Hände, die Innenflächen nach außen gerichtet.

Tatjana runzelte die Stirn. »Was soll das bedeuten?«, raunte sie Devcon zu. Er antwortete nicht und nahm stattdessen ebenfalls seine Hände hoch.

Der Alte deutete ein Nicken an. Er schenkte seine Aufmerksamkeit weiterhin nur Devcon. So, als wäre Tatjana überhaupt nicht da. »Nehmt das noch schlagende Herz und geht«, sagte er unvermittelt. Und in akzentfreier Landessprache. Seine Stimme klang erstaunlich fest. Passte nicht zu seinem greisenhaften Äußeren. »Kein Leben darf vergeudet werden. Anamaqukiu gibt es frei.«

»Schlagendes Herz?«, rief Tatjana. »Was für ein schlagendes Herz?«

Der Alte beachtete sie nicht. Er streckte den Arm aus und wies stumm zu der Vertiefung im Waldboden. Devcon wandte den Kopf in die Richtung. Es war niemand zu sehen. »Bleib hier, ich gehe nachschauen, was da hinten drin ist«, sagte er zu Tatjana, ohne den Alten aus den Augen zu lassen, der seine fahlen Lippen wieder geschlossen hatte und ihm düster entgegen starrte.

»Was? Vergiss es, mit dem da bleib ich nicht alleine. *Ich* gehe.«

Noch bevor Devcon reagieren konnte, war Tatjana aufgesprungen und lief zu der Grube.

»Sei vorsichtig!« Sein besorgter Blick wanderte zwischen ihr und dem Alten mit der Flinte hin und her.

»Oh mein Gott, das ist Sibylle!«, schrie Tatjana.

29

Devcon schnellte hoch. Der Alte hob blitzartig die Hand und bedeutete ihm, sich wieder zu setzen. Seine fast schwarzen Augen funkelten böse. Devcon drehte sich trotzdem um und rief: »Alles in Ordnung?«

Tatjana antwortete nicht.

Von vorne nahm er ein metallisch klingendes Geräusch wahr. Der Hahn der Flinte wurde gespannt. Devcon nahm beide Hände hoch und ließ sich langsam auf dem Boden nieder. Dem Alten gegenüber, der die Flinte in seinen Schoß zurücklegte.

»Sie braucht sofort Hilfe!« Tatjanas Stimme überschlug sich fast.

Devcon schluckte. Er hob abermals die Hände. »Kann ich ... geht es ... ich möchte nur mal kurz nachsehen ...«, stotterte er wie ein Pennäler, den rechten Daumen nach hinten gerichtet. Der Alte blickte ihn stoisch an. Ließ eine gefühlte Unendlichkeit vergehen, bevor er endlich nickte. Exakt einmal. Devcon spurtete los. Ließ alle Vorsicht fahren. *Wenn er mich jetzt abknallen will ...* dachte er, ohne sich der Tragweite dieses Gedankens tatsächlich bewusst zu werden.

Er fuhr zusammen, als er bei Tatjana in der Grube ankam und das Wesen sah, das sie in ihren Armen hielt. Die Frau war schwer krank und in einem erbärmlichen Zustand. Aschfahle Gesichtshaut. Stark eingefallene Wangen. Rissige Lippen. Und ein apathischer Blick aus glasigen, von schwarzroten Schatten umrahmten Augen, die die Umgebung nicht mehr wahrnahmen. Die Kleidung war starr vor Schmutz. Das Haar hing kraftlos herab, wirkte stumpf, hatte jeden Glanz verloren. Ein leises Hüsteln drang aus ihrer Kehle, ließ ihren geschwächten Körper erbeben. Ihr Atem ging nur noch rasselnd.

»*Holy shit*«, entfuhr es Devcon. »Das sieht nicht gut aus.«

»Sie erkennt mich nicht.« An Tatjanas Wangen liefen Tränen herab. »Sie hat sehr hohes Fieber! Ist wohl eine ganz schwere Lungenentzündung. Sie wird sterben, wenn wir sie nicht schnell in ein Krankenhaus bringen!«

Devcon, den Blick noch immer auf das zitternde Bündel Mensch gerichtet, das Tatjana in ihren Armen hielt, nickte fahrig. Er schaute hinter sich, dorthin, wo der Alte mit seiner Flinte saß, und sagte zu Tatjana: »Hör zu ...«

»Nein, DU hörst zu!« Ihr Körper zitterte ebenfalls. »Du bringst uns auf der Stelle hier weg!«

»Dann werden wir diese Lichtung nicht lebend verlassen!« Etwas in Devcons Stimme und das Lodern in seinen Augen ließen Tatjana verstummen. Mit weit offen stehendem Mund starrte sie ihm entgegen.

»Er hat eine Flinte, schon vergessen? Und er wird nicht zögern, sie zu benutzen, wenn wir nicht tun, was er will.«

»Ja, aber was will er denn?« Tatjana heulte. Hemmungslos.

Devcon zerriss es schier das Herz. Er ging neben

ihr in die Hocke und wischte ihr mit den Fingern die Tränen ab. »Zieh deine Jacke aus, halte Sibylle damit warm und sorg dafür, dass sie bei Bewusstsein bleibt. Ich hole uns hier raus, so schnell es geht! In Ordnung?« Er sah ihr in die Augen als wolle er sie hypnotisieren.

Tatjana schniefte. »Ist gut«, erwiderte sie kaum hörbar. Vorsichtig ließ sie Sibylle zu Boden gleiten und fing an, sich aus ihrer Jacke zu schälen.

Devcon kehrte zu dem Alten zurück, der seine Position nicht verändert hatte. Nur widerwillig ließ er sich ihm gegenüber auf dem feuchtkalten Waldboden nieder. Seine Jeans war im Gesäßbereich schon jetzt völlig durchweicht. Und die Uhr lief! Gegen Sibylle. »Sagen Sie, was Sie von uns wollen. Aber machen Sie schnell, wir haben nicht mehr viel Zeit ...«

»Der weiße Mann kennt nur die Uhr, nicht die Zeit.«

Devcon hielt inne.

»Der rote Mann achtet die Zeit. Er vergeudet keine Leben, so wie es der weiße Mann tut.« Die hängenden Augenlider des Mannes bewegten sich nicht. Er zwinkerte nicht einmal, während sein düsterer Blick starr auf Devcon ruhte. »Der rote Mann macht dem weißen Mann ein Geschenk.« Er streckte den rechten Zeigefinger nach Devcon aus, so gerade wie möglich. Die Jahre hatten seine Gelenke krumm gemacht.

Devcon senkte sein Haupt. Eine Geste des Respekts. Wenn er Tatjana, Sibylle und sich heil hier heraus bringen wollte, musste er die Machtverhältnisse akzeptieren. Die Wälder hier draußen, sie waren nicht sein Revier. Sondern das des alten Indianers und seines Volkes. Ein Volk, das in Devcons Welt seines Stolzes beraubt worden war.

Er sah seine Urgroßmutter vor sich, an die er nur schemenhafte Erinnerungen hatte, weil er noch so jung gewesen war, als sie verstarb – nach einem Leben an der Seite ihres weißen Ehemannes, dem zuliebe sie alles aufgegeben hatte, was sie einst kannte. Sie hatte sich seiner Kultur angepasst. Nur die leisen Gesänge abends am Feuer waren ihr geblieben. Wo sie niemand hörte, der sie verstand. Ob sie wohl eine glückliche Frau gewesen war? Jim Devcon vermochte es nicht zu sagen.

»Doch eines Tages«, hob der Alte an, »wird der weiße Mann büßen für seine Verbrechen am Volk des roten Mannes.« Sein Blick wurde noch finsterer.

Devcon erwiderte nichts. Er wusste, worauf der alte Indianer anspielte. Gemeint waren nicht nur die Gräueltaten der Siedler, die seit der Entdeckung des Kontinents durch Christoph Kolumbus das Land in Besitz genommen hatten. Gemeint war vor allem die jüngere und sehr dunkle Geschichte Kanadas beim Umgang mit den Ureinwohnern. Richard Price hatte auf der langen Herfahrt davon gesprochen. Die Verelendung in den Reservaten, in denen die Indianer hausten, von Alkohol und Drogen betäubt, die ihnen oftmals von weißen Dealern verkauft wurden, war nur ein Teil der Geschichte.

Hinzu kam ein weiteres, noch düstereres Kapitel.

Die kanadische Regierung hatte über Jahrzehnte hinweg weniger auf das Integrieren der Indianer als vielmehr auf deren Assimilieren gesetzt. Die Kinder wurden aus den Familien genommen und in Internaten untergebracht. Oder in Pflegefamilien. Um sie von der Philosophie der »Wilden« wegzubringen und sie stattdessen christlich zu erziehen. Sie durften ihre Sprache nicht mehr sprechen, wobei das noch das Geringste der Übel war, die sie erdulden mussten.

»Anamaqukiu wird hinter den Schleier der Unendlichkeit zurückfahren und die geschundenen Seelen unserer Söhne und Töchter rächen«, sprach der Alte passenderweise in Devcons Gedanken hinein.

In den Internaten und Pflegefamilien widerfuhr den Kindern nämlich nicht nur Gottes Heil, sondern auch Gewalt. Und sexueller Missbrauch. Wie immer, wenn die »Heilsbringer« ihre Macht schamlos ausnutzten, weil es niemanden gab, an den die »Schutzbefohlenen« sich hätten wenden können.

Devcon beschlich ein äußerst ungutes Gefühl, während er den alten Indianer beobachtete, der ihm mehr und mehr wie ein finsterer Racheengel vorkam. Mochte sein, dass seine Gesichtszüge irgendwann einmal, in einer viel früheren Zeit, von Güte geprägt waren. Besonnenheit. Davon war nun nichts mehr zu sehen. Trauer. Ohnmacht. Wut. Hass. Das waren die Emotionen, die das Antlitz des Alten verzerrt hatten. In einem über die Jahre andauernden Prozess.

Devcon räusperte sich verhalten. Bemüht, den Mann mit der Flinte durch keine unbedachte Regung oder Äußerung zu provozieren. Er spürte mit jeder Faser seines Körpers, dass er nicht auf Gnade hoffen brauchte. Es gab nichts, was dieser Mann noch hätte verzeihen können. Er lebte nur noch aus einem einzigen Grund: Er wollte Vergeltung.

30

»Wer ist Anamaqukiu, und was hat er vor?«, fragte Devcon leise, aber mit fester Stimme.

»Anamaqukiu ist der Dämon des Bösen.« Die schwarzen Augen des Alten glitzerten. Devcon spürte, wie sich die Härchen in seinem Nacken aufstellten. Vielleicht war es doch ein Fehler gewesen, nicht auf Tatjana zu hören, die sich lieber auf direktem Weg zurück zum Auto hatte machen wollen. Andererseits hätten sie dann Sibylle nicht gefunden. Falsch, sie wären nicht zu Sibylle geleitet worden, die ansonsten dem Sterben überlassen sein würde. Nun konnte sie gerettet werden. Wenn Devcon es nicht vermasselte.

Der Alte schwieg, starrte ihn nur an. Devcon hielt ebenfalls Ruhe und wartete ab, auch wenn es ihm schwer fiel. Er betete, dass auch Tatjana, die von ihrer Sorge um Sibylle bestimmt fast aufgefressen wurde, sich still verhalten würde.

Der alte Indianer schloss seine Augen und beugte seinen Oberkörper vor. Und wieder nach hinten. Das Ganze von vorne. Bis er einen Rhythmus gefunden hatte für diese Schaukelbewegung.

Devcon wurde von heißen Schauern durchflutet. Nur mit aller psychischer Gewalt sich selbst gegenüber widerstand er der Versuchung, den Mann anzugreifen. Nicht aus Angst, dass er nicht stark und schnell genug dafür wäre. Sondern, weil er sich nicht sicher sein konnte, dass sie nicht doch beobachtet wurden. Von den Gefährten des Alten.

Der Mann schlug die Augen auf, und Devcon hatte den Eindruck, das grellrote Zeichen auf dessen Stirnband, das eckige Auge, würde glühen. *Pass auf, dass du nicht überschnappst*, rief er sich zur Räson.

Der Alte schaukelte vor und zurück und fing an zu sprechen. In einer monotonen Stimmlage, die einige Töne höher klang als bisher. »Anamaqukiu lebt in uns. Er wächst in uns heran und wandert vom Leib des Vaters in den Leib des Sohnes. Das Herzblut seiner Opfer fließt durch unsere Adern und verleiht auch ihnen das ewige Leben. Vereint durch die Kraft des großen Dämons wird unser Volk in die glücklichen Jagdgründe fahren und in das Meer eintreten, das der Große Geist erschuf. Dort werden unsere Feinde untergehen. Bis auf den letzten Mann. Die letzte Frau. Das letzte Kind. In Ewigkeit.«

Der alte Indianer stoppte seine Schaukelbewegung wie auf Knopfdruck. Er saß stocksteif da und funkelte Devcon an, in dessen Gehirn es buchstäblich ratterte. *Gott und Teufel arbeiten zusammen, praktisch ... die Gläubigen töten für eine höhere Sache ... Stirnband statt Turban und Rauschebart ...*

Der Alte erhob sich. Devcon, dessen Gedankenkreisel noch immer in Höchstgeschwindigkeit rotierte, tat es ihm gleich, als würde er ferngesteuert.

Auch wenn er innerhalb der wenigen Sekunden nicht die ganzen Zusammenhänge überblickte, so war ihm eines schlagartig klar geworden: Anamaqukiu, der Dämon, vor dem sich nicht nur die kleine Tammy fürchtete – er war nicht nur ein dunkler Teil der Indianermythologie. Nein, er existierte tatsächlich. Aber nicht als Geist, sondern als reale Person. Die rätselhaften Vermisstenfälle rund um den Highway of Tears, sie begannen vor etwa vierzig Jahren. *Oder besser gesagt, da fielen sie erstmals auf ...*

Devcon schaute den alten Indianer, der ihm mit einer Gleichmut entgegen blickte, als hätten sie gerade ein Pfeifchen zusammen geraucht, mit einer ebenso unterkühlt wirkenden Mimik an. Niemand sah den Krieg, der in ihm tobte. Oder bemerkte die Fragensalve, die auf sein Gehirn einprasselte wie Bombenhagel.

War der alte Mann der Ursprungstäter? Oder hatte auch er die Rolle des bösen Dämons von seinem Vater übernommen? Den finsteren Generationenvertrag erfüllt, den nun sein Sohn übernahm? Der Junge, der sie zu der Lichtung lotste? Oder war das bereits der Enkel? Und war auch Sibylle in die Fänge dieses »Dämons« in Menschengestalt geraten – und lebte nur deshalb noch, weil sie schwer krank geworden war? Und ihr »Herzblut« nicht mehr taugte für das abstruse Ritual desjenigen, der sich für Anamaqukiu hielt?

»Kein Leben darf vergeudet werden«, hörte Devcon die Stimme des Alten in seinem Kopf sagen. Und plötzlich verstand er, weshalb sie her gelotst wurden. Sibylles Tod war in den Augen des Indianers sinnlos. Also sorgte er dafür, dass sie Hilfe bekam.

Devcons Kiefer malmten, ohne dass er es mitbekam. Er vergaß nicht, dass er einen kaltblütigen Mörder vor sich stehen hatte. Oder vielmehr das Oberhaupt eines Mörder-Clans. Einer aus der Sippe hatte vor Jahrzehnten angefangen, im Glauben an eine höhere Mission Menschen zu töten und gab diesen »Auftrag« exakt so an seine Nachkommen weiter. Mit dem imaginären Ziel, sich im Jenseits die Erlösung für all die gequälten Seelen zu erstreiten, die unter dem Joch der Weißen gelitten hatten.

Vom Prinzip her nicht anders als bei den Islamisten, dachte Devcon und merkte, wie Bitterkeit in ihm hoch stieg. Bitterkeit darüber, dass die Ungerechtigkeit allgegenwärtig war. Es gab keinen Platz auf dieser Welt, wo man ihr nicht begegnete, wenn man die Augen öffnete. Und nirgendwo erlitten alle ihr Joch stumm. Es war immer jemand da, der anfing, sich zu wehren. Der auf Rache sann.

Noch bitterer stieß es Devcon auf, dass er die »Mission« des Alten und seiner Nachfahren nicht stoppen konnte. Niemand würde das schaffen. Der Mann mit der Flinte ließe sich vielleicht zur Strecke bringen. Aber nicht »Anamaqukiu«. Der Dämon würde weiterleben – im Glauben der Nachfahren des Alten, die sein Werk fortführten.

Auch die Trittbrettfahrer würden ihre Verbrechen weiterhin begehen. Die Polizei mit ihrer Personalstärke war in dem riesigen Gebiet hier draußen machtlos. Und das wussten die Triebtäter und Psychopathen, die sich ihre Opfer unter den Schwächsten suchten: die Indianermädchen und -frauen, um die sich keiner scherte.

Und die von zwei Seiten gejagt werden ...

Devcon betrachtete den alten Mann. Sah, dass dessen fast schwarze Augen kaum noch funkelten, sondern müde wirkten. Unendlich müde. Wie bei jemandem, der nach einem sehr langen Leben eines Tages wusste, dass der Tod ihm bald seinen Besuch abstatten würde. Und der seinen Frieden damit gemacht hatte.

Devcon presste die Lippen zusammen. Der alte Mann würde als Sieger vom Felde gehen. Ganz gleich, was Devcon jetzt tat. Anamaqukiu war weitergezogen. Die Rolle des Dämons spielte ein anderer, der das abstruse Ritual in Zukunft vollziehen würde, an einem für Außenstehende unauffindbaren Ort.

Auf die Hilfe des Alten brauchte niemand zu hoffen, er würde schweigen. Bis zum letzten Atemzug. Sein Nachfahre musste nur so klug sein und genügend Zeit vergehen lassen, bevor er sich das nächste Opfer holt. Genug Zeit, bis sich der Ermittlungseifer, der sich aufgrund der geringen Erfolgsaussichten ohnehin in Grenzen halten würde, wieder gelegt hätte.

Devcon wandte sich um. *Die Zeit läuft gegen Sibylle! Ihr Leben geht vor ...*

Der alte Indianer mit der Flinte drehte sich weg und ging. Langsam. Ohne Devcon, der mit schnellen Schritten zur Grube im Waldboden herüberlief, noch einmal Beachtung zu schenken.

Epilog

*Etwa ein Jahr später,
irgendwo am Highway of Tears ...*

Tammy stand am Straßenrand und zog die Kapuze auf. Es lief schlecht heute, das Geschäft. Für sie. Das andere Mädchen hatte schon mehrere Freier gehabt.

Bei ihr waren sie weitergefahren. Tammy wusste warum, konnte es aber nicht ändern.

Sie warf sich ins Hohlkreuz, die Hände in die Seiten gestemmt, sodass ihre Jacke weit aufklappte und ihr bis auf den Spitzen-BH nackter Oberkörper gut zur Geltung kam. Ab und an schafften es die Sonnenstrahlen durch die Wolkendecke und tauchten den vom letzten Regenguss noch nassen Asphalt in ein glitzerndes Licht. Tammy hob den Kopf, schob die Kapuze zurück und reckte sich der Sonne entgegen, genoss die Wärme, die sie auf ihrer rechten Gesichtshälfte spürte. Die linke war vollständig taub. Und geschwollen. Schillerte in dunklen Farben. Vaters Medizin war wieder einmal zuneige gegangen, und sie hatte es zu spät bemerkt.

Die Sonne verschwand hinter den Wolken. Sofort wurde es um einige Grad kühler. Tammy fröstelte und schlang die Jacke um ihren kaum bekleideten Oberkörper. Solange sich kein Fahrzeug mit einem potentiellen Freier an Bord näherte, konnte sie sich diesen Luxus erlauben.

Außerdem hatte sie sowieso schlechte Karten, solange Luna da vorne stand. Die schöne Luna mit dem weißblond gefärbten Haar und den kniehohen Lackstiefeln. Klüger wäre es, wenn Tammy ein paar Meilen weiter ginge und dort auf Kundschaft hoffte. Dann würde sie aber ganz alleine hier draußen sein. Und das wollte sie auf keinen Fall.

Sie schaute nach oben. Die Wolken hingen träge vom Himmel herab, als würden sie schlafen. Auch die Windgeister blieben ruhig. Tammy sah nach rechts, in den dunklen Wald, aus dem kleine Dunstwolken herauswaberten. *Sheenas Nebelgeister* ... Tammy wandte den Blick ab und schüttelte sich. Als könne sie die Erinnerung an das Gerede ihrer Freundin aus ihrem Kopf verbannen wie ein Hund, der Wasser aus seinem Fell loswerden wollte.

Sie vermisste Sheena. Sie hatte den letzten Winter nicht überlebt. Irgendein Virus war stärker gewesen als ihr Schutzgeist. Eines Nachts, nach einem besonders schweren Hustenanfall, hatte sie aufgehört zu atmen.

Wie automatisch glitt Tammys Hand in die Jackentasche, in der sie das Amulett aufbewahrte, das ihren eigenen Schutzgeist symbolisierte. Eine kleine Echse. Unauffällig und wendig. Sie umschloss das Amulett, ohne das sie nirgendwo mehr hinging, mit festem Griff und sah nach vorne. Luna stolzierte gelangweilt umher. In der Ferne war kein Fahrzeug zu sehen, das in den nächsten Minuten heranrauschen würde. Mussten sie eben warten. Wie sonst auch. Nichts unterschied sich von den anderen Tagen. Alles wirkte friedlich. Sogar der Regengeist.

Dennoch verspürte Tammy eine innere Unruhe. Etwas war anders als noch vor wenigen Minuten. Doch sie konnte nicht sagen, was.

Ein Brummen erklang. Tammy blickte auf und erkannte Scheinwerfer am Horizont. Von der Größe her mussten es die eines Trucks sein. Luna hatte es auch gesehen. Sie lockerte ihre weißblonde Mähne auf und warf sich in Positur.

Der Truck kam näher. Tammy verfolgte wie der Fahrer die Geschwindigkeit drosselte und schließlich zum Stehen kam. Vorne bei Luna. Tammy verzog ihre geschwollenen Lippen. Wie es aussah, würde sie heute wohl gar kein Glück haben. Dabei musste sie doch dringend ein bisschen Geld verdienen. Wenigstens so viel, dass es für die Medizin ihres Vaters reichte.

Tammy schaute zu Boden. Mit dem Fuß schob sie einen dürren Ast beiseite. Ein weiterer kam geflogen, landete nur wenige Zentimeter vor ihr. Tammy stutzte.

Aus den Nebelschwaden, die zwischen den Bäumen des Waldes tanzten, löste sich eine Gestalt. Männlich. Helle Haut. Pechschwarze Haare. Tammy starrte dem Jungen verwundert entgegen. Sie hatte ihn schon einmal gesehen. Er näherte sich ihr. Geschmeidig und zielstrebig. Seine Augen waren fast schwarz und funkelten sie an. Gierig, wie der Blick eines ausgehungerten Tieres. Tammy verging in diesem Blick.

Sie vergaß ihren prügelnden Vater und seine Medizin. Anamaqukiu war gekommen, um sie zu holen.

* * *

Ein herzliches Dankeschön

an Sie, liebe Leserinnen und Leser! Ich freue mich sehr über Ihr Interesse an diesem Sammelband – und noch viel mehr, wenn er Ihnen gefallen hat. Wenn Sie möchten, schreiben Sie eine Rezension oder mir direkt: eva.lirot@gmail.com

Gerne auch beides.

Hintergründe zu Seelennot: Eine Mutter dreht durch:
Sehr herzlich möchte ich mich bei Frank Hoffrichter und Dr. Tobias Wipplinger vom Amtsgericht Wiesbaden bedanken für die detaillierten Auskünfte zu meinen Fragen rund um den Notwehr-Exzess. Einen ebenso herzlichen Dank an Heike Wallrabenstein für die Vermittlung dieser Kontakte.

Mein ganz besonderer Dank gilt Steffi und Armin G., die mir freimütig von ihrem Leben mit einer Krankheit berichteten, die ich in »Seelennot« dargestellt habe. Keine Recherchemöglichkeit auf dieser Welt hätte mir einen derart tiefen Einblick gewährt, nie hätte ich so detailliert erfahren können, was es bedeutet, mit einer solchen Last klarkommen zu müssen. Liebe Steffi, lieber Armin, ohne Euch wäre dieser Thriller nicht entstanden. Ich danke Euch nochmals von ganzem Herzen für Euer Vertrauen.

Die Lebensgeschichte des betroffenen Ehepaares in meinem Roman ist natürlich eine ganz andere, und ich habe diese beiden fiktiven Menschen bewusst namenlos gelassen, um zu verdeutlichen, dass ein solches oder ähnliches Krankheitsschicksal jeden von uns jederzeit treffen kann. Wobei ich mich frage, ob wir anfälliger werden durch einen ungesunden und/oder den als beschleunigt wahrgenommenen Lebenswandel, oder ob wir tatsächlich nicht mehr geheilt werden, weil auch die Medizin den Menschen als »Kunden« entdecken musste. Es wird wohl eine Mischung aus beidem sein, nehme ich an.

Für die Verknüpfung mit dem Thema »Verrichtungsbox« habe ich mich entschieden, weil ich Ihre Aufmerksamkeit speziell auf diese Art der Prostitution lenken wollte. Es heißt, dass dieses Straßenstrichkonzept die Mädchen und Frauen signifikant besser vor Ausbeutung, Krankheit und Zwangsprostitution schützt. Ich persönlich bin keineswegs davon überzeugt. Bei meinen Recherchen habe ich keine »schwarzen Gelände« entdecken müssen – doch wenn ich mir so etwas vorstellen kann, wird es für so manch einen finsteren Zeitgenossen, der im Mädchenhandel tätig ist, sicher auch kein großes Problem darstellen ...

Tatsächlich gibt es jede Menge Menschen, die von der grundsätzlich bestimmt gut gemeinten Idee, den Straßenstrich auf diese Art sichtbar zu machen, wenig begeistert sind. So wurden im Jahr 2011 in der Stadt Dortmund die Verrichtungsboxen aufgrund von Bürgerprotesten allesamt wieder entfernt (https://de.wikipedia.org/wiki/Verrichtungsbox). Und für mich bleibt es fraglich, ob Verrichtungsboxen die Mädchen und Frauen schützen, oder vielmehr Freiern nutzen, die für Sex immer weniger bezahlen wollen.

Inwieweit die Schließung einer Mordakte tatsächlich möglich sein könnte, so wie in »Seelennot« im Fall der beiden toten Freier und der Täterin geschildert – nun, wenn ich mir anschaue, unter welch fragwürdigen Voraussetzungen ganze Kriege begonnen wurden und werden, glaube ich schon, dass auch ein solches Szenario denkbar wäre. Wo ein mächtiger Wille ist, ist bestimmt auch ein Weg ...

Hintergründe zu Seelensühne: Eiskalte Rache:
Die Unsicherheit auf dem Arbeitsmarkt, prekäre Beschäftigungsverhältnisse, Unzufriedenheit, Zukunftsangst ... schon seit einigen Jahren kann man beobachten, dass zu viele Menschen ihrer Jobsituation eher negative Gefühle entgegen bringen. Hinzu kommt das Heer derer, denen der Zugang zum Arbeitsmarkt dauerhaft verwehrt bleibt (aus welchen Gründen auch immer). In einer Gesellschaft, die auf das Leistungsprinzip baut, ist das ein ernstzunehmendes Problem, das sich sicher nicht durch die Veröffentlichung geschickt aufbereiteter Statistiken lösen lässt. Die Menschen haben ein feines Gespür für Gerechtigkeit. Und die allgemeine Unzufriedenheit wird weiter wachsen, je mehr die Erfahrung gemacht wird, dass es immer weniger eine Rolle spielt, ob man sich bemüht oder

nicht. Viel zu oft ist es nicht die Frage, ob man seinen Arbeitsplatz verliert, sondern wann ...

Der Thriller »Seelensühne« treibt den Furor, der aus dieser Wahrnehmung heraus entstehen kann, einem Unterhaltungsroman gemäß auf die Spitze. Das Thema ist aktuell, mittlerweile kennt jeder von uns mindestens eine Person (oder ist gar selbst betroffen), die um ihren Arbeitsplatz bangt – und damit meistens um ihre Existenzgrundlage. Wenn Menschen nichts mehr zu verlieren haben, brechen sich Wut und Hass schnell Bahn. Manche bleiben still, leiden leise. So wie der Mann in diesem Roman, der zuletzt auch Bella verlor, seine Schäferhündin. Andere kämpfen. Wie das Geschwisterpaar Sabine und Hendrik. Und je größer die Wut, desto radikaler kann ein Kampf werden ...

Deep Web / Dark Net:
Gibt es. Auch der TOR-Browser (TOR = The Onion Router), der sich ganz einfach installieren lässt, ist Realität. Sich in der Tiefe des riesigen Deep Web zurecht zu finden, ist aber alles andere als einfach. Das Dark Net ist nur ein kleiner Teil des Deep Web, und dort finden sich wirklich solche »Kuriositäten« wie sie Marco Giebler bei seiner Recherche für die Mordkommission entdeckt.

Guillotine der *Weißen Lilie*:
Die zum Bau benötigten Teile kann man sich in jedem Baumarkt besorgen. Eine Bauanleitung findet

man problemlos im Netz. Berichte darüber, dass es bereits Menschen gab, die sich mithilfe einer selbstgebastelten Guillotine getötet haben, gibt es dort auch.

Hintergründe zu Seelenfalle: Straße der Tränen
Manchmal passiert es ja, dass man etwas aufschnappt, was sich im Kopf festsetzt – auch wenn man anfangs beim besten Willen nicht sagen kann, wieso.

Mir ging es so, als ich in einer Zeitschrift einen Artikel las über die »Straße der Tränen« in Kanada (in: Crime, Nr. 1, Wahre Verbrechen). Ein Grund, warum mich die Geschichte sofort in Bann schlug war, dass ich die Provinz British Columbia kenne. Zwar nicht wie meine Westentasche, aber ich bin da gewesen. Und ich erinnere mich noch sehr gut an das Gefühl, das ich hatte, als mein Mann und ich mit unserem Mietwagen aus Vancouver herausgefahren waren und es nach einer Weile plötzlich nichts mehr zu sehen gab. Außer Natur pur.

Das hört sich im ersten Moment sicher verlockend an. Mir hatte es auch gefallen. Die ersten zwei Stunden lang. Aber als dann wirklich so gar nichts mehr von dem kam, was an unsere Zivilisation erinnert, sondern nur Wald und riesige Berge, wurde es mir mulmig. Keine Raststätte, kein McDonalds, noch nicht mal eine kleine Hütte. Oder ein Wohnwagen. Und immer weniger Gegenverkehr.

Eine solche Einsamkeit kannte ich bis dahin nicht. Schnell kamen unschöne Gedanken auf wie zum Beispiel: eine Panne – was jetzt? Funkempfang gibt es da draußen nämlich nicht.

Man kann in dieser Region, unterwegs im gut ausgestatteten Wohnmobil, ganz sicher eine wunderschöne Zeit verleben. Das Naturerlebnis in den Weiten der kanadischen Provinz ist wirklich großartig. Aber einfach aufs Blaue losfahren sollte man besser nicht.

Weniger großartig ist das Leben der Indianer in den Reservaten. In der Welt der Weißen ist kein Platz für ihre Philosophie, die die Natur und ihre Lebewesen achtet und das unbedingte Streben nach Profit nicht kennt. Die Indigenen sind Außenseiter mit einem sinnentleerten Leben und betäuben ihr karges Dasein oft genug mit Alkohol und Drogen.

Solche Menschen haben keine Lobby. Weder in British Columbia noch sonst irgendwo auf der Welt. Wer aus dem jeweiligen System fällt, bleibt sich selbst überlassen. Hinzu kommt, dass es nun mal Gebiete gibt, in denen ganze Armeen daran scheitern, eine oder mehrere Zielpersonen aufzuspüren, weil die Anzahl der Schlupflöcher unüberschaubar ist.

Wer die schiere Größe der Wälder in British Columbia einmal mit eigenen Augen gesehen hat, erlebt hat, wie menschenleer es außerhalb der wenigen Ortschaften ist, der begreift schnell, wie leicht es ist, in einer solchen Gegend in Gefahr zu geraten. Wobei die größere Bedrohung nicht von hungrigen Bären oder Wölfen ausgeht, sondern von einer bestimmten Sorte Mensch.

Die riesigen und einsamen Wälder rund um den

Highway of Tears sind ein Eldorado für diejenigen, die ihre dunkelsten Neigungen ungestraft ausleben wollen. Und die Mädchen und Frauen aus den Indianersiedlungen sind die bevorzugte Beute. Ihre Armut treibt sie auf den Straßenstrich. Und außerhalb ihrer Kreise werden sie nicht vermisst. Die Chancen, die Verbrechen an ihnen unentdeckt zu verüben, stehen also sehr gut.

Der Thriller »Seelenfalle« bildet die Situation der Indigenen ab und spielt mit dem unter den Indianern tatsächlich existierenden Glauben an den »Einen«, der seit über vierzig Jahren all diese Mädchen und Frauen »holt«. Viele denken, es sei ein böser Geist, der entlang des *Highway of Tears* wütet. Den bösen Geist *Anamaqukiu* gibt es in der Mythologie der Indianer wirklich. Was die Täter in diesem Roman aus ihm gemacht haben, aber hoffentlich nicht. Die Wind- und Nebelgeister, die die Indianermädchen Naomi, Sheena und Tammy wahrnehmen, entsprangen meiner Phantasie. Bei den kurzen Kapiteln über den Glauben des Täterclans habe ich hier Anleihen genommen: http://welt-der-indianer.de/

Liebe Leserinnen und liebe Leser, wenn Sie sich mit diesem Sammelband gut unterhalten gefühlt haben, bin ich sehr glücklich.

Ich danke Ihnen nochmals, dass Sie mir bis hierhin gefolgt sind, hoffe auf ein Wiederlesen und grüße Sie herzlich aus Limburg,

Ihre Eva Lirot

(November 2016)

Die Jim Devcon-Sammelbände:

GESICHTER DES TODES – Mörderbrut
Jim Devcon Sammelband 1

GESICHTER DES TODES – Stille Tode
Jim Devcon Sammelband 2

GESICHTER DES TODES – Kaltes Blut
Jim Devcon Sammelband 3

Leserstimmen:

»Seelenfieber ist ein gelungener Auftakt der Jim Devcon Reihe und bekommt von mir eine Leseempfehlung.« (M.H. bei Amazon)

»Ein Blick in menschliche Abgründe. Düster, soghaft und hochspannend!« (Baerbel82 bei Amazon zu Seelenbruch)

»Eva Lirot hat es geschafft die Spannung von der ersten bis zur letzten Seite zu halten und dem Leser einen tiefen Einblick in die dunklen Seelen mancher Menschen zu geben.« (saika84 bei Amazon zu Seelengruft)

»Auch nach dem Lesen lässt einen das Buch einfach nicht los. Unglaublich fesselnd und spannend erzählt, hat sich dieser Thriller 5 von 5 Sternen verdient.« (SteffiR30. bei Amazon zu Seelennot)

»Die Autorin hat in diesem Thriller von Anfang an Spannung aufgebaut, die bis zum Ende gehalten wurde. Nervenkitzel pur. Ihre Geschichten haben immer einen Bezug zur jetzigen Gesellschaft, zum jetzigen Leben.« (Ivonne_Le bei Amazon zu Seelensühne)

Über die Autorin

Eva Lirot hat Literaturwissenschaft und Psychologie studiert, lebt mit Mann und Hund in Limburg an der Lahn, fotografiert gerne und ist eine Vielleserin (quer durch die Genres).

In ihrer Jugend schrieb sie Songtexte, Büttenreden und kurze Theaterstücke. Heute ist sie Mitherausgeberin von Krimibänden, veröffentlichte zahlreiche Kurzkrimis, die Krimi/Thriller-Serie mit Großstadtsheriff Jim Devcon und lässt Sadie Thompson, den Engel der Toten, zu Wort kommen.

Eva Lirots Motto beim Schreiben: "Die Phantasie ist die schönste Tochter der Wahrheit, nur etwas lebhafter als die Mama." (Carl Spitteler)

Printed by Amazon Italia Logistica S.r.l.
Torrazza Piemonte (TO), Italy